HEYNE BÜCHER

CATHERINE HART

SIE EROBERTEN DIE LIEBE

Roman

Aus dem Englischen
von Gisela Pispers

Deutsche Erstausgabe

WILHELM HEYNE VERLAG
MÜNCHEN

HEYNE ALLGEMEINE REIHE
Nr. 01/9571

Titel der Originalausgabe
SILKEN SAVAGE

Redaktion: Rainer-Michael Rahn

Printed in Germany 1995
Umschlagillustration: Pino Daeni/Agentur Schlück
Umschlaggestaltung: Atelier Ingrid Schütz, München
Gesamtherstellung: Elsnerdruck, Berlin

ISBN: 3-453-08887-5

Panther auf der Pirsch

Ein Panther pirscht sich durch den Wald,
er hat den höchsten Berg erklommen,
dem Schatten gleichend die Gestalt,
die Beute kann ihm nicht entkommen.

Auf leisen Pranken schleichend, hat er Zeit,
geballte Kraft in ihm, zum Sprung gespannt.
Die Augen funkeln in der Dunkelheit,
und wer ihn sieht, der ist vor Schreck gebannt.

Am Tage schläft er, zeigt sich nicht,
das Land durchstreift er nur bei Nacht.
Ein schmaler Schatten in des Mondes Licht,
und nichts ringsum, das angst ihm macht.

Ein Weibchen hat er, das ihm ganz gehört,
er kämpft für sie, wird alles für sie geben.
In seinem Reich regiert er ungestört,
Stolz, Kraft und Tapferkeit, das ist sein Leben.

Sei also auf der Hut, auch wenn du nur
den Fuß setzt in sein Königreich.
Was ihm gebührt, das gibt ihm die Natur,
geh aus dem Weg, wenn er sich an die Beute schleicht.

1

Geräuschlos, unsichtbar wie Gespenster beobachteten die Indianer von ihrem Posten aus die weißen Frauen, die im Fluß badeten. Einziges Lebenszeichen war das Funkeln ihrer Augen; begehrlich hielten sie nach der greifbar nahen, spärlich bekleideten weißen Haut Ausschau. Einer der jungen Krieger stieß seinen Gefährten an und wies auf ein besonders reizvolles Mädchen. In ihrem nassen, nahezu durchsichtigem Hemd, das ihr am Körper klebte, und dem Schlüpfer über den langen Beinen bot sie das Sinnbild erblühender Weiblichkeit. Ihre hochangesetzten Brüste waren voll und fest, ihre Taille so schmal, daß man sie wohl mit einer Hand umfassen konnte, ihre Hüften sanft gerundet.

Während die Indianer sie betrachteten, hob sie den Kopf, so daß ihr Gesicht voll zu sehen war: die hohe Stirn über den sanft gebogenen nerzbraunen Brauen; die kleine, gerade Nase; die rosig glänzenden Lippen, vollkommen geformt und dazu gemacht, den Mund eines Mannes in Versuchung zu führen, wobei die Unterlippe etwas voller war und sich leicht schmollend vorwölbte. Doch das Verblüffendste an ihr waren ihre Augen. Ihr schimmernder Goldton, zu hell, um braun genannt zu werden, aber auch nicht eigentlich gelb, raubte ihrem Beobachter den Atem und erinnerte ihn an die Augen eines Pumas auf Beutezug, ein Vergleich, der durch das lange, lohend goldbraune Haar, das in sanften Wellen herabfiel, noch verstärkt wurde. Seltsam leuchtendes Haar, dessen Farbe zwischen sonnengebleichtem hellem Braun und einem goldenen Blond wechselte, unter das sich vereinzelt die Andeutung einer erdbeerroten Strähne mischte.

Der Krieger gab seinem Freund ein Zeichen, und sie zogen sich geräuschlos zurück. Dort, wo sie ihre Ponys verlassen hatten, traf die Gruppe von insgesamt zehn jungen Cheyenne-Indianern wieder zusammen. Rasch und mit vor Erregung schimmernden Augen besprachen sie ihren Plan. Der Anführer stellte den anderen gegenüber klar, daß er die Frau mit den goldenen Augen und der Löwenmähne für sich beanspruchte. Noch bevor sein Herz tausendmal geschlagen hätte, würde sie ihm gehören.

Die Frauen plantschten vergnügt im kalten Wasser des Flusses und ahnten nichts von der drohenden Gefahr. Was für ein herrliches Gefühl war es doch, endlich wieder sauber zu sein! Sechs Frauen badeten in dem Strom, alle noch jung bis auf eine.

Tanya Martin strich das schwere, nasse Haar von ihren goldenen Augen und streckte die Hand nach der duftenden Seife aus, die ihre Schwester ihr reichte.

»Ich gehe zurück zum Wagen!« rief Julie den anderen zu, während sie sich hastig abtrocknete und ein loses Kleid über die nasse Unterwäsche streifte. »Ich kann es kaum erwarten, wieder saubere, trockene Sachen am Leib zu haben.«

Die anderen Mädchen waren noch nicht bereit, auf den Luxus der kühlen Fluten zu verzichten und winkten ihr nach. Alle hatten sie einen weiten Weg hinter sich, und für einige von ihnen war das Ende der Reise bereits in Sicht. Die Martin-Mädchen waren zusammen mit ihren Eltern von Philadelphia gekommen. Sie hatten zunächst die Eisenbahn bis St. Louis genommen, waren von dort mit dem Treck den Santa Fe Trail entlang quer durch Kansas gezogen und befanden sich jetzt auf dem Weg nach Colorado. Die Regenfälle im April erschwerten die Reise in diesem Frühjahr 1866, aber sie hatten durchgehalten.

Der Treck bestand aus sechzehn Wagen; eine merkwürdige Gruppe von Menschen, die aus den verschiedensten Gründen nach Westen zogen. Es gab Farmer unter ihnen, die nach fruchtbarerem Land Ausschau hielten; ehemalige Soldaten von beiden Seiten der Mason-Dixon-Front, die ihr Glück suchten und den Schrecken des kürzlich beendeten Krieges vergessen wollten; Familien waren dabei, die eben dieser Krieg auseinandergerissen hatte und die in ein neues Land umsiedeln wollten, wo sie hofften, ihre Verluste vergessen zu können. Es gab junge Männer unter ihnen, die das Abenteuer, und alte, die den Frieden suchten. Es gab junge Frauen, die nach einem Ehemann

Ausschau hielten, und ältere, die ihren Ehemännern erschöpft durch die endlose Weite der Wildnis folgten.

Tanya betrachtete die anderen Frauen um sich herum. In dem seichten Gewässer am Ufer wusch Rosemary Walters, mit sechsunddreißig Jahren die Älteste unter ihnen, das blaue Hemd ihres Mannes. Ein Stapel Kinderkleider, der noch gereinigt werden mußte, lag neben ihr. Die Walters, sieben an der Zahl, wollten gutes, preiswertes Ackerland finden. Harry, jüngster Sohn einer Familie aus Kentucky, hatte keine Lust, den spärlichen Gewinn aus der winzigen, armseligen Farm mit seinen Brüdern zu teilen. Zusammen mit seiner Frau, den vier heranwachsenden Söhnen und der kleinen Tochter hoffte er mehr für sich herausschlagen zu können, wenn er sich auf eigene Füße stellte.

Die hübsche Nancy Owen, ein Mädchen im zarten Alter von fünfzehn Jahren, siedelte mit ihrem Vater, ihrer Mutter und ihrem jüngeren Bruder nach New Mexico über. Mrs. Owens Hausarzt hatte den Klimawechsel für die angegriffene Lunge seiner Patientin dringend empfohlen.

Suellen Haverick, rothaarig und frech, war das verzogenste Gör des ganzen Wagenzugs und schlug, was Tanyas Antipathie anbelangte, sogar die immer mürrische Julie um Längen. Als Tochter eines berühmten Anwalts aus dem Osten war sie es gewöhnt, ständig Ansprüche und Forderungen zu stellen, deren Erfüllung sie unverzüglich erwartete. Enttäuschte man sie, verschaffte sie ihrem Unbehagen lautstark und ausführlich Ausdruck, mit einer Stimme, die sich anhörte, als kratzten Fingernägel über eine Schiefertafel. Das war, neben anderen, einer der Gründe, warum Tanya froh war, daß die Reise bald ein Ende hatte und die Havericks nach Kalifornien weiterziehen würden. Wäre Suellen auf dem Wasser nicht immer seekrank geworden, hätten die Havericks per Schiff reisen und den anderen ihre Anwesenheit in den vergangenen zwei Monaten ersparen können.

Zu guter Letzt war da noch Melissa Anderson, eine kleine Blondhaarige mit Augen, so blau wie Kornblumen – ein Waisenkind von vierzehn Jahren. Sie war gemeinsam mit der Wells'schen Familie auf dem Weg nach Kalifornien, um dort bei einem entfernten Vetter, den sie noch nie gesehen hatte, unterzukommen. Er war der einzige Verwandte, den sie noch besaß.

Tanya und ihre Familie waren unterwegs in die noch zwei Tagesreisen entfernte Stadt Pueblo. Edward Martins Bruder George und seine Frau Elizabeth hatten sich während des Goldrausches 1859 in den Westen aufgemacht und waren in Pueblo ansässig geworden. Onkel George betrieb mittlerweile dort eine Handelsagentur und verkaufte Holz.

Im vergangenen Jahr hatte Tante Elizabeth dem Osten einen Besuch abgestattet. Sie war zusammen mit einem hübschen Kavalleristen namens Jeffrey Young gereist. Kaum war der fesche Jeffrey Tanya vorgestellt worden, so machte er ihr furchtlosen Herzens und mit grenzenloser Ausdauer den Hof, bis sie schließlich einwilligte, ihn zu heiraten. Er kehrte nach Fort Lyon, wo er stationiert war, zurück und erwartete nun ihre Ankunft in Pueblo, wohin er, inzwischen zum Leutnant befördert, versetzt worden war.

Tanyas Familie wollte nach der Hochzeit eine Zeitlang bei Tante Elizabeth und Onkel George Urlaub machen. Dieser hatte fest vor, seinen Bruder zu überreden, bei ihm zu bleiben und ihm bei seinen Geschäften zu helfen. Edward und Sarah Martin waren bereit, die Gelegenheit wahrzunehmen, da ihre älteste Tochter nun in Pueblo leben würde, doch sie wollten sich erst festlegen, nachdem sie die Stadt und das Umland in Augenschein genommen hatten. Julie, zwei Jahre jünger als die sechzehnjährige Tanya, war über dieses Vorhaben nicht glücklich und trennte sich nur widerwillig von ihren Freunden und dem Komfort, den sie zu Hause genossen hatte. Wenn man ihr Glauben schenken wollte, dann waren sie geradezu barfuß über den ganzen Kontinent gewandert und total am Ende ihrer Kräfte. Julie beklagte sich über jeden Schritt, den sie zurückgelegt hatte, so lange, bis Tanya drauf und dran war, ihr eine Ohrfeige zu verpassen.

Doch jetzt waren sie fast am Ziel ihrer Reise angekommen. Hatten den Regen überlebt und die kochende Hitze ausgehalten, die den Schlamm zu rissigen Furchen ausdörrte. Sie wußten sich inzwischen der Käfer, der Schlangen und aller möglichen Kreaturen zu erwehren und über eilig angefachten Lagerfeuern zu kochen, ebenso wie in der Enge der überfüllten Wagen zu reisen und zu schlafen. Rasch lernten sie auch, sich als Nachbarn zu fühlen, die gemeinsam ein Wagenrad, ein gebrochenes Geschirr reparierten, ungefährliche Flüsse zum Waschen nutzten und Staub und Dreck gelassen ertrugen, wenn es nun einmal sein mußte.

Nur wenige aus der Reisegruppe hatten nicht überlebt. Der alte Elmer Jones starb an einem Herzinfarkt, als er versuchte, einen steckengebliebenen Wagen aus einem Schlammloch zu schieben. Tom Travis war an einem Schlangenbiß gestorben, Helen Wells dagegen hatte einen solchen Biß überlebt. Iris Millers Baby war tot zur Welt gekommen, und der zehnjährige Joey Cord war hohem Fieber zum Opfer gefallen. Damals war die ganze Gruppe in Panik geraten, weil alle dachten, es sei die Cholera, da jedoch sonst niemand erkrankte, war ihre Erleichterung groß. Ein paar Ochsen hatten giftige Gräser gefressen und sie starben daran, andere waren aus schierer Erschöpfung eingegangen, doch die Reisenden selbst blieben von weiteren Krankheiten verschont. Zum Glück waren dem Treck keine Indianer begegnet. Man hatte ihre Spuren entlang der Reiseroute gesichtet, und einmal schien eine Horde Indianer in der Ferne vorbeizuziehen, aber zu ernsthaften Problemen oder Angriffen war es nicht gekommen.

Vor vier Tagen hatte der Treck in Fort Lyon halt gemacht, das als Fort und Poststellte zugleich diente. Dort waren sie auf William Bent und seine indianische Frau Yellow Woman getroffen. Mr. Bent hatte sie darüber informiert, daß sich die einzeln umherschweifenden indianischen Gruppen jeweils im Frühjahr wieder mit ihren Stämmen vereinten, um die Frühlingsrituale zu feiern, Neuigkeiten auszutauschen und sich gegen eventuell auftauchende kriegerische Stämme zu verbünden. Die Soldaten versicherten, daß bis jetzt alles ruhig geblieben sei. Seit Monaten schon hatte man nichts mehr von Roman Nose und seinen Cheyenne-Indianern gehört, obwohl ihm zuzutrauen war, daß er entlang der westlichen Grenze von Kansas angreifen würde, sollte ihn die Lust dazu überkommen. Black Kettle, Häuptling der südlichen Cheyenne, galt als friedfertig und neigte eher zum Verhandeln als zum Kämpfen; er war schon über sechzig und langsam zu alt für den Krieg. Sein Bruder war im Sand-Creek-Massaker von 1864 umgekommen, und eine Zeitlang stand die Sache auf Messers Schneide, doch so lange wie Black Kettle seinen Neffen Panther-auf-der-Pirsch, einen jungen Draufgänger, unter Kontrolle halten konnte, würde es keine Schwierigkeiten geben. Red Cloud und seine Gruppe von Sioux verhielten sich ruhig, und Sitting Bull, Häuptling der Sioux, stand gerade in Verhandlung mit der Regierung.

Der Treck hatte das Fort mit nur sechs zusätzlichen Soldaten als Begleitschutz verlassen, die in Pueblo durch ein halbes Dutzend Rekruten ausgewechselt werden sollten. Mehr Personen waren bei der ruhigen Lage nicht zu vertreten, und soviel sie wußten, bahnte sich auch kein Unheil an.

Tanya tauchte in dem kristallklaren Wasser unter, schwamm zu der Stelle, wo Melissa in ihrem Schlüpfer stand und kam direkt neben ihr wieder an die Oberfläche.

»Wo hast du in Philadelphia gelernt, *so* zu schwimmen?« wollte Melissa wissen. Ihre blauen Augen blickten groß und ernst wie immer.

Tanya lachte und warf ihr triefend nasses Haar zurück. »Wir haben direkt am Delaware River gewohnt, Missy, und im Sommer mietete Daddy immer ein Ferienhaus außerhalb der Stadt, an einem sandigen Uferstück. So konnte Mutter der Hitze in der Stadt entfliehen. Daddy hat ein paar Jungen aus einem benachbarten Ferienhaus dafür bezahlt, daß sie Julie und mir das Schwimmen beibrachten, damit Mutter sich nicht so viele Sorgen um uns machen mußte. Mir hat es gleich Spaß gemacht, aber Julie konnte keinen Dreck zwischen ihren empfindlichen Zehen ertragen und lernte es nie.«

Melissa nickte verständnisvoll. »Ich hoffe für sie, daß es in Pueblo schön ist. Die Reise hat sie ziemlich mitgenommen.«

»Ach Quatsch!« erwiderte Tanya. »Julie fühlt sich nur wohl, wenn sie sich über etwas beschweren kann.«

Melissa lächelte. Das tat sie selten. »Du hast dich kaum beklagt. Wahrscheinlich warst du viel zu sehr damit beschäftigt, von… wie heißt er doch gleich?… von Jeffrey zu träumen?«

Ein verklärter, erwartungsvoller Ausdruck huschte über Tanyas Gesicht. »Jeffrey, ja. Ich kann es kaum erwarten, ihn wiederzusehen. Es kommt mir vor, als sei es eine Ewigkeit her, daß wir zusammen waren«, seufzte sie. »Stell dir vor, keine zwei Wochen mehr, und wir sind verheiratet, und ich bin Mrs. Jeffrey Young.«

Melissa warf ihr einen wehmütigen Blick zu. »Wie ich dich beneide, Tanya! Wirklich, ich beneide dich. Wenn ich doch auch etwas hätte, auf das ich mich freuen könnte!«

Tanya bereute auf der Stelle, was sie gesagt hatte. »O Missy! Du wirst bestimmt jemanden finden. Wart's nur ab. Kalifornien wird dir gefallen, und so hübsch wie du bist…, da werden die Jungen vor der Tür deines Vetters Schlange stehen und um deine Hand anhalten. Du wirst die Herzen der Männer reihenweise brechen und die Qual der Wahl haben.«

Bei diesem Bild, das Tanya für sie malte, lachte Melissa laut auf. Doch plötzlich verstummte sie, und das Lächeln auf ihrem Gesicht erstarrte zur Grimasse.

Nur eine Sekunde wunderte Tanya sich darüber, dann hörte sie das Geräusch spritzenden Wassers hinter sich. Ihr Blick fiel auf Rosemary, die am Ufer stand und den Mund zu einem unhörbaren Schrei geöffnet hatte. Tanya wollte sich gerade umdrehen, um zu sehen, was hinter ihr passiert war, da wurde sie auch schon von hinten gepackt und heftig an den Haaren gezogen. Während sie rückwärts stolperte, schob sich ein Arm unter ihre Achseln und legte sich um ihre Brust. Dann wurde sie aus dem Wasser gerissen und auf ein Pferd gezerrt. Eine Hand legte sich fest auf ihren Mund und hinderte sie daran zu schreien.

In wenigen Sekunden hatten sie den Fluß hinter sich gelassen und ritten durch den Wald auf der anderen Seite des Wassers. Der Überfall war so plötzlich geschehen, daß niemand mehr um Hilfe hatte schreien können. Irgendwann würden die anderen sich wundern, warum das Bad so lange dauerte, und Nachforschungen anstellen. Doch dann wäre es wahrscheinlich zu spät! Irgendwo in ihrem Hinterkopf wußte Tanya, daß der

Treck selber nicht angegriffen worden war. Kein Alarm, keine Kampfgeräusche, weder vor, während oder direkt nach der Entführung am Fluß. Die Indianer waren rasch und geräuschlos gekommen, hatten ihre Opfer gepackt und waren ebenso rasch wieder verschwunden. Tanya zweifelte, daß außer ihnen noch andere Personen entführt worden waren.

Diese Gedanken jagten ihr durch den Kopf, während sie verzweifelt versuchte, sich aus dem Griff ihres Entführers zu befreien. Sie krümmte sich, wand sich, stieß mit den Füßen und riskierte es, dabei vom Pferd zu fallen. Doch was bedeutete das schon im Vergleich zu dem, was sie erwartete, wenn es ihr nicht gelänge, zu entkommen! Sie riß ihre Arme los und schlug auf die bronzefarbenen Oberschenkel ein, die sich so dicht neben ihren befanden, krallte verzweifelt in die Arme und Hände, die sie fest umklammert hielten.

Tanya fühlte, wie sein Griff sich leicht lockerte, und gerade als sie glaubte, sich befreien zu können, legte er seinen Arm unterhalb ihrer Brüste mit so festem Druck um ihre Rippen, daß sie kaum mehr atmen konnte. In ihrem Kopf begann sich alles zu drehen, und dann tauchte ein grauer Nebel, durchsetzt von leuchtend gelben Punkten, vor ihren Augen auf. So sehr sie auch dagegen ankämpfte, der Nebel wich nicht, und sie fühlte ihre Glieder schlaff werden. Das Letzte, was sie noch denken konnte, war: »Dies muß ein Traum sein, ein Alptraum. O Gott, gib, daß es nicht wahr ist!«

Leider hielt die Bewußtlosigkeit nicht lange an. Als sie wieder zu sich kam, spürte sie die Bewegungen des Pferdes unter sich. Dann registrierte sie ein Gefühl der Wärme auf ihrer rechten Körperseite sowie ein pochendes Geräusch im Ohr. Die Erinnerung kehrte zurück, und sie wußte, daß die Wärme, die sie empfand, vom Körper des Indianers ausging, an dessen Brust ihr Kopf lehnte. Das pochende Geräusch in ihrem Ohr war der Schlag seines Herzens. Sie erschrak, doch dann nahm sie all ihren Mut zusammen, öffnete die Augen und wagte es zum ersten Mal, ihren Entführer anzuschauen.

Tanya blickte in die dunkelsten Augen, die sie je gesehen hatte. Augen – schwarz wie die Nacht, so schwarz, daß es unmöglich war, die Pupille von der Iris zu unterscheiden. Unfähig, seinem Blick standzuhalten, ließ sie ihre Augen über die hohe Stirn unter dem reich verzierten Stirnband wandern und weiter über die blauschwarzen Haare, die zu Zöpfen geflochten über seine Schultern fielen, bis zu den zwei Adlerfedern, die auf einer Seite des Kopfes herabhingen. Weiter glitt ihr Blick über die hohen Backenknochen und das wohlgeformte Kinn, sie betrachtete die scharfgeschnittene Nase und die entschlossenen, unnachgiebigen Linien seines Mundes. Das Mädchen spürte, daß sein Blick, während sie ihn betrachtete, weiter auf ihr ruhte. Unvermittelt löste sie ihre Augen von seinem Gesicht und erwiderte diesen Blick. Für einen Moment glaubte sie, den Schimmer einer Gemütsbewegung zu entdecken, doch dann wurde der Ausdruck seiner Augen wieder unergründlich.

Stark fühlte sich seine Schulter unter ihrem Kopf an, muskulös waren seine Arme, kräftig und langfingrig seine Hände. Er hatte einen flachen Bauch und seine Hüften, soweit sie es beurteilen konnte, waren schmal; die breite Brust schien haarlos zu sein. Zwischen Bronze und Kupfer changierte seine Haut, und sie bemerkte, daß er sauber war und nach Leder, Holz und Tabak roch, sehr männlich und nicht im Geringsten abstoßend. Während sie im Geiste nach Worten suchte, mit denen sie ihn beschreiben konnte, stellte sie schockiert fest, daß ihr nichts anderes einfiel als: ein schöner, edler Mann.

Ich bin wohl nicht ganz bei Trost, dachte sie bestürzt, löste sich von seinem Anblick und versuchte, sich aufzurichten. Zu ihrer Überraschung half er ihr dabei, auch wenn er, wie sie merkte, jede ihrer Bewegungen aufmerksam kontrollierte, um sicher zu sein, daß sie nicht wieder versuchte zu entkommen. Tanya blickte um sich und sah, daß sie durch die Prärie galoppierten, Richtung Westen, auf die Ausläufer des Gebirges zu. Die Sonne ging unter. Bald würde es dunkel sein, und dann gab es keine Möglichkeit der Rettung mehr für sie. Sie reckte den Hals und spähte über seine Schulter, um nach den anderen Indianern und ihren Gefangenen Ausschau zu halten. Das Mädchen zählte zehn Indianer auf ihren Pferden und außer ihr noch fünf weitere entführte Frauen. Weit und breit war keine Rettung in Sicht.

Sie ließ den Blick über ihre Mitgefangenen wandern. Vor einem großen, streng blickenden Indianer, der etwas älter war als die übrigen, saß Rosemary. Sie stand immer noch unter Schock. Der Blick ihrer Augen war glasig und starr, offensichtlich nahm sie nichts von dem wahr, was um sie herum vorging. Nancy hockte wie ein zusammengekauertes Häufchen Elend vor ihrem Krieger. Ihr Hemd stand offen und ihr glattes braunes Haar flatterte über ihre entblößten Brüste. Die kupferfarbene Hand des Indianers umklammerte ihren Oberschenkel.

Wäre die Situation nicht so ernst gewesen, Tanya hätte beinahe über die mißliche Lage von Suellen lachen müssen. Diesmal trug die hochnäsige Suellen ihre Nase nicht in der Luft. Genau das Gegenteil war der Fall. Bäuchlings lag sie quer auf dem Rücken des Pferdes. Kopf und Arme baumelten auf der einen Seite herab, die Beine auf der anderen. Jedesmal, wenn sie mit ihrer schrillen Stimme Protest gegen ihre Lage einlegte, gab ihr Entführer ihr einen leichten Klaps aufs emporgereckte Hinterteil.

Tanyas ganzes Mitgefühl galt der armen kleinen Melissa. Sie kauerte bewegungslos, in Tränen gebadet, vor einer der abstoßendsten und häßlichsten menschlichen Kreaturen, die Tanya je gesehen hatte. Ihr Gesicht spiegelte das blanke Entsetzen wider. Ein leuchtender Bluterguß, der sich zunehmend dunkel färbte, war auf ihrer Wange zu sehen; das Kleid war halb zerrissen und legte ihren Oberkörper völlig frei. Ihr Entführer genoß es offensichtlich, sie zu quälen, indem er ihre Brüste drückte und die roten, schon geschwollenen Brustwarzen brutal zwischen seinen dicken, kurzen Fingern rieb. Speichel rann über sein Kinn, und Tanya konnte beinahe den Gestank seines fetten Körpers riechen. Ein Schauer lief über ihren Körper.

Tanya ließ ihren Blick über die anderen Krieger gleiten. Dieser wilde Haufen schien, wie sie widerstrebend zugeben mußte, ein stolzes Volk zu sein. Dies zeigte sich an der Art, wie sie sich hielten, sogar auf dem Rücken ihrer Pferde. Fast alle waren groß, kräftig und muskulös. Ihre länglichen, schmalen Gesichter mit den hohen Backenknochen und den geraden Nasen waren scharf geschnitten. Tanya war froh, daß sie nicht ihre schreckliche Kriegsbemalung trugen.

Einer der jungen Indianer ritt zu ihnen heran und sagte mit seiner tiefen, gutturalen Stimme etwas zu ihrem Entführer. Da er sie ansah, während er sprach, nahm sie an, daß seine Bemerkung mit ihr zu tun hatte.

Obwohl der junge Mann nicht bedrohlicher aussah als der, der hinter ihr saß, rückte sie unwillkürlich näher an ihren Entführer heran. Faßte er sie tatsächlich fester um die Taille, oder bildete sie sich das nur ein?

Es wurde Nacht, und sie ritten in die Dunkelheit. Eingelullt von den gleichförmigen Bewegungen des Pferdes und dem langen Ritt, gab Tanya den Kampf mit ihren schweren Augenlidern auf. Sie schlief ein, viel zu dicht an der breiten, bronzefarbenen Brust.

Als sie die Augen öffnete, herrschte eine Finsternis, die ihr jede Orientierung unmöglich machte. Wirklich war nur der harte Brustkorb hinter ihr, und die Wärme des schwarzen Pferdes unter ihrem vom langen Reiten erschöpften Körper. Als ihre Augen sich an die Dunkelheit gewöhnt hatten, konnte sie den Schattenriß der Bäume zu beiden Seiten des Pfades erkennen. Es kam ihr vor, als ginge es bergauf, als hätten sie die Prärie hinter sich gelassen und ritten nun am Rande des Gebirges, das sie zuvor gesehen hatte.

Tanya seufzte und versuchte, eine bequemere Position zu finden. Der Krieger half ihr dabei und brummte irgend etwas Unverständliches in ihr Ohr. Vermutlich sagte er ihr, sie solle sich still verhalten. Würden sie immer so weiterreiten, ohne eine Pause zum Essen, zum Ausruhen? Tanyas Zunge fühlte sich pelzig an, und sie spürte ihren leeren Magen. Der Überfall war am späten Nachmittag erfolgt, nachdem der Treck sein Lager für den Abend aufgeschlagen hatte, und Tanya vermißte ihr Abendessen. Abendessen! Was für eine belanglose Sache unter den gegebenen Umständen, aber trotzdem war sie todmüde, entsetzlich hungrig und durstig. Damit nicht genug, sie mußte auch befürchten, sich jämmerlich zu blamieren, wenn sie nicht bald irgendwo Halt machten. Sie brauchte dringend einen Ort, an dem sie sich erleichtern konnte, bevor ihre Blase platzte.

Als sie schließlich an einer Lichtung inmitten des dichten

Waldes anhielten, waren ihre Muskeln darauf nicht vorbereitet. Der Indianer ließ sie auf den Boden herab, und bevor sie noch richtig Fuß gefaßt hatte, stieß er sie grob zu den anderen Frauen. Mit seiner tiefen Stimme brummte er ihr einen knappen Befehl zu, den sie als Anweisung auffaßte, sich nicht vom Fleck zu rühren. Dann kümmerte er sich um sein Pferd, und das Gleiche taten die anderen Männer. Zitternd vor Furcht waren die Frauen sich selbst überlassen, sie saßen zusammengekauert in der Mitte der Lichtung. Paradoxerweise wünschte Tanya sich plötzlich, sie hätten nicht angehalten, denn auf dem Pferd hatte sie sich einigermaßen sicher gefühlt. Jetzt beschlich sie eine unbestimmte Angst.

Ihre Furcht wuchs, als sie ihre Leidensgefährtinnen um sich herum ansah. Rosemarie war immer noch vor Schreck wie in Trance und starrte verständnislos ins Leere. Die anderen drei, einschließlich Suellen, weinten leise vor sich hin. Tanya fühlte sich auf seltsame Weise von ihnen getrennt. Weder weinte sie, noch schützte die Erstarrung sie vor der Wahrnehmung der Realität. Zugegeben, sie hatte Angst, und sie wußte nicht, ob ihre Glieder vor Müdigkeit oder Furcht zitterten, doch eine Art eiskalter Ruhe machte sich in ihr breit. Aus Furcht angesichts eines unbekannten und unvermeidlichen Schicksals weiteten sich zwar ihre Augen, doch der feste Wille, zu überleben, was auch immer auf sie zukommen mochte, hielt die Tränen zurück.

Überwältigt von Mitgefühl schlang Tanya ihre Arme um die am ganzen Körper bebende Melissa, die sich sofort schluchzend an sie klammerte. Nur mit Mühe konnte Tanya sie verstehen, als sie mit brüchiger Stimme, kaum hörbar, wimmerte: »O Gott, Tanya, ich habe solche Angst. Was werden sie mit uns machen?«

»Ich weiß es nicht, Missy«, sagte Tanya und tätschelte ihr den Kopf. Dabei blickte sie zu den Indianern hinüber, die langsam näherkamen.

Der Indianer, der sie entführt hatte, packte sie am Oberarm und zog sie mit sich. Stolpernd lief sie neben ihm her, bebend vor Angst. Als sie die ersten Bäume erreicht hatten, hielt er an und gab ihr mit knappen Handzeichen zu verstehen, daß sie sich nun erleichtern könne.

Fassungslos starrte sie ihn ein paar Sekunden lang an. Ihr Schamgefühl gewann Oberhand über ihre Furcht, und so bedeutete sie ihm mit einem Wink, sich umzudrehen. Er kreuzte die Arme über der Brust und fuhr fort, sie zu betrachten. Offensichtlich dachte er nicht daran, ihrer Bitte Folge zu leisten.

Tanya kochte vor Wut und hätte ihn am liebsten angespuckt. Der Blick, den sie ihm zuwarf, sprühte vor Verachtung. Lauthals begann sie zu protestieren: »Es ist so dunkel, daß man seine Hand nicht vor Augen sieht. Ich würde keinen Meter weit kommen, ohne daß du mich hörst!« Dann warf sie ihren Kopf zurück und bat geziert: »Ein kleines bißchen Intimsphäre wäre mir sehr willkommen. Wenn Sie also die Güte hätten...?«

Sie wußte, daß er kein einziges Wort verstanden hatte, aber um seine Lippen zuckte es verdächtig, so als unterdrücke er ein Lächeln. Indianer lächeln doch angeblich nie, oder? fragte sie sich erstaunt.

Wie auch immer, das Ergebnis war, daß er sie fest und warnend anblickte und sich dann umdrehte. Tanya wußte, daß sie keine Chance hatte, zu fliehen. Also nutzte sie die wenigen ungestörten Sekunden, die ihr blieben, um ihre schmerzende Blase zu entleeren.

Er führte sie zurück zur Lichtung, und kaum waren sie angekommen, wünschte Tanya, er hätte es nicht getan. Was sich vor ihren Augen abspielte, war das reinste Höllenspektakel. Abrupt blieb sie stehen, starr vor Schreck, so daß ihr Entführer, der nicht mehr rechtzeitig stoppen konnte, mit ihr zusammenstieß. Er murmelte etwas, das sich wie ein Fluch anhörte, aber Tanya achtete nicht darauf. Das schreckliche Bild vor ihren Augen schlug sie in Bann, und obwohl sich alles in ihr dagegen empörte, war sie nicht fähig, sich von dem Anblick abzuwenden.

Einer der Indianer hatte ein kleines Feuer entfacht. Es erleuchtete die Umgebung so gut, daß Tanya nicht umhin konnte zu sehen, was vor sich ging – und falls sie sich jemals in ihrem Leben gewünscht hatte, taub und blind zu sein, dann jetzt.

Alle ihre Freundinnen waren splitternackt, und jede von ihnen wurde von einem der Wilden vergewaltigt. Kein Laut drang über Rosemarys Lippen, als ein grunzender, schwitzender Kerl sie besprang. Nancy schluchzte laut und schrie, und Suellen kreischte, was ihre Lungen hergaben und stieß wilde Flüche aus, die sie eigentlich gar nicht hätte kennen dürfen.

Tanyas Augen konzentrierten sich auf Melissa, die unter ihrem monströsen Bezwinger kämpfte. Wie besessen von einer bösartigen Lust wühlte das häßliche Untier in Melissas zartem Fleisch, knetete ihre wunden Brüste und grub seine Zähne hinein. Die arme Melissa stand Todesängste aus, und ihre Schreie zerrissen die Luft.

»O Gott!« konnte Tanya noch murmeln, dann beugte sie sich vor und übergab sich heftig.

Kaum, daß ihr Entführer ihr Zeit ließ, sich wieder zu erholen. Sofort zog er sie nah an das Feuer heran und stieß sie zu Boden. Tanya war darauf gefaßt, sich verteidigen zu müssen, doch zu ihrem Erstaunen setzte er sich neben sie, griff in einen Lederbeutel und reichte ihr ein Stück getrocknetes Fleisch. Argwöhnisch beobachtete sie, wie er einen weiteren Beutel hervorholte, ein paar getrocknete Körner und Beeren in seine Hand schüttelte und alles mit Wasser vermischte. Dann formte er ihre Hände zu einer Schale, goß die Mixtur hinein und gab ihr zu verstehen, sie solle essen. Anschließend bereitete er eine Portion für sich selber zu.

Tanya hatte den ersten Schock überwunden, war aber immer noch voller Empörung. Sie versuchte, darüber hinwegzusehen, daß nun andere Krieger anstelle der ursprünglichen Vergewaltiger sich über ihre Freundinnen hermachten. Sie hatte Schuldgefühle, weil sie als einzige, wenigstens vorläufig, verschont geblieben war. Doch wenn sie ehrlich war, mußte sie zugeben, daß sie andererseits auch dankbar dafür war und mit keiner der anderen Frauen hätte tauschen wollen, auch nicht, um einer etwas zu ersparen. Das war egoistisch, sie wußte es, und sie fühlte sich miserabel dabei, aber was hätte es auch schon geholfen, wenn sie sich das gleiche Elend wünschte. So ist es nun einmal, dachte sie, während die lustlos auf ihrem Essen herumkaute und sich wünschte, ihr Magen möge die Nahrung annehmen. Sie nahm auch das Wasser, das er ihr reichte und trank gierig, dann saß sie still da und wartete, was als nächstes geschehen würde.

Nach einer Weile stand er auf, bedeutete ihr, sitzen zu bleiben und ging zu der Stelle, wo die Pferde festgebunden waren. Er hatte sich nur wenige Schritte entfernt, als Tanya auch schon grob von hinten gepackt und auf den Rücken geschleudert wurde. Sie blickte in das grauenvolle, bullige Gesicht des Wilden, der Melissa so gequält hatte.

Einen Moment lang war sie wie gelähmt und keuchte nur voller Entsetzen, aber plötzlich erwachte ihr Überlebenswille. Wenn sie schon vergewaltigt werden sollte, dann nicht von diesem Tier! Sie würde sich zur Wehr setzen, und koste es ihr Leben! Ein heiseres, tückisches Fauchen, das sie selbst mindestens so sehr erschreckte wie ihren Angreifer, entrang sich ihrer Kehle, dann wurde sie zu einem wilden Tier, das den Kampf mit ihm aufnahm. Er warf sich auf sie, versuchte sie mit seinem Gewicht zu bezwingen, und es hagelte Hiebe auf ihr Gesicht, ihren Körper. Sie kratzte, sie biß, und es gelang ihr, die schlimmsten Schläge mit ihren Armen abzuwehren. Dann landete ihr Knie einen harten Stoß in seiner Leiste. Der fette, schwabbelige Wilde stöhnte laut auf und versetzte ihr einen groben Fausthieb aufs Kinn.

Der Schmerz überwältigte sie. Sterne tanzten vor ihren Augen, flossen zu einem nebelhaften Schleier zusammen, der ihr die Sicht nahm, doch sie kämpfte darum, bei Bewußtsein zu bleiben. Als sie merkte, wie seine Wurstfinger sich an ihrem Hemd zu schaffen machten, den Stoff zerrissen, um ihre Brüste freizulegen, nahm sie noch einmal all ihre Kräfte zusammen. Wie eine in die Enge getriebene Löwin setzte sie sich, brüllend vor Wut, zur Wehr. Ihr Zweikampf hatte eine Menge Zuschauer angelockt, doch Tanya kümmerte sich nicht darum. Ihre Zähne erwischten sein Ohrläppchen. Sie biß zu, so fest es ging. Er heulte auf vor Schmerz und schlug auf sie ein, doch sie ließ nicht locker, sie biß sich an ihm fest wie ein Hund an einem Stück rohen Fleisch. Sie spürte, wie das Fleisch unter dem Druck ihrer Zähne nachgab, bis sie es fast durchgebissen hatte. Ihr Angreifer versuchte verzweifelt sie abzuschütteln und versetzte ihr einen weiteren furchtbaren Fausthieb gegen den Kopf.

Dann passierten verschiedene Dinge gleichzeitig. Jemand befreite sie von dem Gewicht des häßlichen Wilden, und Tanya erkannte ihren Entführer. Er hatte den fetten Indianer an der Schulter gepackt, hochgezogen und von ihr weggestoßen. Tanya rollte sich auf die Seite, spürte Blut und Fetzen vom Ohrläppchen des Indianers in ihrem Mund und mußte sich zum zweiten Mal an diesem Abend heftig übergeben. Auf Ellbogen und Knie gestützt, einer Ohnmacht nahe, zwang sie sich, bei Bewußtsein zu bleiben, indem sie sich auf das konzentrierte, was sich ganz in ihrer Nähe abspielte. Ihr großgewachsener, bronzehäutiger Entführer hatte ihren Angreifer niedergezwungen und erteilte ihm, wie es sich anhörte, einige knappe Befehle. Aus dem wütenden Tonfall seiner Stimme und verschiedenen Gesten schloß sie, daß er allen klarmachte, daß sie ihm allein gehörte, zumindest vorläufig. Wenigstens hoffte sie, daß das der Inhalt seiner Worte war, obwohl sie nicht zu sagen gewußt hätte, welchen Unterschied es machte, nun von dem einen oder dem anderen Wilden vergewaltigt zu werden.

Ihr Entführer riß sie hoch und trieb sie zu einem von ihm ausgewählten Platz. Er warf ihr ein paar Decken zu und befahl ihr, sie auf dem Boden auszubreiten. Dann legte er sich hin und bedeutete ihr, das Gleiche zu tun. Erschöpft folgte sie seinem Befehl.

Mit geschlossenen Augen, die Arme unter dem Kopf verschränkt, lag er auf dem Rücken. Ein paar Minuten lang beobachtete er, wie sie sich aufgeregt hin und her wand, wie sie versuchte, ihr zerrissenes Hemd wieder zu richten und den säuerlichen Geschmack in ihrem Mund loszuwerden, dann setzte er sich seufzend auf, reichte ihr die Wasserflasche, damit sie sich den Mund spülen konnte, und löste ein Lederband aus seinen Zöpfen. Das gab er ihr, damit sie sich ihr Mieder zusammenbinden konnte. Er nahm einen weiteren Lederriemen, band ihn um ihr rechtes Handgelenk und befestigte ihn an seinem Linken. Dann legte er sich wieder zum Schlafen nieder. Sie war sich selbst überlassen und konnte tun, was sie wollte, soweit die Fessel es erlaubte.

Eine Weile saß sie da und dachte über ihre Lage nach. Die Ereignisse des Tages zogen noch einmal vor ihren Augen vorüber, doch schon bald gewann die Erschöpfung Oberhand, und sie machte es sich, soweit entfernt von ihm wie möglich, auf der Decke bequem und schlief ein.

Es dämmerte noch, als sie wachgerüttelt wurde. Ihre Augenlider waren schwer von Schlaf, und als sie sie hob, stellte sie fest, daß ihr Kopf an einer Bronzeschulter ruhte und daß ihr Gesicht sich nur wenige Zentimeter von dem ihres Entführers entfernt befand. Sie hatte einen Arm auf seine Brust gelegt und ein Bein vertraulich zwischen die seinen geschoben. Die einladende Wärme seines Körpers mußte sie während der Nacht magisch angezogen haben.

Tanya fühlte sich gedemütigt. Wie war das nur möglich? Sie hatte sich tatsächlich an ihren Feind geschmiegt! Er betrachtete sie mit einem ruhigen, abschätzenden Blick. Ihre Reaktion ließ nicht lange auf sich warten.

Als erstes überzog glühende Röte ihr Gesicht, dann versuchte sie sofort, von ihm abzurücken. Doch er hielt sie, einen Arm um ihre Schultern gelegt, ihr Bein zwischen den seinen festgeklemmt, mühelos zurück und sah ihr ein paar Sekunden lang zu, wie sie sich anstrengte, freizukommen. Schließlich beruhigte sie sich, und er konnte beobachten, daß sie nun über das Problem nachdachte. Sie kaute auf ihrer Unterlippe herum und zeigte ihm eine Reihe blendend weißer Zähne. Ihr nächster, überaus behutsamer Vorstoß reizte ihn beinahe zum Lachen. Wie ihre kleine weiße Hand ganz zart seinen Oberschenkel streifte, ohne ihn wirklich zu berühren! Sie wollte, daß er ihr Bein freigab. Unterdrücktes Gelächter hob seine Brust, als sie endlich resignierte.

Sie lehnte ihre Stirn gegen seine Schulter und gab sich geschlagen. Seufzend fragte sie: »Du großes, bronzefarbenes Scheusal, würdest du mich bitte freigeben?«

Er unterdrückte ein Lächeln, faßte sie unterm Kinn und drehte ihren Kopf, so daß er ihr ins Gesicht schauen konnte. Mit einem Blick, der ihr zu verstehen gab, daß sie ihm auf Gnade und Barmherzigkeit ausgeliefert war und daß er mit ihr machen könne, was immer er wollte, gab er sie frei. Er durchtrennte den Lederriemen, der sie an ihn fesselte und führte sie in den Wald, damit sie ihrem natürlichen morgendlichen Bedürfnis nachgehen konnte. Diesmal war er höflich genug, ihr gleich den Rükken zuzukehren. Anschließend warf er ihr ein wenig getrocknetes Fleisch und ein paar Körner zum Frühstück zu und bedeutete ihr, die Decken einzusammeln und ihm zu folgen.

Nachdem er sein großes schwarzes Pferd versorgt hatte, teilte er Tanya ihre Wasserration zu. Dann saßen sie auf. Der Rest der Gruppe folgte ihnen.

Ein rascher Blick auf die anderen Frauen zeigte Tanya, wie gut es ihr bis jetzt ergangen war. Suellen, Melissa und Nancy sahen aus, als seien sie halbtot. Rosemary schien sich erstaunlicherweise wieder zu fangen. Nachdem sie die letzte Nacht überlebt hatte, begann sich ihre Erstarrung zu lösen, und sie nahm wieder wahr, was um sie herum vorging.

Eine Stunde waren sie geritten, als die Sonne aufging und Tanya versuchen konnte, sich zu orientieren. Nun, da die Dunkelheit die Landschaft nicht mehr verhüllte, sah sie, daß sie sich tatsächlich im Vorgebirge befanden. Die Sonne stand hinter ihnen, vor ihnen lagen die Berge. Auf dem Gipfel einer Erhebung angekommen, wandte Tanya sich um und versuchte, sich die Markierungspunkte der Landschaft ins Gedächtnis einzuprägen, um die Richtung, in die sie sich bewegten, in Relation zum vermutlichen Standort des Trecks auszumachen. Ein knapper, scharfer Hieb auf ihren Oberschenkel ließ sie zusammenfahren. Sie schaute ihm ins Gesicht und traf auf einen mißbilligenden Blick, dem nicht entgangen war, woran sie gedacht hatte. Mit einem energischen, verneinenden Kopfschütteln gab er ihr zu verstehen, daß sie sich jeden Gedanken an Flucht aus dem Kopf schlagen könne.

2

Kurz vor Einbruch der Abenddämmerung erreichten sie das Lager der Indianer. Für Tanya sah es aus wie eine weit verzweigte Zeltstadt in einem abgeschiedenen Gebirgstal.

Am Rande des Lagers angekommen, befahl Tanyas Entführer seinen Kriegern anzuhalten. Aus einem langen Lederriemen formte er eine Schlaufe und legte sie, Halsband und Leine zugleich, um Tanyas Hals. Dann stieß er sie vom Pferd. Neben den Hufen des Tieres fiel sie auf den Boden, doch mit einem kurzen Ruck am anderen Ende der Leine zwang er sie, sich wieder auf die Füße zu stellen.

Furcht und Wut kämpften in Tanya, und ihre goldenen Augen funkelten. Er spürte, wie sie seinen muskulösen, bronzefarbenen Rücken mit den Pfeilen ihrer Blicke durchbohrte, als er sich umwandte und stolz durch das Labyrinth der *Tipis* ritt, die gefangene Löwin im Schlepptau.

Nie würde Tanya das Gefühl der Demütigung vergessen, das sie auf diesem Weg durch die von *Tipis* gesäumten Straßen bis hin zum Zentrum der Zeltstadt empfand. Um mit dem Pferd Schritt halten zu können, mußte sie in eine Art Trab verfallen, und so war es nicht leicht, ihr Gefühl für Würde aufrechtzuerhalten. Während sie sich den gewundenen Weg durch die kegelförmigen Zelte aus Tierhäuten bahnten, versammelte sich eine Menschenmenge, um die zurückgekehrten Krieger zu begrüßen und ihre Gefangenen zu peinigen.

Die ersten rotbraunen Hände streckten sich aus, um ihre helle Haut zu berühren, und Tanya schreckte unwillkürlich zurück. Leise hörte sie Nancy hinter sich wimmern, Melissa vor Panik laut schreien. Immer mehr Hände kamen näher, zogen sie an den Armen, kniffen sie, zerrten an ihren zerzausten Haaren. Sie wurde angerempelt und herumgestoßen, und Tanya hatte alle Mühe, die Balance nicht zu verlieren. Man schlug nach ihr, Füße stellten sich ihr absichtlich in den Weg, drohten sie zum Stolpern zu bringen. Ein Meer von höhnischen Gesichtern schwamm undeutlich um sie herum.

Eine innere Kraft, von der sie nie gewußt hatte, daß sie sie besaß, half ihr, den Rücken gerade und die Tränen zurückzuhalten. Sie blickte weder nach rechts noch nach links, sondern starr geradeaus, biß die Zähne zusammen, rief ihren grimmigen Stolz zur Hilfe und versuchte so gleichgültig und unbeeindruckt auszusehen wie möglich. Niemals würde sie sich anmerken lassen, wie Furcht und Panik in ihr immer größer wurden. Mit stoischem Gleichmut ertrug sie Spott und Schläge, ignorierte den Schmerz, fest entschlossen, auf keinen Fall zu schreien und zu weinen.

Einmal verlor sie das Gleichgewicht und fiel der Länge nach in den Dreck. Das Lederband schnitt ihr in den Hals, nahm ihr die Luft, würgte sie. Bedrängt von bronzefarbenen Armen und Beinen, die sie stießen und schoben, kämpfte sie sich wieder auf die Füße und stolperte hinter dem Pferd ihres Entführers her. Zerkratzt, wundgestoßen, blutüberströmt zerrte sie so lange an der Schlinge um ihren Hals, bis sie wieder keuchend atmen konnte. Haß und Stolz mobilisierten ihre letzten Kräfte.

Auf einem freien Platz im Zentrum des Camps machten sie Halt. Die Gefangenen wurden auf einer Seite zusammengetrieben, dann stiegen die zurückgekehrten Krieger von ihren Pferden und wurden von ihren Stammesbrüdern begrüßt. Aus dem größten und am reichsten verzierten *Tipi* trat ein hochgewachsener, grauhaariger Indianer hervor, dessen stolze Haltung ihn als wichtigen Mann seines Stammes auswies. Er sagte etwas zu Tanyas Entführer. Seine tiefe, gebieterische Stimme war bis zu der Stelle zu hören, wo Tanya mit ihren Mitgefangenen wartete. Während er sprach, herrschte völlige Stille in der Menge. Tanyas Entführer antwortete ihm, dann gingen die beiden, zusammen mit einigen anderen Männern, in das geschmückte *Tipi*.

Damit schien im Lager das Signal gegeben, wieder zu den gewohnten Aktivitäten zurückzukehren. Tanya, die neben ihren Freundinnen stand, sah zu, wie zwei Indianerinnen den gewaltigen Holzstoß in der Mitte des Platzes entzündeten. So wie die Flammen die einbrechende Dunkelheit vertrieben, so vertrieben sie auch alle Hoffnung auf ein Entkommen. Tanya zuckte zusammen, als sie die Vielzahl der Zelte sah, von denen sie umgeben waren. Sollte es ihnen irgendwie gelingen, unbemerkt zum Ende des Lagers zu kommen, so müßten sie anschließend weites, offenes Grasland überqueren, das sie vom Beginn des Waldes trennte. Im Augenblick schien es den Indianern zu gefallen, ihre Gefangenen nicht zu beachten, doch Tanya ahnte, daß sie die geringste ihrer Bewegungen aufmerksam beobachteten.

Die Menge hatte sich weitgehend zerstreut. Die Frauen hatten ihre neugierigen Kinder mitgenommen, und Tanya fragte sich, ob sie nun in ihren Zelten hockten, zu Abend aßen und sich unterhielten, wie es die Weißen zu tun pflegten. Eine große Anzahl der Männer war draußen geblieben. Sie hatten sich rund um das Lagerfeuer niedergelassen, sprachen miteinander und warfen den gefangenen Frauen nur gelegentlich einen Blick zu.

Zu Tode erschöpft hockte Tanya sich vorsichtig auf den taufeuchten Boden. Ihre Bewacher erhoben keinen Einspruch, und so folgten ihr die anderen Frauen. Zu müde, zu verängstigt, um sich zu unterhalten, kauerten sie sich eng aneinander, ein dichtgedrängtes, mitleiderregendes Häufchen Menschen. Der Duft warmen Essens zog durch die Luft, und beim Anblick der dampfenden Schüsseln, die die Indianerfrauen zu ihren um das Feuer versammelten Männern trugen, krampften sich ihre leeren Mägen schmerzhaft zusammen. Niemand kam, um ihnen etwas zu essen und zu trinken zu bringen oder ein paar Dekken, mit denen sie sich gegen die Abendkühle hätten schützen können.

Ab und zu entfernte sich einer der Indianer und kehrte mit frischer Kriegsbemalung zurück. Gesicht und Brust, manchmal auch Arme und Beine waren mit fremdartigen, furchterregenden Motiven bemalt. Bald standen sie alle in ihrem farbigen, ölig glänzenden Schmuck da, und die Gefangenen fragten sich zitternd, ob dies der Auftakt zu erneuten Torturen oder gar ihrem Tod sein mochte. Zweifellos bereiteten sich die Krieger auf eine Art Ritual oder Zeremonie vor.

Tanyas Nerven waren zum Zerreißen gespannt. Körper an Körper mit ihren zitternden, von Angst erfüllten Mitgefangenen kämpfte sie verzweifelt darum, ihre Panik unter Kontrolle zu halten. Ihr Herz hatte sich irgendwo in ihrer Kehle festgesetzt und schlug dort beängstigend schnell. Als Melissa gegen sie sank, fuhr sie unwillkürlich hoch. Melissa war von ihrer Angst zumindest vorübergehend erlöst, ob nun durch Schlaf oder weil sie vor lauter Furcht in Ohnmacht gefallen war, konnte Tanya nicht genau sagen. Sie rückte Melissa so zurecht, daß der Kopf des Mädchens in ihren Schoß zu liegen kam, und streichelte geistesabwesend ihr helles Haar. Die tröstliche Geste beruhigte sie selbst ein wenig.

Tanya erkannte ihren Entführer kaum wieder, als er schließlich aus dem großen *Tipi* wieder auftauchte. Auch er hatte sich Gesicht und Brust bemalt. Quer über beide Wangen war etwas wie zwei riesige schwarze Krallen zu sehen, und ein breiter schwarzer Streifen zierte den geraden Rücken seiner Nase. Auf seiner mächtigen, haarlosen Brust erkannte Tanya die Umrisse eines fauchenden Panthers. Unter anderen Umständen hätten diese kunstvollen Motive Tanya vielleicht fasziniert, doch jetzt ließen sie ihr das Blut in den Adern gefrieren. Vor Schreck wie gelähmt, konnte sie nichts anderes tun, als ihn anzustarren.

Mit der Ankunft des alten Häuptlings und seines Gefolges wurde das Signal zur Aufnahme der abendlichen Aktivitäten gegeben. Die Männer nahmen rund um das Feuer Platz und unterhielten sich, die Frauen hockten sich hinter sie, um das Gespräch zu verfolgen. Während Tanya und die anderen Gefangenen auf ihr Schicksal warteten, ertönten Trommelschläge, lauter und lauter, im Rhythmus ihres rasend pochenden Herzens. Ein vornübergebeugter alter Mann mit wettergegerbtem Gesicht begann zu singen und schüttelte dazu eine Rassel. Bald fielen andere in den Gesang ein, und die Abendbrise trug die unheimlichen Töne mit sich fort. Ein Schauer lief über Tanyas Rücken. Einige der Entführer erhoben sich und führten pantomimisch vor, wie sie die weißen Frauen gefangengenommen hatten.

Sogar Tanya verstand mühelos den größten Teil der Darstellung. Ihre Miene verfinsterte sich, als einer der Krieger vorführte, wie sie den vierschrötigen Wilden ins Ohr gebissen hatte. Müßte sie nun noch mehr Schmerzen, noch mehr Torturen erdulden? Oder einen langsamen, qualvollen Tod? Vielen Männern schien dieser Teil des Schauspiels besonders zu gefallen, und sie machten sich lauthals über die Entstellung des häßlichen Kerls lustig. Das eine und andere dunkle Augenpaar wandte sich Tanya zu und taxierte das weiße Mädchen, das einen ihrer Krieger so zugerichtet hatte. Tanya ließ sich von ihren Blicken nicht einschüchtern und wappnete sich dagegen, indem sie alle mit ihren goldenen Augen fest ansah.

Die Nacht schien ewig zu dauern, der Lärm kein Ende zu finden. Einmal sah es aus, als gerieten Tanyas Entführer und das fette, schauderhafte Untier, dessen Ohrläppchen sie abgebissen hatte, aneinander. Das Scheusal schrie, fuchtelte wild mit den Händen und zeigte erst auf Tanya und dann auf sein entstelltes Ohr. Die Demonstration galt dem grauhaarigen Mann, den Tanya für den Häuptling hielt. Eisige Kälte kroch ihr den Rücken hoch. Dann sprach ihr Entführer. Energisch, aber mit ruhiger Stimme sagte er, was er zu sagen hatte. Der alte Häuptling nickte, äußerte sich kurz und scharf, und Tanyas Entführer setzte sich wieder hin, offensichtlich zufrieden mit dem Ergebnis, während der andere wütend zu seinem Platz im Kreis der Männer zurückstapfte. Tanya wußte nicht genau, was das zu bedeuten hatte, hoffte aber inständig, daß man sie nicht an den häßlichen Krieger ausliefern würde.

Der Abend schien sich seinem Höhepunkt zu nähern. Es war, als vibriere sogar die Luft vor Erregung. Auf ein Wort des Häuptlings hin näherten sich schließlich einige Frauen den Gefangenen. Die weißen Frauen wurden zu ihren ursprünglichen Bezwingern geführt, und Tanyas Leine wurde ihrem Entführer in die Hand gedrückt.

Melissa war erneut einer Ohnmacht nahe, und Nancy stieß einen ohrenbetäubenden Schrei nach dem anderen aus. Aus dem Augenwinkel konnte Tanya sehen, wie sich Suellen wehrte, als ihr Entführer sie packte. Rosemary schluchzte leise und murmelte etwas vor sich hin, das sich wie ein Gebet anhörte. Tanya war wie erstarrt, zu keiner Reaktion fähig.

Die Mädchen wurden zum Feuer geführt, und eine Schrecksekunde lang glaubte Tanya, sie würden nun bei lebendigem Leibe verbrannt. Ihr Herz setzte aus. Von ihrem Entführer an der kurzen Leine gehalten, brachte ein knapper Ruck sie zum Stehen. Ihr Atem stockte, als sie sah, wie Rosemary nach vorne gestoßen wurde. Kurz vor dem Feuer mußte sie stehen bleiben. Ihr Entführer hielt sie fest. Eine Indianerin nahm einen brennenden Zweig aus dem Feuer und berührte damit Rosemarys Oberschenkel. Ihr Rock, der in Fetzen an ihr herabhing, drohte Feuer zu fangen. Der bittere Geschmack von Galle stieg in

Tanyas Kehle hoch, während sie voll Entsetzen zusah, wie Rosemarys Bein gebrandmarkt wurde. Der markerschütternde Schrei des Opfers zerriß die Nachtluft. Als ihr Entführer sie wieder wegschleifte, versagten ihr die Beine, und sie sackte in sich zusammen.

Nun war den anderen Mädchen klar, was sie erwartete. Nancy, die als nächste dran war, schrie und flehte um Schonung. Vergebens. Suellen nahm den Kampf erneut auf, wand sich und krallte sich in dem verzweifelten Versuch fest, ihrem Schicksal zu entkommen. Todesangst ließ ihre schneidende Stimme noch schriller klingen. Melissas Augen glichen zwei riesigen, glasig-blauen Tellern in einem Gesicht, aus dem ansonsten alle Farbe gewichen war. Ihr Mund öffnete und schloß sich lautlos.

Der Geruch von versengtem Fleisch stieg Tanya in die Nase, ließ ihre Nasenflügel beben. Ihr Herz schlug so schnell, daß sie dachte, es zerrisse ihre Brust. Angst weitete ihre Augen, Übelkeit stieg in ihr hoch, und sie mußte mehrmals heftig schlukken, um sich nicht zu übergeben.

Sie spürte die harten, knochigen Finger ihres Entführers unter dem Kinn. Er wandte ihr Gesicht dem seinen zu, und sie begegnete dem warnenden Blick seiner zusammengekniffenen Augen, während sie Nancy in Todesangst schreien hörte. Ihr Entführer schüttelte den Kopf, seine Hand schloß sich fester um ihr Kinn. Er stieß sie nach vorn, zwang sie, zuzusehen, wie Melissa der Brandmarkung unterworfen wurde. Das kleine blonde Mädchen stieß einen halb erstickten Schrei aus, dann fiel es in Ohnmacht. Nun fühlte Tanya den harten Griff seiner Finger auf ihrem Oberarm, der sie zwang, aufrecht stehen zu bleiben. Als Suellen, wild um sich tretend, nach vorne geführt wurde, zwang er sie erneut, ihn anzublicken und schüttelte den Kopf.

Tanya starrte in seine ebenholzschwarzen Augen und verstand. Dieser bronzehäutige Wilde wollte, daß sie dem Schrekken tapfer und stolz ins Auge blickte. Seltsamerweise verlieh sein Blick ihr Stärke; es war, als fließe ein Teil seiner Kraft in sie über.

Stumm ließ er sie los, sagte nichts, hielt ihre Augen aber weiter mit den seinen fest. Stolz warf Tanya den Kopf zurück, straffte die Schultern und ging mit ruhigen Schritten vor ihm her zum Feuer. Äußerlich wirkte sie wie eine Königin, während sie innerlich vor Angst bebte. Mit zitternden Fingern zerriß sie den Stoff ihrer langen Unterhose, damit er nicht mit der Brandwunde in Berührung käme.

Die Indianer beobachteten sie überrascht und voll Anerkennung. Wenn es etwas gab, das ihnen Achtung einflößte, dann war es Tapferkeit. Tanya sah, wie ihr Entführer auf einen bestimmten Zweig in den Flammen wies. Als er aus dem Feuer gezogen wurde, war ihr klar, warum. Die Form des Zweiges entsprach dem Bild auf seiner Brust, dem fauchenden Panther. Sie sollte gebrandmarkt werden als die Seine, mit seinem Erkennungszeichen.

Tanya schluckte krampfhaft, als sie ihm das Gesicht zuwandte und der Indianerin, die den glühenden Zweig in den Händen hielt, ihren Oberschenkel darbot. Er faßte sie an den Handgelenken, und ihre Hände legten sich automatisch über die seinen, als suche sie irgendwo Halt. Tanya hielt die Luft an, biß die Zähne zusammen und stählte sich mit einem festen Blick in die schwarzen Jettkugeln seiner Augen für das, was sie erwartete.

Der Schmerz war schlimmer als alles, was sie je erlebt hatte. Der Gestank des verbrannten Fleisches drehte ihr den Magen um, und wäre sie nicht von seinen Händen gehalten worden, hätten ihr die Beine versagt. Krampfhaft klammerte sie sich an seinen Handgelenken fest und grub ihre Fingernägel in sein Fleisch. Sie schloß die Augen, als wolle sie dem Schmerz den Zutritt zu ihrem Körper verwehren, ihr Kopf sank nach hinten, doch der einzige Laut, der über ihre zusammengepreßten Lippen drang, war ein langes, lautes Zischen.

Als es vorbei war, ließ er ihr einen Augenblick Zeit, sich zu erholen, dann führte er sie in ein nahegelegenes *Tipi*. Er bedeutete ihr, sich auf eine Matte zu setzen und nahm einen Beutel von einer Stange und eine Schüssel, die neben dem Feuer stand. Vorsichtig reinigte er ihre Wunde und bestrich sie mit einer Salbe aus dem Beutel.

Während er damit beschäftigt war, betrat eine ältere Frau das

Tipi. Schweigend sah sie ihm bei seiner Verrichtung zu. Als er fertig war, sagte er etwas zu ihr in dieser rauhen Sprache, an die Tanya sich langsam gewöhnte. Mit einigen Gesten forderte er Tanya auf, zu schlafen. Dann drehte er sich um und ging.

Die Frau wiederholte dieselben Gesten und bedeutete Tanya, sich hinzulegen; sie selbst nahm neben dem Feuer Platz. Eine Weile lag Tanya da, starrte auf die Spitze des Zelts und versuchte, sich möglichst nicht auf das brennende Gefühl des Schmerzes in ihrem Oberschenkel zu konzentrieren. Als der Schmerz nachließ, begann sie, nach und nach die Einzelheiten ihrer Umgebung wahrzunehmen. Das Innere des *Tipi* war geräumiger, als sie erwartet hatte, gut und gerne im Durchmesser sechs Meter. Lange Stangen, die sich zur Zeltspitze hin kreuzten und zusammen gebunden waren, bildeten das stützende Gerüst der konischen Behausung, die sich nach oben verjüngte und an der Spitze eine Öffnung als Rauchabzug besaß. Die Wände bestanden aus zusammengenähten Tierhäuten, die über die Stangen gelegt worden waren. Tanya erinnerte sich jetzt, daß viele dieser Behausungen auf der Außenseite bemalt waren und fragte sich, in wessen Zelt sie lag. In dem der alten Frau, oder in dem ihres Entführers?

Sie lag auf einer Art Webmatte, und auf einer solchen Matte saß auch die alte Frau. In der Nähe lag ein Stapel Felle. An den Stützstangen hingen die verschiedensten Lederbeutel, kleine Säcke und etwas, das aussah wie Kleidungsstücke. Auf dem Boden, neben der Feuerstelle, stand ein Stapel Töpfe und Schüsseln, außerdem ein Dreifuß, der wahrscheinlich zum Zubereiten der Speisen über dem Feuer benutzt wurde. Am Eingang hing ein Bündel geflochtener Lederriemen, so wie ihr Entführer sie als Zügel für sein Pferd benutzte. Tanyas Blick fiel auf das Kriegsbeil, das daneben hing, und auf die mit Federn geschmückte Lanze. Vielleicht könnte sie an die Waffen gelangen und ihr Leben retten?

Ein Blick auf die alte Frau machte ihre Pläne zunichte; die schwarzen Augen beobachteten sie aufmerksam. Tanya seufzte erschöpft und schloß die Augen. Die Zeit war noch nicht reif.

Doch die Gelegenheit zur Flucht bot sich rascher, als sie vermutet hatte. Tanya wachte auf, als der Schmerz in ihrem Bein unerträglich wurde. Sie hatte sich im Schlaf umgedreht und auf den verbrannten Oberschenkel gelegt. Der Schmerz riß sie hoch, und zögernd blickte sie sich um. Das Feuer brannte nur noch schwach, doch im Widerschein der glühenden Äste konnte sie sehen, daß sie allein war. Ihr Entführer war nicht wiedergekommen, und die Frau hatte wohl, nachdem sie sich davon überzeugt hatte, daß Tanya schlief, das Zelt verlassen. Offensichtlich rechnete sie nicht damit, daß das erschöpfte Mädchen so bald wieder aufwachen würde. Draußen war der Trubel noch in vollem Gange, das Fest dauerte also an.

Langsam und behutsam, die Brandwunde auf ihrem Oberschenkel vor jeder Berührung schützend, erhob sich Tanya. Sie befreite sich von der verhaßten Leine und warf sie auf den Boden. Vorsichtig kroch sie zu dem von sich überlappenden Tierhäuten verschlossenen Ausgang und spähte nach draußen. Keine zehn Meter entfernt feierten die Indianer rund um das Lagerfeuer ihr Fest, doch im weiteren Umkreis schien alles ruhig.

Tanya zog sich wieder ins Zelt zurück. Wie gern hätte sie sich die Zeit genommen, nach etwas Eß- und Trinkbarem zu suchen, doch sie wußte, daß es auf jede einzelne kostbare Sekunde ankam, sollte die Flucht gelingen. Sie griff sich Beil und Lanze, kroch hinaus und tauchte rasch auf der dunklen Seite des *Tipi* unter. Im Schatten der Zelte schlich sie sich barfuß an einer Behausung nach der anderen vorbei, nicht ohne immer wieder argwöhnisch um sich zu blicken. Gestützt auf die Lanze bahnte sie sich den Weg bis zum Rand des Lagers.

Nachdem sie das Indianerdorf einmal hinter sich gelassen hatte, stürmte sie Hals über Kopf voran, quer über das freie Feld, den schützenden Wald vor Augen, fest entschlossen, nicht auf den Schmerz in ihrem Bein zu achten. Ihr Atem ging stoßweise, und ihr Herz klopfte rasend laut. Zu gern hätte sie eines der Pferde gestohlen, doch sie wußte nicht, wo sie standen. Auf ihrem Fluchtweg war ihr keines begegnet.

Wild entschlossen zu entkommen, merkte Tanya nicht, daß

ihr jemand folgte. Als sie die ersten Bäume erreicht hatte, hielt sie an, um Atem zu schöpfen, und lehnte sich gegen einen Baumstamm. Kaum hatte sie sich wieder aufgerichtet, um weiterzulaufen, legte sich eine Hand fest auf ihren Mund, eine andere schlug die Lanze und das Beil aus ihren Händen. Jemand zerrte sie zurück auf das vom Mondlicht erleuchtete Feld. Es war niemand anderes als der Mann, der sie vor zwei Tagen entführt hatte. Ihre Augen füllten sich mit Tränen der Enttäuschung. Wütend wischte sie sie weg.

Dann führte ihr Weg zurück in die kreisförmige Anordnung der *Tipis*, bis sie das Zelt ihres Entführers erreicht hatten. Er schleuderte sie durch die Öffnung, und die Wucht seines Stoßes warf sie zu Boden. Sie lag vor ihm, und noch ehe sie wieder aufstehen konnte, hatte er einen der geflochtenen Lederriemen von der Wand genommen und kam auf sie zu. Seine dunklen Augen glühten vor Zorn.

Instinktiv hob Tanya die Arme, um sich gegen den ersten Hieb zu schützen. Sie rollte sich auf den Bauch, zog die Beine an, versuchte, wieder aufzustehen, doch die wütenden Schläge landeten so rasch hintereinander auf ihrem Rücken und ihrem Gesäß, daß es ihr unmöglich war, wieder auf die Füße zu kommen. Wie ein Nebel legte sich der Schmerz über sie, und durch diesen Nebel hindurch spürte sie, daß sie weinte. Sie rollte sich zu einer Kugel zusammen. Tränen strömten über ihr Gesicht und machten sie blind. In ihrem Mund spürte sie den Geschmack von Blut, und sie merkte, daß sie sich die Lippen blutig biß, um nicht laut zu schreien. Als die Schläge endlich aufhörten, stöhnte sie nur noch.

Doch sie sollte noch mehr gedemütigt werden. Plötzlich riß ihr der Indianer Mieder und Unterhose vom Leib. Vollkommen nackt lag sie vor ihm, nur die Schultern bedeckt von der lohenden Mähne ihres Haares. Schmerz und Angst standen in ihren Augen, als sie ihn anfunkelte und mit einem letzten Rest von Tapferkeit drohte: »Wage es nicht, mich anzufassen!«

Ihr kupferhäutiger Entführer, auch er nackt bis auf den Lendenschurz und die Mokassins, näherte sich drohend. Er versetzte ihr einen scharfen Schlag auf die Wange, dann hob er sie mühelos hoch, als sei sie ein kleines Kind, und schleuderte sie auf die Matte.

Lang ausgestreckt lag sie vor ihm da, zitternd den Blicken seiner glimmenden nachtschwarzen Augen ausgesetzt, die ihren schutzlosen Körper abtasteten. Tanya fühlte sich geschändet, noch ehe er sie überhaupt berührt hatte, doch zu ihrer großen Überraschung drehte er sich schließlich um, sammelte ihre Kleider und alles zusammen, was sie zur Verteidigung oder zum Schutz hätte benutzen können, und verließ unvermittelt das Zelt.

Tanya stieß einen Seufzer der Erleichterung aus. Eine Zeitlang lag sie, ohne sich zu bewegen, zitterte am ganzen Körper und weinte lautlos vor sich hin, bis ihr Verstand sie dazu brachte, die Lage nüchtern zu betrachten. Ihr Entführer hatte in der Tat eine weise Entscheidung getroffen. Sie besaß nichts, um ihre Nacktheit zu bedecken, und auch keine Waffen, also war es nicht nötig gewesen, sie festzubinden oder bewachen zu lassen. Nackt würde sie keinen weiteren Fluchtversuch wagen.

Blutergüsse bedeckten ihren Körper, schmerzerfüllt drehte sie sich auf die Seite. Ihr Rücken, ihr Gesäß brannten wie Feuer, und die Brandwunde am rechten Oberschenkel schmerzte mehr denn je. Hoffnungslosigkeit überwältigte sie, und langsam rollten die heißen Tränen der Verzweiflung aus ihren geschlossenen Augen über die Wangen. Schließlich forderte die Erschöpfung ihren Tribut, und Tanya schlief ein.

Sie blinzelte nicht einmal mit den Augen, so fest schlief sie, als Panther-auf-der-Pirsch in sein Zelt zurückkehrte. Eine Zeitlang saß er da und beobachtete ihren Schlaf. Dann nahm er eine Strähne ihres honigfarbenen Haares in die Hand und ließ sie durch seine rauhen Finger gleiten. Diese wunderbare Farbe! Wie weich, wie seidig sich ihr Haar anfühlte! Morgen würde er dafür sorgen, daß man sie badete und das strähnige Haar kämmte.

Sanft fuhren seine Finger über ihren Rücken, prüften die Wunden. Er war froh, daß er sie in seinem Zorn nicht ernstlich verletzt hatte. Blutunterlaufene Striemen überzogen Tanyas Rücken und ihr Gesäß, aber nur an ein oder zwei Stellen war die Haut geplatzt.

Panther-auf-der-Pirsch war in den fünfundzwanzig Wintern seines Lebens häufig zu Raubzügen ausgezogen und hatte viele Gefangene gemacht, aber noch nie eine für sich behalten. Stets hatte er sie einem anderen Krieger oder einer Frau geschenkt oder verkauft. Dies war das erste Mal, daß er gezielt eine Gefangene für sich ausersehen hatte, auch das erste Mal, daß ihn die Schönheit einer Frau so in Bann schlug wie jetzt. Ihr Haar, ihre Augen faszinierten ihn. Ihr Gesicht war – und das galt sogar für die eigensinnige Linie ihres Kinns – makellos, ihr Körper eine einzige Verlockung.

Panther-auf-der-Pirsch spürte, wie die Erregung sich seiner bemächtigte, während er sie betrachtete, und zwang seine Gedanken rasch in eine andere Richtung. Er mußte sie mit Sorgfalt behandeln, sich in Geduld und Weisheit üben, um ihren stolzen Geist nicht zu brechen. Viel zu sehr bewunderte er ihre Tapferkeit, als daß es ihm Freude gemacht hätte, sie gedemütigt und ängstlich zu sehen, eine Sklavin ohne Stolz, wie so viele andere.

Alles würde sich binnen einer Woche oder in den nächsten vierzehn Tagen entscheiden. So vieles hing davon ab, ob Tanya fähig war, die Sitten seines Volkes zu verstehen und sie sich anzueignen. Sie mußte lernen, ihn als ihren Herrn zu akzeptieren und ihm willig zu gehorchen, ohne Zögern, ohne ihm irgendwelche Fragen zu stellen. Sie mußte diese törichten Gedanken an ihr Zuhause und an Flucht aufgeben und bereit sein, mit ihm und seinem Volk zu leben. Sie mußte die Sprache der Cheyenne erlernen und sich mit all den Pflichten und Aufgaben vertraut machen, die der Frau eines Cheyenne-Kriegers oblagen.

Es würde zweifellos nicht leicht für sie sein, aber sie war intelligent und begriff schnell. Voraussetzung war, daß sie sich mit ihrem neuen Leben hier abfand. Hatte sie dazu erst einmal ja gesagt, würde sie alles Übrige schnell lernen. Sein Hauptproblem bestand darin, ihr beizubringen, dieses Leben anzunehmen und ihm zu gehorchen, ohne ihren stolzen Geist zu brechen.

Er lächelte, als er daran dachte, wie sie sich gegen Häßliche Otter gewehrt hatte. Arme kleine Wildkatze, dachte er, man wird dir die Krallen beschneiden. Du wirst dich dagegen zur Wehr setzen, ich weiß, aber du wirst es nicht verhindern können. Du wirst gegen die Leine protestieren, du wirst spucken und fauchen, aber ich werde dich mit sanfter Hand gefügig machen. Kämpfe nicht zu sehr, kleine Wildkatze, denn damit schadest du dir nur selbst. Ich will dich haben, das ist mein Ernst. Du wirst mir gehören, bis ich es mir anders überlege, und je eher du dich damit abfindest, desto leichter wird es für dich sein.

Als Tanya erwachte, fühlte sie sich am ganzen Körper steif, wund und durchgefroren von der morgendlichen Kälte. Sie rollte sich zu einem Ball zusammen, wollte sich mit ihrem eigenen Körper wärmen. Was hätte sie jetzt nicht alles für eine Decke gegeben!

Nachdem sie sich vergewissert hatte, daß sie allein im Zelt war, kroch sie zur Feuerstelle. Sie stocherte mit einem kleinen Stock in der Glut herum, um sie zu neuem Leben zu erwecken, entdeckte aber weit und breit nichts, was sie als Brennstoff hätte verwenden können.

Die Häute am Eingang des *Tipi* waren zurückgeklappt, und das helle Sonnenlicht strömte herein. Tanya zuckte zurück und versuchte vergeblich, ihre Nacktheit zu bedecken, als ihr Entführer, gefolgt von der alten Frau, die sie am Abend zuvor bewacht hatte, das Zelt betrat. Die Frau lud einen Stapel Holz auf dem Boden ab und warf Tanya einen tadelnden Blick zu, mit dem sie ihr wortlos zu verstehen gab, wie sehr es ihr mißfiel, daß Tanya sie durch ihren Fluchtversuch in Mißkredit gebracht hatte.

Ihr Entführer packte sie unterm Kinn. Offensichtlich wollte er, daß sie ihm zuhörte. Er zeigte auf sich und sagte *»Meshepesha Tsi«*, wiederholte die Geste und das Wort, zeigte dann auf Tanya und wartete. Als er das Ganze zum dritten Mal machte, dämmerte es Tanya, daß er ihr seinen Namen nannte und nach dem ihren fragte.

Tanya zeigte auf sich und sagte: »Tanya.«

Der Krieger nickte. »Tan-Yah«. Er deutete erneut auf sie, dann wieder auf sich selbst. *»Meshepesha Tsi.«* Er sprach den Namen langsam und deutlich aus, sie offensichtlich auffordernd, ihn zu wiederholen.

Das tat sie, zögernd zunächst. Doch er ließ sie den Namen so oft nachsagen, bis die Aussprache stimmte.

Dann zeigte er wieder auf Tanya und schüttelte verneinend den Kopf. »*Mattah* Tan-Yah.« Er stupste sie mit dem Finger an und sagte: »*Peshewa Matchsquathi.*«

Tanya schüttelte den Kopf. »Nein, Tanya, Tanya«, wiederholte sie hartnäckig.

Er reagierte mit heftigem Kopfschütteln. »*Peshewa Matchsquathi*«, korrigierte er sie.

Sie blickte ihn flehentlich an, und einen Moment lang dachte er, sie würde weinen. »Ich will nicht *Peshewa Matchsquathi* sein«, sagte sie, wobei sie den Namen ganz korrekt aussprach. »Ich will Tanya bleiben.«

»*Mattah.*« Er schüttelte mißbilligend den Kopf.

»Das heißt wohl ›nein‹«, murmelte Tanya.

Wieder stieß er sie mit dem Finger an und wartete. Seufzend gab sie nach. »Also gut, ich bin *Peshewa Matchsquathi,* was immer das heißen soll.«

Er zeichnete das Bild eines Panthers, der sich an seine Beute heranschleicht, auf ein Stück Baumrinde und wiederholte seinen Namen. Nun verstand sie, was er bedeutete. *Meshepesha Tsi* hieß Panther-auf-der-Pirsch. Sie erinnerte sich, daß sie das schon einmal gehört hatte. Die Soldaten hatten erwähnt, daß der Neffe des Häuptlings der Cheyenne, Black Kettle, sich so nannte. Also waren sie Gefangene der Cheyenne. Später würde sie auch die Bedeutung ihres eigenen Namens verstehen – Kleine Wildkatze.

Den Rest des Morgens erhielt Tanya Sprachunterricht. Panther-auf-der-Pirsch stellte sie Geht-wie-eine-Ente vor, und von da an kümmerte sich die alte Frau um sie. Während Panther, auf dem Boden hockend, das Zaumzeug seines Pferdes reparierte, brachte Geht-wie-eine-Ente Tanya bei, wie man Feuer macht und die Morgenmahlzeit zubereitet, wobei sie die Namen eines jeden Gegenstandes, den sie in die Hand nahm, geduldig in Tanyas Kopf hämmerte.

Tanya, die sich ihrer Nacktheit peinlich bewußt war, hatte Mühe, sich auf die Lektion zu konzentrieren, zumal Panther keine Anstalten machte, sich aus dem Zelt zu entfernen. Er und Geht-wie-eine-Ente ignorierten ihre Nacktheit unbekümmert, und so blieb Tanya nichts anderes übrig, als das Gleiche zu tun, auch wenn sie den ganzen Tag oft genug vor Scham errötete. Nie war ihr eine geschützte Intimsphäre so kostbar vorgekommen wie jetzt, da sie ihrer völlig beraubt war.

Tanya lernte die Wörter für Gesicht, Arme, Kopf, Beine, Mund, Nase, Haare. Später würde Panther ihr auch die Wörter für die intimeren Bereiche ihres Körpers beibringen, doch vorläufig gab Tanya sich Mühe, ihre Zunge den fremden, gutturalen Lauten der Cheyenne-Sprache anzupassen. Sie fragte sich nicht eine Sekunde lang, warum sie sich dem mühseligen Lernprozeß unterwarf; sie tat es einfach.

An diesem Morgen lernte sie nicht nur einige Grundbegriffe und einfache Sätze, sondern auch, wie man die Morgenmahlzeit zubereitet. Und als nächstes lernte sie, zu ihrer großen Bestürzung, daß sie nach dem Kochen warten mußte, bis Panther als erster gegessen hatte. Man verlangte von den Frauen, daß sie sich, während Panther aß, mit etwas anderem beschäftigten oder still neben ihm saßen und zusahen; erst danach durften sie selber essen.

Nach dem Frühstück gab Panther-auf-der-Pirsch ihr eine Decke, mit der sie ihre Blöße bedecken konnte. Er wickelte sie um ihren Körper und befestigte die losen Enden zwischen ihren Brüsten. Tanya errötete bis in die Haarwurzeln. Dann legte er ihr die Leine um den Hals und führte sie zu einem Fluß in der Nähe. Dort überließ er sie der Obhut von Geht-wie-eine-Ente, die sie mit Sand und kaltem Gebirgswasser abschrubbte, bis ihre Haut glühte und ihr Haar heller leuchtete als die Sonne.

In einem Gewand aus Hirschleder, das man ihr über den Kopf zog und das bis zu den Waden reichte, fühlte sich Tanya schließlich einigermaßen bedeckt. Das Kleid war ärmellos und gerade geschnitten und wurde von einer Kordel um den Hals und einem Ledergürtel gehalten, doch Tanya war so glücklich darüber, als handle es sich um ein Ballkleid aus Satin. Sie war wieder sauber, sie hatte gegessen, sie war angezogen, und ihre Füße steckten in weichen Mokassins – fast fühlte sie sich wieder wie ein normaler Mensch, doch als Panther ihr erneut die Leine um den schlanken Hals legte, zuckte sie innerlich zusammen.

Bevor er sie zu seinem *Tipi* zurückbrachte, führte Panther sie im Lager herum. Einige junge Männer, die sie verhöhnten und verspotteten, wurden von Panther mit wenigen scharfen Worten in ihre Grenzen gewiesen. Verlegen und beschämt, mit hängendem Kopf, den Blick zu Boden gerichtet, trottete Tanya durch das Dorf. Bis er mit festen Händen ihr Kinn hochhob und ihre Schultern nach hinten schob. Von da an ging sie aufrecht, mit erhobenem Kopf hinter ihm her.

Schon bald überkam sie eine natürliche Neugier, und sie blickte sich aufmerksam um. Alle Zelte waren, wie sie feststellte, auf die gleiche Weise gebaut, doch jedes anders geschmückt. Auf Panthers *Tipi* waren, wie sie wußte, kunstvolle Abbildungen wilder Panther zu sehen. Das Zelt des Häuptlings war schwarz und zeigte die Sonne, die strahlend gelb über den Bergen aufging. Einige waren mit Monden und Sternen, andere mit Tierdarstellungen verziert, doch keines glich dem anderen. Die größten und besonders kunstvoll bemalten standen in der Mitte des Dorfes, um die sich die anderen fächerförmig in immer größeren Kreisen bis zum Rand des Lagers gruppierten.

Einige *Tipis* hatten kleine Baldachins über den Eingängen, und vor vielen befand sich, neben der Feuerstelle im Inneren, noch eine weitere im Freien. Tanya stellte fest, daß die Eingänge alle nach Osten, der aufgehenden Sonne zugewandt waren. Vor vielen Zelten waren Frauen mit ihren häuslichen Arbeiten beschäftigt. Niemand ging auf Tanya zu oder sprach sie an, aber auf Schritt und Tritt wurde Panther von einem Krieger oder einer Indianerin gegrüßt.

Am Ende ihres Rundgangs führte Panther sie zu einem eingezäunten Korrall. Hier waren die Pferde untergebracht. Ein junger Krieger versuchte gerade, ein wildes Pony zu zähmen. Es war mit einem langen Strick an einen Pfahl in der Mitte des Platzes festgebunden, und jedesmal, wenn der junge Krieger sich näherte, scheute das Pferd und bäumte sich auf. Mit unendlicher Geduld wartete der Mann dann, bis das Tier sich wieder beruhigt hatte und versuchte es von neuem. Panther und

Tanya sahen eine ganze Weile zu, wie der Krieger besänftigend, fast singend auf das verstörte Tier einsprach, bis es ihn schließlich so nahe an sich herankommen ließ, daß es an seiner Hand riechen konnte. Mit bebenden Nüstern sog es den Geruch des Indianers ein, argwöhnisch, am ganzen Leib zitternd, doch berühren durfte der Mann es nicht.

Panther führte Tanya zu seinem *Tipi* zurück. Er band sie an einem langen Strick fest und überließ sie der Obhut von Geht-wie-eine-Ente. Während des langen Nachmittags lernte sie, getrocknete Körner in einem Mörser zu feinem Pulver zu zerstoßen. Blasen bildeten sich an ihren zarten Fingern und brachen auf. Panther kehrte mit zwei toten Kaninchen zurück, die er ihr vor die Füße warf. Sie überwand ihre Abscheu und lernte, die Tiere zu häuten und sie zuzubereiten. Während die Kaninchen in dem großen Topf schmorten, zeigte Geht-wie-eine-Ente ihr, wie man die Felle zum Gerben präparierte.

Tanya war zu Tode erschöpft und schlief beinahe ein, als sie zusah, wie Panther die Mahlzeit, die sie mit Geht-wie-eine-Ente zubereitet hatte, verzehrte. Sie war so müde, daß sie sich zum Essen zwingen mußte. Als Geht-wie-eine-Ente sich schließlich für die Nacht verabschiedete, nahm sie Tanyas Kleid mit sich. Verängstigt, ihres Schutzes beraubt und wieder nackt, blieb Tanya zurück. Niemand sah oder hörte sie, als sie sich, lange bevor Panther zurückkehrte, auf ihrer Pritsche in den Schlaf weinte.

3

Von nun an folgten Tanyas Tage einem festen Rhythmus. Jeden Morgen stand sie in aller Frühe auf, und während Panther vor dem Zelt singend sein Gebet verrichtete, zündete Tanya das Feuer an und bereitete das Frühstück. Geht-wie-eine-Ente kam vorbei und brachte das geliebte Kleid, dann gingen sie gemeinsam, Tanya wie immer an der Leine, zum Fluß, um zu baden und den Wasservorrat aufzufüllen. Anschließend räumte sie das *Tipi* auf und spülte das Geschirr, dann konnte der eigentliche Tag beginnen.

Der Frühling hielt Einzug in den Bergen, und in Kürze würden die Cheyenne ihr Winterlager abbrechen und den Büffelherden durch die endlose Prärie folgen, doch zuvor mußten sie noch die nötigen Vorkehrungen treffen. Die Waffen wurden geschliffen, die Bogen neu gespannt, die jungen Pferde zugeritten, die Ausrüstung überprüft. Junge und alte Krieger bereiteten sich auf den Krieg vor und übten täglich viele Stunden.

Auch die Frauen waren fleißig. Solange die Sonne noch milde schien, versammelten sie sich auf den Feldern, beackerten den Boden, säten neues Getreide. Die Pflanzen wurden ihrer natürlichen Entwicklung überlassen, denn die Cheyenne waren ein Nomadenvolk, das vielleicht im Spätherbst zu seinem Winterlager zurückkehren und dann die Ernte einbringen wollte. Sie pflanzten Mais und Bohnen an, Kürbisse und Melonen, wilden Weizen und Kartoffeln. Im Herbst würden sie, zusätzlich zu diesen Nahrungsmitteln, wilde Kürbisse, Zwiebeln, Karotten und Rüben finden, ebenso wie Beeren, Äpfel, Nüsse, Trauben und Honig.

Wenn die Sonne höher stieg, gingen sie in die Wälder, um wilde Erdbeeren und die Beerenfrüchte des Frühjahrs zu sammeln. Sie pflückten seltene Pflanzen, die Tanya noch nie gesehen hatte und die teils zum Kochen, teils zum Würzen, wieder andere als Heilpflanzen verwendet wurden. Auf ihrem Weg durch den Wald sammelten sie auch Holz zum Feuermachen. Selbst die Blumen waren nicht nur zum Riechen und Anschauen da, sondern dienten einem nützlichen Zweck. Alles was die Frauen auf ihren Streifzügen gesammelt hatten, schleppten sie nach Hause, um es dort zuzubereiten.

Manchmal wurden die Wurzeln, Pflanzen und Beeren gekocht oder geschmort, zerkleinert, getrocknet und dann zu einem Pulver zerrieben. Andere wurden in ihrem ursprünglichen Zustand belassen und auf Schnüren zum Trocknen aufgehängt. Geht-wie-eine-Ente führte Tanya geduldig und sorgfältig in alle Kniffe der Nahrungszubereitung ein. Zusätzlich brachte sie ihr bei, wie man Fisch oder Fleisch, das Panther von der Jagd mitbrachte, enthäutete, ausbeinte und zubereitete. Nie, so schien es, wurde irgend etwas vergeudet. Es gab Fische, die man räucherte und trocknete, andere, die man sofort verzehrte. Die Gräten wurden aufbewahrt und zu Nadeln verarbeitet. Aus den Fettdrüsen gewann man Öl, das, ebenso wie Enten- und Gänsefett, in wasserdichten kleinen Ledersäcken gehortet wurde. Hühnereier aßen sie mit großem Genuß, Truthähne waren ein Festessen, ihre Eier eine Delikatesse und Flußkrebse eine Köstlichkeit.

Jeder Fetzen Fleisch, den ein Tier hergab, wurde entweder gegessen oder geräuchert und getrocknet. Jeder Knochen, jede Sehne fand irgendeine Verwendung, sei es zum Zubereiten der Nahrung, der Kleidung oder von Waffen. Sämtliche Tierfelle und -häute wurden sorgfältig aufbereitet, um später als Kleidungsstück oder Haushaltsartikel zu dienen. Jede Drüse wurde weiterverwertet, sei es zu medizinischen Zwecken, wegen ihres Vitamingehalts oder wegen ihrer Tauglichkeit als Gleitmittel. Noch nie hatte Tanya ein so sparsam wirtschaftendes, erfindungsreiches und fleißiges Volk erlebt. Sie nahmen von der Erde nur, was sie zum Überleben brauchten, ersetzten, was sie ersetzen konnten, und nutzten alles weise und bis zur letzten Verwendungsmöglichkeit. Was sie sonst noch benötigten oder gern gehabt hätten – Kaffee, Zucker, Mehl, Decken – erwarben sie über einen Unterhändler der Regierung, Major Edward Wynkoop im Fort Lyon oder Fort Larned.

Tanya erlernte die Sprache der Cheyenne bruchstückhaft, wie die Gelegenheit es gerade ergab. Geht-wie-eine-Ente und auch die anderen Frauen zeigten immer wieder auf neue Gegenstände und nannten ihr die entsprechende Bezeichnung. Sogar die Kinder halfen ihr beim Erlernen und Aussprechen der fremdartigen Wörter. Die Indianer leiteten sie bei der Arbeit an und korrigierten ihre Aussprache. Seit jenem ersten Tag hatte kein einziger sie mehr schlecht behandelt, doch andererseits waren sie auch nicht gerade offen oder herzlich zu ihr. Tanya war eine Weiße und eine Sklavin, und nur Panthers Schutz verhinderte, daß sie, wie die anderen Gefangenen immer wieder, verspottet und geschlagen wurde.

Tanya sah ihre Freundinnen fast jeden Tag, doch es war ihr

nicht erlaubt, mit ihnen zu reden. Einmal hatte sie es versucht – mit verheerenden Folgen. Als sie eine ihrer Freundinnen ansprechen wollte, zog sich die Schlinge um ihren Hals zu, und die Wörter blieben ihr in der Kehle stecken. Aber das war, verglichen mit dem, was die anderen Mädchen erdulden mußten, noch eine milde Strafe. Wenn sie versuchten, miteinander zu reden, wurden sie auf der Stelle von den Frauen ihrer Entführer oder den Frauen, die sie bewachten, geschlagen, getreten, gekniffen, an den Haaren gezogen, selbst wenn sie bereits am Boden lagen. Ja, sie wurden manchmal sogar mit Peitschen- und Stockhieben traktiert, bis sie blutüberströmt hinfielen. So lernten die Mädchen bald, die Anwesenheit ihrer Mitgefangenen zu ignorieren, auch wenn es ihnen schwer fiel, doch sie ersparten sich auf diese Weise manchen Schmerz.

Tanya war entsetzt über den Zustand der anderen Mädchen. Am schlimmsten hatte es Melissa getroffen, deren Gesicht unter den Schwellungen und Blutergüssen kaum noch wiederzuerkennen war. Auch ihr Körper, notdürftig von ihrem zerrissenen Unterrock bedeckt, schien nur noch aus Dreck und Wunden zu bestehen. Ihr einst so glänzendes Haar hing in filzigen, schmutzigen Strähnen herab, und ihre Augen blickten glasig vor Schmerz und Elend. An Körper und Seele verwundet, zu Tode erschöpft, schleppte sie sich durch das Lager. Ihr Stolz war restlos gebrochen.

Nancy erging es nicht viel besser, und obwohl Rosemary inzwischen mit einer verschmutzten, fettverschmierten Tierhaut ihren knochigen Körper bedecken durfte, fehlte ihr ein Vorderzahn. Auch Suellen trug ein altes, verdrecktes Gewand aus Hirschhaut. Ihr herrliches rotes Haar war matt und verfilzt, ihre Fingernägel schmutzig und gebrochen, doch ihr Körper wies weniger blaue Flecken auf als der der anderen.

Tanya war es fast peinlich, sich ihren Freundinnen so sauber und unversehrt zu zeigen, mit glänzenden, frischgekämmten Haaren, in einem sauberen, sorgfältig ausgebesserten Kleid. Wenn sie sah, wie schlecht es den anderen erging, schämte sie sich bei dem Gedanken, daß sie sich über ihr Schicksal beklagt hatte. Verglichen mit ihren Freundinnen wurde sie behandelt wie eine verwöhnte Prinzessin! Bisher hatte Panther sie noch nicht geschändet, und seit ihrem Fluchtversuch hatte er sie auch nicht mehr geschlagen. Abgesehen davon, daß sie die demütigende Leine um den Hals tragen und sich jeden Abend nackt vor ihm zeigen mußte, hatte er sie keineswegs schlecht behandelt. Er hatte sie sogar mit einer reizenden jungen Indianerin, Scheues Reh, bekannt gemacht, mit der Tanya sich langsam anfreundete.

Einmal am Tag nahm Panther sie mit durch das Dorf, natürlich nie ohne die gefürchtete Leine. Langsam begann sie, die Leine und das, was sie symbolisierte, zu hassen, doch sie arrangierte sich damit, denn ihr lag viel an dem täglichen Spaziergang und sie wollte ihn sich nicht verscherzen. Stets endete ihr Weg bei dem jungen Krieger, der das gescheckte Pony zu zähmen versuchte, wobei er langsame, aber stetige Fortschritte machte. Am ersten Tag hatte er erreicht, daß das Pferd an seiner Hand roch. Am nächsten Tag durfte er schon seinen Kopf und seine Schnauze streicheln. Am dritten Tag strich er ihm bereits über den Rücken und konnte das Tier fast überall anfassen.

So ausgefüllt Tanyas Tage waren, so angespannt waren ihre Nächte. Den ersten Tag im Camp hatte sie den Schlaf der Erschöpfung geschlafen und war nur wach geworden, als sie Panther zurückkehren hörte. Sie spürte, daß er da war, als er sich auf einer Matte neben ihr niederließ. Er hatte seinen Lendenschurz und seine Mokassins ausgezogen und lag in seiner prachtvollen Nacktheit neben ihr. Als sie versucht hatte, von ihm abzurücken, hatte er die Hand auf ihre Schulter gelegt und sie festgehalten. Sonst hatte er sie nirgendwo berührt. Alles, was er verlangte, war, daß sie still neben ihm liegen blieb.

Die Nacht darauf hatte er von ihr verlangt, daß sie sein Lager teilte. Er hielt sie eng umschlungen, und ihre nackten Körper berührten sich. Nachdem sie sicher sein konnte, daß er nicht mehr verlangte, empfand sie die Wärme seiner Umarmung als seltsam tröstlich. Sie erwachte am nächsten Morgen, den Kopf an seiner Brust, Arme und Beine mit den seinen verschlungen.

Die dritte Nacht war nicht so ruhig verlaufen. Kaum lagen sie nebeneinander, zog Panther sie eng an sich. Dann hatte er angefangen, ihr Haar, ihr Gesicht zu streicheln. Seine langen Bronzefinger folgten den Linien ihres Gesichts, strichen ihr über Augen, Nase, Lippen, und sie erbebte unter seinen Händen. Doch nur kurz erlaubte er seinen Händen, die Konturen ihres Körpers zu erkunden, verweilte einen Moment lang auf ihren Oberschenkeln, ihren Brüsten. Gerade als Tanya dabei war, in Panik zu geraten, ließ er von ihr ab, schmiegte sich eng an sie und schlief ein. In dieser Nacht fand Tanya erst spät den Schlaf. Sie lag noch lange wach und dachte über diesen neuen Vorstoß nach. Verwirrt mußte sie feststellen, daß seine Berührungen ihr nicht zuwider gewesen waren.

Jetzt hockte sie mit Scheues Reh und Geht-wie-eine-Ente am Ufer des Flusses, wusch Panthers Kleider und dachte über ihre Reaktion nach. Furcht und Vorfreude mischten sich in ihr. Bald würde Panther kommen und sie zu ihrem gemeinsamen Spaziergang abholen. Ein Teil von ihr freute sich darauf, ein anderer sträubte sich dagegen.

Der junge Krieger war in seinen Bemühungen um das wilde, gescheckte Pony gut vorangekommen. In den letzten sechs Tagen hatte er das Tier so weit gebracht, daß es zum Füttern zu ihm kam, schließlich so weit, daß es seinem Ruf folgte und das Halfter akzeptierte. Jetzt konnte er es an der Longe herumführen. Gestern erst hatte das Pony sich eine Decke über den Rükken legen lassen, und an diesem Nachmittag duldete es das Gewicht des Kriegers, der halb liegend auf seinem Rücken hing.

Auch Tanya machte Fortschritte. Neun Tage befand sie sich jetzt im Dorf der Cheyenne. Sie hatte hart gearbeitet und viel gelernt. Ihre Hände bluteten nicht mehr und gewöhnten sich, ebenso wie ihre Muskeln, an die Arbeit. Ihr Rücken, ihr Gesäß brannten nicht mehr von den Schlägen, und die Kruste auf der Wunde am Oberschenkel war abgefallen. Übrig blieb ein Bereich schimmerndes, leuchtend rosafarbenes Fleisch – ihr Brandzeichen. Ihre Haut, der Sonne und dem Wind ausgesetzt, färbte sich goldbraun. Die Sprache der Cheyenne beherrschte sie inzwischen so gut, daß sie einfache Sätze bilden konnte und viel von dem verstand, was man ihr sagte, vorausgesetzt, es handelte sich um einfache Begriffe und es wurde nicht zu schnell gesprochen.

Wenn sie in Gedanken nicht mit Panther beschäftigt war, machte sie sich Sorgen um ihre Familie und ihren Verlobten. Ob sie eine Ahnung hatten, was ihr und den anderen zugestoßen war? Hatten sie lange nach den vermißten Frauen gesucht? Konnte sie in den nächsten Tagen auf Rettung hoffen, oder hatten die Cheyenne ihre Spuren so gut verwischt? Würde man die Frauen für tot halten und keine weiteren Nachforschungen mehr anstellen?

Wo mochte ihre Familie jetzt sein? fragte sie sich. Waren sie weitergezogen nach Pueblo oder nach Fort Lyon zurückgekehrt? Waren Jeffrey und Tante Elizabeth und Onkel George in Kenntnis gesetzt worden? Ahnten sie, daß Panther-auf-der-Pirsch hinter der Entführung steckte? Ob Julie klar war, wie knapp sie entkommen war? Ob irgend jemand sie vermißte, so sehr, wie sie ihre Familie vermißte? Ob Jeffrey sich Sorgen machte? Wie kamen Vater und Mutter mit dem Unglück zurecht?

Ihr ganzes Gebet galt der baldigen Rettung. Tanya hoffte inständig, es möge Hilfe kommen, bevor sie sich allzu sehr an dieses Leben hier gewöhnt hatte. Ihr grimmiger Überlebenswille, ihre verbissenen Anstrengungen täuschten sie nicht darüber hinweg, daß sie sich den neuen Bedingungen rasch angepaßt hatte. Jung und flexibel, wie sie war, hatte ihre Zunge sich schnell an die fremde Sprache gewöhnt, und ihr Körper fing an, in den langen, finsteren Nächten auf Panthers Körper zu reagieren.

Seit über einer Woche teilte sie nun Nacht für Nacht sein Lager. Panther beließ es nicht mehr dabei, sie kurz zu berühren. Er war dazu übergegangen, sie ausgiebig zu streicheln, zu küssen, ihr im bernsteinfarbenen Schimmer des dunklen *Tipi* zärtliche Worte ins Ohr zu flüstern. Mit jeder Nacht geriet sie ein Stück mehr unter seinen hypnotischen Bann. Unter seinen glühenden schwarzen Augen schmolz ihr Widerstand dahin. Wenn er seine warmen Lippen auf die ihren preßte, wenn seine Zunge die entlegensten Winkel ihres Mundes erforschte, war sie nahe daran, den Verstand zu verlieren und sich ihrer Sinnlichkeit zu überlassen. Am Anfang hatte die Angst sie gehindert, auf seine Berührungen zu reagieren, und sie war fest entschlossen gewesen, die ersten Anzeichen der Erregung, die sich bemerkbar machten, zu ignorieren. Doch dann begann sie, unter der Magie seiner Hände auf ihrer Haut, schwach zu werden.

Jetzt, eine Woche später, war Tanya völlig durcheinander. Die Nacht zuvor hatte sie sich dabei ertappt, wie sie seine leidenschaftlichen Zärtlichkeiten mit gleicher Inbrunst erwidert hatte. An diesem Abend lag sie auf der Matte und erzitterte, als Panther sich entkleidete – ein Zittern, das nichts mit der Angst verletzt zu werden zu tun hatte, sondern ganz und gar aus der Furcht entstand, sich völlig an ihn zu verlieren.

Er war ein wunderschönes männliches Tier: groß gewachsen, bronzehäutig, anmutig. Kraftvoll wie das Tier, das ihm seinen Namen gegeben hatte. Panther legte sich neben sie, zog ihren bebenden Körper eng an sich und blickte ihr tief in die goldenen Augen. Er fühlte, wie sein Körper vor Leidenschaft pulsierte. Nun, da er so sehr mit ihrer seidigen Haut vertraut war, fanden seine Hände ihren Weg von allein, erinnerten sich an alle Mulden und Wölbungen. Sein Mund ergriff von ihrem Mund, dessen ganze Süße nun ihm allein gehörte, immer wieder Besitz.

Tanya hatte sich an diesem Abend fest vorgenommen, nicht auf Panthers Liebesspiel einzugehen, doch kaum fühlte sie seine begehrlichen Lippen, war es um sie geschehen. Sie spürte, wie seine Hände die Linien ihres Körpers nachzeichneten, und begann heftig zu beben. Sein Mund suchte ihre Lippen zu einem verwegenen, fordernden Kuß. Wie heißes Wachs schmolz sie unter ihm dahin. Mit einer Hand hielt er sie an den Haaren gepackt, damit sie sich seinen Küssen nicht entziehen konnte, mit der anderen suchte und fand er eine ihrer vollen Brüste. Unter dem geschickten Spiel seiner schlanken Finger richtete sich die rosige Brustwarze auf, und ein schmerzhaftes Pochen durchzog ihre Lenden.

Er löste sich von ihren Lippen, ließ seinen Mund über ihr ganzes Gesicht wandern, küßte sie zart auf die Augenbrauen, die Nase, die Augen, das Kinn, fand den Weg zu ihrem Ohr, dessen Windungen er mit seiner Zunge nachzog. Tanya erschauerte. Weiter abwärts wanderte sein Mund, bedeckte ihren Hals mit Küssen und zärtlichen kleinen Bissen, bis er in der empfindsamen Mulde ihrer Schultern angekommen war. Sein loses Haar streichelte ihre Brüste, ihre Schultern.

Seine Hand, die ihre Brust erregte, sein Mund, der über ihre Schultern glitt – das alles war mehr, als sie ertragen konnte, und ihr Körper bäumte sich ihm unwillkürlich entgegen. Er murmelte sinnlose Sätze in ihr Ohr, ermutigte sie zu kühneren Berührungen. Sie hatte die Hände abwehrend gegen seine Brust gestemmt, doch plötzlich schienen sie sich selbständig zu machen. Langsam und vorsichtig begannen sie, seinen Körper zu erforschen, die Breite seiner Schultern, die kraftvoll gespannten Muskeln. Ihre forschenden Finger strichen ihm über Arme und Schultern und wanderten hinauf bis in sein dichtes, ebenholzschwarzes Haar.

Panthers samtige Lippen fanden schließlich ihre Brust, bedeckten sie mit brennend heißen Küssen. Seine Zähne peinigten ihre pochenden, geschwollenen Brustwarzen, seine Zunge badete sie. Die Flammen der Leidenschaft schlugen über Tanya zusammen. Weiße, heiße Blitze schossen durch ihren Körper. Sie stieß kleine Schreie aus, umklammerte seinen Kopf mit beiden Händen und preßte ihn voll Verlangen an sich.

Immer noch liebkoste sein Mund ihre Brüste, während seine Hand zärtlich über ihre Oberschenkel glitt und sie schließlich spreizte. Tanya keuchte, und sofort bedeckte er ihren Mund mit einem heißen, leidenschaftlichen Kuß, der ihr Verlangen noch größer werden ließ. Ihre Hände fuhren seinen Rücken entlang, spürten die Muskel- und Sehnenstränge unter der weichen, sonnenverwöhnten Haut, wanderten hinab zu der schmalen Taille, den festen Hinterbacken, den kraftvollen Schenkeln.

Panther stöhnte auf. Er kämpfte darum, die Beherrschung nicht zu verlieren, und der Schweiß trat ihm aus allen Poren. Seine Hand drängte sich zwischen ihre Beine, und seine langen, feinfühligen Finger riefen ungeahnte Wonnen in Tanya hervor. Bebend wand sich ihr Körper unter ihm, ihre Brüste reckten sich ihm entgegen, als Panther ein Inferno der Lust in ihr entzündete. Erschrocken stöhnte sie auf, als seine Finger weiter vordrangen, die feuchten, samtigen Lippen streichelten, während sein Daumen ihren empfindsamsten Punkt umkreiste.

Tanya rang nach Atem und schrie überrascht auf, doch ihre stoßweisen Schreie verloren sich in Panthers Mund. Ihr ganzer Körper spannte sich vor Erwartung – und explodierte, als Panther sie zum Höhepunkt brachte. Krämpfe schüttelten sie vom Kopf bis zu den Zehen, sie war so überwältigt, daß sie nur noch wimmern konnte. Panther zog sie an sich und hielt sie fest, bis sie sich beruhigt hatte und schließlich einschlief. Sein Körper schmerzte vor Verlangen, aber er mußte Geduld haben. Diesmal war es Panther, der noch viele Stunden wach lag und keinen Schlaf fand.

Abscheu vor sich selbst erfüllte Tanya am nächsten Morgen. Wie war es möglich, daß ihr Körper, ihre Sinne sie so verraten konnten? Mein Gott, der Mann war ein Wilder! Doch die Erinnerung an seine Zärtlichkeit ließ ihren Körper erbeben, und beim Essen ertappte Tanya sich dabei, daß sie seine Hände und seine Lippen aufmerksam betrachtete. Als er ihren Blick auffing, errötete sie und drehte sich wütend um.

Panther lächelte. Ja, sie war so weit. Letzte Nacht hätte er sie nehmen können, doch er wollte sie erst wissen lassen, was sie erwartete, bevor er sich mit ihr vereinigte. Sie sollte vorbereitet sein, sollte es selber mit aller Kraft wollen. Heute würde sie den ganzen Tag darüber nachdenken, sich den Abend in Gedanken ausmalen und bereit sein, ihn zu empfangen, wenn es so weit war.

Den ganzen Tag lang schäumte und kochte es in Tanya, als sie versuchte, sich über ihre Gefühle klar zu werden. Wenn sie ehrlich war, mußte sie zugeben, daß sie sich nicht im Geringsten vor ihm ekelte, obwohl sie sich sagte, daß sie ihn eigentlich verabscheuen müßte. Hatte sie sich nicht noch vor wenigen Tagen auf die Hochzeit mit Jeffrey vorbereitet, und nun lechzte sie ausgerechnet nach einem Krieger der Cheyenne! Aber hatte er nicht vom ersten Tag an eine magische Anziehungskraft auf sie ausgeübt? Sie hatte seinen Stolz, sein Gefühl für Würde bewundert. Nicht zuletzt um seine Anerkennung zu erlangen strengte sie sich so an, die Lebensart dieses Volkes zu verstehen und sich zu eigen zu machen.

Panther befriedigte ihre Sinne. Er war prachtvoll anzusehen, groß, stolz, schön. Seine tiefe Stimme klang wohltuend in ihren Ohren. Wenn sie abends neben ihm lag, sehnten sich ihre Finger danach, die Weichheit seiner Haut zu berühren, und nach dem männlichen Moschusduft seines Körpers wurde sie allmählich süchtig. Selbst der salzige Geschmack seiner Haut, ebenso wie der Geschmack von Tabak auf seiner Zunge, wenn er sie küßte, reizte sie.

Dennoch zögerte sie. Sie hatte Angst vor dem Moment, da er ganz von ihr Besitz ergreifen würde. Sie wollte ihn nicht begehren, nicht nach ihm verlangen, denn sie spürte ganz genau, daß es kein Zurück mehr gab, war die letzte Schranke erst einmal gefallen. Würde sie ihn und das Leben mit seinem Volk ohne Wenn und Aber akzeptieren, wäre sie nie mehr in der Lage, ihn zu verlassen.

Einige Stunden später wußte Tanya, was auf sie zukommen würde, noch bevor es so weit war. Der junge Krieger hatte es endlich geschafft, sein Pferd zuzureiten. Panther und Tanya, jeder mit seinen eigenen Gedanken beschäftigt, sahen zu, wie er voll Stolz über die Wiese galoppierte. Dann drehte sich Panther zu ihr um, blickte ihr fest in die Augen, knüpfte wortlos die Leine los und warf sie ihr vor die Füße. Tanya blickte auf die Leine, dann auf Panther, schließlich wieder zu dem stolzen Krieger auf seinem Pony. In ihrem Kopf jagten sich die Gedanken, und sie versuchte angestrengt, sich über die Bedeutung dieses Vorfalls klar zu werden. Jeden Tag hatte Panther sie hierhergeführt, und sie hatten gemeinsam verfolgt, wie der Krieger das wilde Pony zähmte. Er tat es mit viel Geduld, und täglich hatte das Tier ein Stückchen mehr auf seine Stimme, seine Berührung reagiert. Plötzlich ging ihr auf, daß Panther mit ihr genauso verfahren war und daß auch er, wie der junge Krieger, täglich ein Stück weiter gekommen war.

Das war es, was Panther ihr sagen wollte, als er die verhaßte Leine auf den Boden warf. Heute hatte der Krieger sein Ziel erreicht: er durfte sein Pferd reiten. Tanyas Augen weiteten sich, als sie die symbolische Bedeutung des Ganzen begriff. Panther gab ihr zu verstehen, daß auch er heute nacht sein Ziel zu erreichen gedachte. Heute nacht sollte sie ihm ganz gehören, und das Band, mit dem er sie an sich binden wollte, würde stärker sein als jede Fessel, jede Kette.

Panther warf Tanya einen argwöhnischen Blick zu. Gespannt wartete er auf ihre Reaktion, sah die Verwirrung in ihrem Gesicht, dann die Demütigung und die Wut darüber, daß er ihren Stolz verletzt hatte. Er war nicht überrascht darüber, hatte er doch nicht wirklich damit gerechnet, daß sie sich kampflos ergeben würde.

Tanyas Augen funkelten golden, als sie sich Panther zuwandte und ruhig, aber bestimmt sagte: »Wenn du glaubst, daß ich das widerspruchslos hinnehme und mich wie Vieh zur Schlachtbank führen lasse, dann hast du dich geirrt!« Sie sagte es in Englisch, zu aufgebracht, um in Ruhe nach den passenden Wörtern in seiner Sprache zu suchen. Tränen der Enttäuschung füllten ihre Augen, ließen sie feucht schimmern, doch sie blinzelte sie weg. Herausfordernd, die geballten Fäuste in die Hüften gestemmt, stand sie vor ihm.

»Ich bin keine Stute, die gezähmt und bestiegen wird! Ich bin ein Mensch, und ich habe Gefühle! Ist es noch nicht genug, daß du mir meine Familie, meine Freunde genommen hast? Reicht es nicht, daß du mich zu deiner Sklavin gemacht hast, die dich bedienen muß? Ist es nötig, mich immer aufs Neue zu demütigen?«

Panther berührte sie nicht. Er blickte sie mit seinen unnachgiebigen dunklen Augen an und sagte bestimmt: »Sprich in meiner Sprache mit mir, kleine Wildkatze.«

»Das kann ich nicht. Mir fehlen die passenden Worte«, erklärte sie und fuhr in Englisch fort: »Es gibt keine Sprache, die ausdrücken könnte, wie sehr ich dich fürchte.«

Er blickte sie tadelnd an, und sie wandte ihm den Rücken zu. »Wie soll ich dir dieses Gefühl erklären, daß ich verloren bin, wenn nicht bald Rettung kommt? Du hast einem Mann die Frau weggenommen. Weißt du das überhaupt? Heute sollte meine Hochzeit sein. Jede Nacht bete ich, daß er kommt und mich rettet, bevor es zu spät ist. Nun hast du mir klargemacht, daß meine Zeit abgelaufen ist.«

Tränen strömten aus ihren Augen, rannen über ihre Wangen, als ihr die Aussichtslosigkeit ihrer Situation bewußt wurde. »Wie soll er mich noch wollen, wenn du mich gehabt hast?« stieß sie schluchzend hervor.

Panther packte sie am Arm und wirbelte sie zu sich herum. Nur mit Mühe bezwang er seinen Zorn. Sein Gesicht war wie versteinert. »Los«, befahl er. »Es ist Zeit für mein Essen. Dein Selbstmitleid, deine Tränen kannst du dir sparen. Sie ändern nichts an meinem Entschluß.«

An diesem Abend war die Atmosphäre im *Tipi* zum Zerreißen gespannt. Geht-wie-eine-Ente hatte das Zelt gleich nach dem Essen verlassen. Diesmal hatte sie Tanyas Kleid nicht mitgenommen, und wenigstens dafür war Tanya ihr dankbar. Starr saß sie Panther am Feuer gegenüber, während er aß. Sie selbst brachte keinen Bissen herunter. Nach dem Essen räumte sie auf, während Panther mit der Arbeit an einem neuen Bogen beschäftigt war. Schwer lastete das Schweigen zwischen ihnen.

Schließlich legte Panther den Bogen zur Seite. »Lösche das Feuer, kleine Wildkatze, und lege dich auf die Matte.« Seine Miene war undurchdringlich, und Tanya konnte nicht erraten, was in ihm vorging. Gefügig, wie es schien, ging sie zum Feuer, doch das Herz klopfte ihr bis zum Hals. Panther hockte immer noch auf dem Boden und versperrte ihr den einzig möglichen Fluchtweg. Sie wußte, daß es gar keinen Zweck hatte, an Flucht auch nur zu denken.

Langsam ging sie auf die Matte zu und setzte sich mit gesenktem Kopf hin. Er sollte ihre Tränen nicht sehen. Panther kam schweigend auf sie zu, wie immer. Nun stand er vor ihr.

»Zieh mir die Mokassins aus«, befahl er.

Wie von unsichtbaren Fäden gezogen, schnellte ihr Kopf in die Höhe, ihr Mund stand vor Staunen offen. Das hatte er noch nie von ihr verlangt. Er hob erst den einen, dann den anderen Fuß hoch, und sie folgte wortlos seinem Befehl.

»Und nun den Lendenschurz«, verlangte er knapp und bündig.

Tanya wurde über und über rot. Ihre Hände zitterten als sie nach den Schnüren griff, dann sanken sie schlaff in ihren Schoß zurück, und mit bebender Stimme flüsterte sie: »Das kann ich nicht. Bitte, verlang nicht so etwas von mir.«

»Du tust, was ich dir sage«, antwortete er gnadenlos. »Los!« Der Tonfall seiner Stimme verriet, daß er keinen Aufschub duldete.

Erneut hob sie ihre eiskalten Hände, und diesmal führte sie den Befehl aus, allerdings ohne ihn dabei anzusehen. Der Lendenschurz fiel zwischen ihnen zu Boden. Schweigend beugte er sich herab und streifte das Kleid von ihrem Körper, dann setzte er sich auf die Matte und blickte ihr ins Gesicht. Seine onyxfarbenen Augen nagelten sie auf ihrem Platz fest.

»Löse meine Zöpfe, Frau«, verlangte er, diesmal mit samtweicher Stimme. Sie tat, worum er sie gebeten hatte. Sanft entflocht sie die rabenschwarzen Strähnen und kämmte sie mit ihren Fingern. Sie spürte, daß seine Augen auf ihr ruhten, doch sie vermied es, ihn anzuschauen. Statt dessen konzentrierte sie sich ganz auf ihre Aufgabe, doch selbst das war nicht ungefährlich. Das Haar glitt durch ihre Finger wie dicke, weiche Seide, brachte jeden Nerv ihrer empfindsamen Hände zum Beben.

Ihre Finger waren immer noch mit seinen Haaren verflochten, als er sie sanft auf die Matte drückte. Sie blickte zu ihm auf, und in seinen dunklen Augen stand nun das nackte Begehren. Auch Tanya zitterte vor Verlangen. Sein Mund senkte sich auf sie herab, bedeckte ihre bebenden Lippen, wärmte sie mit seinen eigenen. Sanft knabberten seine starken weißen Zähne an ihrer Unterlippe, bis sie nachgab und ihren Mund seiner forschenden Zunge überließ. Zärtlich schlossen sich seine warmen, schwieligen Hände um ihre Brüste wie um einen unendlich kostbaren Schatz. Er fühlte, wie ihre Brüste unter seiner Berührung anschwollen. Seine schlanken Finger suchten die empfindsamsten Knospen und erweckten sie zum Leben.

Tanya spürte, wie Furcht und Zorn sie langsam verließen, um einem wachsenden Verlangen Platz zu machen, das sie weder beherrschen konnte noch wollte. Ihr Körper hatte seinen eigenen Willen, bäumte sich dem seinen entgegen, bettelte wortlos um die Berührung seiner Hände.

Seine Lippen lösten sich von ihrem Mund, wanderten über ihr Gesicht, ihr Ohr, ihre Kehle, ihre Schultern bis hinab zu ihren Brüsten, ließen keinen Zentimeter ihrer empfindsamen Haut ungeküßt. Als seine Lippen ihre Brustwarzen suchten und von ihnen Besitz ergriffen, seufzte sie tief auf. Ihre Hände, eben noch in seinen Haaren, krallten sich in seine Schultern, ihre Lippen, ihre Zähne fanden seinen Hals.

Panthers Hände wanderten über die Linien ihres Körpers, über ihren flachen Bauch, die Biegung ihrer Hüften. Seine Finger zogen ihre Spur über die Innenseite ihrer Oberschenkel, bis sie endlich ihr Ziel erreicht hatten. Dort verweilten sie, spielten mit ihr, folterten sie, bis Tanyas Körper sich besinnungslos vor Begierde aufbäumte, nach ihm verlangte. Sie kannte keine Scham mehr. Ihre Fingernägel gruben sich in seinen Rücken. Den Mund gegen seine Schulter gepreßt, schrie sie kehlig seinen Namen.

Er legte sich auf sie, bedeckte ihren Mund mit seinem Mund, spreizte ihre Oberschenkel mit seinen Beinen. Heiß pochte seine Erregung gegen ihren Körper. »Sag, daß du mich willst«, flüsterte er in ihren Mund hinein.

Sie verstand und antwortete genauso erregt: »Ich will dich, Panther. O komm, ich will dich jetzt.«

Sie spürte einen kurzen Schmerz, als er in sie eindrang, sie zur Frau machte. Erschrocken keuchte sie auf, doch schon verschloß ihr ein leidenschaftlicher Kuß den Mund. Das erregende Spiel seiner Hände, seine Lippen, die sich auf die ihren preßten, führten sie in eine Welt nie gekannter sinnlicher Lust. Ihr letzter Widerstand schmolz dahin unter seinen immer tieferen, immer schnelleren Stößen, bis die Flammen der Leidenschaft in einem alles verzehrenden Verlangen über ihr zusammenschlugen und sie seine Stöße erwiderte. Ihr ganzer Körper stand in Flammen, genährt und verzehrt durch sein eigenes Verlangen. Seine Begierde war ihre Begierde, und gemeinsam erreichten sie einen Gipfel der Lust nach dem anderen, immer höher und höher steigend, bis der Himmel über ihnen aufbrach und die Ekstase sie zu den Sternen hob. Wellen der Verzückung liefen durch ihre ineinander verschlungenen Körper, begleiteten die verebbende Lust, die Erlösung, die sie einander geschenkt hatten.

Hinterher hielt er sie eng an sich gepreßt, streichelte sie, murmelte unverständliche Worte in ihr Ohr. Auch wenn sie ihn nicht verstehen konnte, so war ihr doch eines klar: Von nun an gehörte sie ihm ganz, mit Leib und Seele. Es gab kein Zurück mehr. Nie wieder würde sie sich von ihm befreien können.

Eine ganze Woche lang fiel es Tanya schwer, Panthers Blick zu begegnen. Eine unerklärliche Scheu überfiel sie, wenn er sich in ihrer Nähe aufhielt, und die geringste seiner Bewegungen trieb ihr die Schamröte ins Gesicht. Tagsüber arbeitete sie zusammen mit den anderen Frauen, widmete sich voll Sorgfalt ihren Aufgaben und verbesserte ständig ihre Sprachkenntnisse.

Tanya war jetzt voll verantwortlich für Panthers *Tipi*. Geht-wie-eine-Ente zeigte sich in der Behausung nur noch, um Tanya irgend etwas Neues beizubringen. Pflichtbewußt hielt Tanya das Zelt sauber, bereitete die Mahlzeiten für Panther zu, wusch seine Kleider und besserte sie aus, wo es nötig war. Nacht für Nacht teilte sie sein Lager, der einzigen Stätte, auf der ihre peinliche Scheu unter den Flammen der gemeinsamen Leidenschaft dahinschmolz.

Nie wieder legte Panther die verabscheute Leine um ihren Hals. Sie durfte das Zelt verlassen, wann immer sie wollte. Die neugewonnene Freiheit tat ihr gut, doch sie war nicht so töricht anzunehmen, daß man sie nicht weiter auf Schritt und Tritt beobachtete.

Der Gedanke an Flucht war in weite Ferne gerückt, und Tanya stellte erstaunt fest, daß sie immer seltener daran dachte. Sie arbeitete viel und hart, und am Ende des Tages fühlte sie sich zufrieden, vor allem, wenn sie sich auf eine lange Nacht in Panthers Armen freuen konnte. Und sie freute sich tatsächlich auf die gemeinsamen Nächte, auch wenn sie sich am nächsten Morgen jedesmal heftige Vorwürfe machte. Die Trauer um das Leben, das sie verloren hatte, hielt sie noch eine Zeitlang gefangen, doch ein anderer Teil in ihr hatte sich inzwischen mit ihrem neuen Dasein abgefunden. Nach und nach wichen die letzten Schatten ihrer Traurigkeit einer aufkeimenden Freude.

Manchmal wunderte sie sich über dieses wachsende Glücksgefühl und fragte sich, wie es möglich war, daß sie dieses Leben genoß. Sie war Panthers Frau, eine Sklavin. Ein Wort von ihm genügte, und sie gehorchte ihm ohne Fragen. Sie kochte, sie putzte, sie gerbte Leder, sie nähte – und sie befriedigte sein Verlangen, so wie er ihres befriedigte.

Während die Tage vergingen, hörte Tanya schließlich auf, mit sich selbst zu kämpfen und ließ den Gedanken zu, daß sie in Panther verliebt war. Gewiß, er war ein Krieger der Cheyenne, aber er besaß alles, was sie an einem Mann bewunderte und begehrte. Er sah außergewöhnlich gut aus, er war mutig, weise, von edler Gesinnung und stark genug, zärtlich zu sein, wenn die Situation es erforderte.

Ihr Verstand sagte ihr zwar, daß sie nur seine Sklavin sei und daß er sie jederzeit verkaufen oder gegen eine andere Sklavin eintauschen konnte. Er hatte auch das Recht, sich eine Ehefrau zu nehmen, die sie möglicherweise schlecht behandelte und täglich schlug. Doch ihr Herz wollte sich nicht entmutigen lassen. Ihre Liebe zu ihm war inzwischen unwiderruflich, und sie hätte sich unter jeder nur denkbaren Bedingung ihm zugehörig gefühlt. Demütig beugte sich ihr Stolz vor seiner überwältigenden Leidenschaft.

Von all dem ahnte Panther zum ersten Mal etwas, als er eines Tages das Zelt betrat und Tanya dabei überraschte, wie sie ihr üblicherweise offenes Haar nach indianischer Mode zu zwei langen Zöpfen flocht. Weder er noch sie äußerten sich dazu, doch das scheue Lächeln, das sie ihm zuwarf, entging ihm nicht.

Sie wehrt sich nicht mehr gegen ihr Schicksal, sagte er sich – ein Gedanke, der ihn, ebenso wie Tanyas Geste, mit großer Freude erfüllte.

Später schenkte er ihr ein wundervoll geschmücktes Stirnband. Es war das erste wirkliche Geschenk, das er ihr machte, und ihr Gesicht strahlte vor Freude. Sie sah so hinreißend hübsch aus, daß Panther vor Entzücken der Atem stockte. »Wenn du mich jedes Mal so anlächelst wie heute, werde ich dir jeden Tag ein Geschenk machen«, sagte er neckend zu ihr. Wie reizend sie unter seinen Worten errötete!

»Ich werde für dich lächeln, auch wenn du mir keine Geschenke bringst«, antwortete sie scheu.

Er sog ihre Worte in sich ein. »Bist du jetzt glücklich hier, kleine Wildkatze?« fragte er. »Denkst du nicht mehr an Flucht oder an Rettung?«

Sie blickte ihn an, und er sah so viel Liebe in ihren Augen, daß ihm der Atem stockte. »Ich will nicht mehr von hier weg, Panther«, gestand sie ihm. »Ich werde an deiner Seite bleiben, so lange du willst.«

Etwas gab es, das er noch von ihr wissen mußte: »Trauerst du nicht um deine verlorene Liebe?«

Woher wußte er davon? Einen Moment lang überdachte sie verblüfft seine Frage, doch sie mußte nicht lange überlegen. »Ich gehöre dir, Panther. Du bist der Mann, den ich liebe. Mein Herz liegt in deinen Händen.« In ihrem Gesicht stand der Ernst eines feierlichen Versprechens.

»Dann muß ich diesen Schatz behutsam behandeln«, antwortete er zärtlich und zog sie in seine Arme. Auf Panthers Gesicht erschien ein strahlendes, siegesgewisses Lächeln, wie Tanya es noch nie bei einem Mann gesehen hatte. Sein Kuß, der sie für immer zu seiner Geliebten machte, versiegelte ihre Lippen. Sie war Panthers Gefährtin, seine kleine Wildkatze.

4

Zwei Tage später zog der Stamm weiter. Die *Tipis* wurden abgebaut, verpackt und auf die Lastpferde und Gepäckkarren verladen. Matten, Teppiche, Kleider und flache Körbe, gefüllt mit Nahrungsmitteln und persönlichen Gegenständen, befestigte man an der Seite der vollbeladenen Tiere.

Tanya war erstaunt, wie zügig und mühelos der Aufbruch sich vollzog. Dieses Volk war es gewohnt, von einem Ort zum anderen zu ziehen. Nach einem eingespielten Rhythmus, ohne

Zeit und Kräfte zu verschwenden, waren sie fähig, ihre Zelte abzubrechen und sie anderswo wieder aufzuschlagen. All das geschah ohne Aufregung oder Ärger.

Ein letztes Mal überprüfte Tanya die Knoten der Bündel und vergewisserte sich, daß alles gut und sicher für die bevorstehende Reise verstaut war. Es war noch früh am Morgen, das Gras noch naß von Tau. Tanya hielt ihr Gesicht der milden Sonne entgegen und ließ sich die frische Frühlingsluft um die Nase wehen.

Erst als sie Panther auf seinem großen schwarzen Pferd heranreiten hörte, drehte sie sich um. Panthers Vetter, Winter Bear, ritt neben ihm und führte ein Pferd an der Leine hinter sich her. Tanya mochte Winter Bear, einen hübschen jungen Mann, nur wenig kleiner als Panther und immer zu einem freundlichen Lächeln bereit. Er und Panther waren fast gleich alt und zusammen aufgewachsen. Sie schätzten und respektierten einander und fühlten sich mehr wie Brüder denn wie Vettern; jeder hätte für den anderen, wenn es nötig gewesen wäre, sein Leben gegeben. Ihre Kindheit hatten sie Seite an Seite verbracht, hatten zusammen gespielt und gearbeitet, waren zur gleichen Zeit Krieger geworden. Gemeinsam hatten sie an Beutezügen und kriegerischen Überfällen teilgenommen und in all den Jahren Freude und Sorgen miteinander geteilt.

Äußerlich gab es eine gewisse Ähnlichkeit zwischen den beiden, doch in ihrem Verhalten waren sie eher unterschiedlich. Tanya fand Panther arroganter, Winter Bear war weniger sprunghaft, eher zurückhaltend und ruhig, von einer inneren Heiterkeit erfüllt, die seine dunklen Augen leuchten ließ. Auch wenn Tanya Panther mit seinem reizbaren, leidenschaftlichen Temperament den Vorzug gab, so fand sie die Gesellschaft von Winter Bear doch sehr angenehm. Es war, als ob die beiden Männer sich gegenseitig ergänzten: Winter Bear mit seiner ruhigen, nachdenklichen Art, Panther mit seiner lebhaften Intelligenz und Vitalität.

Tanya lächelte, als die beiden Männer sich ihr näherten. »Alles in Ordnung?« fragte Panther und warf einen prüfenden Blick um sich.

»Ja, Panther, es ist alles bereit«, antwortete Tanya leise.

»Gut. Dann kann's losgehen. Aufs Pferd mit dir, kleine Wildkatze.«

Tanya ging zu Panthers Pferd, um hinter ihm aufzusitzen, doch er schüttelte lächelnd den Kopf. »Nein, Wildkatze, diesmal reitest du nicht mit mir.« Er zeigte auf die wunderschöne rehbraune Stute, die gesattelt und mit Zaumzeug versehen vor ihr stand. »Von jetzt an hast du dein eigenes Pferd. Gefällt sie dir?«

Tanyas Blick wanderte zwischen der Stute und Panther hin und her, ihre Augen strahlten vor Freude. »Panther! Ist das wahr? Sie gehört mir, ich darf sie behalten?«

»So lange, wie sie dir gefällt.«

»Oh, sie gefällt mir. Sie ist wundervoll! Ist sie schon zugeritten?«

»Kleine Wildkatze, glaubst du, ich würde dein Leben aufs Spiel setzen, indem ich dir ein ungezähmtes Pferd schenke?« sagte Panther und blickte sie tadelnd an. »Ich habe sie selbst zugeritten.«

Tanyas Augen leuchteten, dankbar blickte sie Panther an. »Ich danke dir für dieses wundervolle Geschenk. Ich werde sie gut behandeln.«

Mit einer einzigen geschmeidigen Bewegung glitt Panther vom Pferd. »Komm«, sagte er und ging mit Tanya auf die Stute zu, »komm, laß sie an deiner Hand riechen. Laß sie den Duft deiner Haut wittern, laß sie deine Hand auf ihrem Rücken spüren. Du mußt lernen, sie nur mit den Knien zu dirigieren, wie wir Cheyenne es gewohnt sind, und du darfst ihr nicht weh tun. Sie wurde mit sanfter Hand gezähmt, also behandle sie behutsam. Dann wird sie auch ihr Bestes für dich geben.«

Tanya streichelte den langen, weichen Nacken der Stute. »Ich werde gut zu ihr sein, Panther. Ich habe noch nie ein Tier mißhandelt, und ich weiß, du würdest mir das sehr übelnehmen!«

Panther legte seine Hände übereinander und hievte Tanya in den Sattel. »Wenn du an meiner Seite bleibst, bringe ich dir bei, wie ein Krieger der Cheyenne reitet«, sagte er mit einem breiten Grinsen.

Winter Bear lachte. »Vetter, wenn du eine Frau nicht von einem Krieger unterscheiden kannst, dann ist dir nicht mehr zu helfen.« Dabei zwinkerte er Tanya zu. Tanya kicherte.

»Wenn ich deinen Rat brauche, frage ich dich«, sagte Panther mit einem finsteren Blick auf Winter Bear. »Kümmere dich lieber um Scheues Reh. Mir ist aufgefallen, daß sie dich mit ihren Kuhaugen verschlingt.«

Winter Bear lachte. »Ich bin nicht blind, Panther. Mir ist es auch aufgefallen, und nicht nur das.«

Sie zogen nach Norden. Acht Tage lang waren sie unterwegs, jede Nacht machten sie Halt, um ein provisorisches Lager aufzuschlagen. Tanya hatte erfahren, daß sie sich an einem vereinbarten Platz mit anderen Gruppen und Stämmen sowohl der Cheyenne wie der Arapahoe treffen wollten. Dort würden die Indianer ihr Frühlingsfest feiern und ihre Rituale vollziehen, von denen der Sonnentanz das wichtigste war.

Am späten Vormittag des achten Tages erreichten sie ihr Ziel. Hunderte von *Tipis* waren bereits aufgeschlagen. Überall liefen Hunde und Kinder herum, es herrschte das reinste Chaos. Doch Tanya wußte, daß die Frauen das ganze Durcheinander sehr wohl unter Kontrolle hatten.

Im Nu hatte Tanya mit Panthers Hilfe ihr *Tipi* aufgebaut, wobei sie darauf achteten, daß es nach Osten zeigte. Auch Geht-wie-eine-Ente und Scheues Reh halfen dabei. Dann lud Tanya das Gepäck von den Lastpferden, sammelte Holz fürs Feuer, besorgte frisches Wasser und machte sich an die Zubereitung des Essens.

Schließlich hatte sie Zeit, sich um ihr Pferd zu kümmern. Gerade hatte sie Panthers Pferd Shadow und ihr eigenes, das sie auf den Namen Wheat getauft hatte, gefüttert und war dabei, Wheats Mähne auszukämmen, als sie zu ihrem Schrecken das Zischen einer Peitsche hörte. Als nächstes spürte sie einen scharfen, brennenden Schmerz auf ihrem Rücken. Fassungslos, nach Atem ringend, taumelte sie gegen die Stute. Als sie ihr Gleichgewicht wiedergefunden hatte, wirbelte sie herum und fand sich Auge in Auge mit einer Frau wieder.

Vor ihr stand eine schöne Indianerin, die sie noch nie zuvor gesehen hatte. Wahrscheinlich gehörte sie einem anderen Stamm an. Sie war etwa so groß wie Tanya, auch in etwa dem gleichen Alter. Hochmütig funkelten ihre dunklen Augen. »Laß die Finger von dem Pferd, Sklavin«, befahl sie und schwang drohend die Peitsche. »Wolltest du etwa fliehen?« Das Sausen der Peitsche übertönte ihre Stimme, und wieder traf das Leder Tanyas Arm, ihren Rücken, schnitt ihr ins zarte Fleisch. Tanya keuchte vor Schmerz, doch sie packte den Lederriemen und hielt ihn fest. »Hör auf damit!«, schrie sie. »Das Pferd gehört mir.«

Das Gesicht ihrer Peinigerin wurde hart vor Haß. »Das ist eine Lüge! Ich kenne die Stute. Sie gehört Panther-auf-der-Pirsch.« Das Mädchen zerrte an der Peitsche, doch Tanya ließ nicht lokker. Der Abstand zwischen ihnen wurde immer geringer.

»Das Pferd hat Panther gehört, so wie ich ihm gehöre. Er hat es mir geschenkt«, konnte Tanya schließlich hervorstoßen.

Jetzt standen sich die beiden Mädchen Auge in Auge gegenüber. Die Indianerin stürzte sich auf Tanya und schlug wie wild auf sie ein. »Du lügst! Du wolltest das Pferd stehlen und fliehen! Nur ein Verrückter kann einer Sklavin ein Pferd schenken!«

»Panther ist nicht verrückt, aber *du* bist es«, keuchte Tanya, die alle Mühe hatte, die Schläge ihrer Widersacherin abzuwehren. Schließlich riß ihr der Geduldsfaden. »Es reicht!« brüllte sie und warf sich mit ihrem ganzen Gewicht auf die Indianerin. Beide gingen zu Boden und wälzten sich, ineinander verkrallt, kreischend wie Furien in dem hohen Gras. Einige Minuten kämpften sie so miteinander, bis Tanya die Oberhand gewann, sich rittlings auf das Mädchen hockte und es auf dem Boden festnagelte, indem sie ein Knie auf seine Brust drückte und ihre ausgestreckten Arme neben dem Kopf festhielt.

Tanyas Atem ging schwer, der Kampf hatte sie angestrengt. »Das Pferd gehört mir«, wiederholte sie. Ihre goldenen Augen blitzten vor Wut.

Die Indianerin versuchte, Tanya von sich zu stoßen, aber es gelang ihr nicht. »Du lügst, Bleichgesicht!« stieß sie spuckend hervor und funkelte Tanya wütend an.

»Wohl kaum, Schmutzgesicht«, gab Tanya zurück.

»Das wirst du mir büßen. Man wird dich bestrafen«, drohte die Indianerin.

»Ich gehöre Panther und stehe unter seinem Schutz. Niemand darf mich schlagen, nur er!«

»Wenn er erfährt, was vorgefallen ist, wird er es mir erlauben«, erklärte das Mädchen.

»Versuch es doch«, erwiderte Tanya. Ihre Gefangene hatte sich inzwischen beruhigt, und Tanya gab sie frei und stand auf.

Kaum hatte sich das junge Mädchen erhoben, stürzte es sich erneut auf Tanya.

»Du meine Güte!« stöhnte Tanya, warf das Mädchen, Gesicht nach unten, wieder zu Boden und hielt sie dort fest. »Hör mal, ich habe zu tun und keine Zeit für diesen Unsinn. Eine Menge Arbeit wartet auf mich, und Panther möchte sein Essen. Vielleicht fällt dir etwas Besseres ein, als mich zu belästigen.«

Das Mädchen wollte antworten, doch es kam nicht mehr dazu, denn plötzlich tauchte ein Paar Mokassins vor ihren Augen auf. Tanyas Blick wanderte die kräftigen dunklen Beine hinauf über den Lendenschurz, die breite Brust bis zu dem wohlvertrauten Gesicht.

Nur mit Mühe konnte Panther ein Lächeln unterdrücken, als er Tanya, verdreckt und mit zerrissenem Kleid, vor sich sah. »Was hat das zu bedeuten, kleine Wildkatze?« fragte er ruhig.

Tanya blieb auf dem Rücken ihres Opfers sitzen. »Dieses Mädchen hier will mir nicht glauben, daß du mir die Stute geschenkt hast.«

»Und deshalb hast du beschlossen, dich auf sie zu setzen?« fragte Panther ungläubig.

»Nein«, entgegnete Tanya, doch ehe sie ihm die Sache erklären konnte, hatte auch ihre Kontrahentin die Sprache wiedergefunden und wandte sich kreischend an Panther. Tanya wurde mit Vorwürfen überschüttet.

Seufzend gab Tanya sie schließlich frei, und sofort warf das Mädchen sich heulend in Panthers Arme. Tanya sah, daß sie keine Chance hatte, selbst zu Wort zu kommen, also drehte sie sich um und ging zu ihrem Pferd.

»Wildkatze!« rief Panther gebieterisch, und Tanya blieb stehen. Sie drehte sich um und begegnete überrascht Panthers wütendem Blick. So zornentflammt hatte sie seine schwarzen Augen noch nie gesehen.

»Wer hat dich geschlagen?« brüllte er.

»Deine kleine Freundin da«, sagte Tanya und zeigte auf das Mädchen in seinen Armen.

Panther stieß das Mädchen von sich. »Wer hat dir erlaubt, meine Frau zu schlagen, Bergblume?« fragte er.

Das Mädchen blickte ihn ungläubig an. Ihre Lippen zitterten. »Sie ist eine Sklavin! Sie wollte dein Pferd stehlen und fliehen!«

Panthers Augen zogen sich zu schmalen Schlitzen zusammen. »Hat sie dir nicht gesagt, daß ich ihr die Stute geschenkt habe?«

»Doch. Aber ich wußte ja, daß sie lügt.«

»Du wolltest die Wahrheit nicht hören«, sagte Panther unnachgiebig. »Das Pferd gehört ihr, und Wildkatze ist meine Frau. Niemand hat das Recht, mein Pferd oder meine Frau anzufassen, es sei denn, ich erlaube es ihm.«

Bergblume blieb hartnäckig. »Wie sollte ich ahnen, daß du mit einer weißen Frau dein Zelt teilst?« fragte sie ihn voller Verachtung.

»Nun weißt du es. Ich will nicht, daß so etwas noch einmal vorkommt.«

»Du hast dir keine gute Frau ausgesucht, Panther. Du solltest ihr bessere Manieren beibringen?« fauchte sie zurück.

»Das ist der Gipfel«, murmelte Tanya und bückte sich nach der Peitsche am Boden. Sie ging auf Bergblume zu und straffte den Lederriemen dicht an ihrem Hals. »Hör mir gut zu, meine Liebe«, sagte sie. »Wenn du mir noch einmal mit der Peitsche drohst, nehme ich sie dir aus der Hand und erwürge dich damit, mit oder ohne Erlaubnis.«

Bergblume blickte hilfesuchend zu Panther, doch der lächelte nur und sagte: »Nun weißt du, warum ich sie Wildkatze nenne. Nimm dich also in acht vor ihr, Bergblume, sie meint es ernst. Sie ist der Meinung, daß du es nicht besser verdient hast, nach allem, was gerade vorgefallen ist, und ich finde das auch. Wehe, du tust ihr noch einmal etwas zuleide. Ich werde sie nicht hindern, sich zu wehren.«

Dann wandte er sich an Tanya. »Wenn du hier fertig bist, sollten wir zum *Tipi* gehen«, schlug er vor. Als er den Zorn in ihren Augen sah, fügte er sanft hinzu: »Wir müssen deine Wunden versorgen, kleine fauchende Katze.«

»Oh«, sagte Tanya und wurde über und über rot. »Ich dachte, du willst jetzt essen.«

»Ich werde schon nicht verhungern«, meinte Panther und blickte sie vielsagend an. »Eigentlich hatte ich etwas anderes im Sinn, aber erst werde ich mich um deine Verletzungen kümmern.«

Tanya errötete noch mehr und folgte ihm gehorsam in ihr *Tipi*.

An diesem Abend verbreitete sich die Neuigkeit von Panthers Frau unter den anderen Gruppen und Stämmen. Egal, welche Version der Geschichte erzählt wurde, das Ergebnis war immer das Gleiche: Jeder hatte begriffen, daß Panther auf keinen Fall duldete, daß man seine Frau belästigte. Welches ihr Status nun genau war, blieb unklar, doch daß man Kleine Wildkatze nicht als irgendeine Sklavin behandeln konnte, hatten alle verstanden.

Abgesehen von Geht-wie-eine-Ente und Scheues Reh hatte Tanya in den nächsten Wochen kaum weibliche Gesellschaft. Obwohl Panthers Stamm ihre Gegenwart und ihr seltsames Verhältnis mit dem Neffen des Häuptlings akzeptierte, verhielten sich die Frauen nicht auf die gleiche Weise zu ihr, wie sie es mit einem anderen Stammesmitglied getan hätten. Tanya, weder Sklavin noch Cheyenne, befand sich in einem Niemandsland, und so war sie für die Gesellschaft von Scheues Reh und Geht-wie-eine-Ente mehr als dankbar.

Die Neugier trieb viele Frauen der anderen Stämme vor Panthers Zelt, um wenigstens einmal einen Blick auf die tapfere kleine Wildkatze zu werfen. Schnell hatte sich im Lager herumgesprochen, wie mutig sie sich bei ihrer Gefangennahme gewehrt hatte. Einer erzählte es dem anderen und sparte nicht an phantasievollen Einzelheiten. Nun wollten sie die weiße Frau, die den Stoff für so viele Geschichten lieferte, auch einmal gesehen haben. Doch niemand streckte ihr die Hand freundschaftlich entgegen. Noch weniger allerdings traute man sich, Panthers Zorn zu erregen, indem man die Frau mit der hellen Mähne, den goldenen Augen und dem Mut einer Wildkatze verhöhnte und verspottete.

Zu Tanyas großer Freude waren die Kinder weniger zurückhaltend. Ihre lebhafte Neugier triumphierte über jede Furcht, und nachdem sie einmal sicher waren, daß sie es gut mit ihnen meinte, folgten sie ihr auf Schritt und Tritt. Erst dachte Tanya, sie kämen, um sich über sie lustig zu machen, doch bald begriff sie, daß es Neugier war, die sie trieb, und daß ein freundliches Wort, ein Lächeln wahre Wunder wirken konnten.

Daß sie sich mit ihnen in ihrer Sprache unterhalten konnte, kam ihr dabei zu Hilfe. Und da Kinder pausenlos vor sich hinplappern, lernte sie täglich eine Menge hinzu. Es dauerte nicht lange, und sie konnte mühelos all ihre Fragen beantworten. Eines Tages stellte sie überrascht fest, daß sie sogar in der Sprache der Cheyenne dachte und nicht mehr wie früher in Englisch, um dann nach den passenden Wörtern zu suchen.

Panther war sich der Anziehungskraft, die Tanya auf die Kinder ausübte, sehr wohl bewußt. Jedesmal, wenn er sich dem Zelt näherte, hörte er schon von weitem die hellen Kinderstimmen, ihr fröhliches Lachen. Er traf Tanya an, umgeben von einem Kreis kleiner Mädchen, die ihr beim Nähen oder Gerben zusahen, beim Sortieren von Perlen oder Zuschneiden der Kleider halfen und gespannt den Geschichten lauschten, die sie beim Arbeiten erzählte. Manchmal sang sie ihnen auch englische Kinderlieder vor, die sie übersetzt hatte. Auch die Jungen versammelten sich um sie, um ihr zuzuhören, doch meistens standen sie um die Feuerstelle herum, wenn sie kochte, und hofften auf ein paar Leckerbissen. Sie halfen ihr auch beim Sammeln von Holz, beim Wasserschöpfen aus dem Fluß, beim Versorgen der Pferde. Manchmal fingen sie Fische oder sammelten Beeren, wobei Tanya meist irgend etwas Neues lernte.

Einmal kam Panther dazu, als die Jungen Tanya beibrachten, wie man mit Pfeil und Bogen schießt. Er verkniff sich ein Lächeln, als er sah, mit welch angestrengtem Gesichtsausdruck sie sich auf ihr Ziel konzentrierte. Sie biß sich heftig auf die Unterlippe, und ihre Augen verengten sich, als sie die Sehne spannte. Er beobachtete sie eine Zeitlang unbemerkt. Eingedenk der mangelhaften Unterweisung durch ihre Lehrer und der Tatsache, daß Bogen und Pfeile viel zu klein waren, traf sie ihr Ziel sogar ganz gut.

Wenige Tage später schenkte Panther ihr einen eigenen Bogen und einen Köcher mit Pfeilen. Sie hatte gesehen, wie er sie anfertigte, ohne zu ahnen, daß sie für sie bestimmt waren.

»So, die sind groß und schwer genug für dich, kleine Wildkatze«, erklärte er ihr. »Worauf es ankommt, sind die richtige Spannung des Bogens und die Ausgewogenheit der Pfeile. Die Federn sind nur dazu da, daß die Pfeile die Richtung beibehalten. Ich werde dir zeigen, wie du den Bogen halten und die Sehne straffen mußt. Wie du den Pfeil einlegst und die Arme und Schultern hältst. Und dann mußt du natürlich üben. Wenn du soweit bist, nehme ich dich mit auf die Jagd.«

»Du hast gesehen, wie ich mit den Kindern geübt habe?« fragte Tanya beschämt.

»Ja.«

»Ich werde so lange üben, bis jeder Schuß sein Ziel trifft«, beteuerte sie und strich zärtlich über den neuen Bogen.

Dann warf sie sich in Panthers Arme. Tränen glitzerten in ihren Augen. »Du bist so gut zu mir, Panther. Ich werde alles tun, um dich glücklich zu machen.«

Panther strich ihr über den Kopf. »Du machst mich bereits glücklich, Wildkatze. Jeden Tag habe ich meine Freude an dir. Ich sehe, wie du dich bemühst, die Sitten unseres Volkes zu erlernen und wie du dich freust, wenn du etwas Neues entdeckt, etwas Neues begriffen hast. Dein Eifer, deine Tapferkeit, deine liebenswürdige Art, all das gefällt mir und trägt zu meiner Freude bei. Und deine Zärtlichkeit, deine Küsse, deine bereitwillige Hingabe jede Nacht – all das ist die Freude meiner Tage und das Glück meiner Nächte.«

Er hob ihr strahlendes Gesicht zu sich empor und beugte sich über ihren Mund. »Ich brauche dich so nötig wie die Luft zum Atmen und das Wasser zum Trinken«, flüsterte er in ihr Ohr.

»Und du bist die Nahrung meines Herzens«, antwortete Tanya leise, bevor ihre Lippen sich in einem leidenschaftlichen Kuß vereinigten.

Tanya war entsetzt, als Scheues Reh ihr die Zeremonie des Sonnentanzes erklärte. »Das ist ja barbarisch!« rief sie.

»Es ist nun einmal unsere Art«, sagte Scheues Reh achselzuckend und lächelte.

»Aber die armen jungen Männer, die sich dieser Tortur unterwerfen müssen!« Tanya konnte es immer noch nicht fassen. Schaudernd erinnerte sie sich an die beiden Narben auf Panthers Brust. Sie hatte ihn nie gefragt, woher sie stammten, und er hatte es ihr von sich aus nicht gesagt. Nun wußte sie es. Es waren die Narben des Sonnentanzes.

Zwei Tage vorher hatten sich die Männer auf die Suche nach einem Baum gemacht, der als »Marterpfahl« für den Sonnentanz geeignet war. Sie hatten den Baum angeschleppt, hatten ihn entastet und entrindet und in der Mitte des Platzes eingerammt. Dann hatte der Schamane ihn unter Gebeten und Liedern geweiht. An der Spitze des Pfahls wurden lange Lederriemen befestigt und an ihnen die Spieße, die später die Brust der jungen Männer durchbohren würden.

»Die Spieße werden auf jeder Seite der Brust durch Haut und Muskeln gezogen«, erklärte Scheues Reh ruhig. »Sie sind an den Lederriemen rund um den Pfahl befestigt, und die Männer werden, nur von den Spießen gehalten, hochgehievt, so daß sie mehrere Fußbreit über dem Boden baumeln. Das Gewicht ihrer Körper und ihre Tanzbewegungen führen schließlich dazu, daß die Spieße aus dem Fleisch gerissen werden. Dann fallen sie hin. Manche Männer tanzen danach den Tanz noch einmal, lassen sich noch einmal durchbohren, doch für die meisten ist einmal genug.«

»Wie halten sie die Schmerzen aus?« fragte Tanya entgeistert.

»Sie bereiten sich tagelang auf das Ritual vor. Die jungen Männern, die für den Sonnentanz auserwählt wurden, und manchmal auch ihre Familien, fasten. Sie beten, entweder allein oder in geheimen Sitzungen mit dem Schamanen. Sie reinigen ihren Körper durch Schwitzen in eigens dafür errichteten *Tipis* und rauchen aus den rituellen Pfeifen Tabak, dem manchmal Meskalin beigemischt ist. Während der ganzen Vorbereitungszeit leben sie in einem eigenen Zelt zusammen und haben keinerlei Kontakt mit ihren Frauen.«

Bei diesen Worten zwinkerte Scheues Reh Tanya verschwörerisch zu. »Gott sei Dank nehmen die meisten Männer nur einmal in ihrem Leben an der Zeremonie teil, meist junge Männer, die in den Stand des Kriegers treten. Manche allerdings entschließen sich aus persönlichen Gründen, sich dem Ritual noch einmal zu unterziehen. Viele suchen Antwort auf eine Frage, manche eine Vision, manche Rache. Alle Männer nehmen auf die eine oder andere Weise an der Zeremonie teil, ob sie nun mit den Geistern in der Luft tanzen oder nicht. Sie fasten, sie beten, sie rauchen, sie schwitzen zusammen. Sie überprüfen den Inhalt ihrer Medizinbeutel, gehen auf die Suche nach Visionen, reinigen ihre Körper, singen. So erleben sie die verschiedenen Phasen der Zeremonie in brüderlicher Gemeinschaft mit den auserwählten jungen Männern. Es ist eine Zeit der Besinnung und der Erneuerung für alle, eine Zeit der Danksagung und der Bitte um Mut und um Erfolg im Kampf und auf der Jagd. Das ganze Ritual zieht sich über Tage hin, aber der Sonnentanz findet erst am letzten Tag statt. Das ganze Dorf sieht dabei zu. Hinterher werden die Wunden der Männer versorgt und verbunden, dann teilen sich die Stämme wieder in Gruppen auf, und wir ziehen hinaus in die Prärie, um den Büffelherden zu folgen.«

Tanya hatte aufmerksam zugehört. Zögernd fragte sie: »Müssen sich die Frauen auch einer Zeremonie unterwerfen, um ihre Tapferkeit unter Beweis zu stellen?«

Scheues Reh lachte. »Nein. Von uns erwarten sie nur, daß wir ihre Pferde, ihre Behausungen, ihre Kinder versorgen und daß wir ihnen gute Frauen sind. Zeigt eine von uns sich besonders tapfer, betrachten sie das als zusätzliches Geschenk. Natürlich erwarten sie, daß wir zu ihnen stehen, wenn es Probleme gibt oder wenn wir angegriffen werden. Aber wir sind Frauen und niemand verlangt, daß wir so mutig und tapfer sind wie Krieger.«

»Gott sei Dank«, seufzte Tanya erleichtert. Beide Frauen lachten.

»Aber du hast doch Mut, kleine Wildkatze«, sagte Scheues Reh schließlich. »Das ist, glaube ich, das Besondere an dir.«

»Ich bin nichts Besonderes«, wehrte Tanya ab.

Scheues Reh war anderer Meinung. »Panther hat lange gewartet, bis er sich eine Frau ausgesucht hat. Ich glaube, er hat auf eine Frau gewartet, die so ist wie du. Panther braucht eine mutige, eine tapfere Frau. Er ist ein großer Krieger. Wie könnte er sich mit weniger zufriedengeben?«

Panther hing ganz ähnlichen Gedanken nach. Er führte gerade eine persönliche Unterhaltung mit seinem Onkel, Häuptling Black Kettle.

»Ich möchte Kleine Wildkatze zur Frau nehmen«, teilte er seinem Onkel mit.

Black Kettle schüttelte entsetzt den Kopf. »Du weißt doch, wie es deinem Vater, meinem Bruder ergangen ist. Nachdem er deine Mutter zur Frau genommen hatte, war er nicht mehr derselbe Mensch. Er stand unter ihrem Bann, und als sie das Leben mit den Cheyenne nicht mehr ertragen konnte, mußte er sie gehen lassen. Er brachte sie zu ihrer weißen Familie zurück. Dich hat sie mitgenommen. Und sie hat auch einen wesentlichen Teil der Seele von Weißer Büffel, meines Bruders, mitgenommen.«

»Aber Onkel, die Familie meiner Mutter waren Spanier aus Mexiko, keine *Gringos*«, korrigierte ihn Panther.

Black Kettle überhörte den Einwand. »Du warst damals noch ein Kind, und Weißer Büffel fand, daß du zu deiner Mutter gehörst. Es hat ihm das Herz gebrochen, sich von euch beiden zu trennen, und es dauerte Jahre, bis er wieder geheiratet hat, und selbst dann war er nicht mit dem Herzen dabei. Er hat es aus Rücksicht auf unseren Vater getan, und um neue Nachkommen zu zeugen. Weißer Büffel lebte nur für die Sommermonate, wenn deine Mutter dich zu uns zurückschickte, und jeden Herbst, wenn du wieder in die Welt der Weißen, in der du erzogen worden bist, zurückgingst, ist er fast gestorben. Er war ein großer Häuptling unseres Volkes, der sich stets um Frieden mit den Weißen bemüht hat, so wie ich. Es ist eine Ironie des Schicksals, daß er von der Hand der Weißen gestorben ist. Denn sein Herz war unter ihnen, von dem Tag an, da deine Mutter ihn verlassen hat.«

Panther beugte sich vor. Sein Gesicht spiegelte äußersten Ernst. »Meine Mutter hat ihn geliebt, Black Kettle. Sie hat nie wieder geheiratet. Sie ist meinem Vater immer treu geblieben und hat seinen Tod unendlich betrauert. Sie konnte sich nur nicht an das Leben mit den Cheyenne gewöhnen.«

»Genau darauf will ich hinaus, Panther. Hast du aus dem Fehler deines Vaters nichts gelernt? Willst du denselben Weg einschlagen?«

»Kleine Wildkatze ist anders. Sie spricht bereits unsere Sprache, und sie weint ihrem vergangenen Leben oder ihrer Familie, die sie nie wiedersehen wird, nicht hinterher. Sie bettelt nicht um ihre Freiheit. Ich habe ihr ein Pferd geschenkt und ihr erlaubt, sich im Dorf frei zu bewegen, und trotzdem versucht sie nicht zu fliehen. Sie arbeitet gut und hart, ohne sich zu beschweren. Sie besteht nicht darauf, so zu leben, wie sie früher gelebt hat, sondern sie will lernen, so zu leben wie wir. Ständig stellt sie Fragen, will alles wissen, immer etwas Neues dazulernen. Ihr Kopf, ihre Zunge, ihre Hände begreifen schnell, und sie besitzt die nötige Tapferkeit. Sie wird durchhalten.«

Black Kettle seufzte. »Wenn du irgendein Krieger wärst und nicht mein Neffe, könnte ich mich damit abfinden. Aber du wirst bald Häuptling sein, und deshalb bist du unserem Volk verpflichtet. Du bist ein großer Krieger, Panther, und sehr mutig. Schon jetzt bist du ein Anführer, und man folgt dir aufs Wort. Sie vertrauen dir, sie glauben an dich.«

»Das stimmt. Aber sie hören genauso gut auf Winter Bear. Auch er ist dein Neffe und könnte eines Tages Häuptling sein«, stellte Panther fest.

»Stimmt«, gab Black Kettle zu, »trotzdem zögere ich, dir und Kleiner Wildkatze meinen Segen zu erteilen. Gefällt sie dir vielleicht, weil du selber weißes Blut in den Adern hast? Du kannst sie ja als Nebenfrau behalten. Doch heiraten solltest du eine aus dem Stamm der Cheyenne.«

»Das kann ich nicht, Onkel. Ich weiß nicht, was mich zu ihr zieht. Es ist, als hätten die Geister selbst mich zu dem Fluß geführt, in dem sie damals badete. Ich habe noch nie eine so schöne Frau gesehen. Ein Blick in ihre goldenen Augen, auf ihr prachtvolles Haar, und ich wußte, daß ich sie haben muß. Sie ist der Spiegel, die Gefährtin meiner Seele. Mein Herz hat sie auf der Stelle erkannt.«

»Dagegen ist nichts zu sagen, Panther, aber warum soll sie deine einzige Frau bleiben? Heirate eine Cheyenne und laß das weiße Mädchen deine Nebenfrau sein. Denke an deinen Namen, dem du in so vieler Hinsicht gerecht wirst. Du bewegst dich mit der Anmut einer großen Katze, schnell und unhörbar schleichst du dich an dein Opfer an, und es entkommt dir selten. Du hast deine Widersacher siegreich geschlagen, und viele fürchten schon die Erwähnung deines Namens. Ein Panther kann viele Gefährtinnen haben, er muß sich nicht auf eine einzige beschränken.«

»Gut, dann gibt es eben einen Unterschied zwischen der Raubkatze und mir. Ich habe mir meine Frau ausgesucht und will keine andere. Kleine Wildkatze soll die Mutter meiner Kinder werden, und meine Kinder sollen keine Bastarde sein. Es kann sein, daß sie jetzt schon ein Kind von mir unter dem Herzen trägt.«

»Nehmen wir an, es wäre so – weißt du, was sie fühlt, Panther? Du hast mir berichtet, wie sie sich unsere Lebensart zu eigen macht, aber von ihren Gefühlen hast du nichts gesagt. Hat sie dir ihre Gedanken, ihre Gefühle jemals mitgeteilt?«

»Ja, wir haben darüber gesprochen, Onkel. Sie möchte bei mir und bei unserem Volk bleiben. Sie hat mir gesagt, daß sie mich liebt. Sie war noch unberührt, als ich sie in mein *Tipi* brachte. Vor mir war sie noch nie mit einem Mann zusammen. Ich habe gesehen, wie sie mit den Kindern umgeht. Sie ist gut zu ihnen, und die Kinder beten sie an. Sie wird unseren Kindern bestimmt eine gute Mutter sein, und sie wird sie lieben, weil sie die Früchte unserer Liebe sind.«

»Wird sie nicht den Wunsch haben, sie nach Art der Weißen zu erziehen, so wie deine Mutter?« fragte Black Kettle.

Panther schüttelte den Kopf. »Sie würde sie zu guten Cheyenne erziehen, weil ich es so möchte. Es stimmt, sie ist sehr stolz, doch das hindert sie nicht, mir Gehorsam zu leisten, wann immer ich es wünsche. Und unsere Kinder würden viel von ihrer Würde, ihrer Tapferkeit erben.«

Black Kettle dachte über Panthers Worte nach. Schließlich sagte er: »Ich kann diese Ehe nur unter einer Bedingung befürworten. Kleine Wildkatze muß erst unter Beweis stellen, daß sie es verdient, eine Cheyenne genannt zu werden. Ich bin bereit, sie als meine Tochter anzuerkennen, doch zuvor muß sie sich einigen Prüfungen unterziehen, Prüfungen im Hinblick auf ihre Loyalität, ihre Geschicklichkeit, ihren Mut, so wie unsere jungen Krieger auch. Nur dann erhältst du meinen Segen. Wenn sie den Beweis erbracht hat, und wenn ich mit ihr zufrieden bin, werde ich sie zur Tochter unseres Stammes ernennen. Heiratest du sie dann, heiratest du eine Cheyenne. Nur so wird unser Stamm die Heirat akzeptieren.«

Panther war einverstanden. »Was du als Häuptling verfügst, soll geschehen. Ich bin sicher, Kleine Wildkatze wird dich nicht enttäuschen.«

»Eines noch«, fügte der alte Häuptling hinzu. »Am letzten Tag des Sonnentanzes soll sie neben mir sitzen. Das wird ihre erste Prüfung sein. Es interessiert mich, wie sie reagiert. Die meisten Weißen, die den Sonnentanz gesehen haben, fanden ihn grausam und unmenschlich, auch deine Mutter.«

Panther biß die Zähne zusammen. Wie gerissen sein Onkel doch war! »Wenn man ihr die Bedeutung genau erklärt, wird sie uns verstehen«, sagte er. »Es mag sein, daß ihr der Sonnentanz nicht gefällt, doch sie wird niemanden von uns beschämen, indem sie den Sinn des Tanzes für unser Volk in Zweifel zieht. Und sie wird auch nicht davonlaufen, denn meine Frau hat eine tapfere Gesinnung. Sie ist weder feige noch kleinmütig«, versicherte er.

»Du scheinst dir deiner Sache sicher zu sein«, sagte Black Kettle.

»Ich kenne sie wie die Linien meiner Hand.«

»Dann hoffe ich, um euer beiden willen, daß du Recht behältst«, sagte Black Kettle einlenkend. »Ich weiß, ich mache es euch nicht leicht, doch ich muß sichergehen. Ich möchte nicht, daß sich diese Geschichte von damals wiederholt. Mein ganzer Wunsch ist, dir den Schmerz zu ersparen, den dein Vater erleiden mußte. Es wird sich zeigen, ob sie die richtige Frau für dich ist, und wenn es so ist, will ich sie als meine Tochter anerkennen.«

Spät erst kehrte Panther zu seinem *Tipi* zurück. Tanya wartete bereits auf ihn. Er hatte ihr nichts von seinem bevorstehenden Gespräch mit Häuptling Black Kettle gesagt. Da er nicht wußte, wie sein Onkel auf die beabsichtigte Heirat reagieren würde, hatte er keine falschen Hoffnungen in Tanya wecken und ihr die Grausamkeit einer Enttäuschung ersparen wollen.

Die Prüfungen, die sein Onkel sich für Tanya ausgedacht hatte, waren nicht leicht, doch eine Frau von der Zähigkeit und Tapferkeit, wie sie Kleine Wildkatze zu eigen waren, hatte gute Chancen, sie zu bestehen. Immerhin hatte Black Kettle eine Heirat nicht rundweg abgelehnt. Nun war es Panthers Sache, Tanya von dem Plan zu unterrichten und sie davon zu überzeugen, daß sie die nötige Kraft besaß, ihrer Aufgabe gerecht zu werden.

5

»Aber das ist unmöglich, Panther!« rief Tanya. »Die Liste von Prüfungen ist so lang wie dein Arm! Ich kann sie unmöglich alle bestehen.«

Panther blickte sie ruhig an. »Willst du meine Frau werden oder nicht?«

»Natürlich will ich das!« rief Tanya und lief erregt im Zelt auf und ab. »Ich liebe dich mehr als mein Leben.«

»Dann konzentriere deine Gedanken auf die Aufgabe, die vor dir liegt, Wildkatze«, sagte Panther, der sie von der Matte aus beobachtete. »Du bist stark und standhaft. Du kannst dich der Herausforderung stellen. Ich werde dir dabei helfen, ebenso wie Geht-wie-eine-Ente, Scheues Reh und Winter Bear. Einen von unseren Ältesten werde ich damit beauftragen, dich in unserer Religion, unserer Geschichte, unseren Sitten und Gebräuchen zu unterweisen. Die alte Medizinfrau wird dir die Kräuterkunde und die Heilkunst beibringen. Unsere Sprache beherrschst du schon, und mit allen Arbeiten, die die Frauen zu verrichten haben, bist du vertraut.«

Tanya lachte kläglich. »Das ist nicht mein Problem, Panther. Ja, ich bin, mit ein wenig Übung, in der Lage, ein Tier zu erlegen und es auszunehmen. Ich weiß, wie man seine Haut gerbt und sie zu Kleidungsstücken verarbeitet. Ich kann ein Zelt auf- und abschlagen, und ich habe keine Angst davor, dem Häuptling ein Essen zu kochen. Aber wie um alles in der Welt soll ich so schnell das erlernen, wofür ihr Jahre gebraucht habt? Eure Sitten und Gebräuche, eure Geschichte, eure Religion. Bis wir heiraten können, bin ich eine alte Frau!«

»Du solltest deiner Intelligenz mehr zutrauen«, sagte Panther. »Die schwierigste Aufgabe, nämlich unsere Sprache zu erlernen, hast du mit Leichtigkeit bewältigt. Die Sprache der Cheyenne ist eine der schwierigsten indianischen Sprachen, und du hast nur ein paar Wochen dafür gebraucht.«

»Schön«, gab sie zu, »aber was ist mit dem Rest? Wenn es nach Black Kettle geht, muß ich so gut reiten und jagen und schießen können wie einer eurer Krieger. Ich werde Monate brauchen, bis ich gelernt habe, die Spur eines Tiers oder eines Menschen zu verfolgen, ohne daß er mich entdeckt.«

»Ich werde dir die Fährten im Wald und in der Prärie zeigen, Wildkatze. Einen besseren Lehrer kannst du dir nicht wünschen«, versprach Panther.

»Ich zweifle nicht an deinen Fähigkeiten, Panther, sondern an meinen eigenen«, erwiderte Tanya. »Selbst wenn es mir gelingt, all das zu lernen, dann bleibt immer noch, daß ich kämpfen soll wie ein Krieger. Und wie könnte eine Frau einen starken Mann jemals besiegen?«

»Ich werde dafür sorgen, daß dir ein junger Krieger gegenübergestellt wird, der nicht größer ist als du, damit der Kampf gleichwertig ist«, versicherte ihr Panther. »Und ich werde dir beibringen, wie du mit ihm zu kämpfen hast. Wir werden so lange zusammen üben, bis du es schaffst, mich auf den Rücken zu werfen und auf dem Boden festzuhalten. Gelingt dir das, wirst du jeden Krieger mühelos besiegen. Es ist weniger eine

Frage der Größe und der Kraft, sondern es kommt darauf an, dein Gewicht zu deinem Vorteil zu nutzen und deinen Gegner mit bestimmten Körperbewegungen zu überraschen.«

»Großartig!« murrte Tanya. »Aber was ist mit der Woche, die ich allein in der Wildnis zubringen soll, was ist mit dem Überfall auf einen Feind? Ist das nicht ein bißchen viel verlangt? Schließlich bin ich nur eine Frau.«

»Du bist nicht irgendeine Frau«, erinnerte er sie, während seine Augen über ihren schlanken Körper glitten. »Du bist *meine* Frau, und eines Tages werden wir heiraten.«

Tanya kniete vor ihm nieder. Sanft nahm sie sein Gesicht in ihre Hände und sagte ernsthaft: »Du setzt so großes Vertrauen in mich, Panther. Wie soll ich deinen Erwartungen und denen deines Onkels jemals gerecht werden?«

Panther schloß sie in seine Arme und barg ihren Kopf an seiner Schulter. »Alles, was du brauchst, ist Selbstvertrauen, kleine Wildkatze. Wir werden hart arbeiten, und am Ende wirst du staunen, was du alles kannst. Meinst du nicht, daß sich die Mühe lohnt?«

Sie hob ihr Gesicht zu ihm empor. »Du hast ja Recht, mein Geliebter, wie immer. Ich werde es schaffen, und koste es mein Leben! Denn nichts wünsche ich mir mehr, als dich zum Ehemann zu haben.«

Am letzten und wichtigsten Tag des Sonnentanz-Rituals saß Tanya steif neben dem alten Häuptling. Eigens für diesen Anlaß hatte sie sich ein neues Kleid und Mokassins aus Rehleder genäht. Ihr Haar war zu zwei langen Zöpfen geflochten, und um den Kopf trug sie das perlenbestickte Stirnband, das Panther ihr einmal geschenkt hatte.

Mit stoischer Gelassenheit sah sie zu, wie die Spieße durch die Brustmuskulatur der Männer gezogen und an den Lederseilen des Pfahls befestigt wurden. Als man dann die Männer hochhievte und als sie wie seltsame Marionetten in der Luft baumelten, zuckte sie mit keiner Wimper. Sie wußte, daß Black Kettle sie genau beobachtete, und so zwang sie sich, ruhig zu bleiben.

»Was hältst du davon?« fragte der Häuptling sie.

»Es ist ungewohnt und beeindruckend«, antwortete sie und war froh, daß ihre Stimme nicht zitterte. Panther und Scheues Reh hatten ihr die Zeremonie in allen Einzelheiten erklärt. Nicht, daß sie ihr dadurch sympathischer geworden wäre, aber sie konnte nun wenigstens die Bedeutung des Rituals für das Volk der Cheyenne verstehen und akzeptieren.

»Findest du es nicht grausam und unmenschlich?« hakte Black Kettle nach.

»Manches im Leben erscheint uns grausam und hart, und doch müssen wir es ertragen«, antwortete sie. »Ich möchte nicht Kritik an etwas üben, das ich nicht voll und ganz verstehe. Ich weiß, daß dies ein wichtiger Teil der Tradition eures Volkes ist, und in diesem Sinne nehme ich es hin.«

Black Kettle nickte und stellte keine weiteren Fragen.

Stunde um Stunde saß Tanya neben ihm in der glühenden Sonne und wartete auf das Ende der Zeremonie. Ihr Rücken tat weh. Sie konnte kaum noch aufrecht sitzen, und von der Sonne und den Gesängen bekam sie Kopfschmerzen. Ihr Mitgefühl galt den Sonnentänzern und ihren Qualen. Der Anblick bereitete ihr Übelkeit. Fast hätte sie sich übergeben, doch ihr Wille war stärker und bezwang den Schwächeanfall.

Ein Tänzer nach dem anderen fiel zu Boden, und schließlich war alles vorüber.

»Du hast dich tapfer gehalten«, lobte Black Kettle sie.

»Eure Anerkennung bedeutet mir sehr viel«, antwortete Tanya. »Ich werde keine Mühe scheuen, mir Euren Respekt zu verdienen.«

»Vor dir liegt eine schwere Aufgabe. Achte darauf, den rechten Weg einzuschlagen«, riet er ihr.

»Alle meine Wege führen zu Panther«, lautete Tanyas schlichte Antwort.

Die Prärie war ein vertrauter, wenn auch nicht willkommener Anblick für Tanya. Er erinnerte sie an den langen, mühseligen Weg, den sie mit dem Treck zurückgelegt hatte. Die kühle, bewaldete Gebirgslandschaft war ihr lieber, doch sie sagte sich: »Wo immer Panther hingeht, werde ich ihm folgen.« Der Weg durch das hohe, dichte Gras war beschwerlich, doch sie stellte erleichtert fest, daß er sich zu Pferd leichter bewältigen ließ als mit den Wagen.

In den nächsten Monaten zogen sie jeden Tag ein Stück weiter, immer hinter den Büffelherden her. Jedesmal, wenn die Späher eine Herde gesichtet hatten, rüsteten sich die Männer auf speziell dafür abgerichteten Ponys zur Jagd.

In mäßigem Abstand folgten die Frauen und schlugen das Lager auf. Ihre Aufgabe war es auch, die erlegten Tiere mit Messer und Beil zu schlachten und zu zerlegen. Wie stets wurde jeder Teil der Beute irgendwie verwertet und nichts vergeudet. Es war eine zermürbende Arbeit, und Tanyas Respekt vor der Tüchtigkeit der indianischen Frauen wuchs von Tag zu Tag.

Tanya war erstaunt, wie groß die Büffel waren. Sie fand sie zwar häßlich, doch aus ihren Häuten ließen sich herrlich warme Kleider für den Winter machen. Die Zahl der Tiere, die erlegt werden mußten, um genügend Nahrungs- und Kleidungsvorräte für den Winter zu erhalten, war sehr groß, doch Tanya hatte die Cheyenne von den langen, strengen Wintern erzählen hören, in denen die Nahrung knapp wurde. Der Februar galt als der Monat, in dem »die Babys vor Hunger schreien«.

Stunde um Stunde plagte sich Tanya, gemeinsam mit den anderen Frauen, unter einer gnadenlosen Sonne. Wenn die Tiere geschlachtet und enthäutet waren, wurde das Fleisch getrocknet und in Streifen geschnitten, Sehnen, Knochen und Fett ihrem Zweck entsprechend verarbeitet. Die Häute wurden gesalzen und abgeschabt, gewässert, zum Trocknen ausgebreitet, anschließend mit Öl und Hirn eingerieben und dann erneut geschabt – ein Prozeß, der sich so lange wiederholte, bis sie zur Verarbeitung geeignet waren. Dann hielt man Ausschau nach einer neuen Büffelherde, und das ganze Spiel begann von vorn.

Oft hörte Tanya bei der Arbeit den älteren Frauen zu, die Panther dazu bestimmt hatte, sie in der Religion der Cheyenne zu unterweisen. Nur so konnte sie ihr Unterrichtspensum bewältigen, und auf dieselbe Weise ließ sie sich von der Medizinfrau in der Heilkunst unterrichten.

»Wenn es möglich ist, einfach durch Zuhören zu lernen,

könnte ich es schaffen«, dachte sie am Ende eines jeden Tages erschöpft.

Wann immer möglich, übte sie sich in der Kunst des Bogenschießens. Panther legte großen Wert auf das tägliche Training. Ein paar Mal nahm er sie mit auf die Jagd, und als Tanya ihr erstes Kaninchen tötete, war sie stolz wie eine Königin. Einige Tage später erlegte sie sogar einen Hirsch. Winter Bear war Zeuge des gelungenen Schusses. Aus der hellen, weichen Haut nähte sie sich das Kleid, das sie am Tag ihrer offiziellen Aufnahme in den Stamm der Cheyenne tragen wollte. Bald hatte sie so reiche Beute gemacht, daß sie ihre Garderobe um einige neue Kleider und Mokassins ergänzen konnte.

Als nicht weniger strenger Lehrer erwies sich Panther, wenn es um ihre Kunstfertigkeit beim Reiten ging. »Es reicht nicht, auf dem Pferd zu sitzen und es mit den Knien zu dirigieren«, erklärte er ihr. Wie recht er damit hatte, ging ihr auf, als sie nach und nach lernen sollte, sich wie die jungen Krieger als lebendiges Anhängsel ihres Pferdes zu begreifen. Das erste Mal, als sie, nur von ihren Beinen und Füßen gehalten, an der Seite des Pferdes hing, einen Arm um den Hals des Tieres geschlungen, brach sie sich fast das Genick.

»Auf diese Weise«, erklärte ihr Panther, »kannst du dich für den Feind unsichtbar machen und unter dem Pferdehals hervor schießen.«

»Leichter gesagt als getan«, beschwerte sich Tanya und rieb sich den schmerzenden Rücken.

Damit nicht genug, verlangte Panther auch von ihr, daß sie lernte, in vollem Galopp auf dem Rücken des Pferdes zu stehen. »Wenn du das beherrschst, kannst du dem Feind auf den Rücken springen, oder auf ein anderes Pferd, oder du kannst dich an einem Ast über dir hochziehen.«

»Das werde ich bestimmt täglich brauchen«, murrte Tanya und warf ihm einen erbosten Blick zu.

Panther grinste nur und forderte sie auf, es noch einmal zu versuchen.

Wenn Tanya glaubte, daß sie von diesen halsbrecherischen Übungen schon genug blaue Flecken mit nach Hause brachte, so war das noch nichts gegen das, was ihr blühte, als sie sich mit Panther in der Kunst des Zweikampfs übte.

»Du hast mich reingelegt«, beschwerte sie sich, als sie sich zum hundertsten Male vom Boden hochrappelte und den Staub aus ihren Kleidern klopfte.

»Genau darum geht es«, erwiderte er ruhig. »Wer um sein Leben kämpft, denkt nicht darüber nach, was fair ist und was nicht. Jedes Mittel ist recht, um den Feind zu bezwingen, und zwar so schnell wie möglich. Natürlich erklärst du ihm nicht, wie du vorgehen willst und was du als nächstes machst.«

»Ja, mach dich nur weiter über mich lustig, du Scheusal! Aber vergiß nicht: Liebe und Kampf vertragen sich schlecht. Meine blauen Flecken und die zerschundene Haut sind nicht gerade verführerisch.«

Panther lachte. »Ich werde dich massieren, und dann ist alles wieder in Ordnung.«

»Da wäre ich mir nicht so sicher«, sagte sie drohend.

Doch Panther ließ sich von ihren Blessuren nicht abhalten und brachte ihr als nächstes bei, wie man sein Körpergewicht und die Kraft der Hebelwirkung einsetzt, um den Feind zu besiegen. Er zeigte ihr, wie man mit vorgetäuschten Bewegungen und unerwarteten Attacken den Gegner überraschte, wobei es stets darauf ankam, das eigene Mienenspiel zu beherrschen.

»Viel zu oft kann man an den Augen oder am Gesichtsausdruck ablesen, was der andere als nächstes vorhat. Dazu darfst du deinem Feind keine Gelegenheit geben.«

Es dauerte länger, als es Tanya recht war, bis es ihr endlich gelang, Panther zu Boden zu werfen und ihn dort für kurze Zeit festzunageln. Grinsend hockte sie auf ihm und triumphierte: »Nun, du tapferer Krieger, was bekomme ich von dir, wenn ich dich freigebe?«

»Was hättest du denn gerne?« fragte Panther lächelnd.

»Drei Küsse, und du bist frei«, verkündete sie.

»Sollst du haben, sobald wir im Zelt sind.«

Tanya schüttelte den Kopf. »O nein! Jetzt, Panther, oder wir bleiben die ganze Nacht hier sitzen.«

»Kleine Wildkatze, du weißt, daß ein Cheyenne seine Gefühle niemals in der Öffentlichkeit zeigt.«

»Das weiß ich sehr wohl, Panther, aber ich bin der Sieger, und ich stelle die Bedingungen«, stellte sie fest und stieß ihm das Knie in die Rippen.

»Du bist ein hartgesottener Verhandlungspartner«, ächzte er.

»Im Krieg und in der Liebe ist jedes Mittel recht«, belehrte ihn Tanya, bevor sie sich zu ihm herabbeugte, um ihre Belohnung in Empfang zu nehmen.

Während der ganzen Zeit brachte Panther ihr geduldig bei, wie man eine Fährte aufnimmt. In regelmäßigen Abständen ließ er sie außerhalb des Dorfes die Fährte irgendeines Tieres aufspüren, die sie dann verfolgen mußte. Diesen Teil ihres Lernprogramms fand sie entschieden am interessantesten, doch oft war das Ergebnis auch enttäuschend. Sie verlor die Spur wieder und mußte von vorne anfangen. Manchmal verlor sich die Fährte auch auf dem felsigen Boden, um dann irgendwo im weiteren Umkreis wieder aufzutauchen.

Tanya lernte, die verschiedenen Spuren voneinander zu unterscheiden, je nachdem ob ein Büffel, ein Hirsch, ein Kaninchen, ein Waldhuhn oder ein Puma sie hinterlassen hatten. Sie unterzog die Abdrücke im hohen Gras, die Wetzspuren an den Bäumen einer genauen Prüfung und lernte es bald, einer Spur anzusehen, wie alt oder frisch sie war, von wievielen Tieren sie stammte und ob es sich um den Hufabdruck eines gerittenen oder eines an der Leine geführten Pferdes handelte.

Zusätzlich brachte Panther ihr bei, ihre fünf Sinne zu gebrauchen. Manchmal verband er ihr die Augen, und sie mußte ihm sagen, was sie mit den Fingerspitzen ertastete, auf der Haut fühlte, was sie hörte und roch und schmeckte, aber auch ihr innerer Sinn, ihr Instinkt ihr riet.

Er lehrte sie, auf leisen Sohlen zu gehen, so wenig Geräusche wie möglich zu machen und ihre eigene Spur wieder zu verwischen. Sie lernte, in einem Versteck stundenlang auf der Stelle zu hocken, ohne sich zu rühren, aber auch sich zügig und geräuschlos fortzubewegen. Er war ein unermüdlicher und unbarmherziger Lehrer.

Zweimal nahm er sie mit in den Wald. Dort mußte sie anwenden, was sie gelernt hatte, und nicht nur der Fährte eines Tieres, sondern auch Panthers Spur verfolgen. Er ließ sie irgendwo zurück und verschwand. Sie mußte ihn finden, indem sie seinen Fußspuren folgte. Die Aufgaben, die er ihr stellte, wurden ständig schwieriger.

Dann übten sie auch den umgekehrten Fall: Tanya verschwand, und Panther mußte sie finden. Das gelang ihm zunächst ohne Schwierigkeiten, doch Tanya wurde immer geschickter, und er brauchte von Mal zu Mal länger. Dann kam der Tag, auf den sie beide gewartet hatten. Es gelang Tanya, Panther für die Dauer eines ganzen Tages zu entkommen, und am Ende mußte *sie ihn* suchen, denn er konnte sie nicht finden.

An diesem Abend feierten sie, allein am Lagerfeuer sitzend, ihren Erfolg. Sie kuschelte sich eng an ihn, und er seufzte zufrieden und schloß sie fest in seine Arme.

»Der Sommer ist bald vorbei, und du bist gut auf alles vorbereitet, kleine Wildkatze. Nicht mehr lange, und du bist eine richtige Tochter der Cheyenne und meine Frau.« Stolz erfüllte seine Stimme bei diesen Worten.

»Hoffentlich dauert es nicht mehr lange«, sagte Tanya seufzend.

»Ich weiß, mein Herz. Auch ich möchte nicht, daß unserem Kind etwas passiert. Aber noch weniger möchte ich dir zumuten, einen Bastard zur Welt zu bringen.«

»Woher weißt du es?« fragte Tanya verblüfft. »Ich habe es niemandem erzählt, und mein Bauch ist noch flach.«

«Was glaubst du wohl? Ich kenne inzwischen jeden Zentimeter deines Körpers. Ich kenne ihn besser, als du ihn kennst, und besser als meinen eigenen. Ich kenne jede Wölbung, jede Rippe, jede Besonderheit deiner Haut, und ich würde dich blind am Geruch erkennen. In den letzten Tagen sind deine Brüste voller und empfindlicher geworden, deine Haut hat einen besonderen Schimmer bekommen, deine Haare, deine Augen sprühen vor Lebendigkeit. Das ist das neue Leben, das du in dir trägst.«

»Ich habe dir noch nichts gesagt, weil ich nicht wollte, daß du dir Sorgen machst«, erklärte Tanya. »Morgens und bei bestimmten Gerüchen wird mir oft übel, aber ich wollte nicht, daß du es merkst.«

Panther lächelte sie zärtlich an. »Es ist mir schon aufgefallen, aber ich denke, sonst hat niemand etwas bemerkt. Ich liebe dich, Wildkatze, und ich möchte weder dein Leben noch das unseres Kindes irgendeiner Gefahr aussetzen. Du bist jung und gesund, die Prüfungen werden dir keine Probleme bereiten, vorausgesetzt, sie finden bald statt. Je länger wir warten müssen, desto gefährlicher wird es für dich.«

»Für dich würde ich vieles erdulden, Panther. Ich liebe dich über alles.« Tränen glitzerten in ihren goldenen Augen.

»Es ist eine Ehre für mich, dich zur Frau zu haben«, antwortete Panther mit heiserer Stimme und zog sie noch fester an sich.

Seine Hände, seine Lippen liebkosten sie. In dieser Nacht liebte er sie noch zärtlicher als zuvor, ließ keinen Zentimeter ihrer Haut, ihres empfindsamen Körpers, der so glühend nach ihm verlangte, unberührt.

Von Begierde überwältigt, bäumte sich ihr Körper dem seinen entgegen. »Panther, Panther«, stöhnte sie, »du bringst meine Seele zum Brennen.«

»Dann muß ich das Feuer mit meiner Liebe löschen«, flüsterte er und liebte sie so lange, bis die Flammen der Lust über ihnen beiden zusammenschlugen.

Hinterher unterhielten sie sich leise. »Bist du glücklich über das Kind, Wildkatze?« wollte er wissen.

»Und wie! Es ist wunderbar, ein Kind von dir in mir zu tragen«, seufzte sie. Ihr Gesicht glühte. »Ich stelle mir vor, daß es ein Junge wird, ein kleines Abbild von dir, oder ein Mädchen mit deinen großen schwarzen Augen. Bist du auch froh über das Baby?«

»Mehr als das«, sagte Panther. »Ich bin stolz, und ich bin aufgeregt. Ich kann es kaum erwarten, bis das Kind unserer Liebe geboren ist.«

»Bist du enttäuscht, wenn es ein Mädchen wird? Ich weiß, wie wichtig es für einen Mann ist, einen Sohn zu haben.«

»Wenn wir ein Mädchen bekommen, wird es so schön und so mutig sein wie seine Mutter. Warum sollte ich deswegen trauern? Auf jeden Fall wünsche ich mir, daß es deine Augen bekommt, egal ob Junge oder Mädchen. Deine goldenen Augen, die mich von Anfang an verführten. Wir werden Prachtkinder bekommen, kleine Wildkatze. Tapfere, stolze, intelligente Kinder.«

»Und wenn das erste ein Mädchen wird, dann versuchen wir es eben noch mal. Wir probieren es immer wieder, denn das Probieren ist so schön, so wunderschön«, flüsterte Tanya zärtlich in Panthers Ohr.

Einen Tag nach ihrer Rückkehr in das Dorf ordnete Black Kettle an, daß man jetzt mit den Prüfungen beginnen solle. Am Vormittag mußte sich Tanya im Zelt des Häuptlings der mündlichen Prüfung in Geschichte, Religion, Brauchtum und Medizin unterziehen. Am Nachmittag sollte sie ihre Geschicklichkeit im Reiten, Schießen und Kämpfen unter Beweis stellen. Ihre hausfraulichen Qualitäten hatte sie bereits Black Kettles Frau, sie hieß Frau-die-nach-mir-kommt, vorgeführt.

Der sonst so ruhige Panther lief aufgeregt vor dem Zelt seines Onkels auf und ab; seine Angst war nicht zu übersehen. Drei Stunden später trat Tanya aus dem Zelt. Nichts war ihr anzumerken, nur ihre Augen glänzten vor Freude. Als sie an Panther und Winter Bear vorbeiging, zwinkerte sie ihnen heimlich zu.

Panther wäre ihr gern gefolgt, doch im selben Moment tauchte Black Kettle aus seinem Zelt auf und ging auf die beiden Männer zu. »Deine Frau erstaunt mich, Panther«, sagte er. »Sie besitzt die Festigkeit eines Spinnennetzes. Obwohl sie so zerbrechlich aussieht, verfolgt sie doch ihre Ziele mit äußerster Hartnäckigkeit.«

»Ja«, entgegnete Panther, »und so wie ein Spinnennetz fängt sie dich ein und hält dich fest.« Seine Augen folgten Tanya, während er dies sagte.

»Sie hat wirklich viele Reize«, mußte Black Kettle widerstrebend zugeben. »War sie gut?« erkundigte sich Winter Bear.

»Sehr gut sogar«, antwortete Black Kettle. »Ich glaube langsam, daß sie deiner wert ist, Panther. Sie beherrscht unsere Sprache und versteht unseren Glauben.«

Dann blickte er Panther nachdenklich an. »Ich habe sie in der ganzen Zeit, da sie jetzt bei uns lebt, fast nie Englisch sprechen hören. Und obwohl ihr beide Englisch könnt, habe ich auch nie erlebt, daß ihr in ihrer Muttersprache miteinander redet. Weiß sie nicht, daß du die Sprache beherrschst? Hast du ihr nie von deiner spanischen Mutter, deiner Erziehung erzählt, Panther?«

»Nein, Onkel, nie. Hätte ich mit ihr Englisch gesprochen, hätte ihr die Notwendigkeit, unsere Sprache zu erlernen, nicht eingeleuchtet, und sie hätte nicht so rasche Fortschritte gemacht.«

»Und wirst du es ihr jetzt sagen?«

»Nicht jetzt. Ich möchte, daß sie mich als das akzeptiert, was ich bin: ein Krieger der Cheyenne. Sie soll mich nicht als einen Teil der Welt der Weißen betrachten, denn in diese Welt werde ich nie mehr zurückkehren. Ich habe mich entschlossen, unter dem Volk meines Vaters zu leben, und Wildkatze hat den gleichen Entschluß gefaßt, aus freien Stücken, ohne Vorbehalte und Zweifel. Wenn ich die Zeit für gekommen halte, werde ich es ihr sagen. Doch vorläufig ist es besser, wenn sie es nicht weiß.«

»Zweifelst du irgendwie an ihr?« fragte Black Kettle.

»Nein«, sagte Panther. »Aber wenn sie erfährt, daß ich mich der Welt der Weißen anpassen kann, will sie vielleicht, daß wir ihre Eltern besuchen. Sie vermißt sie immer noch, auch wenn sie es nicht sagt, und sie macht sich Sorgen, daß sie vielleicht denken, sie könnte tot sein oder mißhandelt worden. Das bekümmert sie, vor allem jetzt, da sie selbst schwanger ist.«

»Sie bekommt ein Kind von dir?« rief Winter Bear erstaunt. »Wie kann sie sich dann diesen Prüfungen unterziehen?«

»Ich werde die Prüfungen abbrechen lassen«, entschied Black Kettle.

»Nein!« rief Panther laut und unmißverständlich. »Sie will weitermachen. Wir haben alles besprochen und sind uns einig, daß sie kräftig und gesund genug ist und daß dem Kind nichts passieren wird. Wir wollen keinen Bastard.«

Besorgt blickte Winter Bear seinen Onkel an. »Gibt es keine andere Möglichkeit?« fragte er.

Black Kettle seufzte. »Leider nein. Ich habe die Regeln öffentlich bekanntgeben. Jetzt kann ich sie nicht mehr ändern.«

»Das ist auch nicht nötig«, versicherte Panther. »Wildkatze hat hart trainiert. Sie ist bereit und fähig, ihre Qualitäten unter Beweis zu stellen, nicht nur vor unserem Häuptling, sondern vor dem ganzen Volk. Es ist wichtig für sie, daß sie von allen ohne Einschränkung akzeptiert wird. Und das wird sie nur als deine Tochter und meine Ehefrau. Wir sind beide zu stolz, um uns mit weniger zufrieden zu geben.«

An diesem Nachmittag war Tanya so nervös wie noch nie in ihrem Leben. Ihre Zukunft hing davon ab, ob die intensiven Anstrengungen der letzten Wochen nun, im entscheidenden Augenblick, von Erfolg gekrönt sein würden. Panther, genauso aufgeregt wie sie, war ihr diesmal keine Hilfe. Sie zwang sich, nicht an das Kind in ihrem Bauch zu denken. Wenn sie sich um das Kind Sorgen machte, würde sie weniger waghalsig sein, weniger riskieren. Und das könnte sie ihr Leben an Panthers Seite kosten. Sie sandte ein letztes Stoßgebet zu Panthers Manitou und zu ihrem eigenen Gott, dann griff sie sich Messer, Pfeil und Bogen und lief zum Rand des Lagers.

In unterschiedlichen Abständen waren die Zielscheiben aufgebaut worden. Tanya stellte sich an den von Black Kettle bestimmten Platz und führte vor, wie gut sie sich auf die Kunst des Messerwerfens verstand. Jedesmal traf ihr Messer ins Schwarze.

Als Black Kettle mit dem Ergebnis zufrieden war, konzentrierte sich Tanya auf dieselbe Übung mit Pfeil und Bogen. Auch diesmal zielte sie sicher, und zweimal traf ihr Schuß sogar einen der im Schwarzen steckenden anderen Pfeile.

Als nächstes führte sie auf Wheat ihre Reitkünste vor. Sie schoß im fliegenden Galopp, zielsicher und genau. Eine Übung bestand darin, einen »verwundeten« Krieger von seinem galoppierenden Pferd zu holen, eine andere darin, daß sie im Galopp auf ein anderes Pferd aufspringen und den »Feind« vom Pferd stoßen mußte.

Dann kam der Test, den sie am meisten fürchtete. Ihre Lippen, sonst weich und gelöst, preßten sich fest zusammen. Vor ihr lag der Zweikampf mit dem jungen Krieger Krumme Feder. Es war ein Kampf ohne Waffen, denn keiner von beiden sollte irgendeinen Vor- oder Nachteil haben.

Tanya erinnerte sich noch einmal an alles, was Panther ihr beigebracht hatte, dann fixierte sie den Gegner. Langsam umkreisten sich die beiden; jeder wartete auf die entscheidende erste Bewegung. Sie taxierten, sie maßen einander, versuchten, die Absichten des Gegners von seinem Gesicht abzulesen.

Krumme Feder machte den ersten Vorstoß. Mit einem Satz nach vorn packte er Tanya am Arm und warf sie zu Boden. Tanya rollte sich, so wie Panther es sie gelehrt hatte, auf die Seite und sprang sofort wieder auf die Füße. Sie durfte ihren Gegner nicht aus dem Blick verlieren. Als er das nächste Mal angriff, drehte sie sich einmal um die eigene Achse, bekam im Drehen einen Arm und ein Bein von ihm zu packen und schleuderte ihn rücklings zu Boden. Dabei stieß sie, so wie Panther es ihr gesagt hatte, einen gellenden Schrei aus. So ein kurzer, kraftvoller Schrei verlieh dem Angriff noch mehr Wucht. Man durfte ihn nur nicht zu früh ausstoßen, um den Gegner nicht zu warnen.

Mißtrauisch umkreisten sich die beiden erneut. Krumme Feder packte sie an den Armen und versuchte sie zu Boden zu werfen. Doch Panther hatte ihr beigebracht, wie man die Hebelwirkung bei einem Angriff zum eigenen Vorteil einsetzen konnte. Nun versuchte er, sie in die Knie zu zwingen, aber es gelang ihm nicht, und als er ihr ein Bein stellen wollte, konterte sie, indem sie ihren Kopf fest in seinen ungeschützten Magen rammte.

Die Kontrahenten gingen wieder auf Abstand. Ein paarmal warf Krumme Feder sie zu Boden, konnte sie aber nicht unten halten. Ein paarmal stellte sie ihm ein Bein, doch er kam wieder auf die Füße, bevor sie ihn festnageln konnte. Einmal legte er sie aufs Kreuz, und als er auf sie springen wollte, stieß sie ihre Füße in seinen Bauch, so daß er über ihren Kopf hinweg in den Dreck flog.

Sie kämpften viele Minuten lang, bis sie vor Anstrengung und Erschöpfung keuchten. Ihre Körper waren schmutzbedeckt. Niemand hatte einen eindeutigen Vorteil erringen können. Schließlich versuchte es Krumme Feder mit einem weiteren Überraschungsangriff, warf sich auf Tanya, packte sie um die Taille und ging mit ihr zusammen zu Boden. Tanya, die hintüber fiel, nutzte den Schwung des Angriffs zu einem Salto rückwärts, wobei sie Krumme Feder fest umklammert hielt. Er fiel auf den Rücken, und im Nu hockte Tanya rittlings auf ihm. Nur für den Bruchteil einer Sekunde hatten seine Hände den Halt verloren, doch Tanya war es bereits gelungen, seine Arme auf dem Boden festzuhalten, einen davon unter seinem eigenen Körper. Auch seine Beine hielt sie mit ihren Beinen fest, so daß er sie nicht von sich stoßen konnte. Krumme Feder, dem der heftige Sturz den Atem geraubt hatte, konnte kaum Luft holen, so tief bohrte sich ihr Ellbogen in seine Magengrube. Schließlich versetzte sie ihm mit der Handkante einen leichten Schlag gegen die Kehle. Hätte sie ein Messer in Händen gehalten, es wäre mit ihm vorüber gewesen.

Es war vorüber. Tanya hatte gesiegt. Sie blieb auf Krumme Feder hocken, bis Black Kettle sie als Siegerin anerkannte, dann stolperte sie auf ihre Füße. Bereitwillig streckte sie Krumme Feder ihre Hand hin, um ihm aufzuhelfen. Einen Moment lang fürchtete sie, er werde die Geste ignorieren, doch dann ergriff er, mit einem schiefen Grinsen im Gesicht, ihre Hand und ließ sich von ihr hochziehen.

Bis jetzt hatte Tanya sämtliche Prüfungen mit unbewegtem Gesicht hinter sich gebracht. Nichts verriet ihre Gefühle. Nun gestattete sie sich zum ersten Mal den Anflug eines Lächelns um ihre Mundwinkel. »Es war ein guter Kampf«, sagte sie zu Krumme Feder.

»Ja, das war es«, stimmte er ihr zu.

Black Kettle räusperte sich, doch seine Stimme klang immer noch heiser, als er sagte: »Ich, der ich nicht mit eigenen Kindern gesegnet bin, werde nun vielleicht bald eine Tochter haben.« Stolz blickte er Tanya an. »Morgen wirst du die Fährte eines unserer besten Krieger aufnehmen, und wenn es dir gelingt, ihn zu finden, werden wir drei unserer besten »Spürhunde« auf deine Fährte ansetzen. Dann bleibt nur noch eine Prüfung zu bestehen. Sieben Tage und sieben Nächte wirst du im Gebirge alleine sein, nur mit deinem Messer, deinem Beil, deinem Bogen, einer Flasche Wasser und etwas Trockenobst, um zu überleben. Natürlich darfst du dein Pferd mitnehmen.«

»Ich bin bereit«, erklärte Tanya.

Black Kettle blickte sie ernst an. »Ich wünsche dir alles Gute, Kleine Wildkatze. Bis jetzt hast du dich gut geschlagen, und wenn du so weiter machst, werde ich dich bald Tochter nennen.«

»Dann«, sagte Tanya lächelnd, »bereite alles vor für das große Fest, denn ich habe nicht vor, zu versagen.«

Black Kettle lachte. »Dein Stolz ist groß, Kleine Wildkatze. Wenn deine Taten deinen Worten entsprechen, wird aus dir einmal eine gute Cheyenne.«

Tanya blickte ihn gelassen an und nickte. Dann schritt sie mit erhobenem Kopf erschöpft aber glücklich, zu ihrem *Tipi*.

6

Der Überfall ereignete sich am nächsten Morgen, noch vor Einbruch der Dämmerung. Tanya war schon wach und angezogen und wollte das Frühstück zubereiten, Panther streifte sich gerade die Mokassins über, um sich zum Morgengebet nach draußen zu begeben, da ertönten die ersten Schreie. Tanya fuhr hoch und starrte Panther fragend an.

»Das ist das Kriegsgeheul der Ute!« rief er, griff sich Bogen, Köcher und Lanze und stürzte zum Ausgang des *Tipi*. »Ich muß zu den Pferden.«

An Frühstück war nicht mehr zu denken. Auch Tanya warf sich den Köcher mit Pfeilen über die Schulter und griff nach ihrem Bogen. »Ich komme mit dir«, sagte sie und rannte hinter ihm her.

»Nein!« schrie Panther ihr über die Schulter zu. »Bleib hier und versuche Scheues Reh zu finden. Wenn wir den Kampf verlieren, dann laufe zum Fluß, halte dich südlich und verstecke dich irgendwo. Ich finde dich schon.« Und schon stürmte er auf seinem Hengst davon.

Tanya vergewisserte sich, ob sie ihr Messer dabei hatte, dann lief sie zum *Tipi* von Scheues Reh. Am nördlichen Rand des Dorfes standen bereits einige Zelte in Flammen. Dicke Rauchschwaden hingen in der Luft, die erfüllt war von Kampfgeschrei und den angstvollen Rufen der Frauen und Kinder. Nicht nur die Menschen, auch die Hunde schienen planlos in alle Richtungen davonzurennen. Es war ein einziges Chaos.

Drei Krieger stürmten auf ihren Pferden heran. In letzter Sekunde konnte Tanya zur Seite springen, da zischte ein Pfeil der Ute an ihrem Kopf vorbei. Sie duckte sich und kroch zum Zelt von Scheues Reh, an das sie sich von hinten anschlich. Vor dem Zelt spielte sich ein heftiger Kampf ab. Scheues Reh rang gerade mit einem Krieger der Ute und Tanya verlor keine Zeit. Sie sprang vor und stieß dem Mann ihr Messer in die Seite. Tot sank er zu Boden. Doch schon entdeckte sie einen anderen feindlichen Krieger, der mit seiner Lanze auf den Rücken von Scheues Reh zielte. Tanya zögerte keine Sekunde, hob den Bogen und ließ den schnell darauf gelegten Pfeil fliegen. Er bohrte sich genau zwischen die Schulterblätter des Kriegers, der schwankend vom Pferd fiel. Er hielt die Lanze noch in seiner Faust, als Tanya mit ihrem Messer seine Kehle durchtrennte. Zuckend lag er am Boden, während Tanya auf Scheues Reh zulief.

»Warte!« rief Scheues Reh. »Du hast ihn getötet. Nun muß du ihn skalpieren.«

Tanya starrte sie verblüfft an. »Aber warum, denn? Hauptsache, er ist tot!«

Ein seltsames Glitzern erschien in den Augen von Scheues Reh. »Du mußt!« wiederholte sie. »So will es der Brauch.«

Tanya schluckte heftig und starrte ihre Freundin fassungslos an. Schließlich begriff sie – wenn sie jetzt zauderte, verspielte sie vielleicht die Chance, Panthers Frau zu werden.

Ohne sich weiter Gedanken zu machen, kniete sie rasch nieder, setzte die scharfe Schneide des Messers an und löste den Skalp schnell und mühelos. Das Blut floß in Strömen zwischen ihren Fingern hindurch und färbte die Erde rot. Tanya schloß die Augen und versuchte nicht darüber nachzudenken, was sie tat. Als sie fertig war, ging sie zu dem anderen Krieger, den sie getötet hatte, und skalpierte auch ihn. Das laute »Plop«, mit dem der Skalp sich von seinem Kopf löste, bereitete ihr Übelkeit, und sie war froh, daß sie noch nichts gegessen hatte.

Der Überfall war so schnell vorüber, wie er begonnen hatte. Die Ute hatten sie im Schlaf überraschen wollen, doch ein Großteil der Cheyenne war schon wach gewesen und hatte schnell und gnadenlos reagiert. Da sich ihre Pferde meist in der Nähe der Zelte befanden, konnten sie die angreifenden Ute bald vertreiben und in die Flucht schlagen.

Ein Kriegstrupp der Cheyenne verfolgte die Angreifer noch ein Stück weit durch die Prärie, der Rest der Dorfbewohner versorgte die Verwundeten und versuchte, sich einen Überblick über den angerichteten Schaden zu verschaffen.

Zum Glück waren nur zwei Menschen getötet worden: ein Junge, der die Pferde bewachte und nicht mehr rechtzeitig hatte Alarm geben können, wurde mit durchschnittener Kehle gefunden; eine alte Frau war von einem feindlichen Krieger mit seinem Pferd überrannt und zu Tode getrampelt worden. Man zählte acht Verwundete. Einen Krieger hatte eine Kugel in die Brust getroffen, ein anderer war von einer Lanze an der Schulter durchbohrt worden. Die übrigen sechs waren nur leicht verletzt und konnten ohne Schwierigkeiten versorgt werden.

Fünf Zelte waren abgebrannt. Viele Frauen des Stammes kamen und spendeten den Betroffenen einen Teil ihres Hausrats. Für diese Nacht würden einige Familien in einem gemeinsamen Zelt Zuflucht suchen müssen, doch schon am nächsten Morgen wollten die Frauen zum Holzschlagen ausziehen und Tierhäute zusammennähen, damit fünf neue *Tipis* errichtet werden konnten. Jeder trug sein Teil dazu bei, den Schaden wieder gutzumachen, sei es, daß er etwas spendete, sei es, daß er sich an den Arbeiten beteiligte. Jeder kümmerte sich um jeden und man teilte das Schlechte miteinander ebenso wie das Gute. So wollten es die Sitten der Cheyenne.

Am Abend würde eine Trauerfeier für die Ermordeten stattfinden. Wie es aussah, waren acht Krieger der Ute getötet und wenigstens einer gefangen genommen worden. Vielleicht würden die ausgesandten Krieger der Cheyenne noch weitere Gefangene machen. Der einzige Gefangene bisher war noch bewußtlos, aber nicht ernsthaft verwundet. Morgen würde er darum bitten, daß man ihn tötete, denn die Cheyenne übten auf langsame und qualvolle Weise Vergeltung.

Am nächsten Morgen war Tanya gerade dabei, einige ihrer Kleider auszusortieren, die sie den geschädigten Familien schenken wollte, als Black Kettle auf sie zukam.

»Weizenkrähe erwartet dich, Kleine Wildkatze«, sagte er.

Sie blickte ihn fragend an. »Ich verstehe nicht ganz, mein Häuptling.«

»Heute ist der Tag, da du seine Fährte verfolgen sollst. Hattest du das etwa vergessen?«

»Vergessen nicht«, sagte Tanya. »Ich dachte nur, daß wir die Sache ein paar Tage verschieben, nach allem, was vorgefallen ist.«

»Nein, es geht weiter, während wir auf die Rückkehr unserer Krieger warten. Ursprünglich hatte ich einen anderen Krieger für dich ausgesucht, aber Weizenkrähe steht bereit und wird seine Aufgabe übernehmen. Wenn du ihn gefunden hast, dann gehst du in die Berge, und ich schicke die anderen auf deine Fährte. Sie haben Zeit, bis die Sonne über dem Gipfel der Berge steht. Sollten sie dich bis dahin nicht gefunden haben, kehrst du zum Lager zurück.«

Black Kettle betrachtete die Verwüstungen, die die Utes angerichtet hatten. »Heute abend werden wir eine Trauerfeier für unsere Toten und Verwundeten abhalten, anschließend findet ein Kriegstanz statt. Das ist die Vorbereitung auf unseren Rachefeldzug gegen die Utes. Morgen werden unsere Krieger ihr Lager überfallen. Währenddessen zieht der Rest des Stammes weiter zu unserem Winterstandort. Deine Prüfungen, Kleine Wildkatze, werden in dieser Zeit nicht unterbrochen. Bald müssen wir uns auf den Winter vorbereiten, und du mußt die Gelegenheit nutzen, solange du es noch kannst. Panther hat mir gesagt, daß du schwanger bist. Ungeachtet dessen, was du darüber denkst, möchte ich zwar auch, daß mein erster Enkel ein eheliches Kind wird, es soll aber durch die Prüfungen, die du noch abzulegen hast, nicht gefährdet werden. Dann können wir uns alle in Ruhe auf ein gesundes Baby freuen. Am liebsten auf einen Jungen.«

Tanya mußte unwillkürlich lachen. »Ich werde tun, was ich kann, aber die Natur steckt voller Überraschungen. Mein Vater hat sich auch immer einen Sohn gewünscht. Bekommen hat er zwei Töchter.«

Auch Black Kettle lachte. »Ein Sohn macht einen Mann unsterblich. Aber es ist keine Schande, eine so tapfere Tochter zu haben wie du es bist, Kleine Wildkatze.«

Er warf einen Blick auf ihren Gürtel. »Wo sind die Skalps von heute morgen?«

»Im *Tipi* antwortete sie widerstrebend.

Black Kettle blickte sie streng an. »Du mußt sie richtig präparieren, damit sie sich halten. Heute hast du zwei unserer Feinde besiegt und das Leben von Scheues Reh gerettet, die voll des Lobes für dich ist. Du verdienst unser aller Dank. Nun verdiene dir auch deinen Platz in unserem Stamm.«

Trotz des gehörigen Vorsprungs, mit dem Weizenkrähe losgerannt war, besaß er keine Chance gegen Tanya. Das intensive Training, das Panther ihr hatte zuteil werden lassen, machte sich bezahlt; binnen einer Stunde hatte sie den Mann ausfindig gemacht. Während er zu dem vereinbarten Treffpunkt zurückkehrte und die drei dort wartenden »Spürhunde« losschickte, machte Tanya sich auf den Weg ins Gebirge, so wie Black Kettle es vorgeschrieben hatte.

Eine Zeitlang folgte sie einem breiten Trampelpfad, auf dem sich die Hufspuren ihres Pferdes mit denen anderer Tiere mischten. Der Pfad führte zu einem Fluß. Sie trieb Wheat in das kalte Wasser und ritt einige Meilen stromaufwärts. Auf der anderen Seite des Ufers verließ sie das Wasser wieder, stieg ab und verwischte sorgfältig jede Spur.

Wenig später kam sie zu einer Felsbank, stieg erneut ab, band das Pferd fest und erkundete die Felsspalten. Hinter dornigem Gestrüpp und einem riesigen Findling verborgen, entdeckte sie eine kleine, niedrige Höhle. Mühsam quetschte sie sich durch den Eingang und forschte nach eventuellen Bewohnern. Glücklicherweise gab es weit und breit keine Anzeichen dafür.

Sie kletterte zurück und ritt mit Wheat in den Wald, sorgfältig darauf achtend, möglichst wenig Hufspuren zu hinterlassen. In einem Dickicht band sie die Stute fest und flocht aus einem Lederriemen einen Maulkorb, damit Wheat ihr Versteck nicht durch lautes Wiehern verraten konnte, wenn die Verfolger sich näherten.

Anschließend versetzte sie das Dickicht wieder in seinen ursprünglichen Zustand und ging den Weg, den sie gekommen waren, noch einmal zurück, um die Spuren zu verwischen. An der Felsbank angekommen, zwängte sie sich in die winzige Höhle und wartete. Vom Eingang aus konnte sie sowohl die Ausläufer des Gebirges zur Linken, wie die Richtung, aus der sie gekommen war zur Rechten im Auge zu behalten.

Gute zwei Stunden hockte Tanya zusammengekauert in ihrer Höhle, als der Wind die ersten Stimmen zu ihr trug. Vorsichtig wandte sie den Kopf und spähte nach rechts. In einiger Entfernung sah sie zwei ihrer Verfolger, Mächtige Pinie und Schnekke, den Weg zur Höhle einschlagen. Sie blickten in ihre Richtung und winkten. Einen Moment lang dachte sie, sie hätten sie entdeckt, doch dann merkte sie, daß sie jemandem über ihr ein Zeichen gaben.

»Verflucht!« dachte sie. »Eine Stunde noch, und ich hätte gewonnen!« Wenn sie ihr bis hierher gefolgt waren, würden sie sie mit Sicherheit finden.

Nicht weit entfernt hörte sie das Geklapper von Pferdehufen auf dem Fels, und bald entdeckte sie den dritten Reiter. Es war Schlauer Fuchs. Er blickte in ihre Richtung, und Tanya wagte es nicht mehr zu atmen noch zu blinzeln. Doch schließlich drehte er sich um und war bald außer Sicht. Vorsichtig atmete sie tief durch. Gott sei Dank hatte sie rechtzeitig ihr farbiges Stirnband entfernt.

Auch Schnecke und Mächtige Pinie ritten nun in verschiedene Richtungen davon, um weiter nach ihr zu suchen. Nun wußte Tanya, daß sie ihre Spur verloren hatten und konnte nur noch hoffen, daß sie sie nicht mehr finden würden.

Schwitzend vor Angst und immer auf der Hut vor ihren Verfolgern saß Tanya die vorgeschriebene Zeit in ihrer Höhle. Einmal noch glaubte sie, Hufgetrappel in der Nähe zu hören, sah aber niemanden. Endlich war es soweit, daß die Sonne die Gipfel der Berge berührte. Sie harrte sicherheitshalber noch eine Weile aus, dann kroch sie lautlos aus ihrem Versteck.

Lange Stunden hatte sie eingezwängt dort gesessen. Ihre Arme, ihre Beine waren eingeschlafen. Es war, als würde sie von tausend Nadeln gestochen, als sie sich streckte und dehnte und die schmerzenden Muskeln massierte. Schließlich schlich sie auf leisen Sohlen zu ihrem Pferd.

Langsam färbte sich der purpurrote Himmel tiefschwarz. Im Licht der Sterne kehrte Tanya lange nach ihren Verfolgern zum Lager zurück. Sie ritt direkt zu Black Kettles *Tipi*, vor dem ihre Verfolger, Panther und der Häuptling zusammen saßen. Gerade sagte Schnecke: »Irgendwann war nichts mehr von ihr zu sehen. Vielleicht kommt sie gar nicht mehr zurück und ist auf der Suche nach ihrer Familie?«

»Das glaube ich nicht«, entgegnete Panther und entdeckte sie im selben Moment. »Kleine Wildkatze ist wieder da!« rief er und strahlte übers ganze Gesicht.

Fünf dunkle Augenpaare richteten sich auf sie, doch Tanya hatte nur Augen für Panther. »Es ist gut, daß ich einen so erfahrenen Lehrer hatte«, sagte sie zu ihm. »Um ein Haar hätten sie mich gefunden.«

»Wo?« wollte Mächtige Pinie wissen.

»An der Felsbank. Zwischen den Felsen ist eine kleine Höhle«, erklärte Tanya ihm lächelnd. »Als ich dich und Schnecke vor mir sah, war ich sicher, daß ihr meine Spur gefunden hattet. Und dann ritt Schlauer Fuchs auch noch genau über meinen Kopf. Ihr wart so nah, daß ich fast geglaubt habe, ihr würdet mich entdecken.«

Erschöpft stieg sie von ihrem Pferd. Panther war sofort an ihrer Seite. »Du bist müde. Geh und ruh dich in unserem Zelt aus. Ich sorge dafür, daß sich jemand um dein Pferd kümmert. Geht-wie-eine-Ente wird dir etwas zu essen bringen, und dann kannst du schlafen, bis ich dich rufen lasse.«

Tanya machte sich auf den Weg, doch Black Kettle hielt sie zurück. »Ist alles in Ordnung, Kleine Wildkatze?« wollte er wissen und blickte sie besorgt an.

»Ja, mein Häuptling, es geht mir gut«, antwortete sie. »Ich bin nur müde, entsetzlich müde.« Dann ging sie mit schleppenden Schritten und hängenden Schultern zu ihrem Tipi. Diesmal reichte die Kraft nicht mehr, sich aufrecht zu halten.

Tanya hatte das Gefühl, gerade erst eingeschlafen zu sein, als sie schon wieder wachgerüttelt wurde. Vor ihr stand Geht-wie-eine-Ente und sagte: »Panther möchte, daß du an der Feier teilnimmst.«

Tanya setzte sich auf und gähnte. Sie konnte vor Müdigkeit kaum die Augen offen halten. »Ich würde viel lieber weiterschlafen«, meinte sie schwach und stand auf, um sich anzuziehen. Schweigend sah Geht-wie-eine-Ente ihr dabei zu, wie sie ihre Haare zu Zöpfen flocht und das Stirnband umlegte. Dann griff sie nach Tanyas Gürtel. In der Hand hielt sie die beiden grauenhaften Skalps, an die Tanya schon nicht mehr gedacht hatte. Automatisch wich Tanya einen Schritt zurück.

Ungeduldig streckte Geht-wie-eine-Ente ihr die Skalps entgegen. »Du mußt sie heute abend an deinem Gürtel tragen, Kleine Wildkatze. Ich habe sie für dich gesäubert und getrocknet, als du in den Bergen warst.«

Es schauderte Tanya, doch schließlich murmelte sie ein Dankeschön und nahm mit spitzen Fingern die Trophäen entgegen. Mein Gott, was tue ich nicht alles für diesen Mann, dachte sie und befestigte sie an ihrem Gürtel.

Gefaßt auf das, was sie erwartete, folgte Tanya Geht-wie-eine-Ente nach draußen. Die Nacht war hell und klar; ein trügerischer Friede ging von ihr aus, der nichts ahnen ließ von den bevorstehenden gräßlichen Ereignissen. Der Mond stand hoch am Himmel und würde, wie Tanya vermutete, gegen Mitternacht voll sein. Sie hatte über drei Stunden geschlafen.

Der ganze Stamm hatte sich um das Feuer in der Mitte des Lagers versammelt. Tanya erinnerte sich an die erste Nacht, die sie im Dorf der Cheyenne verbracht hatte. Eine Minute stand sie unschlüssig da und ließ die Geräusche und Bilder auf sich wirken. Auch diesmal trugen die Männer ihre Kriegsbemalung, ein buntes, faszinierendes und schauerliches Bild. In dieser Nacht schienen auch die Frauen aktiv an der Zeremonie teilzunehmen. Sie beklagten ihre Toten. Tränen stiegen Tanya in die Augen, als sie ihre herzzerreißenden Schreie hörte. Sie jammerten und heulten, streuten sich Asche übers Haupt, zerrissen ihre Kleider und rauften sich die Haare.

Auf der anderen Seite des Feuers wurden zwei Krieger der Ute zu den Marterpfählen gepeitscht. Ihre nackten, schweißgebadeten Körper glänzten im Widerschein der flackernden Flammen. Den zweiten Gefangenen hatten die Cheyenne gemacht, als während der Flucht sein Pferd in eine Felsspalte getreten war. Heute nacht würden die Männer im Hintergrund sitzen und zusehen, wie ihre Frauen an den unglücklichen Opfern Rache nahmen.

Als Tanya von den Utes zu den wehklagenden Frauen hinüberblickte, fühlte sie sich hin- und hergerissen zwischen der Abscheu, die sie erfüllte, wenn sie daran dachte, was gleich geschehen würde, und dem Gedanken, daß die Strafe in den Augen des Stammes gerechtfertigt war. Sie spürte das Gewicht der Skalps an ihrem Gürtel und hoffte inständig, niemand möge von ihr verlangen, daß sie sich an der Aktion beteiligte.

Langsam ließ sie ihre Augen über die Runde der Männer schweifen und entdeckte Black Kettle. Rechts und links von ihm saßen Panther und Winter Bear. Panther winkte sie zu sich. Als sie bei ihm war, forderte er sie auf, neben ihm Platz zu nehmen.

»Es war der Wunsch unseres Häuptlings, daß du an der Zeremonie teilnimmst«, sagte er.

Tanya nickte matt. »Ich verstehe.«

»Man erwartet deine Beteiligung, wenn wir die Utes den Händen unserer Frauen überlassen«, fuhr er fort und berührte die Skalps, die an ihrem Gürtel baumelten. Sein Gesicht glich einer undurchdringlichen Maske.

»Ich weiß«, antwortete Tanya ruhig.

»Scheues Reh hat mir erzählt, wie du ihr heute morgen das Leben gerettet hast. Du hast große Tapferkeit bewiesen.« Auch jetzt verriet sein Gesicht nicht das Geringste.

»Ich habe angewendet, was du mir beigebracht hast«, erklärte Tanya und blickte ihm ruhig in die Augen.

Seine Hände machten sich immer noch an den Skalps zu schaffen. »Du magst das hier nicht, stimmt das?«

»Ja«, antwortete sie schlicht.

»Wenn alles vorüber ist, wirst du sie in unserem Zelt aufhängen.« Nur seinen Augen war anzusehen, daß er sie verstand.

Tanya nickte und wandte sich dem Geschehen am Feuer zu.

Der Rhythmus der Trommelschläge änderte sich und zeigte an, daß die Trauerfeier vorüber, die Stunde der Vergeltung gekommen war. Die Männer tanzten einen Kriegstanz, der endlos zu dauern schien. Als es für die Frauen soweit war, in Aktion zu treten, hatte das dumpfe, stetige Dröhnen der Trommeln sich gleichsam in Tanyas Schädel gebohrt, ihr ganzes Wesen ergriffen. Ohne zu wissen, wie ihr geschah, sprang sie auf und reihte sich in den Kreis der kreischenden Frauen ein. Das Messer blitzte in ihrer Hand. Die wilde Raserei der Frauen riß sie mit fort, und sie stimmte ein in den höhnischen, spöttischen Chor aus unzähligen Kehlen.

Fast wie in Trance näherte sie sich den Gefangenen. Ihre goldenen Augen glühten. Es war, als stünde sie neben sich und sehe sich selber zu, als die Hand mit dem Messer blitzartig zustieß und sich in den Oberschenkel des Gefangenen bohrte. Ein kleiner, sauberer Schnitt. Ihr Lippen kräuselten sich zu einem höhnischen Lächeln.

Habe ich den Verstand verloren? fragte sich Tanya mit einem letzten kleinen Rest von Vernunft. Bin ich besessen? Ihr Herz pochte wild im Rhythmus der Trommeln, der ihr das Blut durch die Adern jagte und alle Müdigkeit aus ihr vertrieb. Sie fühlte sich wild und frei und auf sehr seltsame Weise dem Leben nahe.

Die Sonne stieg am Horizont auf, als Tanya das Blut von ihrem Messer wischte. Zu den langsam verebbenden Schlägen der Trommeln hauchten die Utes ihr Leben aus. Ihre leblosen Körper hingen schlaff an den Pfählen. Konnte man sie noch menschliche Wesen nennen? Tanya warf einen letzten Blick auf die verstümmelten Gestalten und schauderte, dann stolperte sie erschöpft zu ihrem *Tipi.*

Tief und fest schlief sie bis zum nächsten Mittag. Sie wurde nicht einmal wach, als Panther ihr das Kleid abstreifte und sie zärtlich zudeckte. Als sie erwachte, fühlte sie sich benommen und apathisch, als stünde sie unter Drogen. Sie erinnerte sich an die vergangene Nacht, und Schauer liefen über ihre goldbraune Haut. Sie hatte sich verhalten wie eine Wilde! Doch während sie sich auf die Vorfälle der vergangenen Nacht konzentrierte, lösten sich die Schuldgefühle, zu denen sie sich verpflichtet fühlte, in Nichts auf. Vergeblich versuchte sie, wenigstens so etwas wie Reue zu empfinden.

Achselzuckend ergab sie sich in das Unabänderliche und murmelte vor sich hin: »Was geschehen ist, ist geschehen. Es ist besser, nicht mehr darüber nachzudenken. Sie waren unsere Feinde, und sie hätten uns genauso oder noch schlimmer behandelt.« Dennoch zuckte sie zusammen, als sie Blutspuren auf ihren Händen und ihren Armen sah. Sie hatte das dringende Bedürfnis, sich zu waschen und eilte zum Fluß.

Den anderen Frauen des Dorfes schien es genauso zu gehen. Erschöpft von der vergangenen Nacht, hatten sie alle ungewöhnlich lange geschlafen und begannen gerade ihr Tagwerk.

Tanya, die ihre alten Hemmungen abgelegt hatte, schlüpfte aus ihrem Kleid und watete in das kühle, klare Wasser. Es war so wundervoll, sich zu erfrischen, daß sie alles um sich herum vergaß. So merkte sie auch nicht, daß Suellen neben ihr stand, bis sie die schneidende Stimme des Mädchens hörte.

»Was hätten wohl deine Eltern und dein Bräutigam dazu gesagt, wenn sie dich gestern nacht erlebt hätten?«

Tanya wirbelte herum und starrte sie an. Hinter Suellen stand Nancy und blickte sie ebenfalls mißbilligend an. Haßerfüllt fuhr Suellen fort: »Du bist die geborene Hure, Tanya. Du bist verrückt nach diesem kräftigen Bullen zwischen deinen Schenkeln. Und du bist die einzige von uns, der dieses schreckliche Leben hier zu gefallen scheint.«

Mit einem Schritt war Tanya bei Suellen, ihre goldenen Augen blitzten. »Eifersüchtige Hexe!« zischte sie ihr zu und schlug sie mitten ins Gesicht. Das Mädchen verlor das Gleichgewicht und fiel ins Wasser.

Nancy schrie entsetzt auf. »Oh, Tanya! Sie hat es nicht so gemeint. Das kommt nur, weil du so viel besser behandelt wirst als wir.«

Suellen stand wieder auf den Füßen und strich sich das nasse Haar aus dem Gesicht. »Und ob ich es so gemeint habe! Es war mein voller Ernst. Unsere Prinzessin hier möchte zu ihnen gehören. Ich denke, sie paßt bereits bestens zu diesem wilden Haufen. Das konnte man gestern nacht sehen!«

Tanya hatte ihre Fassung wiedererlangt. Mit gefährlich ruhiger Stimme sagte sie: »Du bist einen Schritt zu weit gegangen, Suellen. Ich werde dafür sorgen, daß du bestraft wirst.«

Jetzt mischte sich Melissa ein, die dazugekommen war. »Nein, Tanya, bitte!« sagte sie und berührte Tanya leicht am Arm.

»Ich würde ihr diese Unverschämtheit zuhause nicht durchgehen lassen, und hier werde ich es auch nicht tun«, sagte Tanya entschieden.

Einige Indianerinnen hatten sich um sie versammelt. Tanya wandte sich an Waldfarn, die Herrin von Suellen, und berichtete ihr, wie Suellen sie beleidigt hatte. »Ich weiß, daß ich noch kein Mitglied des Stammes bin, aber bald werde ich es sein. Hätte ich zu entscheiden, dann würde ich sie auspeitschen, aber sie gehört nicht mir. Ich überlasse es also dir, ob und wie du sie bestrafen willst.«

Nach diesen Worten setzte Tanya ihr Bad im Fluß fort. Melissa näherte sich ihr. »Stimmt es, was Suellen gesagt hat, daß du dich dem Stamm anschließen willst?« flüsterte sie.

»Ja, das stimmt«, antwortete Tanya förmlich.

»Nicht böse sein, Tanya«, bat Melissa, »aber ich kann dich einfach nicht verstehen. Warum?«

»Ich möchte Panther heiraten.«

Melissa nickte traurig. »Gut aussehen tut er ja, und er behandelt dich auch gut. Liebst du ihn?«

Tanyas Ärger war verflogen. »Ja, ich liebe ihn sehr. Im Frühjahr kommt unser Kind zur Welt.«

»Aber was ist mit Jeffrey?« wandte Melissa vorsichtig ein.

»Das Gefühl, das ich für Panther empfinde, ist ganz anders. Wenn Jeffrey morgen käme, um mich zu holen, würde ich mich für Panther entscheiden.«

Melissa seufzte. »Nun, dann hat die Sache ja wenigstens ihr Gutes gehabt. Ich glaube, ich bekomme auch ein Kind, aber ich bin mir noch nicht sicher. So richtig freuen kann ich mich nicht.«

Tanya blickte ihre kleine Freundin teilnahmsvoll an. »Es tut mir leid, Missy, daß ich dir nicht helfen kann, aber Häßliche Otter haßt mich. Paß auf, daß seine Frau uns nicht dabei erwischt, wie wir uns unterhalten.«

Tränen standen in Melissas großen blauen Augen. »Ja, ich weiß. Du glaubst nicht, was Frauen sich alles an Strafen ausdenken können.«

Am Nachmittag, als Tanya mit Scheues Reh und einigen anderen Frauen zusammensaß und Büffelhäute für ein neues Zelt präparierte, ließ zu ihrer Überraschung Waldfarn nach ihr rufen.

»Ich möchte, daß du Zeuge der Bestrafung unserer Sklavin wirst«, ließ sie Tanya wissen.

Tanya fand Suellen vor Waldfarns *Tipi*. Sie war an einen Pfahl festgebunden und bis zur Taille nackt.

»Sag ihr in eurer Sprache, wofür sie bestraft wird«, forderte Waldfarn sie auf. »Sie soll es ganz genau wissen, damit sich so etwas nicht wiederholt.«

Tanya stellte sich vor Suellen und blickte ihr ohne das geringste Zeichen des Bedauerns ins Gesicht. »Deine Herrin möchte, daß ich dir mitteile, daß du für die Beleidigung von heute morgen bestraft wirst, Suellen. Es wäre gut, wenn du in Zukunft deine Zunge im Zaun hältst.«

Suellen starrte sie an, sagte aber kein Wort.

Waldfarn schwang die Peitsche nicht selber und überließ diese Ehre auch nicht Tanya. Ein vierzehnjähriger Junge war dazu ausersehen worden, die Strafe zu vollziehen. Er hatte noch etwas Besseres vor und vertrödelte keine Zeit. Schnell, hart und in regelmäßigen Abständen trafen die Hiebe Suellens Rücken. In kürzester Zeit war alles vorüber. Anders als Panther hatte der Junge sich nicht darum gekümmert, ob Suellens Haut platzte oder nicht. Sie blutete an mehreren Stellen.

Nach den ersten Schlägen war Suellen ohnmächtig geworden und hatte aufgehört, zu schreien. Tanya verschwendete ihre Zeit nicht damit, Mitleid mit ihr zu haben. Sie sprach Waldfarn ihre Anerkennung aus und kehrte zu ihrer Arbeit zurück. Doch sie wurde ein zweitesmal unterbrochen: diesmal ließ Häuptling Black Kettle nach ihr rufen.

Er sagte ihr, sie möge sich darauf vorbereiten, das Dorf am nächsten Morgen zu verlassen. »Unser Trupp bricht im Morgengrauen auf. Panther ist dabei. Du reitest mit ihnen bis zu den Bergen, dann lassen sie dich allein. Sieben Tage später wirst du einen unserer Krieger an der Stelle wiedertreffen, wo du ihn verlassen hast.«

Eine letzte Nacht in Panthers Armen, und dann eine Woche ohne ihn. Eine letzte Prüfung noch, und dann ein Leben lang im Bannkreis seiner Liebe. Daran dachte Tanya, als sie Panther an diesem Abend in der Abgeschiedenheit ihres *Tipi* in den Armen hielt.

»Eine Woche reicht aus, um deine Eltern wiederzufinden und dein altes Leben wieder aufzunehmen«, sagte Panther. Sein Mund lag dicht an ihrem Ohr, und doch klang es, als spreche er aus weiter Ferne zu ihr.

»Für wie dumm hältst du mich, Panther? Glaubst du ich wüßte nicht, daß Black Kettle mich beobachten läßt?«

»Mit den Tricks, die ich dir beigebracht habe, kannst du mit Leichtigkeit entkommen«, flüsterte Panther.

Tanya drehte sich um und blickte ihm ins Gesicht. »Hast du so wenig Vertrauen zu mir, Panther? Zweifelst du an meiner Liebe zu dir und unserem Kind?«

»Es gibt Mittel und Wege, das Kind loszuwerden und alle Spuren von mir in dir zu löschen.«

Tanya kämpfe gegen den Klumpen in ihrer Kehle an. »Das würde ich nie tun, Panther. Selbst wenn ich dein Kind verlöre, so würdest du für immer in meinem Herzen bleiben, so wie ich in deinem Herzen ruhe.«

Er hielt ihr Gesicht in den Händen. Zärtlich strichen seine Finger über ihre Augen. »Weißt du, daß nur noch der Tod uns scheiden kann, wenn wir erst einmal Mann und Frau sind?«

»Ja, Panther, ich weiß es, und ich will es so. Ich werde dich in der kurzen Zeit, in der wir getrennt sind, entsetzlich vermissen.«

»Es ist ja nur eine Woche, Wildkatze.«

Panthers Mund auf dem ihren brachte sie zum Schweigen. Er zog sie an sich, so innig, als wolle er sie nie mehr loslassen. Tanyas Lippen öffneten sich unter seinem leidenschaftlichen Kuß. Tief drang seine Zunge in ihren Mund ein und kostete dessen ganze Süße aus.

Seine Hände wanderten über ihren Körper, erregten ihre Brüste, bis ihre Brustwarzen zu zwei harten Knospen wurden. Seine Zunge suchte ihre Ohren, ihre Kehle, fuhr den Hals hinab zu ihren Schultern, und ihr Körper antwortete ihm mit jeder Faser. Zärtlich biß sie ihn in die Schulter, in die Brust. Sie waren wie zwei Tänzer, die sich in vollkommener Harmonie miteinander bewegten.

Gleichzeitig fand sein Mund ihre Brust, seine Hand glitt zwischen ihre Schenkel, erregte und beglückte sie, so wie auch ihre Hände seinen Körper erkundeten und ihn liebkosten, bis er außer sich geriet.

Sie wußte, daß es Panther Freude machte, sie zu bezwingen, und so unterwarf sie sich ihm willig und protestierte nicht, als er ihre ausgestreckten Arme über ihrem Kopf festhielt, ihre Schenkel weit spreizte und sie mit seinem Gewicht festnagelte. Aber noch drang er nicht in sie ein, sondern ließ seine Lippen, seine Zähne ihre Schultern, ihre Brüste umspielen, bis sie es vor Verlangen nach ihm nicht mehr aushielt, sich unter ihm wand, sich ihm entgegenbäumte und endlich begriff, worauf er wortlos wartete.

»Bitte, Panther«, flehte sie, »bitte, nimm mich. Ich muß dich haben, jetzt, sofort. Liebe mich, Panther, liebe mich!«

Da endlich drang er mit solcher Heftigkeit in sie ein, daß sie schon beim ersten mächtigen Stoß vor Lust explodierte. Ein Feuerwerk von Farben in ihrem Kopf schmolz zu einem Kaleidoskop ineinanderfließender Formen und Lichter zusammen. Dann erwachte die Begierde aufs Neue und führte sie zum nächsten Gipfel und wieder zum nächsten, bis sie erschöpft und halb bewußtlos unter ihm lag.

In dieser Nacht weckte er sie oft, und beim Gedanken daran, daß sie bald getrennt sein würden, führte das Verlangen sie immer wieder zusammen. Ihre Leidenschaft kannte keine Grenzen. Immer wieder verstand er es, sie zu erregen, ihre Lust zu wecken und sie in ein Land des Lichts, des Feuers und der Liebe zu entführen. Als sie sich ein letztes Mal umschlungen hielten, dämmerte es bereits. Dann lag sie still und vollkommen gesättigt neben ihm.

»Ich werde jede Minute an dich denken und jede Nacht von dir träumen«, schwor sie.

»Ich werde beten, daß die Zeit schnell vergeht, damit ich dich bald als meine Frau nach Hause führen kann.«

»Komm gesund von deinem Kriegszug zurück, Panther. Denk dran, unser Kind braucht seinen Vater.«

»Mach dir keine Sorgen, Wildkatze. Ich werde zurückkommen. Paß nur auf dich selber und auf das Kind auf.« Er blickte sie mit seinen dunkel glühenden Augen an. »Ich liebe dich, Wildkatze, Frau meines Herzens.«

«Und ich liebe dich, mein geliebter Panther.«

7

Tanya wußte auch ohne sich umzudrehen, daß sie verfolgt wurde. Sie konnte das Auge ihres Bewachers buchstäblich auf sich fühlen, doch ihr war klar, daß sie, selbst wenn sie der Versuchung, sich umzudrehen, nachgab, nicht das Geringste von ihm sehen würde. Er hatte ihre Spur verfolgt, seit sie sich von Panther und den anderen Kriegern getrennt hatte. Welcher der Krieger sie bewachte, wußte sie nicht. Panther hatte ihr lediglich versichern können, daß es nicht Häßliche Otter war, das Scheusal, denn er gehörte mit zu dem Trupp, der sich auf Kriegspfad in dem Gebiet der Utes befand.

Sie war inzwischen mitten im Gebirge. Die Septembersonne, die durch die Äste der Bäume schimmerte, war warm, doch je höher sie stiegen, desto kälter wurde es. Es wehte eine leichte

Brise, und Tanya sog die frische, klare Luft tief in ihre Lungen ein, füllte sie mit dem scharfen Duft der Pinien und des feuchten Waldbodens. Sie genoß die unberührte Natur. Nur wenige Menschen hatten ihren Fuß in diese Gegend gesetzt. Es war, als gehöre die Welt und die Schönheit der Natur ihr allein.

Im Westen ging die Sonne unter, und der Himmel verdunkelte sich rasch, als Tanya ihr Pferd in einer kleinen Lichtung zum Stehen brachte. Hier wollte sie ihr Lager aufschlagen. Sie entfachte ein kleines, rauchfreies Feuer, nicht nur um sich daran zu wärmen, sondern auch um Raubtiere fernzuhalten. Nachdem sie Wheat getränkt und gestriegelt hatte, aß sie zu Abend. Heute würde sie sich mit etwas Trockenobst und Wasser begnügen; morgen, wenn sie einen passenden Platz für ein dauerhaftes Lager gefunden hätte, würde sie auf die Jagd gehen. Bogen und Köcher in greifbarer Nähe, das Messer im Gürtel, hüllte Tanya sich in ihre Decke und legte sich schlafen.

Sie erwachte früh, aß etwas und machte sich bereits im Morgengrauen auf den Weg. Gegen Mittag stieß sie auf einen herrlichen Gebirgsbach, hielt an, erfrischte sich und ließ Wheat trinken, dann ritt sie weiter.

Am späten Nachmittag entdeckte sie eine geschützte Lichtung. Es war ein friedlicher, einladender Platz, auf drei Seiten von Wald umgeben, im Osten von einem Fluß begrenzt. Jenseits des Flusses fiel das Land steil ab und gab den Blick auf ein herrliches Tal und eine kleine Bergkette in der Ferne frei. Nirgendwo waren Anzeichen dafür zu sehen, daß sich in letzter Zeit jemand hier aufgehalten hatte. Sie hatte ein hübsches und sicheres Versteck gefunden, von dem aus sie sich gut verteidigen konnte. Und es gab genug saftiges Gras für ihr Pferd.

Nachdem sie die Gegend sorgfältig ausgekundschaftet hatte, hob sie eine kleine Grube aus und entzündete ein Feuer. Die Feuerstelle sicherte sie rundum mit Steinen aus dem Fluß. Aus grünen Zweigen schnitzte sie einen Bratspieß und ein Gestell zum Trocknen von Fleisch zurecht. Bald entdeckte sie auch einen großen Stein, in dessen Mitte sich über die Jahre eine Kuhle gebildet hatte. Glücklich schleppte sie ihn zum Lagerfeuer. Er würde einen hervorragenden Kochtopf abgeben.

Die Sonne tauchte hinter den Bergen unter, als Tanya, bewaffnet mit Köcher und Bogen, zum Jagen in die Wälder aufbrach. Es dauerte nicht lange, und sie stieß auf einen Wildwechsel. Rasch versteckte sie sich und wartete ab. Wenig später trotteten zwei Hirschkühe vorbei, doch Tanya ließ sie ziehen, denn sie hatte bereits die tiefere Spur eines Hirschs ausgemacht. Und wirklich, eine gute Viertelstunde später tauchte er auf. Ein Prachtexemplar! Ein Vierzehnender, der sein riesiges Geweih würdevoll auf dem Kopf balancierte.

Vorsichtig spannte Tanya den Bogen, legte den Pfeil auf die Sehne und wartete geduldig, bis der Hirsch in eine günstige Schußposition kam. Dann ließ sie den Pfeil fliegen. Das gewaltige Tier blieb eine Sekunde lang wie angewurzelt stehen, dann machte es zwei Sätze vorwärts und fiel mit eingeknickten Läufen zu Boden.

In wenigen Minuten hatte Tanya ihm die Kehle durchschnitten. Sie nahm ihn aus, vergrub die Eingeweide in der Erde, band seine Beine zusammen und schleppte ihn, indem sie ihn halb schulterte, halb hinter sich herschleifte, den kurzen Weg zu ihrem Lager. Dort hängte sie ihn zum Ausbluten an einem Ast auf, nachdem sie zwei Fleischstücke für ihr Abendessen abgeschnitten hatte.

In dieser Nacht lag Tanya auf ihrem Bett aus Piniennadeln lange wach, betrachtete den Sternenhimmel und dachte an Panther. Wie schön wäre es, wenn er jetzt neben ihr läge, die Nacht an diesem wundervollen Ort mit ihr genießen könnte. In Gedanken bei ihm schlief sie ein.

Sie erwachte unter einem wolkenbedeckten Himmel. Es war kühler geworden. Noch vor dem Abend würde es Regen geben, Tanya hatte also einen arbeitsreichen Tag vor sich. Vor allem mußte sie für einen geschützten Unterschlupf sorgen. Am westlichen Rand der Lichtung fand sie, was sie brauchte; hier standen ein paar junge Bäume dicht beieinander. Mit Hilfe ihrer Stute bog sie die jungen Bäume zueinander und band sie mit Lederriemen so zusammen, daß ihr Blätterdach eine Art Laube bildete, die nach drei Seiten geschlossen war und mit der Öffnung, nach indianischer Sitte, gen Osten zeigte. Der Unterstand würde sie ausreichend gegen den Regen schützen und bot zusätzlich die Möglichkeit zu einer kleinen Feuerstelle, an der sie sich wärmen konnte.

Tanya errichtete eine zweite Laube dieser Art ganz in der Nähe, dann kümmerte sie sich um den Hirschbock. Sie häutete ihn, schnitt das Fleisch in Streifen und breitete es auf dem Gestell zum Trocknen aus. Gleichzeitig legte sie einige Fleischstücke zum Schmoren in den Stein auf der Feuerstelle. Die Haut spannte sie aus, schabte sie gründlich und brachte sie dann zu der zweiten Hütte, wo sie, geschützt vor dem drohenden Regen, trocknen konnten. Das Gestell mit den Fleischstücken trug sie in ihre eigene Laube und ließ das Fleisch über dem Feuer räuchern. Nachdem sie Wheat im Schutz der Laube festgebunden und es sich endlich selber gemütlich gemacht hatte, prasselten auch schon die ersten dicken Regentropfen auf das Blätterdach.

Am Ufer des Flusses hatte Tanya wilde Zwiebeln entdeckt und gesammelt, die sie jetzt ihrem Wildgericht zugab. Nach dem Essen entfachte sie in der Hütte, wo die Hirschhaut zum Trocknen ausgespannt war, ein kleines Feuer. Mit dem Fett und dem Hirn, das sie aufbewahrt hatte, rieb sie die Haut ein und rollte sie dann fest zusammen, damit das Fett besser einziehen konnte.

Es regnete fast die ganze Nacht, doch gegen Morgen klarte der Himmel auf. Als sie erwachte, lag ihre kleine Welt funkelnd vor ihr. Die nassen Gräser und Blätter glitzerten in der Morgensonne. Noch einmal spannte sie die Hirschhaut in der Sonne auf, wusch sie, schabte sie mit Sand ab, um sie geschmeidig zu machen, und ließ sie dann weiter trocknen.

Dann griff sie zu ihren Waffen und ging in den Wald, um nach ein paar Beeren oder Nüssen zu suchen, mit denen sie ihren kärglichen Speisezettel auffüllen wollte. Außer den Waffen nahm sie auch einen kleinen Ledersack und ihre Decke mit, die als Behältnis für die Früchte gedacht waren.

Auf ihrer Suche ließ sie ihren Lagerplatz weit hinter sich. Schließlich macht sie sich, den Sack voller Beeren, die Decke voller Nüsse, auf den Rückweg. Plötzlich blieb sie wie angewurzelt stehen. Hatte sie nicht ein Geräusch gehört – oder war es nur das unbestimmte Gefühl, jemand sei in der Nähe? Sie lauschte angestrengt, hörte aber nichts. »Es wird nur mein Bewacher sein«, sagte sie sich und ging kopfschüttelnd weiter.

Doch schon nach wenigen Metern blieb sie erneut stehen. Diesmal war sie völlig sicher, daß sie jemanden hinter sich gehört hatte. Sie warf ihre beiden Bündel auf den Boden, streifte den Bogen von der Schulter und zog einen Pfeil aus dem Köcher. Vorsichtig drehte sie sich um und suchte mit ihren Augen Büsche und Bäume ab, konnte aber niemand entdecken.

Plötzlich nahm sie aus dem Augenwinkel eine blitzartige Bewegung neben sich wahr. Sie hob den Bogen, der gespannt und schußbereit war, und konnte in letzter Sekunde noch den Puma erkennen, der sich mit einem Satz auf sie stürzte. Der Pfeil traf ins Ziel, das Raubtier heulte auf, hob eine seiner riesigen Tatzen und hieb sie in Tanyas Schulter. Die scharfen Klauen zerrissen ihr Kleid und hinterließen vier lange Spuren auf ihrem Körper. Blutüberströmt sank Tanya zu Boden.

Immer noch schrie der Puma im Todesschmerz. Mit letzter Kraft richtete er sich auf und warf sich auf Tanyas ausgestreckten Körper. Tanyas Messer blitzte in der Sonne, als sie es mit einem treffsicheren Stoß in das Herz des Raubtiers senkte. Noch einmal trafen sich die goldenen Augen des herrlichen Tieres mit den ihren, ein letztes Aufflammen, dann brach der Puma zu Tode getroffen zusammen.

Eine Zeitlang lag Tanya da, ohne sich zu rühren. Sie war geschockt, überwältigt von Reue. Tränen brannten in ihren Augen. Als Panther sich vor Jahren seinen Namen ausgesucht hatte, war es im Gedanken an diese Raubkatzen geschehen. Er fühlte sich diesen Tieren verbunden und stellte sie unter seinen Schutz. Nie hätte er eine der großen Raubkatzen verletzt, es sei denn aus Notwehr.

Voll Bitterkeit erinnerte sich Tanya, wie oft er sie mit einem Puma verglichen hatte: die Farbe ihres Haars, ihrer Augen; die Art, wie sie sich verhielt. Deshalb, so hatte er ihr erklärt, hatte er sie Wildkatze getauft. Er hatte dabei nicht an die kleinen, wilden Katzen gedacht, sondern an die großen Raubkatzen, an ein Panther-Weibchen. Ja, Panther, so hatte er sich genannt, weil ihm die eigentliche Bezeichnung Puma zu zahm vorgekommen war.

Nun hatte sie eines seiner geliebten Tiere getötet. Tief im Herzen wußte sie, daß sie keine andere Wahl gehabt hatte und betete darum, daß Panther sie verstehen und nicht verachten würde für das, was sie getan hatte.

Sie kniete neben dem Puma nieder und streichelte sein goldbraunes Fell, das der Farbe ihres Haares so ähnlich war. In seinen glühenden Augen hatte sie sich wiedererkannt. Als sie feststellte, daß es sich um ein Weibchen handelte, wurde sie noch trauriger. Alles deutete darauf hin, daß es vor kurzem geworfen hatte, denn die Milch in den Zitzen war noch nicht versiegt.

Tanya schüttelte traurig den Kopf und seufzte. Dann stand sie auf und untersuchte vorsichtig die blutigen Striemen auf ihrer Schulter. Gott sei Dank waren die Wunden nicht tief.

Sie griff nach Bogen, Köcher und Messer und machte sich auf die Suche nach den Jungen. Wahrscheinlich war sie ihnen zu nahe gekommen und hatte das Revier des Puma verletzt. Das hatte die Mutter aggressiv gemacht. Tanya suchte den ganzen Nachmittag, fand aber nichts. Für heute mußte sie sich geschlagen geben, wollte sie das Lager noch vor Einbruch der Dunkelheit erreichen. Morgen würde sie wieder hierherkommen und nach den Pumababys schauen.

Sie schüttelte die Nüsse aus der Decke, zog sie unter den Körper des Berglöwen und wickelte ihn darin ein. Das Raubtier war über einen Meter lang und wog fast genauso viel wie sie. Den ganzen Weg über keuchte und prustete sie vor Anstrengung, doch sie schaffte es, die schwere Last zum Lager zu schleppen.

Sobald sie ihre Wunden versorgt hatte, nahm sie sich Zeit zum Essen, denn sie mußte nicht nur sich, sondern auch ihr ungeborenes Kind ernähren. Dann häutete sie im Schein des Lagerfeuers die Raubkatze ab. Mit Hilfe einer Fackel bahnte sie sich den Weg durch die Dunkelheit und grub, in beträchtlicher Entfernung von ihrem Lager, mit ihrem Tomahawk ein Loch in die Erde. Hier verscharrte sie das Fleisch der Katze. Um nichts in der Welt hätte sie es über sich gebracht, davon zu essen.

Wieder in ihrem Lager angekommen, arbeitete sie die halbe

Nacht an der Aufbereitung des Pantherfells. Sie säuberte und schrubbte es und spannte es neben der Hirschhaut zum Trocknen auf. Dann kroch sie erschöpft auf ihr Lager.

Am nächsten Morgen machte sie sich in aller Frühe erneut an die Bearbeitung der beiden Tierhäute. Dann packte sie etwas getrocknetes Fleisch ein, sattelte Wheat und ritt zu der Gegend zurück, in der sie auf den Puma getroffen war. Doch so sehr sie sich auch abmühte, sie konnte die Jungen nirgendwo finden.

Am Nachmittag gab sie die Suche auf und kehrte zu ihrem Ausgangspunkt zurück. Noch einmal schrubbte sie die Häute und rieb sie ein. Die Hirschhaut war beinahe fertig und ließ sich bereits falten. Auch die Haut des Puma machte Fortschritte. Sie wollte aus dem Fell einen Wintermantel mit Kapuze für Panther nähen und konnte nur hoffen, daß er beides akzeptierte: ihr Geschenk und die Entschuldigung dafür, daß sie das herrliche Tier getötet hatte.

Kurz vor Sonnenaufgang lief Tanya zum Fluß und speerte eine Forelle fürs Abendessen. Nachdem sie den Fisch gesäubert hatte, steckte sie ihn auf einen Spieß und räucherte ihn über einem kleinen Feuer. Dann ging sie zurück zum Fluß, um ein Bad zu nehmen. Eingedenk des Kriegers, der sie vielleicht beobachtete, entkleidete sie sich hinter einem großen Busch, watete in das kühle, klare Wasser, badete, wusch sich die Haare und reinigte ihr Kleid. Eingehüllt in eine saubere Decke kehrte sie zum Feuer und zu ihrem Abendessen zurück.

Am fünften und letzten Tag ihres Aufenthaltes in der Lichtung räucherte Tanya die Hirschhaut in der kleineren Hütte, behandelte ein letztes Mal die Haut des Pumas und spannte sie dann zum Trocknen auf.

Aus der fertig präparierten Hirschhaut schnitt und nähte sie wasserdichte kleine Säcke, versah sie mit Zugschnüren und verstaute in ihnen das getrocknete Fleisch.

Am Abend erlegte sie ein Kaninchen und schmorte es zusammen mit ein paar Zwiebeln und Nüssen. Morgen würde sie mit dem Abstieg beginnen. Der Gedanke daran beruhigte sie, und so schlief sie, gesättigt und zufrieden, sofort ein.

Mitten in der Nacht wachte sie plötzlich auf, alle ihre Sinne hellwach und in Alarmbereitschaft. Sie wußte, was sie geweckt hatte: es war das leise Wiehern von Wheat. Sie brauchte kein Licht, um sich anzuziehen. Ihre Augen waren an Dunkelheit gewohnt, ihre Bewegungen schnell und sicher; gleich darauf hielt sie Köcher und Bogen in Händen.

»Hallo! Ist da jemand?« rief sie in Englisch nach draußen.

Ihre scharfen Ohren registrierten das Getrappel von drei Pferden. Sie befestigte den Köcher an ihrem Gürtel und trat nach draußen. Sich in der Hütte zu verstecken und dann wie ein Vogel in einem Käfig gefangen zu werden, hätte wenig Sinn gehabt.

Auf der Lichtung entdeckte sie zwei weiße Männer, die einen Lastesel bei sich führten. Sie sahen aus wie Händler oder Grubenarbeiter. Was auch immer sie von Beruf sein mochten, sie wirkten jedenfalls verschlagen und gewalttätig. Ihre Haare waren stuppig, ihre Bärte ungepflegt, ihre Kleidung so schmutzig, daß sie eine ordentliche Wäsche nicht überstanden hätte. Beide Männer hielten ihre Gewehre schußbereit in der Hand, zielten allerdings nicht auf sie.

Vielleicht wäre es Tanya gelungen, auf Wheat zu fliehen, doch sie hielten direkt vor ihr, kaum daß sie aus ihrer Hütte getreten war.

»Oho! Wen haben wir denn da?« sagte der mit den roten Haaren und dem roten Bart.

»Was wollen Sie hier?« fragte Tanya in Englisch.

»Sieh mal, eine weiße Squaw, Zeke! Wie gefällt dir das?« fragte der Rote gedehnt. »Wo ist denn dein Mann, Süße?«

»Er und mein Bruder sind heute morgen jagen gegangen«, log Tanya. »Erst dachte ich, sie wären es. Ich rechne jeden Augenblick mit ihrer Rückkehr.«

»Und du bist hier ganz allein, Süße?« fragte der Mann noch einmal.

»Nicht mehr lange«, sagte Tanya. »An deiner Stelle würde ich lieber auf dem Pferd sitzen bleiben«, warnte sie den Roten, der Anstalten machte, abzusteigen, und brachte den Bogen in Anschlag.

»Das ist aber gar nicht freundlich«, beschwerte sich der Rote. »Zeke und ich haben nichts Böses mit dir vor, oder, Zeke?«

»Kein Gedanke dran!« Es war das erste Mal, daß Zeke etwas sagte. »Wenn wir was Böses vorhätten, hätten wir dich längst erschießen können, oder? Schließlich sind wir zu zweit.« Dabei nickte er seinem Partner zu.

»Dann zieht ihr am besten weiter?« schlug Tanya vor.

»Wir haben einen weiten Weg hinter uns und schon lange nichts mehr gegessen«, entgegnete der Rote und warf einen Blick auf den Topf über dem Feuer, in dem es immer noch brutzelte. »Vielleicht könntest du was abgeben, ich meine, wenn es dir nichts ausmacht.«

»Ich gebe euch etwas, und dann verschwindet ihr«, bot Tanya ihnen an, »aber wehe, ihr steigt vom Pferd.«

»Naja, siehst du, ich dachte, wir könnten uns vielleicht am Feuer ein bißchen aufwärmen. Es ist ganz schön kalt, wenn man nachts durch die Gegend reitet, und unsere Pferde könnten auch 'ne kleine Pause gebrauchen. Du hast doch keine Angst vor uns, oder?«

»Nein, aber ich bin auch nicht dumm«, antwortete Tanya.

»Wäre mir lieb, du würdest das Ding da wegtun, Mädchen«, sagte Zeke und zeigte auf ihren Bogen. »Macht mich nervös, verstehst du?«

»Paß auf«, unterbrach ihn der Rote. »Ich hol mir jetzt was zu essen, und Zeke bringt die Pferde zum Fluß. Einverstanden?«

Tanya nickte widerstrebend. Vielleicht würden sie ja hinterher friedlich abziehen. Der Gedanke, sich mit zwei bewaffneten Männern auseinanderzusetzen zu müssen, gefiel ihr nicht. Sie hatten Gewehre und Pistolen, die Sache sah also nicht gut für sie aus.

»Einverstanden, aber beeilt euch. Und ich will eure Hände sehen.«

Red stieg ab. Er gab seinem Pferd einen scharfen Schlag auf die Flanke, und das Tier schoß auf Tanya zu und nahm ihr die Sicht. Kaum war das Pferd an ihr vorüber, waren die beiden Männer auch schon bei ihr. Tanya griff nach ihrem Messer, stellte aber fest, daß sie es in der Hütte hatte liegen lassen.

Mit einem Mann wäre sie noch fertig geworden, doch zwei stämmige Kerle waren zuviel. Im Nu hatten sie sie bezwungen.

Einer hielt ihr die Arme auf dem Rücken fest. Der andere, Zeke, stand vor ihr und betrachtete sie lüstern.

»Ganz schön munter, die kleine weiße Squaw, was, Red? So wie sie angezogen ist, wird ihr Mann bestimmt kein Weißer sein.«

Red stimmte ihm zu. »Hab' gehört, die Indianer bringen ihren Frauen allerlei tolle Sachen bei. Das wollen wir doch mal ausprobieren. Himmel! Ich hab' ewig keine Frau mehr gehabt, mir platzen gleich die Hosen!«

Zeke streckte eine Hand nach ihren Brüsten aus, und Tanya schrie laut auf. Verdammt, wo ist dieser blöde Krieger, der mich bewachen soll? dachte sie verzweifelt. Zu was ist er eigentlich gut, wenn ich mich in der Not nicht auf ihn verlassen kann? Offensichtlich war er nur damit beauftragt, sie zu beobachten, aber nicht einzugreifen, sonst wäre er ihr ja schon beigesprungen, als der Puma sie angegriffen hatte. Tanya mußte sich selber helfen.

Als der Rote sie zu Boden drücken wollte, änderte sie ihre Taktik. »Bitte, tu das nicht«, bettelte sie und blickte ihn mit ihren großen Augen an. »Wenn du wüßtest, was ich hinter mir habe.«

»Warum biste dann nich weggelaufen, als dein Indianer dich im Stich gelassen hat?« wollte er wissen.

»Wohin denn?«, entgegnete sie. Tränen liefen über ihre Wangen. »Ich weiß nicht, wie ich hier aus den Bergen rauskommen soll. Außerdem haben sie meine ganze Familie ermordet, und ich kenne niemanden hier. Selbst wenn ich eine Stadt finden würde, wer sollte mir helfen?« Sie konnte sehen, daß er sich erweichen ließ.

»Wenn du nett zu uns bist, können wir dich mitnehmen. Nicht, Zeke? Wir bringen dich in irgendeiner Stadt unter. Aber nur, wenn du dich nicht sträubst.«

»Klar, Süße, kein Problem.« Zeke grinste lüstern. »Wir sind zwei klasse Typen, ehrlich. Was Netteres kannst du dir gar nicht wünschen.«

»Genau«, sagte der Rote. «Also, abgemacht?«

Tanya schrak zusammen, als er anfing, sich an seiner Gürtelschnalle schaffen zu machen, dann zwang sie sich, die Gelassene zu spielen. »Gentlemen«, sagte sie seufzend, »ich bin gut erzogen worden, bevor man mich so brutal entführt hat. Ich würde mich zu dem, was ihr vorhabt, gern in die Hütte zurückziehen, oder ist das zuviel verlangt?«

Der Rote blickte sie skeptisch an. »Was ist das nun wieder für ein Trick, eh? Ich werde dich nicht aus den Augen lassen.«

»Kein Trick. Ich bin mit dem Handel einverstanden. Aber nicht hier. Einer nach dem anderen, bitte. Ich mag keine Zuschauer dabei. Vielleicht bin ich nicht mehr so unschuldig, wie ich einmal war, aber ein bißchen Schamgefühl habe ich immer noch.«

Der Rote und Zeke grinsten sich verlegen an. Schließlich sagte Red: »Na gut, okay, kann ich verstehen. Für manche Sachen muß man allein sein. Und wir haben ja Zeit.«

»So ist es«, sagte Tanya und nickte.

Der Rote half ihr auf die Füße und drängte sie zur Hütte. »Du kümmerst dich um die Pferde, Zeke, und besorg was zu essen. Wird 'ne schnelle Nummer, denk ich, so wie ich drauf bin.«

Tanya ging voran und betrat die Hütte als erste. Sofort bückte sie sich nach ihrem Messer und umschloß den Griff fest mit der Hand. Sie war so abrupt stehen geblieben, daß der Rote mit ihr zusammenstieß und nach vorn stolperte. In der nächsten Sekunde hatte er das Messer im Rücken. Er war tot, bevor er um Hilfe schreien konnte.

Zeke war dabei, die Pferde abzusatteln, als Tanya sich von hinten auf ihn stürzte. Er hatte beide Hände am Sattel, den er gerade hochheben wollte, da spürte er die scharfe Schneide des Messers an seiner Kehle und erstarrte.

»Das tue ich für mein ungeborenes Kind, das ihr mit mir getötet hättet«, zischte sie ihm ins Ohr, dann zog sie die Klinge durch seine Kehle. Der Sattel fiel aus seinen Händen, Blut spritzte und er sackte vor ihren Füßen zusammen.

An Schlaf war nicht zu denken. Tanya schleifte die beiden Männer ein Stück zur Seite, dann hockte sie sich still vor ihre Hütte und wartete auf den Morgen. Als die Sonne endlich am Horizont aufging, lief sie zum Fluß und wusch sich.

Ein letztes Mal bearbeitete sie die Haut des Puma, dann legte sie sich auf dem üppigen, von der Sonne erwärmten Gras nieder und schlief ein.

Gegen Mittag packte sie ihre Sachen und durchsuchte das Hab und Gut der beiden Männer. Es war nicht viel. Jeder hatte ein Gewehr, eine Pistole und ein Messer dabei gehabt, dazu die Pferde und die Sättel. Kaum Bargeld. In den Satteltaschen fand Tanya ein paar Kleidungsstücke zum Wechseln, Tabak, etwas getrocknetes Fleisch und einige Schachteln Munition. Noch mehr Munition, außerdem Salz, Mehl, Kaffee, eine zerbrochene Kaffeekanne, eine alte Pfanne, einen Kochkessel und einige andere Habseligkeiten entdeckte sie in dem Gepäck, das der Lastesel trug, außerdem eine Axt, eine Schaufel, eine Hacke, zwei Decken, zwei dicke Wintermäntel und ein Bündel mit Biberpelzen, das sie vielleicht gestohlen oder gekauft hatten.

Tanya sattelte die Pferde und band die Leichen der Männer auf den Pferderücken fest. Samt ihrem Hab und Gut wollte sie sie in das Dorf der Cheyenne mitnehmen.

Sie ritt den ganzen Tag, bis in den Abend hinein. Am nächsten Tag erreichte sie den vereinbarten Treffpunkt, an dem der Krieger sie erwarten sollte. Stundenlang hielt sie nach ihm Ausschau und dachte schon, er käme nicht mehr. Schließlich tauchte er auf. Es war Tanzendes Pferd. Er verlor kein Wort über die beiden Leichen und die Pferde.

Gemeinsam ritten sie anderthalb Tage bis zu dem alten Winterlager, in dem Tanya das Leben der Cheyenne zum ersten Mal kennengelernt hatte. Am frühen Abend trafen sie im Dorf ein.

Auch der Kriegstrupp war zurückgekehrt, und Panther war da, um sie gemeinsam mit Black Kettle zu begrüßen. Black Kettle wandte sich zunächst an Tanzendes Pferd. »Ist sie den Anforderungen ihrer Aufgabe gerecht geworden?«

»Ja, mein Häuptling. Es gab Zeiten, da dachte ich, sie würde versagen, und andere, da sie meine Hilfe zu brauchen schien, doch sie hat es allein geschafft, sogar in Situationen, die nicht vorhersehbar waren.«

Panther konnte sich nicht mehr beherrschen. »Was hat das zu bedeuten?« wollte er wissen und zeigte auf die toten Männer und ihre Pferde.

Tanya berichtete: »Diese Männer sind in der fünften Nacht in mein Lager gekommen. Sie haben mich und unser Kind bedroht. Da habe ich sie getötet.«

Der alte Häuptling nickte und maß sie mit einem vorsichtigen Blick. »Haben sie dich verletzt? Ist deshalb dein Kleid zerrissen?«

»Ich habe sie getötet, bevor sie mir etwas antun konnten. Das mit dem Kleid ist eine andere Sache.« Sie wandte sich an Panther. »Panther, ich muß dich um Verzeihung bitten. Ich habe eine deiner geliebten Raubkatzen getötet. Sie hat mich angegriffen. Ich bin ihr wohl zu nahe gekommen und habe ungewollt ihr Revier verletzt. Es blieb mir keine andere Wahl, sonst hätte sie mich getötet. Ich habe auch nach den Jungen gesucht, konnte sie aber nicht finden.« Ihre Augen blickten ihn fragend an. »Macht das dein Herz hart gegen mich? Willst du mich nun nicht mehr heiraten?«

Leise, aber unmißverständlich antwortete Panther. »Es macht mein Herz traurig, kleine Wildkatze, aber es war wohl nicht zu ändern. Alles andere hätte deinen Tod und den Tod unseres Kindes bedeutet. Ich begehre dich immer noch zu meiner Frau und werde dich heiraten, sobald Häuptling Black Kettle seine Zustimmung gibt.«

Tanya lächelte erleichtert, und Black Kettle gab mit all seiner Autorität bekannt: »Morgen feiern wir ein Fest, und Kleine Wildkatze wird meine Tochter. Dann werden wir uns über die Mitgift und den Brautpreis unterhalten. Sobald wir uns einig geworden sind, werden die Vorkehrungen für die Hochzeit getroffen.«

Zu Tanya gewandt, sagte er: »Geh nun, ruh dich aus und esse etwas. Mein Enkel soll keinen Schaden erleiden. Um dein Pferd und dein Gepäck kümmert sich jemand.«

Tanya hatte sich schon umgedreht, als er hinzufügte: »Heute nacht bleibst du im Zelt von Geht-wie-eine-Ente. Sie bringt dir die Sachen, die du brauchst.« Er sah ihren bestürzten Blick. »Ich habe gesprochen«, stellte er unmißverständlich fest.

Tanya blickte Panther an. In ihren Augen standen Trauer und Sehnsucht, doch sie wußte, daß es keinen Sinn hatte, zu widersprechen.

Tanya schlief bis zum Morgen. Geht-wie-eine-Ente hatte ihre Kleider aus Panthers Zelt gebracht, und Tanya lief zum Fluß, um zu baden und frische Sachen anzuziehen. Einen Großteil des Tages verbrachte sie damit, gemeinsam mit den anderen Frauen den Mais zu ernten und Früchte für den Winter zu sammeln. Es war ein gutes Gefühl, wieder zu Hause zu sein. Am Nachmittag schnitt sie die Pumahaut zu und nähte die beiden Vorderteile mit dem Rückteil zusammen. Durch sorgfältiges Ausmessen und weil das Tier so groß gewesen war, hatte sie genug Material für einen bis zu den Hüften reichenden Mantel mit Kapuze für Panther. Aus dem Schwanz machte sie den Gürtel. Es blieb sogar noch etwas übrig, damit sie sich selbst eine Börse für den Gürtel nähen konnte. Die Krallen wollte sie durchbohren und je eine Kette für sich und für Panther daraus fertigen. Einer der alten Männer des Stammes, der auf das Präparieren von Tierköpfen spezialisiert war, würde sich um den Kopf des Puma kümmern, der später auf dem Pfahl vor Panthers Zelt thronen sollte.

Tanya mußte ihre Näharbeiten unterbrechen, denn es war Zeit für die abendlichen Aktivitäten. Sie zog das hübsche Kleid aus Hirschhaut an, das sie sich eigens für diesen Zweck genäht hatte, und verwandte besondere Sorgfalt auf ihre Frisur. Gerade wollte sie aufbrechen, als Geht-wie-eine-Ente mit zwei wohlvertrauten Skalps zu ihr kam: einem rothaarigen und einem schmutzig-blonden. Diesmal nahm Tanya sie ohne zu zögern an sich und befestigte sie an ihrem Gürtel. Dann schritt sie hocherhobenen Hauptes durch das Lager und nahm ihren Platz neben Black Kettle ein.

Es herrschte eine festliche, aufgeregte Atmosphäre. Nicht jeden Tag adoptierte der Häuptling eine Tochter, schon gar nicht eine Weiße. Black Kettle hatte zu diesem Anlaß sein Festgewand und seinen vollen Kopfschmuck angelegt.

Als alle versammelt waren, erhob er sich, und jeder blickte gespannt auf die stolze, königliche Erscheinung. Mit seiner tiefen, gebieterischen Stimme verkündete er laut: »Heute abend nehmen wir ein neues Mitglied in unseren Stamm auf. Ich selbst gewinne eine Tochter, und dies erfreut mein Herz.«

Er zeigte auf Tanya, die neben ihm saß. »Kleine Wildkatze ist noch nicht lange bei uns, aber sie hat die Tapferkeit ihres Herzens und die Kühnheit ihres Geistes schon unter Beweis gestellt. Sie besitzt die Seele einer Cheyenne, und so werden wir sie nicht länger als Weiße betrachten. Sie hat es verdient, eine Cheyenne genannt zu werden und Tochter des Häuptlings zu sein. Von nun an soll ihr die Ehre und der Respekt zuteil werden, der ihrer Stellung gebührt.«

Er gab ihr ein Zeichen, aufzustehen und winkte seine Frau zu sich. Dann nahm er eine Kette mit einer großen Silberscheibe als Anhänger in die Hand und legte sie Tanya um den Hals. »Willkommen bei uns, Tochter«, sagte er und hielt ihr seine Wange hin, eine öffentliche Gefühlsbezeugung, die sehr ungewöhnlich für ihn war.

Zu seiner Frau sagte er: »Frau, hier ist deine Tochter.«

Die nicht mehr junge, aber immer noch hoheitsvolle Frau-die-nach-mir-kommt trat auf Tanya zu. Feierlich streifte sie ihr zwei Silberarmbänder, passend zur Kette, über die Oberarme, und hielt Tanya ebenfalls ihre Wange hin. Tränen glitzerten in ihren Augen, als sie sagte: »Dieser Tag ist ein großer Freudentag für mich. Endlich habe ich ein Kind.«

Tanya drückte einen Kuß auf die runzelige Wange. »Es ist mir eine Ehre, die Tochter solch guter Eltern zu sein.«

Damit war der offizielle Teil vorbei, und das eigentliche Fest konnte beginnen. Die Trommeln verkündeten den Stämmen nah und fern, daß Black Kettle eine Tochter hatte, und dies war der Anlaß für ein rauschendes Fest. Die Spiele und Wettbewerbe, Jubel und Tanz dauerten bis spät in die Nacht.

Tanyas Freude kannte keine Grenzen. Endlich hatte sie ihr Ziel erreicht. Bald würde sie Panthers Frau und die Mutter seines Kindes sein. Bis dahin mußte sie bei ihren neuen Eltern wohnen, hoffte aber, daß die Vorbereitungen zur Hochzeit sich nicht allzu lange hinziehen würden, denn Panther zu sehen und in seiner Nähe zu sein, ohne ihn berühren zu können, bedeutete die reinste Qual.

8

In den nächsten Tagen war Tanya so nervös, wie es nur möglich war. Am Morgen nach dem Fest traf sich Panther mit Black Kettle, um den Brautpreis auszuhandeln. Black Kettle war mit Panthers Angebot – 30 Ponys – einverstanden. Nun waren die Vorbereitungen für die Hochzeitsfeierlichkeiten im Gange.

Frau-die-nach-mir-kommt legte letzte Hand an ein kunstvoll ausgefranstes, federweiches, cremefarbenes Hirschhautgewand für die Braut. Es war über und über mit Perlen bestickt. Frau-die-nach-mir-kommt hatte wochenlang daran gearbeitet.

»Man muß für alle Fälle gerüstet sein«, erklärte sie Tanya. »Wenn ich nicht so früh damit angefangen hätte, wäre jetzt kein Hochzeitskleid für meine Tochter da.«

»Und wenn ich nun die Prüfung nicht bestanden hätte?« fragte Tanya.

»Du hast sie aber bestanden«, antwortetet Frau-die-nach-mir-kommt achselzuckend.

Black Kettle schenkte ihr silbernen Haarschmuck, Panther ließ ihr ein paar wunderschöne Kupferohrringe zukommen, und Frau-die-nach-mir-kommt durchstach Tanyas Ohren, damit sie sie auch tragen konnte. Scheues Reh überraschte sie mit einem reich verzierten Stirnband, das sie selbst gemacht hatte, und Geht-wie-eine-Ente mit einem Paar perlenbesetzter Mokassins. Die kleine Börse aus Pumafell nähte Tanya sich selbst.

Auch Panther sollte für die Hochzeit neu eingekleidet werden. Scheues Reh und Geht-wie-eine-Ente nähten das Hochzeitsgewand: Hemd und Hose reich mit Fransen versehen, Perlenstickereien auf Hemd und Mokassins. Dazu ein kunstvoll bemalter Lendenschurz. Panther würde sein kostbarstes Stirnband mit Federschmuck tragen, seine Lieblingskette, Armbänder an Oberarm und Handgelenk und silbernen Schmuck in den Zöpfen.

Tanya stellte die Halskette aus Pumakrallen fertig und schickte sie ihm, verbunden mit dem Wunsch, er möge sie zum Hochzeitstag tragen, so wie sie ihre Kette tragen wollte. Auch den Mantel aus Pumafell nähte sie fertig, denn sie wollte ihn Panther zur Hochzeit schenken.

Die Nahrungsvorräte und sonstigen Utensilien der beiden weißen Männer hatte Tanya Frau-die-nach-mir-kommt ausgehändigt. Das Handwerkszeug, Sattel und Satteltaschen und die Messer gab sie Black Kettle. Den Esel, die Pferde, die Biberpelze, Gewehre, Pistolen und Munition behielt sie selbst. Black Kettle und Frau-die-nach-mir-kommt schenkten ihr einige Haushaltsgegenstände für die Aussteuer – Panther würde eine reiche Braut bekommen.

Als Black Kettle Tanya fragte, was sie sich sonst noch von ihm und ihrer Mutter zur Hochzeit wünschte, bat sie ihn, Melissa von Häßliche Otter freizukaufen. »Er behandelt sie so schlecht, daß ich um ihr Leben fürchte«, erklärte sie.

Black Kettle blickte sie mißbilligend an. »Du bist jetzt eine Cheyenne. Die weißen Sklavinnen sind nicht mehr deine Schwestern. Dein Mitgefühl mißfällt mir.«

»Jeder täte mir leid, der ihm ausgeliefert ist«, erklärte Tanya. »Er ist grausam. Er peitscht sogar seine Frau und seine Kinder aus, wenn er wütend ist. Melissa ist ein liebes, zerbrechliches Kind. Vielleicht ist sie sogar schwanger.«

»Wenn sie ein Kind von Häßliche Otter bekommt, wird er sie kaum verkaufen wollen«, überlegte Black Kettle.

»Sie ist sich noch nicht sicher. Im übrigen muß er es ja gar nicht wissen«, schlug Tanya vor. »Ich befürchte schon das Schlimmste, wenn seine Frau es erfährt. Noch mehr Schläge werden weder Melissa noch das Kind überleben.«

»Was ist mit den anderen Gefangenen?« wollte Black Kettle wissen. »Hast du dir für sie auch etwas ausgedacht?«

»Bitte, versteh mich richtig, Vater«, erklärte Tanya. »Sie sind nicht freiwillig hierher gekommen, aber ich kann nichts für sie tun. Um Melissa habe ich dich gebeten, weil ich wirklich um ihr Leben fürchte. Würde sie einem anderen Krieger gehören, der sie besser behandelt, hätte ich dich nicht gefragt. Aber Häßliche Otter ist ein Tier, ein brutales Scheusal.«

»Das stimmt, aber was willst du mit dem Mädchen machen?«

»Sie soll meine Dienerin sein. Sie kann mir bei der Hausarbeit helfen.«

»Wenn ihr Bauch erst einmal dick ist und sie sich nicht mehr richtig bewegen kann, wird sie dir kaum eine große Hilfe sein.«

Tanya lachte. »Mag sein, aber vier Hände sind immer noch besser als zwei. Außerdem dauert der Zustand ja nicht ewig.«

Black Kettle blickte sie nachdenklich an. »Und wie wirst du dich fühlen, Tochter, wenn sie im Dorf erzählen, das Kind sei von Panther? Denn genau das werden sie denken.«

»Ich kenne die Wahrheit, und Panther ebenso. Alles andere kümmert mich nicht.«

Black Kettle nickte. »Du hast mich überzeugt. Ich glaube dir, daß du dich nicht für sie einsetzt, weil sie eine Weiße ist. Viele nehmen Anstoß an der Art, wie Häßliche Otter selbst seine Söhne und seine Pferde behandelt. Ich will sehen, was ich tun kann.«

»Vielen Dank, Vater. Ich hätte dich nicht gefragt, aber ich weiß ja, daß Häßliche Otter sie mir oder Panther niemals verkaufen würde. Du bist sein Häuptling, und vielleicht überläßt er sie dir, wenn er nicht weiß, daß du sie mir gibst.«

»Ich kenne Häßliche Otter. Er wird sie nicht ersatzlos hergeben. Büffelgras hat mir gerade ein junges Ute-Mädchen geschenkt, das er gefangengenommen hat. Vielleicht kann ich sie gegen Melissa eintauschen.«

»Das Ute-Mädchen ist nicht zu beneiden, aber vielleicht erträgt sie die Brutalität von Häßliche Otter besser als Melissa. Er bringt sie noch um, wenn sie länger bei ihm bleibt.«

Die Hochzeitsvorbereitungen dauerten vier Tage. In dieser Zeit war Tanya mit ihrer Arbeit auf den Feldern und der Zubereitung der Nahrungsvorräte für den Winter voll beschäftigt.

Am Hochzeitstag selber kümmerten sich die Frauen des Stamms um Tanya. Sie nahmen sie mit zum Fluß, wuschen ihr das Haar und schrubbten ihre Haut, bis sie brannte. Während der ganzen Zeit riefen sie sich scherzhafte Bemerkungen zu und kicherten. Mit einer Bürste aus Stachelschweinborsten bürsteten sie Tanyas Haar, bis es knisterte und golden glänzte. Die rauhen Stellen an Händen, Füßen, Knien und Ellbogen bearbeiteten sie mit Bimsstein. Dann rupften sie ihr die Körperbehaarung aus und rieben sie von Kopf bis Fuß mit einem duftenden Öl ein. Ein paar Tropfen dieses nach wilden Blumen riechenden Öls gaben sie auch in ihr Haar, das dadurch einen seidigen Schimmer erhielt und wunderbar duftete. Zur Hochzeit würde Tanya ihr Haar lang und offen tragen, bis auf zwei dünne Zöpfe rechts und links neben der Schläfe, an denen auch die silbernen Scheiben hingen.

Auch Panthers Haar blieb offen bis auf die Zöpfe, an denen der Silberschmuck und die Federn befestigt wurden. Die anderen Krieger hatten ihn mit zum Jagen genommen, denn bis zu Beginn der Feierlichkeiten mußte er sich vom Dorf fernhalten.

Endlich war es soweit. Tanya wurde zu Panther geführt, der zusammen mit Black Kettle auf sie wartete. Er sah prächtig aus in seinem reich verzierten Festgewand: groß, stolz und kühn. Das blauschwarze Haar glänzte wie Seide und floß über seine Schultern, die nachtschwarzen Augen strahlten vor Bewunderung, als er Tanya auf sich zukommen sah.

Tanya sah bezaubernd aus und fühlte sich so glücklich wie noch nie. Ihr knöchellanges, cremefarbenes Kleid war kunstvoll mit Perlen bestickt und mit getrockneten Stachelschweinborsten verziert; die langen Fransen wippten beim Gehen um ihre Beine. Das offene Haar, das ihr bis auf die Taille fiel, schimmerte im Widerschein des Feuers wie geschmolzenes Gold, ihre Augen glänzten wie Sterne.

Von den vielen auf sie einstürmenden Eindrücken wie benommen, nahm Tanya dennoch wahr, daß Panther, ebenso wie sie, die Pumakrallenkette umgelegt hatte. Nun stand sie mit Panther dem alten Schamanen des Stammes von Angesicht zu Angesicht gegenüber.

Der alte Mann erkundigte sich, ob man sich über den Brautpreis einig geworden wäre. In seiner Eigenschaft als Brautvater erklärte Black Kettle öffentlich, daß dem so sei.

Dann wurde die Liste von Tanyas Mitgift laut verlesen, und Winter Bear erklärte, als Panthers Sprecher, sein Einverständnis. Während des ganzen Vorgangs hatte Tanya nur Augen für Panther.

Schließlich knieten sie gemeinsam vor dem Schamanen nieder. Er stimmte ein Gebet an, in dem er um Glück, Fruchtbarkeit und ein langes Leben für das Hochzeitspaar bat. Dabei schüttelte er seine Rassel und schwenkte ein Gefäß mit rauchenden Kohlen über ihre Köpfe.

Das Paar stand auf, und der Schamane sprach das Ehegelöbnis, zunächst für die Braut.

»Wo er hingeht, sollst auch du hingehen; wo er lebt, sollst auch du leben; du sollst Sorge tragen für seine Ernährung, seine Kinder und sein Wohlergehen; du sollst ihn ehren, ihm vertrauen und all seinen Anordnungen Folge leisten.«

Tanya stimmte zu.

Panther versprach, die Verantwortung für Tanya zu übernehmen. Er sollte sie und die gemeinsamen Kinder beschützen und versorgen und ihr die Ehre zukommen lassen, die ihr als seiner Frau und Tochter des Häuptlings gebührte.

Panthers Augen glühten, als er zwei glänzende gravierte Kupferarmbänder, passend zu denen, die er selber trug, um Tanyas Handgelenke legte, Symbol dafür, daß Tanya nun in seinen Besitz übergegangen war, zarte Fesseln, die sie für immer an ihn banden.

Im Anschluß an die Trauungszeremonie tauschte das frischgetraute Paar in aller Öffentlichkeit seine Geschenke aus. Auf ein Zeichen Panthers trat Winter Bear vor und überreichte Tanya einen Korb, über dem eine Decke lag.

Als Panther die Decke wegzog, verschlug es Tanya die Sprache. Vor ihr lagen zwei kleine Pumababys. Hingerissen streckte sie die Hand aus und streichelte das weiche, flaumige Fell. Tränen der Freude glänzten in ihren Augen. »Oh, Panther, sie sind wunderbar, sagte sie mit erstickter Stimme. »Aber wie hast du sie gefunden. Wann? Wo?« Ihre Zunge konnte mit den Fragen, die sich in ihrem Kopf überstürzten, kaum Schritt halten.

Panther lächelte, als er ihre Verwirrung sah. »Das sind die Jungen, nach denen du so eifrig gesucht hast. Tanzendes Pferd hat sie gefunden und an sich genommen. Er hat sie mir gegeben und mir erzählt, was passiert ist. Ich dachte mir, das wäre ein schönes Hochzeitsgeschenk für dich, und deshalb habe ich sie im Lager versteckt, bis der Tag gekommen war.«

»Ich danke dir, Panther, für dieses herrliche Geschenk. Und dies hier soll dir gehören.«

Geht-wie-eine-Ente reichte Tanya den Pumamantel, und die legte ihn in Panthers Hände. Langsam entfaltete er ihn und hielt ihn vor sich. »Das ist der prachtvollste Mantel, den ich je besessen habe. Ich werde ihn voller Stolz tragen, Wildkatze.«

Tanya nickte. Seine Anerkennung hatte sie verlegen gemacht. »Jemand ist dabei, den Pumakopf für dein Zelt zu präparieren.«

»Ich fühle mich geehrt«, sagte Panther ernst.

»Die Ehre ist mir zuteil geworden, Panther, denn du hast mich zu deiner Frau erwählt.«

Das Hochzeitsfest dauerte bis spät in die Nacht. Einmal kam Black Kettle zu ihnen, um etwas Persönliches mitzuteilen. »Häßliche Otter hat mir Melissa gegeben. Ab morgen wird sie eure Dienerin sein.« Black Kettle hatte die Angelegenheit zuvor mit Panther besprochen und sein Einverständnis eingeholt.

»Mußtest du das Ute-Mädchen für sie eintauschen?« wollte Tanya wissen.

»Ja. Häßliche Otter wollte Melissa nur hergeben, wenn er einen Ersatz für sie bekommt.«

»Beim nächsten Überfall werde ich dir eine neue Dienerin besorgen, Onkel«, versprach Panther. »Schließlich hast du das Mädchen für uns hergegeben.«

Wenig später kam eine Gruppe von Frauen, um Tanya abzuholen. Sie führten sie zu Panthers *Tipi*, halfen ihr beim Entkleiden und ließen sie allein. Nach allem, was gewesen war, schien es lächerlich, und doch erwartete Tanya Panther so aufgeregt wie eine Jungfrau in der Hochzeitsnacht.

Plötzlich stand er in seiner ganzen Pracht im Zelt und verschlang ihren nackten Körper mit Blicken. Wortlos zog er sich aus und stand nun, nicht weniger verlegen als sie, nackt vor ihr. Bebend vor Erwartung ließ sie ihre Augen über seinen muskulösen, bronzefarbenen Körper gleiten.

Panther setzte sich neben sie und ließ ihr Haar wie einen

schimmernden Fluß durch seine Hände gleiten. »Du bist so schön«, sagte er zärtlich.

Sie streichelte seine Schultern. »Du auch«, sagte sie ehrfürchtig. »Du hast alles, was ich mir je von einem Mann erträumt habe. Erst recht von einem Ehemann. Ich bin so glücklich, daß ich dich gefunden habe. Endlich haben wir alle Hürden genommen, endlich darf ich dich ›meinen Mann‹ nennen, endlich gehörst du mir – und ich gehöre dir.«

»Nichts und niemand kann uns trennen, Wildkatze. Ich könnte nicht mehr ohne dich leben. Sollte man uns jemals in diesem Leben trennen, dann werde ich Himmel und Hölle in Bewegung setzen, um dich wiederzufinden. Du bist ein Teil von mir, ein Teil meines Herzens und meiner Seele. Du gehörst mir allein für immer und ewig.«

»Das ist alles, was ich mir von diesem Leben wünsche, Panther: dir zu gehören und bei dir zu sein. Du bist meine ganze Freude. Ohne dich hätte mein Leben keinen Sinn mehr.«

Er schloß sie in seine kräftigen Arme und wiegte sie zärtlich, bevor er sein Liebesspiel begann. Seine Lippen fanden die ihren in einem langen, berauschenden Kuß, seine Hände machten sich ihren Körper zu eigen. Ihre Zungen umspielten einander, ihre Lippen hingen aneinander, als saugten sie lebensspendenden Nektar.

Atemlos überließ sich Tanya dem Spiel seiner Hände, seiner Zunge. Sie konnte an nichts anderes mehr denken als an Panther, an die Lust, die er ihr schenkte und die sie ihm schenken wollte. Nie hatte sie sich so schön, so begehrenswert, so geliebt gefühlt, und Panthers zärtliche Worte und Berührungen bestätigten sie in diesem Gefühl.

Ihre Hände konnten nicht aufhören, ihren zärtlichen, wilden Liebhaber zu streicheln, seine Lust zu wecken, so wie er die ihre weckte. Mit ihren Lippen, ihren Zähnen, ihrer Zunge erkundete sie jeden Fleck des geliebten, wohlvertrauten und so aufregenden Körpers. Panthers Mund setzte ihren Körper in Flammen: die verlangend geschwollenen Brüste, den bebenden Bauch, das Zentrum ihrer Weiblichkeit, das ihn endlich in sich spüren wollte.

Die quälende Spannung steigerte sich bis zu einem unerträglichen Punkt, bis er endlich in die samtige Wärme eindrang, die ihn erwartete. Schneller und schneller kamen seine Stöße, die sie im gleichen Rhythmus erwiderte. Gemeinsam näherten sie sich dem Gipfel der Lust, und viel zu früh hatten sie ihn erklommen, um schließlich erlöst, im strahlenden Glanz ihrer Liebe und ihrer Leidenschaft, gemeinsam in ein ruhigeres, sanfteres Tal zu gleiten.

Panther liebte sie die ganze Nacht, und sie wurden nicht müde, sich immer wieder aufs Neue zu berühren, zu halten, zu streicheln. In dieser Nacht besiegelten und heiligten sie den Bund ihrer Ehe, vollendeten ihn in nie gekanntem Glanz, beugten sich ehrfürchtig vor der Macht ihrer Liebe, bis sie beide völlig erfüllt und bis zum äußersten erschöpft waren.

Am nächsten Morgen tauchte eine völlig verängstigte Melissa vor Panthers Zelt auf. Ihre zarten Wangen waren immer noch geschwollen und blau verfärbt, ein Riß in ihrer Lippe nicht abgeheilt, die Arme mit Blutergüssen und Kratzern übersät. Das verdreckte, besudelte Kleid hing in Fetzen von ihrem mageren, kindlichen Körper herab, und ihr einst so glänzendes Haar war unter den filzigen Knoten nicht mehr wiederzuerkennen.

Panther warf ihr einen kurzen Blick zu, und Melissa blieb mit schreckgeweiteten, tränennassen Augen unschlüssig vor dem Zelt stehen.

Panthers Nasenflügel weiteten sich vor Abscheu und Ärger. Zu Tanya gewandt, sagte er: »Nimm sie mit zum Fluß und sorge dafür, daß sie gründlich saubergeschrubbt wird und etwas Anständiges zum Anziehen erhält. Die Hunde im Lager sind weniger schmutzig als sie!«

Dann ging er. Melissa blickte ihm ängstlich nach, und Tanya nahm sie am Arm und beruhigte sie. »Er ist nicht wütend über dich, Missy.«

Während sie Melissa half, sich von einer Schmutzschicht zu befreien, die sich über Monate angesammelt hatte, erläuterte sie ihr die Pflichten, die demnächst auf sie zukommen würden.

Mit den meisten Arbeiten war Melissa vertraut, denn sie hatte sie bereits für die Frau von Häßliche Otter ausführen müssen.

»Außerdem verlange ich, daß du mich ›Kleine Wildkatze‹ nennst und in der Sprache der Cheyenne mit mir redest. Ich bin jetzt eine Cheyenne, Tochter des Häuptlings und Panthers Frau. Es ziemt sich für mich nicht mehr, Englisch zu sprechen.«

»Ich beherrsche die Sprache nicht besonders gut, Kleine Wildkatze«, stotterte Melissa in Cheyenne.

»Du wirst sie lernen. Übung macht den Meister. Das Leben hier mit uns wird viel leichter für dich sein, Melissa. Du bekommst ordentlich zu essen und anständige Kleider, aber ich muß dich schon jetzt auf eines hinweisen: Es ist unbedingt erforderlich, daß du Panthers Befehlen Folge leistest und sowohl ihm wie auch mir den Respekt zollst, der uns gemäß unserer Position im Stamm gebührt. Tust du das nicht, so bringst du mich in große Verlegenheit und machst Panther wütend.«

Melissa nickte. »Heißt das, daß ich mit Panther... ich meine erwartet er von mir... daß ich mit ihm...«, stammelte sie.

»Daß du mit ihm was?« fragte Tanya.

Melissa errötete. »Du weißt schon.«

Tanya traute ihren Ohren nicht. »Meinst du, ob du mit ihm *schlafen* mußt?«

Melissa sah sie betreten an und nickte.

Tanya hatte diese Möglichkeit gar nicht in Erwägung gezogen, obwohl es innerhalb des Stammes ein normaler Vorgang war. Man erwartete von den Ehefrauen, daß sie darüber hinwegsahen, wenn ihr Mann eine Gefangene mit auf sein Lager nahm oder beschloß, eine zweite oder dritte Frau zu nehmen. Es wurde als normal betrachtet, und Tanya mußte sich dieser Tatsache stellen. Die Möglichkeit war nicht ausgeschlossen, auch wenn sie wußte, daß Panther sie liebte und ihr der Gedanke, Panther könne mit einer anderen Frau schlafen, mißfiel. Daß Panther so kurz nach der Hochzeit mit dieser Möglichkeit liebäugelte, bezweifelte sie allerdings, zumal Melissa wahrscheinlich schwanger war und sich in einem geschwächten körperlichen Zustand befand.

Tanya gab Melissa die einzig mögliche Antwort auf ihre Frage: »Panther ist kein Untier wie Häßliche Otter. Ich weiß zwar nicht, was er vorhat, aber wenn er mit dir schläft, dann wird er es ohne Gewalt anzuwenden tun.«

Jetzt war es an Melissa, erstaunt zu sein. »Macht dir der Gedanke denn nichts aus, Tanya? Hast du dich so sehr geändert?«

»Ich bin eine Cheyenne. Es geht nicht darum, ob es mir etwas ausmacht oder nicht. Panther ist mein Mann. Ich beuge mich seinem Willen und sorge dafür, daß es ihm gut geht.« Sie lächelte. »Aber ich glaube, du machst dir unnötige Sorgen. Laß uns lieber überlegen, wie wir dir helfen können, damit du dich wieder wohlfühlst. Wir sollten uns gegenseitig das Leben erleichtern. Deine Hilfe ist mir sehr willkommen, zumal ich bald auch nicht mehr so arbeiten kann wie früher.«

Ein furchtsames Lächeln erschien auf Melissas Gesicht. Seit dem Tag der Entführung hatte Tanya sie nicht mehr lächeln sehen. »Ich habe dir noch nicht gedankt, Tanya. Es wird mir auf jeden Fall besser gehen. Was könnte es Schlimmeres geben, als Häßliche Otter und seiner Frau ausgeliefert zu sein!«

Nach und nach wurde Melissa Teil ihres Lebens. Ihre Blutergüsse heilten ab, die Schwellungen in ihrem Gesicht bildeten sich zurück, Haut und Haar waren wieder sauber und sahen gesünder aus. Tanya hielt ihr Wort und sorgte dafür, daß Melissa ausreichend zu essen bekam, gut gekleidet wurde und ein Dach über dem Kopf hatte. Melissa ihrerseits arbeitete unermüdlich, um Tanya viele Aufgaben abzunehmen, doch in Panthers Nähe war sie stets übervorsichtig und auf der Hut.

»Ich kann mein eigenes Zelt nicht betreten, ohne daß sie zusammenzuckt«, sagte Panther. »Das gefällt mir nicht. Sie ist das reinste Nervenbündel.«

»Laß ihr noch etwas Zeit«, riet Tanya. »Wenn sie erst einmal begriffen hat, daß du sie weder schändest noch bewußtlos prügelst, wird sie sich beruhigen.«

»Du kannst ihr versichern, daß ich sie nicht ins Bett schleppe«, sagte Panther grinsend. »Sie ist mir zu mager. Außerdem bin ich voll und ganz damit beschäftigt, meine eigene Frau zufriedenzustellen.«

»Melissa war einmal sehr hübsch. Und das wird sie auch wieder werden, wenn sie ordentlich ißt und sich pflegt. Vielleicht findest du sie dann reizvoll?« meinte Tanya.

»Mag sein«, sagte Panther nachdenklich. »Aber vergiß nicht, ich habe sie ja damals schon gesehen. Wir haben euch eine ganze Weile beim Baden zugeschaut, und meine Wahl ist auf dich gefallen und nicht auf Melissa.«

»Vielleicht ist es dumm von mir«, erklärte Tanya, »aber der Gedanke, daß du mit einer anderen Frau schläfst, gefällt mir einfach nicht.«

»Solange du mir keinen Grund dafür gibst, brauchst du dir keine Sorgen zu machen.«

»Was ist, wenn mein Bauch dick ist und wenn ich unbeholfen bin? Vielleicht findest du mich dann häßlich und entstellt.«

»Meine arme kleine Wildkatze, auch mit dem dicken Bauch werde ich dich wunderschön finden und ganz besonders lieben, denn in dir wächst unser Kind heran. Hältst du mich für so schwach, daß ich das Verlangen meines Körpers nicht einmal für ein paar Wochen beherrschen kann?«

»Verzeih mir, Panther. Ich wollte dir nichts unterstellen.«

»In deinem Zustand sind diese Gedanken ganz natürlich, glaube ich«, sagte Panther und zog sie in seine Arme. »Denk immer dran: Du bist die Frau meines Herzens, die Sonne meines Lebens.«

Einige Tage später kam es zu einer kritischen Situation. Panther machte sich gerade fertig zur Jagd und bat Melissa, ihm den Köcher aus dem Zelt zu holen. Sie beeilte sich, ihm zu gehorchen und stolperte. Der Köcher fiel ihr aus der Hand, die Pfeile lagen ringsum verstreut auf dem Boden. Melissa, die fest damit rechnete, bestraft zu werden, warf sich zitternd zu Panthers Füßen und hob schützend die Arme über den Kopf.

»Es tut mir leid!« jammerte sie. »Das war nicht meine Absicht. Es soll nicht wieder vorkommen. Bitte nicht schlagen! Bitte nicht schlagen! Bitte, bitte nicht!«

Tanya und Panther blickten sich kopfschüttelnd an. Panther reichte Melissa die Hand und half ihr auf die Füße. Er behandelte sie so sanft wie ein Kind. Melissas Augen flackerten vor Angst.

»Melissa! Melissa! Es dauerte eine Weile, bis sie sich beruhigt hatte und ihm zuhörte. »Das war eben Pech. Niemand macht dir daraus einen Vorwurf. Niemand schlägt dich.«

Melissas Augen flogen zwischen Panther und Tanya hin und her, suchten nach Bestätigung für diese Worte.

»Hättest du es aus Absicht oder Trotz gemacht, dann würde ich dich allerdings schlagen. Dessen kannst du sicher sein. Aber solange du mir gehorchst, solange du mir und deiner Herrin Respekt erweist, wird niemand dich schlecht behandeln. Und niemand wird dich für etwas bestrafen, was du nicht verhindern konntest.«

Melissa war immer noch mißtrauisch, beruhigte sich aber langsam.

In ruhigem und freundlichem Ton sagte Panther: »Nun geh und sammle die Pfeile ein. Paß auf, daß du die Federn nicht beschädigst.«

Melissa raffte all ihren Mut zusammen und fragte: »Bist du wirklich nicht böse auf mich?«

Panther lächelte. »Ich bin nicht gerade entzückt darüber, daß meine Pfeile hier herumliegen, aber böse bin ich nicht, Melissa.« Auf ihren erstaunten Blick hin fügte er hinzu: »Ich sehe schon, mit jedem Tag, da ihr beide dicker werdet, ist meine Geduld mehr gefordert. Mit einer schwangeren Frau zurechtzukommen, ist schon nicht einfach, aber mit zweien? – Ein Kriegszug ist ja das reinste Kinderspiel dagegen«, fügte er mit einem breiten Grinsen hinzu und blickte die beiden Frauen herausfordernd an.

Melissa lächelte erleichtert. »Du hast einen gerechten Ehemann«, sagte sie zu Tanya, während sie die Pfeile wieder einsammelte. »Du kannst dich glücklich schätzen.«

»Das tue ich auch«, stimmte Tanya ihr zu.

Etwas anderes, womit die beiden Frauen sich abfinden mußten, war, daß es nun einen Zuhörer gab, wenn Tanya und Panther miteinander schliefen. Tanya wußte, daß das im Lager und in vielen Zelten nichts Ungewöhnliches war. Nachdem sie den Gedanken einmal akzeptiert und ihre Verlegenheit überwunden hatte, konnte sie Melissas Anwesenheit vergessen und sich völlig entspannen.

Wahrscheinlich hängt alles davon ab, wie man erzogen wurde und was man gewohnt ist, dachte sie.

Auch Melissa war die Sache zunächst peinlich. Nach den brutalen Erfahrungen, die sie mit Häßliche Otter gemacht hatte, neigte sie zunächst dazu, sich ängstlich zusammenzukauern und Mitleid mit ihrer Freundin zu empfinden. Irgendwann jedoch merkte sie, daß Tanya nicht vor Schmerz, sondern vor Lust stöhnte und seufzte. Es war ihr unverständlich, wie jemand Vergnügen an diesem Akt finden konnte. Wenn es nach ihr ginge, dann würde kein Mann sie jemals wieder anfassen, doch wenn Tanya und Panther ihren Spaß daran hatten, war es ihre Sache.

Die kleinen Pumajungen brachten viel Aufregung in ihr gemeinsames Leben. Sie konnten nicht eine Minute still halten, tollten den ganzen Tag ausgelassen herum und stellten ständig irgendetwas an. Verspielt stürzten sie sich auf alles, was sich irgendwie bewegte, vor allem auf nackte Füße oder Gegenstände, die mit Federn oder Fransen besetzt waren. Tanya und Melissa hatten alle Hände voll zu tun, die Kleider außer Reichweite zu bringen; ein Fransenrock von Tanya und ein federgeschmücktes Stirnband von Panther fielen den jungen Katzen dennoch zum Opfer.

Ihre Lieblingsspeise war Honig, und der Honigsack mußte sorgfältig von den kleinen Lieblingen versteckt werden, denn sie hatten eine ausgesprochene Schwäche für Süßes. Aber sie waren auch an Panthers Tabak interessiert und ließen sich sogar Kaffee schmecken. Mehr als einmal mußte Tanya feststellen, daß die Kaffeebecher wieder einmal ausgeschleckt worden waren, bevor sie trinken konnten. Beim Kochen mußten die beiden Frauen die Jungen ständig im Auge behalten, und ein erlegtes, halb enthäutetes Tier durften sie auf keinen Fall herumliegen lassen.

Mehr als einmal wurde Panther nachts von Tanyas hysterischem Kichern geweckt, wenn die Kätzchen ihr die Fußsohle ableckten. Schließlich beschloß er, die Tiere zu dressieren, und von nun an gingen Tanya und Panther nie ohne je ein Pumajunges an der Leine aus. Panther brachte ihr bei, wie man sie mit sanfter, aber starker Hand gefügig machte. Sobald sie gelernt hatten, sich im Lager anständig zu benehmen, sollten sie frei herumstreifen dürfen. Panther vermutete, daß die klugen kleinen Teufel nicht allzu lange brauchen würden, bis sie begriffen hatten, was ihnen erlaubt war und was nicht.

Tanya taufte die beiden in einem Anflug von Humor ›Kit‹ und ›Kat‹ und erklärte Panther, was das im Englischen bedeutete. Kat, das männliche Junge, besaß eine eindeutige Vorliebe für Panther, während Kit, das kleine Weibchen, offensichtlich Tanya den Vorzug gab. Sie lernten, ihrer Herrin beziehungsweise ihrem Herrn zu gehorchen, doch es bestand kein Zweifel an der besonderen Zuneigung, die sie jeweils gefaßt hatten.

Tanya liebte die beiden Jungen, und auch wenn Panther es nicht zugeben sollte, so liebte er sie nicht weniger. Melissa mochte sie gerne, lachte über ihre drolligen Mätzchen, war aber nicht gerade verrückt nach ihnen. Dabei waren sie zweifellos hinreißend mit ihren schwarzgestreiften Schwänzen und den braunen Flecken in ihrem gelben, seidenweichen Fell. Panther hatte erklärt, sie würden die Flecken und Streifen nach sechs Monaten verlieren, doch Tanya fand sie gerade so besonders entzückend. Entzückend oder nicht, zuweilen waren sie eine arge Plage, und Tanya hatte ihre Zweifel, ob sich das jemals ändern würde.

Alles in allem war Tanya mit ihrem Leben so zufrieden, wie sie es sich nie hätte träumen lassen. Die Gemeinsamkeit mit Panther war eine Quelle beständiger Freude, und sie lernte auch immer wieder vieles von ihm. Hier in den Bergen, fern von ihren Freunden und ihrem Zuhause, hatte sie eine neue Bestimmung gefunden – neue Eltern, den Respekt der Stammesmitglieder, gute Freunde, Melissa, die ihr half, und ein Baby, das unterwegs war. Und eben Panther. Vor allem ihn.

9

Bevor der Winter mit Macht hereinbrach, hatten die Cheyenne einige erfolgreiche Raubzüge gegen die Utes und auch gegen einige Siedlungen der Weißen ausgeführt. Wie die anderen Frauen wartete Tanya jedesmal angstvoll auf die Rückkehr ihres Mannes von diesen Unternehmen. Der Oktober ging vorüber, dann der November und der Dezember, und ihre Angst wuchs im selben Maße wie ihr Bauchumfang.

Immer dann, wenn Panther zu einem seiner Kriegszüge aufbrach, brachte Tanya, ihm ganz gehorsame Ehefrau, sein Pferd. Sie hatte Decken und Nahrungsmittel für ihn zusammengepackt und sah zu, wie er auf seinen Hengst stieg. Dann überreichte sie ihm schweigend seine Waffen und blickte ihm mit stoischem Gleichmut hinterher, bis er außer Sichtweite war.

Vor jedem Abschied hielt Panther sie, in der Abgeschlossenheit ihres *Tippi*, eng an sein Herz gepreßt, küßte sie und sagte ihr Aufwiedersehen. Vor den Augen der anderen verabschiedeten sie sich würdevoll und heiter voneinander. Anschließend zog sich Tanya in ihr Zelt zurück, weinte bittere Tränen und betete, daß ihm nichts passieren möge.

Kehrten die Krieger von ihren Beutezügen zurück, herrschte im Lager stets große Freude. Bisher war erst ein Krieger getötet und vier weitere leicht verwundet worden. Es war eine Zeit des Triumphs und großer Ehre für die Cheyenne.

Als Panther von einem der Kriegszüge im Dezember zurückkehrte, brachte er sie jedoch zur Weißglut. Die Krieger waren eine Woche länger als geplant weggeblieben, und Tanyas Nerven waren vom Warten und vor Sorge um ihren Mann zum Zerreißen gespannt. Kaum hatten die Späher den zurückkehrenden Trupp gesichtet, lief Tanya mit den anderen nach draußen, um die Heimkehrenden zu begrüßen.

Panther auf seinem großen schwarzen Hengst und Winter Bear ritten voran. In der ersten Freude, ihren Mann unverletzt wiederzusehen, fiel Tanya zunächst nichts auf, doch als er näherkam, gefror das Willkommenslächeln auf ihren Lippen. Ihre goldenen Augen funkelten wütend, als sie zwei schlanke, blasse Arme sah, die sich um Panthers Taille schlangen.

Als sie den Rand des Lagers erreicht hatten, stieß Panther seine Gefangene vom Pferd und führte sie an einem Lasso ins Zentrum des Lagers. Das Gleiche geschah mit allen anderen Gefangenen. Auf dem Weg durch das Lager hatten sich die

Cheyenne versammelt, um die Gefangenen zu verhöhnen, so wie sie auch Tanya bei ihrer Ankunft verhöhnt hatten.

Tanya stand wie angewurzelt vor dem Zelt von Black Kettle. Das Herz klopfte ihr heftig in der Brust. Sie konnte nicht glauben, was sie sah. Ihr Blick fiel auf das weiße Mädchen, das Panther am Lasso führte. Auch wenn sie erschöpft und schmutzig war und das lange braune Haar ihr wirr auf die Schultern hing, konnte Tanya ihre Schönheit erkennen. Das Mädchen hob den Kopf, und Tanya traf ein schmerzlicher Blick aus haselnußbraunen Augen. Ihre Haut schimmerte elfenbeinfarben. Sie war nicht besonders groß, aber schlank und wohlgerundet, so daß Tanya sich im Vergleich dazu unförmig und plump vorkam.

Nur der Stolz hinderte Tanya daran, wegzulaufen, als Panther auf sie zugeritten kam und ihr das Ende des Lassos zuwarf. Sie bebte vor Wut und vermied es, ihren Mann anzuschauen, obwohl sie wußte, daß niemand ihr ansah, was in ihr vorging. Wortlos führte sie das Mädchen zu den anderen Gefangenen, Utes und Weiße, die sich eng aneinander drängten. Dann beeilte sie sich, Panthers Pferd zu versorgen und sein Essen zuzubereiten, während er mit den anderen Kriegern dem Häuptling Bericht erstattete.

Eine Art düsterer Betäubung hatte sie ergriffen und lag ihr wie ein schwerer Stein auf der Brust. Ungeweinte Tränen brannten in ihren Augen, während sie sich einen weichen Rock aus Hirschleder und ein entsprechendes Oberteil anzog. Auch die Armbänder und die Halskette legte sie für das zu erwartende Fest an. Es kostete sie unendliche Mühe, sich die Zöpfe zu flechten. Sie spannte die Hände über ihren dicken Bauch in der Hoffnung, daß sie dann aufhören würden zu zittern.

So nahe war Tanya noch nie daran gewesen, das ungeborene Kind in ihrem Leib zu verwünschen. Ob Panther sich inzwischen von ihrem unförmigen Körper ekelte? War er aus diesem Grunde mit einer anderen Frau zurückgekommen?

Melissa blickte Tanya mit ihren großen, fragenden Augen an. Wie gern hätte sie die Freundin getröstet! Tanya fing Melissas traurigen Blick auf und zuckte unter der Anteilnahme zusammen, die daraus sprach. Dieser Blick war es, der sie vor Selbstmitleid bewahrte und ihren Stolz weckte. Entschlossen nahm sie die Schultern zurück, zwang sich zu einer gelassenen Miene und bereitete Panthers Kriegsbemalung und Kleidung vor.

Obwohl sie ihm den Rücken zugekehrt hatte, spürte sie sofort, wie er das *Tipi* betrat und fühlte, wie sein Blick auf ihr ruhte, während sie das Essen in die Schüssel gab, die sie neben das Feuer setzte. Sie biß die Zähne zusammen, setzte sich etwas abseits und starrte in die Flammen. Ganz bewußt vermied sie es, Panther anzublicken.

Einige Minuten, die ihr endlos vorkamen, stand Panther stumm da. Schließlich sagte er: »Du hast mich nicht begrüßt, Wildkatze.« Er sprach leise, doch Tanya hörte so etwas wie eine stählerne Härte in seiner Stimme.

Sie zwang sich, ruhig zu bleiben und antwortete: »Willkommen zu Hause, mein Mann. Das Essen ist fertig.« Immer noch blickte sie ihn nicht an. Statt dessen griff sie sich die Decke, die sie für das Baby nähte, und machte sich an die Arbeit.

Panther setzte sich und nahm seine Schüssel. »Hast du dich schon um Shadow gekümmert?«

»Dein Pferd ist versorgt, Panther. Die Farben und die Kleider liegen für dich bereit.« Sie starrte auf den Stoff in ihren Händen. Als Panther nicht antwortete, fragte sie: »Gibt es noch etwas, das ich für dich tun kann?«

Diesmal kam die Antwort kurz und bündig. »Ja«, sagte er. »Ich möchte, daß du mich anschaust, wenn du mit mir sprichst.«

Das war ein Befehl, und sie wußte, daß sie ihm gehorchen mußte, doch als ihre Blicke sich trafen, konnte sie ihren Schmerz und ihre Wut nicht verbergen.

Panther hielt ihren Blick mit seinen Augen fest. Er blickte sie kalt und unnachgiebig an. »Deine Augen durchbohren mich wie Pfeile, Wildkatze. Warum? Du gibst dich kühl, doch deine Augen brennen vor Wut. Erklär mir, was in dir vorgeht.«

Trotzig hob sie das Kinn. »Erst möchte ich von dir etwas wissen, Panther. Widert dich mein Körper an, mein dicker Bauch, die geschwollenen Brüste? Bin ich so fett, so häßlich geworden, daß du mich nicht mehr begehren kannst? Hast du deshalb eine andere Frau hierher geschleppt?« Ihre Stimme klang heiser.

Panther war auf diese Frage nicht vorbereitet. Seine Miene wechselte von Verwirrung über Bestürzung bis zur Wut.

»Das wagst du mich zu fragen, Frau?« Der Tonfall, in dem er sprach, jagte Tanya Schauer über den Rücken, aber sie wollte sich nicht vor ihm ducken. Er stellte seinen Teller zur Seite. Einen langen Augenblick starrten sie sich gegenseitig an.

Als er endlich wieder etwas sagte, klang seine Stimme spöttisch. »Sie ist sehr hübsch, findest du nicht?«

Jetzt hielt Tanya seinem Blick nicht mehr stand. »Ja«, flüsterte sie mit gesenktem Kopf.

»Habe ich dir nicht gesagt, du sollst mich anschauen?« knirschte er zwischen den Zähnen.

Tanyas Kopf flog in die Höhe, in ihren Augen standen Tränen.

»Bin ich das Oberhaupt in diesem Zelt oder nicht? Bestimme ich die Regeln, und bist nicht du es, die zu gehorchen hat, ohne Fragen, ohne Murren?« fuhr er unbarmherzig fort.

Tanya schluckte. Der Klumpen in ihrer Kehle hinderte sie, einen Ton zu sagen. Sie nickte nur.

»Und wenn ich diese Frau mit in unser Zelt bringe, wirst du es akzeptieren. Du wirst es akzeptieren, weil ich es so will.« Das war weniger eine Frage, als eine Feststellung, doch Tanya antwortete mit einem zögernden Nicken, und die Tränen, die sie so gerne zurückgehalten hätte, rollten über ihre Wangen.

Panther seufzte einmal tief auf. Mit seinen langen, schlanken Fingern wischte er ihr die Tränen vom Gesicht. »Oh, Wildkatze, warum quälst du dich so unnötig? Wenn deine Wut mich nicht so geschmerzt hätte, wäre ich nicht so unfreundlich gewesen. Glaubst du denn nicht mehr an unsere Liebe? Wie wenig hältst du von mir, daß du denkst, ich würde dich nicht mehr liebenswert finden, nur weil du unser Kind in dir trägst? Ich habe dir gesagt, daß es anders ist. Ich habe dir gesagt, daß ich keine andere Frau außer dir brauche.«

Er schloß Tanyas bebenden Körper in seine Arme. »Die Gefangene soll Black Kettle gehören, als Ersatz für Melissa.«

Nun brachen sich die Gefühle Bahn, die sie so lange beherrscht hatte. Schluchzend lag sie in Panthers Armen und klammerte sich an ihn. Nur langsam beruhigte sie sich.

»Es tut mir so leid, Panther. Meine Gefühle sind mit mir durchgegangen«, erklärte sie ihm. »Du bist später gekommen als erwartet, und ich hatte große Angst um dich. Dann habe ich sie gesehen. Sie ist so schlank und so schön, – und ich war so eifersüchtig, daß ich keinen klaren Gedanken mehr fassen konnte.«

Panther beugte sich ein wenig nach hinten, so daß er ihr ins Gesicht sehen konnte. »Zweifle nie wieder an mir, Wildkatze«, sagte er ernst. »Das wäre eine Beleidigung für meine Ehre.«

»Es soll nie wieder vorkommen«, versprach Tanya.

»Und nun wasch dein Gesicht. Ich ziehe mich inzwischen an. Dann gehen wir zusammen zu Black Kettle und übergeben ihm die neue Sklavin.«

Das Lächeln, das sie ihm schenkte, wärmte sein Herz.

Wenn die Krieger nicht auf Kriegspfad waren, dann jagten sie und sorgten für die nötigen Nahrungsvorräte angesichts des langen, harten Winters. Der Wintereinbruch kam heftig und plötzlich. Beinahe über Nacht war der Fluß zugefroren, und es herrschte ein so dichtes Schneetreiben, daß man kaum einen halben Meter weit sehen konnte. Das Dorf war von Bergen umgeben und dadurch vor der vollen Wucht des Schneesturms geschützt, dennoch war dieser Schnee nicht dem vergleichbar, was Tanya in Pennsylvania erlebt hatte. Dort, zuhause, hatte schon ein leichter Schneefall die ganze Stadt nahezu lahmgelegt. Hier maß man den Schnee nicht mehr in Zentimetern, und wenn man einmal vom Schnee eingeschlossen war, konnte es Frühling werden, bis man sich wieder frei bewegen konnte.

Die Tage wurden kürzer, der Fluß des Lebens langsamer. Täglich einmal wanderte Tanya vorsichtig über die gefrorene Schneedecke zu Black Kettles Zelt und besuchte ihre Eltern. Die Pumababys hatte sie meist dabei; sie waren zwar gewachsen, aber immer noch sehr verspielt. Panther hatte damit begonnen, sie zu dressieren und konnte bereits die ersten bescheidenen Erfolge erzielen, doch benahmen sich die beiden noch immer wie zwei ausgelassene, übermütige Schlingel.

Melissa und Tanya vertrieben sich die langen Stunden damit,

Kleider für die Babys zu nähen. Anders als Tanya fühlte sich Melissa sowohl seelisch als auch körperlich elend. Ihre Schwangerschaft schien nicht glücklich zu verlaufen. Meist konnte sie das Essen nicht bei sich behalten, und der Rücken tat ihr ständig weh. Ihre Haut zeigte eine krankhafte Blässe und sie nahm nicht an Gewicht zu, wie es eigentlich hätte sein sollen. Tanya machte sich große Sorgen um sie.

Panther verbrachte, wenn er sich nicht gerade im Stammeszelt mit den anderen Kriegern beriet, einen großen Teil seiner Zeit bei Melissa und Tanya im *Tipi*. Melissa fürchtete sich nicht mehr vor ihm, und die drei erlebten manch friedliche Stunde zusammen.

Meist arbeitete Panther an einer Wiege für das Kind. Stunde um Stunde schnitzte er kunstvolle Figuren in das Holz. Außerdem fertigte er ein Gestell, das Tanya an ihren Sattel anbringen konnte. Tanya überzog es mit robustem Leder, stopfte es innen mit weichen Fellen aus und verzierte es mit Perlen, nachdem Panther auch hier Schnitzmuster angebracht hatte. Während sie winzige Kleidchen, Mokassins und Decken nähte, bastelte er Spielzeug und Rasseln, ja sogar winzige Figürchen, die an einer Schnur über der Wiege aufgehängt werden konnten und das Baby unterhalten sollten. Die bunten Püppchen würden sich im Wind bewegen, tanzen und rasseln, damit das Kind etwas zu sehen und zu hören hatte, solange es noch zu klein war, um selber ein Spielzeug in der Hand zu halten.

Die Tage waren kurz und trübe. Meist war es zu kalt, um draußen irgend etwas zu unternehmen. Der Wind heulte um die Zeltwände, und nach einem beschäftigungsreichen Sommer und Herbst fiel es Tanya schwer, sich auf den ruhigen Rhythmus des Winters einzustellen. Nur daß die Nächte länger dauerten, gefiel ihr gut. Nacht für Nacht lag sie warm und geborgen in Panthers Armen, Nacht für Nacht liebte er sie.

Der Dezember neigte sich dem Ende zu. Tanya und Melissa verbrachten das Weihnachtsfest zum erstenmal ohne ihre Familien. Hier im Lager gab es nicht die gewohnten Feierlichkeiten mit Weihnachtsliedern und Christbaumschmuck. Niemand überreichte dem anderen Geschenke, die in leuchtend buntes

Papier eingewickelt waren. Kein hektisches Einkaufen vorher, kein verstohlenes Verstecken und Verpacken der Geschenke, kein festlich geschmückter Weihnachtsbaum im Kerzenlicht. Man besuchte weder einen Gottesdienst, noch gab es das traditionelle Festessen, bei dem der Tisch unter dem Gewicht von Truthahn, Soße, Kürbissen und Hackfleisch fast zusammenbrach.

Tanya, von den Pflichten, die ihr als Panthers Frau auferlegt waren, ganz in Anspruch genommen, hätte Weihnachten fast vergessen, wäre nicht Melissa gewesen, die sie an den Heiligen Abend erinnerte. Ihr war zwar klar, daß die Feiertage bevorstanden, doch sie hatte sich inzwischen angewöhnt, die Zeit nicht mehr nach Tagen zu zählen, sondern sich, ganz nach Art der Indianer, am Stand des Mondes und den Jahreszeiten zu orientieren.

Melissa dagegen hatte gewissenhaft die einzelnen Tage seit dem Zeitpunkt ihrer Gefangennahme auf ein Stück Baumrinde eingeritzt.

»Noch sieben Tage, dann ist Weihnachten«, erinnerte sie Tanya wehmütig.

»Was hast du gesagt?« Plötzlich war Tanya ganz Ohr.

»Nur noch eine Woche bis Weihnachten«, wiederholte Melissa und seufzte tief. »Ob sie zuhause wohl ohne uns feiern? Wahrscheinlich schon.«

Einen Moment lang war Tanya überrascht, dann wurde sie nachdenklich. »Ich glaube auch«, sagte sie. »Warst du deshalb so bedrückt in der letzten Zeit? Ich dachte immer, es wäre, weil du dich nicht wohlfühlst.«

»Beides vermutlich. Fehlt dir Weihnachten denn nicht, Tanya? Die Geschäftigkeit vorher, die ganze Aufregung.« Melissas Augen füllten sich mit Tränen.

Tanya schluckte. »Was mir fehlt, ist meine Familie. Sogar Julie, auch wenn sie manchmal schwierig war.« Sie lachte zaghaft.

»Ich wünschte, die Indianer würden Weihnachten wenigstens irgendwie feiern«, klagte Melissa. »Ich brauche einfach einen Weihnachtsbaum zum Schmücken, auch wenn er nur klein ist, ich brauche Kerzenlicht am Heiligen Abend, ich brauche die

Geselligkeit…« Sie war so verzweifelt, daß ihr die Stimme versagte.

Tanya schüttelte heftig den Kopf, als wolle sie die trübsinnigen Gedanken und Gefühle, die auch in ihr auftauchten, verscheuchen.

»Am besten denkt man nicht daran, Missy«, riet sie ihrer Freundin, »auch wenn ich im Augenblick alles für einen Truthahnschenkel geben würde. Wenn man schwanger ist, hat man nun mal diese Gelüste.«

Tanya dachte bis spät in die Nacht über ihre Unterhaltung mit Melissa nach. Sie überlegte, wie sie ihrer kleinen Freundin aus der bedrückten Stimmung heraushelfen könnte und entwickelte schließlich einen Plan, den sie am nächsten Morgen mit Panther besprach. Er hörte ihr aufmerksam zu, als sie ihm schilderte, wie das Weihnachtsfest nach christlicher Tradition begangen wird. Doch ihre Bitte, eventuell einen kleinen Baum zu fällen und ins Zelt zu stellen, stieß bei ihm auf taube Ohren. Die Indianer verehrten alles Lebendige und griffen niemals unnötig in den natürlichen Lebenszyklus ein. Doch mit dem Tannenbaum hatte es noch eine besondere Bewandtnis. Er galt als heilig, weil sie daran glaubten, daß in ihm bestimmte Schutzgeister hausten. Immerhin erlaubte Panther, einen lebenden Baum in der Nähe zu schmücken, doch auf keinen Fall durfte er gefällt werden. Außerdem versprach er Tanya einen Truthahn.

Nun war Tanya tagelang damit beschäftigt, aus Leder, das sie in leuchtenden Farben einfärbte, Christbaumschmuck herzustellen. Am Heiligen Abend schickte sie Melissa fort und sagte ihr, sie solle Scheues Reh helfen. Dann buk sie aus ihrem kostbaren Mehlvorrat einen Kürbiskuchen und Plätzchen, die sie mit getrocknetem Obst verzierte. Aus Ahornsirup machte sie Bonbons, aus Mais mit Honig gesüßtes Popcorn, außerdem Maispfannkuchen und Maisbrei. Als Panther mit dem gewünschten Truthahn eintraf, nahm sie ihn aus und briet ihn über dem Feuer.

Am Abend kehrte Melissa zurück und Tanya nahm sie mit sich bis zum Dorfrand, wo sie einen kleinen Tannenbaum entdeckt hatte, der für ihre Absichten bestens geeignet war. Verwundert sahen ein paar Cheyenne zu, wie Tanya und Melissa damit begannen, den Baum zu schmücken. Schließlich traten sie einen Schritt zurück und bewunderten ihr Werk.

Melissa standen die Tränen in den Augen. Sie umarmte ihre Freundin. »Danke, Tanya! Du bist die beste Freundin, die ich je gehabt habe, und ein schöneres Geschenk hättest du mir nicht machen können. Jetzt habe ich wirklich das Gefühl, daß Weihnachten ist.«

Tanya erwiderte die Umarmung. »Frohe Weihnachten, Missy«, sagte sie lächelnd und ließ dann ihre Freundin einige Minuten mit ihren Gefühlen und dem Baum allein. Später am Abend genossen Panther, Missy und sie ein wirkliches Festmahl zu dritt. Noch nie war Tanya so glücklich gewesen.

Zwei Tage nach Weihnachten erfüllte sich für Melissa noch ein glühender Wunsch. Sie erlitt eine Fehlgeburt. Sie hatte etwas mehr als zwei Drittel der Zeit hinter sich, und die Schwangerschaft war ihr alles andere als leicht gefallen.

Die beiden Frauen waren gerade dabei, das Frühstücksgeschirr zu spülen, als Melissa plötzlich einen spitzen Schrei ausstieß, sich mit den Händen an den Bauch faßte und schließlich vor Schmerz zusammenbrach. Tanya gelang es gerade noch rechtzeitig, Melissa aufzufangen. Zusammen mit Panther betteten sie das Mädchen auf ihre Strohmatte und kaum lag sie, als schon der nächste Schmerzanfall wie ein Messer durch ihren Leib fuhr. Melissa zog die Knie an die Brust und stöhnte.

»Irgend etwas stimmt da nicht, Panther. Ich glaube, es ist das Baby«, sagte Tanya besorgt. »Vielleicht sollte ich Wurzelfrau holen?«

Panther schüttelte den Kopf. »Nein. Bleib du bei ihr. Ich hole Wurzelfrau.«

Endlos schienen die Minuten, bis Panther mit der Medizinfrau zurückkehrte. Die alte Frau kniete neben Melissa nieder und untersuchte sie. Dann setzte sie sich auf die Fersen und sagte, zu Panther gewandt: »Deine Sklavin verliert ihr Kind. Es wird nicht einfach werden. Sie hat bereits Fieber, denn ihr Körper versucht, das Gift, das sie in sich hat, und auch das Baby loszuwerden. Es kann gut sein, daß sie es nicht überlebt, denn sie ist nicht die Kräftigste und durch die Schwangerschaft geschwächt.«

Panther nickte. »Kannst du ihr helfen?«

»Vielleicht kann ich ihr Leben noch retten, aber das des Kindes nicht mehr.« Wurzelfrau warf einen Blick auf Tanya. »Es ist nicht gut für deine Frau, daß sie das alles mitbekommt. Ich werde das Mädchen mit ins Geburtszelt nehmen und mich dort um es kümmern.«

Den ganzen Tag wartete Tanya auf Nachricht von Melissa. Am Abend endlich erfuhr sie von Wurzelfrau, daß Melissa ein totes Baby verloren hatte. Was sie nicht erfuhr, war, daß das Kind ein Krüppel war, ein groteskes Wesen mit Stummelbeinchen. Das war die Folge der wiederholten Vergewaltigungen, der Schläge und Mißhandlungen, die sie von Häßliche Otter hatte erdulden müssen. Im Grunde war die Totgeburt ein Segen für Melissa, wenn sie sie überhaupt überlebte.

In dieser und der folgenden Nacht rang Melissa mit dem Tode. Das Fieber stieg und stieg. Ihre Haut glühte, sie wand sich vor Schmerzen; die meiste Zeit befand sie sich im Delirium. Es erforderte Wurzelfraus ganzes Geschick, sie durch die Krise hindurch zu bringen. Mehr als einmal fragte sich Tanya, ob es nicht besser für Melissa wäre, wenn sie sterben könnte. Nie würde sie hier mit ihrem Leben als Sklavin glücklich werden, auch wenn Tanya schon alles unternommen hatte, was in ihrer Macht stand, um ihr Los zu erleichtern. Panther zu bitten, dem Mädchen die Freiheit zu schenken, war undenkbar.

Am dritten Tag sank das Fieber, und Wurzelfrau ließ Tanya ausrichten, daß Melissa überleben würde. Sie schlief noch drei Tage und drei Nächte, einen tiefen Heilschlaf, und wachte nur auf, um sich von Wurzelfrau mit Brühe füttern zu lassen. Drei Wochen dauerte es, bis Melissa wieder so weit hergestellt war, daß sie in Panthers Zelt zurückkehren konnte.

Es wurde Januar, und Tanya fühlte sich von den Schneemassen und ihrer eigenen Leibesfülle erdrückt. Das Baby sollte im März zur Welt kommen, doch sie war schon so dick, daß sie glaubte, bis dahin längst geplatzt zu sein.

Der Schnee fiel so dicht, daß man kaum nach draußen gehen konnte. Dazu kamen noch die schneidenden Temperaturen und der beißende Wind. An einem der seltenen windstillen Tage, an dem auch die Sonne schien, entschied Panther, daß Tanya es riskieren könnte, auf den Schneeschuhen, die er für sie gemacht hatte, nach draußen zu gehen.

Tanya war außer sich vor Freude! Sie hatte das Gefühl, als sei sie jahrelang nicht mehr frei in der Gegend umhergeschweift, ja, als habe sie kaum noch Bewegung gehabt. »Bist du sicher, daß sie mein Gewicht aushalten?« fragte Tanya, während sie gemeinsam durch den Schnee stapften. »Ich bin inzwischen ganz schön dick. Am Ende bleibe ich in einer Schneewehe stecken und komme bis zum Tauwetter im Frühjahr nicht mehr heraus.«

Panther lachte. »Die Schneeschuhe würden sogar ein Pferd tragen, Wildkatze.«

»Vielen Dank für das Kompliment«, sagte sie und warf ihm einen bösen Blick zu.

Über zwei Stunden wanderten sie draußen herum und sahen Kit und Kat bei ihrem fröhlichen Treiben im Schnee zu. Tanya konnte der Versuchung, einen Schneeball nach Panther zu werfen, nicht widerstehen. Sie zeigte ihm auch, wie man den »Schneeengel« macht, indem sie sich auf die Erde legte und Arme und Beine seitwärts auf und ab bewegte. Ja, sie brachte ihn sogar dazu, mit ihr gemeinsam einen Schneemann zu bauen. Es war ein fröhlicher Tag, an dem sie viel lachten, und in dieser Nacht schlief Tanya so gut wie schon seit Wochen nicht mehr.

Panther, der auf ihren Zustand Rücksicht nehmen wollte, näherte sich ihr in den Nächten immer seltener. Nur mit Mühe konnte Tanya ihn davon überzeugen, daß er weder ihr noch dem Baby Schaden zufügte. Doch selbst nachdem sie ihm seine Befürchtungen genommen hatte, war er äußerst rücksichtsvoll zu ihr, nahm sich viel Zeit, um sie zu erregen, und verlor auch in den leidenschaftlichsten Augenblicken nicht die Kontrolle. So zeigte er ihr, besser als viele Worte es ausdrücken konnten, wie sehr er sie und das Kind liebte.

Noch etwas Wichtiges geschah in diesem Winter. Bei einem Treffen aller Krieger des Stammes wurde Panther zu einem der Häuptlinge des Volkes der Cheyenne gewählt. Nach ausführlicher Erörterung seiner Verdienste als Krieger, seiner erstaunlichen Anzahl von siegreichen Überfällen auf den Feind, seiner Tapferkeit und seines Geschicks als Führer erfolgte die Wahl einstimmig.

Tanya war glücklich und sehr stolz auf ihren Mann. Nicht weniger erfreut war Häuptling Black Kettle, der schon immer gewußt hatte, daß sein Neffe es eines Tages weit bringen würde. Er sah darin eine verdiente Ehre und wußte, daß Panther seiner Verantwortung gerecht werden wollte.

Auch auf Tanya kamen nun neue Pflichten zu. Schon immer hatten sich Mitglieder des Stammes an Panther mit der Bitte um Rat und Hilfe gewandt. Jetzt, da ihm offizielle Autorität verliehen worden war, verdoppelte sich der Zustrom von Ratsuchenden, und es war Tanyas Sache, ihnen etwas zu essen und zu trinken anzubieten. War irgendeine Festlichkeit oder ein Ritual angesagt, mußte Tanya bei der Organisation, den Vorbereitungen helfen und für die Speisen sorgen. Kamen Besucher von anderen Stämmen, kümmerte sie sich um deren Unterkunft und Versorgung, und ritten die eigenen Krieger zur Jagd oder zum Überfall aus, mußte sie sie mit dem Nötigen versehen. Ebenso gehörte es zu ihren Aufgaben, sich um das Wohlergehen der schwächeren Mitglieder des Stammes zu kümmern und ihre Hilfe anzubieten, wo es nötig war.

Tanya fühlte sich in ihrem Zustand von all diesen Aufgaben überfordert, und so war sie glücklich und dankbar, als Melissa, wieder wohlauf und bereit ihr zu helfen, in das *Tipi* zurückkehrte.

Trotz ihrer Probleme wirkte Melissa auf Tanya gesünder als zuvor. Es lag wohl daran, daß sie froh war, Häßliche Otters Baby los zu sein.

»Wenn ich jemals Kinder bekomme, dann aus Liebe und weil ich sie mir wünsche, aber nicht, weil die unbeherrschte Begierde eines brutalen Mannes sie mir aufzwingt«, erklärte sie Tanya.

Mit der Zeit wirkte sie immer zufriedener, fast schon glücklich. Sie genoß Tanyas Gesellschaft und das unbeschwerte Leben, das ihr in dem gemeinsamen Haushalt geboten wurde. Ob sie nach all den Erfahrungen mit Häßliche Otter jemals wieder richtig glücklich werden konnte, wußte sie zwar nicht, doch hatte sie immerhin wieder angefangen zu lächeln.

In diesem eiskalten Winter blühte die Liebe zwischen Scheues Reh und Winter Bear auf. Da nicht so viel zu tun war, verbrachten die beiden viel Zeit zusammen. Es war schon beinahe komisch zu sehen, wie er sich aufplusterte und spreizte, sobald sie in der Nähe war. Die zurückhaltende Art von Scheues Reh entzückte ihn; ihre großen Rehaugen ruhten voll Bewunderung auf ihm, und er verehrte jeden Zentimeter Boden, den ihre Füße berührt hatten. Beide fanden unzählige Gründe, sich in Panthers *Tipi* aufzuhalten, wenn auch der andere anwesend war.

Schließlich hielt Winter Bear es nicht mehr aus und bat den Vater von Scheues Reh um ihre Hand. Die Hochzeit wurde für das Frühjahr geplant, und Winter Bear strahlte vor Freude, daß Scheues Reh ihn akzeptiert hatte. Den Rest des Winters waren die beiden wie zwei kleine Kinder, die vor einem Süßwarengeschäft stehen, die Nasen gegen das Schaufenster pressen und darauf warten, daß die Tür geöffnet wird. Zumindest kamen sie Tanya so vor.

Anfang März, gerade als Tanya das Ende des Winters herbeisehnte, tobte ein schrecklicher Sturm über dem Dorf. Es begann mit gefrorenem Regen, der alles weit und breit mit einer dicken Eisschicht überzog. In aller Eile mußten Unterstände für die Pferde errichtet werden. Tanya kam sich nutzlos vor, als sie Winter Bear und Panther in der eisigen Kälte arbeiten sah. Sogar Melissa, eingepackt in einen dicken Pelz, lief nach draußen, um zu helfen. Tanya, die kurz vor der Niederkunft des Kindes stand, konnte nichts anderes tun, als das Feuer im Zelt am Brennen zu halten, warme Brühe für die anderen zu kochen und ihre nassen Kleider zu trocknen und anzuwärmen.

Auf den Eisregen folgte der Schneesturm. Noch nie hatte Tanya solche Böen erlebt. Man konnte die Hand nicht mehr vor Augen sehen, und der Schnee türmte sich bis zu sechs Metern hoch und mehr. Die Zelte ächzten unter der Last der Eismassen und den Stößen des heftigen Sturms; in einigen Zelten hielten die Stützpfähle nicht stand, und sie brachen tatsächlich zusammen.

Auch das Zelt, in das alle Frauen gingen, um, dort fern von ihren Männern, ihr Kind zur Welt zu bringen, war beschädigt. Bei der Niederkunft half für gewöhnlich eine ältere Frau des Stammes, und die junge Mutter blieb so lange in ihrer Obhut, bis sie wieder wohlauf war. Erst dann kehrte sie mit dem Kind in das Zelt ihres Mannes zurück.

Tanya, die mit Bedauern an diese Zeit der Trennung von Panther dachte, fand, daß eine gütige Vorsehung ihr rechtzeitig zu Hilfe gekommen war. Kaum war das Geburtszelt zusammengebrochen, begannen ihre Wehen. Da die anderen alle Hände voll zu tun hatten, um die Pferde in Sicherheit zu bringen und die übrigen Zelte vor dem Einstürzen zu bewahren, sagte sie nichts, sondern bereitete in aller Ruhe ihr Lager und die Wiege für das Baby vor. Sie legte die nötige Kleidung für sich und das Kind zurecht, setzte einen Kessel mit heißem Wasser auf, reinigte ein scharfes Messer und versicherte sich, daß alles, was sie brauchte, in Reichweite war. Dann setzte sie sich hin und wartete. Ab und zu strich sie sich zufrieden über den Bauch und lächelte ein wenig.

Der Sturm tobte immer noch, als der Abend hereinbrach. Die Cheyenne hatten alles Menschenmögliche getan, um ihre Tiere und ihre Behausungen vor den entfesselten Elementen zu schützen. Jetzt schleppten sie sich erschöpft in ihre Zelte, um sich zu erholen und das Ende des Sturms abzuwarten.

Tanya hatte dafür gesorgt, daß trockene Kleidung und ein warmes Essen auf Panther und Melissa warteten. Die Wehen kamen bereits in regelmäßigen Abständen, als Panther und Melissa im *Tipi* eintrafen. Tanya lag auf der Felldecke auf ihrem Bett, rieb sich den Bauch mit beruhigenden, kreisförmigen Bewegungen und wartete auf die nächste Wehe.

»Missy, ich frage dich ungern, aber würdest du Panther heute abend das Essen zurechtmachen?« fragte sie aus ihrer Ecke.

Melissa stöhnte, erklärte sich aber sofort bereit dazu.

Panther ging zum Bett und griff nach den trockenen Kleidern. »Deine Mutter hat sich nach dir erkundigt«, sagte er. »Sie hält es für besser, wenn du sie heute nicht besuchen kommst. Das Eis ist zu gefährlich. Schließlich fällst du noch hin und tust dir weh.«

»Ist jetzt wieder alles in Ordnung? Hat sich niemand verletzt, als die Zelte zusammenbrachen?« wollte Tanya wissen.

Panther setzte sich zu ihr ans Bett, und Melissa reichte ihm die Schüssel mit dem Essen. »Wir können die eingestürzten Zelte erst reparieren, wenn der Sturm nachgelassen hat. Starling verletzte sich am Bein, als ihn ein umstürzender Pfahl traf, aber Wurzelfrau hat die Wunde versorgt und gesagt, daß sie heilen wird. Sonst hat sich niemand verletzt. Einige sind auf dem Eis ausgeglitten. Wurzelfrau hatte alle Hände voll zu tun, um die gebrochenen Knochen wieder zu richten, die Beulen, Schnitte, Wunden zu versorgen. Ihr solltet einmal die Beule sehen, die Mächtige Pinie am Kopf hat. Es sieht aus wie ein Horn.«

Tanya, die von dem nächsten Krampf geschüttelt wurde, konnte als Antwort nur noch stöhnen.

Verblüfft blickte Panther sie an. »Wildkatze! Sind das etwa die Wehen?«

Tanya keuchte und versuchte, die Luft anzuhalten. Als der Schmerz nachließ, antwortete sie seufzend: »Sie dauern schon den ganzen Tag an.«

»Und du hast nichts gesagt?« fragte Panther ungläubig.

»Ihr hattet doch zu tun und wurdet anderswo gebraucht, Panther. Kinderkriegen ist nichts Besonderes. Reg dich nicht auf.«

»Wir reden über *mein* Baby! Glaubst du, es ist mir nicht wichtig? Mein Kind kommt zur Welt, und du hast es nicht einmal für nötig gehalten, mir Bescheid zu sagen«, schimpfte er.

»Sei nicht böse mit mir, Panther«, ächzte Tanya unter der nächsten Wehe. »Nicht *jetzt*.«

Sie lag mit zusammengeballten Fäusten und zusammengebissenen Zähnen da. Der Schweiß rann ihr über das Gesicht. Als die Wehe vorüber war, sagte sie: »Panther, es wäre besser, wenn du dich mit irgend etwas beschäftigst. Du störst mich in meiner Konzentration. Ich bin dabei, deinen Sohn zur Welt zu bringen, und das ist nicht einfach.«

Er sah, wie sie sich in der nächsten Wehe krümmte, und sein Ärger löste sich in Luft auf. »Du brauchst Hilfe. Wenn du im Geburtshaus wärst, würde sich jemand um dich kümmern. Ich werde Wurzelfrau holen.«

Tanya schüttelte den Kopf. »Nein!« keuchte sie. »Dafür ist es schon zu spät. Wenn du nicht hier bleibst, verpaßt du die Ankunft deines ersten Kindes. Bis du zu Wurzelfrau gelaufen und wieder zurück bist, ist alles vorbei.«

Nun meldete sich Melissa, die das Gespräch bisher stumm verfolgt hatte, zu Wort. »Ich helfe dir, Tanya.« Sie wischte Tanya mit einem nassen Tuch über Gesicht und Hals. »Wurzelfrau hat dir doch alles beigebracht. Du brauchst mir also nur zu sagen, was ich zu tun habe.«

Tanya biß die Zähne aufeinander. »Hilf mir, das Kleid auszuziehen. Es ist naß vor Schweiß, und ich fange an zu frieren.«

Panther und Melissa befreiten Tanya von ihrem nassen Kleid und trockneten sie ab. Auf ihren Wunsch legten sie ihr zusammengerollte Kleidungsstücke unter den Rücken, damit sie aufrecht sitzen konnte. Panther knüpfte ein paar Knoten in einen Streifen Hirschhaut und gab das eine Ende Tanya, das andere Melissa in die Hand. Tanya sollte an der Leine ziehen, wenn sie in die Preßwehen käme.

»Schrei, Kleines, wenn dir danach zumute ist«, riet ihr Panther. »Vielleicht fühlst du dich dann besser.« Liebe und Mitleid angesichts ihrer Schmerzen standen in seinen dunklen Augen.

»Eine Cheyenne schreit nicht bei der Niederkunft, Panther«, stöhnte sie.

»Es gibt bestimmt welche, die schreien. Außerdem heult der Wind so laut, daß es niemand hören wird. Und ich werde es ebensowenig weitererzählen wie Melissa.«

Die letzten Worte drangen kaum noch an Tanyas Ohren, so sehr überwältigte sie der Schmerz, der jetzt anders war als vorher. Es gab keine Pause mehr zwischen den Wehen, kaum noch Zeit, Atem zu holen. Tanya verspürte den unwiderstehlichen Drang, zu pressen.

»Meine Füße rutschen mir weg«, stöhnte sie. »Haltet meine Füße fest.«

Im Rücken abgestützt, mit dem Lederriemen in Händen und Panther, der ihr Knie und Füße festhielt, kämpfte Tanya mit den Preßwehen. Es war, als würde sie von tausend glühenden Messern durchbohrt.

Zwischen ihren Knien kniete Panther und litt mit ihr. Sanft streichelte er ihren Bauch und murmelte ihr ermutigende Worte ins Ohr, um ihr die Qual wenigstens ein bißchen zu erleichtern. Vielleicht würde der sanfte Tonfall seiner Stimme sie trösten, wenn schon Worte nicht helfen konnten.

Gerade als Tanya dachte, der Schmerz und Druck in ihrem Leib risse sie entzwei, hörte sie Panther rufen: »Ich kann den Kopf sehen! Noch einmal pressen, tüchtig pressen!«

Tanya holte tief Luft, und bei der nächsten Preßwehe konnte Panther das Baby greifen.

»Noch einmal pressen, kräftig...«

Sie gehorchte, dann hörte sie, wie Panther schrie: »Es ist ein Junge! Wir haben einen Sohn!«

Während Tanya tief Luft holte, schüttelte Panther das Baby, um die Atemwege freizumachen. Der Kleine brüllte kräftig.

Panther, der übers ganze Gesicht strahlte, legte den Jungen auf Tanyas Bauch. Ehrfürchtig strich sie ihm über den flaumigen, feuchten Kopf. In ihren Augen stand das Staunen. »O Panther, er ist so schön!« flüsterte sie.

»Er sieht gut aus«, korrigierte er sie mit einem Lächeln.

»Vielleicht sollten wir ihn waschen, damit er anschließend trinken kann«, schlug Melissa vor. Auch ihre Augen waren verdächtig feucht.

Panther durchschnitt die Nabelschnur und band sie ab, als hätte er sein Leben lang geholfen, Babys zur Welt zu bringen. Dann wusch er seinen Sohn mit warmem Wasser und zog ihn an, während Melissa sich um Tanya kümmerte. Panther legte das Baby an die Brust seiner Mutter und ging dann nach draußen, um die Nachgeburt wegzuschaffen.

Als er zurück kam, lag sein Sohn hellwach, gesättigt und zufrieden in Tanyas Armen. Er setzte sich so neben sie, daß er den beiden ins Gesicht schauen konnte.

»Haben nicht alle Neugeborenen blaue Augen?« fragte Tanya. »Ich meine, ich hätte so etwas mal gehört.«

»Warum fragst du?«

»Weil er goldene Augen hat«, antwortete sie. »Sieh selbst.«

Panther beugte sich über seinen Sohn und blickte ihm in die Augen. Tatsächlich, sie waren golden. »Er hat die Augen seiner Mutter geerbt, so wie ich es mir gewünscht habe«, sagte er.

»Und das blauschwarze Haar seines Vaters«, entgegnete Tanya. »Die Farben eines schwarzen Panthers, noch ausgeprägter als bei dir«, fügte sie glücklich hinzu. »Mit diesen Haaren und diesen Augen ist Panthers Sohn der geborene Jäger der Wälder.«

»Das wird der Name unseres Sohnes sein.«, sagte Panther zärtlich und streichelte Tanyas heiße Wangen.

Sie blickte ihn fragend an.

»Wir werden ihn ›Jäger der Wälder‹ nennen«, erklärte er.

Tanya lächelte und seufzte vor Erschöpfung. »Der Name gefällt mir. Es ist ein starker Name, und unser Sohn wird einmal so groß und stark werden wie sein Vater, den ich über alles liebe.«

Panther drückte einen Kuß auf ihre Lippen. »Ich danke dir für unseren Sohn, kleine Wildkatze. Aber jetzt mußt du dich ausruhen. Du hast heute mehr geleistet als irgendeiner von uns.«

Tanya fielen bereits die Augen zu, als sie ihn flüstern hörte: »Ich liebe dich, kleine Wildkatze. Und dich, Jäger der Wälder, liebe ich auch.«

10

Jäger der Wälder war ein gesundes, hübsches Baby mit einem dichten schwarzen Haarschopf, goldenen Augen, einem Engelsgesicht und einem heiteren Wesen. Er war nie unruhig, und nur selten hörte man ihn schreien. Wie allen anderen Babys der Cheyenne wurde auch im das Brüllen abgewöhnt, indem Tanya ihm ab und zu den Mund und die Nase zuhielt, so daß er keine Luft mehr bekam. In kürzester Zeit hatte er gelernt, nicht mehr zu schreien. Die Methode schien grausam, doch sie war notwendig, denn ein kreischendes Kind war meilenweit zu hören und verriet dem Feind, wo man sich befand.

Gleich am nächsten Morgen hatte Panther Black Kettle und Frau-die-nach-mir-kommt von der Geburt seines Sohnes unterrichtet. Black Kettle empfing die Nachricht von der Ankunft seines ersten Enkelkindes mit großer Freude, und ein Fest wurde zum Ende des Monats, wenn das Wetter sich gebessert hätte, anberaumt. Ganz entgegen der Tradition besuchte der Häuptling seinen Enkelsohn noch am gleichen Tag in Panthers *Tipi* und beglückwünschte Tanya aufrichtig zu der Wahl des Namens.

Auch Tanya hatte die Tradition gebrochen, indem sie das Kind bei sich behielt und nicht mit ihm im Geburtszelt war, doch die Umstände ließen nichts anderes zu. Dennoch wurde der Schamane gerufen, um bei Panther und in seinem Zelt die nötigen Reinigungsrituale zu vollziehen, zumal Panther selber mitgeholfen hatte, das Baby zur Welt zu bringen. Erst nach Durchführung der Riten wagten die anderen wieder, das Zelt zu betreten. Sie gehorchten damit jahrhundertealten Tabus, die nicht so schnell zu brechen waren.

Noch vor Jahren mußte sich jede Frau, wenn sie die monatliche Regel hatte, abgesondert von den anderen in einem speziellen Zelt aufhalten. Den Kriegern war jeglicher Kontakt mit ihr untersagt, sie durfte ihrem Mann auch nicht das Essen zubereiten. Erst wenn die Blutungen aufhörten, konnte sie in den normalen Alltag zurückkehren. Der Grund für diese Maßnahme war nicht, daß man die Frauen in dieser Zeit für unrein hielt, sondern daß man glaubte, sie besäße in dieser Zeit mächtige Kräfte, die den Schutzgeist eines Kriegers ungünstig beeinflussen und dafür sorgen könnten, daß er im Krieg verwundet oder getötet wurde.

In den letzten Jahren, wo die Jagd oft nur spärliche Beute brachte und die Stämme gezwungen waren, häufig weiterzuziehen, wurden die Regeln nicht mehr so streng eingehalten. Die Frauen, die bluteten, wurden nicht mehr vom Stamm abgesondert, aber sie durften ihren Männern weiterhin weder das Essen zubereiten noch ihnen die Waffen reichen oder mit ihnen schlafen. Die Babys wurden immer noch im Geburtszelt geboren, doch nach wenigen Tagen erlaubte man den Müttern, mit ihren Kindern in die eigenen Zelte zurückzukehren.

Obwohl Tanya müde war, erholte sie sich rasch. Dafür, daß es ihr erstes Kind war, hatte sie eine erstaunlich kurze und leichte Geburt gehabt. Schon bald war die Milch eingeschossen, und Jäger der Wälder saugte gierig an ihrer Brust.

Als sich das Dorf von den Schäden des Sturms erholt hatte, war auch Tanya wieder zu ihrem normalen Tagesablauf mit seinen Pflichten zurückgekehrt. Panther war, ebenso wie Tanya, insgeheim froh, daß er die Geburt seines Sohnes miterlebt hatte. Nie im Leben hätte er diese wunderbare Erfahrung missen mögen. Er hatte gesehen, wie sein Sohn zur Welt kam, er hatte ihm dabei geholfen, und das war mehr wert für ihn als alles Gold der Welt. Unauslöschlich hatte sich ihm das Bild eingeprägt, wie er Jäger der Wälder auf den Bauch von Kleine Wildkatze gelegt hatte, und wie ihr Gesicht vor Liebe erstrahlte. Es war eine Erinnerung von unschätzbarem Wert.

Nach dem Sturm änderte sich plötzlich das Wetter. Es roch nach Frühling. Das Fest zu Ehren von Jägers Geburt wurde gefeiert, und die Trommeln sandten die Nachricht in die Nacht: Black Kettle war ein Enkelkind geboren worden.

Nun lebten die Aktivitäten im Dorf auf, nach der langen Winterpause konnten sich die Cheyenne wieder frei bewegen. Da die Nahrungsvorräte fast völlig aufgebraucht waren, brachen die Krieger schon bald zur Jagd auf, und während ihrer Abwesenheit durchstöberten die Frauen die Gegend nach trockenem Feuerholz und reinigten die Zelte und das Lager von dem Unrat, den der Winter hinterlassen hatte. Sie gruben Wurzeln aus der noch gefrorenen Erde und fischten im Fluß, um die Nahrungsvorräte zu ergänzen.

Tanya, die glücklich war, wieder draußen und beweglich zu sein, übernahm ihren Teil der Arbeit. Manchmal ließ sie Jäger der Wälder bei Melissa oder Frau-die-nach-mir-kommt zurück, aber oft nahm sie ihn auch mit. Dann hockte er in dem Tragegestell, das Panther gebastelt hatte, eingepackt in Pelze, auf ihrem Rücken, und sie sprach leise mit ihm oder sang ihm Wiegenlieder vor.

Kit und Kat streiften ihr ständig um die Beine. Zunächst hatte sie Angst gehabt, die Pumas könnten Jäger der Wälder verletzen, und behielt sie ständig im Auge. Sie waren mittlerweile halb ausgewachsen, hatten die Ringe und Flecken auf dem Schwanz verloren und ihren Babypelz gegen ein leuchtend goldgelbes Fell eingetauscht.

Von Anfang an verhielten sich die Raubkatzen so, als wollten sie Jäger der Wälder beschützen. Sie akzeptierten ihn als einen Bruder und stritten sich um den Platz vor seiner Wiege, wo sie auch schliefen und ihn die ganze Nacht bewachten.

Wenn Tanya Jäger der Wälder mit nach draußen nahm, folgten ihr die beiden Pumas. Ließ sie ihn bei Melissa oder Frau-die-nach-mir-kommt, blieb eine der Katzen bei dem Kleinen, die andere begleitete Tanya auf ihrem Weg. Es war ein ungewöhnlicher Anblick, die beiden durch das Dorf trotten zu sehen, und auch ein ernstes, unbewegtes Cheyenne-Gesicht verzog sich bei diesem Bild zu einem Lächeln.

Die Krieger waren eben von der Jagd zurückgekehrt, als ein Bleichgesicht bei Black Kettle vorsprach. Es überraschte Tanya, einen Weißen im Dorf zu sehen; sie blieb im Zelt und wartete auf Panther, der ihr alles erklärte.

Die Botschaft kam von Major Wynkoop, der sich in Fort Larned in Kansas aufhielt, und unterrichtete Black Kettle über ein für April geplantes Treffen in Pawnee Fork. General Hancock, neu aus dem Osten gekommen, wünschte eine Unterredung mit Roman Nose, dem abtrünnigen Führer der Northern Cheyenne, und allen anderen Häuptlingen des Stammes. Hancock und seine Mannschaft, einschließlich des jungen George Custer, wollten einen neuen Vertrag aushandeln. Major Wynkoop, als Unterhändler bei den Cheyenne und Arapahoe bekannt, war dabei, die Zusammenkunft zu organisieren.

Als Botschafter hatte man George Bent, Sohn von William Bent und dessen Frau aus dem Stamm der Cheyenne, gesandt.

William Bent hatte lange Zeit die Handelsniederlassung in Bent's Fort geleitet und sie später an die Regierung verkauft. Danach war aus Bent's Fort ein militärischer Stützpunkt geworden – Fort Lyon. Tanya erinnerte sich, daß sie William Bent und seine zweite Frau, Gelbe Frau, in Fort Lyon getroffen hatte, als der Treck dort Station gemacht hatte.

George Bent, selber ein Halbblut, hatte vor Jahren Elster, Black Kettles Nichte und Panthers Halbschwester, geheiratet. Sie begleitete ihn, und Tanya verstand sofort, warum man sie »Elster« getauft hatte: sie war ununterbrochen am Schnattern.

Elster war bereits mit vierzehn George Bents Frau geworden. Inzwischen zweiundzwanzig, hatte sie einen Sohn, Blaues Pferd, gerade acht Jahre alt, und einen weiteren Sohn von vier Jahren.

Tanya kam die Frau zwar freundlich, aber auffallend einfältig vor. Sie konnte sich nicht erklären, wie Panthers Vater, Weißer Büffel, gleichzeitig einen so hübschen Sohn und eine so nichtssagende Tochter gezeugt hatte. Sie sprach Panther vorsichtig darauf an.

Er lachte. »Sie kommt nach ihrer Mutter«, erklärte er ihr. »Ich bin meinem Vater nachgeschlagen, der allgemein als gutaussehend galt. Elster gleicht ihrer Mutter, der zweiten Frau meines Vaters.«

»Und wo ist ihre Mutter?« wollte Tanya wissen.

»Sie ist vor einigen Jahren gestorben.«

»Und was war mit *deiner* Mutter?« hakte Tanya nach. Bis jetzt hatte Panther nie viel von seiner Familie erzählt. Tanya hatte nicht einmal gewußt, daß er eine Halbschwester besaß.

»Meine Mutter ist auch nicht mehr da«, antwortete er knapp. Tanya schloß daraus, daß sie ebenfalls gestorben sei.

»Du hast mir nie von Elster erzählt. Hast du sonst noch Schwestern oder Brüder?«

»Nicht daß ich wüßte«, antwortete Panther grinsend. »Zumindest keine, die mein Vater offiziell als Kinder anerkannt hat.«

»Panther!« Tanya spielte die Schockierte, mußte aber trotzdem lächeln, als sie ihn anblickte.

»Ich glaube, als Vater entdeckte, wie Elster geworden ist, hat er es aufgegeben«, sagte er scherzhaft.

Tanya lachte. »Du bist schlimm, Panther, aber ich liebe dich trotzdem.«

Pawnee Fork war gut 300 Meilen vom augenblicklichen Lager der Cheyenne entfernt. Wenn sie sich beeilten, konnten sie in einem Monat dort sein. Der sofortige Aufbruch wurde beschlossen, und die Sachen gepackt. Die Frauen waren entsetzt, weil sie nun nicht mehr dazu kamen, die Frühjahrssaat auszusäen, doch Major Wynkoop hatte versprochen, bei dem Treffen Nahrungsmittel und Decken an alle zu verteilen. Tanya freute sich auf eine neue Ration Kaffee, Mehl und Salz. Auf dem Weg nach Pawnee Fork gingen die Krieger auf die Jagd, und die Frauen sammelten Beeren und Wurzeln, sobald irgendwo ein Zwischenlager aufgeschlagen wurde.

Nach einem Drittel des Weges kampierte der Stamm in der Nähe von Fort Lyon. Panther, George Bent, Winter Bear und einige andere Krieger gingen zum Fort, um mit Pelzen und Tierhäuten zu handeln. Erst als sie mit den eingetauschten Waren zurückkamen, war Tanya erleichtert. Immer wieder fragte sie sich, ob Jeffrey vielleicht wieder in Fort Lyon stationiert wäre und ob er und Panther sich unbekannterweise begegnen könnten.

Heimweh überfiel sie, und sie sehnte sich nach ihrer Familie zurück, doch niemals hätte sie aus diesem Grund ihr Leben mit Panther und dem Kind aufs Spiel gesetzt. Sie unterdrückte den Wunsch, ihre Familie wiederzusehen, erinnerte sich daran, daß sie jetzt eine Cheyenne war und kümmerte sich tapfer um ihre Pflichten. Ihre Familie hätte sie sowieso nicht verstanden. Sie würde weder Panther noch Jäger der Wälder akzeptieren, und Tanya war nicht gewillt, ihren Mann und ihr Kind aufzugeben. Sie waren ihr Herz, ihre Seele, ihr Leben. Lieber würde sie sterben, als sich von ihnen zu trennen.

Als sie Pawnee Fork erreicht hatten, kam auch Major Wynkoop vom Fort Larned, um mit ihnen zusammenzutreffen. Bereits vor ihnen waren verschiedene andere Stämme angekommen, so auch Roman Noses Gruppe, genannt die Dog Soldiers, aus dem Norden. General Hancock, der mit den Verhältnissen noch nicht vertraut war, hielt Roman Nose irrtümlich für einen wichtigen Häuptling und wollte sich keines Besseren belehren lassen. Major Wynkoop versuchte ihm zu erklären, daß Roman Nose nur der Führer einer abtrünnigen Schar von Kriegern war, eben den Dog Soldiers, die entlang der Grenze Colorado-Kansas eigenmächtig auf Kriegszug gingen. Er betonte, daß Black Kettle, ein friedfertiger Mann, oberster Häuptling der Südlichen Cheyenne wäre, und daß man Dull Knife, einen anderen Häuptling der Dog Soldiers, sowie Panther, Little Robe und Little Wolf als ebenfalls wichtige Häuptlinge der Cheyenne behandeln müsse. Häuptling Little Raven wurde mit seiner Gruppe der Arapahoe noch erwartet.

Doch Hancock setzte sich über Wynkoops Informationen und Ratschläge hinweg. Er zog es vor, sich eine eigene Meinung zu bilden und seine eigenen Späher und Ratgeber auszuwählen. Ungeduldig wartete er auf das Eintreffen der Stämme. Dafür, daß die Regierung sie anerkannte und mit ihnen verhandeln wollte, sollten sie sich demütig und dankbar zeigen. Daß die Regierung vorhatte, den Indianern noch mehr Land zu stehlen, in ihre Jagdgründe einzubrechen und ihr Gebiet zu besiedeln, war ein Faktum, das er komplett ignorierte. Für ihn war es selbstverständlich, daß die Indianer ihr Land ohne Widerstand hergeben und friedlich bleiben mußten.

Black Kettle schlug sein Lager oben am Arkansas River auf, in einiger Entfernung vom Hauptlager der Cheyenne und Roman Noses Gruppe; er fühlte sich von General Hancock vor den Kopf gestoßen. Häuptling Little Raven kampierte, als er endlich eingetroffen war, nahe bei Black Kettle.

Während sie auf das Eintreffen der übrigen Stämme warteten, kam Major Wynkoop häufig vorbei, um Black Kettle in seinem verletzten Stolz zu besänftigen. Er brachte ein paar Geschenke mit, die meisten Geschenke allerdings würden erst ausgetauscht werden, wenn die Gespräche im Gang waren.

Black Kettle und Major Wynkoop verstanden und respektierten einander. Ihre Verbindung reichte in die Zeit zurück, als

Major Wynkoop, neu im Westen, Kommandeur von Fort Lyon war. Als er 1864 den Dienst dort quittierte, trat Major Anthony an seine Stelle. Wynkoop hatte mit Black Kettle das Sand Creek Massaker und den Tod von Weißer Büffel betrauert, hatte gegen die Regierung gewettert und die Cheyenne und Arapahoe in Schutz genommen.

Major Wynkoop war in der Lage, sich von seiner eigenen Lebensart zu distanzieren, um sich in die der Indianer hineinzuversetzen. Er respektierte sie und mochte sie aufrichtig. Wahrscheinlich war er unter den Weißen ihr einzig wirklicher Freund, der einzige, der sich immer wieder für sie einsetzte. So besuchte er in ihrem Auftrag die Regierungskomitees in Washington und stritt für ihre Rechte.

Vor allem verachtete er die arrogante Art, die die Regierung gegenüber den Indianern an den Tag legte. Mit der einen Hand nahm sie ihnen das Land weg, mit der anderen verteilte sie eine Handvoll Kinkerlitzchen als Almosen. Sie setzte in betrügerischer Absicht Verträge auf und erwartete von den Indianern, daß sie sie einhielten, während sie selbst vertragsbrüchig wurde. Es machte Wynkoop traurig, einen so friedfertigen und arglosen Mann wie Black Kettle hinters Licht geführt zu sehen. Und er machte den jüngeren Häuptlingen und Kriegern keinen Vorwurf daraus, daß sie wütend wurden, wenn die Weißen ihr Wort nicht hielten. Er hatte Verständnis für ihre problematische Lage, und wenn er auch ihre Überfälle und Kriegszüge nicht gutheißen konnte, so begriff er doch, warum sie so handelten.

Bei einem seiner ersten Besuche entdeckte er, daß von Black Kettle eine Tochter adoptiert worden war, die Panther geheiratet und ihm einen Sohn geboren hatte. Er konnte sich nicht erinnern, jemals von dieser Frau, die man Wildkatze nannte, gehört zu haben. Seine Neugier auf sie war so groß, daß Panther beschloß, etwas zu unternehmen. Ständig eine Entschuldigung für die Abwesenheit von Wildkatze zu erfinden, würde nur Wynkoops Verdacht erregen.

Die anderen weißen Gefangenen wurden stets versteckt, wenn Wynkoop oder seine Männer in der Nähe waren. Hätte er sich nicht so für kleine Wildkatze interessiert, wäre es möglich gewesen, Tanya während seiner Besuche irgendwo verborgen zu halten.

Panther und Tanya mußten sich etwas einfallen lassen. Sie färbte ihr goldbraunes Haar in der Farbe von Panthers Haaren. Ihre Haut war im letzten Jahr so braun geworden wie die von Scheues Reh, doch ein wenig eingeriebener Wurzelsud färbte sie noch dunkler. Mit dem offenen Haar, das ihr Gesicht und ihre Augen bedeckte, war die Maskerade perfekt.

Als Wynkoop das nächste Mal zu Besuch kam, fand er Panther, Wildkatze und Jäger der Wälder in Black Kettles Zelt. Tanya saß mit Frau-die-nach-mir-kommt in einer Ecke und stillte ihren kleinen Jungen. Wynkoop begrüßte sie in der Sprache der Cheyenne, und sie antwortete ihm freundlich. Später, als ihre Mutter Major Wynkoop und Black Kettle das Essen servierte, bediente Tanya Panther und achtete darauf, daß ihr offenes Haar ihr Gesicht verbarg. Mit den dunklen Haaren und der dunklen Haut sah sie aus wie eine beliebige Cheyennefrau.

Fast wäre ihr die Schüssel aus der Hand gefallen, als Major Wynkoop sie ansprach: »Man nennt dich Wildkatze?«

Mit gesenkten Lidern antwortete sie: »Ja, so nennt man mich.«

»Wie kam es denn, daß Häuptling Black Kettle dich adoptiert hat?«

Tanya schluckte und sagte dann hastig: »Er hatte Mitleid mit einem Mädchen, das seine Eltern verloren hat.«

Black Kettle mischte sich ein. »Die Wahrheit ist, daß ich die schönste Frau des Stammes zur Tochter haben wollte. Ich habe die Gelegenheit wahrgenommen.«

Wynkoop mußte lachen. »Warum hast du sie nicht zu deiner Frau gemacht, anstatt sie zu adoptieren?« fragte er scherzhaft.

Black Kettle nahm ihm die Frage nicht übel. »Sie hatte bereits ein Auge auf Panther geworfen«, antwortete er, »und ich bin zu alt und runzlig, um mit einem so hübschen jungen Bock zu konkurrieren.«

»Du magst schon viele Jahre auf dem Buckel haben, mein Freund, doch dein Herz ist noch jung.«

Plötzlich überraschte Wynkoop sie mit der Frage, ob er Black

Kettles Enkelsohn einmal auf den Arm nehmen dürfe. Tanya blieb vor Schreck das Herz stehen, doch als sie sah, wie Panther nickte, holte sie das Baby und legte es in Wynkoops Arme. Glücklicherweise schlief Jäger, seine Augen waren geschlossen. Mit seinem dunklen Teint und dem nachtschwarzen Haar war er offensichtlich ein Indianerkind. Wynkoop hielt ihn eine Zeitlang im Arm, ohne daß er aufwachte.

Da Major Wynkoop häufig unangemeldet zu Besuch kam, hielt Tanya es für besser, die Farbe nicht aus ihrem Haar und von ihrer Haut zu waschen, bis das Treffen vorüber war und die Cheyenne weiterziehen konnten. Das geschah früher, als irgend jemand erwartet hatte.

Hancock wollte mit den Verhandlungen beginnen, sobald alle Stämme eingetroffen waren. Er hatte einen Vertrag dabei, den er so schnell wie möglich unterschrieben haben und nach Washington senden wollte. Er hatte es eilig, und die langwierigen und verwickelten Rituale, die die Indianer beachten wollten, bevor sie irgendeine wichtige Sache diskutierten und entschieden, regten ihn auf.

Am dritten Tag riß ihm der Geduldsfaden. Er ließ die Rituale abrupt abbrechen und schickte die Häuptlinge zurück zu ihren Stämmen; sie sollten ihre Leute über die Bedingungen der zu unterzeichnenden Verträge informieren. Zwei Tage blieben ihnen für die Entscheidung, vorher durften sie nicht nach Fort Larned zurückkehren. Er würde sie in ihren Lagern selber aufsuchen.

Die Häuptlinge waren über diese Regelung sehr aufgebracht und unterbreiteten ihren Kriegern den Fall zur Abstimmung. Black Kettles Stamm entschied sich, den angebotenen Vertrag zu ignorieren, fürchtete aber das Erscheinen von Hancock und seinen Truppen im Lager. Aus Angst vor einer neuen Enttäuschung und in Erinnerung an das Sand Creek Massaker beschlossen sie, vor Ablauf der Zwei-Tage-Frist nach Süden zu fliehen. Mitten in der Nacht, im Schutz der Dunkelheit, brachen sie auf und nahmen alles mit. Als der Morgen graute, war von ihrem Lager bis auf ein paar schwelende Feuerstellen nichts mehr zu sehen.

Die anderen Stämme entschlossen sich dazu, es ihnen gleich zu tun, wenn sie sich auch etwas mehr Zeit ließen. Als Hancock im Lager ankam, traf er keinen einzigen Cheyenne oder Arapahoe mehr an. Er war so erzürnt darüber, daß er Order gab, das, was von den Zeltlagern noch stand, niederzubrennen. Außerdem sandte er Späher und Truppen aus, um nach den geflüchteten Indianern zu suchen, obwohl Wynkoop damit nicht einverstanden war. General Custers Truppe entdeckte nordwestlich eine Gruppe, die sie für Roman Noses Leute hielten, konnte sie aber nicht festhalten. Von Black Kettles Stamm und den anderen fand man nichts, außer ein paar verstreuten Feuerstellen und Spuren, die im Nirgendwo zu verschwinden schienen. Sie hatten sich gleichsam über Nacht in Luft aufgelöst.

In diesem Frühling des Jahres 1867 taten sich die südlichen und nördlichen Cheyenne zusammen, um gegen die Weißen Krieg zu führen. Auf ihren Beutezügen überfielen sie eine Siedlung nach der anderen und terrorisierten sie Bewohner.

Als die Kavallerie, von den einzelnen Forts losgeschickt, ihnen auf den Fersen war, splitterten sich die Stämme auf. Die nördlichen Cheyenne machten sich im Juni in den Norden von Arkansas auf und richteten hier Verwüstungen an. Black Kettle und Panther führten ihr Volk in den Süden nach Texas, zu einem Ort, den die Weißen Sweetwater nannten, den die Cheyenne aber in Bitter Water umgetauft hatten. Sie schlugen ihr Lager an einer Flußgabelung des Red River im Norden auf und überfielen von diesem Stützpunkt aus die Siedlungen der Weißen in Texas, Colorado und Kansas. Ihre Kriegslust kannte keine Grenzen. In diesem Sommer wurde die gesamte Gegend zwischen südlichen und nördlichem Arkansas River von den Cheyenne in Atem gehalten.

Das Stammlager lag so weit südlich, daß die Frauen nicht befürchten mußten, von den Soldaten behelligt zu werden. So konnten sie sich um den Ackerbau kümmern. Den ganzen Sommer über pflügten sie unter der heißen texanischen Sonne und versorgten ihre Kinder.

Anfang Juni heirateten Winter Bear und Scheues Reh. Wegen

der zurückliegenden Ereignisse war die Hochzeit verschoben worden. Zwischen den Überfällen nutzte das frischgetraute Paar jede Sekunde, die ihm blieb, um miteinander allein zu sein. Als der Sommer dem Ende zuging, erwartete Scheues Reh bereits das erste Kind.

Die Stämme blieben in Bitter Water bis zum September, so hatten die Frauen Zeit genug, die Ernte einzubringen. Von Zeit zu Zeit gingen die Männer, zwischen den Kriegszügen, auch auf Jagd, aber der Ertrag war mit dem des letzten Sommers nicht vergleichbar. Es sah nach einem Winter des Hungers aus.

Jäger der Wälder, dessen Entwicklung schnelle Fortschritte machte, war ein gutgelauntes, immer lächelndes und gurrendes Baby. In diesem Sommer brachte Tanya dem kleinen Kerl bei, in den seichten Stellen des Flusses zu schwimmen. Er schien ein Frühentwickler zu sein, der schon mit fünf Monaten sitzen konnte, und im selben Alter bereits zwei perlweiße Vorderzähne zeigte. Mit sechs Monaten plapperte er die ersten Wörter. Vater und Mutter sagte er noch nicht, aber er rief nach Kit und Kat. Mitte September krabbelte er und machte sich über alles her, was er in die Finger bekommen konnte. Tanya beeilte sich, wichtige Dinge an den Zeltwänden und an den Pfählen vor ihm in Sicherheit zu bringen.

Was er in die Finger bekam, steckte er in den Mund, sogar die Schwänze der Pumas. Nur wenn er schlief, war er ruhig. Dann kniete Tanya stundenlang neben der Wiege und konnte sich nicht sattsehen an dem Engelsgesicht mit den rosigen Pausbacken und dem roten Amorbogen des Mundes. Wachte er auf, spielte er unermüdlich mit den kleinen Figuren, die Panther für ihn geschnitzt hatte, und seine Augen glänzten vor Entzücken.

Da Panther in diesem Sommer so viel von zu Hause weg sein mußte war Tanyas ganze Freude ihr Sohn. Es fehlte im nie an Zuwendung, aber er schien davon auch nicht genug kriegen zu können. Black Kettle und Frau-die-nach-mir-kommt beteten ihn an. Geht-wie-eine-Ente und Scheues Reh waren jederzeit bereit, ihn Tanya für ein paar Stunden abzunehmen, und Melissa war so vernarrt in ihn, als handelte es sich um ihren eigenen

Sohn. Von allen Seiten brachte man ihm Liebe und Zuneigung entgegen, doch er hing vor allem an Panther, wenn er zu Hause war, mehr noch als an Tanya.

Es war ein hektischer Sommer. Die Männer schienen dauernd unterwegs zu sein, und Tanya sehnte die wenigen Stunden herbei, in denen Panther zu Hause war. Da er ständigen Strapazen ausgesetzt war und kaum Zeit zum Essen fand, war er noch schlanker geworden, sein harter Muskelpanzer noch härter, seine bronzefarbene Haut, wenn das möglich war, noch dunkler.

An seinem festen Körper genoß Tanya die wenigen gestohlenen Augenblicke. Das Drängen, die Heftigkeit, mit der sie sich in solchen Momenten vereinigten, zeugte von der Gefahr, der sie täglich ausgesetzt waren. Jedesmal, wenn er wegritt, bestand die Möglichkeit, daß er nicht mehr zurückkehrte.

»Ich weiß, du mußt fort«, sagte sie dann zu ihm, »trotzdem mache ich mir jedesmal Sorgen um dich.«

»Ich kann dir nichts versprechen«, antwortete er dann und streichelte ihr Haar. »Wenn die Geister nicht wollen, daß ich zurückkehre, dann kehre ich nicht zurück. Aber mein Herz ist immer bei dir.«

War Panther zu Hause, machte es ihm Freude, die Zeit mit seiner Frau und seinem Sohn zu verbringen. Jedesmal, wenn er zurückkam, war Jäger ein Stück gewachsen und hatte etwas Neues dazugelernt. Und Panther war so stolz auf die Fortschritte des Sohnes wie nur irgendein Vater auf dieser Welt.

Bei jedem Kriegszug hatte Panther das Bild vor Augen, wie Wildkatze ihr Baby stillte. Welch schöne Erinnerung, wenn er den kleinen dunklen Kopf vor sich sah, der an ihre Brust gekuschelt war, die rosigen Lippen, die gierig an den Warzen saugten. Sein Herz strömte dann über vor Liebe.

Nach der Geburt des Kindes hatte sich Tanyas Figur verändert. Zwar war sie immer noch schlank, doch ihre Brüste waren voller, die Hüften runder geworden. Ihr Körper hatte seine Mädchenhaftigkeit verloren und die Formen einer reifen Frau angenommen.

Seit Jägers Geburt hatte Panther, obwohl er sich immer noch viel Zeit nahm, sie zu erregen und ihre Brüste zu liebkosen, nie wieder an ihren Warzen gesaugt wie früher. Dieses Vergnügen überließ er nun seinem Sohn. Es war seine Nahrungsquelle.

Nun, als sie neben ihm lag, zog Tanya den Kopf Panthers zu ihren Brüsten. Sie hatte das Bedürfnis, seinen Mund dort zu spüren, und so küßte er ihre Brüste, und seine Zunge berührte ihre Brustwarzen. Sofort zogen sie sich unter seiner Berührung zusammen und sonderten ein paar Tropfen Milch ab. Er schmeckte ihre Süße und wollte sich zurückziehen, doch Tanya preßte seinen Mund noch fester auf ihre Brüste, hob sie ihm entgegen.

»Bitte, Panther!« stöhnte sie.

»Ich will meinem Sohn nicht die Nahrung wegnehmen«, flüsterte Panther.

»Mach weiter – dann fließt die Milch umso schneller nach. Du nimmst ihm nichts weg«, erklärte sie ihm. »Bitte. Ich muß deine Lippen auf mir spüren. Es ist so lange her. Ich bin verrückt danach.«

Nun, da er keine Angst mehr haben mußte, seinem Sohn zu schaden, entsprach Panther ihrem Verlangen ohne zu zögern. Er nahm ihre Brustwarze zwischen seine Lippen, er saugte heftig daran, und die warme, süße Milch strömte in seinen Mund. Er spürte, wie Tanyas Körper sich unter ihm anspannte.

»Tue ich dir weh?« fragte er, den Mund an ihrer Brust.

»Nein. O nein. Es ist wundervoll, Panther. Mach weiter!«

Und schon bald wand und streckte sie sich unter ihm. »Liebe mich, Panther. Liebe mich. Ich habe solches Verlangen nach dir!«

Panther, ihre Brustwarze immer noch zwischen den Lippen, vereinigte sich mit ihr. Und während er an ihrer Warze saugte, spürte er, wie sie ihn immer fester umschloß.

Schon nach wenigen Sekunden explodierte sie, und seine eigene Lust brach sich so heftig Bahn, daß es ihn von Kopf bis Fuß schüttelte.

Wenn er jetzt mit seinen Kriegern wegritt, hatte er nicht nur das Bild von Jäger an Tanyas Brüsten vor Augen, sondern trug die Erinnerung an eine leidenschaftliche Nacht und an den Geschmack des süßen Nektars auf seiner Zunge mit sich.

Ende September traf ein weiterer Botschafter von Fort Larned ein. Der Mann hatte sein Pferd fast zu Tode geritten – dreihundert Meilen in sieben Tagen. Die Nachricht, die er überbrachte, war überraschend und bedrückend zugleich. Roman Nose war tot. Er hatte mit seiner Gruppe nördlicher Cheyenne auf Beecher Island eine Attacke gegen einen Trupp von Armeesoldaten geritten und war dabei, obwohl die Indianer den Kampf gewannen, tödlich verwundet worden, ganz abgesehen davon, daß er mit einem metallenen Löffel gegessen und damit den Zauber seines Amulettes gebrochen hatte.

Jetzt wollte die Armee wieder einmal Frieden mit den Cheyenne schließen. Major Wynkoop hatte nach Black Kettle schicken lassen und bat um seine Zusage, zu erscheinen. Andere Häuptlinge sollten folgen. Er baute darauf, daß Black Kettle vor allem eines wollte: Frieden für sein Volk.

Noch einmal machten sich die Cheyenne nach Fort Larned in Kansas auf. Mitte Oktober trafen sie zu den vorbereitenden Gesprächen ein, die diesmal glatt verliefen und wenige Tage später wurde der Vertrag mit der Bezeichnung Medicine Lodge Treaty an der Medicine Lodge Creek unterschrieben. Sämtliche südlichen Cheyenne folgten den Bitten Black Kettles um Frieden und waren bereit, den Arkansas River hinabzuziehen und dort im Süden zu bleiben.

Panther hatte Verständnis für die Beweggründe seines Onkels, doch er hätte eine andere Entscheidung getroffen. Black Kettle wollte Frieden mit den weißen Soldaten. Solange seine Krieger in Kämpfe verwickelt waren, konnten sie nicht auf die Jagd gehen; der lange Winter stand vor der Tür, und die Leute brauchten Nahrungsmittel und warme Kleider. Das sah Panther zwar ein, doch gaben die Cheyenne, wenn sie südlich des Arkansas River blieben, wichtige Jagdgründe auf. Die Büffelherden würden nicht südlich des Flusses bleiben, und nun konnten die Cheyenne ihnen nicht mehr hinterher ziehen, wenn sie den Fluß durchquerten. Es bedrückte Panther zutiefst, zusehen zu müssen, wie die Indianer eins ums andere Mal um ihr Land betrogen wurden und als Ausgleich dafür nur ein paar schäbige Decken und Nahrungsmittel erhielten – eine grobe Ungerechtigkeit.

Weiße gegen Indianer – das war eine Situation, so sah es Panther, in der die Indianer letztlich keine Chance hatten. Am Ende würden die Weißen triumphieren. In ihrer Welt war er aufgewachsen und erzogen worden. Er war in der Gesellschaft der Weißen akzeptiert, er hatte Freunde und Verwandte unter ihnen. Der weiße Mensch war macht- und habgierig, und es gab zu viele von ihnen. Selbst wenn die Indianer kämpften bis zum letzten Mann, so blieben die Weißen stets in der Überzahl und würden immer wieder das Land der Indianer überfluten. Der Kampf war im Grunde schon verloren, bevor er überhaupt begonnen hatte. Aber trotzdem fühlte er sich den Cheyenne zugehörig und würde für sie durchs Feuer gehen – und kämpfen bis zum bitteren Ende.

11

Im Herbst herrschte Frieden, und nun war es an der Zeit für die Krieger, wieder auf Jagd zu gehen. Diesmal schien die Natur ihnen günstig gesonnen. Es gab reichlich Büffel und Rotwild, und der Winter ließ sich mit Frost und Kälte Zeit bis spät in das Jahr hinein. Fast sah es so aus, als würden sie an einer Hungersnot vorbeikommen.

Der Stamm war nicht in sein altes Winterlager zurückgekehrt, sondern weiter südlich gezogen. In einem geschützten Tal nahe dem Cimarron River hatte er sein neues Lager aufgeschlagen. Nach diesem aufregenden, verrückten Jahr freute sich Tanya auf einen ruhigen Winter. Ihr einziger Wunsch war, sich in ihrem gemütlichen *Tipi* eng mit Panther und Jäger zusammenzukuscheln.

Nach den ständigen Sorgen des letzten Sommers war es herrlich, Panther wieder bei sich zu haben. Er brachte ihr viele Häute und Felle zum Nähen mit, aber die Arbeit fiel ihr leicht, seit sie nicht mehr die schwere Last der täglichen Sorge um Panthers Leben mit sich herumschleppen mußte. Auch die Jagd, das wußte sie, war nicht ungefährlich, aber sie konnte in aller

Ruhe zusehen, wenn er aufbrach. Das war ihr, wenn er in den Krieg zog, nie gelungen.

Der Oktober zeigte sich mild und sonnig und dieses Wetter hielt an bis zum November. Im Hinblick auf die erfolgreiche Jagd und Ernte wurde ein großes Erntedankfest gefeiert, dem sich eine traditionelle Zeremonie anschloß, in der die Häuptlinge und Krieger für ihre Heldentaten geehrt wurden. Bei dieser Gelegenheit wurden Häuptling Black Kettles Bemühungen um den Frieden besonders anerkannt, und einige andere Häuptlinge und Krieger, darunter auch Panther, für besondere Tapferkeit im Kampf ausgezeichnet. Winter Bear wurde in den Rang eines Häuptlings erhoben.

Im Dezember fiel der erste Schnee, doch bedeckten nur wenige Zentimeter den Boden. Das nächste Weihnachtsfest näherte sich und zog fast unbemerkt vorüber, sah man von dem kleinen Tannenbaum ab, den Tanya und Melissa am Rand des Dorfes geschmückt hatten.

Der Januar und der Februar brachten mehr Schnee und Polarwinde mit eisigen Temperaturen, doch wurde das Dorf nur von zwei größeren Stürmen heimgesucht. Die Nahrungsvorräte schrumpften, aber jeder teilte mit dem anderen, was er besaß, und niemand mußte wirklich hungern.

Die Bewohner von Panthers Zelt fühlten sich zufrieden und heimelig in ihrem *Tipi*. Melissa, inzwischen eher ein Familienmitglied als eine Sklavin, hatte die Rolle der Lieblingstante von Jäger übernommen. Tanya wußte die Hilfe mehr denn je zu schätzen, denn ihr Sohn hatte bereits beschlossen, gehen zu lernen. Er zog sich auf seine stämmigen Beinchen hoch, torkelte und taumelte ein paar Schritte, und Tanya hatte jedesmal Angst, daß er ins Feuer fallen könnte.

Der übermütige kleine Wildfang unterhielt sie alle mit seinen endlosen Späßen. Er war ständig in Bewegung, und kein Tag ging vorüber, ohne daß er irgendetwas Unvermutetes anstellte. Der fröhliche, gesunde und extrem neugierige Junge, dessen Geist ebenso wach war wie sein Körper aktiv, machte seiner Mutter manche Sorge. Hinterher grinste er jedesmal übers ganze Gesicht, strahlte seine Mutter mit seinen goldenen Augen an und tat sein Bestes, sie wieder zu versöhnen. In den meisten Fällen gelang ihm das, und wenn nicht, dann gab es eben einen Klaps auf den Popo.

Wenn Panther merkte, daß Tanya am Ende ihrer Geduld angelangt war, nahm er Jäger auf den Arm und ging mit ihm nach draußen. Zusammen mit Kit und Kat machten sie einen Spaziergang, sahen sich die Pferde an und besuchten Winter Bear oder den Großvater. Wenn sie zurückkehrten, hatte Tanya sich meist wieder beruhigt.

Jäger war kein böses Kind, nur ein normales, sehr lebendiges Baby. Er kannte keine Launen, keinen Eigensinn, und es fiel leicht, ihm Freude zu machen, wie er auch selbst die meiste Zeit fröhlich und liebenswürdig war. Panther und Tanya brachten ihm schon frühzeitig die Regeln des Zusammenlebens und des wechselseitigen Respekts bei. Das war etwas, was alle Cheyenne-Kinder von klein auf lernen mußten, ebenso wie den absoluten Gehorsam gegenüber ihren Eltern. Auf der Stelle zu gehorchen, ohne Fragen, ohne Widerworte, konnte manchmal lebensrettend für die Kinder sein. Es war einfach eine Notwendigkeit, die die Wildnis ihnen auferlegte.

Jeden Morgen pflegte Panther, wenn er sein Morgengebet verrichtete, Jäger der Wälder neben sich zu setzen. Auch wenn der Junge kein einziges Wort verstand, so prägte sich ihm damit doch ein Muster ein, das in Jahren einmal Frucht tragen würde. Beide Eltern sangen ihm Lieder vor und erzählten ihm Wissenswertes aus der Natur und aus der Geschichte der Indianer, so wie es schon seit Jahrhunderten an alle Kinder der Cheyenne weitergegeben wurde. Natürlich begriff er noch nichts, aber doch lauschte er, den Kopf an der Brust seines Vaters geborgen, Panthers tiefer Stimme, sah ihn mit großen Augen an und war fasziniert von jedem Wort. Sang seine Mutter dazwischen ein Kinderliedchen für ihn, lächelte er glücklich.

Kit und Kat, inzwischen über ein Jahr alt und fast ganz ausgewachsen, waren nicht nur seine liebsten Spielgefährten, sie dienten ihm auch als Pferde. So manchesmal bezogen sie Prügel von dem Kleinen, nahmen es aber gelassen hin. Nie sah Tanya, daß sie die Zähne fletschten oder nach Jäger schnappten, vielmehr ertrugen sie seine Mätzchen mit einer Engelsgeduld, die Tanya nur bewundern konnte. Der Junge knabberte an ihnen, zog an ihrem Fell, mißhandelte sie, kletterte auf ihren Rücken, und sie zuckten nicht einmal mit den Barthaaren, obwohl Tanya hätte schwören können, daß sie oft die Augen verdrehten und manchen stummen Seufzer zum Himmel schickten.

Dann störte ein Unglücksfall den nahezu vollkommenen Winter. Kurz nach Weihnachten glitt Tanya, während sie draußen Feuerholz sammelte, auf dem Eis aus, schlug mit dem Kopf auf einen Stein und lag über eine Stunde bewußtlos in der Kälte, bis Panther sie endlich fand. Eine Woche lang hatte sie hohes Fieber und Husten und kam nur schwer wieder zu klarem Bewußtsein. Wurzelfrau, Frau-die-nach-mir-kommt, Melissa und Panther pflegten sie abwechselnd. Alle fürchteten um ihr Leben, auch wenn niemand den Gedanken laut aussprach.

Panther wurde fast verrückt vor Sorge um sie. In den schlimmsten Augenblicken verfluchte er die Tatsache, daß er sie einst geraubt hatte. Wäre sie jetzt bei ihrer Familie, stünden ihr ein Arzt und alle Hilfsmittel der modernen Medizin zur Verfügung, um sie wieder gesund zu machen. Er dachte sogar daran, sie zur nächsten Stadt oder zu einem Fort zu bringen, doch Winter Bear konnte ihn davon abhalten.

»Sie würde nicht einmal den Transport dorthin überleben«, gab er zu bedenken. »Außerdem weißt du doch, daß das, was die Ärzte ihr verschreiben, sich kaum von dem unterscheidet, was Wurzelfrau ihr gibt. Abgesehen davon: Selbst wenn sie die Reise überstünde, meinst du nicht, daß ihre Familie sie entdecken würde? Vielleicht erkennt sie irgendjemand, und was wird dann aus dir?«

Panther blickte ihn nachdenklich an, doch Winter Bear war noch nicht fertig. »Man würde dich ins Gefängnis sperren und wahrscheinlich hängen. Wildkatze würde zu ihrer Familie zurückgebracht, und Jäger der Wälder wäre ein Waisenjunge. Nein, Vetter, tu es nicht. Wildkatze wird schon durchkommen. Ihr Überlebenswille ist stark, und vor allem weiß sie, wofür sie leben will.«

Winter Bear hatte recht. Eine Woche nach dem Unglück wachte Tanya eines Morgens auf. Sie fühlte sich noch schwach, verspürte aber Hunger und Durst. Und sie war klar im Kopf, auch wenn sie heftig schwitzte und scheußliche Kopfschmerzen hatte. Brust und Kehle taten weh, doch war sie wieder in Panthers Welt zurückgekehrt.

Panther lag neben ihr und schlief; die häufigen Nachtwachen hatten ihn erschöpft. Tanya stieß ihn leicht an und versuchte, ein Wort über die Lippen zu bringen. »Panther!« krächzte sie.

Er stöhnte und bewegte sich ein wenig.

»Panther.«

Diesmal wurde er wach. Seine dunklen Augen blickten sie erstaunt an.

»Ich habe Durst«, jammerte sie. Es waren die schönsten Worte, die er je gehört hatte.

»Wildkatze«, flüsterte er, »du bist ja wach.«

Tanya versuchte zu nicken, aber ein stechender Schmerz schoß ihr durch den Kopf. »Ich glaube schon«, ächzte sie.

Panther brachte ihr Wasser und setzte den Becher an ihre ausgetrockneten Lippen. »Wie fühlst du dich?« wollte er wissen.

»Entsetzlich. Aber ich muß wohl lebendig sein, denn ein Toter kann nicht so viele Schmerzen haben«, versuchte sie zu scherzen.

»Über so etwas scherzt man nicht«, tadelte Panther sie liebevoll. Seine Augen waren verdächtig feucht. »Sieben Tage lang bist du bewußtlos gewesen, und ich habe so manches Mal gedacht, du würdest uns verlassen...«

Tanya blickte müde. »Dafür liebe ich dich viel zu sehr, Panther. Das solltest du inzwischen wissen.«

In der folgenden Woche schlief sie viel, aber es war ein natürlicher, heilsamer Schlaf. Sie hatte sehr abgenommen, nun mußte man sie langsam wieder aufpäppeln. Anfangs konnte sie nur leichte Brühe zu sich nehmen, doch mit der Zeit kam sie zu Kräften und fühlte sich gesund. Auch der Husten klang ab, und Kopf und Kehle taten nicht mehr weh. Eines allerdings ließ sich nicht mehr ändern: Während ihrer Bewußtlosigkeit hatte sie Jäger nicht stillen können, und die Milch war versiegt.

»Was sollen wir jetzt machen?« fragte sie Panther.

»Keine Sorge«, meinte er. »Jäger ist nun alt genug, um aus einem Becher zu trinken. Er mußte es lernen, als du krank warst, und er schafft es schon ganz gut.«

»Ja, aber er braucht immer noch Muttermilch«, wandte sie ein.

»Er bekommt Muttermilch«, antwortete Panther grinsend. »Ich war zu sehr mit dir beschäftigt, um daran zu denken, aber Melissa hat sich darum gekümmert und mit deiner Mutter darüber gesprochen. Frau-die-nach-mir-kommt hat das Problem Black Kettle vorgetragen. Im Dorf war niemand, der Jäger hätte stillen können, aber Black Kettle hat Mächtige Pinie auf Beutezug geschickt, und er ist mit einer Geiß zurückgekehrt. Die er gestohlen hat.«

Es machte Panther richtigen Spaß, Tanya die Geschichte zu erzählen. »Mächtige Pinie haben sie bei dem kleinen Überfall beinahe in die Beine geschossen, aber er ist unverletzt zurückgekehrt und war sehr stolz auf sich.«

Tanya kicherte. Auch sie fand, daß Mächtige Pinie seine Sache gut gemacht hatte. »Aber Panther, eine Geiß!« meinte sie dann.

»Das war Black Kettles Idee. Er dachte, es wäre an der Zeit, unserem Dorf einen besonderen Anstrich zu verleihen.« Er zwinkerte ihr verschwörerisch zu. »Komm bloß nicht auf die Idee, ihn eines Besseren zu belehren.«

»Das würde ich mich nie trauen«, sagte Tanya lächelnd.

Der März brachte nicht nur den Frühling, sondern auch ein paar wichtige Ereignisse zugleich. Scheues Reh gebar ihren ersten Sohn, und Winter Bear war stolz wie ein Pfau. Jäger feierte seinen ersten Geburtstag und zeigte stolz zwölf strahlend weiße Zähne. Tanya, mittlerweile achtzehn Jahre alt, stellte fest, daß sie mit dem zweiten Kind schwanger war. Seit zwei Jahren war sie nun mit den Cheyenne zusammen, und seit anderthalb Jahren war sie Panthers Frau. Manchmal kam es ihr vor, als hätte sie schon immer hier gelebt, als sei sie ein Teil dieses Volkes. An die ersten sechzehn Jahre ihres Lebens erinnerte sie sich nur noch wie an einen entfernten Traum.

Sobald der Winter die Weiterreise erlaubte, zog der Stamm in die Nähe von Crooked Creek, um den Sonnentanz zu zelebrieren. Diesmal war Tanya keine Außenseiterin mehr. Sie traf die Kinder wieder, die sie vor zwei Jahren kennengelernt hatte, und nun kamen ihr auch die Mütter entgegen. Tanya hatte ihren Platz im Stamm gefunden, sie besaß Mitspracherecht bei allen Angelegenheiten des täglichen Lebens, und sie genoß die Kameradschaft unter den Stammesmitgliedern ebenso wie ihre Pflichten und Aufgaben.

Während die Stämme aus allen Richtungen zusammenkamen, wurde Rosemary verkauft. Ihr Herr tauschte sie gegen ein Pferd ein, und als die Stämme sich wieder zur Sommerjagd in verschiedenen Richtungen verteilten, zog Rosemary mit ihrem neuen Herrn und Stamm davon.

Von den fünf gefangengenommenen Mädchen war sie die erste, die Black Kettles Stamm verließ. Tanya und Melissa waren traurig, daß sie wegging und fragten sich, ob sie sie je im Leben wiedersehen würden.

Von den übrigen vier Frauen hatten Tanya und Melissa es am besten getroffen, doch auch die anderen beiden hatten mittlerweile ihr Schicksal akzeptiert. Sogar Suellen hatte nun, nach zwei Jahren Gefangenschaft, die Hoffnung auf Rettung fallen lassen. Seit der Prügelstrafe damals hatten Tanya und Suellen nicht mehr miteinander gestritten, doch an Suellens Blicken konnte Tanya erkennen, daß sie sich eine Feindin fürs Leben geschaffen hatte. Nancy, die nicht schlecht behandelt wurde, war inzwischen schwanger. Das Baby sollte im Winter zur Welt kommen.

Der Sommer näherte sich, und Black Kettles Stamm zog nach Süden, um entlang des Cimarron und Beaver River auf Jagd zu gehen. Sie folgten den Büffelherden durch den Norden von Oklahoma und Texas. Der Frieden war in Gefahr, da die Nördlichen Cheyenne und die Dog Soldiers mit den Weißen erneut aneinander geraten waren. Krieg drohte, und wer als erster losschlug, die Weißen oder die Indianer, schien gleichgültig. Das Problem war, daß die meisten Weißen die Indianer nicht auseinanderhalten konnten und häufig völlig unschuldige Stämme für Taten verantwortlich machten, die sie gar nicht begangen hatten. Einige der Südlichen Cheyenne, denen ganz unbegründet die Beteiligung an gewissen Übergriffen vorgeworfen wurde, mischten sich in den Konflikt ein. Obwohl Black Kettle weiterhin um Frieden bemüht war, reichte sein Einfluß nicht aus, um Panther und Winter Bear davon abzuhalten, mit ihren Kriegern in diesem Sommer hier und da auf Kriegszug zu gehen.

Alles in allem verlief der Sommer aber einigermaßen friedlich. Es gab ein paar erfolgreiche Gefechte und Überfälle, aber die meiste Zeit waren die Krieger zum Jagen unterwegs. Auch wenn erhebliche Spannungen zwischen den Indianern und den Weißen bestanden, brach der Krieg zwischen Ihnen nicht im vollen Umfang aus. Die Konflikte spitzten sich allerdings immer mehr zu, und Tanya konnte nur beten, daß der Winter ihnen ein Ende setzen würde, bevor es zu spät war.

Die letzten Monate der Schwangerschaft setzten Tanya in diesem Sommer sehr zu. Die Hitze, der Gestank von Fleisch und Häuten, die harte körperliche Arbeit und das ständige Herumziehen von Ort zu Ort erschöpften ihre Kräfte. Ende September fühlte sie sich wieder sehr unförmig. Die meisten Cheyenne-Frauen wurden nicht so schnell oder so rasch hintereinander schwanger. Vielleicht lag es daran, wie sie sich ernährten, oder daran, daß sie ihre Kinder länger stillten, jedenfalls bekam eine Cheyenne-Frau höchstens zwei bis drei Kinder, und zwischen den Schwangerschaften vergingen in der Regel vier oder fünf Jahre. Tanya kam sich vor wie das Fruchtbarkeitsidol des ganzen Dorfes. Und Panther genoß nun den Ruf besonderer Männlichkeit, was ihn mit grenzenlosem Stolz erfüllte.

Im Herbst zog der Stamm wieder in die Gegend, wo die Frauen Mais angesät hatten. Nachdem die Festlichkeiten zum Erntedank und zur Jagd vorüber waren, eilten sie weiter in ein neues Winterlager. Diesmal entschied sich Black Kettle für eine Gegend südlich der Antilope Hills in der Nähe des Washita River.

Fünf Tage waren sie unterwegs, und Tanya fühlte sich mit jedem Tag schlechter. Jetzt, am fünften Tag, wurde die Reise nahezu unerträglich. Seit dem Morgen schmerzte ihr Rücken entsetzlich, und bei jedem Schritt ihres Pferdes wurde der Schmerz schlimmer. Er breitete sich nun auch in ihrem Bauch aus, der sich steinhart anfühlte und jeden Moment zu explodieren drohte. Eine Woge der Übelkeit und Benommenheit warf sie beinahe aus dem Sattel. Der kalte Schweiß stand ihr auf der Stirn. Wie gerne hätte sie sich hingelegt.

»Wie weit ist es noch, Missy?« keuchte sie.

Melissa, die Tanya während der letzten Meilen aufmerksam im Auge behalten hatte, sagte: »Ich weiß es nicht, Wildkatze. Soll ich Panther fragen?«

Tanya biß sich auf die Lippe. »Sag, er soll zu mir kommen.« Sie ritt mit Melissa am Ende des Trupps.

In wenigen Minuten war Melissa mit Panther zur Stelle. Ein Blick in ihr bleiches, angespanntes Gesicht genügte. »Du bist soweit, Tanya«, sagte er. »Kannst du es noch aushalten? Es sind nur noch ein paar Meilen.«

»Ich weiß nicht«, sagte Tanya und lachte gequält. »Kann man denn auf dem Rücken eines Pferdes ein Kind gebären? Ich sitze doch praktisch auf seinem Kopf.«

Panther brachte ihr Pferd zum Stehen und streckte die Arme nach ihr aus. »Komm«, sagte er. »Du reitest mit mir weiter. Wenn du vor mir sitzt und ich den Arm um dich lege, kannst du dich besser entspannen und wirst dich wohler fühlen.«

Den Rest des Weges ritt Tanya, in Panthers Armen geborgen, auf seinem Pferd. Die Wehen kamen jetzt immer stärker und schneller, doch die Reise schien endlos zu dauern. »Wir sind bald da, dann kannst du dich hinlegen«, tröstete Panther sie.

Mit zusammengebissenen Zähnen versuchte Tanya, einen Scherz zu machen. »Wenn sie das Geburtszelt nicht als erstes aufbauen, bekomme ich mein Baby im Freien. Irgendwie scheine ich das Geburtszelt nicht zu mögen, wie?«

Panther lachte. »Hast du das so geplant?«

Tatsächlich wurde das Geburtszelt als erstes errichtet und Tanya eilig dorthin gebracht. »Es wird nicht lange dauern«, versicherte sie Panther. »Sag Melissa, sie soll mein Essen warmhalten.«

Schon zehn Minuten später entband Tanya von einem kerngesunden, kräftig brüllenden Jungen. Panther hatte einen zweiten Sohn. Tanya war nicht davon abzubringen, schon nach zwei Stunden mit dem Baby in Panthers *Tipi* zurückzukehren.

Panther war nicht wenig überrascht. »Wurzelfrau hat gesagt, wenn ich es schaffe, durch das Dorf bis zu unserem Zelt zu kommen, dann läßt sie mich bei euch bleiben«, erklärte ihm Tanya. »Was soll ich auch da drüben?«

»Du bist ganz schön dickköpfig, Wildkatze«, meinte Panther. »Das liebe ich so an dir. Willkommen zu Hause.«

Noch am selben Abend kamen Black Kettle und Frau-die-nach-mir-kommt vorbei, um sich ihren zweiten Enkel anzuschauen. »Seit ich dich adoptiert habe, vermehrt sich meine Familie unglaublich schnell«, neckte Black Kettle die Mutter. Er nahm das Bündel auf den Arm und schlug die Decke zurück, um seinen Enkelsohn zu betrachten. »Was ist denn das?« wollte er wissen und zeigte auf einen kleinen roten Fleck auf dem Oberschenkel des Jungen.

»Ein Muttermal«, sagte Tanya.

»Seht euch das an«, sagte Black Kettle und hielt das Baby in die Höhe. »Es hat die Form von Pfeil und Bogen. Das Zeichen eines Bogenschützen.«

Panther mußte ihm recht geben. »Richtig, Onkel. Es ist ein gespannter Bogen mit abschußbereitem Pfeil. Ganz wie du sagst: das Zeichen des Bogenschützen.«

»Und so solltet ihr ihn auch nennen«, schlug Black Kettle vor. »Sein Name sei: Zeichen-des-Bogenschützen.«

Jäger der Wälder wußte zunächst mit seinem kleinen Bruder nicht viel anzufangen. Das Baby nahm Tanyas ganze Zeit in Anspruch, so daß sie sich um Jäger nicht mehr so intensiv kümmern konnte wie früher. Das war der Grund dafür, daß Panther sich vermehrt ihm zuwandte, denn der kleine Kerl konnte in diesem Alter noch viel Liebe brauchen.

Zwei Wochen bestand das Lager, als sie vom Fort Larned erfuhren, daß die Regierung und insbesondere General Sheridan den Stämmen der Cheyenne und Arapahoe den Krieg erklärt hatte. Das war die Reaktion auf den konfliktreichen Sommer. Die Regierung wollte den Stämmen, die sie für die Verursacher der Schwierigkeiten hielt, eine gründliche Lektion erteilen.

Truppen der Kavallerie waren ihnen bereits auf den Fersen, und mit jedem rebellischen Indianer sollte gnadenlos verfahren werden. Die ehemals abgeschlossenen Friedensverträge wurden für null und nichtig erklärt, und für den Fall, daß die Stämme ihr Land behalten wollten und Hilfe von der Regierung erwarteten, wurden die Männer gezwungen, Mitglied der U.S. Army zu werden und den Treueeid zu schwören. Wer dazu nicht bereit war, wurde zum offiziellen Feind der Vereinigten Staaten erklärt.

Als Black Kettle das hörte, beschloß er, zum nächsten Fort zu reiten und die Sache richtigzustellen. Sein Stamm war an den Konflikten nur in geringem Maße beteiligt gewesen, und Black Kettle war für seine Bereitschaft, den Frieden zwischen seinen Leuten und den Weißen zu erhalten, bekannt. Er wählte einige Krieger aus und machte sich mit ihnen auf zum Fort Cobb, das am nächsten lag.

Dort angekommen, versuchte er, eine Friedensvereinbarung für sein Volk zu treffen, doch General Hagen, der von seinen Vorgesetzten nicht entsprechend autorisiert war, weigerte sich, zu verhandeln. Er schickte Black Kettle mit dem Auftrag, zu seinem Volk am Washita River zurückzukehren und weitere Nachricht abzuwarten, wieder nach Hause.

Am späten Nachmittag traf Black Kettle im Lager ein und berichtete über das enttäuschende Ergebnis seiner Bemühungen. Einige Häuptlinge fühlten sich bei dem Gedanken, daß die Armee den Standort des Lagers kannte, gar nicht wohl. Sie rieten zum sofortigen Aufbruch, um einen neuen Lagerplatz zu suchen, doch Black Kettle war mit diesem Vorschlag nicht einverstanden. Er hatte der Armee sein Wort gegeben und wollte es auch halten. Eine Versammlung wurde einberufen. Panther, Winter Bear und ein paar andere Krieger wurden zu den Lagern weiter südlich des Flusses geschickt, um die Häuptlinge dort über das Ergebnis von Black Kettles Reise zu unterrichten und ihre Meinung einzuholen. Obwohl ein starker Sturm tobte, verließen sie noch am selben Abend das Camp und ritten durch das dichte Schneetreiben zu den anderen Lagern. Black Kettles Lager war jenseits des Flusses durch steile Felsen begrenzt, so mußten die Kuriere den vereisten Fluß mit seinen vielen Windungen zweimal überqueren, um die benachbarten, einige Meilen entfernten Camps zu erreichen. Es dauerte eine ganze Weile, bis sie ihr Ziel erreicht und die Botschaft überbracht hatten, also beschlossen sie, erst am nächsten Tag zu Black Kettles Lager zurückzukehren.

Am nächsten Morgen stand Tanya in aller Frühe auf und stillte Zeichen des Bogenschützen. Es war ein verhangener, ruhiger, typischer Wintertag. Der Nebel hing schwer und tief über den Zelten; Melissa und Jäger schliefen friedlich unter ihren Felldecken. Außer dem gelegentlichen Bellen eines Hundes war weit und breit nichts zu hören. Der Schnee lag hoch und Tanya fragte sich, wann Panther wohl zurückkehren würde.

Der Überfall erfolgte ohne vorherige Warnung. Eine Minute noch war es so still, daß Tanya den Atem ihres Jüngsten hören konnte, aber schon im nächsten Augenblick knallten Schüsse, pfiffen Kugeln durch die Luft, rasselten Zaumzeug und Säbel, gellten die Schreie der Verwundeten. Tanya stieß ihren Kleinen beiseite und spähte nach draußen. Um sich herum sah sie ein Meer von blauen Armeeuniformen.

Sie begriff, was das zu bedeuten hatte, und ihr Herz setzte fast aus. »Nein!« schrie sie. »Nein! Nein! Nein! Nein!«

12

Einige Sekunden, in denen die Zeit stillstand, konnte Tanya nicht glauben, was sich vor ihren Augen abspielte. Die Cheyenne stürzten aus ihren Zelten, einige waren noch nicht einmal ganz angezogen. Sie rannten zu den Pferden oder versuchten, sich vor dem Kugelhagel, der die *Tipis* durchsiebte, in Sicherheit zu bringen. Ein paar Zelte standen bereits in Flammen.

Melissas Entsetzensschreie brachten Tanya wieder auf den Boden der Wirklichkeit zurück. Sie rief Kat zu sich. »Geh, such Panther«, befahl sie ihm und scheuchte ihn aus dem *Tipi*. »Such

Panther!« Der Puma tauchte in dem allgemeinen Tumult unter und war schon bald nicht mehr zu sehen.

Dicht am Boden kroch Tanya mit Zeichen des Bogenschützen zur Lagerstatt und legte ihn neben Jäger. Wie in Trance griff sie nach dem erstbesten Kleid, das herumlag, zog sich an, schob ihr Messer in den Gürtel und packte Pfeil und Bogen. Ob sie ihr etwas nutzten, wußte sie nicht. Der Feind war wohl viel zu stark.

Sie befahl Melissa, die Kinder ruhig zu halten und kroch zum Zeltausgang. Die Gedanken in ihrem Kopf jagten sich. In wenigen Minuten hatte sich die Welt um sie herum in eine Hölle verwandelt. Entsetzt sah sie, wie die Soldaten unterschiedslos auf Männer, Frauen und Kinder schossen. Ihre Pferde galoppierten durch das Dorf und trampelten alles nieder, was sich ihnen in den Weg stellte. Tanya war Zeuge, wie ein Soldat ein kleines Kind mit dem Bajonett aufspießte und in die Luft warf. Der alte Medizinmann stolperte aus seinem Zelt und wurde sofort niedergetrampelt. Der Soldat riß an den Zügeln und ließ sein Pferd ein paarmal über den blutenden Körper galoppieren. Vorwärts und rückwärts. Tanya mußte tatenlos zusehen und schrie auf vor Empörung. Rasch nahm sie zwei Pfeile aus dem Köcher, doch sie verfehlten ihr Ziel.

Zwei Kavalleristen ritten vorbei, jeder ein kleines Kind im Arm. Das Herz brach Tanya als sie sah, wie die Soldaten die Kinder zu Boden schleuderten und auch noch lachten, als sie blutend liegen blieben.

Ganz in der Nähe stand Waldfarn, die hochschwanger war. Das blanke Entsetzen weitete Tanyas Augen, als ein feindlicher Reiter vorbeischoß und Waldfarns Bauch mit dem Säbel aufschlitzte. Sie krümmte sich und sank zu Boden. Tanya wandte sich ab, würgendes Grauen schnürte ihr die Kehle zu.

Eine Grausamkeit jagte die andere. Zahllos schienen die Soldaten, die über das Dorf herfielen. Überall lagen die verstümmelten, fürchterlich zugerichteten Körper der Indianer herum, einige enthauptet, einige mit aufgeschlitzten Bäuchen, andere zu Tode getrampelt und mit geborstenem Schädel.

Der Lärm dröhnte ihr in den Ohren, was sie sah, machte sie fassungslos vor Zorn: Die Schreie der Verwundeten in ihrem

Todeskampf, das unaufhörliche Gewehrfeuer, lachende, kreischende Armeesoldaten, Pferde, Zaumzeug, das Klirren der Säbel und Bajonette. Der Überfall hatte die meisten Cheyenne unvorbereitet im Schlaf überrascht.

Einige der Krieger, so auch Panther und Winter Bear, waren zu diesem Zeitpunkt in benachbarten Lagern, andere noch nicht von der letzten Jagd zurückgekehrt. Inmitten des Schrekkens entdeckte Tanya eine Handvoll Krieger, die ihre Pferde erreichen und fliehen konnten. Sie wollten Hilfe holen, wenn es denn noch irgendetwas zu retten gab. Tanya konnte ihnen keinen Vorwurf daraus machen, daß sie nicht da blieben, um das Dorf zu verteidigen. Ihre Kameraden lagen niedergemetzelt am Boden, und die Krieger, die den Kampf überlebt hatten, waren gegenüber den Soldaten so in der Minderzahl, daß es nur noch eine Hoffnung auf Rettung gab: Hilfe von außen zu holen.

Ein schwacher Hoffnungsschimmer flackerte in Tanya auf, als sie sah, wie Scheues Reh und ihr Kind mit den Kriegern flüchteten. Vielleicht konnte sie mit ihren Söhnen das Gleiche tun. Sie rief nach Melissa, die unmittelbar hinter ihr stand und sprachlos dem Massaker zusah, das sich vor ihren Augen abspielte.

»Mein Gott, Tanya«, flüsterte sie entsetzt, »das ist das Schrecklichste, was ich je gesehen habe.«

Tränen rannen über Tanyas Wangen. »Und uns nennen sie Wilde«, keuchte sie. Am liebsten hätte sie sich übergeben. »Komm, wir holen die Jungen und versuchen zu fliehen. Das hier ist der reinste Wahnsinn. Wenn Scheues Reh es geschafft hat, haben wir vielleicht auch eine Chance.«

Kaum hatte sie zu Ende gesprochen, als sie Schüsse und laute Schreie aus Black Kettles Zelt hörte. Sie sah den Häuptling und Frau-die-nach-mir-kommt zum Fluß rennen. Ein paar Reiter waren ihnen auf den Fersen. Um ein Haar hätten die beiden es geschafft, doch gerade als sie sich in das Eiswasser werfen wollten, bäumten sich ihre Körper fast gleichzeitig auf, und sie fielen, Gesicht vornüber in den Strom. Die Pferde trampelten über sie hinweg, und Tanya wußte, daß sie tot waren. Als sie sich umdrehte, erkannte sie General Custer, der mit gezücktem Säbel vor dem blutenden Körper von Blaues Pferd stand.

»Hier kommen wir nie mehr lebend raus«, jammerte Melissa.

Tanya kämpfte gegen ihre Übelkeit. »Ich werde es wenigstens versuchen«, erklärte sie.

»Schau doch!« rief Melissa aufgeregt und zeigte auf eine Stelle am Rande des Lagers. Dort standen Nancy und Suellen, flankiert von einigen Soldaten. Suellen schüttelte heftig den Kopf, und dann wies Nancy direkt auf Tanyas *Tipi*.

»Verdammt!« Das war das erste Mal seit zwei Jahren, daß Tanya ein englisches Wort über die Lippen kam.

Melissa fühlte sich hin und her gerissen zwischen ihrer Loyalität für Tanya und dem verzweifelten Wunsch, wieder frei zu sein. »Was machen wir jetzt?« fragte sie.

»Mach, was du für richtig hältst, Missy. Das ist deine Chance, hier wegzukommen. Ich versuche, auf die Kinder aufzupassen und sie zu schützen.« Sie drückte das Baby an ihre Brust und zog Jäger an die Seite. Entschlossen zückte sie ihr Messer und hielt es vor sich, bereit sich zu verteidigen.

Sie wartete angespannt, und gleich darauf stürzten zwei blutbespritzte Soldaten mit gezückten Säbeln in das *Tipi*. Sie blickten sich um, fanden aber niemand außer den beiden weißen Frauen mit den Kindern und ließen die Waffen sinken.

»Ihr könnt rauskommen. Eure Freundinnen haben uns gesagt, daß wir hier noch zwei weiße Gefangene finden. Ihr habt verdammtes Glück gehabt, gerade wollten wir das Zelt in Brand stecken.«

Tanya rührte sich nicht. Sie stand nur da und starrte die Männer an.

Einer der beiden machte einen Schritt auf sie zu und streckte ihr die blutverschmierte Hand hin. Kit, die Tanya stumm bewacht hatte, richtete sich fauchend auf. Ihr Schwanz schlug drohend hin und her.

»Verdammte Scheiße!« fluchte der Mann und machte einen Satz rückwärts. »Und ich dachte, das wäre ein Bettvorleger. Ruf gefälligst das Tier zurück, aber schnell, Lady!«

Tanya antwortete in der Sprache der Cheyenne, und Melissa übersetzte. »Sie sagt, wenn du noch einen Schritt näherkommst, befiehlt sie dem Tier, dich zu töten.«

Der Soldat blickte Tanya überrascht an. »Moment mal! Wir sind hier, um dir zu helfen. Verstehst du?«

Ein Offizier betrat das Zelt. »Was geht hier vor?« wollte er wissen. »Warum bringt ihr die Frauen nicht raus?«

»Die hier will nicht mitkommen«, erklärte der Soldat und zeigte auf Tanya.

Jetzt blickte der Offizier zum ersten Mal Tanya an, und sein gutgeschnittenes Gesicht verzerrte sich vor Schreck. »Mein Gott! Tanya!« Er wollte auf sie zugehen, doch Kit fauchte erneut. Verunsichert blieb er stehen. Tanya starrte durch ihn hindurch.

»Sie kennen die Frau, Leutnant?« Der Offizier nickte. »Dann könnten Sie sie vielleicht dazu bringen, daß sie ihre Katze zur Ordnung ruft? Das andere Mädchen sagt, sie hetzt das Biest auf jeden, der sich ihr nähert.«

Der Leutnant schaute Melissa an. »Wer sind Sie?«

Der scharfe Tonfall, in dem die Frage gestellt wurde, machte sie trotzig. »Vielleicht ist die Frage angebracht, wer Sie sind und woher Sie Tanya kennen?«

»Ich bin Leutnant Jeffrey Young, Tanyas Verlobter.«

»Und ich bin Melissa Anderson, Tanyas Freundin.«

Zum erstenmal, seit die Männer das Zelt betreten hatten, machte Tanya den Mund auf. »Sag ihnen, sie sollen gehen. Sie besudeln mein Zelt«, sagte sie in der Sprache der Cheyenne.

»Sie möchte, daß Sie gehen.«

»Was hat man mit ihr gemacht?« Jeffrey ließ seine Augen verwirrt zwischen Tanya und Melissa hin und her schweifen. »Erkennt sie mich denn nicht? Sagen Sie ihr, sie soll Englisch mit uns reden.

Fauchend stieß Tanya eine Antwort hervor. Melissa trat unbehaglich von einem Fuß auf den anderen.

»Was hat sie gesagt?« fragte Jeffrey.

Melissa errötete. »In Englisch würde man sagen: ›Scher dich zum Teufel.‹

»Das ist ja lächerlich.« Jeffrey fuhr sich nervös mit den Fingern durch die Haare. »Kapiert sie denn nicht, daß wir hier sind, um sie zu befreien?«

Melissa zitterte am ganzen Körper, eine verspätete Reaktion

auf die Ereignisse des Morgens. Dennoch brachte sie eine Antwort zustande, ohne Tanyas Kommentar abzuwarten. »Vielleicht will sie nicht gerettet werden«, sagte sie. »Vielleicht hat sie von eurer ganzen Vorgehensweise genug, genau wie ich. Wir haben euch heute morgen beobachtet. Ihr habt wehrlose Frauen ermordet, Leuten die Bäuche aufgeschlitzt, Babys wie lebloses Spielzeug auf die Erde geschmettert...« Ihre Stimme überschlug sich. »Ihr wußtet gar nicht, daß wir hier sind, als ihr heute morgen das Dorf überfallen habt. Eure Kugeln pfiffen durch unser Zelt, und es ist purer Zufall, daß sie uns nicht getroffen haben. Wenn Tanya mir nicht befohlen hätte, mich auf den Boden zu legen und auf die Kinder aufzupassen, wäre ich wahrscheinlich längst tot.« Tränen erstickten ihre Stimme, sie zitterte und konnte nicht mehr weitersprechen.

Zum erstenmal schien es Jeffrey aufzufallen, daß auch noch Kinder im Zelt waren. Er starrte sie an, als wären sie Aussätzige. »Sie soll sie Harnes und Billhart geben. Die beiden werden sich um sie kümmern.«

Tanya hob das Messer an ihre Brust. Ihre Augen blitzten.

»Wenn einer die Kinder anrührt, bringt sie sich um«, warnte Melissa den Leutnant.

Jeffrey wurde weiß im Gesicht. »Was haben Sie da gesagt?« würgte er mühsam hervor.

»Eher bringt sie sich um und die Kinder dazu, als daß sie sie euch übergibt«, wiederholte Melissa. »Und ich werde ihr dabei helfen. Wir haben mit eigenen Augen gesehen, wie ihr mit Kindern umgeht.«

»Was soll das verdammte Theater«, brummte einer der Soldaten. »Schießt die Katze tot, schnappt euch die Brut, und dann nichts wie weg hier.« Er zog seinen Revolver.

Jeffrey starrte immer noch Tanya an. »Melissa«, sagte er schließlich, »erklären Sie ihr, daß sie mit uns kommen muß. Wenn nötig, wird die Raubkatze erschossen. Aber den Kindern« – er brachte es nicht über die Lippen, sie ›ihre Söhne‹ zu nennen – wird nichts passieren. Sie kann sie behalten, wenn sie will.«

Zu Tanya gewandt, fuhr er fort: »Es hat keinen Zweck, gegen uns zu kämpfen, Tanya. Dafür sind wir einfach zu viele. Verstehst du mich? Ich weiß nicht, was sie mit dir gemacht haben, warum du dich so verändert hast, aber es muß schrecklich für dich gewesen sein. Jetzt bist du in Sicherheit. Niemand wird dir etwas tun. Wir bringen dich zu deiner Familie in Pueblo, und dann wird bestimmt alles besser. Sie warten auf dich, Tanya. Wir haben die Hoffnung, euch zu finden, nie aufgegeben.« Es waren Worte, die sie treffen sollten, und obwohl er freundlich sprach, taten sie weh.

Tanya seufzte müde. In einem Punkt mußte sie ihm recht geben. Es waren zu viele und es hatte keinen Zweck, gegen sie zu kämpfen; außerdem sollte Panther, wenn er zurückkehrte, sie gesund und lebendig vorfinden. Daß Panther kommen würde, um ihr zu helfen, daran zweifelte sie nicht. »Sag ihm, daß ich mitkomme, aber erst muß ich ein paar Sachen für unterwegs packen.« Tanya weigerte sich immer noch, Englisch zu sprechen.

Melissa gab die Information weiter, und die Lage entspannte sich merklich.

»Fünf Minuten. Wir warten draußen.« Die Männer verließen das Zelt.

Tanya packte Kleidung für sich und die Kinder in einen Ledersack, setzte Zeichen des Bogenschützen in seinen Tragesitz und wickelte ihn und Jäger in dicke Pelze. Sie selbst nahm die Halskette und das Armband mit, das Frau-die-nach-mir-kommt und Black Kettle ihr zur Adoption geschenkt hatten, außerdem die Ketten aus Pumaklauen, sowohl Panthers wie ihre eigene. Sie wußte, die Soldaten würden das Zelt in Brand stecken, also mußte sie alles mit sich nehmen, was ihr wichtig war. Die Armreifen legte sie sowieso nie ab. Die Stirnbänder, die Panther und Scheues Reh ihr gemacht hatten, nahm sie ebenfalls mit, außerdem noch die Börse aus Pumafell. Auch an Panther dachte sie und packte Kleider und seine Lieblingsstirnbänder für ihn ein; vielleicht brauchte er sie, wenn sie wieder zusammen waren. Seinen Mantel aus Pumafell und seine Waffen hatte er ja bei sich. Zum Schluß nahm sie ihren eigenen Umhang mit Kapuze vom Haken.

Zweieinhalb Jahre war dieses Zelt ihr Zuhause gewesen, und

ihr brach das Herz bei dem Gedanken, es zu verlassen. Ihre Augen füllten sich mit Tränen, als sie sich ein letztes Mal umblickte. Da hingen die Häute, die sie im letzten Sommer bearbeitet hatte, die Pelze, die kleinen Säcke mit Nahrungsmitteln. Da stand die Wiege, die Panther so liebevoll geschnitzt hatte; die Matte, auf der sie so manche leidenschaftliche Nacht vereint gewesen waren. Hier in diesem *Tipi* hatte sie Panther lieben gelernt. Hier hatte Panther sie zur Frau gemacht, hier hatte sie ihre Kinder empfangen, hier hatte sie Jäger zur Welt gebracht. Sie warf einen letzten, wehmütigen Blick auf ihr Heim, dann drehte sie sich um und folgte Melissa nach draußen.

Neugierige Blicke trafen sie, als sie mit Zeichen des Bogenschützen auf dem Rücken, Jäger auf der Hüfte und Kit an ihrer Seite durch das Dorf ging. Mit hocherhobenem Haupt folgte sie Jeffrey durch den Ort der Verwüstung und zwang sich, die Abscheu, die sie bei dem verheerenden Anblick empfand, nicht sichtbar werden zu lassen. Ihre Wut war ihr nur an den blitzenden Augen und bebenden Nasenflügeln anzumerken.

Jeffrey führte sie zu einem Platz etwas abseits von den anderen Gefangenen und ließ sie durch einen Posten bewachen.

»Soll der uns beschützen, oder soll er uns daran hindern, zu fliehen?« fragte sie mit einem höhnischen Seitenblick auf den Wachtposten.

Melissa schüttelte müde den Kopf. »Ich weiß es nicht, Tanya. Vielleicht beides.«

Die Soldaten plünderten die Zelte, bevor sie sie in Brand steckten. Bei dem einfachen Leben der Indianer gab es nicht viel Wertvolles für sie zu holen, sah man von ein paar Schmuckstücken ab, dennoch wollte jeder Soldat wenigstens eine Erinnerung an den Sieg mit nach Hause nehmen. Manche stürzten sich auf die reichverzierten Kleidungsstücke, und als ein Sergeant triumphierend das Hochzeitskleid von Scheues Reh schwenkte, hätte Tanya am liebsten laut protestiert. Doch ihr Entsetzen und ihre Wut kannten keine Grenzen mehr, als sie sah, wie die Soldaten den toten Indianerinnen die Brüste abschnitten und den Männern die Genitalien. Lachend hoben sie sie hoch und prahlten, daß sie sich Börsen und Tabaksbeutel daraus machen lassen würden.

Auch Melissa war es bei diesem Anblick schlecht geworden. »O Gott! Hört auf damit! Hört auf damit!« schrie sie hysterisch.

Tanya beneidete Melissa darum, daß sie ihren Gefühlen so freien Lauf lassen konnte. Auch sie hätte gerne vor Wut und Kummer geschrien und getobt, doch ihr Körper war so erstarrt, daß es ihr unmöglich schien, etwas zu fühlen oder sich zu rühren. Die Muskeln in ihrem Gesicht waren so angespannt wie die Sehne eines Bogens, ihre Kiefer so fest zusammengepreßt, daß ihr die Zähne weh taten. Sie hatte das Gefühl, auseinanderzubrechen, wenn sie nur mit den Augenlidern zuckte.

Es war, als ob ihr Geist teilweise unabhängig von ihrem Körper funktionierte. Sie sah und verstand alles, was um sie herum vorging; ihre Augen zeichneten ein detailgetreues Bild all der Scheußlichkeiten auf, obwohl ihr Gehirn ihr permanent signalisierte: »Das ist alles nur ein Traum. Das ist gar nicht wirklich. Es kann nicht wirklich sein. Wenn es wirklich ist, werde ich verrückt.«

Sogar das plötzliche Auftauchen von Jeffrey kam ihr unreal vor. Einst hatte sie gebetet, er möge kommen und sie retten, doch jetzt wünschte sie sich nur noch, daß er mit seinen Männern so schnell wie möglich verschwinden möge. Falls sie noch irgendwelche zärtlichen Gefühle für ihn gehegt hatte, so hatten sie sich beim Anblick des grausamen Massakers in Nichts aufgelöst. Er war zusammen mit den anderen gekommen, um zu morden, zu brandschatzen und zu plündern; er hatte ihre heile Welt in einen Alptraum verwandelt. Sie haßte ihn nun dafür, daß er sie von Panther trennte und an diesem Vandalismus beteiligt war und wußte, daß sie ihm nie im Leben verzeihen würde.

Die Minuten schienen endlos. Die Soldaten hatten die Zelte ausgeplündert und warfen nun alles, was sie noch finden konnten, auf einen großen Haufen in der Mitte des zerstörten Dorfes. Zelte, Pelze, Häute, Nahrungsmittel, Kleidungsstücke, Haushaltsgegenstände, ja sogar Leichen wurden wahllos zusammengeworfen. Stumm beobachtete Tanya, wie auch die Wiege, die Panther geschnitzt hatte, achtlos auf den Haufen flog.

Dann steckten die Männer ihn in Brand. Die Flammen loderten bis zum Himmel, und schwarzer Rauch erfüllte die Luft.

»Es ist noch nicht einmal Mittag«, dachte Tanya geistesabwesend. »Binnen zwei Stunden hat sich die Welt in ein Tollhaus verwandelt.«

»Ja«, pflichtete Melissa ihr bei, »und wir sind die einzigen, die davon wissen.«

Trotz der Kälte und Nässe heizte der riesige Scheiterhaufen die Luft zu sommerlichen Temperaturen auf. Der Gestank war kaum auszuhalten. Schwarze Rauchschwaden hingen über dem ehemals friedlichen Dorf.

Plötzlich hatte Tanya das Gefühl, daß irgendeine Spannung in der Luft lag. Einige der Soldaten zeigten aufgeregt auf die Spitze des Felsens am Rande des Lagers. Neugierig geworden, stand Tanya auf und lief ein paar Schritte nach vorn, um besser sehen zu können. Der Wachtposten folgte ihr auf dem Fuß. Tanya drückte ihre Kinder an sich, Kit und Melissa begleiteten sie.

Was sie sah, ließ ihr Herz schneller klopfen. Panther!

Dort oben auf den Klippen hielt ein Trupp berittener Krieger. Tanyas scharfe Augen erkannten Schnecke, Mächtige Pinie und Winter Bear, die neben Panther standen. Sogar auf diese Entfernung gab er auf seinem großen schwarzen Hengst eine imposante Figur ab.

Die Sehnsucht nach ihm durchbohrte sie wie ein scharfer, stechender Schmerz. Verzweifelt wünschte sie sich, sie könnte einfach zu ihm laufen, obwohl es doch unmöglich war, den steilen Felsen hinaufzuklettern. Obwohl sie auf diese Entfernung seine Gesichtszüge nicht erkennen konnte, wußte sie doch sofort, daß er sie entdeckt hatte. Damit er sehen konnte, daß seine Söhne noch lebten, hielt sie Zeichen des Bogenschützen hoch und stellte Jäger vor sich.

Ganz langsam schob sie die Kapuze von ihrem Kopf und ließ ihr goldbraunes Haar und das Stirnband aufblitzen. Sie kreuzte die Arme über der Brust und berührte mit den Fingerspitzen das Symbol ihrer Ehe, die beiden Armreifen.

Panther hatte Tanya auf der Stelle entdeckt. Erleichtert seufzte er auf. Den ganzen Weg hatte er inbrünstig gehofft, daß sie noch am Leben wäre.

Als Winter Bear und Panther das benachbarte Lager gerade

hatten verlassen wollen, war Kat aufgetaucht. Der aufgeregte Puma fauchte und kreischte, wie Panther es noch nie zuvor erlebt hatte, und die Vorahnung einer Katastrophe kroch ihm kalt den Rücken hinauf. Eilig folgten sie dem Tier nach Hause.

Auf halbem Weg hatten sie Scheues Reh und die geflohenen Krieger getroffen und erfahren, was passiert war, doch das Ausmaß der Zerstörung entsetzte sie. Sofort wurde ihnen klar, daß die feindlichen Truppen deutlich in der Überzahl waren, und Panthers Blick verdüsterte sich, als er den leitenden Offizier entdeckte. Auch aus dieser Entfernung war der Mann an seinen großspurigen Gesten zu erkennen: General Custer, den Panther bereits bei den Verhandlungen in Pawnee Fork getroffen hatte. Er schwor sich, daß Custer eines Tages für das Massaker, das er angerichtet hatte, büßen würde.

Panther hatte auch gesehen, wie Tanya aufgestanden und nach vorn gelaufen war. Er spürte ihre Liebe, mochte die Entfernung zwischen ihnen auch noch so groß sein, sah, wie sie das Baby auf den Armen wiegte, wie sie Jäger vor sich stellte und begriff, daß sie ihn wissen lassen wollte, daß es den Kindern gut gehe. Er zweifelte nicht daran, daß sie für ihre Sicherheit sorgen würde, bis er zur Stelle war, um sie zu retten. Voll Stolz beobachtete er, wie sie ihre Zöpfe, ihr Stirnband zeigte, die Armreifen berührte. Und er verstand. Sie wollte ihm sagen, daß sie vertrauensvoll auf ihn wartete. Sein Herz vernahm diese Botschaft so deutlich, als hätte sie direkt zu ihm gesprochen.

Feierlich wiederholte er ihre Geste, berührte seine Armreifen, die genauso aussahen wie die Tanyas, und gab ihr damit zu verstehen: »Du bist meine Frau. Ich komme dich holen.«

Seine Geste tröstete Tanya und gab ihr neue Kraft. Sie hob den Kopf noch ein Stück höher und reckte stolz das Kinn in die Luft. Aufrecht stand sie da, der wiedergefundene Mut ließ ihre Augen blitzen. Wieder einmal war es, als ob ein Stück von Panthers Kraft auf sie überginge, so wie an dem Abend, als sie gebrandmarkt worden war. Damals war er stolz auf sie gewesen, und sie würde ihn auch diesmal nicht enttäuschen. Sie war eine Cheyenne und würde vor den Weißen weder weinen noch winseln. Sie war die Frau eines Häuptlings, und so wollte sie sich auch verhalten. Sie war Kleine Wildkatze, Panthers Frau, und niemand würde ihren Widerstand brechen können.

Die Entschlossenheit gab ihr neue Energie. Sie drehte sich um und ging, Jäger an der Hand, durch das verwüstete Dorf. In einfachen Worten erklärte sie ihm die Abscheulichkeiten, die hier stattgefunden hatten. Mit ernstem Gesicht und großen Augen lauschte er den Worten seiner Mutter. Sie fühlte, wie seine Hand zitterte, aber er stolperte nicht, und als sie ihm sagte, er müsse tapfer sein und seinem Vater Ehre machen, schien er sie zu verstehen.

Auf dem Weg kamen sie auch an Häßliche Otters verstümmelter Leiche vorbei. Melissa und Tanya tauschten einen Blick aus. Häßliche Otters Frau war, wie sie festgestellt hatten, unter den Gefangenen, die die Soldaten gemacht hatten. Von all den Ermordeten war Häßliche Otter der einzige, den Tanya nicht bedauerte.

Die Krieger auf der Klippe provozierten nun die Soldaten, beleidigten sie mit Worten und obszönen Gesten. Tanya verstand, daß es sich um einen Trick handelte. Man wollte ein paar der Soldaten, mit denen die Cheyenne leicht fertig werden konnten, auf den Felsen locken.

Tanya wartete ab, bis sie merkte, daß Panther sie beobachtete, dann zog sie ihr Messer und schnitt sich die Zöpfe ab. Je einen Zopf legte sie auf die toten Körper ihrer Eltern und befestigte sie unter deren Stirnband. Ihr Bewacher wollte sie daran hindern, doch als Kit fauchend auf ihn losging, hielt er sich zurück.

Dann schnitt Tanya jedem ihrer Kinder eine Locke ab, legte sie ebenfalls auf die toten Körper der Großeltern und gab Panther damit zu verstehen, daß Black Kettle gestorben war. Zum Schluß ritzte sie, zur Überraschung des Wachpostens, ihre Unterarme auf. Ihr Blut sollte sich mit dem ihrer Eltern vermischen.

Als sie auch nach Jägers Arm griff, schrie der Wachposten auf und wollte ihr Einhalt gebieten. Melissa legte eine Hand auf seinen Arm. »Lassen Sie sie«, sagte sie mit fester Stimme.

Tanya kümmerte sich weder um ihn noch um Melissa. Mit der Messerspitze ritzte sie die Haut auf Jägers Arm auf, gerade nur soviel, daß es blutete. Genauso verfuhr sie mit Zeichen des

Bogenschützen. Jäger zuckte einmal zusammen, und das Gesicht des Babys verzog sich schmerzlich, doch sie weinten nicht.

Dann begann Tanya, leise die Totenklage zu singen. Von dort, wo die Gefangenen zusammengetrieben worden waren, hörte sie, wie die anderen in ihr Klagelied einstimmten.

»Was zum Teufel geht hier vor?« Jeffrey und der blonde General kamen mit großen Schritten auf Tanya zu. Der General war offensichtlich wütend, und auch Jeffrey schien über die Sache ganz und gar nicht erfreut. Tanya kümmerte sich nicht darum und fuhr mit ihrem Gesang fort.

»Die Frau soll sofort mit ihrem Gejaule aufhören«, befahl der General. »Das Geheul weckt noch die Toten auf.«

Melissa stellte sich, Hände in die Hüften gestützt, vor ihn. »Genau darum geht es«, stellte sie fest. »Mit dem Klagelied werden die Toten auf den richtigen Weg zum Himmel geführt. Sie haben fast die gesamte Bevölkerung dieses Dorfes niedergemacht, Sie haben die Eltern dieser Frau ermordet, und jetzt wollen Sie ihr auch noch verbieten, zu trauern? Sie vollzieht nur die traditionelle Zeremonie.« Melissa setzte einen Finger direkt auf die Brust des Generals. Ihre Stimme überschlug sich beinahe. »Ich sage Ihnen: Genug ist genug! Lassen Sie die Frau in Ruhe!«

Der General wirkte geschockt. »Hören Sie, Lady!« brüllte er sie an. »Wie kommen Sie dazu, mir Befehle zu erteilen?«

Melissa ließ sich nicht unterkriegen. »Ich bin die Freundin dieser Frau hier und nicht irgendein Soldat. Sie haben *mir* nichts zu befehlen!« gab sie zurück.

Das Gesicht des Generals wurde purpurrot. Er warf einen langen Blick auf Tanya, die mit ihrem Totenritual fortfuhr, als sei sie allein auf weiter Flur, und sagte schließlich: »Sie können mir nicht weismachen, daß das ihre Eltern sind. Ich bin schließlich nicht blind. Sie ist eine Weiße, so wie Sie und ich.«

»Dafür würde ich die Hand nicht ins Feuer legen«, murmelte Melissa.

Jeffrey ergriff die günstige Gelegenheit. »Ich kenne diese Frau, General Custer. Ihre Eltern warten in Pueblo auf sie. Sie heißt Tanya Martin und wurde mit vier anderen Frauen vor zweieinhalb Jahren bei Fort Lyon entführt. Tanya ist nicht mehr der Mensch, der sie einmal war. Nur Gott weiß, was sie hinter sich hat.«

Custer blickte den jungen Leutnant an. »Wem gehören die Kinder?« wollte er wissen.

Jeffrey brachte die Antwort kaum über die Lippen: »Angeblich ihr«, sagte er.

»Stimmt das?« wandte sich General Custer an Melissa.

»Ja, es sind ihre«, bestätigte Melissa.

»Irgendein junger Wilder hat wohl Gefallen an ihr gefunden«, spöttelte Custer.

»Falsch«, erwiderte Melissa und durchbohrte ihn mit ihrem Blick. »Ein junger Häuptling hat sie zur Frau genommen, und diese beiden hier haben sie als Tochter adoptiert.« Melissa zeigte auf Black Kettle und seine Frau.

Custer sah sie von oben herab an. »Sie scheinen eine hohe Meinung von diesen roten Teufeln zu haben«, bemerkte er herausfordernd.

»Nicht von allen«, stellte Melissa richtig. Sie dachte dabei an Häßliche Otter und seine Frau. »Doch in der ganzen Zeit, die ich jetzt hier lebe, habe ich nie solche Scheußlichkeiten erlebt, wie Sie und ihre Männer sie heute morgen verübt haben. Tanya hat vollkommen recht. Ihr seid die eigentlichen Wilden, nicht die Cheyenne! Zivilisation ist keine Frage von Wohnkultur und modischen Kleidern, sondern eine Frage menschlicher Verhaltensweisen.«

Tanyas Totenklage war zu Ende, sie drehte sich um und blickte General Custer an. Ohne ihre Verachtung zu verhehlen, maß sie ihn mit zornigen Blicken von Kopf bis Fuß. Dann spuckte sie auf seine Stiefel und ging an ihm vorbei, darauf bedacht, ihn nicht zu berühren. Kit hob mit schlagendem Schwanz das Hinterteil, offensichtlich von der gleichen Verachtung erfüllt wie seine Herrin.

»Verflucht«, zischte Custer wütend.

Jeffrey, der außerordentlich verlegen war, versuchte zu vermitteln. »Sir, denken Sie daran, was die Frauen durchgemacht haben. Diese Wilden müssen sie irgendwie beeinflußt haben. Tanya war früher ein entzückendes junges Ding. Ich kann selber nicht fassen, wie sie sich verändert hat. Wenn sie sich erst in der Obhut ihrer Eltern befindet, wird sie rasch wieder zur Besinnung kommen.« Seinem Gesicht waren allerdings Zweifel abzulesen. »Ich hoffe es wenigstens«, fügte er hinzu.

»Gut, Leutnant, das ist ein Argument«, räumte Custer barsch ein. »Aber halten sie mir die zwei Biester vom Hals, bis ich mich ihrer endgültig entledigt habe. Ich kann es nicht leiden, wenn ich angespuckt werde.«

Damit stolzierte er davon. Jeffreys erleichtertes »Ja, Sir« hörte er kaum noch.

General Custer hatte andere Probleme, als sich jetzt um Tanya zu kümmern. Die Krieger auf den Felsen gestikulierten immer noch höhnisch, und inzwischen war dieser Idiot Major Elliot mit siebzehn Männern hinter einer Handvoll Frauen und Kindern her, die zu den Kriegern hochsteigen wollten. Einigen Cheyenne war es nämlich gelungen, sich hinter einer Flußbiegung zu verstecken, und nun waren sie auf dem Weg den Berg hinauf zu den Kriegern, von denen ein paar ausgeschickt worden waren, sie in Empfang zu nehmen. Major Elliot wollte ihnen den Weg abschneiden.

»Sollen wir noch ein paar Männer hinterher schicken, General?« fragte ein anderer Major. »Vielleicht geraten sie in eine Falle.«

»Wenn, dann sind sie selber schuld dran«, schnauzte Custer ihn an. »Ich habe den Idioten nicht gebeten, sich wie ein Held aufzuspielen und wünsche den geordneten Abzug aus diesem Dorf vor Einbruch der Nacht. Wir können uns nicht leisten, daß unser Nachschubtrupp hier in der Gegend auftaucht. Die Rothäute dürfen nichts davon ahnen, denn der Wagenzug hat kaum Begleitschutz. Das würde denen da oben gut gefallen, uns die ganze Munition und die Essensvorräte abzunehmen.«

Tanya und die anderen beobachteten, wie drei Krieger die Gruppe von Frauen und Kindern in Empfang nahmen. Es war auf die Entfernung schwer zu sagen, aber eine der Frauen sah aus wie Geht-wie-eine-Ente, eine andere wie Elster mit ihrem

Jüngsten auf dem Arm. Unter den Toten hatte Tanya die beiden Frauen nicht gesehen, so hoffte sie, daß sie in Sicherheit wären. Die Krieger halfen ihnen, die steilen Felsen zu erklimmen, und schon bald waren sie außer Sichtweite.

Wenige Minuten später hörte man weiter entfernt Schüsse. Tanya überzeugte sich rasch, daß Panther, Mächtige Pinie und einige andere nicht mehr auf den Klippen zu sehen waren, nur Winter Bear stand noch dort. Dann ritt auch er davon. Major Elliot und seine siebzehn Männer kehrten nicht mehr zurück.

Tanya setzte sich, um ihre Söhne zu versorgen. Ein junger Soldat brachte ihr etwas zu essen, und auch wenn sie ihm das Essen am liebsten ins Gesicht geworfen hätte, wußte sie doch, daß sie es brauchte, um bei Kräften zu bleiben und Milch für Zeichen des Bogenschützen zu haben.

Melissa fütterte Jäger, während Tanya das Baby stillte.

Jeffrey kam vorbei, um zu sehen, ob alles in Ordnung wäre. Beim Anblick des Babys an Tanyas Brust verzog sich sein Gesicht vor Widerwillen. Sie blickte ihn unbarmherzig an, forderte ihn stumm zu einem Kommentar heraus, doch er ging ohne ein Wort davon.

Tanya aß, was sie herunterbrachte, und gab Kit den Rest. Die Katze ging nicht auf Jagd, sondern blieb die ganze Zeit an Tanyas Seite.

Mordlust regte sich in Tanya, als sie sah, wie das einzig verbliebene Zelt im Dorf abgeschlagen und weggetragen wurde. General Custer erhob Anspruch auf Black Kettles *Tipi* als Souvenir für seinen glorreichen Sieg. Er fing Tanyas haßerfüllten Blick auf und schien sich darüber zu freuen.

Der Blick, den sie ihm zuwarf, enthielt ein Versprechen. Er besagte: »Ich kann warten, ich habe Geduld. Aber eines Tages werde ich mich rächen, und dann mußt du für alles bezahlen.«

Es war gut möglich, daß sie ihm ein wenig Furcht eingeflößt hatte, denn später, als er sämtliche Pferde der Indianer erschießen ließ, erlaubte er Tanya, Wheat aus der Herde zu nehmen. Sie verzichtete darauf, sich bei ihm zu bedanken. Zwei Stunden lang war sie außer sich vor Wut, als sie sah, wie Custers Truppen die so sorgfältig trainierten Pferde der Cheyenne niedermachten. Der Haß bildete eine harte Schale um ihr Herz, die nur Panther allein würde brechen können, wenn er wieder bei ihr war.

13

Die Truppen verließen das Lager am späten Nachmittag. Major Elliot und seine Männer waren noch immer nicht zurückgekehrt, man hatte aber auch niemanden ausgesandt, um nach ihnen zu suchen. Falls Elliot und seine Männer nicht mehr lebten, waren insgesamt zweiundzwanzig Soldaten getötet worden. Ein rascher Überschlag ergab einhundertunddrei Tote auf Seiten der Cheyenne, darunter sechzig Krieger, der Rest Frauen und Kinder. Dreiundfünfzig Gefangene, ebenfalls meist Frauen und Kinder, sowie einige ältere Männer zogen mit den Truppen ab. Dazu kamen die vier weißen Frauen und Tanyas Söhne. Black Kettles Dienerin war bei dem Gemetzel durch den versehentlichen Schuß eines angeblichen Retters getötet worden. Man sprach wenig darüber, denn keiner der Soldaten wollte für ihren Tod geradestehen.

Der Ritt nach Camp Supply dauerte vier Tage. Es war ein beschwerlicher Marsch, denn das Gelände war von Natur aus unwegsam; dazu kam noch der bitterkalte Wind, die eisigen Temperaturen, und die Schneestürme. Die Gruppe traf nach zwölf Meilen auf den Versorgungszug und schlug wenig später ihr Lager auf.

Hier teilte sich Tanya ein Zelt mit Nancy und Suellen, das eigens für die vier weißen Frauen errichtet worden war. Ihr Pferd war ihr abgenommen worden, und ohne Wheat bestand keine Hoffnung, jemals mit ihren beiden Söhnen nach Washita zurückzugelangen.

Nancy, im siebten Monat schwanger, fühlte sich am Ende ihrer Kräfte, doch Suellen zeigte sich so giftig wie eh und je. Als sie herausfand, daß Jeffrey der Verlobte Tanyas war, bemerkte sie beißend: »Eines kann ich euch sagen. Es gibt Leute, die fallen mit dem Gesicht in einen Haufen Pferdemist und riechen hinterher nach Parfüm. Du fällst immer auf die Füße. Wie machst du das?«

Tanya lächelte und antwortete etwas in der Sprache der Cheyenne, das Melissa erröten ließ und Suellen einen Wutschrei entlockte. Nur das heftige Fauchen Kits verhinderte, daß der Rotschopf sich wütend auf Tanya stürzte.

»Wenn diese verdammte Katze nicht wäre, würde ich dir die Augen auskratzen!«

»Ich kann Kit jederzeit nach draußen schicken«, antwortete Tanya ruhig.

Dieser Herausforderung zeigte sich Suellen nicht gewachsen und gab klein bei. »Nicht nötig«, sagte sie beleidigt. »Ich begebe mich doch nicht auf dein Niveau.«

Am Abend versammelten sie sich zum Essen um das Lagerfeuer, und Tanya erinnerte sich lebhaft an ihre erste Nacht mit Panther. Dieselbe Szene spielte sich vor ihren Augen ab: Wieder einmal wurden ihre Freundinnen vergewaltigt, nur daß diesmal die Männer weiß und die Frauen Cheyenne waren.

Auch Melissa zuckte zusammen, als sie das schändliche Schauspiel sah. »Eigentlich habe ich keinen Grund dazu, und dennoch tut mir Häßliche Otters Frau leid. Sie ist schon von ihrem Mann genug mißhandelt worden, nun muß sie das auch noch aushalten. Wie merkwürdig, daß ich mit ihr genausoviel Mitleid habe wie mit den anderen.«

»Das nennt man ausgleichende Gerechtigkeit, oder?« mischte sich Suellen ein.

»Was für eine niedrige Gesinnung du doch hast, Suellen«, stellte Tanya fest. »Wer an so etwas Gefallen findet, bei dem stimmt etwas nicht.«

Jeffrey kam dazu und hörte noch Suellens schneidende Antwort: »Du hast allen Grund, zu ihnen zu halten, Tanya. Du bist von Anfang an anders behandelt worden als wir. Uns hat man halbtot geprügelt, wir mußten schmutzig und zerlumpt herumlaufen; du warst sauber, hattest anständige Kleider und wurdest verhätschelt wie eine Prinzessin. Ich habe nie verstanden, warum. Was hast du für diesen bronzehäutigen Bock alles getan, damit er dich so behandelt hat?« Ihre Stimme wurde schrill und schneidend. »War es nur der Spaß, die Beine für ihn breitzumachen? War das der ganze Unterschied?«

Jeffrey war blaß geworden, sein Gesicht aufs Äußerste angespannt; ein Muskel an seinem Kinn zuckte heftig, während er auf Tanyas Antwort wartete.

Tanyas Augen zogen sich zu goldenen Schlitzen zusammen, aber sie antwortete mit ruhiger Stimme: »Du bist eifersüchtig, Suellen, und Grün ist eine Farbe, die dir einfach nicht steht. Sie macht dich entsetzlich blaß.«

»Was hat sie gesagt?« wollte Jeffrey wissen.

Niemand achtete auf seine Frage, denn nun griff Melissa in die Diskussion ein. »Tanya hat recht, Suellen. Du bist schlicht und einfach eifersüchtig. Keiner von uns hat sich gewünscht, entführt zu werden, und Tanya hatte, neben Rosemary, am meisten zu verlieren. Du hast nicht das Recht, sie zu beleidigen, nur weil sie mehr Glück gehabt hat als wir, nur weil Panther großzügiger und freundlicher zu ihr war. Sie ist nicht schuld daran, daß ich an Häßliche Otter geraten bin oder du an den Mann, der dich genommen hat. Sie konnte daran auch nichts ändern.«

Suellen lachte haßerfüllt. »Ach, wirklich? Und wie hat sie Black Kettle dazu gebracht, sie zu adoptieren und in den Stamm aufzunehmen? Wieso hat Panther sie geheiratet? Sie ist umhergegangen wie eine Königin, und wir wurden wie Sklaven gehalten.«

»Du giftige Hexe!« zischte Melissa. »Vielleicht liegt es daran, daß Tanya sich mehr Mühe gegeben hat als wir alle zusammen, um die Sprache und die Sitten dieses Volkes zu erlernen. Was dich ärgert ist doch nur, daß Tanya die Chance, ihr Schicksal zu verbessern, ergriffen hat, sonst nichts. Das nennt man die Kunst des Überlebens, Suellen. Manchmal muß man sich anpassen, und nichts anderes hat Tanya getan.« Melissa machte eine Atempause und schoß dann ihren letzten Pfeil ab: »Was macht dir eigentlich mehr zu schaffen, Suellen? Daß Tanya alles getan hat, um ihre Lage erträglich zu machen, oder daß Panther nicht dich, sondern Tanya zur Frau genommen hat?«

Suellen verlor die Beherrschung. Sie war drauf und dran, Melissa ins Gesicht zu schlagen, da zog Tanya ihr Messer.

»Nicht nötig«, sagte Melissa. »Suellen hat mir durch ihre Reaktion schon recht gegeben. Das genügt mir.«

Am zweiten Tag hatte Tanya beim Mittagessen Gelegenheit, mit George Bent, ihrem Halbschwager, zu sprechen. Er war einer der wenigen Männer, die nur gefangengenommen und nicht ermordet worden waren. Vielleicht lag es daran, daß er ein weißes Halbblut war. »Es tut mir leid wegen Blaues Pferd«, sagte sie.

George nickte stumm.

»Ich glaube, Elster ist mit deinem Jüngsten noch mal davongekommen, auch Geht-wie-eine-Ente.« George hob den Kopf. Ein Hoffnungsschimmer glitzerte in seinen Augen. »Sie gehörten zu der Gruppe, die sich am Fluß versteckt hatte, kurz bevor Major Elliot nach oben geritten ist. Ich bin fast sicher, daß ich sie erkannt habe.«

George schüttelte resigniert den Kopf. »Danach hat es noch eine Schießerei gegeben«, sagte er.

»Richtig«, stimmte Tanya ihm zu. »Aber ich glaube, Panther hat einen Überfall aus dem Hinterhalt vorbereitet, während die anderen den Frauen und Kindern zur Hilfe geeilt sind. Es könnte gut sein, daß sie es geschafft haben. Schließlich sind Elliot und seine Männer nie zurückgekehrt.«

George nickte. »Du hast recht, Kleine Wildkatze. Es besteht eine gewisse Hoffnung.«

»Ich glaube, daß Panther uns bald befreit. Leutnant Young hat den Auftrag, mich zu meiner Familie zurückzubringen.«

»Selbst dort wird dich Panther finden«, versicherte George.

»Laß uns einen Pakt schließen«, schlug Tanya vor. »Wenn wir nicht gerettet sondern getrennt werden, soll derjenige von uns, der als erster entkommt und zum Stamm zurückkehrt, den anderen Nachricht geben. Wenn ich es als erste schaffe, werde ich Elster berichten, was mit dir geschehen ist – sofern ich es weiß. Und wenn du es zuerst schaffst, dann sag Panther, wo er nach mir suchen soll.«

»Einverstanden«, sagte George Bent.

Suellens permanente Hinterhältigkeit zerrte an Tanyas Nerven, die sich jetzt, zusätzlich zu ihrem eigenen Kummer, auch noch Sorgen um Nancy machen mußte. Der anstrengende Marsch forderte seinen Tribut. Tanya erinnerte sich daran, wie es ihr an dem Tag gegangen war, als Zeichen-des-Bogenschützen geboren wurde.

Custer trieb sie unerbittlich vorwärts, und Nancy war die Hauptleidtragende dabei, obwohl man ihr bereits in einem Wagen des Versorgungszuges ein bequemeres Lager eingerichtet hatte. Sie fühlte sich sehr unwohl. Ihr Bauch war hart wie ein Kürbis, und ihr Rücken schmerzte Tag und Nacht. Als auch noch Übelkeit und Magenkrämpfe dazu kamen, wußte Tanya, daß es ihr wirklich sehr schlecht ging.

Suellen war der Haken im Fleisch, Nancy eine ständige Sorge für Tanya, und Jeffrey ein wachsendes Problem. Melissas Argumente gegen Suellens rachsüchtige Bemerkungen hatten ihn davon überzeugt, daß Tanya gezwungen worden war, sich dem Leben der Cheyenne anzupassen. Es schien ihm undenkbar, daß sie freiwillig Panthers Frau geworden war, und noch unmöglicher, daß sie den Häuptling liebte. Also versuchte er sich einzureden, daß sie Panthers Zuneigung geduldig ertrug und ihm nur deshalb zwei Kinder geboren hatte, weil ihr nichts anderes übrig blieb. Daß sie ihre Söhne so heftig verteidigte, entschuldigte er mit übergroßer mütterlicher Fürsorge, die unter den Umständen, die er sich im Geiste zusammenreimte, allerdings bewundernswert schien.

So oft es ihm möglich war, hielt sich Jeffrey an Tanyas Seite auf. Ihre Kinder mied er zwar geflissentlich, doch hinter ihr selbst war er ständig her. Anfangs plauderte er nur mit ihr und erzählte ihr von Pueblo, ihren Eltern und ihrer Schwester, die zu Tante Elizabeth und Onkel George gezogen waren. Er versuchte sich bei ihr einzuschmeicheln, indem er berichtete, wie aufgeregt und besorgt ihre Eltern gewesen waren, wie sehr sie sie vermißt, um ihre Sicherheit gefürchtet und für ihre Rettung gebetet hatten. Als nächstes versuchte er, sie freundlicher zu stimmen, indem er ihr klarmachte, wie sehr er selbst von der Nachricht erschüttert worden war, wie er Himmel und Hölle hatte in Bewegung setzen wollen, um sie wiederzufinden, wie wütend er gewesen war, wieviel er gelitten hatte.

Tanya ließ seine Reden in eisigem Schweigen über sich ergehen. Ab und zu warf sie ihm einen verächtlichen Blick zu. Zu Melissa sagte sie in der Sprache der Cheyenne: »Ich wünschte, er wäre endlich still. Oder er würde sein Geschwätz von ein paar schluchzenden Geigen begleiten lassen.«

Jeffrey wollte wissen, was Tanya gesagt hatte, und Melissa übersetzte: »Ihr dauerndes Gerede macht ihr Kopfschmerzen.«

Daraufhin ging er weg, kehrte aber nach kurzer Zeit zurück und fing dieselbe Leier von vorne an. Immer wieder betonte er, wie sehr alle sie vermißt und gehofft hätten, sie wiederzufinden.

Es dauerte nicht lange, da führte er sich wie ein Verliebter auf und bombardierte sie mit Beteuerungen seiner Zuneigung. Er machte ihr Komplimente, nannte sie seinen tapferen kleinen Schatz, und bald hätte Tanya ihn am liebsten erwürgt. Ständig äußerte er sich mitfühlend über die Scheußlichkeiten, die sie seiner Meinung nach hatte erdulden und tapfer vor den anderen hatte verbergen müssen. Sein verständnisvolles Gehabe nervte Tanya, weniger, weil sie es gar nicht verdiente, sondern weil sie einen falschen Unterton heraushörte. Mehrfach wiederholte er, daß es ihn nicht störe, daß Panther sie als Frau besessen habe; er, Jeffrey, wolle sie nach wie vor heiraten.

»Dieser herablassende Bastard«, murmelte Tanya. »Wenn er wirklich so bereit ist, zu vergessen und zu vergeben, warum blickt er dann meine Söhne an, als wolle er sie erdolchen?«

Melissa übersetzte: »Jeffrey, such dir eine Schneewehe und laß dich begraben.«

Irgendwann aber bröckelte die Maske des gütigen Verständnisses, und die Enttäuschung und Wut, die Jeffrey wirklich fühlte, zeigten sie unverhüllt. »Verdammt, Tanya«, brüllte er sie an, »ich weiß genau, daß du jedes meiner Worte verstehst! Hör auf mit deinem Geschnatter und sprich endlich Englisch. Hör auf, mich zu ignorieren und mich anzustarren, als hättest du nichts anderes im Sinn, als mir die Kehle durchzuschneiden. Und sag um Himmels willen deiner Katze, sie soll nicht jedesmal knurren und sich die Lippen lecken, wenn ich dir nahekomme!«

Tatsächlich war das die einzige Freude, die Tanya in diesen Tagen geblieben war: zu sehen, wie Jeffrey sich davonmachte, wenn Kit nur mit den Barthaaren zuckte.

Nachdem er einmal sein Mütchen gekühlt hatte, kehrte Jeffrey mit einer neuen Taktik zurück. »Rede doch, Tanya. Erzähl mir alles. Du wirst dich besser fühlen hinterher. Laß einfach alles raus. Du brauchst jemanden, der dich versteht. Ich bin nicht nur dein Bräutigam, ich bin auch dein Freund. Ich verurteile dich nicht, mein Liebling, glaub mir. Befrei dich. Ich habe breite Schultern. Mir kannst du alles sagen. Weine, schreie, mach, was du willst, nur verschließ es nicht in deinem Innern. Ich werde dir helfen, Liebes.«

»Natürlich, mein Herr, ich hatte es ganz vergessen. So ein Bekenntnis erleichtert die Seele. Ich wette, Sie sind schon ganz scharf auf all die blutrünstigen Details«, antwortete Tanya höhnisch in Cheyenne. »Aber ich habe meine Zweifel, ob Sie soviel Leidenschaft überhaupt vertragen können. Wahrscheinlich trifft Sie der Schlag.«

Melissa verdrehte die Augen und übersetzte: »Ich glaube nicht, daß Sie es aushalten würden, sich das alles anzuhören, Leutnant.«

In der dritten Nacht fing Nancy zu bluten an und da Tanya von den vier Frauen die einzige war, die selber ein Kind hatte, rief man sie zur Hilfe. Hätte sie ihre Kräutersammlung dabei gehabt, hätte sie für Nancy vielleicht etwas tun können, aber so konnte sie nur versuchen, die Blutung zu stoppen, indem sie kalte, feuchte Tücher zwischen Nancys Beine schob und sie von Kopf bis Fuß abwischte, um das Fieber niedriger zu halten.

Am nächsten Morgen war Nancy durch den starken Blutverlust und das hohe Fieber bewußtlos geworden. Tanya fuhr mit ihr im Wagen, während Melissa Jäger und Zeichen des Bogenschützen versorgte. Sie betete, daß sie Camp Supply bald erreichten, damit Nancy von einem Arzt vielleicht noch gerettet werden könnte.

Am Nachmittag kamen sie in Camp Supply an. General Custer machte eine Riesenszene aus seiner Rückkehr, spielte den großen Helden, spreizte sich wie ein Pfau und zog die gesamte Aufmerksamkeit auf sich. Stolz präsentierte er die zerlumpte, verfrorene Schar seiner Gefangenen und ließ sich endlos dafür bewundern, daß er die vier weißen Frauen gerettet hatte. (Über den Tod von Black Kettles Dienerin jedoch fiel kein Wort.)

Nachdem Custer lang genug mit seinen Heldentaten herumgeprahlt hatte, kümmerte er sich auch um einen Arzt für Nancy, doch jede Hilfe kam zu spät. Zwei Stunden darauf war sie tot. Der Arzt bestätigte, was Tanya bereits vermutet hatte. Der Überfall, die Scheußlichkeiten, die sie hatte mitansehen müssen, und der lange Marsch zurück hatten zu einer Fehlgeburt geführt.

Eine gute Woche, in der Custer seinen Ruhm genoß, blieben sie in Camp Supply. Die verbliebenen drei Frauen wurden in einem größeren und bequemeren Zelt untergebracht, doch selbst eine Villa mit vierzig Zimmern wäre nicht groß genug gewesen, um Tanya und Suellen gleichzeitig zu beherbergen. Suellen hörte mit ihren hinterhältigen Sticheleien nicht auf, obwohl Tanya sie weitgehend ignorierte. Schließlich brachte Tanya sie mit der Drohung zum Schweigen, sie werde ihr im Schlaf die Lippen zunähen. »Tu es doch«, meinte Melissa lakonisch.

General Custer bot ein Schauspiel besonderer Art. Eigentlich brauchte er niemanden, der ihm huldigte, er sang pausenlos sein eigenes Loblied. Jedesmal, wenn Tanya ihn traf, war er damit beschäftigt, seine Verdienste und seine Erfahrungen auszubreiten. Ohne daß es ihre Absicht war, irritierte sie ihn zunehmend, denn immer wenn er davon schwärmte, wie er die vier weißen Frauen den Klauen der Wilden entrissen habe, ging Tanya gerade vorbei. Kaum hatte er angefangen zu erzählen, wie dankbar die armen Mädchen ihm gewesen seien, kam Tanya auch schon an und strafte seine Reden mit einem einzigen eisigen Blick Lügen. Dann war es vorbei mit seinem Versuch, den edlen Ritter zu spielen. Er hätte sie mit Freuden erwürgt, aber das wäre noch harmlos gewesen gegen das, was Tanya ihm antun wollte, hätte sie nur eine Gelegenheit gefunden.

Es gab noch mehr Zündstoff zwischen ihnen. General Custer

besaß zwei preisgekrönte Wolfshunde, die er abgöttisch liebte und nie irgendwelchen Gefahren aussetzte. Sie warteten stets in Camp Supply auf die Rückkehr ihres Herrn.

Kit hatte von Anfang an eine Abneigung gegen die beiden Hunde, und Tanya mußte ihr recht geben. Die Hunde waren schlecht erzogen, wild, laut und übernervös. Ständig waren sie kläffend und keifend hinter Kit her, ein einziges Ärgernis. Tanya hatte alle Mühe, Kit im Zaum zu halten, hielten sie sich in der Nähe auf.

Schließlich hatte sie genug davon und ließ durch Melissa General Custer ausrichten, er solle seine Hunde zurückpfeifen, wenn ihm an ihrem Leben läge. »Das nächste Mal, wenn sie Kit ärgern und reizen, lasse ich sie los«, warnte sie ihn. »Was dann noch von ihnen übrig bleibt, reicht nicht einmal zum Ausstopfen.«

Jeffrey verdoppelte seine Bemühungen, ihren Widerstand zu brechen, doch sie blieb hartnäckig und weigerte sich, ihn zur Kenntnis zu nehmen oder Englisch mit ihm zu sprechen. Mit Erleichterung hörte sie, daß man am Wochenende nach Fort Lyon aufbrechen wollte. Vielleicht würden seine Pflichten dort ihn in Anspruch nehmen und er konnte ihr nicht mehr dauernd auf die Nerven fallen.

Ihre Hauptsorge war, daß Panther nicht auftauchte. Allerdings war ihr klar, daß er es nicht riskieren konnte, mit so wenigen Kriegern ein Fort zu überfallen. So zähmte sie ihre Ungeduld und tröstete sich mit ihren Söhnen.

Die Reise nach Fort Lyon verlief nicht so hektisch wie die nach Camp Supply. Nach zwei Wochen tauchten die Mauern des Forts vor ihren Augen auf, und kaum waren sie angekommen, wurde Jeffrey bei General Custer vorstellig. Da er eigentlich nicht zur siebten Kavallerie gehörte, bat er um seine sofortige Rückkehr auf seinen Posten in Pueblo unter dem Vorwand, Tanya bis Weihnachten zu ihren Eltern zurückbringen zu wollen. Noch vier Tage waren es bis dahin. Custer, der es eilig hatte, Tanya loszuwerden, stimmte sofort zu und stellte einen Trupp Soldaten zur Begleitung zusammen, nicht weil er sich um Tanyas Sicherheit sorgte, sondern weil er sich die Peinlichkeit einer erneuten Entführung ersparen wollte.

Für Suellen gab es keinen Grund, nach Pueblo zu gehen, da ihre Eltern die Hoffnung auf Rettung ihrer Tochter aufgegeben hatten und nach Kalifornien, ihrem ursprünglichen Ziel, weitergezogen waren. Sie beschloß, Weihnachten im Fort zu verbringen und später nachzukommen. Gebrochene Herzen gab es nicht, als die beiden Frauen sich voneinander trennten.

Kaum waren die nötigen Vorbereitungen getroffen, machten sie sich auf den Weg. Tanya verabschiedete sich von Custer mit einem geheimnisvollen Lächeln und einem eleganten Knicks. Vergnügt sah sie, wie das blöde Grinsen auf seinem Gesicht gefror. Perplex und mit nachdenklich gerunzelter Stirn blieb er zurück. Offensichtlich versuchte er, hinter Tanyas Absichten zu kommen.

Wenn nichts dazwischenkam und wenn sie schnell ritten, würde Tanya dieses Jahr das Weihnachtsfest bei ihren Eltern verbringen können. Doch hatte sie mehr und mehr Bedenken deswegen. Ein Teil von ihr freute sich zwar auf das Wiedersehen mit der Familie, ein anderer fürchtete es aber auch. Waren sie sich in den zweieinhalb Jahren fremd geworden? Hatten sie sich verändert? Sie selbst gewiß und auf drastische Weise, daran gab es keinen Zweifel.

Wie würde ihre Familie auf Jäger und Zeichen des Bogenschützen reagieren? Wenn sie ihre Söhne nicht akzeptierten, wollte sie keine Stunde bleiben, schon gar nicht so lange, bis Panther endlich kam.

In den letzten Jahren hatte Tanya sich oft gewünscht, ihre Eltern wiederzusehen. Sogar Julie und die geschwisterlichen Kämpfe hatte sie vermißt. Aber was erwartete ihre Familie wohl von ihr? Ob sie genauso neugierig war wie Jeffrey und alles über ihr Leben bei den Cheyenne wissen wollte? Würde man sie in Mitleid ertränken, mit Liebe und Fürsorge ersticken? Würden sie sie so akzeptieren, wie sie jetzt war, oder erwarteten sie von ihr, daß sie ihr Leben an dem Punkt wieder aufnahm, wo sie es verlassen hatte, so als sei sie niemals weg gewesen? Ob sie sich ihrer schämten? Und vor allem: Konnten sie verstehen, daß sie zu Panther gehörte, auch wenn sie ihre Familie immer noch liebte? Daß sie ohne Zögern zu ihm zurückkehren würde, wenn sie die Wahl hätte?

Über diese und andere Fragen dachte Tanya nach. Jahre waren vergangen, seit sie zum letztenmal auf einem Stuhl, an einem Tisch gesessen, mit einer Gabel gegessen, Stoffkleider getragen hatte. Das alles würde ihr mittlerweile sehr fremd erscheinen.

Jeffrey hatte einen Anfall bekommen, als er gesehen hatte, wie sie mit den Fingern aß. »Um Himmels willen, Tanya, nimm die Gabel!« hatte er sich aufgeregt. »Du benimmst dich ja wie eine von diesen Wilden, du ziehst dich an wie sie und du redest in dieser albernen Sprache. Mein Gott, bist du dickköpfig!«

Melissa, die rasch dazu übergegangen war, wieder mit der Gabel zu essen und ihr Gewand aus Hirschhaut gern gegen ein Stoffkleid eingetauscht hatte, sagte: »Tanya, willst du nicht endlich aufhören, den armen Mann zu ärgern? Er entwickelt sonst ein nervöses Leiden, das mich ganz krank macht.«

Doch Tanya war mit dem Leben und den Sitten der Cheyenne schon so fest verbunden, daß sie nicht wußte, ob sie sich wieder ändern könnte. Versuchte sie es überhaupt? Wenn es nach ihr ginge, wäre sie längst wieder in einem Zelt. Sie fühlte sich in den Kleidern aus Hirschleder viel wohler und hatte sich geschworen, sich nie wieder in ein Korsett zwängen zu lassen. Ganz bestimmt nicht! In den Mokassins lief es sich so leicht und bequem, welche Qual bereiteten dagegen die engen Schuhe, die sie früher getragen hatte. Daß sie ihr Haar abgeschnitten hatte, war nicht mehr zu ändern. Melissa hatte es zurechtgestutzt, und nun fiel es in sanften Locken wie eine weiche braune Kappe um ihren Kopf. Es reichte knapp bis zum Nacken, ein paar Fransen umrahmten das Gesicht.

Obwohl ihr beim Gedanken an die Kochkünste ihrer Mutter das Wasser im Mund zusammenlief, kam ihr eine Gabel inzwischen so abartig vor wie die Eßstäbchen der Chinesen. Sie fragte sich, welches Gefühl es wohl sei, wieder auf einem Stuhl zu sitzen, in einem weichen Bett zu liegen und nicht auf dem Boden. Bestimmt würde ihr das Bett zu hoch vorkommen – und entsetzlich leer ohne Panther neben ihr.

Ihr Verlangen nach Panther war so stark, daß es sie körperlich schmerzte. Sie sehnte sich danach, ihn in Armen zu halten, ihn zu berühren, seine tiefe, melodische Stimme zu hören. Ihr Körper schrie nach seinen Händen, nach seinem starken Körper, nach seinen glänzenden Augen, in denen Liebe und Glück sich spiegelten.

Wo war er jetzt? Würde er bald hier sein und sie holen? Wie lange würde er brauchen, um sie zu finden?

Tanya hatte mit Melissa darüber gesprochen, was aus ihr werden sollte, wenn sie in Pueblo angekommen waren. Der Gedanke, sofort nach Kalifornien weiterzureisen, begeisterte Melissa nicht gerade. Sie kannte ihren entfernten Vetter nicht und wußte nicht, was sie dort erwartete. Vielleicht würde man sie nun, nachdem sie zweieinhalb Jahre bei den Indianern gelebt hatte, als besudelt betrachten und genauso schlecht behandeln, wie die Cheyenne sie behandelt hatten. Nur eine arme Verwandte zu sein, war schon schlimm genug; der Gedanke, auch noch gesellschaftlich ausgestoßen zu werden, schien ihr allerdings unerträglich.

Tanya hatte ihr angeboten, bei ihr zu wohnen. Die beiden Frauen waren zusammen durch dick und dünn gegangen, und Tanya brauchte Melissa ebenso wie Melissa Tanya brauchte. Was auch kommen mochte, sie würden es gemeinsam durchstehen. Melissa wandte ein, daß vielleicht Tanyas Eltern oder ihr Onkel und ihre Tante etwas dagegen haben könnten, doch Tanya hatte keine Bedenken.

»Ich bin ganz sicher, daß dich niemand hinauswerfen wird, Melissa. Sie werden dich akzeptieren und mögen, ganz bestimmt. Da wo ich bin, wirst auch du immer ein Zuhause haben, das verspreche ich dir«, sagte Tanya.

Auf ihrer Reise kamen sie auch an der Stelle vorbei, an der die Mädchen damals entführt worden waren. Tanya hielt Wheat an und lenkte die Stute zum Fluß. Genau dort, wo sie gebadet hatten, zog sie die Zügel an.

Jeffrey ließ seine Männer anhalten und folgte ihr. Melissa, der die schmerzlichen Erinnerungen zu schaffen machten, blieb bei der Truppe.

Lange starrte Tanya in das Wasser und dachte an den Moment, der ihr Leben so drastisch verändert hatte. Ein Lächeln huschte um ihre Lippen, als ihr wieder einfiel, daß sie damals gerade mit Melissa über ihre bevorstehende Heirat mit Jeffrey geredet hatte, als Panther plötzlich aufgetaucht war, sie aus dem Fluß gerissen und entführt hatte. Es war, als hätte das Schicksal selber die Hand im Spiel gehabt. Gott sei Dank war es so gekommen, sonst hätte sie nie im Leben die wahre, leidenschaftliche Liebe kennengelernt.

Jäger rutschte unruhig vor ihr auf dem Pferd herum. Sie streichelte sein seidiges schwarzes Haar – ihr kleiner Schatz! –, zeigte auf eine Stelle im Fluß und erklärte ihm: »Da, genau da habe ich deinen Vater zum erstenmal getroffen. Ich stand im Fluß, da kam er angeritten und hat mich auf Shadows Rücken entführt. Ich fand ihn sehr stark, sehr schön und sehr stolz, und er sagte, ich würde ihn an eine Katze mit goldenen Augen erinnern, so wie Kit.«

Jäger zeigte auf seine eigenen Augen, die denen seiner Mutter so glichen. »Ja«, stimmte Tanya lächelnd zu, »auch du hast Augen wie Kit, Jäger.«

Wieder blickte sie auf den Fluß, und ihre Sehnsucht nach Panther wurde so stark, daß sie ihn förmlich neben sich spürte. Doch als sie sich umdrehte, sah sie nur Jeffrey.

Seufzend sagte sie zu ihren Söhnen: »Wir müssen zu den Geistern beten, damit sie euren Vater bald zu uns schicken.«

Jeffrey, der ihr trauriges Gesicht sah, fragte: »Sind die Erinnerungen so schmerzlich, Tanya?« Wieder einmal begriff er nichts.

Sie nickte. Es war ihr egal, ob er sie verstand oder nicht. Ja, an Panther zu denken, war schmerzlich, aber nicht so, wie Jeffrey glaubte. Es war ein scharfer, stechender Schmerz; es war die Sehnsucht nach Panther und ihrem gemeinsamen Leben, die ihr Herz durchbohrte.

»Versuch doch einfach, jetzt nicht daran zu denken. Bald bist du zu Hause und kannst alles vergessen. Wir helfen dir dabei, du mußt es nur zulassen.«

Sie trabte zurück und dachte über Jeffreys Worte nach. Er

und ihre Familie würden sicher ihr Bestes tun, um sie vergessen zu machen, und wenn Panther nicht bald käme, würde sie vielleicht ein Opfer ihres Mitleids und ihrer Liebe, würde sich wieder an die Zivilisation gewöhnen. Sie mußte aufpassen. So etwas durfte nicht passieren. Nie durfte sie die Hoffnung aufgeben, daß Panther sie finden würde, und wenn es noch so lange dauerte, sie mußte die Erinnerung an ihn in ihrem Herzen lebendig halten. Und sie mußte auch ihren Kindern helfen, sich an ihren Vater zu erinnern, sie wollte sogar dem Kleinen von ihm erzählen, auch wenn er noch kein Wort verstand. So würde Panther ihr immer nahe sein und sie trösten.

14

Am frühen Nachmittag des Heiligen Abends erreichten sie Pueblo. Jeffrey entließ die Truppe und machte sich mit den Frauen direkt auf den Weg zu Tanyas Familie. Die Martins waren, da es eine Überraschung werden sollte, nicht benachrichtigt worden.

Die Familie hatte sich gerade zum Festmahl niedergelassen, als es klingelte. Das Mädchen öffnete die Tür und wußte nicht recht, was es mit den seltsamen Frauen und Jeffrey anfangen sollte, doch ließ es sie herein und sagte, sie wolle Mr. Martin holen.

Schließlich bahnte Kit sich vorsichtig einen Weg durch die Tür. Das Mädchen bekam riesengroße Augen, ihr Mund öffnete und schloß sich lautlos, und als sie endlich einen Laut über die Lippen brachte, war es ein Schrei, der das Haus bis in die Dachbalken erzittern ließ. Dann kippte sie, gerade als Onkel George in der Diele erschien, ohnmächtig um.

George Martin blickte die Gruppe ungläubig an. »Was um alles in der Welt geht hier vor?« fragte er, da stand auch schon Tanyas Vater neben ihm, der nicht weniger fassungslos war.

»Was soll das, um Himmels willen?« wandte Edward Martin sich an Jeffrey.

Jeffrey zögerte einen Moment, dann platzte es aus ihm heraus: »Mr. Martin, ich habe Ihnen ihre Tochter zurückgebracht. Es ist doch Weihnachten.«

Mittlerweile war die ganze Familie in Aufruhr. Sarah, Tanyas Mutter, stand hinter ihrem Mann, als Jeffrey seine Nachricht loswurde. Sie hatte die ganze Zeit verblüfft auf den Puma gestarrt, und erst Jeffreys Worte ließen sie überrascht aufhorchen. Ihr Blick wanderte zu der in Pelze eingehüllten Frau, deren Hand auf dem Kopf des Tieres ruhte.

Eine Strähne honigfarbenen Haars und die großen goldenen Augen war das einzige, was diese Frau von einer Indianerin unterschied. Über ihre sonnengebräunte Stirn lief das Trageband für das Baby auf ihrem Rücken, auf ihrer Hüfte saß ein kleiner Indianer mit rabenschwarzem Haar. Die große Raubkatze an der einen, eine kleinere blonde Frau an der anderen Seite stand sie da, stumm, eine in sich gekehrte, seltsame Gestalt.

»Gott im Himmel«, rief Sarah und griff nach dem Arm ihres Mannes. Die Worte erstarben ihr auf den Lippen, und alle Farbe war aus ihrem Gesicht gewichen.

»Tanya?« Edward konnte immer noch nicht glauben, daß die Frau, die vor ihm stand, seine Tochter war.

»Ehem«, räusperte sich Jeffrey, »könnten wir diese Wiederbegegnung vielleicht irgendwo fortführen, wo die Damen sich setzen können? Tanya und Melissa haben eine anstrengende Reise hinter sich. Wir wollten rechtzeitig zu Weihnachten da sein. Und Mrs. Martin sieht aus, als ob sie jeden Moment in Ohnmacht fallen würde.«

Tanyas Tante Elizabeth hatte sich als erste von dem Schock erholt. »Natürlich, gehen wir doch ins Wohnzimmer. George, nimm ihnen die Pelze ab. Ich werde dem Mädchen sagen, es soll Tee bringen.«

Onkel George warf einen mißtrauischen Blick auf den Puma. »Oh, ich denke, der Leutnant kann sich um die Mäntel kümmern. Ich zünde mal den Kamin im Wohnzimmer an.« Zu Jeffrey sagte er: »Werfen Sie die Sachen einfach übers Treppengeländer.«

Auch im Wohnzimmer war die Atmosphäre nicht entspannter. Julie, die immer noch keinen Kommentar abgegeben hatte, starrte abwechselnd Tanya, Kit und die Kinder an.

Tanya stand unschlüssig da und betrachtete ehrfürchtig die hübschen Möbel ihrer Tante. Sie wußte nicht, ob sie sich setzen oder lieber stehenbleiben sollte. Äußerlich wirkte sie ruhig, doch innerlich zitterte sie vor Angst, Unsicherheit und der inständigen Hoffnung, entfliehen zu können.

Vorsichtig, als wolle sie niemand aus einem langgehegten, zerbrechlichen Traum wecken, klopfte Sarah auf ein Kissen neben sich und sagte: »Komm, Tanya. Setzt dich neben mich. Laß dich anschauen.«

Tanya ging durch das Zimmer und ließ sich vorsichtig auf dem Rand des Kissens nieder. Sie hatte noch keine Sekunde gesessen, da stand sie wieder auf und sagte etwas in der Sprache der Cheyenne zu Melissa, die ihr daraufhin half, das Bündel auf ihrem Rücken loszuschnüren.

Tanya setzte sich wieder und wickelte das Baby aus dem Pelz. Entsetzt sahen alle zu, wie sie den Kleinen aus seinem Nest hob.

»Soll ich ihn einen Moment nehmen?« schlug Melissa vor, die den anderen zuliebe Englisch sprach.

»Nein, er muß jetzt gefüttert werden«, sagte Tanya und lächelte zum ersten Mal.

»Was hat sie gesagt, Melissa?« wollte Sarah wissen. Dann schien sie sich an die Regeln der Höflichkeit zu erinnern und fügte rasch hinzu: »Oh, Melissa, entschuldige, ich habe dich noch gar nicht begrüßt. Schön, dich wiederzusehen.«

»Hallo, Mrs. Martin. Ich bin froh, daß ich wieder hier bin«, antwortete Melissa.

»Warum redet sie nicht Englisch, und was macht sie mit diesem – diesem Tier da?« fragte Julie. Die Neugier hatte ihr endlich die Zunge gelöst.

»Der Puma scheint ihr kleiner Liebling zu sein, und Englisch hat sie nicht mehr gesprochen, seit ich sie gefunden habe. Nicht ein Wort«, erklärte Jeffrey.

»Du liebe Güte«, murmelte Elizabeth und stellte die Teekanne auf den Tisch.

»Sie wird reden, wenn sie es für richtig hält«, meinte Melissa.

Das war der Augenblick, in dem Tanya die Frage beantwortete, die still im Raum schwebte, die aber niemand zu stellen wagte. Sie öffnete ihr Gewand und legte das Baby an ihre Brust. Dabei summte sie leise ein Lied. Unter den gesenkten Augenlidern beobachtete sie die Reaktionen ringsum.

Jeffrey, inzwischen an den Anblick gewohnt, drehte sich voll Abscheu um.

»Du lieber Gott!« rief Sarah und griff sich an die eigene Brust. Ihr Entsetzensschrei blieb in der Luft hängen. Tränen flossen über ihr Gesicht, während sie zusah, wie sich der dunkelhaarige Kopf an die Brüste ihrer Tochter schmiegte.

Tante Elizabeth fielen vor Schreck fast die Teetassen aus der Hand. Es klapperte verdächtig auf ihrem Tablett. Die verschiedensten Gefühle spiegelten sich in rascher Abfolge auf ihrem Gesicht: Erst Entsetzen, dann Mitleid, schließlich Resignation.

Auch Edward starrte das Bild an, zunächst bleich, schließlich puterrot. Einen Moment lang fürchtete Tanya, ihr Vater erleide einen Herzinfarkt. »Verflucht! Diese verfluchten Rothäute! Zur Hölle mit ihnen!« Mit der geballten Faust unterstrich er jedes einzelne Wort.

Tanyas Kopf fuhr in die Höhe, und sie preßte Zeichen des Bogenschützen noch fester an sich. Jäger schmiegte sich an ihre Seite.

»Beruhige dich, Edward«, empfahl George, der ernst und betroffen dreinblickte. »Was hast du anderes erwartet? Sie war schließlich zweieinhalb Jahre bei ihnen.«

»Sind alle beide ihre Kinder?« würgte Edward hervor.

Jeffrey nickte: »Ich fürchte, ja.«

»Also wird es nichts mehr mit eurer Heirat?« Julies törichte Frage stieß rundum auf verständnislose Blicke.

»Vielleicht sollten wir darüber zu einem späteren Zeitpunkt reden, Julie«, schlug ihre Mutter verlegen vor.

»Nein«, mischte sich Jeffrey ein. »Ich habe es Tanya schon erklärt, und ich möchte hier vor allen noch einmal versichern, daß ich Tanya nach wie vor heiraten will.«

Tanyas Vater sprang von seinem Stuhl auf und ging erregt im

Zimmer auf und ab. »Schön und gut, mein Sohn, aber was soll mit diesen, diesen… Oh, *verflucht!*« Er konnte den Gedanken, daß die beiden schwarzhaarigen Kinder seiner Tochter gehörten, einfach nicht zulassen.

Plötzlich blieb er stehen und starrte Tanya und die zwei Kleinen an. »Eines kann ich dir sagen – ich lasse das nicht zu. Gib sie weg, gib sie den Indianern zurück, verkauf sie an mexikanische Händler, setz sie aus und laß sie verhungern. Egal! Aber werde sie irgendwie los! Mir kommen diese halbblütigen Bastarde irgendeines Wilden nicht ins Haus. Sie erinnern mich an Zeiten, die ich lieber vergessen möchte!«

»Edward!« Sarah war überrascht über das Ausmaß seiner Wut. Von dieser Seite hatte sie ihren Mann noch nicht oft kennengelernt. In der Regel war Edward ruhig und jeder Lage gewachsen. Nur selten hob er die Stimme, geschweige denn, daß er total die Beherrschung verlor.

Kit ließ ein tiefes Knurren hören und signalisierte damit, daß sie bereit war, ihre Herrin und die Kinder zu verteidigen. Edward hielt sich nun etwas zurück, doch Unmut und Zorn standen weiter in seinem Gesicht geschrieben.

Tanyas Gesicht wurde immer härter, ihre Augen glichen zwei schmalen Schlitzen, doch sie sagte nichts. Schweigend packte sie das Baby zurück in sein Tragegestell, nahm Jäger an die Hand und wollte das Zimmer verlassen.

Melissa seufzte müde und erhob sich, um ihr zu folgen. »War schön, euch gesehen zu haben«, sagte sie.

»He!« rief Jeffrey und stellte sich Tanya in den Weg. »Wo willst du denn hin?«

Tanya antwortete mit einem einzigen scharfen Wort in Cheyenne.

»Nach Hause«, übersetzte Melissa.

»Warte, Liebling, bitte!« Sarah machte einen Schritt auf Tanya zu. »Versteh doch, das war ein richtiger Schock für uns. Vor einer Stunde wußten wir nicht einmal, ob du noch am Leben bist, und nun das!«

»Wir bringen das alles schon in Ordnung, Tanya«, versprach George.

»Komm, setz dich wieder. Dein Vater hat sich eben ein bißchen aufgeregt.«

»Aufgeregt? Das kann man wohl sagen!« brüllte Edward. »Nach fast drei Jahren taucht meine Tochter plötzlich auf und sieht aus wie eine Indianerin, schleppt zwei halbblütige Kinder mit sich herum, und ich soll auch noch *ruhig* sein!«

»Schluß jetzt, Edward«, befahl Elizabeth, die gesehen hatte, wie Tanyas Gesicht sich bei diesen Worten erneut verfinsterte. Vorsichtig, Kit im Auge, näherte sie sich Tanya. »Du bist hier zu Hause, Tanya. Dein Vater hat bei seinem Wutausbruch völlig übersehen, daß es *mein* Haus ist, nicht seines. Ich bestimme darüber, wer hier ein und aus geht. Und ich sage: Du bleibst. Du und deine Kinder und Melissa.«

Kit fauchte, als Elizabeth näher kam. Sie warf ihm einen vorsichtigen Blick zu. »Was dieses – Tier betrifft«, sagte sie und zeigte auf die Katze, »so kann es auch bleiben, wenn du es in Zaum halten kannst. Aber wenn er weiter so schaut, als wolle er mich fressen, habe ich, ehe daß du dich versiehst, einen Kaminvorleger aus ihm gemacht.«

Ein widerstrebendes Lächeln erschien auf Tanyas Lippen. Ihre Tante streckte die Arme nach dem Baby aus und wartete; schließlich nickte Tanya und gab ihr den Kleinen.

»Gut«, sagte Elizabeth entschlossen. »Das hätten wir also. Nun müßt ihr euch nur noch eingewöhnen.« Zu Julie sagte sie: »Geh und such diesen Verbrecher, der sich mein Neffe nennt. Normalerweise würden wir schon längst essen.« Sie fing Tanyas fragenden Blick auf und erklärte: »Jeremy ist der Sohn meiner jüngsten Schwester. Er lebt jetzt bei uns und ist ein Halunke von zwölf Jahren, der keine Minute stillsitzen kann. Das Problem ist, daß er ein schlaues Kerlchen ist, und das weiß er auch.«

»Er ist unmöglich«, beschwerte sich Julie auf dem Weg nach draußen. »Er und Tanya müßten sich bestens vertragen.«

Tanya und Melissa wechselten einen Blick. »Julie hat sich wohl nicht sehr geändert, wie?« bemerkte Melissa.

Elizabeth lachte und schüttelte den Kopf. »Manchen Leuten kann man es wenigstens ab und zu recht machen, aber Julie –

fast nie. Doch das soll jetzt nicht unsere Sorge sein. Wir wollen Weihnachten feiern, fröhlich sein und Gott danken, daß diese beiden Mädchen heil zurückgekehrt sind.« Das sagte sie fast feierlich.

»Amen«, antworteten alle im Chor.

In den nächsten Wochen waren beide Seiten ängstlich bemüht, miteinander zurechtzukommen. Mal klappte es, mal nicht. Tanya hatte einen ergebenen Verehrer gefunden: den jungen Jeremy. Er war aufrichtig begeistert von Tanya, und von Kit nicht weniger.

Kaum ergab sich die Gelegenheit, sie allein zu sprechen, fragte er sie: »Hast du wirklich mit den Indianern zusammengelebt?«

Tanya nickte.

»Bist du jetzt auch eine Indianerin?«

Wieder nickte sie.

»Das ist ja Wahnsinn!« rief er mit glänzenden Augen. »O Mann! Ich wäre auch gern ein Indianer. Naja, immerhin haben wir die gleiche Tante, das ist doch schon was, oder? So bin ich wenigstens mit einer Indianerin verwandt, stimmt's?«

Tanya zuckte lächelnd die Schultern.

»Du redest wirklich nicht viel«, bemerkte er, »aber das ist okay. Ich kann Mädchen, die ständig schnattern, sowieso nicht leiden. Aber deinen Puma, den mag ich. Wie heißt er?«

Zu seiner Überraschung antwortete Tanya: »Kit.«

»Darf ich ihn mal streicheln?«

Der Eifer in seinem Gesicht machte Tanya schwach.

»Sie«, sagte sie in Englisch. »Kit ist ein Weibchen.«

»Darf ich?« fragte er noch einmal.

Tanya rief Kit zu sich, dann erklärte sie Jeremy, daß sie Kit erst an seiner Hand riechen lassen müsse. Mit ausgestreckten Händen setzte er sich vor das Tier, und schon bald leckte Kit ihm die Finger, seine Arme und sein Gesicht. Der Junge und der Puma wälzten sich spielend auf dem Boden. Tanya und Kit hatten einen neuen Freund gefunden.

Bevor Jeremy sie an diesem Tag verließ, versprach er feierlich: »Ich erzähle keinem, daß du noch Englisch kannst, wenn du es nicht willst.«

»Jetzt besser noch nicht«, stimmte Tanya zu.

Jeremy dachte einen Augenblick über die Antwort nach und fragte dann mit bemerkenswertem Verständnis: »Ist es wegen diesem Leutnant Young?«

»Überwiegend.«

Jeremy nickte. »Ich mag ihn auch nicht.«

Nicht alle waren so tolerant wie Jeremy, aber Tanya machte es ihnen auch nicht leicht. Anders als Melissa, die sich schnell wieder in die Welt der Weißen einlebte, weigerte sich Tanya, sich anzupassen. Sie trug weder Schuhe noch Stoffkleider und hielt eisern an ihren Lederhemden und Mokassins fest. Zwar setzte sie sich auf einen Stuhl und aß mit Silberbesteck, aber sie legte sich zum Schlafen niemals ins Bett; statt dessen schlief sie auf ein paar übereinandergelegten Decken auf dem Boden. Sie weigerte sich immer noch, Englisch zu sprechen und verbrachte die meiste Zeit damit, mit ihren Söhnen zu spielen oder sehnsüchtig aus dem Fenster zu starren.

Edward und Jeffrey hatten am Tag nach Weihnachten ausführlich miteinander gesprochen. Jeffrey hatte erzählt, was er seiner Meinung nach über Tanya wußte.

Anschließend unterhielt sich Edward mit Melissa. »Leutnant Young hat mir gesagt, daß Tanya mit einem der Krieger verheiratet worden ist«, sagte er. »Das ist doch unmöglich. Ich meine, sie war doch sicher nur seine Gefangene, oder?« Er glaubte so fest daran, daß er Melissa regelrecht leid tat.

»Nein, Mr. Martin«, sagte sie so sanft sie konnte. »Es gab tatsächlich eine richtige Hochzeit. Sie ist seine Ehefrau. In ihren Augen, aber auch in seinen, sind sie ein Ehepaar.«

»Das ist ja absurd«, platzte er heraus. »Als nächstes wirst du mir noch weismachen, daß sie diesen Wilden *liebt*.«

Melissa beherrschte sich. Sie wußte, daß dies für ihn schwer begreiflich war. »Ja, Tanya liebt ihn wirklich. Ihr Mann ist kein Wilder. Er ist ein Häuptling der Cheyenne und sehr gerecht und fürsorglich zu denen, für die er sorgen muß.«

»Aber er ist Indianer!« lautete das unlogische Gegenargument Edwards.

»Ja, das ist er, aber das stört Tanya nicht. Er ist ein stolzer, schöner, starker Mann. *Das* sieht Ihre Tochter in ihm.«

Rote Flecken erschienen auf Edwards Gesicht, der verzweifelt versuchte, seinen Zorn zu unterdrücken. »Tanya ist mit Jeffrey verlobt, und sie kann von Glück sagen, daß er sie noch haben will. Sie wird den Indianer bald vergessen.«

Jetzt konnte Melissa nicht länger an sich halten. »Das erscheint mir ziemlich unwahrscheinlich, Mr. Martin. Ihre Tochter fühlt sich als Panthers Ehefrau. Sie hat ihm zwei Söhne geboren. Täuschen Sie sich nicht, Mr. Martin. Jeffrey wird Tanya niemals dazu bringen, daß sie Panther vergißt. Wie soll eine Frau, die de facto und in ihrem Herzen bereits verheiratet ist, sich mit einem anderen Mann verlobt fühlen oder ihn heiraten? Sehen Sie den Tatsachen ins Auge und kämpfen Sie nicht dagegen an. Sonst wird es zwischen ihrer Tochter und Ihnen nichts mehr geben außer Haß und Mißtrauen.«

»Du kannst mir erzählen, was du willst, Tanya wird diesen Indianer vergessen«, insistierte er.

Melissa konnte über soviel Uneinsichtigkeit nur den Kopf schütteln. »Man wird sehen.«

Ein weiterer Streitpunkt zwischen Tanya und ihrem Vater waren ihre Söhne. Immer noch hielt Edward es für das Beste, sie wegzugeben.

»Wenn die Söhne sie nicht dauernd an ihn erinnern würden, hätte sie diesen Wilden längst vergessen«, sagte er eines Abends zu seiner Frau.

»Ich weiß«, seufzte Sarah, »aber sie liebt ihre Kinder. Sie wird sich niemals von ihnen trennen, egal, was kommt.«

»Und wenn sie plötzlich verschwunden wären?« schlug er vor.

Sarah starrte ihn entgeistert an. »Was für ein häßlicher, schrecklicher Gedanke, Edward. Wie kannst du so etwas sagen?«

Den Kopf in die Hände vergraben, murmelte Edward: »Ich weiß es auch nicht. Aber wenn ich daran denke, wie Tanya früher war und wie sie jetzt ist... Ich halte das einfach nicht aus.«

»Laß ihr Zeit, Edward. Und eines kann ich dir sagen: Tanya würde dir nie verzeihen, wenn den Kindern irgendetwas zustößt. Ich auch nicht. Du warst stets ein bedächtiger, freundlicher und sanftmütiger Mensch, und wegen dieser Eigenschaften habe ich dich all die Jahre bewundert. Wenn du deine Verletztheit und Wut jetzt an zwei unschuldigen Kindern ausläßt, kann ich nicht mehr mit dir leben.«

»Was willst du denn machen?« rief er erschüttert.

Sarah setzte sich zu ihm ans Bett und legte die Arme um ihn. »Ich weiß nicht, Edward. Vielleicht sollten wir damit anfangen, daß wir erst einmal dankbar sind. Sie lebt, sie ist gesund, sie ist wieder zuhause. Dafür haben wir all die Monate gebetet.«

»Ich werde es versuchen«, versprach er. »Falls Jeffrey Young immer noch vorhat, sie zu heiraten, auch wenn sie die Kinder behält, schaffe ich es vielleicht.«

»Versuche es zu akzeptieren, nicht nur es zu ertragen«, schlug Sarah ihm vorsichtig vor. »Tanya weiß, daß du sie ablehnst, und sie kennt auch meine Enttäuschung. Vielleicht müssen wir damit anfangen, sie zu verstehen. Zu verstehen, wie sie geworden ist, was sie ist und was sie durchgemacht hat. Vielleicht wird sie sich besser anpassen und eingewöhnen, wenn wir ihr mit Verständnis entgegenkommen.«

Edward zog seine Frau eng an sich. »Wodurch bist du denn so weise geworden?« fragte er und küßte sie.

»Durch das Zusammenleben mit dir«, antwortete sie. Ihre Augen glänzten feucht.

Doch Sarah hatte auch ihre eigenen Probleme. Sie war zwar erleichtert und dankbar, daß Tanya unversehrt und relativ gesund wieder zu Hause war, doch jedesmal, wenn sie ihre Tochter betrachtete, blutete ihr Herz vor Mitleid. Ihre schöne, vielversprechende Tochter! Welches Leben hatte sie einmal vor sich gehabt. Ein munteres, intelligentes, hübsches Mädchen, verlobt mit einem gutaussehenden Leutnant. Eine strahlende Zukunft stand ihr bevor – bis sie eines Tages verschwand.

Es war, als stünde nicht ihre Tochter, sondern eine Fremde vor Sarah. Ein ernster, schweigsamer Mensch, der zwar mit den anderen zusammen aß und schlief, und dennoch ein von ihnen gänzlich abgesondertes Leben zu führen schien. Wenn sie überhaupt sprach, dann nur in Cheyenne. Früher hatte sie gern gelacht, das Leben in vollen Zügen genossen; jetzt zeigte ihr Gesicht kaum noch, was sie fühlte. Es war zur undurchdringlichen Maske geworden, erfroren, erstarrt. Nur wenn sie mit ihren Söhnen spielte, lächelte sie.

Mit den Kindern war es eine andere Sache. Sarah wies sie nicht zurück wie ihr Mann, doch es fiel ihr schwer, sie zu akzeptieren. Ihr mütterliches Herz sah in ihnen unglückliche Opfer des Schicksals. Sie waren unschuldige Kinder, konnten nichts für das, was geschehen war. Andererseits verhinderten sie Tanyas glückliche Zukunft.

Die Kinder taten Sarah leid, denn sie wußte, daß man sie in der Gesellschaft niemals ganz akzeptieren würde. Sie fühlte mit ihrer Tochter, die ihre Kinder bald vor den Vorurteilen und Verleumdungen der Gesellschaft in Schutz würde nehmen müssen. Ihre Mutterliebe würde einer harten Probe unterzogen werden.

Daß Tanya die Jungen liebte, bezweifelte Sarah nicht, und in gewisser Weise verstand sie es auch. Sie waren Tanyas Fleisch und Blut. Sie waren in ihrem Leib gewachsen, von ihr ernährt worden – ein Band, das niemals reißen konnte.

Ob Tanya dagegen ihren indianischen Mann geliebt hatte, schien Sarah mehr als zweifelhaft, doch Melissa beteuerte es immer wieder. Sicher irrte sich das Mädchen. Gewiß hatte Tanya seinen Forderungen nur nachgegeben, weil ihr keine andere Wahl geblieben war und war nun zu stolz, das zuzugeben. Bei dem Versuch, Tanya zu verstehen, erwog Sarah sogar den Gedanken, daß ihre Tochter sich diesem Mann als dem Vater ihrer Söhne in gewisser Weise verpflichtet fühlte.

Hing sie deshalb so sehr am indianischen Leben? Jeffrey war sogar so weit gegangen, zu vermuten, daß sie versuchen würde, zu Panther zurückzugehen. Er riet dringend, ihr Pferd versteckt zu halten und ihr kein eigenes Pferd zur Verfügung zu stellen, bis sie wieder bei Vernunft sei und sich aus diesem verwirrten Zustand, in dem sie anscheinend verharrte, gelöst habe. Wäre sie erst wieder die alte Tanya, würde sich eine Überwachung erübrigen.

Sarah versuchte, verständnisvoll mit Tanya umzugehen, doch ihr Mitgefühl schien ihre Tochter nur noch weiter von ihr zu entfernen. Die Art, wie ihre Mutter mit ihr und ihren Söhnen umging, beleidigte Tanya, und sie zog sich mehr und mehr hinter die undurchdringliche und unsichtbare Mauer ihres stummen Stolzes zurück.

Nach einer Woche im Haus ihrer Familie hatte Tanya das Gefühl, die Mauern erdrückten sie. Sie war es nicht mehr gewohnt, so eingeschlossen zu leben und unternahm nun täglich einen Spaziergang mit Kit. Manchmal latschte Jeremy neben ihnen her, oder Tanya nahm einen ihrer Söhne mit.

Als sie das erstemal das Haus verließ, fanden ihre Tante und ihre Mutter tausend Vorwände, warum sie eines der Kinder zuhause lassen sollte. Die wenigen Male, da sie alle beide mitnahm, bestanden Jeffrey oder irgendjemand anderes darauf, sie zu begleiten. Irgendwann begriff Tanya. Solange sie einen Sohn zuhause ließ, konnte die Familie sicher sein, daß sie von ihren Ausflügen auch zurückkehrte. Tanya wußte, daß es aus Sorge um sie geschah, nicht, weil sie ihr nicht trauten. Sie waren sich nur nicht sicher, wie es in ihr aussah und wollten sie vor sich selbst beschützen, bis sie wieder zum normalen Leben zurückkehren würde. Insgeheim lachte sie über diese durchsichtigen Manöver, sagte aber nichts. Nachdem sie einmal dahintergekommen war, nahm sie immer nur einen der Jungen mit. Es schien ihr einfacher, in diesem Punkt nachzugeben, als unnötig noch mehr Spannung zu erzeugen.

Julie haßte es, mit Tanya spazierengehen zu müssen, und Tanya spürte ihre Abneigung sehr genau. Tanya fand soviel Feindseligkeit außergewöhnlich und hatte keine Ahnung, warum July sie ablehnte. Natürlich, sie hatten sich auch schon früher gestritten, so wie man es von zwei Schwestern gewöhnt ist. Die übliche Rivalität, Gezänk, Eifersüchteleien, nichts Ungewöhnliches zwischen Geschwistern, doch was sich jetzt abspielte, schien andere Hintergründe zu haben. Wenigstens empfand Tanya es so.

Tanya hatte Julie vermißt und hatte geglaubt, Julie gehe es genauso. Jeffrey hatte sie dazu verführt, das anzunehmen, doch jetzt, wo sie wieder da war, verhielt Julie sich ganz anders. Auch wenn sie sich früher häufig gestritten hatten, so hatte Tanya ihre jüngere Schwester doch stets geliebt und war sich eigentlich sicher gewesen, daß Julie dieses Gefühl erwiderte.

Jetzt aber war Julie so gehässig wie Suellen. Sie ging Tanya und den Kindern gezielt aus dem Weg, blickte hochnäsig über Tanya hinweg, und wenn sie doch einmal, weil es nicht anders ging, zusammen waren, griff sie sie wegen ihrer indianischen Kleidung an, gab boshafte Kommentare von sich und stellte Tanya verletzende Fragen über ihr Leben bei den Indianern. Sarah mußte sie ständig wegen ihrer ungezügelten Neugier und ihrer beleidigenden Art tadeln.

All das konnte Tanya noch ertragen, sogar verstehen, aber nicht Julies Verhalten gegenüber den Kindern. Ständig machte sie Bemerkungen über deren dunkle Hautfarbe und die schwarzen Haare. Obwohl Jäger Tanyas goldene Augen geerbt hatte, wies Julie auf die dunklen Augen von Zeichen des Bogenschützen hin und stellte fest, daß er seiner Mutter gar nicht gleiche. Sie ließ keinen Zweifel daran, daß die Kinder sie abstießen. Sobald Jäger sich ihr näherte, zuckte sie zusammen, als hätte er eine ansteckende Krankheit und könne ihre lilienweiße Haut infizieren. Am gehässigsten war Julie, wenn Edward in der Nähe war. Man hatte das Gefühl, daß sie Edwards Haß gegen Tanyas Kinder sogar bewußt schürte.

Tanya sagte nichts, doch wuchs ihr Groll von Tag zu Tag. Warum Julie sich so verhielt, blieb ihr weiterhin unklar, doch sie hatte einfach die Nase voll. Falls Julie sich nicht änderte, drohte ein ernsthafter Konflikt. Dabei ging es Tanya weniger um sich selbst, es war vielmehr eine Reaktion ihrer mütterlichen Instinkte. Sie würde für ihre Söhne kämpfen.

Wie es aussah, hatte sie Tante Elizabeth, Melissa und Jeremy auf ihrer Seite. Onkel George und ihre Mutter versuchten nach Kräften, beiden Seiten gerecht zu werden. Was Julie, ihren Vater und Jeffrey betraf, so mußte Tanya ihre Söhne permanent gegen deren Unmut, Feindseligkeit und unverhohlene Verachtung schützen. Es war wirklich sehr nervenaufreibend, sah man von der ständigen Sehnsucht nach Panther, die sie zusätzlich quälte, einmal ab.

Wenigstens Melissa profitierte von ihrem Aufenthalt im Martinschen Hause. Sie hatte ein so liebes, freundliches Wesen, daß jeder sich bemüßigt fühlte, sie zu beschützen, sogar Julie. Es war gerade ihre zurückhaltende Art, ebenso wie ihre natürliche Hilfsbereitschaft, die sie so anziehend machte. Sogar Edward mochte sie, trotz der kontroversen Diskussion, die sie miteinander gehabt hatten, und bewunderte vor allem ihre Treue und Ehrlichkeit.

Was Tante Elizabeth betraf, so hatte sie nun die Tochter, die sie sich immer gewünscht hatte. Jahrelang hatten sie und Onkel George darunter gelitten, daß sie kinderlos geblieben waren. Bis vor kurzem war es leer und still im Haus gewesen. Jetzt lebte zwar Jeremy bei ihnen, der seine Eltern im vorigen Jahr bei einem Unfall verloren hatte, doch so sehr Elizabeth den Jungen auch liebte, sie hatte sich stets nach einer Tochter gesehnt. Melissa füllte diese Lücke perfekt aus.

Von all den Menschen, die in Tante Elizabeths Haus lebten, war sie selbst der ruhende Pol. Sie besaß die Gabe, Menschen und Dinge so sehen zu können, wie sie nun einmal waren, ohne Schnörkel und Beschönigungen. Nie hörte man sie geziert und künstlich reden oder in ihrer Verwirrung drauflospoltern. Eher hatte man den Eindruck, daß sie stets zum Herz der Dinge selbst vorstieß, und zwar ganz direkt. Das hieß nicht, daß sie die Welt in Schwarz und Weiß einteilte; sie hatte ein genaues Auge für alle Grauschattierungen dazwischen. Ihr natürlicher Instinkt ließ sie in der Regel nie im Stich, sie konnte sich blind auf ihn verlassen.

Er leitete sie auch in ihrem Umgang mit Tanya. Sie schätzte die Situation auf Anhieb richtig ein, schloß Frieden mit ihr und war bald die einzige in der Verwandtschaft, die spürte, daß Tanya ihren indianischen Ehemann aufrichtig liebte. Ihr Instinkt sagte ihr, daß die Gefühle der beiden füreinander tief und stark waren und sich nicht auf die bloße Verpflichtung gegenüber den Kindern beschränkten.

Elizabeth fragte sich oft, wie der Mann, der Tanyas Herz erobert hatte, wohl sein mochte. Vorurteilslos dachte sie, daß er ein Mann von Charakter sein müsse, eine starke Persönlichkeit, die man bewundern konnte. In ihrer Phantasie war er stattlich und stolz, denn daß Tanya einen Schwächling liebte, konnte sie sich kaum vorstellen.

Auch wenn Elizabeth Jeffrey mochte, so stand sie einer Heirat mit Tanya doch skeptisch gegenüber. Seine Schwächen waren ihr wohlbekannt, und sie fragte sich, ob Tanya mit einem solchen Mann jemals glücklich werden könne. Nach außen wirkte er zwar wie ein intelligenter, gutaussehender, ehrgeiziger junger Mann, doch Elizabeth ahnte, daß er auch sehr rechthaberisch, egoistisch und kleinkariert sein konnte. Vielleicht sogar brutal, wenn er wütend war. Solange alles in seinem Sinne lief, machte er sicher keine Schwierigkeiten, doch wehe, jemand bot ihm die Stirn, wie Tanya das tat. Was würde dann geschehen?

So, wie die Dinge augenblicklich standen, hatte Tanya Jeffrey in der Hand. Unter den gegebenen Umständen blieb ihm nichts anderes übrig, als darauf zu warten, daß Tanya sich von den von ihm angenommenen traumatischen Erfahrungen wieder erholte. Elizabeth fragte sich, wie lange Jeffreys Geduld wohl noch dauerte und was passieren würde, wenn ihm der Geduldsfaden eines Tages riß. Sie war sicher, daß es soweit kommen würde. Wie gut, daß Tanya noch nicht mit ihm verheiratet war und sich auch von ihren Eltern nicht unter Druck setzen ließ. Es war Tanyas Leben und ihre Entscheidung, aber Tante Elizabeth spürte irgendwie, daß Tanya sich allen Versuchen, sie wieder mit Jeffrey zusammenzubringen, widersetzen würde. Tanya hatte soviele Prüfungen überstanden und war daran nur gewachsen. Sie blieb nicht nur Panther und den Kindern treu, sondern auch sich selbst.

Elizabeth übte auf Tanya keinerlei Druck aus. Sie verlangte nicht, daß sie sich änderte, akzeptierte stillschweigend ihre Kleidung, drängte sie nicht dazu, Englisch zu sprechen oder in einem Bett zu schlafen. Daß sie einem Mädchen mit Stirnband und Hirschledergewand am Tisch gegenüber saß, nahm sie gelassen hin. Auch die Kinder wurden wie eine Selbstverständlichkeit akzeptiert, und die Vorurteile der anderen waren ihr fremd. Sie half Tanya und Melissa beim Füttern und Wickeln der Kleinen und spielte sogar zuweilen mit ihnen.

Kit zu akzeptieren, fiel ihr schon wesentlich schwerer, doch selbst hier kam es zu einer Übereinkunft. Das Pumaweibchen durfte Elizabeths Küche nicht betreten, es sei denn, sie riskierte es, den Holzlöffel auf den Kopf zu bekommen. Die Katze aß im Hinterhof und schlief in Tanyas Zimmer auf dem Boden. Hätte sie sich auf Elizabeths Sessel gesetzt, wäre ihre Haut am nächsten Tag an der Stalltür festgenagelt worden. Auch der Besuch im Stall war ihr verboten, um die Pferde und Kühe nicht in Unruhe zu versetzen. Als Belohnung für ihr gutes Betragen durfte sie frei im Haus herumstromern und essen, was übrig blieb, da sie Tanyas Seite nur selten verließ, um selber jagen zu gehen.

Elizabeth hatte viel Geduld mit Tanya, doch wurde ihr Mitgefühl nie so groß, daß es Tanya geradezu erstickte. Die schweigsame Akzeptanz, die sie Tanya entgegenbrachte, war Balsam für ihre verwundete Seele, und Tanya ertappte sich dabei, daß sie die Gesellschaft ihrer Tante mehr und mehr suchte. Stundenlang konnte sie bei ihr sitzen und ihr zuhören, wenn sie von den alltäglichen Ereignissen erzählte. Sie half, gemeinsam mit Melissa, auch in der Küche beim Kochen. Dann beteiligte sie sich zwar nicht an der Unterhaltung, hörte aber aufmerksam zu. Die Gesellschaft eines Menschen, der keine Forderungen an sie stellte, tat ihr gut, ebenso wie es ihr gut tat, zu sehen, daß sich zwischen Melissa und ihrer Tante eine echte Zuneigung entwickelte.

Tanya hatte inständig gehofft, daß man Melissa in diesem Haus akzeptieren würde, doch daß Onkel George und Tante Elizabeth das Mädchen so gern bei sich behalten würden, hatte sie nicht erwartet. Tante Elizabeth war offensichtlich ganz begeistert von ihr, und Onkel George entwickelte väterliche Gefühle ihr gegenüber. Er betete seine Frau an, und jeder, der sie glücklich machte, durfte mit seiner Dankbarkeit rechnen.

Tatsächlich hatte Melissa mit ihrer zurückhaltenden Art die Herzen der beiden erobert. Sie schmolzen wie Butter unter dem

Blick ihrer blauen Augen, und schon nach kurzer Zeit konnten Elizabeth und George sich ein Leben ohne Melissa nicht mehr vorstellen. Da es Jeremy nicht anders ging, war schließlich niemand überrascht, als man Melissa fragte, ob sie nicht für immer bleiben wolle.

Melissa reagierte hocherfreut, ein Anblick, der Tanya zu Tränen rührte. Unwillkürlich fragte sie sich, ob sie jemals selbst wieder so glücklich sein könnte?

Tag für Tag wartete sie in ihrer inneren Einsamkeit auf Panther. Auf ihren Spaziergängen mit Kit wanderte sie bis zum Rand der Stadt und blickte sehnsüchtig in die Ferne, als könne sie ihn mit ihren Gedanken zu sich rufen.

Aus den Tagen wurden Wochen, und als Panther immer noch nicht auftauchte, fing sie an, sich Sorgen zu machen. An seiner Liebe zu ihr und den Söhnen zweifelte sie nicht. Sie war auch fest davon überzeugt, daß er kommen würde, wenn er dazu in der Lage wäre. Wußte er vielleicht nicht, wo sie war? Hatte er Probleme, den Stamm nach dem Massaker wieder zu reorganisieren? Sie wußte, daß er als Häuptling eine Verantwortung besaß, die schwerer wog als seine persönlichen Probleme. Wie lange würde es noch dauern, bis er das Lager verlassen und zu ihr kommen konnte? Hielt ihn der Schnee, das strenge Winterwetter zurück?

Mitte Januar erfuhr sie von Jeffrey, daß die gefangengenommenen Indianer freigesetzt worden und auf dem Weg zu ihrem Volk waren. Unter ihnen war auch George Bent. Wie gern hätte Tanya sich ihnen angeschlossen! Sie tröstete sich mit dem Pakt, den sie mit George Bent geschlossen hatte. Er würde Panther sagen, wo er sie finden konnte.

Ihr Herz tat weh, doch sie zwang sich zur Geduld. Panther würde kommen. Panther würde kommen, *er würde kommen!* In der einsamen Dunkelheit der langen Nächte sagte sie sich diesen Satz immer wieder vor – eine Litanei der Hoffnung.

15

Zwei Monate war Tanya nun fast von Panther getrennt. Sie aß, weil sie essen mußte, um die Milch für Zeichen des Bogenschützen in Fluß zu halten, doch sie wurde täglich dünner. In ihrem Gesicht traten die Knochen hervor, an ihrem Körper schlotterten die Kleider. Die goldenen Augen mit den tiefen Schatten darunter wirkten nun viel zu groß für das schmale, stets ernste Gesicht. Die Haare waren wieder nachgewachsen und fielen in sanften Wellen bis zu den Schultern. Es ärgerte Tanya, daß sie sich noch keine Zöpfe flechten konnte.

Merkwürdigerweise entwickelte sie einen Heißhunger auf Apfelsinen. Es war Jahre her, daß sie die letzte Apfelsine gegessen hatte, und nun konnte sie nicht genug davon bekommen. Tante Elizabeth hatte zu Weihnachten eine Kiste bestellt, jetzt orderte sie Nachschub. Im Notfall aß sie auch Birnen, Äpfel und Pflaumen, doch wonach es sie wirklich verlangte, waren Apfelsinen. Es war, als hätte ihr Körper allzulange darauf verzichten müssen und wolle nun alles wieder wettmachen.

Was sie nicht ertrug, war Jeffreys ständige Anwesenheit. So gut es ging vermied sie es, mit ihm zusammenzutreffen, ja, wenn sie vorgewarnt war, floh sie sogar auf ihr Zimmer, um sich vor ihm zu verstecken. Blieb er zum Abendessen, so ließ sie sich das Essen aufs Zimmer servieren oder aß überhaupt nichts. Tante Elizabeth sah ein paarmal untätig zu, dann schritt sie ein.

»Tanya, Liebes, du bist viel zu dünn, du mußt essen«, sagte sie zu ihr. »In diesem Punkt bin ich mit deinen Eltern ganz einer Meinung. Entweder kommst du zu Tisch – Jeffrey ja oder nein –, oder du bekommst nichts zu essen. Du wirst sehen, wenn du so weiter machst, hört die Milch auf zu fließen, oder du wirst krank und kannst deine Söhne nicht mehr versorgen. Du hast die Wahl, aber ich lasse dir kein Essen mehr aufs Zimmer bringen. Du kannst dich da nicht ewig verstecken.«

Von da an aß Tanya zusammen mit ihrer Familie, ignorierte aber weiterhin Jeffreys Gegenwart.

Das hinderte ihn nicht, weiter sehr aufmerksam zu ihr zu sein. Bei jeder Gelegenheit stand er bei den Martins in der Tür, fing sie in der Diele ab und bombardierte sie mit Fragen. Offensichtlich hatte er den Versuch, ihr Vertrauen zu gewinnen und sie zum Reden zu bringen, noch nicht aufgegeben. Auch auf ihren Spaziergängen hing er sich an sie und faselte von seiner unsterblichen Liebe. Dann hätte Tanya am liebsten laut geschrien. Hinter der Maske der sanften Überzeugungskraft und des geduldigen Verständnisses lauerte bei ihm etwas ganz anderes, das spürte sie genau. Zweifellos war er ein hervorragender Schauspieler, doch ihr Instinkt sagte ihr, daß ihm nicht zu trauen war. Verglichen mit Panther war Jeffrey oberflächlich und engstirnig. Die Kraft, die Würde, die Freundlichkeit, über die Panther verfügte, fehlten ihm völlig. Jeffrey war unwirsch, herrschsüchtig und übertrieben eifersüchtig, aggressiv und egozentrisch. Vor allem aber war er aufdringlich. Er verfolgte Tanya wie ein Schatten und setzte sich über ihr Schweigen und die Ablehnung, die sie ihm zeigte, einfach hinweg.

Sie ertrug ihn wohl oder übel, doch machte seine Art sie mehr und mehr krank, insbesondere sein Verhalten gegenüber den Kindern. Er behauptete zwar, daß er Tanya anbetete, doch seine Abneigung gegen die Kinder war unübersehbar. Zunächst versuchte er, sie zu verbergen, aber die ständige Konfrontation mit den beiden dunkelhaarigen Jungen brachte seine wahren Gefühle ans Tageslicht.

Schließlich gab er sein Versteckspiel auf und sagte zu Tanya: »Versteh doch, Liebling, wenn wir verheiratet wären, wie geplant, dann hätten wir selber schon Kinder in diesem Alter, und ich wäre mächtig stolz auf sie.«

Tanya warf ihm einen Blick zu, der deutlich genug war.

Er beachtete ihn nicht und fuhr fort: »Eines Tages werden wir Kinder haben, Tanya, du und ich. Wenn wir erst einmal verheiratet sind, sorge ich dafür, daß du ein Dutzend Kinder bekommst und die letzten beiden schrecklichen Jahre vergißt. Dann wirst du den Unterschied bemerken. Dann sind es *legale* Kinder, und du wirst sie noch viel lieber haben. Du brauchst dich nicht für sie zu schämen oder dich ihnen bloß aus Pflichtgefühl verbunden fühlen.«

Er streckte die Hand aus, um nach der ihren zu greifen, und

Tanya machte einen Satz zurück, als hätte er ihr eine Klapperschlange entgegengehalten.

Sein Gesicht wurde rot vor unterdrückter Wut. »Tanya, sei doch vernünftig«, meinte er. »Wenn wir erst einmal verheiratet sind, wird es noch intimere Dinge zwischen uns geben, als Händchen zu halten.«

Schon bei dem Gedanken daran, mit Jeffrey zu schlafen, wurde es Tanya übel. Sie zischte verächtlich und wollte die Diele verlassen.

Wütend und im Vertrauen darauf, daß Kit nicht in der Nähe war, folgte ihr Jeffrey, packte sie um die Taille und riß sie an sich. Wild entschlossen herrschte er sie an: »Ich habe die ganze Zeit Geduld mit dir gehabt, Tanya, aber wahrscheinlich ist das der falsche Weg. Vielleicht ist es an der Zeit, dir zu beweisen, wer hier das Sagen hat und was dich erwartet, wenn wir heiraten. Deine verfluchte Katze kann dich diesmal nicht vor mir beschützen.«

Tanya war außer sich. Sie starrte auf den Armreifen, den Panther ihr zur Hochzeit geschenkt hatte. Es war, als hätte Jeffreys Berührung ihn besudelt, und ihr Zorn wuchs. Als Jeffrey sie an sich zog, sie in seine Umarmung zwingen wollte, verlor sie die Beherrschung. Eine rasche Bewegung mit den Händen – sie packte ihn an den Armen, verdrehte sie und warf ihn rücklings auf den Boden.

Verblüfft und ungläubig schaute er sie an, als sie ihren zierlichen Fuß in dem Mokassin auf seine Brust stellte. Tanya blickte mit soviel Haß und Überlegenheit auf ihn herab, daß sie ihn genauso gut hätte anspucken können. Dann nahm sie den Fuß wieder von seiner Brust und verließ ruhig den Raum. Ein böses Lachen schüttelte ihren Körper.

»Dafür wirst du mir büßen, Tanya!« rief er hinter ihr her. »Das nächste Mal bin ich an der Reihe.«

Suellen Haverick war inzwischen ebenfalls in Pueblo angekommen und erwartete ihre Eltern aus Kalifornien. Sie wohnte bei dem Pastor und seiner Frau und hatte in der Zwischenzeit eine Menge bösartiger Geschichten und Gerüchte über Tanya in die

Welt gesetzt. Die Frau des Pastors, kein übler Mensch, aber mit einer Schwäche zum Klatschen, hatte Suellens Geschichten noch zusätzlich ausgeschmückt und in der Gemeinde verbreitet.

Die meisten Bewohner der Stadt wußten inzwischen, daß Tanya wieder bei ihrer Familie war; viele hatten sie auf ihren Spaziergängen gesehen. Da es bekannt war, daß sie mit den Indianern zusammengelebt hatte und sich immer noch wie eine Indianerin kleidete und benahm, wollte niemand so recht mit der Martinschen Familie Kontakt aufnehmen. Aber die Neugier der Leute war geweckt. Viele der männlichen Einwohner hatten mit George und Edward geschäftlich zu tun, außerdem waren die Martins eine angesehene Familie in der Gemeinde. Die Frauen kauften in Martins Warenhaus ein und saßen gemeinsam mit Tante Elizabeth und Sarah in den Wohltätigkeitsvereinen und Nähzirkeln. Die Martins waren beliebt, aber an dem Klatsch und Tratsch, der über Tanya im Umlauf war, änderte das nichts.

Es gab Leute, die die Geschichten mit Vorbehalt aufnahmen und sie für das hielten, was sie waren: üble Nachrede. Andere fragten sich, ob nicht doch etwas Wahres daran sein könne, zumal Tanya ein so zurückgezogenes Leben führte. In den Monaten, die sie jetzt zuhause war, hatten nur wenige Menschen sie zu Gesicht bekommen; wenn, dann meistens auf ihren Spaziergängen, bei denen auch noch dieses große, furchteinflößende Tier sie begleitete. Niemals ging sie zum Einkaufen, niemals mit der Familie zum Gottesdienst, wie etwa Melissa. Teenachmittagen oder gesellschaftlichen Einladungen blieb sie fern und ließ ihre Mutter und Schwester allein hingehen. Die beiden Frauen gaben wenig Auskunft, wenn man sie bei dieser Gelegenheit nach Tanya fragte.

Bei soviel Unklarheit und Ungewißheit war es kein Wunder, daß die Neugier sich überschlug und Suellens Geschichten alles noch schlimmer machten. Das ganze Geflüster und Gefrage der Leute endete aber immer wieder bei der Einsicht: »Dasselbe hätte auch uns passieren können. Was, wenn es *meine* Tochter, *meine* Schwester getroffen hätte… oder sogar *mich selbst*?

Die Gerüchte drangen auch, überwiegend über Julies Tiraden, bis zu Tanyas Ohren. Es tat ihr zwar leid für ihre Familie, doch sie hatte ihre eigenen Probleme. Ihr ganzes Leben drehte sich um das Warten auf Panther. Wenn sie mit ihrer Familie zusammen war, verhielt sie sich still, doch allein in ihrem Zimmer ertrank sie in Tränen.

Warum? fragte sie sich immer wieder. Warum brauchst du so lange, mein Geliebter? Wo bist du heute nacht? Denkst du an mich? Hast du Sehnsucht nach mir? Ihr gequältes Herz schrie nach ihm.

Die Wochen verstrichen, und ihre Sorge wuchs. Ständig kreisten ihre Gedanken um Panther, manchmal tauchte er sogar in ihren Träumen auf. Oft wachte sie mitten in der Nacht auf und glaubte, sie hätte seine Stimme gehört. In anderen Nächten weckte sie ihr eigenes Schluchzen, wenn sie daran dachte, Panther könne etwas Schreckliches passiert sein und er käme nie wieder zu ihr. Dann pochte ihr Herz laut in der Brust, ihre Hände wurden feucht vor Angst, und die Tränen strömten nur so über ihre Wangen.

Bei solchen Gelegenheiten saß sie stundenlang wach und starrte aus dem Fenster, legte die Arme um ihren Körper und wiegte sich hin und her – eine stumme Klage ihres gequälten Herzens.

O Panther, Geliebter, was soll ich bloß ohne dich machen? Was ist denn los? Was hält dich zurück? Warum kommst du nicht? Inzwischen glaubte Tanya fest, daß irgend etwas nicht stimmte, sonst wäre Panther längst gekommen, um sie nach Hause zu holen.

Sie blickte zu den Sternen auf und schwor: »Wenn du nicht kommst, um mich zu holen, dann werde ich dich finden, mein Herz. Ich werde von hier fliehen, zusammen mit unseren Söhnen, und dann komme ich zu dir.

Spürst du meine Liebe? Hörst du, wie mein Herz nach dir schreit, wie meine Arme schmerzen, weil sie dich nicht halten können? Ich möchte von dir berührt werden, ich möchte deine Hände auf mir spüren, deine Stimme hören, deine Lippen schmecken. Diese Trennung ist wie ein langsamer Tod. Kein körperlicher Schmerz kann so grausam sein. Es ist, als hätte man mir das Herz aus dem Leib gerissen. Ich halte diese Qual nicht mehr aus. Ohne dich sterbe ich!«

In diesen einsam durchwachten Nächten gab es seltene Momente, in denen sie sich Panther ganz nahe fühlte. Dann war es, als schwebe sein Geist im Zimmer und tröste sie. Tanya konnte seine Gegenwart, seine Wärme förmlich spüren.

Manchmal fielen ihr die Worte ein, die er früher zu ihr gesagt hatte. Es war, als flüsterte er sie in ihr Ohr. *Vertrau mir, Kleines. Wir werden wieder zusammen sein. Ich liebe dich. Ich liebe dich, mein Herz, meine Frau, mein Leben.*

Dann durchströmte sie ein Gefühl der Wärme, und salzige Tränen blendeten sie, wenn sie sich ihrer Illusion hingab. Zum Schluß blieb sie traurig, aber getröstet zurück und hatte für eine Zeitlang wieder neue Kraft und neue Hoffnung geschöpft.

Viele hundert Meilen südlich lag Panther auf einer Matte und rang mit dem Tod. Das klaffende Loch in seiner Schulter wollte nicht heilen, das Fleisch drohte zu verfaulen. Nur die hingebungsvolle Versorgung von Scheues Reh und Geht-wie-eine-Ente verhinderten das Schlimmste. Zweimal täglich reinigten und verbanden sie die Wunde und beteten dabei. Diese Pflege und Panthers starker Wille hielten seinen Lebensmut aufrecht, der an einem seidenen Faden hing.

Die meiste Zeit war er bewußtlos, doch erinnerte er sich dunkel an das Gefecht mit Major Elliots Truppe und an die Kugel, die ihn wie ein Hammer getroffen hatte. Der brennende Schmerz breitete sich bis in die Schulter aus, versengte sein Fleisch und riß es in Fetzen. Aus dem Loch floß unaufhörlich Blut. Er verströmte sein Leben.

Fast besinnungslos vor Schmerz, hatte er sich mit letzter Kraft an seinem Pferd festgeklammert. Mächtige Pinie war es, der ihn schließlich in Sicherheit brachte. Zu diesem Zeitpunkt wußte er noch nicht, daß der kleinen Gruppe die Flucht gelungen war und daß von den Männern Elliots keiner überlebt hatte.

Winter Bear hatte das Kommando übernommen und die Leute zu einem anderen Stamm gebracht. Es war ein eiliger und anstrengender Marsch durch Eis und Schnee gewesen, doch sie hatten ihn ohne weitere Zwischenfälle zurückgelegt. Lange Übung erlaubte es Panther, sich auch im nahezu bewußtlosen Zustand auf Shadows Rücken zu halten.

Endlich in einem Zelt, wenn es auch nicht das eigene war, konnte Geht-wie-eine-Ente die Kugel, die tief in Panthers Schulter steckte, entfernen, die Wunde ausbrennen und verbinden. Panther hatte viel Blut verloren und sein Puls war kaum noch zu tasten.

Zwei Wochen lang kämpfte er mit dem Tod, kam kaum zu Bewußtsein und spürte nicht, wenn man ihn umzog oder ihm heiße Brühe einflößte. Nichts interessierte ihn mehr. Winter Bear zog aus, um Nahrung und Schutz für den fast gänzlich vernichteten Stamm zu suchen. Panther war viel zu sehr damit beschäftigt, gegen die Schmerzen und die drohende Blutvergiftung anzukämpfen. Er dachte nicht einmal an seine Frau und seine Söhne, die sich mit jedem Tag weiter von ihm entfernten.

Erst als er, drei Wochen nach dem Kampf, das Bewußtsein wiedererlangte, tauchte auch der Gedanke an Tanya und die Kinder wieder auf. Panther hatte erheblich an Gewicht verloren und war schwach wie ein Neugeborenes. Die Haut schlotterte an seinem Körper, sein Gesicht war eingefallen, die Augen lagen tief in den Höhlen. Nur mit Mühe konnte er den Kopf heben.

Unter den ungünstigen Bedingungen und bei der wenigen Nahrung begann Panthers Wunde zu eitern. Schlimm war auch, daß der Stamm in ein sicheres Gebiet weiterziehen mußte, denn Panther wurde dabei auf einer Rutsche hinter dem Pferd hergezogen und ging durch die Hölle. Jede Unebenheit des Bodens rüttelte seine Schulter durch und wühlte neue Schmerzen in seinem Körper auf, doch er ertrug die Qual schweigend und biß die Zähne aufeinander, bis sein Kiefer zu bersten schien. Erleichtert begrüßte er den grauen Nebel der Bewußtlosigkeit, in die er erneut verfiel.

Kaum hatten sie das neue Winterlager aufgeschlagen, als sich Panthers Zustand akut verschlechterte. Die anstrengende Reise hatte dazu geführt, daß seine Wunde erneut aufgebrochen war und noch mehr eiterte.

Geht-wie-eine-Ente und Scheues Reh versuchten Tag und

Nacht, Panthers Leben zu retten. Unermüdlich kühlten sie die fieberheiße Haut, versorgten die Wunde, flößten ihm Suppe und Medikamente ein. Im Fieberwahn schlug Panther so um sich, daß die beiden Frauen befürchten mußten, die Wunde würde erneut aufreißen. Sein Geist wanderte unruhig umher. Immer wieder schrie er nach Wildkatze. Nicht einmal Scheues Reh konnte ihn dann besänftigen.

Mit dem Fieber kamen die bösen Träume. Im Traum erlebte er das Massaker wieder, so wie Wildkatze es erlebt haben mußte. Hilflos mußte er mit ansehen, wie seine Freunde, seine Familie niedergemetzelt wurden. Er sah, wie der junge blonde Leutnant Wildkatze und die Kinder gefangennahm und rannte hinter ihnen her, um sie zu retten, doch plötzlich mußte er zu Fuß durch den hohen Schnee stapfen, während sie auf schnellen Pferden davonritten. Er verfolgte sie, bis seine Lunge zu platzen drohte, konnte sie aber nicht erreichen. Als ihm die Beine versagten, hörte er seine Frau vorwurfsvoll sagen: »Du hast mir einmal gesagt, nichts könnte uns trennen, Panther. Du würdest mich nie weggehen lassen...«

In einem anderen Traum sah er sich selbst als Puma, der seine Gefährtin aufspürt. Er sah die Jungen an ihren Zitzen saugen, sah, wie sie sich auf dem Boden vor ihm ausstreckte, goldbraun und geschmeidig, wie sie sich wälzte, wie ihre goldenen Augen glänzten. Sie waren zusammen auf einer Bergwiese, als sie von einem Rudel Wölfe überfallen wurden. Die Wölfe waren in der Überzahl, und Panther kämpfte verzweifelt um seine Familie, doch einige Wölfe stürzten sich gleichzeitig mit gebleckten Zähnen auf ihn und schnappten nach ihm. Ein Wolf grub seine Zähne tief in seine Schulter. Während er im Gras lag und beinahe verblutete, sah er, wie die Wölfe seine Familie in den Wald trieben. Langsam verlor er sie aus den Augen...

Im nächsten Moment sah er eine belebte Straße in irgendeiner Stadt. Der junge blonde Leutnant führte Jäger und Zeichen des Bogenschützen an einer langen Leine hinter sich. Dann änderte sich die Szene, und er entdeckte den jungen Mann an Tanyas Seite, wie sie eine Straße entlangschlenderten. Wildkatze trug die Haare offen und ein blaues Blümchenkleid. Auf dem Arm hielt sie ein Baby. Das Paar lächelte sich an, und der Mann zog die Decke vom Gesicht des Babys. Entsetzt sah Panther, daß das Kind nicht sein Sohn war, sondern ein blondes Baby mit den Gesichtszügen des Leutnants…

Wieder wechselte die Szene, und er sah Wildkatze in einem Haus. Sie blickte aus dem Fenster. Ihr Gesicht war eingefallen, tiefe violette Schatten lagen unter ihren goldenen Augen. Ein Tränenstrom rollte ungehindert über ihre Wangen, während sie die Stirn gegen die Fensterscheibe preßte. Sie schluchzte: »Bitte komm, Panther. O mein Geliebter, bitte rette uns!«

»Ich komme, Wildkatze«, antwortete er, aber sie konnte ihn nicht hören und weinte noch verzweifelter.

Immer und immer wieder träumte er davon, wie Wildkatze verzweifelt nach ihm schrie. Jedesmal versprach er ihr, zu kommen, sagte ihr, daß er sie liebe, bat sie, noch etwas Geduld zu haben. Manchmal waren die Träume so wirklichkeitsnah, daß er ihr übers Haar streicheln konnte und ihre Tränen wie Regen auf seine heiße Hand fielen.

Schließlich war das Fieber vorbei, und er konnte zum ersten Mal seit einem Monat wieder klar denken. Der Schnee hatte sich um das Zelt herum aufgetürmt, und ein eisiger Wind fegte. Noch schwach und erschöpft vom Schwitzen blickte er um sich und hoffte, Wildkatze mit ihren Söhnen irgendwo zu entdecken. Statt dessen sah er Geht-wie-eine-Ente, die das Feuer schürte.

Er versuchte, sich aufzurichten. Ein scharfer Schmerz fuhr ihm durch die Schulter, Schweißtropfen standen auf seiner Stirn. Seufzend legte er sich wieder zurück.

Dann ist es also wahr, dachte er bedrückt und erinnerte sich an das Massaker. Häuptling Black Kettle und Frau-die-nach-mir-kommt sind tot, wie so viele andere des Stammes auch. Meine Leute leiden Not, meine Frau und meine Söhne wurden mir von den Soldaten genommen, und ich liege hier, verwundet und schwach und kann nicht einmal mir selber helfen, geschweige denn irgendeinem anderen.

Er versuchte zu sprechen, doch es wollte nicht gelingen. Schließlich krächzte er Geht-wie-eine-Ente an: »Wie lange ist der Überfall jetzt her?«

Schockiert hörte er, daß inzwischen fünf Wochen vergangen waren. Geht-wie-eine-Ente informierte ihn über alles, was seitdem passiert war. Die anderen Stämme hatten ihr Hab und Gut mit ihnen geteilt, doch Nahrung und ein Zelt über dem Kopf waren knapp geworden. Die Familien wohnten in einem *Tipi* zusammen, und in dieses Zelt, wo sie jetzt waren, teilten sich Panther, Elster, Häuptling Winter Bears Familie und sie selbst. Der Stamm befand sich im Norden von Texas, und der Winter versprach, äußerst hart zu werden. Nein, von Wildkatze und wo sie sich aufhielt, hatten sie nichts gehört. Auch von den anderen Gefangenen nicht. Zum Schluß sagte sie ihm, wie ernsthaft er verwundet worden war, wie knapp er dem Tod entkommen war, und riet ihm, das bißchen Kraft, das er wiedergewonnen hatte, nicht zu vergeuden und die Wunde, die endlich am Zuheilen war, nicht erneut aufzureißen.

Panther, der sich noch nicht so rasch und so viel bewegen durfte, wenn er gesund werden wollte, hatte nun viel Zeit zum Nachdenken. Manchmal unterhielt er sich mit Winter Bear über die Probleme des Stammes. Die ganze Zeit über dachte er an Wildkatze, Jäger und Zeichen des Bogenschützen. Er würde sie finden und seinen Anspruch auf sie geltend machen, auch wenn er Monate dafür brauchen sollte. Desgleichen schwor er den Weißen Rache für die Verwüstungen, die sie angerichtet hatten. Eines Tages würden sie mit ihrem Leben dafür bezahlen müssen. Sobald er wieder wohlauf und der Stamm reorganisiert war, wollte er sich auf die Suche nach Tanya und den Kindern machen, doch vorläufig mußte er sich darauf konzentrieren, zu Kräften zu kommen.

»Hab noch ein bißchen Geduld!« rief er Wildkatze in der Ferne zu. »Ich werde dich holen kommen und wir werden wieder zusammen sein. Warte auf mich, und denk dran: Ich liebe dich.«

Das einzig Gute in der ganzen Zeit war, daß Tanyas Eltern sich zunehmend mit ihren Kindern anfreundeten. Ihre Mutter konnte die Jungen inzwischen betrachten, ohne zusammenzuzucken, und die Tatsache, daß die beiden so gut erzogen und so klug waren, half ihr dabei.

Zeichen des Bogenschützen konnte stundenlang lächelnd und gurrend daliegen. Er war ein liebes, zufriedenes Baby. Und wenn Jäger Sarah mit seinen großen goldenen Augen anblickte, zerschmolz sie förmlich. Er war eine hübsche Miniaturausgabe seines Vaters und wußte genau, daß er die Leute mit seinen Blicken entzücken konnte. Von Natur aus war er kein zurückhaltendes Kind, und sobald er sich im Haus einmal eingelebt hatte, machte er allen Vergnügen.

Nicht lange, da lag Sarah neben ihm auf dem Boden und spielte mit ihm, meist wenn niemand anderes in der Nähe war. Nach und nach war es ihr aber egal, wenn jemand sie sah; jetzt hielt sie die Kinder immer öfter auf dem Arm und sprach mit ihnen, erzählte ihnen Geschichten oder sang ihnen Wiegenlieder vor und freute sich an Jägers strahlenden Augen.

Tanya hatte sich gewundert, daß Jäger so schnell Englisch lernte. Eines Tages fand sie durch Zufall heraus, wieso. Als sie auf leisen Sohlen an der Bibliothek vorbeischlich, hörte sie die Stimme ihrer Mutter und Jägers begeistertes Kichern. Sie spähte durch die Tür und sah ihn auf dem Schoß ihrer Mutter sitzen.

Sarah zeigte auf Jäger und sagte in Englisch »Jäger«. Melissa hatte ihnen die englische Übersetzung der Namen der beiden Jungen genannt.

Jäger lachte und wiederholte den Namen in Babysprache: »Jäder.«

Lächelnd deutete Sarah auf sich selbst und sagte mit warmer Stimme: »Großmutter.«

»Rooß-mutter«, wiederholte Jäger.

Lachend drückte Sarah ihn an sich. »Ja, mein Liebling, Großmutter.«

Tanya schlich sich schweigend davon. Sie wollte nicht stören. Das Bild der beiden hatte sie tief berührt. Bitter lächelnd wischte sie sich eine Träne von der Wange.

Edward war etwas dickköpfiger und nicht so leicht zu erobern. Zunächst blickte er Sarah noch mißbilligend an, wenn er sah, wie sie mit den Kindern schmuste, Jäger allerdings ließ sich von der mürrischen Art seines Großvaters nicht abschrecken. Er fing an, wie ein kleines Hündchen hinter dem eigensinnigen Mann herzulaufen, und jedesmal, wenn Edward sich umdrehte und ihn anstarrte, grinste Jäger, zeigte seine neuen weißen Zähne und die Grübchen in den Pausbacken. Er war wirklich unwiderstehlich.

Edward gab nicht ohne weiteres nach, vor allem nicht auf einen Schlag, sondern widerstrebend, Schritt für Schritt und nicht ohne Murren. Wie auch immer, es kam der Tag, da er Jägers kleine braune Hand in seine nahm, und von da an akzeptierte er die Gesellschaft des Jungen. Daß er ihn herumführte, war nun kein seltener Anblick mehr. Dabei achtete er darauf, nicht allzu große Schritte zu machen, damit Jäger mithalten konnte.

Tanya unterdrückte ein Lächeln, wenn sie hörte, wie ihr Vater mit barscher Stimme dem kleinen Kerl das eine oder andere erklärte. Sie war froh, daß ihre Eltern ihre Enkelkinder akzeptierten, daß sie sich schließlich miteinander vertraut machten. Es änderte jedoch nichts an ihrem Wunsch, zu Panther zurückzukehren. Überdies war Julie so gehässig wie immer zu ihr und ließ ihre Feindseligkeit oft an den Kindern aus. Sie wußte genau, womit sie Tanya am meisten verletzen konnte.

Der launische Februar überraschte sie alle mit Tauwetter, das vier Tage andauerte. Zum ersten Mal seit Wochen sah Tanya Schnee und Eis schmelzen und fragte sich, ob sie riskieren sollte, was ihr Herz so dringend zu tun wünschte. Sie wußte, daß der Schnee in den Bergen und in der offenen Prärie immer noch hoch lag, aber nicht unpassierbar war. Konnte sie die Flucht wagen und dabei ihr Leben und das Leben ihrer Söhne aufs Spiel setzen?

Als das Tauwetter nun schon den dritten Tag anhielt, entschloß sich Tanya, es zu versuchen, doch sie wußte, daß sie ohne Hilfe keine Chance hatte. Jeremy brachte die Lösung, als er ihr sagte, er wisse, wo Tanyas Pferd versteckt sei.

Der Junge war von Tanya total in Bann geschlagen und der einzige, mit dem sie Englisch sprach. Anders als Julie, war Tanya freundlich zu ihm und wirklich an ihm interessiert. Auf ihren gemeinsamen Spaziergängen erzählte sie ihm ein wenig von den Spuren der Tiere, woran man sie erkennen und wie man ihnen folgen konnte. Sie zeigte ihm auch, wie er seine eigene Spur verwischen mußte und ließ ihn mit ihrem Pfeil und Bogen schießen. Jeremy war davon überzeugt, daß er nie einen interessanteren Menschen kennengelernt hatte und blieb ihr treuer Freund. Er betete sie an und hätte alles für sie getan. Das stellte er unter Beweis, als Tanya ihn um einen Gefallen bat.

»Kannst du mein Pferd zu mir bringen, ohne daß irgend jemand etwas merkt?« wollte sie wissen.

»Du willst weggehen?« fragte er ernst und schluckte den Kloß in seinem Hals hinunter.

»Ja, ich muß zurück zu meinem Mann und unserem Volk«, antwortete Tanya wahrheitsgemäß. »Du verstehst das doch, nicht? Wirst du mir dabei helfen?«

Jeremy nickte. »Was kann ich für dich tun? Wann willst du verschwinden?«

»Nach Möglichkeit heute abend schon. Wenn alle schlafen. Ich möchte, daß du Wheat für mich holst und ihn im Wald hinter dem Haus versteckst. Niemand soll ahnen, was ich vorhabe.«

»Nicht einmal Missy?« wollte er wissen.

»Erst wenn ich weg bin. Ich möchte nicht, daß Onkel George und Tante Elizabeth sich von ihr hintergangen fühlen. Missy ist auf ihre Liebe angewiesen und hat ein gutes Zuhause verdient.«

»Und was ist mit mir?« fragte er traurig.

»Dich, mein Freund, haben sie immer geliebt. Außerdem bist du noch jung, und man wird dir deine Fehler eher verzeihen. Willst du es riskieren? Wenn nicht, mach ich es selber.«

»Ich helfe dir«, versprach er.

Jeremy tat mehr, als von ihm verlangt worden war. Am Abend schlich er sich unbemerkt nach draußen, holte Tanyas Pferd samt Sattel und Zaumzeug und versteckte Wheat zwischen den Bäumen nicht weit vom Haus entfernt. Dann ergatterte er in der Küche etwas zu essen sowie eine Flasche Wasser und band den Sack mit den Vorräten am Sattel fest. Außerdem besorgte er sich einige Decken und packte sie auf Wheats Rücken.

Spät in der Nacht schlich Tanya durch die dunkle Diele, Zeichen des Bogenschützen auf dem Rücken, Jäger in ihren Armen. Gottseidank hat man den Kindern der Cheyenne beigebracht, nicht zu schreien, dachte sie.

Bogen und Köcher über der Schulter, das Messer im Gürtel, folgte sie Jeremy zu der Stelle, wo er das Pferd versteckt hatte. Sie stieg auf und beugte sich zu Jeremy herab, um ihm zu danken. »Vielen Dank«, sagte sie und drückte seine Hand, »du bist ein wahrer Freund, Jeremy. Ich werde Panther von dir erzählen. Wir werden dir beide für immer dankbar sein.«

»Ich werde dich vermissen«, schluckte er.

»Vielleicht sehen wir uns eines Tages wieder«, meinte Tanya. Dann fügte sie hinzu: »Vergiß nicht, unsere Spur zu verwischen. Ich bin auf deine Hilfe angewiesen.«

»Auf Wiedersehen«, murmelte er.

»Auf Wiedersehen, Jeremy. Bitte, erklär den anderen, daß meine Flucht nichts damit zu tun hat, daß ich sie nicht liebe.«

»Auch Jeffrey?« fragte er grinsend.

»Nein!« kicherte Tanya. »Jeffrey kannst du sagen, daß er sich zum Teufel scheren soll!«

»Wird gemacht.«

»Aber erst, wenn sie mich vermissen. Sag nichts, solange es geht.«

»Versprochen. Und viel Glück.«

»Das kann ich brauchen. Auf Wiedersehen, Jeremy.« Damit war sie im Schatten der Dunkelheit verschwunden.

Jeremy verwischte sorgfältig alle Spuren. Als er am nächsten Morgen erwachte, achtete er darauf, daß sich niemand Tanyas Zimmer näherte. Zur passenden Zeit erklärte er, Tanya wolle nicht frühstücken und sei mit den beiden Kleinen beschäftigt. Er trug sogar Jägers Frühstück nach oben und sagte, er würde beim Füttern helfen und nachher mit ihm spielen. Niemand wunderte sich darüber, zumal er auch schon bei anderen Gelegenheiten mit den Kindern gespielt hatte.

Mittags erschien Jeremy rechtzeitig zum Essen, und jetzt zog seine Masche nicht mehr. Seine Erklärung, Tanya wolle nicht zu Mittag essen, stieß auf taube Ohren. Man schickte ihn, sie zu holen, und er kehrte mit der Nachricht zurück, daß sie sich weigere, zu kommen.

Nun riß Edward der Geduldsfaden, und er stapfte nach oben, um mit seiner Tochter zu reden. Der zitternde Jeremy wäre am liebsten im Erdboden verschwunden, doch er wartete tapfer auf den großen Knall, von dem er genau wußte, daß er kommen würde.

Schon nach kurzer Zeit war Edward wieder da, bleich und angespannt im Gesicht. »Sie ist weg! Und hat alles mitgenommen, auch die Jungen.«

Sein schmerzlicher, wütender Blick traf Jeremy. »Du hast ihr geholfen, hab' ich recht?« Diesmal brüllte er nicht. Aber das war fast noch schlimmer.

Jeremy schluckte und nickte. Er kam erst gar nicht dazu, irgend etwas zu erklären, denn plötzlich redeten alle durcheinander.

Sarah fing an zu weinen, ebenso Melissa, und Tante Elizabeth hatte alle Mühe, sie zu trösten. George saß schweigend da, zog an seiner Pfeife und runzelte die Stirn. Nur Julie schien sich über die Nachricht zu freuen und konnte kaum ihr befriedigtes, triumphierendes Lächeln verbergen. Zumindest Jeremy hatte es gesehen.

Jeffrey war außer sich. Auf der Stelle packte er Jeremy und schüttelte den Jungen grob. »Verflucht!« brüllte er. »Wie konntest du es wagen? Ich dreh dir den Hals um. Weißt du überhaupt, was du getan hast?«

Sein Wutausbruch brachte die anderen hoch. »Lassen Sie den Jungen los! Lassen Sie ihn sofort los!« Sarah stürzte hinzu, um Jeremy zu verteidigen, doch Edward war schon dabei, ihn aus Jeffreys Händen zu befreien. »Es ist nun mal passiert. Lassen Sie ihn los«, befahl er resigniert.

Erschrocken und am ganzen Körper zitternd blieb Jeremy wie angewurzelt stehen, fest entschlossen, sich für Tanya einzusetzen.

Sarah kniete vor ihm nieder und nahm seine Hände. Mit tränennassen Augen blickte sie ihn an und fragte: »Warum, Jeremy? Warum hast du das getan?«

Jeremy raffte seinen ganzen Mut zusammen. »Sie *mußte* hier weg«, sagte er und biß sich auf die Lippen. »Sie hat mich gebeten, euch zu sagen, daß es nichts damit zu tun hat, daß sie euch nicht liebt. Sie mußte einfach weg.«

Tränen strömten über Sarahs Wangen, und ein Seufzer entrang sich ihrer Brust.

Mit einem Blick auf Jeffrey, den er mehr haßte als je zuvor, fügte er kampflustig hinzu: »Und Ihnen soll ich ausrichten, daß Sie sich zum Teufel scheren sollen!«

»Halt den Mund, Junge, oder ich ziehe dir eins mit meinem Gürtel über«, drohte Jeffrey.

»In diesem Haus wird niemand geschlagen«, stellte Edward unmißverständlich fest. »Auf gar keinen Fall steht Ihnen das Recht zu, irgendwelche Strafen festzusetzen, Jeffrey. Das ist eine Sache von George und Elizabeth, falls sie sich dazu entschließen. Doch im Moment tut das nichts zur Sache, finden Sie nicht auch?«

Jeffrey, der einsah, daß er zu weit gegangen war, beherrschte sich mühsam. Er konnte es sich jetzt nicht leisten, sich mit den Martins zu überwerfen.

»Sie haben recht, Edward. Im Augenblick geht es darum, Tanya zu finden. Ich werde ein paar Männer zusammentrommeln und auf die Suche gehen. Wahrscheinlich ist sie zum Washita River geritten, in der Hoffnung, den Stamm dort anzutreffen, obwohl wir keinerlei Informationen darüber besitzen, wo sie inzwischen ihr Lager aufgeschlagen haben. Wir wissen nur, daß sie nicht mehr in ihrem alten Camp sind. Einer unserer Spähtruppe hat uns gemeldet, daß die toten Männer von Major Elliot gefunden wurden, und es sah ganz so aus, als hätten die Cheyenne genug Zeit gehabt, ihre eigenen Toten zu betrauern und seien dann erneut aufgebrochen.«

Jeffrey blickte finster auf Jeremy hinab. »Wahrscheinlich hast du nicht vor uns zu sagen, wann sie verschwunden ist, wie? Dann wüßten wir wenigstens, wieviel Vorsprung sie hat.«

Jeremy sagte keinen Ton.

Edward seufzte. »Lassen Sie den Jungen in Ruhe. Tanya muß irgendwann in der Nacht losgeritten sein. Davon kann man ausgehen.«

»Wenn sie etwa um Mitternacht aufgebrochen ist, hat sie jetzt gute vierzehn Stunden Vorsprung, vorausgesetzt, wir können uns in der nächsten Stunde auf den Weg machen«, rechnete Jeffrey.

»Ich komme mit«, erklärte Edward entschlossen.

Jeffrey blickte ihn überrascht an. Wenn er Tanya fand, wollte er auf keinen Fall ihren Vater dabei haben. Er hatte mit dieser kleinen Hexe noch ein Hühnchen zu rupfen!

»Das ist nicht nötig, Edward«, sagte er. »Es wird ein beschwerlicher Weg, und wir müssen uns beeilen.«

Edward, der den Grund für Jeffreys Ablehnung sehr wohl begriff, sagte nichts. Aber er fürchtete um das Wohlergehen seiner Tochter und der Kinder, wenn sie Jeffrey allein überlassen wären.

Kaum hatte Jeffrey das Haus verlassen, wechselten Edward und George einen besorgten Blick.

»Ich traue ihm nicht.« George sprach aus, was Edward dachte. »Wenn du willst, begleite ich dich.«

»Das wird dem Herrn Leutnant nicht passen«, vermutete Edward. »Aber wir könnten ihm ja in einiger Entfernung folgen, damit er nichts merkt. Ich habe das Gefühl, daß Tanya uns braucht.«

George nickte zustimmend. »Dann los. Wir haben keine Zeit zu verlieren.«

Jeffrey, der von dem Plan der beiden Männer glücklicherweise nichts ahnte, machte sich auf zum Hauptquartier, Rachegefühle im Herzen.

»Du hast mich gedemütigt, und das wirst du mir büßen, Tanya«, murmelte er vor sich hin, während er die Männer auswählte. »Ich will dich zur Frau haben, und wenn es das Letzte ist, wofür ich mich anstrenge. Aber eines kann ich dir sagen: Ich bin der Herr im Haus und niemand sonst. Und damit du das begreifst, werde ich dir ein paar Lektionen erteilen.«

Er lachte bei der Vorstellung. »Vielleicht wird dir meine Herrschaft eines Tages gefallen, meine Süße, denn das ist es, was ich will: Dich beherrschen.«

16

In der Prärie lag der Schnee höher, als Tanya erwartet hatte, und sie kam nur mühsam vorwärts. Von den Bergen wehte ein bitterkalter Wind.

Jäger und Zeichen des Bogenschützen waren in Pelze eingehüllt und hatten es relativ warm. Am meisten Sorgen machte sich Tanya um Wheat. Das Pferd steckte bis zu den Knien, manchmal bis zum Bauch im Schnee und arbeitete sich tapfer durch die Schneewehen. Es gab sein Bestes für Tanya und die Jungen, doch oft genug mußten sie auch anhalten, weil das Tier einfach zu erschöpft war.

Nach drei Tagen waren sie noch nicht sehr weit gekommen. Immer wieder blickte Tanya zurück und hielt nach eventuellen Verfolgern Ausschau. Es war praktisch unmöglich, in diesem hohen Schnee Spuren zu tilgen; auch wenn sie es auf den ersten Meilen noch versucht hatte, indem sie statt über die Straße querfeldein nach Fort Lyon geritten war.

Das Tauwetter hatte ganz aufgehört. Jetzt, wo sie sich dem Arkansas River näherte, tobte sogar ein heftiger Schneesturm. Tanya konnte kaum die Hand vor den Augen erkennen.

Als sie das Ufer des Flusses erreichten, sah Tanya zu ihrem Entsetzen, daß der Fluß vom vorangegangenem Tauwetter angeschwollen war und reißend dahinschoß. Es war unmöglich, ihn hier zu überqueren; sie mußte nach einer schmaleren und flacheren Stelle suchen.

Das kostete erneut Zeit, und Tanya seufzte entmutigt. Oft genug hatte sie schon anhalten müssen, um Spuren zu verwischen, Wheat eine Pause zu gönnen, Jäger und Zeichen des Bogenschützen zu füttern. Nun, zu dem starken Schneesturm, auch noch das. Alles, sogar die Natur selbst, schien sich gegen ihren Wunsch, wieder mit Panther zusammen zu sein, verschworen zu haben.

Ihr Blick schweifte über den wild bewegten Fluß, die dicken Eisschollen auf der Strömung. Während sie Wheat am Ufer entlanglenkte, wurde ihr klar, wie gefährlich es war, den Fluß zu durchqueren. Ein falscher Schritt, eine größere Eisscholle, und

Wheat könnte stürzen, sie alle wären dem eisigen Wasser ausgeliefert. In ihrem verzweifelten Wunsch, Panther wieder zu finden, setzte sie ihr eigenes und das Leben ihrer Kinder aufs Spiel. Alles sprach dagegen, daß sie es schaffte. Hätte sie mehr Zeit und Kraft gehabt, hätte sie am liebsten geschrien.

Inzwischen war es später Nachmittag. Bald würde die Sonne untergehen, und Tanya hatte noch immer keine Stelle gefunden, die sich zum Durchqueren eignete. Da plötzlich drang aus der Ferne ein vertrautes Geräusch an ihre Ohren. Sie lauschte angestrengt, das Herz klopfte ihr bis zum Hals.

O Gott, da war es wieder! Pferde! Das Klirren von Zaumzeug. Die Verfolger waren ihr auf den Fersen. Auch Kit hatte es gehört und fauchte. Ein Pferd wieherte, und Tanya hielt ihre Hand über Wheats Nüstern.

Die Sicht war zwar schlecht, doch Tanya wußte, daß man nur ihrer Spur folgen mußte, um sie zu finden. Sie konnte nur hoffen, bis zum Einbruch der Dunkelheit zu entkommen oder endlich eine Stelle zu finden, wo sie den Fluß durchqueren konnte, um die Verfolger auf diese Weise abzuschütteln.

Plötzlich war ihre Müdigkeit verschwunden. Sie drückte die Knie in Wheats Flanken. Schneller! Das Pferd galoppierte los, und hinter sich hörte sie triumphierende Schreie. Der kalte Schweiß brach ihr aus den Poren. Sie riskierte einen Blick zurück, sah so etwas wie eine blaue Uniform, und schluchzte verzweifelt, als ihr klar wurde, daß man sie entdeckt hatte.

Wheat war außer Atem, und Tanya mußte sich eingestehen, daß ihr Fluchtversuch vergeblich war. Sie ritt wieder Schritt und war im Nu von Soldaten umgeben. Wütend blickte sie in das zornentbrannte Gesicht von Jeffrey.

»Du hast einen Fehler gemacht, Tanya. Einen großen Fehler. Und wirst jetzt ernten, was du gesät hast, meine Liebe. Dafür werde ich sorgen!« schrie Jeffrey. »Steig ab«, befahl er ihr knapp. Tanya betrachtete die Gesichter der Männer ringsum. Einige starrten sie lüstern und höhnisch an, andere wirkten einfach stumpf und erschöpft.

»Sie werden dir nicht helfen«, bemerkte Jeffrey. »Sie stehen unter meinem Kommando und machen, was ich sage. Außerdem sind sie nicht gerade begeistert davon, daß sie bei dieser Kälte nach draußen mußten, nur um nach dir zu suchen. Also los jetzt, runter vom Pferd!«

Sie zögerte immer noch, und Jeffrey explodierte. »Wirst du wohl! Wenn du nicht sofort absteigst, ziehe ich deiner Brut eins mit dem Säbel über, noch ehe deine Katze sich umgedreht hat.«

Tanya wurde blaß und stieg ab.

»Heute nacht schlagen wir hier unser Lager auf«, befahl er seinen Männern. »Macht Feuer, und falls der Puma irgendwelchen Ärger macht, erschießt ihn.«

Eine Stunde dauerte es, bis die Männer die Zelte aufgeschlagen hatten. Jeffrey packte Tanya grob am Arm und führte sie zum Rand des Lagers.

Kit warnte ihn mit einem wütenden Fauchen und kauerte sich sprungbereit zusammen. »Pfeif das Tier zurück, Tanya, oder du kannst es demnächst als Kaminteppich bewundern.«

Tanya blieb nichts anderes übrig, als Kit einen Befehl zuzurufen. Sie setzte sich wieder auf und bewachte die Kinder.

»Das war sehr klug von dir, meine Liebe«, spöttelte Jeffrey. »Komm mit, wir haben noch etwas miteinander zu erledigen.« Damit stieß er sie vor sich her.

Als sie außer Sichtweite waren, zwang er sie, stehen zu bleiben und drehte sie zu sich um. »Du hast mich lange genug zum Narren gehalten, Tanya. Du hast mich lächerlich gemacht, vor meinen Soldaten und in der ganzen Stadt. Jetzt wirst du dafür büßen.«

Tanya, die steif vor Kälte und dick in Pelze eingewickelt war, konnte nicht schnell genug reagieren, als er sie rücklings in den Schnee schleuderte. Er warf sich auf sie, nagelte sie mit seinem Körper auf dem Boden fest und packte sie um die Taille. Tanya hatte keine Gelegenheit, ihr Messer zu ziehen, und so sehr sie sich auch anstrengte, gegen Jeffreys schweren Körper auf dem ihren war sie einfach machtlos. Der Schnee, die sperrige Kleidung, Jeffreys Gewicht waren zuviel.

Einige Minuten lang kämpfte sie gegen ihn an, bis sie merkte, daß ihr Widerstand ihn eher noch mehr aufbrachte. Sie verschwendete damit nur das letzte bißchen Energie, das ihr geblieben war. Schließlich rührte sie sich nicht mehr.

Als er sich über sie beugte und sie küssen wollte, drehte sie den Kopf zur Seite. Seine Lippen trafen ihre Wange. Ärgerlich packte Jeffrey sie mit einer Hand an beiden Handgelenken und hielt mit der anderen ihren Kopf fest. Diesmal erreichte er sein Ziel, doch stieß er mit den Zähnen nur auf ihre fest zusammengepreßten Lippen.

Tanya war angewidert und wütend. Jetzt war es vorbei mit dem Stillhalten, sie grub ihre scharfen Zähne in Jeffreys Unterlippe, bis sie blutete.

Jeffrey war außer sich; fluchend ließ er für einen Moment von Tanya ab. Als er den zornigen Blick aus ihren funkelnden Augen auffing, schlug er sie mitten ins Gesicht.

»Versuch das nicht noch einmal!« brüllte er. »Du wirst dich noch sehr ändern müssen, wenn wir erst einmal verheiratet sind. Oder du und deine Brut werden teuer dafür bezahlen. Offensichtlich nutzt es nichts, wenn man freundlich zu dir ist, und meine Geduld ist jetzt zu Ende. Wahrscheinlich hast du dich schon daran gewöhnt, möglichst brutal behandelt zu werden. Wenn das der einzige Weg ist, dir eine Reaktion zu entlocken – nun gut, das kannst du haben!«

Er schob seine Hand unter ihren Mantel und fing an, ihre Brüste zu kneten. Tanya wand sich im stummen Protest und spürte die Ausbuchtung in seiner Hose an ihrem Oberschenkel. Ihre Augen weiteten sich vor Panik.

Jeffrey lachte böse. »So ist es richtig, Schatz. Ich will dich haben, und ich wüßte nicht, warum ich noch warten sollte, nachdem dieser Wilde es doch auch schon mit dir getrieben hat.«

Er drückte ihre Brust so fest, daß es schmerzte. »Ich werde dir zeigen, wie die wahre Liebe aussieht, und du wirst deinen Indianer schnell vergessen. Wenn ich fertig mit dir bin, bettelst du hinterher, daß ich es dir noch mal mache.«

Seine Hände ließen ihre Brüste los und zerrten an ihrem Rock. Heftig keuchend preßte er ein Knie zwischen ihre geschlossenen Schenkel. Seine Stimme zitterte, als er fortfuhr: »Keine Sorge, mein Liebes. Ich habe immer noch vor, dich zu heiraten, denn ich will dich ganz für mich haben. Du bist zwar schon zweite Wahl, aber, bei Gott, du gehörst mir.«

Er fummelte an den Knöpfen seiner Hose herum, während er gleichzeitig sein Knie kräftig zwischen ihre Schenkel drückte. Tanya versuchte noch einmal, sich zu befreien. Der Gedanke, daß Jeffrey sie besitzen sollte, nachdem Panther sie so zärtlich geliebt hatte, machte sie krank, und ihre Panik wuchs, als er ihre Schenkel spreizte. Sie schlug heftig um sich und es gelang ihr, Jeffrey für einen Moment aus dem Gleichgewicht zu bringen. Ihr Schrei zerriß die Luft.

Wieder schlug Jeffrey sie ins Gesicht. »Halts Maul!« knurrte er. »Und sei bloß still. Die Sache wird dir genauso gut gefallen wie mir.«

»Das bezweifle ich sehr.« Die Stimme, die klar und nur wenig durch den Schnee gedämpft zu ihnen drang, überraschte sie beide.

»Geben Sie meine Tochter frei, Leutnant«, befahl Edward Martin.

»Tun Sie es, Young«, riet auch George, als Jeffrey nicht sofort reagierte. »Wenn Sie mit Tanya verheiratet wären, hätten Sie vielleicht gewisse Rechte, aber da das nicht der Fall ist, ist es Sache von Edward, die Ehre seiner Tochter zu verteidigen. Sein Zorn ist berechtigt, und falls Sie ihr oder den Kindern irgend etwas getan haben, könnte er sie jeden Moment über den Haufen schießen.«

Jeffrey erhob sich und knöpfte mit abgewandtem Gesicht die Hose zu. Nach einem letzten Blick auf Tanya stapfte er zum Lager zurück. George folgte ihm.

Edward streckte die Hand aus und half seiner Tochter auf die Füße. »Hat er dir was angetan?« fragte er und zog Tanya in seine Arme.

Tanya schüttelte stumm den Kopf und erwiderte die Umarmung ihres Vaters.

»Mein Gott, Tanya, ich hätte ihn umgebracht… Wenn wir nur ein paar Minuten später gekommen wären…« Edward schauderte bei dem Gedanken.

Er hielt sie ein wenig von sich, um ihr Gesicht besser sehen zu können. Seine Finger fuhren über die roten Spuren auf ihrer Wange. »Er hat dich geschlagen! Dieser verdammte Bastard hat dich geschlagen!«

Tanya nickte. Dann küßte sie die Finger, die ihre Wange streichelten.

Edward nahm ihr Gesicht in beide Hände und blickte seine Tochter ernst an. »Tanya, mein Schatz, wir lieben dich. Und wir werden dich immer lieben, egal, was passiert. Wie soll ich mein Verhalten wieder gut machen? Ich war ein Idiot, aber versetz dich einmal an meine Stelle. Auf jeden Fall lasse ich nicht zu, daß meine Prinzessin, meine Tochter, einfach weggeht, jetzt, wo sie gerade zurückgekommen ist. Meinst du, deine Mutter und ich hätten uns umsonst so lange um dich gegrämt? Komm nach Hause, Tanya. Willst du wieder zu uns kommen und wenigstens eine Zeitlang bleiben?«

Die innige Bitte ihres Vaters rührte Tanya, und sie stimmte mit einem widerstrebenden Kopfnicken zu.

Edward küßte sie auf die Stirn und seufzte erleichtert. »Danke, Tanya. Du wirst es nicht bereuen, das verspreche ich dir. Mach dir keine Sorgen, ich akzeptiere auch Jäger und Zeichen des Bogenschützen und werde sie voll Stolz als meine Enkelsöhne betrachten, denn sie sind ein Teil von dir. Gottlob sind sie hell und gesund, und ich war ein Narr, daß ich sie so lange verleugnen wollte. Kannst du einem starrsinnigen alten Mann verzeihen?«

Wieder nickt sie und legte ihren Kopf erschöpft an seine Brust.

»Komm«, sagte er. »Wir wollen sehen, wo George ist. Mit Jeffrey ist wahrscheinlich nicht gut Kirschen essen zur Zeit, und ich bin auch nicht besonders gut auf ihn zu sprechen. Es war richtig, daß wir euch nachgeritten sind. Er hat sich zuletzt so merkwürdig benommen, daß ich ihm nicht mehr über den Weg traute. Und was ich dir auch noch sagen will, Tanya: Nach allem, was vorgefallen ist, mußt du ihn nicht mehr heiraten. Weder deine Mutter noch ich zwingen ihn dir auf. Die Entscheidung liegt ganz allein bei dir.«

Sie verbrachten die Nacht mit den Soldaten im Lager; Tanya unter dem Schutz ihres Vater, ihres Onkels und Kits. Am nächsten Tag kehrten sie nach Pueblo zurück.

Während des Ritts versuchte Jeffrey verzweifelt, zu retten,

was noch zu retten war. Daß er sich hatte hinreißen lassen, wie er beschämt zugab, führte er auf seine Wut und den kritischen Augenblick zurück. Er entschuldigte sich überschwenglich, versprach, es solle nie wieder vorkommen und beteuerte erneut, wie sehr er Tanya liebe und daß er sie immer noch heiraten wolle.

Niemand von den Martins akzeptierte Jeffreys Entschuldigung, doch im Interesse einer friedlichen Rückreise verzichtete man auf weitere Diskussionen. In Pueblo würde noch genug Zeit sein, das Problem zu erörtern. Bis dahin behandelten sie ihn mit kühler Höflichkeit und hielten Distanz zu ihm.

Zurück in Pueblo, nahm Tanya ihr altes Leben wieder auf. Der einzige Unterschied zu früher war, daß Tanyas Familie sie vor Jeffreys permanenter Zudringlichkeit mit aller Entschiedenheit schützte.

Für Jeremy war es schrecklich, daß man Tanya erwischt hatte. »Es tut mir so leid, Tanya«, sagte er seufzend zu ihr. »Wenn es mir nur gelungen wäre, länger zu vertuschen, daß du weg bist, dann hättest du es vielleicht geschafft.«

»Nein, Jeremy, es lag nicht an dir«, tröstete ihn Tanya lächelnd. »Du hast mir sehr geholfen.«

Er blickte sie flehentlich an. »Du bist also nicht böse mit mir?«

Tanya schüttelte den Kopf. »Warum sollte ich, mein kleiner Freund? Wir haben es versucht, und es hat nicht geklappt. Schuld daran waren das Wetter und meine Ungeduld, aber nicht du.«

»Wirst du es noch mal versuchen?«

»Nein, vorläufig nicht. Jeffrey paßt zu gut auf, und ich habe meinem Vater auch versprochen, daß ich erst einmal hier bleibe. Ich glaube, ich muß einfach geduldiger werden.«

»Aber du bringst mir weiter bei, wie man ein Indianer wird?« bettelte Jeremy.

»Da kannst du Gift drauf nehmen«, lachte Tanya. Das war einer von Jeremys Lieblingsausdrücken.

Jeremy strahlte. »Super, Tanya!«

Obwohl sich Tanya nun mit ihren Eltern besser verstand, war

Julie immer noch so gehässig wie früher. Am dritten Tag ihrer Rückkehr geschah etwas, das daß Faß zum Überlaufen brachte. Tanya überraschte Julie in der Diele, wie sie Jäger schüttelte. Ihre Fingernägel bohrten sich in sein Ärmchen, seine Füße baumelten über dem Boden, sein Kopf flog hilflos hin und her.

Wütend stürzte sich Tanya auf Julie und riß sie an den Haaren, bis ihre Schwester den Kleinen endlich losließ. Tanya überzeugte sich mit einem raschen Blick auf Jäger, daß alles in Ordnung war, dann stieß sie Julie zur Seite.

Julie schlug natürlich zurück, und der Zweikampf war in vollem Gange. Mit Zähnen und Nägeln gingen die beiden Frauen aufeinander los, kratzten und bissen und schrien sich an, daß die Wände wackelten.

»Laß mich los«, kreischte Julie, als Tanya sie an den Haaren packte. »Der Kleine hat eine Tracht Prügel verdient, nicht ich. Du solltest sehen, was er aus meiner Häkelarbeit gemacht hat. *Aua!*«

Dann, ein paar Minuten später: »Hör auf, Tanya! *Aua!* Ich hasse dich. Warum bist du bloß zurückgekommen? Es war so schön, als du nicht da warst.«

Julies Faust traf Tanyas Kinn mit voller Wucht, und Tanya stöhnte vor Schmerz auf. »Gut!« freute sich Julie. »Das ist noch gar nichts. Am liebsten würde ich etwas ganz anderes mit dir machen. Ich wünschte, die Indianer hätten dich getötet oder so zugerichtet, daß Jeffrey dich nicht mehr gewollt hätte. Aber nein, du kommst nach Hause, schön wie immer, die arme, mißhandelte Prinzessin, die gehegt und gepflegt und verhätschelt werden muß, und Jeffrey ist so vernarrt in dich wie eh und je.«

Tanya zerrte an Julies Ärmel und stieß indianische Flüche aus. Der Ärmel riß.

»Ich wünschte, Jeffrey könnte dich jetzt erleben!« schrie Julie. »Vielleicht würde er dann sehen, daß ich doch die bessere Frau bin. Von mir hätte er auch nicht zwei halbblütige Bälger. Er war dabei, sich für mich zu interessieren, er fing an, in mir eine Frau zu sehen, als du wieder hier aufgetaucht bist!« Sie holte aus und ohrfeigte Tanya.

»Zum Teufel, Julie! Dafür sollte ich dir die Zähne einschlagen!« Tanya verfiel jetzt ungewollt ins Englische. Ihre Schwester sollte sie verstehen, sollte begreifen, daß sie keinerlei Interesse mehr an Jeffrey hatte.

»Versuch das nur!« höhnte Julie, die zu wütend war, um mitzubekommen, was ihre Schwester sagte. Als Antwort riß Tanya Julie ein Büschel Haare aus, und Julies Augen tränten vor Schmerz.

»Hörst du mir jetzt zu, oder muß ich warten, bis du keine Haare mehr auf dem Kopf hast?« fragte Tanya grimmig.

»Warum sollte ich?«

»Weil ich dir klarzumachen versuche, daß ich Jeffrey gar nicht haben will. Selbst wenn er mir auf einem silbernen Tablett serviert würde! Wenn du so verrückt nach ihm bis, nimm ihn doch! Meinen Segen hast du. Ich werde dir ewig dankbar sein, wenn du mir diesen lästigen Trottel vom Leib hältst«, brüllte Tanya.

»Meinst du das im Ernst?« Julie war verblüfft.

»Glaubst du etwa, ich scherze?« entgegnete Tanya erregt. »Ich bin verheiratet, ich habe zwei Söhne, die ich liebe. Es war nicht mein Wunsch, wieder hierher zu kommen. Was soll ich sonst noch sagen, damit du mir glaubst?«

»Wirklich?« Julie blickte drein, als hätte ihr jemand gerade eine Goldmine angeboten. Sie konnte ihr Glück kaum fassen. »Und ich dachte, du hättest es getan, damit alle Mitleid mit dir haben.«

»Julie!« Tanya seufzte, ließ sich auf das Sofa fallen und setzte Jäger auf ihren Schoß. »Ich kann nichts daran ändern, daß Jeffrey mich immer noch will. Ich habe alles getan, um ihn loszuwerden.«

»Du liebst ihn wirklich nicht mehr?« Julie blickte Tanya so hoffnungsvoll an, daß es ihre Schwester fast schmerzte.

»Ich glaube, ich habe ihn nie geliebt. Was Liebe ist, weiß ich erst, seit ich Panther kenne«, gestand Tanya.

Julie hatte offensichtlich ihre Zweifel. »Ist das dein indianischer Mann? Aber wie kannst du nur einen Wilden lieben, Tanya?«

Die Erinnerung an ihn stimmte Tanya milde. »Wenn du ihn

einmal gesehen hättest, würdest du diese Frage nicht stellen. Er ist der wundervollste Mann, den ich kenne. Er ist groß und stolz und sieht auch noch außergewöhnlich gut aus. Für mich verkörpert er Kraft und Sanftheit in einer Person. Ich liebe ihn aus ganzem Herzen und lebe nur für den Tag, an dem wir wieder zusammen sind.«

Julie war zerknirscht. »Es tut mir leid, Tanya. Ich habe eben gesagt, ich wünschte, du wärest tot. Aber das habe ich nicht so gemeint. Auch ich habe dich vermißt und habe mir Sorgen um dich gemacht. Das Problem ist, daß ich in Jeffrey verliebt bin und mir schon Hoffnungen auf ihn gemacht habe. Dann kamst du zurück, und all meine Hoffnungen und Träume lösten sich in Luft auf. Dafür habe ich dich gehaßt. Ich bin nämlich schrecklich eifersüchtig auf dich, weißt du«, gab sie zu.

»Du hast deinen Haß aber auch an meinen Kindern ausgelassen; an zwei kleinen Jungen, die sich nicht wehren können«, entgegnete Tanya erneut zornig.

»Ja«, gab Julie kleinlaut zu und wurde rot. »Es tut mir leid, aber ich hätte alles getan, damit Jeffrey sich gegen dich und für mich entscheidet. Es war bestimmt nicht fair von mir, meine Wut an deinen Kindern auszulassen, aber ich wollte Jeffrey zeigen, daß er nur unglücklich werden kann, wenn er dich heiratet. Es ist nicht so, daß ich deine Kinder nicht leiden kann, Tanya. Ich finde sie sogar sehr nett. Jäger ist ein hübscher kleiner Kerl.«

»Er ähnelt seinem Vater«, sagte Tanya schluchzend.

»Kannst du mir verzeihen?« fragte Julie zögernd. »Können wir wieder Freunde sein, Schwestern?«

Tränen standen Tanya in den Augen. »Gerne«, sagte sie und ergriff die Hand, die Julie ihr entgegenstreckte. Sie setzte Jäger auf den Boden und schloß ihre Schwester in die Arme.

Lange Zeit hielten sich die beiden Frauen umschlungen und weinten sich aus.

»Ich habe dich so sehr vermißt«, bekannte Julie schluchzend.

»Ich dich auch, Julie. Ich liebe dich doch.«

»Der Teppich wird noch naß, wenn ihr so weitermacht.« Tante Elizabeth unterbrach die Versöhnung lächelnd.

Die Schwestern drehten sich um und sahen, daß Elizabeth, Sarah und Melissa im Türrahmen standen. Sarah staunte nicht schlecht und machte aus ihrer Verblüffung kein Hehl.

»Julie«, fuhr Elizabeth fort, »in letzter Zeit hast du mir ziemlich zu schaffen gemacht, aber heute hast du ein Wunder gewirkt. Ich weiß nicht wie, und es ist mir auch egal, aber du hast deine Schwester dazu gebracht, Englisch zu reden. Dafür möchte ich dir danken.«

»Wir haben dich im ganzen Haus verstanden«, stellte Melissa fest.

Schließlich fand auch Sarah die Sprache wieder. »Ich glaube, ich habe nie etwas Schöneres gehört, als deine Flüche in Englisch, Tanya«, sagte sie.

Tanya und Julie lächelten sich an.

»Das ist das erste Mal, daß Mutter sich freut, wenn wir streiten«, meinte Julie vergnügt.

»Und sicher auch das letzte Mal«, fügte Tanya hinzu.

Beim Abendessen sollte Edward eine Überraschung erleben. Die Frauen hatten die Neuigkeit noch vor ihm geheimgehalten.

Aus heiterem Himmel fragte Tanya plötzlich: »Würdest du mir die Butter reichen, Papa?«

Edward riß vor Verblüffung den Mund auf. Er streckte die Hand nach dem Butterteller aus, hielt auf halbem Weg inne und stammelte: »Was… was hast du da eben gesagt?«

Tanya grinste. »Würdest du mir bitte die Butter reichen, Pa?« wiederholte sie keß.

»Ich kann es nicht glauben«, sagte Edward leise. »Wieso? Seit wann? Warum?«

»Ist doch egal!« George lachte erleichtert auf. »Freu dich doch einfach drüber – und gib ihr endlich die Butter!«

Seit diesem Tag kam Tanya ihrer Familie, was deren Lebensstil betraf, Stück für Stück entgegen. Einige Tage später schlief sie länger als gewöhnlich, und Sarah ging nach oben, um nach ihr zu schauen. Zu ihrer Überraschung fand sie ihre Tochter nicht auf dem Boden vor, sondern im weichen Bett. Ihr Kopf ruhte auf dem Daunenkissen, und sie hatte sich mit mehreren Steppdecken zugedeckt.

Lächelnd ging Sarah in den kleinen Nebenraum, wo sie Zeichen des Bogenschützen glucksend in seiner Wiege und Jäger auf dem Kinderbettchen fand. Ruhig saß er da und spielte mit seinen Sachen. Sie hob das Baby auf und nahm Jäger an die Hand. Auf Zehenspitzen schlichen sie an der schlafenden Tanya vorbei.

»Kommt, Jungs, es gibt Frühstück«, flüsterte Sarah. »Eure Mutter lassen wir noch ein bißchen schlafen.«

Eine weitere Änderung vollzog sich gegen Ende der Woche, als ihre Mutter Tanya Stoffhosen und ein Flanellhemd für Jäger schenkte.

»Liebes, ich weiß, daß du deine Söhne nach deinem Geschmack erziehen und auch anziehen möchtest. Aber Jäger ist aus den Sachen längst herausgewachsen, und Kleider aus Hirschleder hast du hier nicht zur Verfügung«, erklärte sie.

Tanya mußte ihr recht geben. »Ja, mir ist auch aufgefallen, daß die Hosen zu eng geworden sind, und die Ärmel zu kurz.«

»Du nimmst es mir also nicht übel, daß ich ihm die Sachen genäht habe? Ich dachte mir, es könnte ihm gefallen, wenn er wie Jeremy angezogen ist, den er, glaube ich, mächtig bewundert.«

»Danke, Mutter. Ich danke dir für all die Mühe, die du dir machst. Ich hätte es vor Wochen schon bemerken sollen, aber ich war in Gedanken woanders.«

Sarah seufzte. »Wie lange willst du noch auf ihn warten, Liebling? Monate sind vergangen. Wenn dein – eh – Mann dich holen wollte, meinst du nicht, er hätte es schon längst getan?«

Ohne daß sie es wollte, fing Tanya plötzlich zu weinen an. »Er wird kommen, Mutter«, versprach sie und reckte das Kinn. »Nie würde er seine Frau und seine Söhne im Stich lassen. Irgend etwas muß ihn aufgehalten haben, aber ich gebe die Hoffnung nicht auf. Panther wird kommen. Ich muß nur Geduld haben.«

»Na schön, willst du dir die Wartezeit nicht verkürzen, indem du dir ein paar neue Kleider zulegst?« schlug Sarah vor. »Die beiden, die du besitzt, sind abgetragen und verfleckt, und im Geschäft deines Onkels gibt es keine Lederkleider zu kaufen.«

Tanya mußte lächeln. »Ich denke, das sollte ich tun. Wenn mein Sohn in Kleidern der »Weißen« herumläuft, warum nicht auch ich?«

»Es wäre auf jeden Fall vernünftiger«, stellte Sarah fest. »Außerdem, wer weiß, wie lange du noch auf – Panther warten mußt. Natürlich hast du das Recht, dein eigenes Leben zu führen, aber es wäre nicht fair gegenüber Zeichen des Bogenschützen und Jäger, sie den Vorurteilen ignoranter Leute in der Stadt auszuliefern, nur weil du sie wie junge Cheyenne erziehst. Sie müssen sich anpassen, Tanya. Es ist nicht gut für sie, wenn sie sich von den anderen Kindern allzu sehr unterscheiden. Ich möchte dich nicht verletzen, aber vielleicht verstehst du, was ich meine.«

Tanya nickte. »Ja, ich verstehe dich. Es ist gut zu wissen, daß du dich unserer nicht schämst, und ich verspreche dir, mitzumachen. Jeden Tag ein bißchen mehr.«

So kam es, daß Tanya sich eines Tages in eleganten neuen Kleidern und dazu passenden Schuhen wiederfand, doch wogegen sie sich weiterhin wehrte, war, in ein steifes Korsett gezwängt zu werden. Im Haus trug sie immer noch ihr Stirnband, obwohl ihr Haar, das ihr inzwischen bis auf die Schultern reichte, noch nicht lang genug war, um daraus Zöpfe zu flechten. Ihre einsamen Spaziergänge machte sie weiterhin in Mokassins, in der Öffentlichkeit dagegen kleidete sie sich wie die anderen Frauen, abgesehen davon, daß sie ihre Armreifen niemals ablegte. Sie waren das unverbrüchliche Zeichen ihrer Ehe mit Panther, eindeutig wie ein Ehering, und sie würde sie ein Leben lang tragen, es sei denn, Panther würde sie bitten, sie abzunehmen. Aber das war etwas, was Tanya sich nicht einmal vorstellen konnte.

Jäger führte stolz seine neuen Sachen vor, und Tanya war froh, daß er inzwischen sauber war. Großvater Edward hatte sich darum gekümmert, und Tanya mußte jedesmal lächeln, wenn sie die beiden Hand in Hand zur Toilette laufen sah.

Edward hatte Jäger auch ein neues Paar selbstgemachter Mokassins geschenkt. Sie waren nicht ganz so gut gelungen wie die, die Tanya gefertigt hatte, paßten aber und waren robust. Tanya rührte die Geste zu Tränen.

»Er ist nun einmal an Mokassins gewohnt«, erklärte Edward. »Ich könnte nicht zusehen, wie mein Enkel seine Füße in harte Lederschuhe oder in schwere Stiefel zwängt und sich Blasen holt.«

Aus dem Februar wurde der März. Ein steifer Wind blies von den Bergen herab, rüttelte an den Fenstern und brachte den letzten Schnee. Jägers zweiter Geburtstag wurde festlich begangen, doch Tanya war nicht ganz glücklich dabei, denn sie dachte daran, daß dem Jungen der Vater fehlte.

Das garstige Wetter hielt Jeffrey nicht davon ab, täglich zu erscheinen. Es war den Martins unverständlich, daß er selber nicht merkte, wie wenig er willkommen war.

Tanya empfand ihm gegenüber keinerlei Gewissensbisse. Jetzt, da sie wieder Englisch sprach, erklärte sie ihm unmißverständlich, wie sie zu ihm stand. Nach dem Vergewaltigungsversuch achtete sie darauf, niemals allein mit ihm zu sein. So manchesmal setzte sich Julie dazu, wenn Jeffrey ihre Schwester besuchte.

»Es freut mich, daß du anfängst, dich normal zu benehmen, Tanya«, sagte Jeffrey, dem natürlich ihr blaues Kleid aufgefallen war. »Wie wäre es, wenn wir jetzt endlich unseren Hochzeitstermin festsetzen würden?«

Tanya nahm kein Blatt vor den Mund und antwortete in scharfem Tonfall: »Ich werde dich weder jetzt noch irgendwann heiraten, Jeffrey. Was muß ich noch alles anstellen, damit du das endlich begreifst? Ich habe bereits einen Mann, und einen anderen kann ich nicht gebrauchen.«

»Das sagst du immer wieder, aber rein rechtlich nützt dir das nichts. Das indianische Hochzeitsritual wird vom Staat nicht anerkannt, meine Liebe. Außerdem, wenn der dir angetraute Ehemann noch interessiert an dir wäre, hätte er sich dann nicht längst hier gezeigt? Du mußt den Tatsachen ins Auge sehen, Tanya. Dieser Kerl hat dich verlassen, oder du bist vielleicht schon Witwe.«

Tanya hätte ihn am liebsten in sein höhnisch grinsendes Gesicht geschlagen. »Selbst wenn es so wäre, Leutnant«, antwortete sie, »dann wären Sie immer noch der Letzte, den ich mir zum Ehemann aussuchen würde.«

»Es gab Zeiten, da warst du ganz scharf darauf, mich zu bekommen«, bemerkte er.

»Das war, bevor ich Sie wirklich kennengelernt habe«, gab sie zurück, »und bevor ich wußte, was wahre Liebe ist.«

»Du wirst deine Einstellung noch ändern, wenn du einsiehst, daß du kaum eine andere Wahl hast. Wieviele Männer würden dich denn jetzt noch nehmen, was meinst du? Du bist nicht mehr ganz neu mein Liebling.«

»Lieber werde ich eine alte Jungfer, als Sie zu heiraten.«

»Nun komm schon, Tanya, das meinst du nicht im Ernst. Du weißt doch, wie schön es ist, das Bett mit einem Mann zu teilen«, schmeichelte Jeffrey. »Noch ein paar Monate, und du bettelst mich an, daß ich dich in den Arm nehme, verheiratet oder nicht.«

Tanya lachte ihm ins Gesicht. »Wenn du bis dahin die Luft anhalten kannst, könnten wir Sie anschließend beerdigen. Sie würden mir einen Riesengefallen damit tun.«

»Du solltest nicht so mit mir reden, meine Liebe. Vielleicht räche ich mich später dafür«, warnte er sie.

»Prima!« schnauzte sie zurück. »Dann merken Sie sich doch noch den folgenden Satz, Leutnant Young: Scheren Sie sich zum Teufel, und zwar auf der Stelle, und vergessen Sie nicht, Ihre lüsternen Hintergedanken mitzunehmen.«

Trotzdem versuchte Jeffrey es immer wieder, seinen Zweck zu erreichen. Manchmal verhielt er sich ruhig, dann wurde er wieder wütend, aber er ging jedesmal enttäuscht und in seinem Selbstwertgefühl zutiefst erschüttert davon, was ihn aber nicht daran hinderte, am nächsten Tag zurückzukehren. Tanya konnte sagen oder tun, was sie wollte, er rückte von seinem Entschluß, sie am Ende doch herumzukriegen, nicht ab.

Julie konnte nicht verstehen, daß er trotz Tanyas offensichtlicher Weigerung so hartnäckig blieb.

»Ich muß dir recht geben, Tanya. Du tust wirklich alles, um ihn loszuwerden. Warum will er unbedingt jemanden, der ihn nicht ausstehen kann? Wo bleibt sein Stolz?«

»Vermutlich da, wo er auch sein Hirn hat«, bemerkte Tanya bitter. »Da hat offensichtlich eine Verlagerung stattgefunden.«

Julie mußte lachen. »Vielleicht gibt er doch irgendwann auf, und dann darf ich ihn trösten«, meinte sie.

Tanya hatte ihre Zweifel. »Ich glaube nicht, daß er der Richtige für dich ist, Julie. Ich möchte, daß du glücklich wirst, und ich kann mir nicht vorstellen, daß Jeffrey dir das gibt, was du brauchst. Ich fürchte sogar, daß er dich schlecht behandeln könnte.«

»Ach, wenn er mich erst einmal liebt, verhält er sich bestimmt anders«, entgegnete Julie. »Du machst ihn wahrscheinlich mit deiner scharfen Zunge und deiner permanenten Zurückweisung wütend.«

»Ich glaube, Jeffrey liebt nur sich selbst«, vermutete Tanya. »Er ist so egozentrisch, so unbeherrscht – manchmal denke ich, er verliert den Verstand. Nur ein Verrückter versucht, eine Frau, die er liebt, zu vergewaltigen. Denk lieber noch mal nach, bevor du ihm dein Herz schenkst, Julie. Ich möchte nicht, daß er dir weh tut.«

Der März kam mit Macht und verzog sich fast unbemerkt. Die Temperaturen wurden milder, und ein Hauch Frühling lag in der Luft. Die Schneestürme wurden seltener und schwächer, der Schnee schmolz rascher. Als der April mit Ostern vor der Tür stand, gewann der Frühling endgültig die Oberhand über den Winter.

Mit dem milderen Wetter erwachte die Stadt wieder zum Leben. Die Frauen fühlten sich nach dem langen, strengen Winter wie Gefangene, die endlich ins Freie durften, zogen in ihren neuen Frühjahrskleidern und -hüten eine regelrechte Schau ab und nutzten jede Gelegenheit, sich zu präsentieren. Sie gingen einkaufen, besuchten einander, arrangierten Teenachmittage und kleine Imbisse. Auch die sozialen und kirchlichen Aktivitäten erlebten nach der Winterpause einen neuen Aufschwung.

Bedrängt von ihrer Mutter, nahm auch Tanya einige Einladungen an. In erster Linie ging es darum, den Klatsch, den Suellen in Gang gesetzt hatte, zum Versiegen zu bringen. Tanya besuchte allerdings nur die nächsten Freunde der Familie und ausschließlich in Begleitung ihrer weiblichen Verwandten. Ihre Söhne, die sie den neugierigen Blicken und bissigen Kommentaren nicht aussetzen wollte, nahm sie selten mit.

Bei diesen Gelegenheiten bewies Tanya einigen neugierigen Leuten aus der Stadt, daß sie keine ungebildete Heidin war. Sie sprach leise, drückte sich wortgewandt aus und wies indiskrete Frager oder ungebührlich Neugierige mit kühler Zurückhaltung in ihre Schranken. Die Leute hatten bald heraus, daß es Tanya, auch wenn sie höflich und freundlich war, keinesfalls ertragen konnte, wenn man hochnäsig auf sie herabschaute, und daß sie mit Informationen über ihr Leben bei den Cheyenne äußerst sparsam umging.

Der einzige Ort, den sie konsequent mied, war die Kirche. Tanya hatte die Religion der Cheyenne übernommen und hielt ihren Eid, ihre Söhne in diesem Sinne zu erziehen. Das tat sie mit großer Gewissenhaftigkeit, auch wenn sie Jäger beim Englischlernen behilflich war. Sie fand es gar nicht so schlimm, wenn ihre Kinder zweisprachig aufwuchsen, vielmehr dachte sie, daß es ihnen in vielen Situationen nützlich sein könnte.

Tanya erinnerte sich an die Zeiten, da sie mit Panther gemeinsam das Frühjahr genossen hatte, und ihr Herz wurde mit jedem Tag schwerer vor Sehnsucht. Voll Liebe dachte sie an jenen Frühlingstag, an dem Panther ihren Körper und ihr Herz erobert hatte. Auch als Jäger geboren wurde, war es Frühling gewesen. Tränen rannen ihr über die Wangen, als sie sich daran erinnerte, wie Panther seinem Erstgeborenen auf die Welt geholfen hatte, als sie in Gedanken das stolze und verwunderte Gesicht des jungen Vaters vor sich sah. Im Frühjahr darauf hatten sie Jägers ersten Geburtstag gefeiert, und sie hatte Panther gesagt, daß sie wieder ein Kind erwartete.

Quälende Erinnerungen überfielen sie und schnürten ihr das Herz ab. Würde sie jemals wieder neben Panther liegen, sein Herz im gleichen Rhythmus wie das ihre klopfen hören? Würde sie Panthers Lächeln nie mehr sehen, seine Stimme nie mehr hören? Er hatte geschworen, daß nur der Tod sie trennen könne. Aber wenn er tot wäre, würde sie es spüren. Aus der Tiefe ihres Herzens rief sie ihm zu: »Panther, mein Geliebter, wo bist du?«

17

Es war mild auf der kleinen Lichtung, die von der Aprilsonne erwärmt wurde. Tanya hatte ihre Mokassins angezogen und Kit mitgenommen, um im Wald nach Kräutern und Wurzeln zu suchen. Die sanfte Brise spielte mit ihren goldbraunen Lokken, die weich auf ihre Schultern fielen. Bald würde sie sich wieder Zöpfe flechten können.

Zuerst überhörte Tanya die Geräusche, die an ihr Ohr drangen, doch dann hatte sie plötzlich, während sie auf der feuchten Erde herumsuchte, das Gefühl, beobachtet zu werden. Alarmiert wirbelte sie herum, die Hand am Messergriff, und suchte die Bäume ab. Auch Kit hatte das leise Rascheln gehört. Das Pumaweibchen starrte mit gespitzten Ohren geradeaus und lauschte sprungbereit.

Einige Sekunden lang bewegte sich nichts, dann trat plötzlich ein hochgewachsener Mann aus dem Wald hervor. Er stand im Schatten der Bäume und beobachtete Tanya, ohne etwas zu sagen. Ein Westernhut schützte sein Gesicht vor den Blicken. Er trug eine dunkle Hose und ein dunkles Hemd, Cowboystiefel und einen Mantel, den er lose über die Schulter geworfen hatte.

Kit warnte ihn mit einem Fauchen, und der Mann sagte etwas, aber so leise, daß nur Kit ihn hören konnte. Das Pumaweibchen sprang auf ihn zu, bevor Tanya es zurückhalten konnte, doch zu ihrer großen Überraschung, griff Kit den Mann nicht an, sondern sprang an ihm hoch, rieb den Kopf an seiner Brust und leckte ihm mit ihrer großen, nassen Zunge liebevoll das Kinn.

In diesem Augenblick begann Tanyas Herz wie wild zu klopfen. Ihre Knie wurden weich, und als sie sich erhob, zitterten ihre Beine. Sie ließ ihre Augen rasch über Gesicht und Körper des Mannes fließen... War es möglich? In ihrer Kehle saß ein Kloß, und ihre Stimme brach beinahe, als sie leise fragte: »Panther?«

Der Mann trat nach vorn, ins volle Sonnenlicht, und Tanya erkannte den Mantel, den sie so liebevoll aus Pumafell für ihn genäht hatte. Ihre Augen wanderten zu seinem Gesicht, das immer noch von dem Hut beschattet war, aber nun erkannte sie ihn.

»Oh, Panther!« Die Brise trug ihren sehnsüchtigen Aufschrei zu ihm, und im nächsten Augenblick fand sie sich in seinen Armen, ohne daß sie sich erinnern konnte, wie sie zu ihm gelangt war.

»Wildkatze«, murmelte er, bevor ihre Lippen sich in einem Kuß trafen, in dem all das schmerzliche Verlangen lag, das sie in den langen Monaten der Trennung nacheinander empfunden hatten.

Tanyas Hände strichen über seine Schultern, glitten über sein kurzgeschorenes Haar. Ihr Körper drängte sich gegen den seinen, wollte ihm noch näher, viel näher sein. Tränen der Erleichterung und der Freude flossen über ihre Wangen, würzten die Süße des Kusses mit einem salzigen Beigeschmack.

Lange preßte er seinen Mund auf den ihren, bis er sich schließlich löste. »Laß mich dich anschauen«, stieß er atemlos hervor, »ich möchte dich sehen, immer nur ansehen...«

Sie selber konnte den Blick nicht von ihm losreißen. »Du bist magerer geworden«, sagte sie, »und du hast dir die Zöpfe abgeschnitten.« Aber es waren die alten, vertrauten, geliebten Gesichtszüge.

»Du auch«, sagte er. Er führte sie zu einem Baumstamm in der Nähe und setzte sich neben sie.

Sie legte den Kopf an seine Brust. »Es hast so lange gedauert, Panther. Ich habe mir Sorgen gemacht.«

»Hast du gedacht, ich würde nicht mehr kommen?« fragte er.

»Nein. Ich wußte, du würdest eines Tages bei mir sein, aber ich war in Sorge, weil es so lange gedauert hat. Du hast einmal gesagt, nur der Tod könne uns trennen, und ich habe mich gefragt, ob dir etwas passiert ist.«

Panther nickte. »Ich war verwundet und bin gekommen, sobald ich konnte.«

Tanyas Kopf flog in die Höhe, und sie suchte besorgt sein Gesicht ab. »Bist du wieder gesund? Wie schwer warst du verwundet? Wer hat dich versorgt? Wann ist es passiert?«

Panther blickte lächelnd auf sie herab. »Ja, Frau-der-vielen-Fragen«, neckte er sie, »ich bin wieder gesund, auch wenn Scheues Reh der Meinung ist, daß nur mein Wunsch, dich wiederzusehen, mich am Leben gehalten hat. Sie und Geht-wie-eine-Ente haben mich wochenlang gepflegt. Beim letzten Gefecht am Washita River hat mich eine Kugel in die Schulter getroffen. Das ist der Grund, warum ich nicht früher kommen konnte.«

»Oh, Panther! Ist wirklich alles wieder in Ordnung? Wenn du so lange gelegen hast, muß es eine ernsthafte Verletzung gewesen sein.«

»Ich habe viel Blut verloren. Und ich habe mein altes Gewicht noch nicht wieder. Aber ich bin bei Kräften. Und ich bin da. Hier. Bei dir.«

Er zog sie näher an sich. »Wie geht es unseren Söhnen, Wildkatze?«

»Es geht ihnen gut«, versicherte sie. »Du kannst dir nicht vorstellen, wie sie inzwischen gewachsen sind.«

»Ich kann es nicht erwarten, wieder mit ihnen zusammen zu sein, aber erst müssen wir ein paar Dinge regeln«, entgegnete er. »Sag mir, wie es für dich gewesen ist. Du hast bei deinen Eltern gelebt?«

Tanya seufzte. »Ja. Jetzt geht es gut, aber am Anfang war es ein seltsames Wiedersehen. Sie wußten nicht, was sie von mir halten sollten, als ich mit zwei Kindern und Kit vor der Tür stand. Meine Schwester Julie war voller Haß, und meiner Mutter tat ich nur leid. Mein Vater war wütend und wollte Jäger und Zeichen des Bogenschützen zunächst nicht akzeptieren. Kein Mensch konnte begreifen, daß ich dich tatsächlich liebe.«

Sie schwieg.

»Akzeptieren sie denn jetzt die Enkel und einen Schwiegersohn aus dem Stamm der Cheyenne?« wollte er wissen.

»Sie beten die Kleinen an, alle miteinander. Was sie von dir halten, weiß ich noch nicht. Vielleicht hofften sie, daß ich dich mit der Zeit vergesse, aber da haben sie sich geirrt! Dafür ist meine Liebe zu groß und zu tief, Panther.«

»Nach diesen Worten hat mein Herz geschrien«, sagte Panther und küßte sie zärtlich. »Was ist aus Melissa geworden?« fragte er dann.

»Sie lebt bei uns, im Haus meiner Tante und meines Onkels, die sie adoptiert haben. Tante Elizabeth würde dir auch gefallen. Sie ist die einzige, die versteht, daß ich dich liebe; nie hat sie mich für mein Verhalten verdammt, und hat mich einfach so akzeptiert, wie ich bin.«

Panther blickte sie nachdenklich an. »Wie hast du dich denn verhalten, weil sie alle so gegen dich waren? Ging es nur um unsere Söhne?«

Tanya hob stolz das Kinn. »Als ich sehen mußte, wie sie auf mich und die Kinder reagierten, habe ich mich geweigert, Englisch zu sprechen, außer mit Jeremy, dem Neffen meiner Tante. Er ist zwölf, und ich und Kit haben ihm mächtig imponiert. Die arme Melissa mußte alles, was ich in Cheyenne sagte, übersetzen«, erzählte Tanya kopfschüttelnd. »Ich bin weiter in meinen Kleidern aus Hirschleder und mit meinem Stirnband herumgelaufen, habe darauf bestanden, daß Kit im Hause bleibt, um uns zu beschützen, und schlief sogar auf einer Matte auf dem Boden, weil ich nichts von ihrem weichen Bett wissen wollte. Aber vor allem habe ich mich gegen Jeffreys Liebeserklärungen zur Wehr gesetzt. Und dann habe ich es auch noch gewagt, zu fliehen. Wenigstens versuchte ich es. Ich wollte einfach zu dir zurück.«

Panther blickte sie erstaunt an. »Tatsächlich? Wann war das denn?«

»Vor zwei Monaten, aber Jeffrey hat mich mit einem Trupp Soldaten wieder eingefangen. Ich bin nur bis zum Arkansas River gekommen.«

»Dieser Jeffrey«, sagte Panther stirnrunzelnd, »ist das der Mann, dem du versprochen warst, bevor ich dich entführt habe?«

Tanya nickte. »Ja. Er ist Leutnant der Kavallerie, war zusammen mit General Custer am Washita und hat mich dort entdeckt. Zuerst hatte meine Familie noch die Hoffnung, wir würden heiraten. Jeffrey will mich immer noch zur Frau haben, aber das kommt natürlich nicht in Frage. Ich habe ihnen gesagt, daß ich bereits verheiratet bin.«

»Verlangen sie immer noch, daß du diesen Mann nimmst?« fragte Panther finster.

»Jeffrey bedrängte mich immer wieder, aber meine Familie weiß inzwischen, wie unberechenbar er sein kann und beschützt mich vor ihm. Mein Vater hat mich gerettet, als Jeffrey mich auf der Flucht vergewaltigen wollte.«

Panther packte Tanya bei der Schulter. »Er hat dich *vergewaltigt?*« fragte er außer sich.

»Nein, Panther«, sagte Tanya und streichelte zärtlich sein Gesicht. »Er hat es versucht, aber es ist ihm nicht gelungen. Anschließend entschuldigte er sich, aber niemand hat die Entschuldigung akzeptiert. Nur Julie, meine Schwester, ist vernarrt in ihn und kann kaum mit ansehen, wie besessen er von mir ist. Ich hoffe, es ist bei ihr nur eine vorübergehende Schwärmerei, denn ich fürchte, daß Jeffrey nicht mehr ganz bei Verstand ist.«

»Er bekommt dich nicht. Nicht solange ich lebe«, schwor Panther leidenschaftlich und strich ihr übers Haar.

»Nein, unter keinen Umständen.« Tanya blickte ihn strahlend an. »Oh, Panther, wieder in deinen Armen zu liegen, ist der Himmel auf Erden! Ich habe dich so sehr vermißt!«

Wieder strich sie über seine Haare und stieß ihm dabei den Hut vom Kopf. Plötzlich kam ihr ein Gedanke, den sie bisher verdrängt hatte. Mit hochgezogenen Brauen betrachtete sie Panthers Kleidung.

»Panther, warum bist du so angezogen? Wo hast du die Sachen her?«

Ein Schatten zog über sein Gesicht, während er sie aufmerksam anblickte. »Tanya, es gibt ein paar Dinge, die du noch nicht weißt und die ich dir erklären muß«, sagte er. Gespannt wartete er auf ihre Reaktion.

Es dauerte ein paar Sekunden, bis Tanya begriff. »Panther, du hast ja Englisch gesprochen!« Die Verblüffung stand ihr im Gesicht geschrieben. »Fast akzentfrei. Seit wann kannst du denn Englisch?«

»Seit meiner Kindheit. Ich bin dreisprachig großgeworden: Englisch, Spanisch und Cheyenne.« Er spürte, wie sie unwillkürlich zurückwich, und packte sie noch fester an den Armen.

Verletzt und wütend starrte Tanya ihn an. »Dann hast du also jedes Wort, das ich zu dir gesagt habe, verstanden!« schleuderte sie ihm entgegen. »Du hast mich zum Narren gehalten! Du hast zugesehen, wie ich mich abgemüht habe, mich verständlich zu machen, und hast dir nichts anmerken lassen. Statt dessen mußte ich Cheyenne lernen, und das war nicht einfach.«

Panther nickte ruhig. »Ja, du mußtest es lernen, Tanya. Und so, unter dem Druck, dich verständlich machen zu können, hast du es schneller gelernt.«

»Du hättest es mir wenigstens hinterher sagen können«, entgegnete sie ärgerlich.

»Bisher sah ich keinen Grund dafür, erst heute.«

»Warum erst heute?« fragte sie ihn mißtrauisch.

»Es gibt noch mehr, was du wissen solltest«, fuhr er ernst fort. »Mein Vater war Häuptling Weißer Büffel, Black Kettles Bruder. Das weißt du bereits. Was ich dir nie gesagt habe, ist, daß meine Mutter eine Weiße war.«

Tanya keuchte vor Überraschung, und Panther verschloß ihr mit einem Finger die Lippen.

»Genauer gesagt, sie ist eine aus Spanien stammende Mexikanerin. Mein Vater hat sie in der Nähe von Santa Fe entführt. Sie verabscheute den Lebensstil der Cheyenne, und obwohl mein Vater und sie sich sehr liebten und sie seine Frau geworden ist, wollte sie nach meiner Geburt zu ihren eigenen Leuten zurück. Mein Vater ließ sie ziehen. Mich hat sie mitgenommen. Jetzt verstehst du auch, warum Black Kettle dich einer so harten Prüfung unterzog. Er mußte mitansehen, wie die Trennung von Frau und Kind meinem Vater das Herz gebrochen hat.

Raquel und ihr Vater, Miguel Valera, ließen sich in Pueblo nieder. Sie kauften eine Ranch im Norden der Stadt. Niemand wußte von meiner Herkunft, also schlug mein Großvater vor, Mutter solle sich als Witwe ausgeben. Pikiert über diesen Vorschlag, nahm meine Mutter anstelle ihres Ehenamens den Namen Savage an. In Pueblo kannte man sie nur unter dem Namen Rachel Savage.

Ich bin hier so lange ich denken kann als Adam Savage bekannt. Niemand weiß, daß ich die Sommermonate regelmäßig mit meinem Vater im Lager verbracht habe. Alle glaubten, ich wäre bei Verwandten in Santa Fe oder in Mexico, mein Vater sei Engländer gewesen und meine dunkle Hautfarbe rühre von meiner spanischen Abstammung.

Tatsächlich bin ich wie ein Weißer aufgewachsen und auch so erzogen worden. Ich habe in dieser Stadt hier Freunde fürs Leben, und jeder kennt und respektiert die Familie Savage. Während meiner Abwesenheit führt meine Mutter die Ranch, und wir sind inzwischen zu Wohlstand und Ansehen gekommen. Ich habe sogar ein paar Jahre auf einem College im Osten studiert. Zwei Jahre vor dem Tod meines Vaters entschied ich mich, für immer zu den Cheyenne zu gehen. Ihre Art zu leben gefällt mir einfach besser. Meine Mutter hat verbreitet, ich würde mich in Europa aufhalten, damit niemand sich über meine lange Abwesenheit wundert.

Ich weiß, es verletzt dich, daß ich dir all das bisher verschwiegen habe. Zunächst sah ich keinen Grund, dich einzuweihen. Als du dann meine Frau wurdest und unser Kind erwartetest, hatte ich Angst, du wolltest mich zu deinen Eltern mitnehmen. Das wäre für mich unmöglich gewesen, Tanya. Ich war entschlossen, bei den Cheyenne zu bleiben, und auch du solltest dich dafür entscheiden, frei, ohne Bedauern und ohne falsche Vorstellungen. Ich wußte, daß ich dir eines Tages alles erklären könnte und ahnte nicht, was auf uns zukam, daß wir uns so wiedersehen würden wie jetzt.«

»Du hast mich getäuscht«, warf sie ihm mit tränenerstickter Stimme vor.

»Nein«, sagte er. »Ich bin der Mensch, für den du mich gehalten hast, und der Mensch, der ich sein will. Als dieser Mensch wollte ich von dir akzeptiert werden, ohne daß du auf eine Rückkehr in die Welt der Weißen spekulierst. Ich bin Panther-auf-der-Pirsch, Häuptling der Cheyenne, und du bist meine Frau, die Mutter meiner Söhne. Nichts und niemand kann daran etwas ändern, auch deine Wut und deine Verletztheit nicht. Ich weiß, das war jetzt ein Schock für dich, aber es ändert nichts an unserer Beziehung. Ich liebe dich genauso wie zuvor. Und auch dein Herz ruft nach mir. Wenn du das leugnest, bist du eine Lügnerin.«

Tanya, die mit ihrer Verletztheit und ihrer Verwirrtheit kämpfte, sagte nichts.

»Du hast mir etwas geschworen, Tanya, etwas, das dich bindet«, erinnerte er sie streng. »Du hast versprochen, mir zu gehorchen, dich um mein Wohlergehen zu kümmern, die Kinder großzuziehen und mir zu folgen, wohin ich auch gehe. Ich erinnere dich an deine Worte. Du bist meine Frau in jeder Hinsicht, und ich lasse dich niemals allein. Wir haben diese Trennung, an der wir beide nicht schuld sind, tapfer ertragen. Nun sind wir wieder zusammen, wie es sich gehört, und es wäre lächerlich, unserem Glück durch falschen Stolz im Wege zu stehen. Willst du dich wie eine liebende Frau verhalten, oder willst du mir beweisen, wie dickköpfig du sein kannst und uns beiden wehtun?«

Er betrachtete sie zärtlich, während sie über seine Worte nachdachte. »Meine Arroganz ist größer als deine Dickköpfigkeit, Kleines. Du weißt doch, am Ende bleibe ich Sieger. Also – warum Energie verschwenden, die du wesentlich sinnvoller einsetzen kannst?«

Panthers Lippen näherten sich ihrem Mund, lockten sie, bis ihre Lippen sich öffneten und sie sich ihm in einem langen Kuß ergab. Sie legte ihm die Arme um den Hals, seufzte und überließ sich der süßen Überzeugungskraft seiner Küsse.

»Doch, ich liebe dich, Panther«, gab sie flüsternd zu. »Ich werde dich immer lieben.«

»Zeig es mir«, forderte er sie auf.

Und dann liebten sie sich, dort, im Schutz der Lichtung, zum ersten Mal nach Monaten qualvoller Trennung. Panther entkleidete sie, legte langsam Zentimeter für Zentimeter ihrer zarten Haut frei.

»Ich hatte meine Gründe dafür, dir Lederkleider zu geben. Dieses Kleid hat ja tausend Knöpfe.« Er lachte erregt.

Auch Tanya lachte. »Erst vor zwei Monaten habe ich das Hirschlederkleid ausgezogen. Das war nach meinem Fluchtversuch. Das Kleid war völlig abgetragen. Außerdem hatte meine Familie zu diesem Zeitpunkt Jäger und Zeichen des Bogenschützen voll akzeptiert, und ich habe wieder angefangen, Englisch zu sprechen.«

»Versuche ich jetzt eine weiße Frau zu lieben?« fragte Panther zögernd.

Tanya schüttelte den Kopf. »Ich bin, wozu du mich machst. Ich bin, was du willst. Deine Frau und deine Geliebte.«

Ihre Antwort verscheuchte seine Zweifel. Er küßte sie. Es war ein Kuß, der keine Zweifel daran ließ, wer wen beherrschte, wer der Meister in diesem Spiel war. Tanya, die spürte, daß Panther sich ihrer Liebe erneut versichern wollte, antwortete bereitwillig und genoß die kraftvolle Umarmung in vollen Zügen. Unter seinen Händen, die sie entkleideten und liebkosten, unter seinen brennenden Küssen schmolz sie dahin.

Sie half ihm die Kleider abzulegen und war benommen vom Anblick seines herrlichen, bronzefarbenen Körpers. Zärtlich fuhr sie mit den Fingerspitzen über die noch rosige, frische Haut auf der Narbe an seiner Schulter. Tränen standen ihr in den Augen, als sie sich vorbeugte und die Wunde küßte. Es war, als wolle sie ihm einen Teil der Schmerzen, die er erlitten hatte, abnehmen.

»Denk nicht dran, Liebling«, sagte er. »Laß mich dich einfach nur lieben. Danach habe ich mich so viele Monate gesehnt.«

Er huldigte ihr mit den Augen, den Lippen, den Händen, fand die vertrauten Konturen ihres Körpers wieder. Seine feinfühligen Finger verweilten auf ihren Brüsten, zogen sich dann wieder zurück, um die Spannung und Erregung zu steigern. Ihre Haut prickelte unter seiner Berührung und fing Feuer, als seine Lippen, seine Zunge sich in Gegenden vorwagte, die so lange vernachlässigt worden waren. Ihre Brüste schwollen an und füllten seine Hände aus, und während er ihre Brustwarzen mit Lippen und Zunge liebkoste, preßte sie sich krampfhaft an seinen Körper, flehte ihn an, sie endlich ganz zu nehmen.

Als sie sich miteinander vereinigten, geriet Tanya vor sinnlicher Lust außer sich. Zusammen erklommen sie den Gipfel der Ekstase, bis ein wilder Höhepunkt ihre Körper, ihre Herzen versenkte, wie ein Blitz in ihre Seelen fuhr. Sie waren eins, endlich wieder, und Tanyas Seufzer vermischten sich mit Panthers Stöhnen...

An den langen Schatten konnte Tanya erkennen, wie spät es schon war. »Ich muß gehen, Panther. Man wird mich vermissen.«

Panther blickte sie traurig an. »Komm, wir ziehen uns erst an, und dann machen wir einen Plan«, schlug er vor.

Als sie wieder angekleidet waren, zog er sie in seine Arme. »Ich habe lange darüber nachgedacht«, sagte er. »Ich kann nicht einfach plötzlich vor eurer Tür stehen und sagen ›ich bin Tanyas Mann‹. Meine Identität als Panther-auf-der-Pirsch muß geheimbleiben, vor allem wenn der junge Leutnant so häufig auftaucht. Er hat mich allerdings noch nie von nahem gesehen und würde mich wahrscheinlich nicht wiedererkennen.«

Tanya war mit Panthers Plan einverstanden. »Richtig, und außerdem müssen wir an Suellen denken. Sie hält sich noch in Pueblo auf und erwartet die Rückkehr ihrer Eltern aus Kalifornien. Wegen Melissa brauchen wir uns keine Sorgen zu machen. Ich bin sicher, daß sie dich nicht verrät.«

»Was ist mit den anderen weiblichen Gefangenen?« wollte Panther wissen.

»Nur drei sind übrig geblieben: Melissa, Suellen und ich. Rosemary ist im Frühjahr an einen anderen Stamm verkauft worden, Black Kettles Sklavin wurde bei dem Überfall ermordet, und Nancy hatte in Camp Supply einen Fehlgeburt und ist daran gestorben.«

Panther dachte über die Lage nach. »Das beste wäre, wenn du mich als Adam Savage kennenlernst, aber so ein Treffen muß sorgfältig vorbereitet werden. Deine Eltern dürfen nicht das Geringste ahnen.«

Tanya nickte. »Was schlägst du vor?«

»Kennst du Richter Kerr und seine Familie? Sie gehören zu unseren engsten Freunden. Ich bin mit Justin, dem Sohn, zusammen großgeworden, und meine Mutter und Emily verstehen sich so gut wie Schwestern.«

»Ich habe sie einmal kennengelernt.« Tanya erinnerte sich und mußte lächeln. »Justin scheint an Melissa Interesse zu haben. Morgen nachmittag sind wir dort zum Tee eingeladen. Bestimmt macht er ihr dann wieder den Hof.«

Panther grinste wie ein großer Junge und küßte sie auf den Mund. »Eine brillante Idee von dir. Damit ist das Problem gelöst«, jubelte er. »Morgen, wenn ihr bei den Kerrs Tee trinkt, kommt Adam Savage seinen alten Freund Justin besuchen. Natürlich wird ihm die wunderschöne Tanya Martin mit den goldenen Augen auffallen, und er wird sich gern mit ihr unterhalten. Was hältst du davon?«

»Ein perfekter Schachzug!« freute sich Tanya und lachte. Aber dann kamen ihr Bedenken. »Die Sache hat nur einen Haken. Wir bleiben weiterhin getrennt – dabei wäre ich so gerne wieder deine Frau.«

»Dann mache ich dir eben auch den Hof«, erklärte Panther und zwinkerte ihr zu. »Diesmal werden wir die Zustimmung deiner Eltern erhalten.«

»Aber das dauert noch so lange«, beschwerte sich Tanya, »und ich will doch immer bei dir sein. Allerdings ist es eine gute Methode, Jeffrey Young loszuwerden. Wenn du mein neuer Verlobter wirst, muß er einsehen, daß er verloren hat. Aber er wird bestimmt nicht kampflos aufgeben.«

»Mach dir keine Sorgen, mein Herz. Wir werden die Verlobungszeit im Eiltempo hinter uns bringen, und mit Leutnant Young werde ich schon fertig. In der Zwischenzeit treffen wir uns heimlich, um dein Verlangen und meine triebhafte Natur zu befriedigen«, neckte er sie und hauchte ihr einen Kuß auf die Lippen. »Aber jetzt mußt du gehen, sonst werden wir noch entdeckt.«

»Warte! Du hast mir noch nichts von unseren Freunden erzählt. Wo halten sich die Cheyenne jetzt auf. Was macht Kat?«

»Kat ist bei Geht-wie-eine-Ente im Camp. Der Stamm hat gerade sein Lager am Medicine Lodge Creek aufgeschlagen, und Winter Bear vertritt mich als Häuptling. Es war ein harter Winter für uns. Wir haben dicht zusammengedrängt in geliehenen Zelten gehaust, die Nahrung war knapp. Jetzt, da der Frühling kommt, wird es sicher besser. Die Krieger waren schon zur Jagd und haben für neue Pelze und neues Fleisch gesorgt.«

Verzweifelt biß Tanya sich auf die Lippen, als sie das hörte. »Ich habe mir schon Sorgen gemacht, wie ihr den Winter übersteht, ohne Zelte, ohne Vorräte. Sie haben ja alles vernichtet.«

Ihre Stimme zitterte, als die Erinnerung an das Massaker wieder in ihr aufstieg. Tränen strömten über ihre Wangen. »Diesen Tag werde ich nie vergessen, und wenn ich hundert Jahre alt werde. Überall Blut, überall Leichen. Und dann die Schreie! Mein Gott, diese Schreie!«

Tanya erlebte das Entsetzen dieses Tages so drastisch wieder, daß sie nicht einmal merkte, wie Panther sie umarmte. »Tote Babys, Körper ohne Köpfe, Kinder, auf Säbel aufgespießt! Sie haben Waldfarn den Bauch aufgeschlitzt und das ungeborene Kind fiel auf die Erde! Sie haben Black Kettle und Frau-die-nach-mir-kommt niedergeschossen, ihre Körper zertrampelt!« Ruckartiges Schluchzen schüttelte ihren ganzen Körper.

»Beruhige dich, Liebling.« Panther hielt sie fest und streichelte sie. »Es ist ja vorbei. Wir sind zurückgekehrt und haben die Toten begraben, auch wenn ich mich kaum an Einzelheiten erinnern kann. Zuviele unserer Freunde sind damals umgekommen, aber viele haben auch überlebt. Letzten Monat kamen George Bent und die anderen Gefangenen zu uns. George hat sogar neue Pferde von der Ranch seines Vaters mitgebracht. Von ihm habe ich erfahren, wo du dich aufhältst. Ich hatte schon befürchtet, daß Custers Truppen dich bis zum Frühjahr gefangenhalten.«

»Nein, Jeffrey hat mich und Melissa rechtzeitig zu Weihnachten zu Hause abgeliefert. Ich glaube, General Custer war aufrichtig froh, mich loszuwerden.«

Tanya schneuzte sich in das Taschentuch, das Panther ihr reichte. »Konnten Elster und ihr jüngster Sohn sich retten?«

»Ja. Sie und George sind jetzt wieder zusammen; sie haben inzwischen eine Tochter. Winter Bear, Schnecke und Mächtige Pinie sorgen dafür, daß im Lager alles in Ordnung ist. Auch

Scheues Reh und ihrem Kind geht es gut. Sie vermißt dich sehr und wünscht, daß ich dich bald wieder nach Hause bringe. Geht-wie-eine-Ente leidet regelrecht unter deiner und der Kinder Abwesenheit. Ich glaube, ihr fehlt sogar Kit.«

Tanya schluchzte ein letztes Mal und ließ sich seufzend gegen Panthers breite Brust sinken.

Er streichelte ihr glänzendes Haar. »Das Leben geht weiter, Tanya, und wir müssen das Beste daraus machen. Wir müssen weiterleben, weiter hoffen, uns mit Liebe an die verstorbenen erinnern und denen, die nach uns kommen, eine Zukunft schaffen. Wir haben uns wiedergefunden, und bald sind wir wieder eine Familie. Ich habe Sehnsucht nach meinen Söhnen. Bringst du sie morgen mit zu den Kerrs?«

»Wenn du das möchtest, Panther, gerne. Du wirst sie kaum wiedererkennen, so groß sind sie geworden.«

»Wahrscheinlich wird Jäger sich nicht mehr an mich erinnern.« Ein Schatten zog über Panthers Gesicht. »Wenn er mich aber erkennt, darf er nichts verraten.«

Er küßte sie. »Du mußt jetzt gehen. Wir sehen uns morgen.«

»Es kommt mir vor wie eine Ewigkeit, jetzt, da ich weiß, daß du in meiner Nähe bist«, sagte Tanya wehmütig. »Bis morgen, mein Mann.«

»Bis morgen«, wiederholte er leise und sah ihr nach, wie sie zwischen den Bäumen verschwand.

An diesem Abend konnte Tanya vor Aufregung kaum essen. Es wunderte sie, daß keiner aus der Familie ihre nervöse Unruhe bemerkte.

Sobald es ihr möglich war, zog sie Melissa in eine Ecke und bereitete sie auf die Gegenüberstellung am nächsten Tag vor. Daß Melissa sie vor lauter Überraschung ungewollt verriet, war das Letzte, was sie gebrauchen konnten. Melissa versprach, bei allem mitzumachen und schwor ewiges Schweigen. Tanya hatte es nicht anders erwartet.

Die einzige Wolke am Horizont zog auf, als Jeffrey nach dem Abendessen auftauchte, aber er schaffte es nicht, ihr Glücksgefühl gänzlich zu zerstören. In Erwartung des Morgens, dem sie hoffnungsvoll entgegensah, ignorierte sie ihn einfach. Nur als er ihre Aufmerksamkeit erzwingen wollte, geriet sie ein wenig außer Kontrolle.

»Heute abend siehst du noch entzückender aus als sonst, Tanya. Deine Wangen sind gerötet, deine Augen glühen. Du siehst aus wie eine Frau, die sich auf die Liebe freut«, vermutete er.

»Das liegt am Frühling, Jeffrey«, stellte sie trocken fest. »Sonne und Wind geben der Winterhaut wieder Farbe.«

»Im Frühling denkt ein junger Mann vor allem an Liebe«, deklamierte er mit einem blöden Grinsen.

»Und in seinem Gehirn hat er nur noch Luft«, gab sie scharf zurück. »Versuchen Sie es doch mal mit Angeln, Leutnant. Das beruhigt die Nerven.«

»Am liebsten würde ich dein Herz angeln«, antwortete er feurig.

»Dazu fehlt Ihnen der richtige Köder«, fertigte sie ihn ab. »Es gibt nichts an Ihnen, was mich in Versuchung führen könnte.«

Jeffrey lächelte nachsichtig. »Das kann sich noch ändern.«

»Ja, wenn Schweine fliegen lernen«, spottete sie.

»Wenn du mir Zeit läßt, bringe ich dich schon dazu, mich zu begehren, Süße«, entgegnete er entschlossen.

»Ach, gehen Sie doch ins Wasser, Jeffrey!« erklärte sie unwillig. »Vielleicht können Sie da Ihr Mütchen kühlen und verlieren ein bißchen von Ihrer Überheblichkeit.«

In dieser Nacht schlief Tanya schlecht. Sie wurde häufig wach, dachte an Panther oder träumte von ihm. Als der Morgen dämmerte, fiel sie schließlich in einen leichten Schlummer, und in Gedanken an den morgigen Tag kräuselten sich ihre Lippen zu einem zufriedenen Lächeln.

18

Tanya saß schweigend in Emily Kerrs Wohnzimmer und trank Tee. Bei dem Gedanken an Panthers Erscheinen fing sie beinahe an zu zittern. Jedesmal, wenn sie die Tasse aus feinem Chinaporzellan an den Mund hob, glaubte sie, sie würde sie zerbrechen oder den Tee verschütten.

An diesem Nachmittag hatte sie besonderen Wert auf ihre äußere Erscheinung gelegt. Sie trug ein cremefarbenes Kleid mit Spitzeneinsatz im Oberteil und Spitzenmanschetten, die ihr lose über die Handgelenke fielen und die Armbänder aus Kupfer, die sie nie ablegte, bedeckten. Das Haar hatte sie locker aus dem Gesicht gestrichen, und an den Ohren hingen die Ohrringe, die Panther ihr vor der Hochzeit geschenkt hatte.

Jäger hockte zufrieden auf dem Schoß seiner Großmutter, und Zeichen des Bogenschützen, der in seinem Gestell auf Tanyas Schoß lag, brabbelte zufrieden vor sich hin.

Gerade leerte sie die zweite Tasse Tee, als ihr Herz einen Satz machte. Sie hatte Panthers tiefe Stimme im Flur gehört. Wenige Sekunden später betrat Justin Kerr mit Panther das Zimmer.

Panther war elegant gekleidet. Er trug eine rehbraune Hose, dazu ein cremefarbenes Seidenhemd und ein tabakbraunes Jackett. Seine Seidenkrawatte im Farbton des Mantels saß tadellos, und seine teuren braunen Lederstiefel waren auf Hochglanz poliert.

Justin stellte ihn vor, und Panther beugte sich über Emilys Hand, um sie zu küssen.

»Nein, sowas, Adam Savage!« freute sie sich. »Wo waren Sie bloß so lange? Seit wann sind Sie wieder zuhause?«

»Er ist quer durch Europa gereist, Mutter«, erklärte Justin.

»Ich bin erst gestern zurückgekehrt und sofort hierhergekommen, um mich nach Ihrem Befinden zu erkundigen«, erklärte Adam höflich. »Und nun bin ich plötzlich von so vielen hübschen Frauen umgeben, die ich noch nie zuvor gesehen habe. Wenn ich das gewußt hätte, wäre ich viel früher heimgekehrt.« Seine dunklen Augen, sein strahlendes Lächeln gaben zu verstehen, daß er sämtliche anwesenden Frauen im Raum meinte.

»O Gott, meine Manieren!« entschuldigte sich Emily, die völlig durcheinander war. »Meine Damen, darf ich Ihnen Adam Savage, den Sohn von Rachel Savage vorstellen? Adam, das ist Elizabeth Martin und ihre Schwägerin, Sarah Martin. Den Ehemännern gehört der Laden und der Holzhandel in der Stadt.

Und das« – sie zeigte auf Melissa, die neben Elizabeth saß – »ist Melissa Anderson, die bei den Martins wohnt. Dann haben wir noch die beiden jungen Damen hier, Julie und Tanya, Sarahs Töchter.«

Adam begrüßte sie alle mit einer leichten Verbeugung. »Und wer ist denn das?« erkundigte er sich und beugte sich über Jäger.

»Das ist Jäger, mein Sohn«, antwortete Tanya leise und ließ ihren Blick über Vater und Sohn gleiten. Jäger grinste Adam übers ganze Gesicht an.

»Ein hübscher Junge«, stellte Adam fest. »Und das ist auch ein Kind von Ihnen?«

Tanya nickte. Adam bückte sich und kraulte Zeichen des Bogenschützen am Kinn. »Mein Sohn, Zeichen des Bogenschützen, Mr. Savage.«

»Man kann Ihnen und Ihrem Mann zu diesen prächtigen Söhnen nur gratulieren«, sagte Adam. Nur Tanya fiel das dämonische Glitzern in seinen Augen bei diesen Worten auf.

»Danke«, antwortete sie erfreut.

Emily ließ ein kleines, unterdrücktes Keuchen hören.

Sofort drehte sich Adam zu ihr um. »Habe ich irgend etwas Falsches gesagt, Em?«

»Nein, nein«, versicherte sie hastig.

»Nun«, mischte sich Justin ein. »Weißt du, alter Freund, Miss Martin hat ein paar Jahre bei den Cheyenne gelebt – ohne daß sie selbst etwas dafür konnte, verstehst du. Das sind die Söhne des Indianers, der sie entführt hat.« Es war Justin offensichtlich sehr unangenehm, dies vor der gemischten Gesellschaft erklären zu müssen.

»Er war mein Ehemann«, korrigierte ihn Tanya unverzüglich. Sie sprach mit klarer, lebhafter Stimme.

»Ja, Tanya, das erzähltest du uns bereits«, bemerkte Emily lahm.

»Und – haben Sie ihn geliebt?« insistierte Adam und schaute sie mit seinen dunklen Augen forschend an.

»Sehr sogar, Mr. Savage.«

»Nun, Kinder, was haltet ihr davon, wenn wir aufbrechen?«

schlug Sarah vor, die weiteren peinlichen Fragen aus dem Weg gehen wollte.

Adam überhörte ihre Frage und konzentrierte sich voll auf Tanya. »Miss Martin, mir fallen Ihre wundervollen Kupferreifen auf. Ist das eine Erinnerung an Ihre Zeit bei den Cheyenne?«

»Das sind die Ehereifen«, antwortete sie und fragte sich, was Panther damit bezweckte, daß er diese Frage vor allen Leuten stellte.

»Sind Sie denn Witwe?« wollte er wissen.

»Nicht, daß ich wüßte, Mr. Savage. Ich bin gegen meinen Willen gerettet worden, und ich hoffe, daß ich eines Tages wieder mit meinem Mann zusammen sein werde.« Tanya warf den Kopf zurück. »Ich finde Ihre Fragen übrigens reichlich persönlich, Sir.«

»Ich bitte um Verzeihung, Madame. Aber ihre Ehrlichkeit finde ich bewundernswert. Nicht allen Frauen würde es leichtfallen, sich zu einer Vergangenheit wie der Ihren zu bekennen, geschweige denn, daß sie ihre Söhne mit in Gesellschaft nehmen würden. Ich kann nicht anders, als Sie zu bewundern. Bisher habe ich mich von verheirateten Frauen ferngehalten, doch Ihnen würde ich gerne morgen meine Aufwartung machen. Ist es erlaubt?«

Tanya zögerte mit der Antwort.

»Meine Tochter empfängt noch keine Besucher«, warf Sarah ein.

»Ich glaube, meine Mutter möchte mich beschützen. Und Sie gehen wirklich auch ziemlich forsch vor, Sir«, antwortete Tanya. »Ich gebe zu, daß ich darauf eher zurückhaltend reagiere.«

»Ich bitte um Verzeihung. Normalerweise kann ich mich auf meine Manieren verlassen und kann mich nur damit entschuldigen, daß ich von Ihrer Schönheit und Ihrem Charme in Bann geschlagen bin. Falls Sie an mir zweifeln, kann Justin für mich und meinen Charakter zeugen. Die Kerrs kennen mich seit meiner Kindheit und werden bestätigen, daß man mir vertrauen kann.«

»O ja, zweifelsohne«, stimmte Emily hastig zu. »Rachel und Adam leben hier schon, so lange wir denken können. Damals bestand Pueblo noch aus den Hütten einer Handvoll mormonischer Siedler. Ihre Ranch ist eine der schönsten im Staat, und Sie finden kaum eine aufrechtere, anständigere Familie. Jeder hier in der Stadt respektiert und bewundert sie. Justin und Adam sind zusammen aufgewachsen und waren die allerbesten Freunde, bis Adam wegging. Für mich ist Adam wie ein zweiter Sohn.«

Tanyas Augen glitzerten vor unterdrücktem Lachen. »Mrs. Kerr, ich habe Mr. Savages Integrität nie in Zweifel gezogen, nur sein Verhalten und seine Absichten scheinen mir etwas merkwürdig.«

»Ich kann Ihnen versichern, Miss Martin, daß ich keinerlei unlautere Absichten hege.« Adam hatte alle Mühe, seine Mimik zu beherrschen, doch als Cheyenne wußte er, wie man das macht.

Tanya beschloß, ihn nicht länger zappeln zu lassen. »Wenn das so ist, dann kommen Sie doch morgen mittag zum Essen. Mutter, Tante Elizabeth, ist euch das recht?«

»Ich denke schon«, stammelte Sarah.

»Würde es Ihnen etwas ausmachen, mitzukommen, Justin?« fügte Tanya hinzu, die das Gefühl hatte, Justin würde die Gelegenheit, mit Melissa in Kontakt zu kommen, gern wahrnehmen. »Vielleicht fühlt sich ja Mr. Savage als einziger Mann unter lauter Frauen nicht wohl?«

»Ja, gerne«, stimmte Justin mit einem raschen Blick auf Melissa zu.

Julie, die die ganze Zeit still dabeigesessen hatte, war außer sich vor Freude. Endlich gab es etwas, das Jeffreys Pläne mit Tanya durchkreuzte. »Und ich dachte immer, Teenachmittage seien langweilig. Wie man sich doch irren kann!« meinte sie.

»Meine Güte, was für ein gutaussehender Mann!« rief Elizabeth auf dem Heimweg.

»Und wohlhabend dazu, falls Emily nicht übertrieben hat«, fügte Sarah nachdenklich hinzu. »Tanyas Einwände scheinen ihn überhaupt nicht abgehalten zu haben, was meint ihr?«

»Ganz im Gegenteil«, sagte Melissa und zwinkerte Tanya verstohlen zu. »Ich glaube, er war sehr eingenommen von ihr.«

»Das sollte Jeffrey endlich den Wind aus den Segeln nehmen«, äußerte Julie. »Ich würde sagen, Mr. Savage ist im günstigsten Augenblick auf der Bildfläche erschienen.«

»Also wirklich, Julie!« empörte sich Sarah. »Der Mann wurde eben erst zum Mittagessen eingeladen. Das heißt noch längst nicht, daß er ein Verehrer ist, obwohl ich nichts gegen ihn einzuwenden hätte«, räumte sie ein.

»Ja, und falls Ihr es nicht gemerkt habt, Justin scheint ein Auge auf Melissa geworfen zu haben«, sagte Tanya, die froh war, von sich selbst ein wenig ablenken zu können.

Melissa wurde rot. »Es ist mir auch aufgefallen«, gab sie zu. »Er ist recht nett, oder?«

Tanya lächelte. »Ja, Missy, er ist sehr nett.«

»Es war sehr liebenswürdig von dir, Justin mit einzuladen«, fand Tante Elizabeth. »Hast du es für Melissa getan?«

Jetzt war es an Tanya, zu erröten. »Zugegeben«, lachte sie, »ich wollte ein bißchen nachhelfen. Ich hoffe, du nimmst es mir nicht übel, Tante Elizabeth.«

Auch Elizabeth lachte. »Warum? Auf diese Weise mußte ich die Einladung nicht selber aussprechen. Außerdem bin ich auch nicht ganz unschuldig, was das Verkuppeln betrifft. Ich gebe zu, ich habe einen Fehler gemacht, dich mit Jeffrey zusammenzubringen, aber dieser Adam Savage scheint mir ein guter Fang. Ich würde ihn mir nicht so ohne weiteres durchs Netz gehen lassen.«

»Was hältst du denn von ihm?« hakte Julie nach. »Und komm mir nicht wieder damit, daß du bereits verheiratet bist. Ein Spatz in der Hand ist besser als eine Taube auf dem Dach, weißt du.«

»Julie, ich habe den Mann doch gerade erst kennengelernt. Und ich *habe* einen Mann und zwei Söhne, an die ich denken muß«, entgegnete Tanya.

»Offensichtlich mochte er die Jungen – was man von Jeffrey nicht gerade behaupten kann«, schnaubte Elizabeth empört.

Sarah stimmte ihr zu. »Das sollten wir wirklich nicht vergessen, Tanya.«

»Gut. Ich gebe zu, der Mann hat mich beeindruckt. Aber können wir die Diskussion vorläufig beenden? Unter diesem Dach gibt es offensichtlich lauter Kuppler, und das könnte auf die Dauer langweilig werden.«

Doch Tanya mußte sich den Lobgesang auf Adam Savage noch einmal anhören, als ihr Vater und ihr Onkel zum Abendessen eintrafen.

»Ich habe den Savages jahrelang Holz und Lebensmittel verkauft«, erklärte George. »Emily Kerr hat keineswegs übertrieben. Sie sind ziemlich wohlhabend. Ich muß natürlich sagen, daß ich den Sohn nur ein paarmal gesehen habe. Und das ist Jahre her. Er ist kurz nachdem wir hierhergezogen sind aufs College gegangen. Ein gutaussehender junger Mann, wenn ich mich recht erinnere.«

»Das kann man wohl sagen«, platzte Julie heraus.

Edward betrachtete seine älteste Tochter nachdenklich. »Er muß Tanya ja ziemlich beeindruckt haben, daß sie ihn gleich zum Mittagessen eingeladen hat.«

»Oh, zum Teufel«, regte Tanya sich auf. »Ich dachte einfach, das sei eine gute Methode, Jeffrey davon zu überzeugen, daß ich kein Interesse an ihm habe«, schwindelte sie.

»Er wird ganz bestimmt wütend werden«, meinte Melissa und verdrehte die Augen. »Ich kann seine Reaktion kaum erwarten.«

»Was meinst du, was Panther – äh – Adam eigentlich mit all seinen Fragen bezweckt hat?« fragte Melissa, als sie zusammen mit Tanya am nächsten Tag die Möbel im Eßzimmer polierte. Elizabeth hatte alle, einschließlich Jeremy, dazu angehalten, das Haus auf Hochglanz zu bringen.

»Ich habe keine Ahnung«, sagte Tanya. »Es hat mich selber überrascht, aber ich werde ihn später fragen. So, jetzt sind wir mit dem Staubwischen fertig. Himmel, Missy, man könnte glauben, der Präsident kommt zum Essen. Was ist bloß in Tante Elizabeth gefahren? Jeremy muß Teppiche klopfen, Mutter das Silber polieren, Julie räumt im Wohnzimmer auf, und sie selbst steht seit dem Frühstück in der Küche und bereitet die wohlriechendsten Speisen zu.«

Melissa kicherte. »Zwei der begehrtesten Junggesellen von

Pueblo kommen zum Mittagessen. Ich glaube, Tante Elizabeth sähe uns gerne mit ihnen verheiratet. Vielleicht möchte sie uns loshaben, weil sie aus diesem Haus eine Fremdenpension machen will«, scherzte sie.

Tanya ging auf den Scherz ein. »Wenn das so ist, dann sollte sie besser einen Verehrer für Julie suchen oder Papa dazu bringen, selber ein Haus zu bauen.«

Melissa wurde plötzlich ernst. »Tanya, ich mag diesen Justin wirklich gern. Ich glaube, ich könnte mich sogar in ihn verlieben – aber ich habe Angst. Weil ich nicht weiß, ob ich ihm oder irgendeinem anderen Mann überhaupt eine richtige Frau sein kann.«

Tanya nahm ihre Freundin in den Arm. »Wegen Häßliche Otter?« fragte sie.

Melissa nickte. »Wegen ihm und wegen der Fehlgeburt. Dieser Teil der Ehe jagt mir Angst ein.«

»Aber Missy, du hast doch gesehen, wie glücklich Panther und ich waren. Und du hast uns doch gehört, wenn wir zusammen geschlafen haben. Das ging doch gar nicht anders in einem gemeinsamen Zelt. Die Liebe kann so schön, so wundervoll sein, wenn du mit dem Mann zusammen bist, den du wirklich gern hast. Justin ist kein Untier wie Häßliche Otter. Er scheint ein Gentleman zu sein, und ich bin sicher, daß er dich zärtlich lieben und in Ehren halten wird – dein Leben lang.«

»Und was ist mit Kindern?« fragte Melissa ängstlich.

»Wurzelfrau hat uns doch versichert, daß dein Körper keinen Schaden erlitten hat. Du kannst wieder Kinder bekommen.«

Melissa biß sich verlegen auf die Lippe. »Ich glaube nicht, daß ich die Schmerzen aushalte. Mich hat die Fehlgeburt beinahe umgebracht, und Nancy ist daran gestorben.«

»Oh, Missy!« In Tanyas Stimme schwang das ganze Mitgefühl, das sie für ihre Freundin empfand. »Wenn alles richtig läuft und du gut auf dich aufpaßt, wirst du keine Fehlgeburt mehr erleiden. Du wirst wunderbare Kinder zur Welt bringen, die dein Leben mit Sinn erfüllen. Die Schmerzen der Geburt sind schnell vergessen, wenn du erst einmal das kleine Lebewesen im Arm hältst, wenn du siehst, wie stolz der Vater ist. Du warst doch dabei, als Jäger geboren wurde. Du hast alles miterlebt. Hab keine Angst, Missy. Es ist die schönste, die wichtigste, die tiefste Erfahrung im Leben einer Frau. Laß die Angst nicht überhand nehmen. Sie hält dich nur davon ab, den Mann zu lieben, den du magst, und später einmal wertvolle Erfahrungen mit ihm zu teilen.«

Melissa schluckte heftig und nickte. »Ich werde darüber nachdenken«, versprach sie.

Tanya fügte noch etwas hinzu. »Justin weiß, daß du mit mir bei den Cheyenne gelebt hast. Er geht bestimmt davon aus, daß es eine ziemlich harte Zeit für dich war. Wenn er der Richtige für dich ist, dann wird er dich verstehen und lieb zu dir sein. Erzähl ihm von deinen Erlebnissen, falls es ernst zwischen euch wird. Erzähl ihm von deiner Angst, und laß zu, daß er dir hilft.«

»Vom Verhalten Justins hängt eine Menge ab«, sagte Melissa.

Tanya stimmte ihr zu. »Aber viel hängt auch davon ab, wie sehr du ihn liebst und dir wünschst, mit ihm zusammenzuleben.«

Um den langen Eßzimmertisch hatten sie sich alle versammelt: Onkel George, Tante Elizabeth, Sarah, Edward, Melissa, Jeremy, Julie, Tanya, Jäger in seinem hohen Kinderstühlchen und Adam und Justin. Die beiden Männer der Martin-Familie waren an diesem Abend extra früher nach Hause gekommen, um Adam Savage kennenzulernen. Tanya fragte sich, ob Panther sich begutachtet vorkam. Sie selbst kam sich irgendwie zur Schau gestellt vor, wie eine Sklavin auf dem Sklavenmarkt. Jeden Moment rechnete sie damit, daß ihr Vater sie aufforderte, den Mund zu öffnen und den anderen ihre wundervollen Zähne zu zeigen. Tanya fragte sich, ob Melissa wohl ähnlich fühlte.

»Wie ich gehört habe, besitzt Ihre Familie eine Ranch im Norden der Stadt«, wandte sich Edward an Adam.

»Richtig, Sir, etwa zwanzig Meilen von hier.«

»Aber Ihre Mutter ist Witwe, nicht wahr? Wer kümmert sich um die Ranch, wenn Sie nicht zuhause sind?« wollte Sarah wissen.

»Das macht Mutter«, antwortete Adam lächelnd. »Sie führt

ein eisernes Regime in Samthandschuhen, und sie besitzt sehr zuverlässige Hilfskräfte. Der Vorarbeiter ist schon seit Jahren bei uns, zusätzlich gibt es, neben den zahlreichen Hilfskräften für das Vieh, einen Koch und ein Hausmädchen. Eigentlich läuft die Ranch von selbst. Das war schon so, als mein Großvater noch lebte.«

»Hat Ihr Vater die Ranch aufgebaut?« erkundigte sich Elizabeth.

»Nein, mein Großvater und meine Mutter. Damals war ich noch ein Baby. Mein Vater hat nie dort gelebt.«

»Ist er gestorben?«

Adam nickte.

»Wie ich hörte, war er Engländer«, bemerkte George. »Haben Sie Verwandte in Europa?«

»Ein paar entfernte Verwandte, ja. Meine nächsten Verwandten leben in der Gegend zwischen Pueblo und Mexico.«

»Werden Sie jetzt in Pueblo bleiben?« wollte Julie wissen.

»Eine Zeitlang schon«, antwortete Adam. »Es gibt sogar einige Dinge, die mich veranlassen könnten, für immer hier zu leben.« Bei diesen Worten blickte er bewußt Tanya an.

»Züchten Sie auch Pferde, Mr. Savage?« fragte Jeremy unschuldig und brach damit das verlegene Schweigen.

»Einige schon, aber hauptsächlich Rinder. Du kannst uns zum Wochenende mal besuchen kommen und reiten, wenn deine Familie nichts dagegen hat.«

»Wirklich?«

»Natürlich. Aber es wäre schön, wenn du Miss Tanya mitbringen könntest«, meinte Adam grinsend.

»Das ist typisch für Adam«, scherzte Justin. »Wenn man ihm den kleinen Finger reicht, weil er gleich die ganze Hand.«

Tanya, die bisher vergnügt zugehört hatte, mußte lachen. »Ja, er hat wirklich eine sehr subtile Art«, spöttelte sie.

Nach der kurzen Unterhaltung genossen alle das Mittagessen. Die Atmosphäre war nicht mehr so steif und förmlich wie zu Anfang; das Gespräch, immer wieder von Lachen unterbrochen, floß leicht dahin. Adam belustigte ebenso wie Justin alle mit Geschichten aus seiner Jugendzeit.

Nach dem Essen zog sich die Gesellschaft ins Wohnzimmer zum Kaffee zurück. Jäger stolperte auf Adam zu und zerrte ihn am Hosenbein, und Adam hob seinen Sohn ganz selbstverständlich auf den Schoß und hatte nichts dagegen einzuwenden, daß Jäger an seinen Hemdknöpfen herumspielte.

»Oh, Mr. Savage, er reißt Ihnen noch das Hemd kaputt!« rief Sarah. »Geben Sie ihn mir, ich bringe ihn nach oben.«

»Er stört mich nicht«, versicherte Adam. »Ich bin den Umgang mit Kindern gewohnt.«

Justin blickte ihn überrascht an. »Seit wann denn das?« platzte er heraus.

Adam lächelte und ließ seine weißen Zähne blitzen. »Seit ich dich zum letztenmal gesehen habe, alter Freund.«

Tanya fand es wunderbar, wie ihr Sohn sich an seinen Vater kuschelte. Es überraschte sie, daß Jäger so unvermittelt auf ihn zugegangen war. Ob er sich vielleicht doch aus frühen Kindertagen an Adam erinnerte, und sei es nur im Unterbewußtsein?

Ein kritischer Moment entstand, als Jeremy zufällig Kit ins Haus ließ, die eigentlich für den Nachmittag aus den Räumen verbannt worden war. Sie lief geradewegs auf Adam zu, leckte Jäger, rieb ihren Kopf an Adams Oberschenkel und legte sich friedlich zu seinen Füßen nieder.

»Das darf nicht wahr sein!« rief George. »So hat sich das Tier noch nie gegenüber einem Fremden benommen. Normalerweise knurrt und faucht es, und sobald Jeffrey zur Tür hereinkommt und sich den beiden Jungen nähern will, droht Kit, ihn bei lebendigem Leibe aufzufressen.«

»Tiere spüren genau, wem sie trauen können«, stellte Adam fest. »Sie weiß wahrscheinlich, daß ich ihr Freund bin.«

»Er hat recht«, meldete sich Jeremy gewichtig zu Wort. »Kit hat mich auch immer gern gehabt, weil ich Tanya und die Jungen von Anfang an gut leiden konnte. Sie vertraut Ihnen bestimmt, Mr. Savage.«

»Wenn ich Miss Tanya nur ebenso schnell von meinen Qualitäten überzeugen könnte«, meinte Adam halb im Schmerz, hob eine Augenbraue und blickte Tanya an.

»Ich glaube kaum, daß ich eines Tages still zu ihren Füßen

liegen werde, Sir«, gab sie den Scherz zurück. Ihre goldenen Augen glänzten.

Zu meinen Füßen schon, aber nicht still, sagte der Blick, den Adam ihr zuwarf.

Die beiden jungen Paare brachen, mit Julie als Anstandsdame, anschließend zu einem Spaziergang auf.

»O Edward«, seufzte Sarah, als sie durch die Spitzengardinen am Fenster spähte, »meinst du, Tanya hört jetzt endlich auf, von ihrem indianischen Ehemann zu träumen? Es ist das erste Mal, daß sie echtes Interesse an einem anderen Mann zeigt.

Edward zog an seiner Pfeife, stieß den Rauch langsam aus und blickte den blauen Rauchwölkchen hinterher, die zur Decke stiegen.

»Ich glaube, Adam Savage hat wirklich Erfolg bei Tanya. Der Rest ist eine Frage der Zeit und der Umstands, wie starrköpfig sie weiterhin ist. Adam imponiert mir. Er ist ein Mann, der weiß, was er will und wie er es bekommen kann.«

»Da das Haus schon so blitzblank ist wie nie zuvor, habe ich Adam für Sonntagabend zum Essen eingeladen«, verkündete Tanya, als sie von ihrem Spaziergang zurückkam.

»Aha, er heißt jetzt also schon ›Adam‹«, bemerkte Tante Elizabeth sarkastisch. »Nichts mehr mit ›Sir‹ und ›Mr. Savage‹, wie?«

Tanya lachte. »Ich war einverstanden damit, ihn Adam zu nennen, wenn er aufhört, mich Miss Tanya zu titulieren, dabei kam ich mir vor wie eine altjüngferliche Lehrerin.«

»Das ist noch längst nicht alles«, petzte Julie, »er durfte sogar ihre Hand halten!«

»Im Geschichtenerzählen warst du schon immer groß«, warf Tanya ihr vor und machte aus ihrem Ärger kein Hehl.

Julie streckte ihr die Zunge heraus. »Immerhin habe ich nicht ausgeplaudert, wie er dich über den schmalen Pfad geleitet hat – nämlich mit der Hand um deine Taille«, verriet sie flüsternd.

»Du Plappermaul!«

»Oh, komm, reg dich nicht über Kleinigkeiten auf, sondern füttere deinen Jüngsten, sonst kriegt er noch Koliken«, ermahnte Sarah sie.

»Hat Julie deshalb gepetzt?« gab Tanya zurück, ehe sie die Treppen hinauflief.

»Mädchen, Mädchen«, brummte Edward vor sich hin.

Am nächsten Tag hatten sie sich gerade zum Abendessen niedergelassen, als es an die Tür klopfte.

»Hat irgend jemand eine Ahnung, wer das sein könnte?« witzelte Melissa.

Tanya verzog das Gesicht. »Jeffrey!« stöhnte sie. »Auch das noch!«

»Julie, mach doch bitte die Tür auf«, bat Edward. »Wir müssen die Sache hinter uns bringen.«

Dann fragte er Adam: »Hat Tanya Ihnen von Jeffrey Young erzählt?«

Adam lächelte sarkastisch. »Von ihrem Ex-Bräutigam? Ja.«

»Gut. Dann sind Sie ja vorbereitet. Er wird wahrscheinlich beleidigt sein, wenn er merkt, daß Sie an Tanya Interesse haben.«

»Habe ich aber«, antwortete Adam ungeschminkt.

Julie führte Jeffrey ins Eßzimmer. »Seht mal, wer zu Besuch gekommen ist«, sagte sie überflüssigerweise und wies Jeffrey den Platz neben sich an, direkt gegenüber von Tanya und Adam. »Ich hole noch einen Stuhl.«

Jeffrey starrte Adam an, der neben Tanya saß. »Ich wußte nicht, daß du Gesellschaft hast. Kennen wir uns vielleicht?«

»Adam Savage – Jeffrey Young«, stellte Edward knapp vor. Mehr sagte er nicht.

»Wieso haben Sie uns nicht wissen lassen, daß Sie uns heute abend mit Ihrer Anwesenheit beehren?« fragte Tanya beißend.

»Ich komme doch jeden Sonntag«, verteidigte sich Jeffrey.

»Wir haben versucht, das zu übersehen, Leutnant«, mischte sich Melissa ein.

Jeffrey ignorierte Melissas Bemerkung, statt dessen dankte er Julie, die einen Teller vor ihn hinstellte. »Was machen Sie in Pueblo, Mr. Savage?« fragte er im Befehlston.

»Ich lebe hier«, sagte Adam und unterdrückte ein Grinsen.

Jeffrey zog die Stirn kraus. »Ich habe Sie hier noch nie gesehen.«

»Es ist mir neu, daß es zu den Aufgaben der Armee gehört, Volkszählungen zu machen«, bemerkte George trocken.

Jeffrey beherrschte sich mühsam. »Ich habe nur etwas festgestellt, Mr. Martin. Nämlich, daß ich Mr. Savage noch nie in der Stadt gesehen habe.«

»Kein Wunder, er ist eben erst von einer Europareise zurückgekehrt«, beruhigte ihn Julie.

Melissa überzog ein bißchen, als sie hinzufügte: »Er hat die letzten Jahre im Land seines Vaters gelebt.«

Adam, Tanya und Melissa wechselten daraufhin einen verschwörerischen Blick.

»Gewiß kennen Sie die Savage-Ranch, Jeffrey«, half ihm Sarah auf die Sprünge. »Rachel Savage ist oft in der Stadt anzutreffen. Adam ist ihr Sohn.«

»Aha.« Jeffrey brauchte einen Moment, um die Information zu verarbeiten.

Tanya beugte sich bewußt nach vorn, so daß ihre Brust Adams Arm leicht streifte. Sie war sicher, daß Jeffrey die Geste wahrgenommen hatte. »Würden Sie mir bitte die Biskuits reichen, Adam?« fragte sie honigsüß.

»Mit Vergnügen«, antwortete er lächelnd.

In diesem Moment verlangte Jäger lautstark nach seinem Essen und klopfte mit dem Löffel auf das Tablett vor seinem Hochstuhl.

Jeffrey betrachtete ihn aufgebracht. »Warum fütterst du das Kind nicht vor dem Abendessen, Tanya? Er stiftet nur Unruhe am Tisch.«

»Indianische Kinder essen immer zusammen mit ihren Müttern«, antwortete Tanya scharf, »und zwar nachdem die Väter gegessen haben.«

Als sie die Arme nach Jäger ausstreckte, sagte Adam ruhig: »Geben Sie ihn mir, Tanya, und essen Sie in Ruhe zu Ende.«

Jeder bis auf Melissa war überrascht, daß Tanya ihm Folge leistete und ihm Jäger auf den Schoß setzte.

Während Tanya weiter aß, begann Adam, Jäger von seinem eigenen Teller zu füttern.

»Es erstaunt mich, wie gut Sie mit kleinen Kindern umgehen

können, Mr. Savage«, sagte Sarah, um das Schweigen zu brechen.

»Bei uns zu Hause schätzt man Kinder sehr«, antwortete Adam und ließ sich von Jeffreys säuerlichem Gesichtsausdruck nicht stören.

»Obwohl sie doch ein Einzelkind sind«, stellte Elizabeth fest. »Wie traurig für Ihre Mutter. Ich wundere mich, daß sie nie wieder geheiratet hat. Sie muß Ihren Vater innig geliebt haben.«

»Ja,« stimmte Adam zu, »von ganzem Herzen.«

»Wirklich bewundernswert«, mokierte sich Jeffrey. »Es gibt andere Frauen, wie unsere Tanya hier, die nicht so beständig sind.« Er fixierte Tanya mit seinen blauen Augen. »Aber das wird sich sicher bald ändern, oder, Tanya?«

»Darauf würde ich mich nicht verlassen, falls Sie sich selbst dabei im Auge haben, Jeffrey. Sie sollten auf keinen Fall darauf wetten, Sie würden verlieren«, sagte sie und schenkte ihm ein falsches, süßliches Lächeln.

Adam gelang es, überzeugend verwirrt dreinzuschauen. »Habe ich irgend etwas nicht mitbekommen?«

Jeffrey überhörte seine Frage und konzentrierte sich auf Tanya. »Wenn wir erst einmal verheiratet sind, wirst du lernen, dich anders zu benehmen«, kündigte er an.

»Gott verzeih mir, aber sollten wir jemals heiraten, dann wünsche ich mir einen Trauermarsch und keine Hochzeitsglocken!«

Jeffrey kam nicht dazu, ihr zu antworten, denn nun meldete sich Edward zu Wort. »Schluß mit der Zankerei. Der Sonntag ist ein Tag des Friedens, und wir wollen unser Essen genießen. Von Frieden merke ich allerdings nicht viel«, seufzte er.

Als sie sich anschließend zum Kaffee im Wohnzimmer niederließen, mußte Jeffrey sich erneut geschlagen geben, denn Adam nahm neben Tanya auf dem kleinen Sofa Platz.

Kurze Zeit später kam Kit die Treppe heruntergesprungen und stürzte ins Wohnzimmer. Sie hielt einmal kurz vor Jeffrey an und fauchte, dann ging sie zu Tanya, rieb den Kopf an ihrem Bein und legte eine Tatze auf Tanyas Arm.

»Auf diese Weise teilt sie mir mit, daß Zeichen des Bogenschützen mich braucht«, erklärte sie Adam. »Wenn Sie mich für einen Moment entschuldigen wollen...«

Jeffrey stand ungeduldig auf. »Tanya, ich möchte mit dir sprechen.«

In der Tür drehte sie sich zu ihm um. »Ich glaube nicht, daß das der richtige Moment ist, Jeffrey. Ich muß meinen Sohn stillen.«

Jeffreys Lippen wurden schmal vor Enttäuschung. »Wenn du doch einmal auf mich hören würdest, Tanya! Der Kleine ist sechs Monate alt. Gewöhne ihn endlich an die Flasche, dann können auch andere ihn füttern, und du bist nicht so angebunden.«

Tanya blitzte ihn mit ihren goldenen Augen an. »Ihr Rat würde mich sehr rühren, wenn er weniger egoistisch wäre«, bemerkte sie scharf.

Dann lächelte sie Adam freundlich an. »Sie entschuldigen mich bitte, ich stille meinen Sohn.«

»Ich werde hier warten. Wenn Sie fertig sind, können wir ja spazierengehen«, schlug Adam vor.

Julie zog eine Grimasse. »Muß ich wieder als Anstandswauwau mit?« wollte sie wissen.

»Nein.« Tanya warf ihr goldbraunes Haar zurück. »Du kannst hierbleiben und Leutnant Young Gesellschaft leisten. Falls wir eine Anstandsdame brauchen, wird Melissa uns sicher begleiten.« Damit drehte sie sich um und verließ den Raum.

Jeffrey fing sie in der Diele ab, als sie die Treppe herunterkam. Er packte sie am Arm und blickte ihr wütend ins Gesicht. »Ich verbiete dir, mit diesem Mann spazierenzugehen, Tanya!«

Ihre funkelnden Augen warnten ihn, aber er beachtete die Warnung nicht. »Sie haben mir nichts zu verbieten, Leutnant. Sie sind weder mein Vater noch mein Mann. Und jetzt lassen Sie bitte meinen Arm los.«

»Ich bin dein Bräutigam«, beharrte er.

»Mein *Ex*-Bräutigam«, verbesserte Tanya ihn kalt. »Es ist vorbei, gewesen, vorüber, es war einmal! Ich will Sie nicht, ich brauche Sie nicht, und ich habe Sie gründlich satt!«

Jeffrey packte sie noch fester. »Du gehörst mir, Tanya!« brüllte er. »Daran hindert mich kein indianischer Ehemann und erst recht nicht die Sorte Männer wie Adam Savage.«

Tanya funkelte ihn wütend an. »Es ist mir völlig egal, wie Sie das sehen, Jeffrey. Ich bestimme selbst über mein Leben, besten Dank, und Sie kommen in meinen Zukunftsplänen nicht vor. Und jetzt lassen Sie freundlicherweise meinen Arm los!«

»Ich würde Ihnen dringend raten zu tun, was die Lady sagt, Leutnant!«

Jeffrey drehte sich abrupt um und sah Adam, der sich gelassen an den Türrahmen gelehnt hatte, die Arme über der Brust verschränkt. Er sah ganz entspannt aus, aber Tanya konnte spüren, wie wütend er war, die Muskeln angespannt. Kit stand neben ihm, bereit, auf Befehl loszuspringen.

Jeffrey fluchte leise und ließ Tanyas Arm los.

Adam sagte bestimmt: »Komm her, Tanya.«

Sofort ging sie zu ihm, und er legte den Arm um ihre Schultern. »Sie sehen, Young«, sagte er, »die Dame gehört zu mir.« Seine dunklen Augen warnten Jeffrey, sich vom Fleck zu rühren.

Noch einmal fluchte Jeffrey, dann stürzte er aus dem Haus und schlug die Tür mit einem Knall hinter sich zu.

»Ich wäre schon mit ihm fertig geworden«, murmelte Tanya leise.

»Das war nicht nötig«, antwortete er. »Ich beschütze dich, und das zu tun hat mir gerade besonders viel Freude gemacht. Ich habe mit Leutnant Young sowieso noch ein Hühnchen zu rupfen, aber die Zeit dafür ist noch nicht reif. Irgendwann, später einmal.«

Julie, verärgert über Jeffreys abruptes Verschwinden, zog sich in ihr Zimmer zurück. Somit blieb nur Melissa übrig, um Tanya und Adam zu begleiten.

Unterwegs fragte Adam sie: »Melissa, würde es dir etwas ausmachen, für einen Moment zu verschwinden? Du kannst Kit mitnehmen und ein bißchen spazierengehen, Blumen pflücken, mit den Vögeln reden. Aber komm nicht vor einer halben Stunde wieder!«

»Oder noch später«, fügte Tanya hinzu und blinzelte glücklich.

Melissa tat so, als sei sie beleidigt, streckte ihre kleine Nase in die Luft und sagte: »Also! Ich weiß schon, wann ich nicht erwünscht bin. So ein Wink mit dem Zaunpfahl ist völlig überflüssig.«

»Was man nicht von allen Leuten behaupten kann, vor allem nicht von einem gewissen Leutnant Young«, murmelte Tanya unwirsch.

»Soll ich Schmiere stehen?« bot Melissa grinsend an. »Sicher wollt ihr keine Überraschungsgäste bei euren – *Aktivitäten* haben.«

Adam lachte. »Für jemanden der so furchtsam ist wie du, Melissa, kannst du manchmal ganz schön gerissen sein. Am besten ist, du pfeifst einfach, wenn jemand vorbeikommt. Wir sind nicht weit weg.«

Melissa wurde rot und kicherte. »Ihr wißt doch, daß ich nicht pfeifen kann«, sagte sie.

Tanya verdrehte die Augen. »Dann schick Kit los, sie soll uns warnen. Wir wollen dir schließlich keinen Ärger machen.«

Tanya streckte ihren nackten Körper auf dem feuchten Gras aus und sah zu, wie Adam sich auszog. Das Sonnenlicht brach durch das Blättergeflecht der Bäume und warf schimmernde Muster auf ihren Körper. Ihre goldenen Augen schimmerten vor Erwartung.

»Beeil dich, Panther«, bettelte sie und streckte ihre Arme nach ihm aus. »Ich habe solches Verlangen nach dir.«

Er kam zu ihr und umschlang sie. »Du darfst nicht vergessen, mich Adam zu nennen, Liebling, wenigstens fürs erste«, erinnerte er sie, während seine Lippen die zarte Haut ihres Halses fanden.

»Mmm« lautete ihre Antwort, und schon entführten seine Hände sie in das Land der sinnlichen Lust. Sie vergaßen die Zeit, als sie sich gegenseitig mit heißen Zärtlichkeiten erregten und anstachelten. Ihre Hände gruben sich in die Muskeln auf seinen Schultern, auf seinem Rücken, seinen Oberschenkeln, und er führte sie einmal mehr ins Land der Liebe. Beglückt stellte er fest, wie heftig ihr Körper seinem Begehren antwortete.

»Liebe mich, mein Schatz, liebe mich«, wimmerte sie und streckte sehnsüchtig die Arme nach ihm aus.

»Geduld, meine Kleine«, murmelte er und führte ihre Hände zu seinem eigenen Körper. Freudig schenkte sie ihm all die Lust, die er auch ihr gegeben hatte.

Schließlich drang er in sie ein und erstickte ihre verzückten Schreie mit seinem Mund. Jede Nervenfaser ihres Körpers antwortete, ihre Bewegungen folgten den seinen, während er sie tiefer und tiefer ins Land der Ekstase führte. Ohne es zu merken, zog sie mit ihren Fingernägeln blutige Striemen über seinen Rücken, so heftig war ihre Leidenschaft, die wie immer dazu führte, daß sie gemeinsam den Gipfel der Lust erreichten.

Völlig befriedigt und gelöst lag sie dann in seinen Armen. »Auch wenn ich die ganze Welt absuchen könnte, niemals würde ich eine solche Liebe finden wie die unsere«, schnurrte sie, den Kopf an seiner Brust geborgen. »Ohne dich wäre ich verloren, Panther.«

»Adam«, korrigierte er sie zärtlich und dachte genau dasselbe wie sie. »Unsere Seelen sind für immer miteinander verbunden, und unsere Liebe wird noch leben, selbst wenn unsere Körper längst zu Staub geworden sind.«

19

Gleichgültig wo Tanya in der nächsten Woche auftauchte, Adam war in der Nähe. Wenn sie irgendwo nachmittags zum Tee eingeladen war, fand Adam irgendeinen Grund, auch zu erscheinen. Gelang ihm das nicht, holte er sie hinterher ab und brachte sie nach Hause.

Eines Nachmittags waren Tanya und Julie damit beschäftigt, den Vorrat an Damenkleidern in Georges Geschäft zu überprüfen. Prompt kam Adam vorbei, behauptete, er habe nichts besseres zu tun und half ihnen. Man kann nicht behaupten, daß er eine große Hilfe war, aber sie hatten ein paar vergnügliche

Stunden, Adam dabei zu beobachten, wie er alles genau untersuchte, von den Damenhüten angefangen bis zur Unterwäsche.

Tanya erlebte an Panther ganz neue Seiten. Zum Beispiel verfügte er über einen köstlichen Humor, der sie oft in hilfloses Kichern ausbrechen ließ. Außerdem war er auch sehr geschäftstüchtig und bewies eine scharfe Intelligenz, die mit der eines Anwalts oder Geschäftsmanns aus dem Osten jederzeit konkurrieren konnte. Auch bei den Frauen kannte er sich aus, wußte genau, was sie wollten und ließ bei Bedarf seinen umwerfenden Charme spielen.

Einmal traf er Tanya mit ihrer Mutter beim Einkaufen in der Stadt. Stundenlang begleitete er sie geduldig von Geschäft zu Geschäft, wartete, bis sie Hüte, Schuhe, Kleider anprobiert und ausgewählt hatten. Er beriet sie, was die Wahl der Stoffe und Farben betraf, bot sich an, ihnen die Einkaufstaschen zu tragen und führte sie, als sie fertig waren, zum Tee in ein kleines Restaurant. Sarah war total von ihm eingenommen und erklärte Tanya rundheraus, daß sei eine Närrin wäre, wenn sie einen eventuellen Heiratsantrag von ihm ausschlagen würde.

Zweimal wöchentlich lud Tanya Adam zum Abendessen nach Hause ein. Wenn sie ihn beim Spielen mit Jäger und Zeichen des Bogenschützen beobachtete, wurde ihr warm ums Herz. Obwohl Zeichen des Bogenschützen noch klein war, reagierte er spontan auf Panther. Jedesmal, wenn Adam ihn hochhob, lachte und jubelte er mit glänzenden Augen. Es war Adam, der feststellte, daß Zeichen des Bogenschützen seinen ersten Zahn bekam. Sein liebevoller Umgang mit den Kindern wurde von der ganzen Familie mit Wohlwollen registriert.

Für jedermann war offensichtlich, daß Adam in Tanya verliebt war. Er selbst machte kein Geheimnis daraus, indem er jede Gelegenheit nutzte, vor den Augen der anderen ihre Hand zu halten oder den Arm um sie zu legen. Seine Komplimente für sie waren außergewöhnlich, oft brachte er sie zum Lachen und konzentrierte sich auch sonst ganz auf sie. Dabei verhielt er sich höflich, aufmerksam, galant und in der Regel respektvoll.

Er schenkte ihr Blumen und machte sie verlegen, als er dazu sagte, sie sei schöner als jede Blume. Er brachte ihr Schokolade mit, die sie nur zögernd annahm, und erklärte, leider sei noch nicht Ostern, wo er sie ihr eigentlich hätte geben wollen.

Obwohl sie die Zeit der Werbung gern abgekürzt hätte, wußte Tanya, daß sie damit auf Erstaunen in ihrer Umgebung treffen würde. Nachdem sie monatelang von der unsterblichen Liebe zu ihrem indianischen Ehemann gesprochen hatte, mußte sie nun langsam und vorsichtig zu Werke gehen.

Auch Adam überstürzte nichts. Er wollte weder Tanyas Eltern beleidigen, noch ihre gemeinsamen Pläne durchkreuzen. Dennoch arrangierte er alle paar Tage ein geheimes Treffen mit Tanya, meist mit Melissas Hilfe.

Auch Justin Kerr gehörte inzwischen zu den häufigen Besuchern im Martinschen Hause. Er wohnte nur ein paar Türen weiter und war nie um einen Grund verlegen, mal eben vorbeizuschauen. Wenn die Hühner seiner Mutter ein Dutzend Eier zusätzlich gelegt hatten, so bot er sie als erstes Elizabeth an, und blieb dann, um sich mit Melissa zu unterhalten. Als eifriger junger Anwalt bot er Edward und Georg Rechtsbeistand an und brachte sie dazu, neue Testamente zu machen. Das bedeutete natürlich, daß er mehrfach bei den Martins aufkreuzen mußte. Wurde er bei diesen Gelegenheiten gebeten, zum Abendessen zu bleiben, nahm er die Einladung gerne an.

Justin und Adam lernten sich bei ihren Besuchen im Martinschen Hause besser kennen als sonst, auch wenn Adam während seines Aufenthaltes in der Stadt bei den Kerrs wohnte. Adam gab seinem Freund gegenüber zwar zu, daß er um Tanya warb, erzählte ihm aber nicht die ganze Wahrheit. Und Justin merkte zwar, daß es Adam mit Tanya ernst meinte, doch von seiner wahren Identität oder der Tatsache, daß Adam der indianische Ehemann Tanyas war, hatte er nicht die geringste Ahnung. Natürlich sah er, welchen Spaß es Adam machte, mit den Kindern zu spielen, kam aber nie auf den Gedanken, Adam könnte der Vater sein. Alles, was Justin wußte, war, daß Adam fest vorhatte, Tanya Martin zu heiraten, und daß Jeffrey Young zur wahren Plage wurde.

»Womit hat Leutnant solche Probleme?« fragte er eines Tages

Melissa. »Sieht er denn nicht, daß Tanya kein Interesse an ihm hat?«

»Er sieht nur sich selbst«, erklärte Melissa. »Er ist wahnsinnig egozentrisch und kann sich gar nicht vorstellen, daß es Frauen gibt, die ihn nicht mögen.«

»Wieso nicht, um Himmels willen?« Justin schüttelte ungläubig den Kopf.

»Das ist eine komplizierte Geschichte, Justin. Jeffrey war Tanyas Verlobter, als sie von den Cheyenne entführt wurde. Sie war auf dem Weg hierher, um ihn zu heiraten.«

Justin nickte.

»Dann hat Jeffrey mit Custers Truppen das Lager der Cheyenne überfallen. Er war einer der ersten, der Tanya und mich entdeckte, und offensichtlich war er froh, uns lebend vorzufinden. Über die Tatsache, daß Tanya mit einem Indianer verheiratet war und zwei Söhne hatte, war er weniger erfreut. Und er konnte auch nicht verstehen, daß sie ihn nicht als ihren Retter betrachtete und sich nicht sogleich in seine Arme geworfen hat.«

»Was sie nicht tat, weil sie ihren Mann liebte«, vermutete Justin.

»Zum Teil, ja«, fuhr Melissa fort. »Zweieinhalb Jahre sind eine lange Zeit, Justin, da kann viel passieren, was das Leben völlig verändert. Sicher, Tanya liebte Panther, aber sie machte auch die Entdeckung, daß das, was sie für Jeffrey empfunden hatte, gar keine wahre Liebe war, sondern nur eine Jungmädchenschwärmerei. Außerdem gefiel ihr das Leben bei den Cheyenne besser als ihr früheres, und das ist auch der Hauptgrund dafür, daß es Tanya bei den Cheyenne soviel besser ergangen ist als uns. Natürlich half ihr dabei, daß Panther sie so gut behandelte.«

»Hat er das?« fragte Justin ungläubig.

»Er betet sie an«, beteuerte Melissa eifrig. »Er hat sie genauso geliebt wie sie ihn. Es war wunderbar mit anzusehen.«

Justin wollte mehr wissen. Vielleicht konnten die Informationen Adam helfen, da erfolgreich zu sein, wo Jeffrey versagt hatte. »Ist das der ganze Grund, warum Tanya Jeffrey zurückweist?«

Melisse schüttelte den Kopf. »Nicht der ganze. Tanya hat gesehen, wie Jeffrey auf ihre kleinen Söhne reagiert. Er lehnt sie ab und verachtet sie, weil sie Halbblut sind, und sie weiß das. Tanya kann es nicht ertragen, wenn man ihren Söhnen das Gefühl gibt, Menschen zweiter Klasse zu sein. Sie ist stolz auf die beiden und ihren Vater.«

»Das kann ich gut verstehen.«

»Außerdem ist Tanya schon lange vor dem Überfall Mitglied des Stammes geworden. Häuptling Black Kettle und seine Frau haben sie als Tochter adoptiert, noch bevor sie Panther heiratete.«

»Oh!« wunderte sich Justin. »Davon wußte ich nichts.«

»Nur wenige wissen das. Am Tag des Überfalls war Tanya Zeugin, wie ihre Eltern von den weißen Soldaten ermordet wurden. Sie sah, wie man sie in den Rücken schoß und dann von den Pferden zu Tode trampeln ließ.« Melissa schauderte. »Was wir erlebt haben, war der reinste Alptraum. In meiner ganzen Zeit bei den Cheyenne habe ich nichts so Niederträchtiges gesehen. Gefangene wurden vergewaltigt – Pferde, Hunde, Menschen wurden ermordet, die Zelte verbrannt. Nur wenige konnten flüchten und überlebten. Bei ihrer Rückkehr war nichts mehr zu retten. Der Überfall erfolgte noch vor Morgengrauen, als alle noch schliefen, und am Nachmittag war das ganze Lager zerstört.«

Justin konnte es kaum glauben. »Mein Gott. So etwas habe ich noch nie gehört! Das Militär erzählt eine ganz andere Geschichte.«

Melissa blickte finster drein. »Das wundert mich nicht. Und Tanya würde es auch nicht überraschen. Sie verachtet, was sie getan haben, und ich kann es ihr nicht übelnehmen. Sicher, ich selbst lebte nicht gern bei den Indianern und bin dankbar, daß ich wieder frei bin, aber was die Weißen an diesem Tag angerichtet haben, werde ich ihnen nie verzeihen. Tanya auch nicht, und sie weiß genau, daß Jeffrey daran nicht schuldlos ist. Er war dabei und hat zweifelsfrei seinen Anteil an dem Massaker. Ich glaube nicht, daß Tanya ihm das jemals vergeben kann. In ihren Augen ist er ein Mörder.«

»Daraus kann man ihr eigentlich keinen Vorwurf machen«, sagte Justin nachdenklich. »Aber sag mir eins, Melissa. Du behauptest, daß Tanya ihren Mann liebt, und sie hat es ja selbst gesagt. Glaubst du, daß Adam eine Chance bei ihr hat? Er ist ein guter Freund von mir, und ich möchte nicht, daß ihm wehgetan wird.«

»Ich glaube, seine Chancen stehen ganz gut«, versicherte Melissa. »Tanya braucht einen Menschen, der sie liebt. Der Überfall liegt jetzt schon fünf Monate zurück.«

»Ja, aber was wird, wenn ihr Mann sie eines Tages holen will? Wird sie dann nicht mit ihm gehen?«

Melissa lachte. »Deine Sorgen sind unnötig, glaub mir. Wenn er bis jetzt nicht aufgetaucht ist, wird er auch nicht mehr kommen.« Und das war die volle und ganze Wahrheit.

Die letzten Wochen des April brachten milde, sonnige Tage, die jeden in Frühlingslaune versetzten. Tanya verspürte den Wunsch, über das offene Land zu reiten, und als Adam ihr genau diesen Vorschlag unterbreitete, klagte sie: »Nichts würde ich lieber tun, Adam, und natürlich möchte ich Wheat reiten, aber nach meinem Fluchtversuch hat Jeffrey mir die Stute weggenommen.«

Zorn blitzte in Adams Augen auf. »Du wirst dein Pferd zurückbekommen, Liebling, das verspreche ich dir.«

An diesem Tag bat Adam den Vater Tanyas um ein Gespräch unter vier Augen. »Wie ich gehört habe, hat Leutnant Young Tanyas Pferd konfisziert, Edward?«

Edward blickte überrascht auf. »Ja, ich glaube schon. Ich hatte gar nicht mehr daran gedacht. Damals habe ich nichts dazu gesagt. Es schien der einzige Weg, Tanya daran zu hindern, nochmals zu fliehen.«

»Sie hätte das Pferd gern zurück«, erklärte Adam.

Edward runzelte die Brauen. »Ich weiß nicht, ob das eine gute Idee ist, Adam.«

»Sie wollen sagen, Sie trauen Tanya nicht und fürchten, daß sie es noch einmal versucht?«

Edward hob unsicher die Schultern. »Ich dachte, Sie wären da mit mir einer Meinung, Adam. Sie sind doch an meiner Tochter interessiert. Ist es dann nicht in Ihrem Sinn, wenn wir sie daran hindern, zu ihrem indianischen Ehemann zurückzukehren?«

Adam lächelte. »Ich glaube, das ist ausgeschlossen. Aber wie auch immer: Wenn wir Tanya nur mit Gewalt hier festhalten könnten, wäre das nicht gerade schmeichelhaft für uns, nicht? Ich würde gern mit Tanya ausreiten, und da Sie Tanyas Vater sind, können Sie Jeffrey bitten, ihr das Pferd zurückzugeben.«

»Sie scheinen sich ihrer Sache sehr sicher zu sein«, stellte Edward fest und blickte Adam nachdenklich an. »Mir gefällt der Gedanke nicht, daß Tanya wieder verschwinden könnte, jetzt, wo sie sich gerade an unser Leben gewöhnt.«

»Vertrauen Sie mir, Edward – und vertrauen Sie Tanya.«

Edward seufzte. »Okay, Adam. Ich werde heute nachmittag mit Jeffrey sprechen. Ich wünschte, ich hätte soviel Zuversicht wie Sie.«

Edward hielt sein Wort und redete mit Jeffrey, teilte beim Abendessen Tanya und Adam aber mit, daß seine Intervention erfolglos verlaufen sei. »Dieser junge Schnösel hat sich geweigert, das Pferd rauszurücken!« brüllte er.« Er hat mir irgendein Ammenmärchen aufgetischt. Das Pferd gehört angeblich inzwischen der Armee, Teil der Siegesbeute nach dem Überfall am Washita!«

»Das ist eine Lüge!« rief Tanya. »General Custer hat mir die Wahl gelassen, welches Pferd ich nehmen will, bevor sie alle anderen Pferde erschossen haben. Melissa hat ihnen erklärt, daß Wheat mir gehört, und es gab keine Einwände. Jeder wußte, daß Wheat mein Pferd ist.«

»Beruhigen Sie sich, Tanya«, sagte Adam. »Ich bringe Ihnen Ihr Pferd zurück. Gleich nach dem Abendessen kümmere ich mich darum. Jeffrey Young wird sich wundern.«

An seinem ruhigen Tonfall erkannte Tanya, wie wütend er innerlich sein mußte. »Ich komme mit Ihnen, Adam«, erklärte sie.

Adam grinste. »Sie hören sich richtig besorgt an. Befürchten Sie, ich könnte ihm etwas zuleide tun?«

»Nein, werter Herr«, versicherte Tanya ihm mit einem unschuldigen Blick ihrer großen Augen, der ihn nicht täuschte.

»Meine Angst ist, daß sie ihn *umbringen*. Und wenn Sie erst mal am Galgen hängen, was können Sie mir dann noch nützen?«

Adam hielt seinen Einspänner vor dem Pferch der Kavallerie nahe dem Hauptquartier in Pueblo an. Ein richtiges Fort existierte in Pueblo nicht, doch die Armee hielt einen Posten in der Stadt zum Schutz der Einwohner aufrecht. Neben dem Pferch befand sich ein Stall und ein kleines Bürogebäude. Auf dieses Büro steuerte Adam entschlossen zu. Tanya hielt sich an seiner Seite.

Hinter dem Schreibtisch saß ein junger Soldat ohne Dienstgrad. Zu ihrem Entsetzen erkannte Tanya in ihm einen der jungen Männer wieder, die Jeffrey begleitet hatten, als er ihre Flucht verhinderte.

Der junge Mann war offensichtlich überrascht, daß sie hier auftauchte. Er sprang hoch und stieß in der Eile beinahe seinen Stuhl um. »Oh, Miss Martin! Suchen Sie den Leutnant?«

»Nicht direkt. Ich bin gekommen, weil ich mein Pferd zurückhaben will«, antwortete Tanya ohne Umschweife. »Würden Sie mir bitte die Stute bringen? Ich habe sie draußen im Pferch gesehen.«

Der junge Mann wurde rot und platzte heraus: »Nein, Ma'am, das kann ich nicht. Leutnant Young hat es verboten.«

An dieser Stelle mischte sich Adam ein. »Hören Sie, die Stute ist Eigentum von Miss Martin. Ihr Vater ist mit der Herausgabe einverstanden. Es gibt keinerlei Grund, ihr das Pferd zu verweigern.«

»Bedaure, Sir«, machte sich der Soldat wichtig, »aber Leutnant Young würde mir die Haut abziehen, wenn ich das Pferd entgegen seiner Anordnung herausgebe.«

Kaum hatte er zu Ende gesprochen, flog die Tür auf. Im Türrahmen stand Jeffrey. »Gibt es Probleme?« fragte er seinen Untergebenen, als wüßte er nicht genau Bescheid. Seine kalten blauen Augen streiften Adam, ohne auf ihm zu verweilen, und wanderten dann zu Tanya.

»Ich möchte mein Pferd wiederhaben, Jeffrey«, erklärte sie geradeheraus. Ihr Tonfall zeigte, wie ernst es ihr war.

Jeffrey lächelte verkniffen und schüttelte den Kopf. »Nein, Liebling, das ist völlig unmöglich. Ich habe deinem Vater schon gesagt, daß das Pferd jetzt Eigentum der Armee ist.« Er sprach mit ihr wie mit einem kleinen Kind oder einer Schwachsinnigen.

Tanya starrte ihn an. »Das ist Unsinn, Jeffrey, und Sie wissen es ganz genau. Wheat ist seit Jahren *mein* Pferd, und General Custer hat die Stute mir überlassen. Außerdem – haben Sie die Pferde der Cheyenne nicht deshalb niedergeschossen, weil ein von Indianern trainiertes Pferd für die Armee völlig unbrauchbar ist?«

Jeffrey lachte einmal kurz und böse auf. »Nein, Tanya. Nun steht Ihr Wort gegen meines.«

»Nicht ganz«, unterbrach ihn Adam scharf. »Sehen Sie, Young«, fuhr er fort, und seine dunklen Augen durchbohrten Jeffrey, »Melissa war dabei, als Häuptling Panther Tanya das Pferd schenkte. Sie war auch dabei, als General Custer Tanya erlaubt hat, ihr Pferd zu behalten. Außerdem habe ich bereits mit Justin Kerr gesprochen, der bereit ist, Tanya in dieser Angelegenheit als Anwalt zu vertreten. Falls erforderlich, werden wir den Sheriff hinzuziehen.« Adam hob eine Augenbraue, als er den letzten Pfeil abschoß. »Pferdediebstahl wird hier nicht gern gesehen, Young. Und Pferdediebe werden manchmal schon aufgehängt, bevor ein Verfahren in die Wege geleitet ist.«

Jeffrey verfärbte sich, versuchte aber, sein Terrain zu verteidigen. »Der Sheriff hat in Angelegenheiten des Militärs nichts zu suchen, Mr. Savage«, schnauzte er Adam an.

»Das können Sie St. Petrus erklären, wenn die ganze Stadt erst einmal weiß, daß Sie ein gemeiner Pferdedieb sind.«

»Wollen Sie mir drohen?« rief Jeffrey.

Adam überhörte seine Frage und wandte sich an Tanya. »Geh, hol dein Pferd, Tanya.«

Tanya ging auf die Tür zu. Jeffrey wollte sich ihr in den Weg stellen, aber schon stand Adam vor ihm. Der junge Soldat hockte immer noch an seinem Schreibtisch, schwankend, was er tun sollte.

»Vergiß den Sattel und das Zaumzeug nicht!« rief Adam Tanya hinterher, die in der Dunkelheit verschwand. Mit seinem Blick nagelte er Jeffrey fest, der vor Zorn glühte.

»Haben Sie noch irgend etwas zu sagen, Leutnant?« fragte Adam.

Jeffrey blickte seinen Gegner an, seine blauen Augen blitzten vor Wut. »Sie spielen sich in letzter Zeit mächtig auf, Savage. Vielleicht sollten Sie Ihre Nase besser nicht in anderer Leute Angelegenheiten stecken«, schnarrte er.

Adam erwiderte den Blick drohend. »Alles, was Miss Martin betrifft, betrifft auch mich, Young. Vergessen Sie das nicht!«

Von draußen rief Tanya: »Ich bin soweit, Adam.«

»Die Dame hat mich gerufen«, sagte Adam mit einem gemeinen Grinsen. Jeffrey war vor Wut fassungslos und wandte sich ab.

»Ein andermal, Savage«, hörte Adam ihn knurren.

»Jederzeit, wann immer sie wollen!« rief Adam ihm über die Schulter zu.

Wenige Minuten später hörte man durch die geöffnete Tür das Trappeln der Pferde. Der Einspänner fuhr weg. »Eines Tages werde ich dir die Knochen brechen, Adam Savage«, murmelte Jeffrey vor sich hin. »Das verspreche ich dir!« Die Fäuste in die Hüften gestemmt, stapfte er aus dem kleinen Büro und ließ den verwirrten, erleichtert seufzenden Soldaten zurück.

Jetzt, da Tanya ihr Pferd wieder zur Verfügung hatte, verbrachte sie mit Adam viel Zeit beim Reiten oder in dem Einspänner. Sie fuhren auf den Waldwegen, galoppierten über die Felder, und wenn auch ihre Mutter darüber entsetzt war, ritt Tanya nie im Damensitz. Statt dessen trug sie einen in der Mitte geschlitzten, zum Reiten geeigneten Rock und saß rittlings auf Wheat. Inzwischen fingen auch ein paar Töchter der Rancher an, in diesem Stil zu reiten. Andererseits fuhr sie dann mit Melissa und Julie in dem Einspänner spazieren, in Rüschen und Schleifen gehüllt, ganz Dame.

Daß sie ihr Pferd wieder hatte, blieb nicht ohne Auswirkungen. Gespannt beobachteten ihre Eltern, ob sie die Chance ergreifen und wieder fliehen würde. Aber nicht nur das. Tanya merkte auch, daß sie nun wieder unter der intensivem Überwachung von Jeffrey stand, und vertraute sich Adam an.

»Ja, das habe ich auch entdeckt«, bestätigte er verbittert.

Tanya seufzte. »Ich fühle mich wie ein Käfer in einer Flasche!« beschwerte sie sich. »Jedesmal, wenn ich das Haus verlasse, spüre ich bohrende Blicke in meinem Rücken. Gestern abend bin ich zum Stall gegangen und beinahe mit einem von Jeffreys Soldaten zusammengestoßen.« Sie blickte Adam fragend an. »Das könnte unser Liebesleben ganz schön beeinträchtigen.«

Adam lächelte. »Wir werden schon eine Gelegenheit finden, keine Sorge. Jede Cheyenne-Frau, die etwas taugt, weiß, wie man ein paar dumme Soldaten abhängt.«

»Ich weiß, ich hatte einen hervorragenden Lehrer, aber dein maßloses Selbstvertrauen geht mir auf die Nerven, Adam«, schmollte sie.

Adam lachte über ihre beleidigte Miene. »Ich kenne dich zu gut, Liebes.« Er spielte mit ihrer Unterlippe. »Du kannst eine wunderbare Schnute ziehen, Tanya«, sagte er, als sie bei seiner Berührung zitterte. »Eine Einladung, der kaum ein Mann widerstehen kann.«

Es gelang Tanya tatsächlich immer wieder, sich unbemerkt fortzustehlen, um Adam zu treffen. Dennoch beeinträchtigte die erhöhte Spannung und die Angst, entdeckt zu werden, ihr Liebesleben. Zwar erhöhte der Reiz des Verbotenen ihre Leidenschaft, aber sie fühlten sich zur Eile angetrieben und liebten sich oft, ohne sich ein Vorspiel zu gönnen. Tanya sehnte sich danach, wieder eine ganze Nacht mit Adam teilen zu können, Zeit zu haben, sich zu streicheln und zu erregen, das Tempo ihrer Erregung ihren Bedürfnissen anzupassen.

Tanya beklagte sich darüber bei Adam und bot ihm eine Alternative an. »Wenn ich heimlich aus dem Haus komme, gelangst du wahrscheinlich genauso leicht heimlich hinein. Ehrlich, Adam, die schnelle Liebe auf dem feuchten, kalten Grasboden ist nicht so ganz nach meinem Geschmack. Es wäre viel schöner, auf der weichen Matratze zu liegen, unter der Daunendecke.« Ihre Augen schimmerten bei der Vorstellung.

Adam blickte sie mißbilligend an. »Erwartest du etwa, daß ich mich heimlich in dein Zimmer schleiche und sozusagen unter den Augen deines Vaters mit dir schlafe?«

»Warum nicht?« sagte Tanya. »Schließlich bist du mein Ehemann.«

Adams Lachen erschütterte ihr Trommelfell. »Es gibt einen Grund, kleine Wildkatze. Du bist einfach zu laut, wenn du erregt bist. Du kreischt wie eine rollige Katze, wieherst lauter als deine Stute und schreist wie eine Eule.«

Tanya spielte die Entsetzte und stieß ihm den Finger in die Brust. »Darf ich darauf hinweisen, daß ich das nicht alleine bin, Mr. Savage? Die Geräusche, die ich von mir gebe, sind nichts gegen deine. Du röhrst wie ein brünftiger Hirsch, ächzt wie ein gefällter Baum, und manchmal heulst du auf wie ein Coyote!«

»So ist es, Frau!« Adam prustete vor Lachen. »Außerdem möchte ich wetten, daß deine Bettfedern entsetzlich quietschen. Wie sollen wir bei all dem Lärm unentdeckt bleiben? Dein Vater käme wahrscheinlich mit seinem Gewehr ins Zimmer gestürmt, ehe wir uns versehen.«

Tanyas Augen glänzten vor Vergnügen, und Adam konnte sehen, wie es in ihrem Kopf fieberhaft arbeitete. »Was geht in dir vor?« wollte er wissen.

»Nun«, sagte sie mit spitzbübischer Freude, »du wolltest doch eine kurze Verlobung. So etwas würde die Sache erheblich beschleunigen und Jeffrey endgültig aus dem Rennen werfen.«

»Eine kurze Verlobungszeit, ja, aber keine *gefährliche*«, korrigierte Adam sie kopfschüttelnd. »Ich möchte weder deinem noch meinem Ruf Schaden zufügen. Und ich will ganz gewiß deine Familie nicht beleidigen, ganz zu schweigen davon, was meine Mutter dann durchmachen müßte. Ich würde euch gerne miteinander bekanntmachen, bevor die ganze Öffentlichkeit von unserer Verbindung weiß.«

»Wahrscheinlich hast du recht«, gab Tanya widerstrebend zu. Sie seufzte. »Es war trotzdem ein aufregender Gedanke.«

Adam grinste. Die weißen Zähne blitzten in seinem Gesicht. »Absolut!« sagte er. »Ich sehe schon die Schlagzeile im *Herald's* vor mir. RÄUBERHOCHZEIT IN DER DUNKELHEIT. Und dann die Story: ›Eine überraschende Hochzeit gab es gestern Nacht im Hause Martin. Die vereinten Streitkräfte der Familie traten in voller Bewaffnung an. Die überstürzte Hochzeit wurde gefeiert, nachdem man Mr. Adam Savage (den Bräutigam) und Miss Tanya Martin (die Braut) in flagranti in intimer Umarmung unter der zerwühlten Bettdecke der letzteren erwischt hatte.‹«

Tanya konnte sich vor Lachen nicht mehr halten. Adam fuhr fort: »›Die übereilte Zeremonie gestaltete sich gleichwohl festlich. Mr. Savage, geblendet von der Schönheit seiner Braut und festgehalten von deren Onkel George, stand neben Richter Kerr. Die Schwester der Braut führte dieselbe in Morgenrock und Pantoffeln die Treppe hinunter. Die Mutter der Braut, im Nachtgewand und mit Lockenwicklern im Haar, gähnte königlich, während Elizabeth Martin, Tante der Braut, den Hochzeitsmarsch spielte, das Gesicht glänzend von Dr. Daniels Gesichtscreme (verhindert garantiert Alters- und Augenfalten.)‹«

Inzwischen heulte Tanya vor Lachen. Sie hatte das Gesicht an Adams Brust vergraben, damit man sie nicht überall hörte. Auch Adam mußte sein Lachen unterdrücken, als er fortfuhr: »›Edward Martin führte die Braut. Unter den langen, fließenden Ärmeln seines Nachthemdes waren die Handschellen kaum zu sehen. Miss Martins Gesicht glühte – wie das der meisten Bräute – in einem kräftigen Rosé, das perfekt zu ihrem hauchdünnen Negligé paßte. Als Brautstrauß trug sie einen Staubwedel im Arm.

Miss Melissa Anderson, Brautjunger und Trauzeugin, mußte mehrfach wachgerüttelt werden, damit die Zeremonie ordnungsgemäß vollzogen werden konnte, doch sie schien sich wenig darum zu kümmern. Jung-Jeremy, offizieller Ringträger, wurde dabei beobachtet, wie er sich zweimal die Unterhose hochzog. Richter Kerr, aus tiefem Schlaf geholt und noch in seiner Nachtmütze, begann sehr langsam zu lesen. Ob das an seiner fehlenden Brille lag oder daran, daß das Buch, aus dem er die Trauungsformel vorlas, auf dem Kopf stand, weiß niemand so genau. Auf jeden Fall produzierte er ein ziemliches Kauderwelsch, bis er endlich den Faden gefunden hatte. Zu erwähnen ist noch, daß dem Bräutigam außer der Unterwäsche, den Schuhen und den Strümpfen nichts fehlte.‹«

»Stop, Adam – o Gott – bitte, hör auf«, prustete Tanya und hielt sich die schmerzenden Rippen.

»Willst du denn nicht hören, wie es ausgegangen ist?« neckte er sie. »›Der Bräutigam streifte der Braut anstelle des Trauringes einen glänzenden Messingring über den Finger. Am Ende der Zeremonie zog die Braut, mit Hilfe ihres Vaters, dem Bräutigam einen entsprechenden Ring durch die Nase. Sämtliche Gardinenringe im Wohnzimmer werden seither bis auf einen vermißt. Anschließend wurde für diejenigen, die noch wach waren, Kaffee und Kakao serviert. Die Söhne von Miss Martin schliefen während der gesamten Feier. Auf sie wartet heute morgen eine schöne Überraschung. Da die Flitterwochen bereits vor der Trauung stattgefunden hatten, fiel die Hochzeitsreise ins Wasser. Wir wünschen dem frischgetrauten Paar wie auch dem eventuellen Nachwuchs, der sich innerhalb der angemessenen Frist von neun Monaten nach der Trauung anmelden wird, alles Gute.‹«

Tanya hatte Tränen gelacht, die nun, als sie sich gegen Adam lehnte, seinen Hals hinabrannen. »Du Verrückter!« stieß sie hervor. »Willst du, daß ich tot umfalle? Noch nie im Leben habe ich so viel gelacht!«

»Das Lachen würde dir vergehen, wenn die Sache sich genauso abspielen würde, und mir auch«, sagte Adam ernst.

Tanya nickte und wischte sich die Tränen weg. »Mit anderen Worten, edler Ritter, Sie weigern sich also, zu mir ins Bett zu steigen?«

Adam beugte sich zu ihr herab und küßte ihr eine Träne von der Wimper. »Fürs erste, ja«, antwortete er sanft. »Aber nicht mehr lange, Tanya. Ich möchte dich bald zu der Ranch meiner Mutter mitnehmen. Vielleicht haben wir da mehr Zeit für uns und unseren Seelenfrieden – und mehr Abgeschiedenheit.«

Tanya biß sich plötzlich auf die Unterlippe und bekam Angst. »Weiß deine Mutter denn über uns Bescheid – richtig Bescheid?« fragte sie.

»Ja«, gestand Adam. »Sie ist außer Melissa die einzige, die die Wahrheit kennt. Wer könnte uns besser verstehen als sie? Schließlich hat sie selber bei den Cheyenne gelebt, hat genau wie du einen Cheyenne-Häuptling geliebt und ihm einen Sohn geboren. Sie weiß, was du durchgemacht hast und was du fühlst.«

Tanya blickte ihn fragend an. »Versteht sie es wirklich?«

»Ganz bestimmt. Sie brennt darauf, die Frau kennenzulernen, die das Herz ihres Sohnes erobert hat. Sie liebt dich jetzt schon und möchte endlich ihre Enkelkinder in den Arm nehmen.«

Am nächsten Tag begleitete Adam Tanya, Julie und ihre Mutter zu einem Einkaufsbummel. Der Tag verlief fröhlich und erfreulich. Krönender Abschluß war ein Besuch in Edwards Geschäft, wo sie sich die neueste Damenkollektion ansahen.

Als sie das Geschäft wieder verließen, entdeckte Tanya Suellen und die Frau des Pastors, Mrs. Wright, auf der anderen Straßenseite. Die beiden starrten sie intensiv an. Einen Moment lang wurde Tanya starr vor Schreck. Das Herz klopfte ihr bis zum Hals. Als sie sich wieder erholt hatte, sah sie, daß Suellen sich der kleinen Gruppe näherte.

Tanya stieß ihren Ellbogen in Adams Rippen und griff nach den Päckchen, die er gerade im Einspänner verstauen wollte.

»Uff«, sagte er überrascht, doch Tanya rief ihm schon zu: »Adam, hast du deine Abredung mit Justin vergessen? Du bist doch gerade in der Nähe. Warum gehst du ihn nicht von hier aus besuchen und kommst zum Abendessen wieder zurück?«

Er sah, wie bleich sie war, sah ihre aufgerissenen Augen und war sofort gewarnt. Sein Blick suchte die Gegend ab und entdeckte die Quelle von Tanyas Aufregung.

»Du hast ganz recht, Liebling«, stimmte er ihr zu. »Danke, daß du mich daran erinnert hast. Wenn ich mich beeile, erwische ich ihn noch.« Er küßte sie leicht auf die Wange und eilte, um sich Suellens scharfem Blick zu entziehen, mit langen Schritten auf Justins Büro zu.

»Welch ein Glück, daß du ihn erinnert hast«, stellte Sarah besorgt fest und nahm Tanya die Päckchen wieder aus der Hand. »Was hat er denn mit Justin zu erledigen?«

»Irgend etwas wegen der Ranch, glaube ich«, log Tanya.

»Mutter, hast du gehört, daß Adam Tanya gerade ›Liebling‹ genannt hat?« rief Julie fassungslos.

Sarah hob überrascht den Kopf. »O Gott!« Ein zufriedenes Lächeln umspielte ihre Lippen. »Hat er das wirklich gesagt?«

Im selben Moment tauchten Suellen und Mrs. Wright neben

dem Einspänner auf. »Hallo, Sarah, Liebe«, flötete Mrs. Wright mit ihrer hohen Stimme. »Wie schön, Sie zu treffen. Ist das Ihre Tochter, von der man soviel gehört hat?«

Sarahs Miene verfinsterte sich ein wenig, doch sie antwortete höflich: »Natürlich. Tanya, darf ich dich mit Ruth, der Frau von Reverend Wright, bekanntmachen?«

Tanya nickte ehrerbietig, sagte aber nichts.

»Tanya, wir haben dich noch nicht in der Kirche gesehen«, bemerkte Suellen beiläufig, doch die Gehässigkeit in ihrer Stimme war nicht zu überhören.

»Wie aufmerksam du beobachtest, Suellen. Dir gelingt es also tatsächlich, der Predigt zuzuhören und gleichzeitig die Anwesenden zu zählen?« Tanyas Stimme war, trotz der scharfen Worte, honigsüß.

Julie unterdrückte ein Lachen, als Mrs. Wright tadelnd »Aber, aber, Mädchen!« sagte. Dann wandte sie sich wieder an Sarah. »Wer war dieser gutaussehende Mann, der Ihnen gerade beim Einladen geholfen hat? Ich würde ihn zu gerne kennenlernen!« Ihr kleiner runder Körper bebte vor Neugier.

»Oh!« winkte Sarah ab, während Tanya ihr im stillen applaudierte. »Das war nur Adam Savage.«

»Adam wer?« hakte Suellen nach.

»Adam Savage, Tanyas neuer Verehrer«, fügte Julie hinzu, als handle es sich um eine ganz unwichtige Information.

»Rachel Savages Sohn?« fragte Mrs. Wright.

»Genau«, bestätigte Julie.

»Herrje!« jammerte Ruth. »Ich hätte ihn so gerne kennengelernt, auch wenn er vermutlich Katholik ist wie seine Mutter«, fügte sie hinzu.

»Das ist anzunehmen. Aber was macht das schon für einen Unterschied?« hielt Sarah ihr entgegen.

»Nun, es wird sich nicht jeder daran stoßen, vor allem wenn man bedenkt, wie reich die Savages sind«, sagte Mrs. Wright.

Tanya bemerkte, daß Suellen grün vor Neid wurde. Nicht nur, daß Tanya den bösartigen Klatsch überlebt hatte, sie wurde auch noch von einem gutaussehenden, wohlhabenden Rancher umworben.

»Schmachtest du nicht mehr nach deinem lieben, lang vermißten Ehemann, Tanya?« fragte Suellen hinterhältig.

Tanya blickte ihr gerade ins Gesicht. »Im Moment nicht, Suellen. Aber wie einfühlsam von dir, dir darüber Gedanken zu machen.«

»Du bist aber ganz schön unbeständig, findest du nicht? Was soll dein indianischer Liebhaber denn davon halten, frage ich mich, falls er überhaupt noch mal auftaucht?«

»Das kannst du ruhig meine Sorge sein lassen. Vielleicht konzentrierst du dein überanstrengtes Gehirn lieber auf deine eigenen Probleme?« schlug Tanya in einem Tonfall vor, dessen Freundlichkeit in starkem Kontrast zu ihrem Wunsch stand, dem Rotschopf den Hals umzudrehen.

»Da wir schon vom Warten auf jemanden reden«, mischte sich Sarah ein, »wann erwartest du denn deine Eltern, Suellen?«

»Das wird noch ein paar Monate dauern. Man kann sie erst benachrichtigen, wenn der Schnee auf den Bergpässen geschmolzen ist. Sie wissen dann, daß ich bei Reverend Wright und seiner Frau gut aufgehoben bin und werden kommen, sobald sie können. Ich kann es kaum erwarten, den Staub von Colorado für immer von meinen Füßen zu schütteln«, erklärte sie.

»Wir auch nicht«, murmelte Tanya vor sich hin.

»Wie nimmt eigentlich Leutnant Young die Tatsache hin, daß du zu einem anderen übergelaufen bist?« fragte Suellen.

»Er wird es überleben, da bin ich sicher«, versicherte ihr Julie mit unbewegtem Blick.

Doch Suellen gab nicht auf. »Und wie gefallen deinem neuen Verehrer die Kinder – oder weiß er noch gar nichts von ihnen?«

»Da muß ich dich *leider* enttäuschen, Suellen«, gurrte Tanya. »Adam ist vernarrt in die Kleinen.«

Suellen, die enttäuscht feststellen mußte, daß sie nicht weiterkam, sah aus, als hätte sich eine Gewitterwolke über ihrem Kopf zusammengebraut. »Ich bin immer wieder erstaunt, wie manche Menschen vom Schicksal belohnt werden, obwohl sie es nicht verdient haben«, murmelte sie.

»Wie wahr«, meinte Tanya und blickte Suellen ins wütende

Gesicht. »Und viele Leute werden mit dem, was auf sie zukommt, einfach nicht fertig, nicht?«

»Amen«, sagte Mrs. Wright, der die Bedeutung von Tanyas Worten glücklicherweise entgangen war. »Es war nett, ein bißchen mit Ihnen zu plaudern, aber Suellen und ich haben noch im Wohltätigkeitsverein zu tun.«

Tanya kletterte auf den Einspänner und nahm die Zügel in die Hand. »Das wäre ja mal etwas ganz Neues, Suellen. Zumindest hält es dich von der Straße fern«, sagte sie, ließ die Zügel schnellen, hob eine Hand zum Abschied und fuhr davon.

20

»Tanya ist hinten im Wohnzimmer«, sagte Melissa. Tanya war gerade dabei, ihren jüngsten Sohn zu stillen. Einen Moment lang erschrak sie und griff nach der kleinen Decke, um ihre entblößte Schulter und Brust zu bedecken, doch als sie Adams tiefe Stimme hörte, entspannte sie sich wieder.

Adam blieb im Türrahmen stehen und betrachtete das Bild, das sich ihm bot. Tanya saß voll Stolz da und strahlte ihn an, während sie den dunklen Kopf des Babys an ihrer Brust hielt. Ihre Lippen öffneten sich zu einem leichten Lächeln, das ihre schimmernden Zähne blitzen ließ. Sie und Adam genossen diesen intimen, kostbaren Augenblick nun zum ersten Mal seit sechs Monaten. Keiner von beiden sagte etwas, aber in ihren Augen war zu lesen, was sie fühlten.

Adams Blicke liebkosten Tanyas Gesicht, ihre Brust, den kleinen Sohn, der zufrieden saugte, und kehrten dann zu Tanyas Augen zurück, die ihn innig anblickten. Ohne falsche Bescheidenheit akzeptierte sie seinen begehrlichen Blick, die unausgesprochene Huldigung, den stillschweigenden Ausdruck von Stolz und Liebe. Sie selbst sagte ihm mit ihren Augen, wie stolz sie darauf war, seine Frau und die Mutter seiner Kinder zu sein.

Adam ging zu ihr und setzte sich neben sie auf das Sofa. Seine Hand zitterte leicht und verriet die Tiefe seiner Gefühle. Er strich ihr erst über das Haar, dann über die Schulter und berührte leicht ihre Brust, bevor seine Hand auf dem flaumigen Kopf seines Sohnes liegenblieb.

Lange Minuten saßen sie so da, eingehüllt in ihre Liebe. Über den Kopf des Kleinen hinweg sahen sie sich zärtlich an, bis sich Adams Mund langsam dem ihren näherte. Fast ehrfürchtig berührten sich ihre Lippen, als fürchteten sie, den Zauber, der sie bannte, zu brechen. Dann lehnte sich Tanya an Adam, ihre Lippen öffneten sich, und der Kuß wurde tiefer, leidenschaftlicher. Adam ergriff von ihrem Mund Besitz, und seine Zunge erforschte all ihre verborgenen Geheimnisse.

Schließlich zog er sich zurück und blickte Tanya tief in die leidenschaftlich glänzenden Augen. »Ich kenne keine Frau, die so ist wie du«, flüsterte er. »Du bist meine Sonne, mein Mond und sämtliche Sterne. Du bist meine ganze Welt, meine ganze Existenz, mein Leben.«

Tanyas Liebe leuchtete aus ihren Augen. »O Adam. Das kann ich nur sein, weil du mich dazu machst. Ich bin für dich geschaffen – und ich lebe nur, um dich zu lieben und von dir geliebt zu werden.«

Als aus einem anderen Teil des Hauses Stimmen zu ihnen drangen, nahm Adam wieder respektvollen Abstand von Tanya, blieb aber auf dem Sofa sitzen. »Du hast mir noch nicht erzählt, wie das Zusammentreffen mit Suellen ausgegangen ist«, wollte er wissen.

Tanya schnaubte wütend. »Sie war wie immer – gehässig. Und die Frau des Pastors ist einer der neugierigsten, aufdringlichsten Menschen, die ich in letzter Zeit getroffen habe.«

»Ja, das habe ich auch schon gehört. Welch ein Glück, daß du sie rechtzeitig entdeckt hast und daß ich mich davonmachen konnte, obwohl es mir gar nicht gefallen hat, dich in der Patsche sitzenzulassen.

»Es war höchste Zeit, daß du verschwunden bist«, sagte Tanya schaudernd. »Wenn ich mir vorstelle, Suellen hätte dich erkannt…!«

»Sie ist sicher nicht mehr lange hier, hoffe ich wenigstens«, tröstete sie Adam. »Dann brauchen wir uns auch keine Sorgen mehr zu machen, daß wir ihr unerwartet begegnen.«

»Leider bleibt sie noch ein paar Monate hier«, informierte ihn Tanya düster.« Gott sei Dank verkehren Reverend Wright und seine Frau nicht in denselben gesellschaftlichen Kreisen wie wir. Sie tun sich mehr mit den Frommen ihrer Konfession zusammen. Von denen, die trinken oder rauchen oder schick angezogen zu einer Party gehen, halten sie nichts, ganz zu schweigen von Leuten, die gerne tanzen oder Karten spielen.«

Adams dunkle Augen funkelten. »Welch ein Glück für uns«, lachte er, »dann werden wir Suellen sicher selten irgendwo treffen.«

»Bestimmt, aber ich glaube nicht, daß das Suellen gefällt. Sie war es damals im Osten gewohnt, überall mitzumischen. Ihr Vater ist nämlich ein berühmter Anwalt, und ich wette, daß sie überall lieber wäre als bei diesen Puritanern. Wie ich gehört habe, führt dieser prüde Pastor zu Hause ein strenges Regiment.«

Adam zog amüsiert die Augenbrauen hoch. »Tut dir Suellen etwa leid?« wollte er wissen.

»Kein bißchen!« versicherte ihm Tanya lächelnd.

In diesem Augenblick kam Sarah ins Wohnzimmer und blickte besorgt um sich. »Tanya, hast du eine Ahnung, wo ich meine Schere gelassen habe? Ich kann sie nirgendwo finden – ach, du lieber Himmel!« Sarahs Augen weiteten sich erschrocken, und der Mund blieb ihr offen stehen, als sie sah, daß ihre Tochter Zeichen des Bogenschützen vor Adams Augen stillte.

Elizabeth, die gerade vorbeikam, steckte ihren Kopf durch die Tür. »Was ist denn los, Sarah?«

Sarah brachte kein Wort heraus und zeigte nur entsetzt auf Tanya.

Elizabeths Augen wanderten von Sarah zu Tanya, die in aller Gelassenheit weiter ihren Sohn stillte, und von da aus zu Adam, der von der ganzen Szene völlig unbeeindruckt zu sein schien.

Nur mit großer Mühe fand Sarah ihre Sprache wieder. »Tanya Martin – weißt du nicht, was sich schickt? Wie kannst du einfach dasitzen und dich dermaßen zur Schau stellen? Wenn es dir selbst schon egal ist, dann denk wenigstens an Adam. Offensichtlich ist er zu höflich, um dir zu sagen, daß du ihn in Verlegenheit bringst.«

»Ach Quatsch!« sprudelte Elizabeth hervor, die heftig lachen mußte. Sarah blickte sie fassungslos an. »Adam ist auf einer Ranch großgeworden, Sarah. Er hat ständig miterlebt, wie die Tiere Junge kriegen und sie nähren. Der Anblick ist doch nichts Neues für ihn.«

»Ja, aber…«, begann Sarah.

»Nichts aber«, unterbrach sie Elizabeth zur großen Freude von Tanya und Adam. »Stillen ist ein natürlicher Vorgang und nichts, worüber es sich aufzuregen lohnt. Ich glaube nicht, daß Adam geschockt ist. Außerdem hat er in seinem Alter bestimmt nicht zum ersten Mal eine nackte Frau gesehen. Wenn nicht, dann stimmt irgend etwas nicht mit ihm.«

Adam und Tanya lachten schallend.

»Ich finde es nach wie vor taktlos.« Sarah maß alle drei mit einem tadelnden Blick.

»Und ich sage, es geht nur die beiden etwas an«, bemerkte Elizabeth scharf. »Schließlich sind sie erwachsen.«

Zweifel machte sich auf Sarahs Gesicht breit, als sie von Adam zu Tanya blickte.

»Es ist alles in Ordnung, Mrs. Martin«, versicherte Adam ruhig. »Es war mir nicht im geringsten peinlich. Wie Elizabeth schon gesagt hat – es ist eine natürliche Sache und eine schöne dazu. Das gehört nun mal zum Leben – eine stillende Mutter.«

»Sind Sie da ganz sicher?« fragte Sarah, deren Befürchtungen sich allmählich zerstreuten.

»Ja, ganz sicher, Mutter«, sagte nun auch Tanya. »Adam und ich haben keine Probleme miteinander.«

Was sie sonst noch sagen wollte, blieb ihr im Halse stecken, als sie Jeffreys wütende Stimme hinter der Tür hörte: »Ich finde sie schon selber, Miss Anderson!« Wenige Sekunden später stapfte er ins Wohnzimmer, gefolgt von einer verlegenen Melissa.

»Es tut mir leid, Tanya«, erklärte sie atemlos und wurde über und über rot, als sie die anderen im Zimmer versammelt sah.

Jeffrey blieb vor Staunen die Luft weg, als er das trauliche Bild von Tanya, Adam und dem Kleinen sah. »Guter Gott, Tanya, was geht denn hier vor?« rief er.

Tanya nahm die kleine Decke, die Adam ihr reichte, legte sie sich über die Schulter und schützte ihre Brüste vor Jeffreys Blicken. Sie starrte Jeffrey wütend an. »Das hier ist eine geschlossene Veranstaltung, Jeffrey! Haben Sie denn eine Eintrittskarte?«

»Ich finde das gar nicht zum Lachen, Tanya«, konterte er.

»Das ist es auch wirklich nicht«, sagte sie erregt. »Ebensowenig wie Ihr unangemeldetes Auftauchen hier. Hat Sie jemand eingeladen?«

»Ich wollte dich sehen«, sagte er knapp.

»Ich glaube, Sie haben schon mehr gesehen, als Sie sehen sollten«, meinte Adam kühl.

Jeffrey starrte Adam an. In seinen blauen Augen stand der nackte Haß. Sein Blick wanderte weiter zu Tanya, dann zu Sarah. »Mrs. Martin, ich bin sicher, daß Sie diese Zurschaustellung vor einem Fremden mißbilligen!«

Sarah hob das Kinn um einige Zentimeter. »Adam ist kein Fremder, Leutnant«, antwortete sie förmlich. »Außerdem ist am Anblick einer stillenden Mutter nichts Anstößiges.«

»Bravo!« flüsterte Elizabeth.

Jeffrey war entgeistert. »Ich glaube dennoch, daß man sich zu diesem Zweck zurückziehen sollte.«

»Nun, wir waren ja unter uns, bevor Sie hier eingedrungen sind«, wies Tanya ihn zurecht.

Jeffrey biß die Zähne zusammen. Dann stieß er hervor: »Tanya, ich möchte dich sprechen.«

»Dann sprechen Sie«, sagte Tanya.

»Nein, dich allein.«

»Das kommt nicht infrage.«

Jeffrey machte einen drohenden Schritt auf sie zu, und sofort stand Adam auf und stellte sich schützend vor Tanya. »Young, Sie überspannen den Bogen. Die Damen möchte nicht mit Ihnen reden. Versehen Sie das nicht?«

Jeffreys heller Teint färbte sich vor Wut blutrot. Er schüttelte die erhobenen Fäuste in Richtung Adam. »Wenn Sie mir noch einmal zu nahe treten, Adam Savage, dann vergesse ich eines Tages, daß ich ein Offizier und Gentleman bin.«

»Nun, dann erinnern Sie sich wenigstens jetzt daran und gehen Sie«, rief Elizabeth ihm zu. »Und das nächste Mal warten Sie, bis man Sie hereinbittet, anstatt einfach so hier einzudringen. Das ist mein Haus, und keine Baracke der Armee, Jeffrey Young!« Elizabeth stand vor ihm wie eine aufgeplusterte Henne. Ihr Blick war vernichtend.

Jeffrey murmelte einen Fluch, trollte sich und knallte die Haustür hinter sich zu.

»Dieser Mann wird immer mehr zum Problem«, verkündete Sarah düster, und niemand wagte, ihr zu widersprechen.

Nachdem Adam mit Tanyas Eltern gesprochen hatte, erhielt er die Erlaubnis, sie mit auf die Ranch zu nehmen und seiner Mutter vorzustellen. Natürlich sollte Julie sie begleiten, und das nicht nur zum Schein. Alle machten sich inzwischen Sorgen wegen Julies anhaltender Schwärmerei für Jeffrey und man beschloß, daß es ihr gut tun würde, ein paar Tage von ihm getrennt zu sein. Melissa äußerte den Wunsch, ebenfalls mitzukommen und auf Jäger und Zeichen des Bogenschützen aufzupassen; so war es kein Wunder, daß sich auch Justin zu einem Besuch im Hause Savage anmeldete.

»Bist du sicher, daß deine Mutter einverstanden ist?« fragte Tanya, als sie das letzte Gepäckstück auf dem Einspänner verstaut hatten. »Es sieht aus, als würde eine ganze Armee bei ihr einfallen.«

»Mutter ist so wild darauf, dich und die Kinder kennenzulernen – du könntest den Teufel persönlich mitbringen, und es wäre ihr recht«, versicherte Adam ihr.

Justin und Jeremy begleiteten Melissa und Julie im Wagen, Tanya zog es vor, auf Wheat zu reiten. In ihrem geschlitzten Reitrock, mit Zeichen des Bogenschützen im Tragegestell, ritt sie neben Adam her. Es war fast wie in alten Zeiten: sie mit dem Kleinen, und Adam, der Jäger vor sich sitzen hatte. Tanyas Augen glänzten vor Freude, als Wheat mit einem glücklichen

Wiehern zu Shadow aufschloß. Es war ein Augenblick vollkommenen Glücks.

Die Sonne ging eben hinter den glühenden Bergen unter, als sie vor dem Farmhaus im spanischen Stil hielten. Zwischen den länger werdenden Schatten fiel Tanyas Blick auf die angrenzenden Nebengebäude, Ställe und Scheunen, dann führte Adam die Gäste durch einen breiten Torweg in einen Hof und schließlich zum Vordereingang des Hauses.

Die Räder des Einspänners kamen knirschend zum Stehen, und schon öffnete sich die schwere Eichentür und eine große, schlanke, schwarzhaarige Frau erschien im Türrahmen. Einen Moment lang stand sie dort im Halbschatten, dann eilte sie rasch auf Adam zu, stellte sich auf die Zehenspitzen und küßte ihren Sohn leicht auf die Wange. Doch ihre Arme streckte sie Jäger entgegen.

»Wir haben euch erwartet«, sagte sie mit leichtem Akzent. Damit waren eigentlich alle Gäste gemeint, doch tatsächlich verschlang Rachel mit ihren Blicken den Jungen auf ihren Armen. Tränen schimmerten in ihren Augen, als sie ihn fest an ihr Herz drückte und ihre Wange gegen sein dunkles Haar preßte.

In der nächsten Minute schien sie sich wieder gefangen zu haben und wandte sich an ihre Gäste. »Willkommen«, sagte sie mit einem herzlichen Lächeln. *»Mi casa es su casa,* wie es bei uns heißt. Fühlt euch wie zuhause, mein Haus ist euer Haus. Kommt doch herein. Ihr müßt müde sein. Das Abendessen ist bald fertig.«

Sie ließ die Gäste eintreten. »José wird sich um das Gepäck und die Pferde kümmern.«

Sie traten in einen breiten, dunklen Flur, an den sich links ein großer, gemütlicher Raum anschloß. »Das ist die *sala,* das Hauptwohnzimmer«, erklärte sie. »Bitte, nehmt Platz. Juanita wird uns eine kleine Erfrischung bringen. Adam, mach dir und Justin doch einen Drink.«

Adam mußte über die Aufgeregtheit seiner Mutter, die sonst so souverän war, lächeln. *»Si, mamacita,* sagte er, »aber erst möchte ich euch einander vorstellen. Der junge Mann, den du mir so schnell aus den Armen gerissen hast, ist Jäger, und der kleine Kerl in dem Gestell heißt Zeichen des Bogenschützen.« Er zeigte auf das Baby in Tanyas Arm. »Diese schöne Frau ist die Dame, von der ich dir schon so viel erzählt habe, Miss Tanya Martin. Tanya, darf ich dich mit meiner Mutter bekanntmachen, Raquela Adama Maria de Valera Savage, oder Rachel, wie sie meist genannt wird.«

Tanya nickte höflich. »*Senora*, es ist mir eine Ehre, Sie kennenzulernen.«

Rachel blickte sie mit ihren großen schwarzen Augen prüfend an und lächelte. »Mir ist es eine Ehre, Sie in meinem Haus zu empfangen«, antwortete sie, doch was sie wirklich fühlte, als sie Tanya und Adam voll Wärme betrachtete, blieb unausgesprochen und war nur in ihren Augen zu lesen.

»Diese reizende junge Dame ist Tanyas Schwester, Julie«, fuhr Adam fort, »und die andere ist Miss Melissa Anderson, Tanyas beste Freundin.«

Rachel begrüßte die beiden mit einem freundlichen Kopfnicken.

»Justin kennst du schon, aber Jeremy ist noch relativ neu in Pueblo. Er ist der Neffe von Elizabeth Martin, der Sohn ihrer Schwester, und lebt jetzt bei den Martins. Ich habe versprochen, ihm hier das Reiten beizubringen.«

»Hallo, Jeremy«, begrüßte Rachel ihn. »Du möchtest also reiten lernen? Nun, einen besseren Lehrer als meinen Sohn könntest du dir nicht wünschen.«

»Gewiß, Ma'am«, antwortete Jeremy höflich.

Rachel mußte über sein feierliches Gesicht lachen. »Nenn mich ruhig Rachel. Ich bin sicher, daß wir gute Freunde werden. Nur für Fremde bin ich ›Ma'am‹, und für die Bediensteten *La Senora*.«

Sie klatschte in die Hände. »Nun, macht es euch bequem. Juanita wird gleich etwas zu trinken bringen. Wenn sich jemand die Hände waschen oder umziehen will – Adam wird euch die Zimmer zeigen.«

Zu Adam sagte sie: »Ich habe Tanya und den Kindern das Zimmer neben dir gegeben, es hat am meisten Platz. Melissa und Julie teilen sich das Zimmer neben mir, wenn sie einverstanden sind. Daneben, in dem kleinen Zimmer, schläft Justin, und Jeremy kann sich aussuchen, ob er hier oder lieber in der Baracke bei den Cowboys schlafen will.«

Jeremy strahlte übers ganze Gesicht. »Oh! Darf ich wirklich in der Baracke schlafen?«

»Natürlich, wenn du das möchtest«, antwortete Adam grinsend.

»Und wie ich das möchte! Toll!« Jeremy machte Luftsprünge vor Freude.

Tanya erlebte eine angenehme Überraschung, als sie ihr Zimmer besichtigte. Es war nicht nur geräumig und geschmackvoll eingerichtet, sondern verfügte auch über ein Feldbett für Jäger und ein Gitterbettchen für Zeichen des Bogenschützen – aber vor allem über eine Verbindungstür zu Adams Zimmer.

»Du siehst«, sagte Adam, und seine dunklen Augen blitzten, »Mutter hat nichts dagegen, sonst hätte sie dir nicht dieses Zimmer gegeben.«

Tanya blickte ihn erstaunt an. »Sie scheint wirklich viel Verständnis zu haben.«

Adam nickte, plötzlich wieder ernst. »Meine Mutter betrachtet uns als verheiratet, Tanya, so wie sie auch die Ehe mit meinem Vater stets als gültig und bindend betrachtet hat. Deshalb hat sie nie wieder geheiratet. An Gelegenheiten hat es ihr nicht gemangelt. Jetzt, da sie frei ist, erhört sie vielleicht irgendwann einen ihrer Bewerber.«

»Sie ist immer noch eine sehr schöne Frau«, stellte Tanya fest. »Kein Wunder, daß dein Vater sie geliebt hat.«

Adam sah sie lächelnd an. »Wir Cheyenne haben ein Auge für schöne Gefangene. Und wir wissen, wie man sie all unseren Gelüsten willfährig macht.«

Tanya warf kokett den Kopf zurück. »*Du* weißt es ganz bestimmt«, sagte sie, und ihr Lächeln ließ spätere Freuden ahnen. »Du kannst mich nachher daran erinnern, doch jetzt sollten wir besser zu den anderen gehen, bevor man uns vermißt.«

Beim Abendessen saß ein weiterer Fremder am Tisch, ein großer, gutaussehender junger Mann, der Adam mit einer brüderlichen Umarmung begrüßte. Er zeigte beim Lächeln strahlendweiße Zähne und sprach fließend Spanisch.

»*Como está,* Roberto?« fragte Adam. Bei der Vorstellung wurde klar, daß Roberto einer von Adams Vettern war. Er war vor ein paar Monaten von Santa Fe heraufgekommen, um Pueblo zu besuchen, und half jetzt Rachel auf der Ranch. Im Frühjahr, bei Adams Rückkehr, war er draußen gewesen, um das Vieh zusammenzutreiben. Nun sahen sich die beiden Vettern zum erstenmal seit Jahren wieder.

Roberto machte aus seiner Bewunderung für die weiblichen Gäste keinen Hehl. »Also, Adam, wirklich! Kaum bist du wieder zu Hause, hast du schon die schönsten Frauen aufgetrieben, die Pueblo zu bieten hat.«

Er beugte sich vor und küßte jeder Dame die Hand. »Lauter Schönheiten. Sicher ist eine davon für mich, Vetter!«

Adam lachte. »Das hängt ganz von der Dame ab, Roberto, aber die freie Auswahl hast du nicht mehr. Justin wird es dir übelnehmen, wenn du deine spanischen Tricks bei Melissa anwendest, und ich bringe dich ohne Zögern um, wenn du Tanya mehr als einmal anschaust. Also bleibt dir nur übrig, deinen Charme bei Julie zu spielen zu lassen und zu sehen, wie weit du damit kommst.«

Roberto nahm das wörtlich, wandte sich sofort Julie zu und bleckte grinsend seine Zähne. »Aber Vetter, ich bin am Verhungern, und du bietest mir hier einen Leckerbissen an.«

Julie hob erzürnt die Augenbrauen und schüttelte Robertos Hand ab, die schon auf der ihren lag. »Niemand hat Ihnen hier irgend etwas angeboten, Sir. Hier gibt's nichts umsonst – und auch nicht für viel Geld.«

Robertos Augen wurden immer größer, sein Lächeln immer breiter. »Ah, *senorita,* ich liebe die Herausforderung! So ein kleines Wortgefecht mit einer geistreichen Frau reizt mich ungeheuer. Mal sehen, wie lange es dauert, bis Sie mir in die Arme fallen. Wie ein reifer Pfirsich vom Baum!«

»Du lieber Himmel!« rief Julie, während die anderen herzlich lachten. »Da können Sie eine Ewigkeit warten. Männer wie Sie mag ich überhaupt nicht.« Sie stampfte wütend mit dem Fuß auf.

Roberto war weit davon entfernt, sich entmutigen zu lassen. Er warf seinen Kopf zurück und lachte. »Warten wir's ab, meine Ungnädige, warten wir's ab!«

Alles in allem schien Roberto interessante neue Aspekte zu bieten.

Spät am Abend, als alle zu Bett gegangen waren, beugte sich Tanya über ihre schlafenden Söhne, dann schlüpfte sie, von einem Streifen Mondlicht geleitet, der durch die Fenster fiel, in Adams Zimmer.

Er betrachtete sie, wie sie sich seinem Bett näherte. Das Mondlicht ließ die Fäden in dem feinen Gewebe ihres Nachthemdes silbern leuchten. Mit dem offenen, in sanften Wellen herabfallendem Haar und dem glänzenden Gewand sah sie aus wie eine Erscheinung des Himmels.

»Mir scheint, ein Engel tritt ins Zimmer«, sagte er sanft und zog sie neben sich aufs Bett. Seine Hände schoben sich unter den Saum ihres Nachthemds und blieben auf ihrem nackten Oberschenkel liegen. Dort fuhren sie über die pantherförmige Brandnarbe, die nun drei Jahre alt, aber immer noch sichtbar war. »Ein Engel, vom Teufel persönlich gebrandmarkt.«

»Dann muß ich ein gefallener Engel sein, denn ich gehorche meinem Meister nur zu willig«, flüsterte Tanya, als ihre Lippen auf die seinen trafen und sich festsaugten.

Ihr Atem ging schneller. Ihre Hände liebkosten die Muskeln auf seiner Brust und wanderten weiter abwärts. Mit den Fingerspitzen tastete sie nach jeder Narbe, jeder Rippe. Seine Lippen wanderten bereits zärtlich über ihr Kinn bis hin zu ihren Ohren. Schauer liefen über ihren Körper, der von einer Gänsehaut überzogen war, obwohl sie brannte wie Feuer.

Als seine Lippen auf der weichen Haut ihres Nackens angekommen waren, ließ er seine Finger gleichzeitig über ihre Oberschenkel bis zu ihren Hüften wandern. Sein Daumen suchte ihre Hüftknochen, die Mulde ihres Bauches.

Tanya stöhnte auf, als sein Mund an ihrer Schulter hinabglitt und durch ihr Nachthemd hindurch ihre Brust fand, ihre Brustwarze, deren sensible Spitze seine Zunge durch den Stoff hindurch umspielte. Tanya spürte, wie sich die Hitze in ihrem Inneren ausbreitete, wie ihre Muskeln sich anspannten.

»Panther! Adam!« wimmerte sie und krallte sich in seinen dunklen Haaren fest.

Adam hob sie ein wenig hoch und streifte das Nachthemd über ihren Kopf. »Damit hatten wir in unserem *Tipi* nie ein Problem«, murmelte er, als sein Mund von ihrem nackten Körper Besitz ergriff, und sie erbarmungslos erregte. Tanya keuchte, als die Flammen der Begierde über ihr zusammenschlugen. Scharf sog sie die Luft ein, als seine Hand sich zwischen ihren Oberschenkel einen Weg in die warme Höhle zwischen ihren Beinen bahnte, dort verweilte und mit ihren sensibelsten Stellen spielte, bis Tanya sich unter ihm wand und krümmte.

Erst als er sie einmal zum Höhepunkt geführt hatte, kam er ganz zu ihr. Jetzt lechzte er selbst nach Erlösung, drang in ihr bereitwilliges warmes Fleisch ein und fühlte, wie sie ihn samtig weich umschloß. Adam biß die Zähne zusammen und zwang sich zu langsamen Stößen, um jede Sekunde dieser herrlichen Vereinigung auszukosten. Mit behutsamen Bewegungen trieb er sie hinauf auf den nächsten Gipfel der Leidenschaft. Ihre Nägel gruben sich in seinen Rücken, als er sie um die Hüften packte und sie sich ihrem entgegenhob. Schneller und schneller wurde er jetzt, nahm sie mit auf dieser wilden Fahrt, bis sie beide im Meer der Ewigkeit untertauchten. Er merkte kaum, wie sich ihre Zähne in seine Schulter gruben, während er ihre ekstatischen Schreie erstickte und selber in ihr Haar stöhnte. Schweißgebadet und zufrieden glitten sie in den Schlaf hinüber. Tanyas Kopf an Adams Schulter gebettet, sein Bein über die ihren gelegt.

Tanya erwachte, als ihr jemand in der Sprache der Cheyenne zärtliche Liebesworte ins Ohr flüsterte. Adam bedeckte ihren ganzen Rücken mit sanften Küssen. Sie öffnete die Augen und stellte fest, daß es immer noch dunkel war. Sicher hatten sie nur wenige Stunden geschlafen.

»Mmmh«, seufzte sie und kuschelte sich in die Wärme, die von seinem Körper ausströmte. »Das ist schön.«

»Endlich bist du wach«, sagte Adam. »Ich dachte schon, ich müßte dich an den Füßen lecken wie die Pumas.«

Tanya gähnte. »Was willst du denn?« kicherte sie.

»Rate mal!«

»Ein Butterbrot? Ein Glas Milch?« fragte sie mit einem schelmischen Grinsen.

»Das Butterbrot, wenn du der Belag bist.«

»Du hungriger Teufel!«

»Ja, ich verhungere bald!« Er knabberte an ihrem Hals, um seinen Worten Nachdruck zu verleihen. Und dann liebte er sie erneut, machte sie besinnungslos vor Begierde, bis er ihre verzehrende Lust endlich befriedigte.

In dieser Nacht machte er sie noch mehr als einmal wach. Manchmal nahm er sie sanft, manchmal wild, doch jedesmal voll Liebe.

»Es ist so lange her, daß ich dich eine ganze Nacht lang für mich hatte, dich überall berühren und halten konnte!« flüsterte er.

»Viel zu lange«, stimmte Tanya zu. »Aber es kommt mir vor, als wolltest du alles innerhalb einer Nacht nachholen. Wahrscheinlich kann ich mich morgen kaum noch bewegen. Was soll ich dann den anderen sagen?«

Adam lachte. »Na, eine Entschuldigung hast du doch: du bist den langen Weg bis hierher geritten. Aber was habe ich für eine Ausrede?«

»In gewissem Sinn bist auch du ungewöhnlich lang geritten«, entgegnete Tanya sehr provokativ.

»Aber Miss Martin! Wie können Sie nur so etwas sagen!« Adam imitierte Ruth Wright perfekt und brachte Tanya aufs Neue zum Lachen.

Am nächsten Morgen fielen den anderen die tiefen Schatten unter ihren Augen auf, und jeder machte seine Bemerkungen.

»Bist du krank, Tanya?« fragte Julie besorgt. »Du siehst aus, als hättest du heute nacht kein Auge zugetan.«

Tanya würgte an ihrem Toast. »Dieses komische Bett«, murmelte sie kurz angebunden.

Roberto lächelte sarkastisch. »Das ist verständlich, aber wieso sieht Adam dann auch so müde aus?«

»Im Nebenzimmer war es die ganze Nacht sehr laut«, erklärte Adam zwischen zwei Bissen.

»Ich habe mich bestimmt bald an das Bett gewöhnt«, versicherte ihm Tanya. »Es tut mir leid, sollte ich den Herren um seinen kostbaren Schlaf gebracht haben«, entschuldigte sie sich und lächelte geziert.

Rachel zeigte den Gästen das Haus, das mit seiner unverkennbar spanischen Atmosphäre weiträumig und gemütlich, elegant und praktisch war. Im Gegensatz zum Heim der Martins waren die Zimmer besonders groß und luftig, die Möbel stabiler und auf männliche Bedürfnisse zugeschnitten. Die Gemälde in strahlenden, kräftigen Farben zeigten das Leben und die Kultur der Indianer und Spanier. Den niedlichen Rüscheneffekt, den Tante Elizabeth so bevorzugte, gab es hier nirgendwo.

Tanya fühlte sich auf der Stelle heimisch und kam auch mit Rachel gut zurecht. Im Gegensatz zu vielen anderen Schwiegermüttern hegte Rachel keinen Groll gegen die Frau, die ihr den Sohn »wegnehmen« wollte. Vielmehr schien sie erleichtert und dankbar, daß Adam eine Frau gefunden hatte, die bereit war, sein ungewöhnliches Leben mit ihm zu teilen. Rachel wußte aus eigener Erfahrung, daß dazu eine besonders starke und anpassungsbereite Natur nötig war. Nicht jeder hielt dem Druck des Lebens bei den Cheyenne stand. Ihr war es nicht gelungen, und sie hatte sich und Weißen Büffel, den sie von Herzen geliebt hatte, das Leben damit schwer gemacht. Tanya dagegen schien sich in jeder Umgebung zurechtzufinden, und Rachel bewunderte sie dafür.

Ihre Enkelsöhne schien Rachel anzubeten. Von Anfang an beteiligte sie sich an ihrer Betreuung, half beim Anziehen, fütterte sie und nahm sie mit auf ihren Gängen durch das Haus und über den Hof. Sie brachte sie zu den Ställen und zeigte ihnen die Pferde. Zusammen gingen sie zum Scheunenhof, fütterten die Hühner und Enten, besichtigten die Pferche und sahen dem Vieh beim Weiden zu.

Zuerst befürchtete Tanya, Rachel würde die Kinder verwöhnen, doch Adams Mutter konnte auch streng sein, wenn die Situation es erforderte. Sie verbot Jäger, der besonders neugierig war, konsequent, die Ställe, Scheunen und Viehverschläge alleine zu besuchen und machte ihm die entsprechenden Gefahren klar.

Es gab noch etwas, das Jäger während seines Aufenthaltes auf der Ranch lernen sollte. Rachel begann damit, ihm einige spanische Wörter beizubringen, um seinen Wortschatz, der immer größer wurde, zu erweitern. Außerdem trug man ihm eine gewisse Verantwortung auf, auch wenn er sonst alle Freiheiten besaß. Es gehörte zu seinen Aufgaben, darauf zu achten, daß Kit die Hühner und Enten Rachels nicht angriff oder dem Vieh zu nahe kam. Rachel akzeptierte zwar Kits Anwesenheit ohne Murren, doch sie traute dem Pumaweibchen nicht ganz, zumindest was ihren natürlichen Trieb zu jagen anbetraf. Welche Versuchung mußte all das Viehzeug für sie darstellen! Rachel machte allen klar, daß sie die geschmeidige Katze im Auge behalten mußten und daß sie Kits Schwanz mit Kugeln durchsieben würde, falls das Tier irgendeine Vorliebe für Feder- oder Rindvieh entwickeln sollte. Daß es im Hinblick darauf keine ernsthaften Probleme gab, lag nur an Adams strengem Training und Kits bereitwilligem Gehorsam. Wenn Tanya oder Adam ihr etwas befahlen, reagierte Kit in derselben Sekunde. Die Katze schien zu spüren, daß in diesem Haus gewisse Dinge, die ihr in der Wildnis gestattet wurden, nicht erlaubt waren. Sie begnügte sich damit, hinter Tanya oder Adam herzutrotten und auf die beiden Kinder aufzupassen.

»Ich glaube, sie vermißt Kat«, meinte Tanya eines Tages, nachdem sie Kit beobachtet hatte.

»Gut möglich«, sagte Adam, »aber mit etwas Glück wird sie ihn in ein paar Monaten wiedersehen.«

»Gehen wir zurück, wenn wir hier geheiratet haben, ja?« wollte Tanya hoffnungsvoll wissen. »Bald?«

Adam beobachtete sie genau, als er fragte: »Willst du denn wirklich zurück, Tanya? Wird dir unser Leben noch gefallen, nachdem du wieder bei deiner Familie warst und in die zivilisierte Welt zurückgekehrt bist? Du weißt ja jetzt, daß ich auch die Möglichkeit habe, hierzubleiben. Ich kann mich entscheiden. Entweder werde ich wieder ein Cheyenne, oder ich übernehme die Ranch.«

Tanya blickte ihn zärtlich an. »Adam, ich liebe dich. Was dich glücklich macht, macht auch mich glücklich. Ich weiß, dein Herz gehört den Cheyenne, und ich verstehe das. Wo du auch immer hingehst, ich werde dir folgen und glücklich sein. Ich habe mich bei den Cheyenne sehr wohl gefühlt, und ich gehe gerne mit dir zurück. Das Leben dort ist hart, das stimmt, aber es ist ein ehrliches und gutes Leben, und ich vermisse es jeden Tag ein Stück mehr. Ich vermisse auch meine Freunde. Ich vermisse eine Beschäftigung, die meine Hände und meinen Geist lebendig hält.« Sie schmiegte sich an ihn. »Diese festgefahrene, oberflächliche Art des Lebens, in der ich groß geworden bin, gefällt mir nicht mehr. Die Frauen haben nichts anderes zu tun, als einkaufen zu gehen, irgendwelche Spitzendeckchen zu häkeln, die kein Mensch braucht, und Teenachmittage zu absolvieren. Es gibt wichtigere Dinge im Leben, als sich den Kopf darüber zu zerbrechen, welches Kleid, welche Schuhe man heute anziehen, wie man sich frisieren soll, und ständig Angst vor irgendwelchem Klatsch und Tratsch zu haben. Ich habe die Weite der Ebenen kennengelernt und fühle mich in Pueblo eingeengt. Es ist, als sei sogar die Luft vergiftet. Ich fühle mich wie ein Adler, dem man die Flügel gestutzt hat, einer, der nur noch vom Fliegen träumen kann und sich traurig daran erinnert, wie es einmal war, in die Höhe zu steigen.«

Adam schüttelte verwundert den Kopf. »Das überrascht mich, Kleines. Black Kettle hatte ganz recht, als er erklärte, du besäßest das Herz einer Cheyenne. Wie du fühlst, wie du redest, das ist nicht die Art einer Weißen, sondern die einer Indianerin. Auch jetzt. Du weckst in mir das Verlangen, unseren klugen Plan fallenzulassen, die Gefühle deiner Familie zu mißachten und dich auf der Stelle mit unseren beiden Söhnen mitzunehmen. Mein Herz singt vor Freude, daß du so fühlst, wie du fühlst, daß deine Wünsche meinen Wünschen so ähnlich sind. Wir passen wirklich gut zusammen, kleine Wildkatze.«

»Ich habe immer schon zu dir gehört, es ließ sich gar nicht vermeiden«, antwortete Tanya leise. »So stand es in den Sternen; es war Schicksal, daß wir uns begegnen und ineinander verlieben würden. Aber jetzt sag mir, wann wir zu unserem

Volk zurückkehren können. Wann können wir endlich wieder so leben, wie wir es uns wünschen?«

»Sobald wir verheiratet sind und einen Weg finden«, versprach er. »Es ist für mich unvorstellbar, deinen Eltern die Wahrheit zu sagen, also müssen wir so tun, als wollten wir irgendwoanders hinziehen. Vielleicht sind sie nicht allzu verletzt, wenn wir ihnen versprechen, regelmäßig zu Besuch zu kommen. Dann könnten sie auch die Kinder öfter sehen.«

Tanya nickte. »Ja, vielleicht zu Weihnachten oder so.«

»Sie werden enttäuscht sein«, warnte er sie.

»Bestimmt gewöhnen sie sich daran«, versicherte sie ihm. »Jetzt ist es ja nicht mehr wie früher, als sie solche Angst um mich hatten. Sie wußten ja nicht, ob sie mich jemals wiedersehen würden. Jetzt wissen sie, daß ich wiederkomme.«

»Das stimmt so nicht ganz, Tanya«, entgegnete Adam. »Das Leben bei den Indianern ist voller Gefahren, und es kann jeden Tag zu Ende sein. Von irgendwo droht immer Gefahr. Das weißt du so gut wie ich.«

»Du hast recht, aber unsere Tage auf dieser Erde sind im Voraus gezählt, und wenn es an der Zeit ist, werden wir so oder so abberufen. Das kann schon morgen sein, bei jedem von uns. Und es kann überall passieren, hier, in Pueblo oder in der Prärie. Nichts und niemand kann das verhindern. Ich kann auf einer belebten Straße von einer Kutsche überfahren werden oder in meinem weichen Bett friedlich einschlafen. Es ist unwichtig, wo wir uns befinden, wenn es soweit ist. Auch wenn wir hier bleiben, sind wir vor einer Tragödie nicht sicher. Das Unvermeidliche läßt sich nicht verhindern. Es hat keinen Zweck, sich gegen das Schicksal zu stemmen.«

Adam lächelte. »Wie weise du doch in den Dingen des Lebens geworden bist, meine Frau.«

»Ich habe viel von deinem Volk, nein, von *unserem* Volk gelernt«, sagte sie. »Sie haben mich in die Geheimnisse des Lebens eingeweiht und mir Geduld beigebracht. Seitdem weiß ich, daß es keinen Zweck hat, gegen Dinge anzukämpfen, über die ich keine Macht habe.«

»Über mich hast du viel Macht«, hauchte Adam, als seine

Lippen die ihren berührten, »und trotzdem bekämpfst du mich nicht.«

»Das liegt daran, daß deine Macht über mich noch größer ist«, antwortete sie flüsternd. »Du hast mein Herz für immer gefangen.«

21

Zehn Tage blieb Tanya auf der Ranch und genoß jede Minute. Täglich in Adams Nähe und jede Nacht in seine Umarmung eingehüllt zu sein, war einfach himmlisch für sie. Niemand blickte ihr hier dauernd kritisch über die Schulter, ob sie sich auch anständig benahm, und es war herrlich entspannend, endlich von Jeffreys permanenter Gegenwart und seinem plötzlichen Auftauchen erlöst zu sein.

Julie blieb nur wenig Zeit, Tanyas Verhalten zu beobachten, denn sie hatte alle Hände voll damit zu tun, sich den wild entschlossenen Roberto vom Leib zu halten. Von Julies scharfer Zunge und der dauernden Zurückweisung ließ er sich allerdings nicht abschrecken. Vielmehr genoß er es, sie immer aufs neue herauszufordern und herzlich zu lachen, wenn sie sich aufregte.

»Ah, mein kleiner Kaktus«, sagte er dann, »wann wirst du endlich deine Stacheln einziehen?«

»Nie«, erklärte Julie hart und schob trotzig die Unterlippe vor.

»Wissen Sie überhaupt, wie bezaubernd Sie aussehen, wenn Sie wütend sind?« fragte Roberto mit einem breiten Grinsen, das seine weißen Zähne entblößte. »Ihre Lippen wollen geküßt werden, vor allem die Unterlippe, die Sie mir permanent zeigen. Ich habe das Gefühl, Sie wollen mich auf diese Weise nur noch mehr erregen.«

Julie stampfte wütend mit dem Fuß auf. »Sie sind reichlich eingebildet! Habe ich Ihnen nicht schon hundertmal gesagt, daß ich an einem anderen Mann interessiert bin? Besitzen Sie denn keinen Stolz?«

Robertos dunkle Augen funkelten. »Das ist keine Frage des Stolzes. Ist dieser andere Mann Ihr Liebhaber?«

»Natürlich nicht! Wofür halten Sie mich«, empörte sich Julie.

Roberto lächelte. »Sind Sie mit ihm verlobt?«

Julie zögerte einen Moment zu lang, ehe sie antwortete: »Nein, noch nicht.«

»Warum sollte ich dann aufhören, dich einfangen zu wollen, mein Täubchen?«

Noch ehe Julie sich wehren konnte, hatte Roberto sie in die Arme genommen und verschloß ihr mit seinen Lippen den Mund. Sie konnte nicht einmal mehr schreien. Sein Kuß ergriff von ihr Besitz, als wolle er für immer ein Siegel auf ihre Seele drücken. Julie hatte immer von ihrem ersten Kuß geträumt: er solle weich und behutsam sein. So war Robertos Kuß nicht, auch wenn man ihn nicht brutal nennen konnte. Mit diesem Kuß machte er nur in einer unmißverständlichen Weise seinen Anspruch auf sie geltend.

Julie wehrte sich zwar gegen die Hand, die ihren Kopf festhielt, doch sie konnte nichts dagegen tun, daß das Wunder dieses Augenblicks sie überwältigte. Die warmen, festen Lippen Robertos riefen Gefühle in ihr wach, die sie nie für möglich gehalten hätte. Obwohl sie sich mit ihrem Bewußtsein gegen die überlegene Stärke dieses Mannes wehrte, begann ihr Körper, unter seiner erfahrenen Berührung dahinzuschmelzen.

Schließlich konnte sie sich nicht mehr zurückhalten. Ihre Hände fuhren über sein Hemd, und sie spürte sein Herz schlagen. Seine Hand auf ihrem Rücken preßte sie fester an sich, und sie schmiegte sich an ihn. Ihre Knie zitterten, Schauer liefen ihr über den Rücken, als sie den Druck seiner gespreizten Finger auf ihrer Haut spürte.

Als er sie losließ, war sie schwach vor Verlangen – ein Gefühl, das ihr völlig neu war. Seine dunklen Augen betrachteten prüfend ihr Gesicht, ihre blaugrünen Augen, ihre von den Küssen geschwollenen Lippen.

»Jetzt kann ich mir vorstellen, wie du bist, wenn ich dich richtig geliebt habe: ganz weich, ganz verträumt, dein langes Haar auf meiner Brust ausgebreitet«, flüsterte er leise.

Als Julie klar wurde, was sie getan hatte, wozu er sie gebracht hatte, überzog Röte ihr Gesicht. War sie wirklich so auf seinen Kuß eingegangen? Voll Stolz richtete sie sich auf und entzog sich hastig seiner Umarmung. Ihr empörter Blick galt sowohl Roberto wie ihr selbst.

»Ich werde Ihnen *niemals* gehören, Roberto! Gut, Sie haben mich überrumpelt, und ich habe mich einen Moment lang vergessen. Aber das wird nicht wieder vorkommen!« rief sie ihm über die Schulter zu, als sie hoheitsvoll davonschritt.

»Lauf, kleiner Hase, lauf«, lachte er hinter ihr her. »Aber paß auf, daß du dich nicht im Kreise drehst, denn der Fuchs erwischt dich doch. Und was für ein köstlicher Leckerbissen wirst du dann sein!«

»Lieber vergifte ich mich, bevor ich zulasse, daß Sie mich noch einmal berühren«, gab Julie zurück.

Er lachte nur noch mehr. »Der Panzer ist schon durchbrochen!« spottete er. »Sie haben verloren, Julie – Sie wissen es nur noch nicht.«

Es war Mitte Mai, und die frische Frühlingsluft in den Bergen von Colorado brachte alles ringsum zum Blühen. Die Landschaft hatte ihr weißes Winterkleid gegen ein neues Gewand von leuchtendem Grün eingetauscht. Wildpflanzen blühten im Überfluß und übergossen die Berge mit allen erdenklichen Farbtönen. Die Trauerweiden, die als erste grüne Triebe zeigten, breiteten ihre langen Äste anmutig über dem Boden aus, bildeten so am Flußufer schattige Lauben.

Dem Ruf des Frühlings folgend, entstand überall neues Leben. Kälber und Fohlen wurden geboren. Hinter den stolzen Enten- und Hühnermüttern watschelte die neue Brut, piepsend, quakend und mühsam versuchend, sich auf den noch wackligen Beinen zu halten.

Jeremy hatte besondere Freude an den Füllen, die auf ihren langen, spindeldürren Beinen über die Wiesen sprangen. »Sie halten sich immer ganz nah bei ihren Müttern«, sagte er zu Adam. »Haben sie Angst, daß sie verlorengehen?«

Adam lachte und legte einen Arm um die Schultern des Jungen. »Das ist so gut wie ausgeschlossen. Die Mütter würden sie sofort finden. Die Fohlen wollen nur sichergehen, daß die nächste Mahlzeit nicht weit ist, das ist alles.«

»Sie sehen richtig lustig aus mit ihrem flaumigen Fell und den kurzen, buschigen Schwänzen«, fand Jeremy, der seine helle Freude hatte. »Sieht aus, als hätte ihnen jemand eine Bürste an den Hintern geklebt.«

Eines Abends, kurz bevor alle schlafen gingen, stürzte Jeremy ins Wohnzimmer und platzte bald vor Aufregung. »Tanya! Adam! Kommt mal schnell mit! Im Stall ist eine Stute, die gerade ihr Fohlen bekommt. José hat mir gesagt, ich soll euch rufen!« Er drehte sich um und war mit einem Satz wieder draußen. »Ich darf zugucken, wenn ich mich still verhalte!« Die Tür knallte hinter ihm ins Schloß.

Tanya und Adam wechselten einen amüsierten Blick mit Rachel.

»*Qué torbellino*!« erklärte Rachel lachend. »Was für ein Wirbelwind!«

»Ein richtiger Junge!« fand Adam. »Oder hast du etwa vergessen, wie Justin und ich in diesem Alter waren?«

»*Dios mio!* Wie könnte ich? Was der eine von euch nicht anstellen konnte, hat bestimmt der andere verbrochen. Ihr wart richtige Teufel!«

Justin spielte den Beleidigten. »Also, Rachel! Wir waren doch die reinsten Engel!«

Rachel maß ihn mit einem skeptischen Blick. »*Si!* Und euer Heiligenschein thronte oben auf den beiden Teufelshörnern!«

Melissas Gekicher wirkte richtig ansteckend. »Ach, erzähl uns doch noch mehr, Rachel«, bettelte Tanya. »Das verspricht sehr interessant zu werden.« Sie warf Adam aus dem Augenwinkel einen Blick zu.

»Laß mal«, sagte er und zog sie hoch. »Jeremy wartet. Die schlimmen Geschichten kann Mutter dir ein andermal erzählen.«

Jeremy betrachtete ehrfürchtig das Wunder der Geburt. Noch nie hatte er etwas Vergleichbares gesehen. Still saß er neben den bebenden Flanken der Stute und sah zu, wie José und

Adam ihr behilflich waren. Als das flaumige, nasse Fohlen endlich geborgen wurde, brach er in atemlose Entzückensschreie aus. Tanya kamen die Tränen, und erst Jeremys unterdrücktes Kichern, als das Neugeborene versuchte, sich auf seine dünnen Beine zu stellen, brachte alle wieder zum Lachen.

Über Jeremys Kopf hinweg blickte Adam Tanya tief in die Augen, und sie wußte, er dachte an den Abend, als Jäger geboren worden war. Minutenlang teilten sie schweigend die Erinnerung an den Zauber dieses Augenblicks, als Adam seinem Erstgeborenen auf die Welt geholfen und ihn in seinen Händen gehalten hatte.

»Ich liebe dich«, sagten seine Lippen tonlos.

»Ich weiß«, gab sie schweigend zurück. Wieder wurden ihre Augen feucht. Sie fühlte sich in Adams Liebe geborgen, und dabei hatte er sie nicht einmal berührt.

Adam hielt Wort und brachte Jeremy mit viel Geduld das Reiten bei. Einen Teil des Morgens reservierte er für die Unterrichtsstunden, und manchmal sah Tanya ihnen zu und erinnerte sich daran, wie Adam sie unterrichtet hatte – mit der gleichen Geduld, und doch ganz anders. Adam brachte dem Jungen die Grundregeln des Reitens bei, denn Jeremy saß zum ersten Mal auf einem Pferd; Tanya, die bereits reiten konnte, hatte damals von Panther gelernt, wie ein indianischer Krieger zu reiten.

Manchmal, wenn Adam mit Jeremy beschäftigt war, unterhielt sich Tanya mit Rachel. Je besser die beiden Frauen sich kennenlernten, desto näher kamen sie sich.

»Ich wünschte, Sie hätten Adams Vater kennengelernt«, sagte Rachel. »Er war ein guter Mann.«

»Wenn Adam nur ein bißchen so ist wie Weißer Büffel, dann bin ich sicher, daß er ein wundervoller Mensch war. Ich bedaure sehr, daß ich ihm nicht mehr begegnen kann.«

Rachel lächelte matt. »Adam ist seinem Vater nicht nur äußerlich, sondern auch im Wesen sehr ähnlich. Das zu sehen, als er heranwuchs, war eine Hilfe, aber es schmerzte auch. Ich habe Weißen Büffel geliebt, auch als wir schon getrennt waren, und ich habe um ihn getrauert, damals – und auch als er starb.«

Ihr Gesicht nahm einen wehmütigen Ausdruck an. »Ich habe mich oft gefragt, was geworden wäre, wenn ich mich entschieden hätte, bei den Cheyenne zu bleiben. Ich glaube, irgendwann hätte Weißer Büffel mich gehaßt, weil ich dieses Leben nicht akzeptieren konnte. Heute sage ich mir, daß es besser so war. So habe ich meinem Sohn wenigstens eine gute Ausbildung ermöglicht, und er kann sich jederzeit, wenn er will, für das Leben des weißen Mannes entscheiden.« Sie seufzte tief.

Tanya berührte Rachels Hand. »Ich habe gehört, daß Weißer Büffel Sie bis zu seinem Tod geliebt hat. Die Trennung hat ihm ebensoviel Kummer bereitet wie Ihnen, aber er war glücklich darüber, daß Sie Ihren Sohn mit ihm geteilt haben. Er hat es Ihnen nicht übel genommen, daß Sie sich an seine Art des Lebens nicht anpassen konnten.«

»Danke«, murmelte Rachel, deren Augen feucht schimmerten. »Das ist sehr freundlich von Ihnen, zumal Adam mir erzählt hat, wie sehr Sie für meine Fehler büßen mußten.«

»Ich verstehe Sie nicht ganz«, sagte Tanya nachdenklich.

Rachel erklärte es ihr. »Adam hat mir erzählt, welche strengen Prüfungen Sie sich unterziehen mußten, bevor Sie seine Frau werden durften. Ich dachte schon, Sie würden mir das übelnehmen, denn ich bin der Grund dafür, daß Black Kettle Einwände gegen Adams Hochzeit mit einer weißen Frau hatte. Ich denke mit Schrecken daran, was Sie alles durchstehen mußten, aber Sie haben Black Kettles Anforderungen ja genügt. Ich bewundere Ihren Mut und Ihr Durchhaltevermögen, denn ich weiß, wie schwer das war.«

Tanya zuckte die Schultern. »Das Ziel war nicht leicht zu erreichen, und ich habe so hart dafür gearbeitet, wie noch nie in meinem Leben. Aber es hat mich stark gemacht, und jetzt bin ich stolz auf mich. Er hat mir auch gezeigt, daß ich mit jeder Situation fertigwerden kann. Nur den Verlust von Adam und seiner Liebe – den würde ich nie überleben.«

»Mein Sohn hat mir erzählt, daß Ihnen das Leben der Indianer gefällt«, wunderte sich Rachel. »Ich fand es so beschwerlich, daß ich kaum nachvollziehen kann, daß Sie Freude daran haben.«

Tanya lächelte. »Ich liebe die Einfachheit, die Freiheit der

Cheyenne. Sie sind von Grund auf ehrlich und gradlinig. Eine Sache ist entweder richtig oder falsch. Das Leben wird von fundamentalen Bedürfnissen bestimmt: Nahrung, ein Dach über dem Kopf, Kleidung, Familie. Alle halten zum Wohl des Stammes zusammen, sorgen sich um den anderen, teilen mit ihm, stellen ihre persönlichen Bedürfnisse zurück. Kleinliche Streitereien, hinterhältige Verleumdungen gibt es, im Gegensatz zur zivilisierten Gesellschaft, so gut wie gar nicht. Man hat einfach keine Zeit dafür, weil es wichtigere Dinge zu tun gibt.«

»Aber, Tanya, das Leben dort ist so *primitiv!*« Rachel schüttelte sich. »Ich war regelrecht schockiert darüber. Kein gemütliches Zuhause mit offenem Kamin, kein Chinaporzellan, kein Silberbesteck oder ähnliche Utensilien. Ich habe mit angesehen, daß die Leute mit den Fingern essen, die Kinder nackt herumlaufen, und war entsetzt. Oft sehnte ich mich nach einem weichen Bett, nach einem bequemen Stuhl, einem heißen Bad mit duftender Seife. Die Finger haben mir geblutet vom Schrubben der Felle, von den Näharbeiten. Nadeln aus Knochen, die man in Leder stechen mußte! Der Anblick einer Büffel- oder Hirschhaut hat mich krank gemacht. Ich wollte Seide und Satin auf meiner Haut fühlen, oder wenigstens Musselin. Als ich entdeckte, daß ich mit Adam schwanger war, machte es mir Angst, daß weit und breit kein Arzt in der Nähe war und auch sonst kein Mensch, der mich trösten konnte. Aber am meisten habe ich meine Familie vermißt. Alles war mir so fremd: die Sprache, die Menschen, die ganze Art zu leben. Auch als ich Weißen Büffel heiratete, wurde ich von dem Stamm nur ungern geduldet. Stets habe ich um Rettung gebetet, auch als ich meinen Mann bereits liebte. Er und Adam waren die einzigen Lichtblicke in meinem Leben.« Sie seufzte. »Auch das grausame Blutvergießen habe ich gehaßt. Das Blut gefror mir in den Adern, wenn ich die Krieger in ihrer Kriegsbemalung sah, ihre schrecklichen Gesänge hörte. Die Nahrung, die Kleidung, das Land, die Leute – alles, wirklich alles bei den Indianern war mir zuwider.«

Tanya lachte unsicher. »Das hört sich ganz so an, als hätte sich in dem letzten Vierteljahrhundert nicht viel geändert. Das Leben bei den Cheyenne ist noch genauso, wie Sie es beschreiben. Doch die harte Arbeit hat mich, nachdem mein Körper sich einmal daran gewöhnt hatte, befriedigt. Es war Musik in meinen Ohren, wenn ich morgens wach wurde und Panther – äh – Adam sang draußen sein Morgengebet. Und der Tag, an dem ich dann entdeckte, daß ich schwanger war, gehört zu den glücklichsten in meinem Leben.«

Tanya blickte Rachel unverwandt an, als wolle sie sie zwingen, sie zu verstehen. Sie streckte ihre Arme aus und zeigte die beiden Armreifen. »Das sind die einzigen Beweise unserer Eheschließung, die ich brauche; auch was ich sonst noch an Schmuck besitze, ist alles indianisch.

Auch mich mochte der Stamm anfangs nicht, genau wie Sie. Aber ich habe ihren Respekt gewonnen und mich ihrer Freundschaft als würdig erwiesen. Jetzt gibt es viele, um die ich traure, andere, die ich gern wiedersehen möchte. Nachdem ich einmal bewiesen hatte, daß ich es mit jedem Krieger aufnehmen kann, haben sie mich bereitwillig als eine der ihren akzeptiert: als Black Kettles Tochter und die Braut von Panther-auf-der-Pirsch.«

Rachel nickte nachdenklich. Dann sagte sie: »Und was ist mit Ihren Söhnen, Tanya? Wollen Sie, daß auch sie dieses Leben führen?«

»Ja«, antwortete Tanya ohne Zögern. »Und Adam möchte es auch. Unsere Söhne werden kräftig und tapfer werden, stolz und verständnisvoll. Es sind nicht die schlechtesten Werte, die man ihnen dort vermittelt. Sie werden in einem Glauben erzogen, der von Grund auf natürlich und unverdorben ist und werden die Natur auf eine Weise kennenlernen, wie es in keiner Schule möglich ist. Wenn Adam es für richtig hält, können wir sie immer noch bei den Weißen unterrichten lassen. Bis dahin haben sie schon drei verschiedene Sprachen gelernt und außerdem all das, was Adam und ich ihnen aus den beiden Kulturen beibringen können.«

»Haben Sie Ihre Familie denn nicht vermißt?«

Tanya nickte. »Doch. Und ich werde sie auch wieder vermissen, wenn wir zu den Cheyenne zurückkehren. Adam hat vorgeschlagen, daß wir meinen Eltern erzählen sollen, wir würden woanders hinziehen, oder daß wir auf Reisen gehen. So oft es uns möglich ist, kommen wir zu Besuch. Dann können die Großeltern auch ihre Enkel wiedersehen.«

»Das hoffe ich«, sagte Rachel mit einem Seufzer. Dann lächelte sie Tanya an. »Aber nun, Tanya, nennen Sie mir wenigstens *etwas*, das Sie bei den Cheyenne nicht ausstehen konnten, damit ich mir nicht so unterlegen vorkomme.«

Tanya dachte einen Augenblick nach, dann zog sie eine Grimasse. »Doch, es gibt etwas. Ich mag keine Skalps, vor allem nicht diejenigen, die ich selber nehmen mußte. Mir kommt das absurd vor! Adam hat Gottseidank Verständnis dafür und läßt sie meistens an unserem Zeltpfahl hängen, mit Ausnahme der seltenen Gelegenheiten, bei denen ich sie tragen *muß*.«

Rachel schüttelte sich. »Das kann ich verstehen. Brrr!«

»Ich versuche, möglichst wenig daran zu denken«, gab Tanya zu, »genauso, wie ich mich ungern an das Massaker am Washita erinnere.«

»Ja, es ist besser, an die guten Zeiten zu denken«, riet Rachel ihr.

Tanya lächelte. »Ich habe so kostbare Erinnerungen an viel Liebe und Lachen mit Adam. Als er entdeckte, daß ich ihn liebte, fühlte er sich so stolz wie ein Sieger. Und in unserer Hochzeitsnacht war er so zärtlich. Ich vermisse immer noch seine Zöpfe«, gestand sie. »Sein Gesichtsausdruck, als ich zum ersten Mal über unser ungeborenes Kind mit ihm sprach, war wundervoll. Und dann die Nacht, als Jäger geboren wurde… Adams Augen strahlten vor Dankbarkeit. Er ist ein großartiger Mann, ein guter Ehemann, ein prächtiger Vater. Sie können sehr stolz auf Ihren Sohn sein, Rachel.«

»Das bin ich auch«, bekannte die Frau leise, »und ich bin auch stolz darauf, daß er Sie zur Frau genommen hat. Auch sie sind eine ganz besondere, einzigartige Frau.«

Tanya schüttelte den Kopf. »Nein, Rachel. Ich bin nur eine Frau, die ihren Mann von ganzem Herzen liebt.«

Tanya ritt häufig mit Adam über die Ranch. Manchmal, wenn sie nur kurze Strecken unterwegs waren, wurden sie von Jeremy begleitet. Was Jeremy noch an Können fehlte, machte er durch Kühnheit und Entschlossenheit wieder wett. Das Reiten machte ihm großes Vergnügen, und seine ausgelassene Freude steckte auch seine Begleiter an.

Öfters allerdings ritten Tanya und Adam allein aus, und so lernte Tanya die Größe der Ranch und die Umgegend kennen. Unter Adams Anleitung bekam sie auch einen Begriff davon, was es hieß, eine Ranch zu führen. So kompliziert hatte sie sich das nicht vorgestellt, und ihre Bewunderung für Rachel wuchs, als sie sah, welche große Verantwortung auf ihren Schultern lastete. Es war keine einfache Aufgabe, die Ranch während Adams Abwesenheit in Schuß zu halten.

Als sie die Pferde auf einer Hügelkuppe zum Stehen brachten und das friedlich grasende Vieh im Tal betrachteten, wandte sich Adam an Tanya: »Es gefällt dir hier«, sagte er. Es war weniger eine Frage, als eine Feststellung.

»Ja«, gab Tanya zu. »Es ist wunderschön. Deine Mutter hat eine große Aufgabe.«

Sie folgte mit dem Blick Adams Hand, die einen weiten Bogen beschrieb. »Das alles«, sagte er, »ist auch mein Erbe. Die Entscheidung, beim Volk meines Vaters zu leben ist mir nicht leichtgefallen. Mein ganzes Leben lang war ich gespalten.«

»Das Cheyenne-Blut in dir muß stärker gewesen sein«, meinte Tanya.

Adam lächelte ihr zu. »Ja, aber eines Tages muß ich trotzdem meine Pflichten hier übernehmen. Meine Mutter wird irgendwann nicht mehr allein zurechtkommen, und dann bin ich an der Reihe, für die Ranch zu sorgen. Der Tag wird kommen, wo ich meine persönlichen Vorlieben vergessen und mich anderen Aufgaben stellen muß.«

»Über diese Brücke gehen wir, wenn es soweit ist«, sagte Tanya. »Du bist der einzige Sohn deiner Eltern, und auf deinen Schultern liegt eine schwere Verantwortung. Du kannst nichts anderes tun, als dein Bestes zu geben, und ich werde dir dabei helfen.«

»Erzählen Sie mir von Melissa«, bat Justin. Er stand mit Tanya vor dem Pferch und sah zu, wie Adam Jeremy Reitunterricht gab.

Tanya blickte ihn von der Seite an. »Was möchten Sie denn wissen, Justin?«

Er seufzte und fuhr sich mit den Fingern durchs Haar. »Irgend etwas. Alles was mir hilft, die Barrieren zu überwinden, die sie vor mir errichtet hat. Ich liebe sie, und sie liebt mich auch, glaube ich, doch sobald ich nur im entferntesten den Gedanken an Heirat äußere, schreckt sie zurück, als hätte ich sie geschlagen. Ich weiß einfach nicht mehr, was ich machen soll.«

Tanya stützte ihre Arme auf den Zaun und dachte einen Moment lang nach. »Missy hatte kein leichtes Leben bei den Cheyenne, Justin«, sagte sie schließlich.

»Davon bin ich auch nicht ausgegangen«, entgegnete er.

»Sicher«, fuhr Tanya fort, »doch ich glaube nicht, daß Ihnen klar ist, wie schlimm es wirklich für sie war. Leider weiß ich nicht, was ich Ihnen erzählen darf; ob es Melissa recht ist, wenn Sie alles erfahren.«

»Aber Sie ahnen, warum sie mich auf Distanz hält, Sie kennen ihre Ängste?« fragte Justin hoffnungsvoll.

Tanya nickte. »Erst einmal müssen Sie wissen, daß ich von den fünf entführten Frauen das größte Glück hatte. Es war ein gütiges Schicksal, daß der freundlichste, rücksichtsvollste Mann der Cheyenne ausgerechnet mich begehrte.«

Sie machte eine Pause und sammelte ihre Gedanken. »Sprechen Sie weiter«, bat Justin.

»Wir haben Todesängste ausgestanden damals, wußten wir doch nicht, was auf uns zukommt. Melissa war die jüngste von uns allen – und sie bekam den häßlichsten, den übelsten Mann, den man sich vorstellen kann. Häßliche Otter war eine Bestie! Nachdem er mit Melissa sein Vergnügen gehabt hatte, wollte er auch mich noch vergewaltigen.« Tanya schüttelte sich, als sie sich daran erinnerte. »Ich habe mich gegen ihn zur Wehr gesetzt, und Panther hat mich schließlich von ihm befreit, aber vorher habe ich ihm noch ein Stück Ohr abgebissen. Melissa ist es von uns allen am schlechtesten ergangen. Häßliche Otters Frau war beinahe genauso brutal wie er selber, und sie ließ ihre ganze Gehässigkeit an Melissa aus. Nach einem langen, arbeitsreichen Tag mußte Melissa den primitiven Bedürfnissen von

Häßliche Otter zu willen sein. Und das jede nacht. Aber damit noch nicht genug. Er hatte auch noch seinen Spaß daran, sie an andere Krieger auszuleihen.«

»Genug!« Justin verzog schmerzlich das Gesicht. Wut würgte ihn in der Kehle.

»Nein!« antwortete Tanya mit flammenden Augen. »Sie haben mich gefragt, nun sollen Sie auch alles wissen. Wenn Ihnen das zu hart vorkommt, so denken Sie daran, was Melissa alles aushalten mußte. Sie war noch so jung, so zart, daß ich um ihr Leben gefürchtet habe. Als Hochzeitsgeschenk wünschte ich mir von Black Kettle, daß er Melissa von Häßliche Otter freikauft. Seine Grausamkeit hätte sie sonst getötet. Sie wurde unsere Dienerin, und mit Panther kümmerte ich mich darum, daß sie Nahrung und Kleidung bekam. Wir haben lange gebraucht, sie davon zu überzeugen, daß Panther sie weder schlagen noch vergewaltigen wollte. Irgendwann hörte sie dann auf zu zittern, wenn Panther das *Tipi* betrat.«

An dieser Stelle unterbrach sie Justin. »Hat dein Mann auch mit ihr geschlafen?«

Tanya schüttelte den Kopf. »Nein. Er hätte das Recht dazu gehabt, aber er hat es nicht getan. Missys Verfassung, als sie zu uns kam, hat ihn entsetzt. Außerdem stellte sich bald heraus, daß sie schwanger war, wahrscheinlich von Häßliche Otter.«

Justin stöhnte gepeinigt auf und machte sich auf das Ende der Geschichte gefaßt.

»Sie war zu schwach und erlitt nach der Hälfte der Schwangerschaft eine Fehlgeburt. Alles in allem war das noch das glücklichste Ende einer verheerenden Situation. Sie ist dabei fast selber gestorben und war lange Zeit sehr krank. Nur die dauernde Pflege der Medizinfrau hat sie gerettet.«

Justin war leichenblaß geworden.

»Eines Tages«, fuhr Tanya fort, »hat sie sich vielleicht so weit erholt, daß sie wieder heiraten und Kinder haben will, doch sie wird die Schrecken, die sie durchlebt hat, niemals völlig vergessen können. Körperlich ist kein Schaden zurückgeblieben, doch psychisch ist Melissa noch immer sehr mitgenommen. Sie hat entsetzliche Qualen erlitten, Mißbrauch erdulden müssen – und hätte daran zugrundegehen können. Aber sie hat überlebt. Ich bete dafür, daß sie eines Tages wieder ganz gesund wird und ein normales Leben führen kann.«

»Die Ärmste«, murmelte Justin, der seinen Schock noch nicht überwunden hatte.

»Es ist nicht Ihr Mitleid, das sie braucht, Justin«, belehrte Tanya ihn. »Sie braucht Ihre Hilfe und Ihr Verständnis. Sie braucht jemanden, der sie mit Behutsamkeit und Geduld behandelt. Jemanden, der sie vor all den neugierigen Klatschmäulern beschützt, die Anteilnahme heucheln und doch nichts anderes tun, als alte Wunden wieder aufzureißen. Was sie wieder lernen muß, ist Selbstachtung und Selbstvertrauen. Und dazu braucht sie Ihre Liebe.«

»Die hat sie«, versicherte er. »Ich möchte ihr helfen, aber ich weiß nicht, wo ich anfangen soll. Sie muß die Hilfe auch annehmen.«

»Ich kann nur hoffen, daß Sie es ehrlich meinen, Justin. Ich kenne genug brave Bürger hier in Pueblo, die von dem, was ich Ihnen eben erzählt habe, nur abgestoßen wären. Viele würden sich von ihr fernhalten und sie für das verantwortlich machen, was sie doch nicht verhindern konnte.«

Er nickte verständnisvoll. »Das stimmt, aber ich werde sie vor all den Menschen, die sie verletzten könnten, beschützen. Wenn sie bereit ist, mich zu heiraten, möchte ich ihr für den Rest meines Lebens ein guter Mann sein.«

Tanya, von der Ernsthaftigkeit seiner Absichten überzeugt, berührte seinen Arm. »Im tiefsten Herzen weiß Melissa, daß Sie nicht wie Häßliche Otter sind, aber sie fürchtet die körperliche Seite der Ehe, den Schmerz des Kinderkriegens, obwohl sie mir selber geholfen hat, als Jäger geboren wurde, und gesehen hat, wie glücklich ich mit Panther war. Wenn Sie ihr Zeit lassen und viel Geduld mit ihr haben, werden Sie erleben, daß sie sich verändert, Justin. Sie liebt sie, dessen bin ich sicher. Sie muß nur ihre Furcht überwinden. Dann werden Sie zusammen sehr glücklich sein.

Er nickte. »Vielen Dank, daß Sie mir alles erklärt haben, Tanya. Jetzt weiß ich wenigstens, wovor sie Angst hat und warum. Ich werde sehr behutsam und vorsichtig mit ihr umgehen. Sie soll spüren, daß sie mir vertrauen kann.«

»Das hoffe ich«, antwortete Tanya, »für Sie und für Melissa. Sie hat viel Liebe zu geben, und sie verdient etwas Besseres als das Leben, das ihr bisher geboten wurde. Füllen Sie ihr Dasein mit Liebe und Freude aus, Justin, und ich werde Ihnen für alle Zeiten dankbar sein.«

»Das möchte ich. Ja, ich würde für sie die Sterne vom Himmel holen, wenn sie mich darum bitten sollte«, antwortete er feierlich.

22

Eine Woche waren sie jetzt auf der Ranch, als eines Morgens ein junges, dunkelhaariges Mädchen durch das Hoftor ritt. Tanya und Adam standen in der Scheune und zeigten Jäger das neugeborene Fohlen. Sie hörten, wie das Mädchen einen der Cowboys nach Adam fragte.

Wenige Minuten später kam sie in die Scheune und hielt einen Moment inne, um ihre Augen an die Dunkelheit zu gewöhnen. Dann entdeckte sie Adam und stürzte sich in seine Arme.

»Oh, Adam! Du bist wieder zu Hause«, kreischte sie. »Es kommt mir wie eine Ewigkeit vor, daß ich dich das letzte Mal gesehen habe.«

Sie trat einen Schritt zurück und betrachtete ihn wütend mit ihren seelenvollen braunen Augen. »*Drei Jahre* warst du weg!« empörte sie sich. »Und ich mußte mir die ganze Zeit Stuart Hammond vom Leib halten. Aber ich habe auf dich gewartet, wie versprochen!«

Tanya konnte sich nicht entscheiden, ob sie über das direkte Vorgehen dieser dunkelhaarigen Schönheit beunruhigt sein oder sich über den fassungslosen Gesichtsausdruck Adams amüsieren sollte. Offensichtlich war er von ihrem plötzlichen Auftauchen völlig überrascht.

»Was zum…«, begann er. Aber plötzlich erkannte er sie wieder. »Pru? Die kleine Prudence Barnes?« fragte er. »Du lieber Himmel, bist du groß geworden!«

Das Gesicht des Mädchens strahlte. »Natürlich, du Dummkopf. Ich bin sechzehn, und wir können heiraten. Als ich dich damals gefragt habe, hast du gesagt, ich müsse erst noch ein bißchen wachsen.«

Tanya beobachtete Adams verständnisloses Gesicht und mußte ihr Lachen unterdrücken.

Bevor er Prudence irgend etwas antworten konnte, machte sie sich von ihm los und begann, ausgelassen durch die Scheune zu tanzen. Mit Vergnügen demonstrierte sie ihre makellose Figur. »Bitte!« rief sie frech. »Überzeuge dich selbst davon, daß ich eine Frau geworden bin.«

»Das bist du ganz bestimmt«, stimmte Adam ihr zu. »Abgesehen davon, Amsel...«

»Das ist auch sowas«, unterbrach ihn Prudence. »Wenn wir erst einmal verheiratet sind, darfst du mich nicht mehr Amsel nennen – außer wir sind allein, versteht sich. Ich bin nämlich jetzt erwachsen, der Name paßt nicht mehr zu mir. Warum hast du mich eigentlich immer so genannt?«

»Wahrscheinlich, weil du andauernd zwitscherst, jeden unterbrichst, der dir etwas sagen will, und unaufhörlich quasselst«, antwortete er trocken.

Prudence war einen Moment lang sprachlos. »Oh«, murmelte sie dann, »ja, das stimmt vielleicht, denke ich.«

Tanya hob eine Augenbraue und sah Adam an, um ihre Lippen spielte ein Lächeln. Er bat sie wortlos um Hilfe, doch der Blick, den sie ihm zuwarf, sagte ihm unmißverständlich: Hilf dir selber!

Prudence fing den Blick auf und nahm zum erstenmal Tanya und Jäger zur Kenntnis. »Oh, hallo!« sagte sie, nicht im geringsten peinlich berührt, daß jemand Zeuge ihres forschen Vorgehens geworden war. »Wer sind Sie? Ist das Ihr kleiner Junge? Ein hübsches Kerlchen.«

Tanya lächelte und wußte nicht, welche Frage sie als erste beantworten sollte. »Vielen Dank. Ja, das ist mein Sohn. Ich bin Tanya Martin.«

Prudence machte große Augen. »Ich habe von Ihnen gehört, glaube ich. Sind Sie nicht eine von den Frauen, die eine Zeitlang bei den Indianern gelebt haben?« fragte sie ohne Umschweife.

»Es hat sich also schon herumgesprochen«, stellte Tanya fest.

Prudence zuckte die Schultern. »Pueblo ist eine kleine Stadt. Ich habe schon in der Kirche nach Ihnen Ausschau gehalten, jetzt, wo der Schnee weg ist und man wieder rausgehen kann.«

»Ich war nicht in der Kirche.«

»Ich habe mich gefragt, wie Sie wohl aussehen. Alle sind neugierig, was Sie betrifft«, gab Prudence arglos zu. »Waren Sie mit diesem Indianer wirklich verheiratet?«

»Ja.«

»Sie sehen ganz anders aus, als ich es mir vorgestellt habe.« Prudence betrachtete Tanya mit einem taxierenden Blick.

Tanya wußte nicht, ob sie über diese Bemerkung beleidigt oder amüsiert sein sollte. »Wie hatten Sie sich denn vorgestellt, daß ich bin?« fragte sie neugierig.

»Irgendwie verhärmt, denke ich. Dünn, heruntergekommen, fix und fertig.«

»Gedemütigt? Erbarmenswert?« schlug Tanya weiter vor. Ihre goldenen Augen blitzten übermütig.

Prudence nickte. »War es wirklich so entsetzlich? Hat er Sie geschlagen?«

»Einmal«, gab Tanya zu, und ihr Blick traf sich mit dem Adams.

Prudence dachte einen Augenblick darüber nach. »Nur einmal? Und was haben sie dann getan?«

»Ich wollte fliehen, es ist mir aber nicht gelungen.«

»Versuchten Sie es danach noch einmal?«

»Nein.«

»Wahrscheinlich haben Sie bald gelernt, nach seiner Pfeife zu tanzen«, beschloß Prudence.

Adams Gelächter schallte durch die Scheune.

»Könnte schon sein«, antwortete Tanya und warf Adam einen raschen Blick zu.

»Und was machen Sie hier?« wollte Prudence wissen.

»Ich bin bei Adam zu Besuch.«

»Ich wollte sie mit Mutter bekanntmachen«, ergänzte Adam.

»Warum das?« Prudence zog fragend die Augenbrauen in die Höhe.

Adam seufzte. »Nun, Prudence, weißt du, ich habe nicht gewußt, daß du tatsächlich auf mich wartest. Eigentlich bin ich davon ausgegangen, daß dich längst irgendein junger Bursche zum Traualtar geführt hat. Und als ich dann Tanya kennenlernte, wußte ich, daß sie die Frau ist, die ich haben will.«

Eine lastende Stille folgte seinen Worten. Schließlich seufzte Prudence mit der ihr eigenen Unbekümmertheit der Jugend auf: »Verdammt. Dann wird Stu aber froh sein. Seit acht Monaten ist er hinter mir her, daß ich ihn heiraten soll, und meine Mutter drängt mich auch dazu. Sie spioniert uns nicht mal hinterher, wenn wir nachts auf der Veranda sitzen, kocht ihm ständig seine Lieblingsspeisen und lädt ihn zum Essen ein.«

»Jetzt wissen wir, was dein Freund will und was deine Mutter will, aber was willst *du*?« fragte Tanya freundlich. Aus irgendeinem Grund war ihr das lebhafte Mädchen sympathisch.

»Oh, Stu ist super! Er sieht gut aus, arbeitet viel und betet mich an. Es gibt wirklich nichts an ihm auszusetzen, wissen Sie. Das Problem ist nur, daß ich auf Adam ein Auge geworfen habe, seit ich in den Windeln liege.« Prudence lächelte verschmitzt. »Stu wird die Welt nicht mehr verstehen, wenn ich seinen Heiratsantrag plötzlich annehme.«

»Er kann sich glücklich schätzen«, fand Adam.

»Allerdings«, entgegnete Prudence grinsend, »und ich werde dafür sorgen, daß er das nicht so schnell vergißt. Naja, die Milch ist angebrannt, aber was hilft es, darüber zu lamentieren. Ich habe mein Leben noch vor mir, und du, Adam, hast Tanya, die dich tröstet. Ich hoffe, Ihr werdet glücklich zusammen.«

»Danke«, sagte Adam. »Aber tu mir einen Gefallen, Amsel. Wir haben Tanyas Familie noch nichts von unseren Plänen gesagt, also behalt es für dich, verstanden?«

»Klar!« Prudence grinste wieder. »Wofür hat man schließlich Freunde? Außerdem kann ich Stu auf diese Weise in dem Glauben lassen, daß er mich auf redliche Weise gewonnen hat, und er muß sich nicht als Lückenbüßer vorkommen. Bestimmt stolziert er dann herum wie ein Gockel!«

»Da Adam endlich wieder einmal zu seinem Geburtstag zu Hause ist, möchte ich für ihn eine Fiesta geben«, erklärte Rachel eines Nachmittags. »Glauben Sie, daß Ihre Eltern gern kommen würden, Tanya?« Die beiden Frauen waren allein in der Küche.

Tanya blickte überrascht auf. »Mein Gott! Mir fällt gerade auf, daß ich nicht einmal weiß, wann Adam Geburtstag hat!«

Rachel lächelte traurig und nickte verständnisvoll. »Ja, wenn man bei den Cheyenne lebt, hat man andere Sorgen, zum Beispiel, wie man das nächste Jahr überstehen soll.«

»Wann hat Adam Geburtstag?«

»Eigentlich nächsten Montag, aber ich habe mir gedacht, der Samstag abend wäre besser zum Feiern. Was meinen Sie? Ich weiß, das ist für einige Leute ein bißchen knapp, aber es wäre schön, wenn es klappen würde.«

»Es ist eine wunderbare Idee. Ich bin sicher, daß Mutter und Vater kommen werden, wenn sie irgendwie können.«

»Morgen schicke ich einen Cowboy mit Einladungen in die Stadt«, beschloß Rachel.

»Soll es eine Überraschung für Adam werden?«

Rachel lachte. »O nein! Das würde ich nicht noch einmal riskieren. Als Adam neun war, habe ich eine Überraschungsparty für ihn gegeben. Alle sind erschienen – nur Adam nicht. Er war draußen beim Angeln und kam erst wieder, als sich die Gäste verabschiedeten.«

Dann wechselte Rachel plötzlich das Thema. »Erklären Sie mir eines, Tanya«, bat sie. »Was ist eigentlich mit diesem Leutnant Young, von dem Adam mir erzählt hat? Warum verbieten ihm Ihre Eltern nicht einfach das Haus? Haben sie Angst vor ihm?

»Das ist eine komplizierte Angelegenheit, Rachel. Sehen Sie, ich war mit Jeffrey verlobt, als Adam mich entführte, und war unterwegs nach Pueblo, um ihn zu heiraten. Er hat zweieinhalb Jahre auf mich gewartet, hat meine Familie getröstet und hat ihren Kummer über mein Verschwinden mit ihnen geteilt. Später organisierte er Suchtrupps und gehörte auch zu der Truppe von

General Custer, als ich schließlich gefunden wurden. Meine Eltern stehen in seiner Schuld, nicht nur weil er mich nach Hause zurückgebracht hat, sondern auch weil er Ihnen während meiner Abwesenheit zur Seite stand. Als ihnen klar wurde, daß ich meine frühere Beziehung zu Jeffrey nicht mehr aufnehmen wollte, tat er ihnen leid. Zunächst dachten sie ja, ich müsse Jeffrey dankbar sein, daß er mich überhaupt noch wollte.«

»Und jetzt?« fragte Rachel.

»Jetzt ist ihnen klar, daß es ein Fehler von mir wäre, Jeffrey zu heiraten. Seit ich zurück bin, zeigt er sein wahres Gesicht. Er ist so besessen von der Idee, mich zu bekommen, daß ich wirklich manchmal glaube, daß er den Verstand verloren hat. Seine Hartnäckigkeit ist erstaunlich, aber sie macht alles nur noch schlimmer. Ich habe ihn scheußlich behandelt. Ich war gemein zu ihm, gehässig, ja grausam. Doch er glaubt immer noch, ich müsse seine Frau werden. Er ist sogar so weit gegangen, daß er versucht hat, mich zu vergewaltigen – damals im Februar, als ich weggelaufen bin und er mich gefunden hat.«

Rachel zog die Luft ein. »Weiß Adam davon?«

»Ja. Und er weiß auch, daß mein Vater rechtzeitig dazukam, um das Schlimmste zu verhindern. Gott sei Dank. Seitdem beschützt mich meine Familie vor Jeffrey, und alle waren ganz begeistert, als sie merkten, daß ich Interesse an Adam habe.

Das Problem ist nur, daß sich meine Eltern, glaube ich, Jeffrey gegenüber immer noch verpflichtet fühlen. Außerdem befehligt er die Kavallerie-Einheit, die zum Schutz Pueblos stationiert ist. Obwohl er noch jung ist, besitzt er eine große Autorität und ist ehrgeizig genug, sie bis zum Letzten auszunutzen. Wenn man sich ihm in den Weg stellt, wird er bösartig. Man darf ihn nicht reizen, sonst macht er Ärger.«

»Ich verstehe«, sagte Rachel nachdenklich. »Ihre Eltern haben das Gefühl, daß sie ihn irgendwie bei Laune halten müssen, ob sie wollen oder nicht.«

»Wenn das alles wäre«, fuhr Tanya fort. »Julie hat sich während meiner Abwesenheit in ihn verliebt und gehofft, daß er sein Interesse von mir auf sie verlagert. Es hat ihr erst gar nicht gepaßt, daß ich zurückgekommen bin, und wir haben erst dann wieder Freundschaft miteinander geschlossen, nachdem ich sie überzeugen konnte, daß ich nichts mehr von Jeffrey will. Aus diesem Grund haben sie sie auch mit auf die Ranch geschickt. Sie dachten, ein Tapetenwechsel würde ihr guttun.«

Rachel sah verwirrt aus. »Aber der Leutnant erwidert ihre Gefühle doch gar nicht. Wo liegt also das Problem?«

»Ich glaube, meine Eltern fürchten, daß Jeffrey sich doch für Julie entschließen wird, wenn er mich erst einmal aufgegeben hat. Im übrigen ist Julie, wenn sie sich etwas in den Kopf gesetzt hat, genauso stur wie ich.«

»Roberto auch«, sagte Rachel lachend. »Das kann ja noch interessant werden. Mal sehen, wer von beiden seinen Kopf durchsetzt. Was meinen Sie? Wer wird gewinnen?«

Tanya lachte. »Ich wette auf Roberto!«

Und in der Tat, Roberto ließ nicht locker. Erbarumungslos verfolgte er Julie. »Kommen Sie, wir gehen reiten, Täubchen«, säuselte er.

»Wie Sie wissen, fahre ich lieber im Wagen spazieren«, erwiderte Julie knapp.

»Wenn Sie Angst vor dem Pferd haben, nehme ich sie mit auf meines«, bot er ihr grinsend an. »Es gibt da eine hübsche Biegung am Fluß, sehr einsam und gar nicht weit von hier.«

»Es ist nicht das Pferd, vor dem ich Angst habe. Und Ihr Vorschlag eben ist extrem unschicklich«, entgegnete sie verärgert.

»Man könnte meinen, Sie vertrauen mir nicht. Ich habe äußersten Respekt vor Ihnen, *querida.*«

Julie blitzte ihn an. »Ihnen vertrauen? Nichts liegt mir ferner.«

Roberto schlug sich in gespielter Tauer auf die Brust. »Sie verletzen mich, wenn Sie so etwas sagen«, erklärte er. »Wissen Sie nicht, wie sehr ich Sie anbete?«

Julie schnaubte nur verächtlich. »Wer's glaubt, wird selig. Schließlich sind Sie nur deshalb so hinter mir her, weil Sie mich nicht kriegen können. Sie sind der geborene Don Juan, Roberto!«

Roberto war keineswegs beleidigt. »Ich habe Ihnen schon mal gesagt: Ich will Sie, und ich bekomme Sie auch. Daran können Sie einfach nichts ändern, *chica.* Sehen Sie doch nur, was ich alles zu bieten habe. Wie wollen Sie mir da noch widerstehen?«

Julie verdrehte verzweifelt die Augen. »O ja, ich sehe es ganz genau. Wo sollen wir denn leben, Mr. Cowboy? In der Baracke? In einem kleinen Reihenhaus? Mutter wird entzückt sein, wenn sie zum Essen kommt.«

Roberto blickte sie verblüfft an und brach dann in Lachen aus. »Ach so! Sie glauben, nur weil ich für *Tia Raquela* arbeite, sei ich ein mittelloser Verwandter? Nein, mein Kleines, da irren Sie sich gewaltig. Ich helfe ihr freiwillig, nicht weil ich muß.«

Er ließ Julie ein paar Sekunden Zeit, diese Information zu verdauen, dann fuhr er fort: »Auf die Gefahr hin, daß Sie mich nur des Geldes wegen heiraten, muß ich Ihnen sagen, daß ich ein reicher Mann bin. Meinem Vater gehört eine schöne Hazienda und sehr viel Land in Santa Fe. Ich bin der Älteste und werde es eines Tages erben.« Er verbeugte sich elegant vor ihr. »Und jetzt überlasse ich Sie sich selbst. Sie können ja darüber nachdenken. Vergessen Sie nicht, Julie, auf was Sie verzichten, wenn Sie mich zurückweisen. Ich bin jung, reich, gesund und charmant – und zusammen werden wir wunderbare Kinder haben.«

»Von Ihnen will ich *keine* Kinder!« schrie sie ihm hinterher, als sie ihre Sprache wiedergefunden hatte.

»Mindestens ein Dutzend!« rief er lachend und ging davon.

Im Nebenzimmer fiel die Tür ins Schloß und weckte Tanya aus tiefem Schlaf Sie rückte zur Seite, auf der Suche nach Adams warmem Körper. Sanft legte sich eine Hand über ihren Mund, als sie Julie von drüben nach ihr rufen hörte.

Tanya blickte Adam an. Er bedeutete ihr, still zu bleiben, und als er sicher war, daß sie ihn verstand, schlüpfte er geräuschlos aus dem Bett. Gerade noch fand er Zeit, den Riegel an der Tür vorzuschieben, als es schon am Türknopf rüttelte.

Tanya verzog entsetzt das Gesicht, als sie daran dachte, daß ihre Schwester sie um ein Haar entdeckt hatte. Für gewöhnlich schloß sie ihre Tür ab, wenn sie zu Bett ging, doch letzte Nacht hatte sie es vergessen.

Einige Sekunden später klappte die Tür ihres Zimmers wieder, und dann hörte man Julie im Flur nach Tanya rufen.

Schließlich verklang ihre Stimme. Offensichtlich war sie jetzt in der Küche.

»Was macht sie denn schon so früh am Morgen?« wunderte sich Adam.

Tanya schüttelte den Kopf und stieg aus dem Bett. »Ich habe keine Ahnung, aber es ist wohl besser, wenn ich mich anziehe.«

»Schließ erst deine Tür ab«, riet er ihr. »Das eben war sehr knapp.«

Genau das tat Tanya. Als sie sich angezogen hatte, entriegelte sie ihre Tür wieder, kroch dann aber geräuschlos aus dem Fenster ihres ebenerdigen Zimmers. Jäger, der aufgewacht war, erklärte sie, sie sei gleich wieder zurück. Als sie draußen um den Vorbau der Küche bog, traf sie auf ihre Schwester.

»Guten Morgen, Julie«, sagte sie ruhig. »Du bist heute aber früh aufgestanden, Was ist los?«

»Wo warst du? Ich habe nach dir gesucht?« fragte Julie gereizt.

»Nett von dir, daß du dich um mich kümmerst«, entgegnete Tanya ironisch. Ihre Schwester hatte nicht einmal »Guten Morgen« gesagt. »Ich war ein bißchen spazieren.«

»Entschuldige«, murmelte Julie. »Aber ich konnte nicht schlafen und wollte mit dir reden.«

»Was ist denn los?«

»Oh, Tanya! Ich bin so durcheinander. Dieser Roberto macht mich noch verrückt.«

Tanya mußte lächeln. »Er ist reichlich hartnäckig, stimmt's?«

»So kann man es auch nennen. Er behauptet felsenfest, daß er mich bekommt, und jetzt, wo ich weiß, daß er nicht mittellos ist, wird mir ein wenig Angst.«

»Aber wieso? Du würdest doch niemals einen Mann wegen des Geldes heiraten, oder?«

»Nein, aber schaden kann so ein bißchen Geld auch nicht. Was ich damit sagen will – jetzt wird er plötzlich als Bewerber akzeptabel. Er ist kein armer Lump.«

»Ich sehe nicht so recht ein, was Reichtum oder Armut damit zu tun haben, es sei denn, du findest ihn anziehend.«

»Das ist es ja«, beschwerte sich Julie. »Seit Jahren bin ich in Jeffrey verliebt, und nun spüre ich diese unverständliche Zuneigung zu Roberto. Gut, er ist attraktiv und hat eine Menge Charme. Aber ich *will* mich nicht in ihn verlieben. Ich will Jeffrey! Trotzdem – dieser Roberto bricht langsam meinen Widerstand, und das gefällt mir nicht! Es ist alles so verwirrend. Ich dachte immer, ich wüßte, was ich wollte, und jetzt weiß ich überhaupt nichts mehr. Was soll ich bloß tun, Tanya?«

»Hast du Roberto schon gesagt, was du für ihn empfindest?«

»Du lieber Himmel, nein!« rief Julie. »Er ist sich seiner selbst schon sicher genug.«

»Julie, ich fürchte, ich kann dir nicht viel helfen. Dieses Problem mußt du allein lösen. Ich kann dir nur einen Rat geben, Liebes: Folge deinem Herzen. Kümmere dich nicht um das, was die Vernunft dir einredet, höre auf die Stimme deines Herzens. Nur dann hast du die Gewißheit, auch das Richtige zu tun.«

Julie kaute auf ihrer Unterlippe herum. »Wahrscheinlich. Jetzt muß ich nur noch herausfinden, was mein Herz mir sagen will. Es scheint zur Zeit in einer fremden Sprache mit mir zu reden.«

Tanya nutzte die wenigen Augenblicke am Tag, die sie nicht mit Adam verbrachte, um ein Geburtstagsgeschenk für ihn zu basteln. Von Rachel bekam sie einen Steifen Getrockneter und gegerbter Kuhhaut, aus dem sie einen Gürtel herstellte. Dazu nähte sie eine neue Scheide für Adams Messer und verzierte beide Teile mit farbigen indianischen Mustern.

Die Tage vergingen, erfüllt von Frieden, Herzlichkeit und dem Gefühl, wie eine große Familie zusammenzugehören. Meist küßte die warme Frühlingssonne das Land aus dem langen Winterschlaf wach. Nur an manchen Tagen sorgte ein leichter Frühlingsregen oder ein gelegentliches Gewitter dafür, daß sie im Haus bleiben mußten.

Eines Donnerstagmorgens erwachten sie unter einem schweren grauen Himmel voller Regenwolken, die der frische Wind vor sich herblies. Am Himmel zuckten die Blitze auf, an den Fensterläden rüttelte der Donner.

Tanya wanderte ruhelos von Fenster zu Fenster, unfähig, sich mit etwas zu beschäftigen, das länger als ein paar Minuten dauerte.

Adam kam zu ihr und sah wie sie dem Regen zu, der gegen die Scheiben peitschte. Er beugte sich zu ihr herab und flüsterte: »Komm in fünfzehn Minuten in die Scheune. Am Haken neben der Küchentür hängt ein Regenmantel.«

Tanya nickte.

Eine Viertelstunde später stürzte sie in die dunkle Scheune und riß sich die nasse Regenhaut vom Leib; sofort legten sich zwei warme Arme um sie, und sie preßte sich an seine breite Brust.

»Dein Gesicht glänzt vom Regen«, murmelte Adam, als er ihr die Tropfen wegküßte, sie mit seiner Zunge ableckte.

Tanya stellte sich auf die Zehenspitzen und fuhr mit den Händen durch sein dunkles Haar. »Dein Haar ist naß.«

Seine Lippen suchten ihren Mund zu einem langen, saugenden Kuß. Es war als wolle er ihr die Seele aussaugen, um sie in seinen Körper aufzunehmen. Sie zitterte, als er sie endlich freigab.

»Komm«, sagte er und brachte sie zu der Leiter, die auf den Dachboden führte. Oben roch es warm und süß nach frischem Heu.

Der Regen prasselte auf das Dach, ein gleichmäßiger Trommelrhythmus, gefolgt vom Donner, doch auf dem trockenen Heuboden war es warm und gemütlich – und sie waren allein.

Adam schnitt die Schnüre von zwei Heuballen entzwei und häufte das lose Heu zu einer weichen, wenn auch ein wenig kratzigen Matratze auf.

Tanya kicherte, als er sich mit ihr darauf sinken ließ. »Wir haben uns noch nie im Heu geliebt.«

Adam lächelte. Seine weißen Zähne blitzten. »Was? Willst du mir erzählen, ein so lüsternes Frauenzimmer wie du hätte es noch nie im Heu getrieben?«

Tanya warf ihm einen schüchternen Blick zu. »Sie belieben wohl zu scherzen, Sir?« Dann kuschelte sie ihren geschmeidigen Körper eng an ihn. »Du weißt doch, daß du mein erster und einziger Liebhaber bist. Und jetzt kannst du mich in der hohen Kunst der Liebe auf einem Heuboden unterweisen.«

»Das wird mir ein Vergnügen sein.« Seine flinken Finger machten bereits kurzen Prozeß mit den Knöpfen ihres Kleides, dann folgte er mit dem Mund den Linien ihres Halses und ihrer

Schulter bis zum Ansatz ihrer Brüste, wo die Spitze ihres Hemdes ihm vorläufig Einhalt gebot.

»Viel zuviel Kleider«, murmelte er heiser. Seine Stimme war rauh vor Verlangen. Ungeduldig zog er ihr auch das Hemd aus.

Sobald ihre Arme frei waren, half Tanya Adam, sich zu entkleiden, wobei sie ihn zärtlich streichelte.

Das Heu stach und zerkratze ihre zarte Haut, aber Tanya merkte nichts davon. All ihre Sinne, ihr ganzer Körper wurden verzehrt von dem wilden Feuer, das Adams Leidenschaft in ihr entfachte. Sein Mund bedeckte sie über und über mit heißen Küssen, seine Hände liebkosten und quälten sie gleichzeitig. Sie streckte ihre Hände nach ihm aus, berührte ihn überall dort, wo er erregbar war, streichelte ihn, küßte ihn, knabberte an ihm umhüllte ihn mit ihrer Liebe und ihrem ganzen Körper. Als er in sie eindrang, umschloß sie ihn fest mit ihren Armen, versengte ihn mit ihrer Hitze, schmolz selbst unter der Hitze seiner Leidenschaft dahin.

Lange hielt er ihren zitternden Körper am Rande der Lust, bis ihre Leidenschaft, gemeinsam mit der seinen, in einem funkelnden Vulkanausbruch explodierte. Immer wieder stieß sie seufzend seinen Namen hervor, und ihrer beider Lustschreie übertönten fast das Donnergrollen über ihren Köpfen.

Langsam, erschöpft von der Liebe, öffnete sie die Augen und sah sein Gesicht über sich, das ab und zu vom Schein der Blitze erhellt wurde. Seine ebenholzschwarzen Augen blickten gesättigt und sanft. »Meine Wildkatze«, flüsterte er und küßte ihre geschwollenen Lippen.

»Mein Panther, mein Geliebter«, seufzte sie. Ihr Mund zitterte unter dem seinen.

Beim Abendessen hatte Tanya immer noch jenes gewisse Etwas einer Frau an sich, die soeben richtig geliebt worden ist. Ihre Lippen waren immer noch geschwollen von Adams fordernden Küssen, und auf ihrem Gesicht und in ihren Augen lag ein besonderer Glanz.

Melissa und Rachel sahen darüber hinweg, sie wußten zu gut, woher dieser besondere Glanz rührte. Und Julie, unerfahren in diesen Dingen, machte sich keine Gedanken darüber. Roberto allerdings fiel Tanyas Veränderung sofort auf, und er blickte während des Essens abwechselnd Adam und Tanya aufmerksam an. Einmal beugte er sich zu Justin und flüsterte ihm eine Frage ins Ohr. Justin zuckte gleichmütig die Schultern und sagte nichts, doch von nun an betrachtete auch er seinen Freund beziehungsweise Tanya mit nachdenklicher Miene.

Später nahm Justin Melissa beiseite. »Was spielt sich eigentlich zwischen Adam und Tanya wirklich ab?« wollte er wissen. »Hat sie Ihnen gegenüber irgend etwas erwähnt?«

»Nein, wieso?« fragte Melissa.

»Roberto hatte so eine verrückte Idee. Daß sie sich – nun – geliebt hätten«, sagte er zögernd. »Und ich glaube, er hat recht.«

»Es ist nicht unsere Sache, sich darüber Gedanken zu machen«, entgegnete Melissa.

Justin blickte sie überrascht an. »Nein, natürlich nicht. Aber ich habe Adam eigentlich für einen Gentleman gehalten, nicht für jemanden, der eine Frau ausnutzt, egal, was sie durchgemacht hat. Und ich halte Tanya für eine Dame.«

»Wie gesagt, das ist nicht unsere Sache«, wiederholte Melissa.

Justin war verwirrt. »Ich finde Ihre Einstellung merkwürdig, Melissa. Vor allem, wenn ich daran denke, wie Sie mich auf Distanz halten. Sie überraschen mich.«

Melissa hob die Schultern. »Ich bin nicht so kleinkariert, daß ich meine Freunde für etwas verurteilen würde, was sie selber für richtig halten. Vielleicht habe ich andere Ansichten als sie, aber damit ist noch lange nicht gesagt, daß einer von uns recht oder unrecht hat. Nichts in dieser Welt ist nur schwarz oder weiß, Justin. In den vergangenen Jahren habe ich gelernt, anderen Menschen gegenüber toleranter zu sein.«

Justin blickte auf die kleine blonde Frau herab, die er inzwischen so sehr leibte, und schüttelte den Kopf. »Ob ich Sie wohl jemals verstehen werde?«

Melissa lächelte geheimnisvoll: »Wer weiß«, sagte sie.

An dem Tag, als die Fiesta stattfinden sollte, brach große Hektik aus. Die letzten Vorbereitungen wurden in aller Eile getroffen. Der Braten brutzelte schon lange draußen vor sich hin, und das Haus war erfüllt von dem würzigen Geruch der übrigen Speisen. Dutzende von Kuchen, Torten und anderen Leckereien waren auf den Anrichten in der Küche und im Eßzimmer aufgereiht.

Tische wurden nach draußen gestellt, Laternen für den Abend aufgehangen. Für Gäste, die über Nacht blieben, waren Zimmer hergerichtet worden, denn das Fest würde mit Sicherheit bis zum frühen Morgen dauern.

Am späten Nachmittag traf Familie Martin ein. Jeremy, der es nicht erwarten konnte, von seinen neuerworbenen Fähigkeiten zu berichten, begrüßte sie als erster, kaum daß die Räder des Wagens zum Stillstand gekommen waren.

Tanya arrangierte ein letztes Mal die Blumen in den Vasen und nickte zufrieden. »So stimmt es«, sagte sie zu sich selbst und ging, ihre Eltern zu begrüßen. Auf dem Weg zur Tür hob sie Zeichen des Bogenschützen vom Boden auf. »Komm, mein Kleiner«, flüsterte sie, »wir sagen Großpapa und Großmama guten Tag.«

Julie und Melissa waren bereits draußen, und Rachel begrüßte die eintreffenden Gäste. Gerade als Tanya zu ihnen gehen wollte, bog Adam um die Ecke. Auf seinen Schultern thronte stolz der kleine Jäger.

Mit langen, raschen Schritten holte Adam Tanya ein, und als Zeichen des Bogenschützen ihn entdeckte, warf er, grinsend und gurrend, beide Arme in die Luft. Es war purer Zufall, daß er in dem einzig stillen Moment, der sich ergab, laut ausrief: »Da-da! Da-da!«

Tanya wurde über und über rot. Das waren die ersten Worte ihres Sohnes, aber in einem völlig ungeeigneten Moment. Adam dagegen ließ sich nicht irritieren, sein Gesicht zeigte nicht das geringste Zeichen von Verblüffung. Als er neben Tanya angekommen war, legte er ihr den Arm um die Taille, zerzauste Zeichen des Bogenschützen liebevoll das Haar und erklärte ruhig: »Ein kluges Kerlchen. Er redet früher als die meisten Babys, nicht wahr?«

Tanya schluckte und nickte. Sie sah, daß ihre Eltern geschockt aussahen, doch plötzlich brach sie in Lachen aus. »Ich hätte nie gedacht, daß seine ersten Worte englisch sind! Welch eine Überraschung!«

Rachel lachte. »Er ist ein *picaro*, ein kleiner Halunke. Letzte Woche hat er sich an einer Strebe meines Lieblingsschaukelstuhls einen Zahn abgebrochen, und anschließend hat er sich in der Speisekammer versteckt. Was wird er als nächstes anstellen!«

Schließlich wagte Tanyas Vater einen Kommentar. »Nun, immerhin müssen wir seinen guten Geschmack anerkennen, wenn nicht gar seine Diskretion«, meinte er vergnügt. »Er erkennt auf Anhieb, ob ein Mensch etwas taugt.«

»Da muß ich Ihnen zustimmen«, sagte Rachel, und alle lachten.

»Jetzt wollen wir nur noch wissen, ob die Mutter genau so klug ist wie ihr Sohn«, meinte Roberto und zwinkerte Tanya so verschlagen zu, daß sie errötete.

»Ist sie«, entgegnete Adam mit einem mysteriösen Lächeln und führte, den Arm immer noch um Tanyas Taille, die Gruppe nach drinnen.

Von weither waren Freunde und Nachbarn gekommen, um Adams Geburtstag zu feiern. Fröhliches Gelächter verbreitete sich im ganzen Haus und auf den Höfen. Alle amüsierten sich köstlich, angefangen von Richter Kerr bis zum letzten Stallknecht. Essensberge verschwanden wie von Zauberhand, wurden durch neue aus der Küche ersetzt, und der Alkohol floß in Strömen. Diejenigen, die Talent hatten, sorgten für die Musik. Bald zogen leichte Gitarrenklänge durch die Abendluft, hier und da von den wehmütigen Tönen einer Harmonika begleitet. Immer mehr Gäste ließen sich von der festlichen Atmosphäre einfangen, immer mehr fingen an, mitzusingen und zu tanzen.

Adam war gelassen und spielte seine Rolle als Gastgeber glänzend. Im Verlauf des Abends gelang es Rachel auf unauffällige Weise, ihre Rolle als Gastgeberin nach und nach an Tanya abzugeben. Und wortlos teilte Adam allen mit, daß Tanya ihm gehörte, denn sie war beständig an seiner Seite, und oft genug hatte er die Hand auf ihre Schulter oder den Arm um ihre Taille gelegt.

Tanya lernte viele neue Menschen kennen, traf aber auch solche, denen sie früher schon einmal begegnet war. Sie kannte natürlich Richter Kerr und seine Frau Emily; auch Prudence Barnes war mit ihrer Familie und mit Stuart Hammond gekommen. Das junge Paar sah sehr glücklich aus, und Tanya war sich ziemlich sicher, daß Prudence ihm die gute Nachricht bereits überbracht hatte.

Dr. Emmet Jones, ein feiner Herr in den Fünfzigern, war ebenso anwesend wie der Sheriff der Stadt, Tom Middleton. Soweit Tanya es mitbekam, war Sheriff Middleton über die Einmischung des Militärs in die Belange seines Bezirks nicht allzu erfreut. Die Kavallerie schien ihm ständig auf die Füße zu treten und mischte sich eifrig bemüht, die Bürger der Stadt zu beschützen, unentwegt in seine Jurisdiktion ein. Besonders lästig benahm sich in dieser Hinsicht ein gewisser Leutnant Young, der offensichtlich glaubte, Gott selbst habe ihm eine Autorität verliehen, die diejenige des Sheriffs bei weitem überstieg.

Von ihren Eltern erfuhr Tanya, daß Jeffrey seit dem Tag, da sie mit Adam Pueblo verlassen hatte, gereizt war wie ein Bär mit einer wunden Tatze. Nur deshalb war er noch nicht selber auf der Ranch erschienen, weil er ständig mit irgendwelchen Trecks beschäftigt war, die über Pueblo Richtung Westen zogen.

»Die Leute kommen alle aus dem Osten hier an, und die Stadt platzt aus den Nähten«, stellte Edward fest. »Deshalb konnten Elizabeth und George nicht mitkommen. Sie mußten im Geschäft bleiben.«

Im weiteren Verlauf des Abends stellte Tanya fest, daß Justin sich Melissa ausgiebig widmete, Roberto aber eine gegenteilige Taktik benutzte. Er flirtete und tanzte mit nahezu jedem hübschen Mädchen, das geladen war, und seine Methode schien die erhoffte Wirkung zu erzielen. Julie konnte ihn offensichtlich die ganze Zeit nicht aus den Augen lassen, und jedesmal, wenn sie ihn mit einer neuen Frau entdeckte, verfinsterte sich ihre Miene. Tanya kannte ihre Schwester gut genug, um zu wissen, daß ihre blaugrünen Augen nicht vor Freude und Aufregung blitzten, sondern vor schierer Eifersucht.

Abgesehen von einigen Pflichttänzen, die sie absolvieren mußten, tanzten Tanya und Adam den ganzen Abend nur miteinander. Höflich, aber bestimmt wies Tanya die Angebote vieler Männer zurück, und die begriffen rasch. Natürlich fiel auch den Frauen auf, wie oft Tanya und Adam über das Parkett walzten und wie innig er sie hielt.

Ihre Wange lag auf seiner Schulter, während sie verträumt zur Musik dahinschwebten. »Adam«, flüsterte sie, »du hältst mich viel fester, als es sich schickt. Die Leute reden bereits über uns.«

»Sie sind nur neidisch«, versicherte er ihr. Sein Atem strich durch ihre Haare.

»Auf dich oder auf mich?«

»Auf uns beide, denke ich.«

Später, als sie neben ihm mit Rachel und ihren Eltern an einem Tisch saß, kam die Sache wieder zur Sprache.

»Tanya, Liebes«, begann Sarah, »auf die Gefahr hin, daß dir meine Kritik nicht paßt, aber dein Verhalten heute abend erregt Aufsehen. Der Klatsch blüht!«

Tanya lächelte gequält. »Ach, Mutter, das ist doch nichts neues für mich. Wahrscheinlich haben die meisten Leute erwartet, daß ich heute abend in einem Lederkleid und mit einem Tomahawk in der Hand hier aufkreuze.«

»Schluß mit den frivolen Scherzen«, sagte Edward knapp. »Deine Mutter hat ganz recht. Wir müssen darauf achten, daß dein Ruf nicht noch mehr leidet, als er schon gelitten hat.«

»Nicht mehr lange«, sagte Adam gedehnt und nahm einen Schluck von seinem Drink.

Edwards Kopf fuhr herum.« Was soll das heißen?«

»Sie werden nicht mehr lange für sie verantwortlich sein«, erklärte Adam. »Wenn Sie erlauben, möchte ich hiermit um die Hand Ihrer Tochter anhalten.«

Obwohl diese Erklärung selbst Tanya unvorbereitet traf, mußte sie über die verblüfften Gesichter ihrer Eltern lachen. Noch nie hatte sie erlebt, daß es ihrem Vater die Sprache verschlug und daß der Mund ihrer Mutter so lange offen stand.

»Tanya ist damit einverstanden, meine Frau zu werden, und natürlich werde ich die Jungen adoptieren«, fuhr Adam so gelassen fort, als rede er über nichts Wichtigeres als das Wetter.

Tanya fragte sich, ob ihr Vater nun für immer die Sprache verloren habe. Schließlich räusperte er sich mehrmals und stammelte: »ich... äh... ja, natürlich.« Er schüttelte den Kopf, als könne er keinen klaren Gedanken fassen. »Sie haben mich ziemlich überrascht.«

Sarah griff sich unsicher an die Kehle. »Das geht alles ein bißchen schnell, findet ihr nicht?« Ihre Stimme bebte verdächtig.

Tanyas Augen glitzerten. »Soll das heißen, daß du nicht zustimmst, Mutter?«

»Um Himmels willen, nein!« antwortete Sarah eine Spur zu hastig und errötete bis an die Haarwurzeln. »Ich möchte nur, daß ihr eurer Sache sicher seid«, verbesserte sie sich.

»Ich war nie ein Mensch, der nicht weiß, was er will«, erklärte Adam, »und ich will Tanya. Wir haben also Ihren Segen?«

Sarah und Edward wechselten einen raschen Blick. »Ja«, sagten sie dann wie aus einem Munde.

Rachel strahlte. »Ihr seid füreinander geschaffen. Ich freue mich so für euch, und ich bin so aufgeregt! Bitte, Tanya, laß mich bei den Vorbereitungen für die Hochzeit helfen!« Ihre dunklen Augen suchten die Augen ihres Sohnes, den sie liebevoll betrachtete. »Adam ist mein einziges Kind, und mir fehlt noch eine Tochter, um deren Hochzeit ich so richtig Wirbel machen kann.«

»Natürlich müssen Sie helfen«, sagte Sarah begeistert. »Elizabeth und ich werden alle Hände voll zu tun haben.« Im Geiste war sie schon bei den Vorbereitungen. »Wir müssen die offizielle Verlobungsfeier organisieren…«

Adam beugte sich vor. »Entschuldigen Sie, Mrs. Martin, aber Sie müssen sich mit Ihren Plänen beeilen, denn jetzt, wo ich weiß, daß Tanya meine Frau wird, kann ich es nicht mehr erwarten. In wenigen Momenten werde ich allen Klatsch und alle Gerüchte zum Schweigen bringen, indem ich unsere Verlobung hier und jetzt offiziell bekanntgebe.«

Rachel, die an die schnellen Entscheidungen ihres Sohnes gewöhnt war, lächelte nachsichtig, als Sarah protestierte: »Aber – aber…«

Tröstend legte sie eine Hand auf Sarahs Arm. »Sarah, es wird schon gut gehen. In ein paar Wochen können wir die Verlobung dann noch richtig feiern.«

»Das müssen aber kurze Wochen sein, Mutter«, meinte Adam. »Tanya und ich wollen spätestens am ersten Juli heiraten.«

Sarah schnappte nach Luft. »Bis dahin können wir es unmöglich schaffen, mein lieber Junge. Das sind ja nur noch vier bis fünf Wochen!«

»Warum sollten wir es denn in die Länge ziehen?« fragte Tanya fröhlich. »Hauptsache, er erscheint überhaupt vor dem Altar, bevor er es sich wieder anders überlegt.«

»*Tanya*!« Sarah war geschockt.

Ihre Tochter, Adam und Rachel brachen in Laden aus, und Edward schloß sich ihnen an. »Tanya hat ganz recht, Sarah«, meinte er vergnügt. »Wer weiß, wann wir die nächste Gelegenheit haben, Hochzeit zu feiern.«

23

Erst am frühen Morgen ging die Party ihrem Ende zu, die Gäste verabschiedeten sich, und die im Haus blieben zogen sich auf ihre Zimmer zurück. Mit Rücksicht auf die Übernachtungsgäste hatte Melissa sich entschieden, diese Nacht bei Tanya zu schlafen und ihr Zimmer zur Verfügung gestellt.

Kaum hatte sie das Licht gelöscht und die Tür abgeschlossen, schlich Tanya auf Zehenspitzen zu Adam ins Zimmer. »Zeichen des Bogenschützen sollte eigentlich durchschlafen, aber falls er wach wird und Hunger hat, ruf mich«, flüsterte sie Melissa zu.

»In Ordnung«, murmelte Melissa und vergrub den Kopf in ihrem Kissen. »Gute Nacht!«

Tanya, die davon ausging, daß Melissa schon eingeschlafen war, ließ die Tür einen Spalt offen, damit sie die Jungen besser hören konnte.

Adam erwartete sie bereits. »Du darfst nur zu mir ins Bett, wenn du dieses alles verhüllende Nachtgewand ablegst«, sagte er leise.

Tanya lachte. »Du spielst dich ganz schön auf, seit unsere Verlobung offiziell bekannt ist, wie?« Sie zog sich das Nachthemd über den Kopf und kroch zu ihm ins Bett.

»Ich glaube, ich habe diesmal eine Sonderbehandlung verdient, denn es kann gut sein, daß wir in den nächsten Wochen keine Zeit mehr für uns haben«, entgegnete Adam. »Deine Mutter wird dich mit Anproben, Vorbereitungen und Einladungen auf Trab halten, und ich weiß nicht, ob wir bis zu unserer Hochzeit noch einen Besuch auf der Ranch einplanen können.«

»Das ist wahr«, murmelte sie und liebkoste die kleine Kuhle an seinem Hals.

Er zog sie an sich, genoß das Gefühl ihrer seidigen Haut an seiner rauhen, vergrub Hände und Kopf in ihrem duftenden Haar, dessen Geruch er tief in sich einsog. »Danach habe ich mich den ganzen Abend gesehnt«, seufzte er. »Du riechst nach Flieder, und deine Haut fühlt sich an wie warmer Satin. Es hat mich fast verrückt gemacht, dich so eng in den Armen zu halten und dich nicht küssen oder berühren zu dürfen – so wie ich dich gern berührt hätte.«

Seine Lippen streiften ihre Stirn, ihre Schläfe, ihre Wangen. »Du bist so schön, Tanya. Eine richtige wundervolle Hexe. Vom ersten Moment an, wo ich dich gesehen habe, war ich von dir in Bann geschlagen.«

Sie suchte seinen Mund, doch er entzog sich ihr. »Der Vollmond ist dir zu Kopf gestiegen«, antwortete sie zärtlich.

Wieder versuchte sie ihn zu küssen, doch seine Lippen wanderten über ihren Hals, hinab zu ihren Schultern, knabberten leicht an dem Fleisch, das so empfindlich war. Stöhnend vor Wonne bog sie den Kopf zurück, damit er sie überall berühren konnte. Sinnliche Schauer durchströmten ihren ganzen Körper, ihre schlanken Finger vergruben sich in seinem ebenholzschwarzen Haar.

Adam lachte ein wenig. »Das gefällt dir, wie?«

»Mhmm – mhmm«, seufzte sie gedehnt und hielt den Atem an, als er mit den Fingerspitzen zart über ihre Hüften fuhr.

Die Hände immer noch in seinem Haar vergraben, bog sie seinen Kopf zu sich herab und fand seinen Mund, begierig, ihn zu küssen. Doch anstatt ihr Verlangen zu stillen, knabberte er nur leicht an ihren Lippen, streifte ihre Mundwinkel, streichelte sie mit seiner Zunge, seinen Zähnen, seinem warmen Atem, bis ihre Lippen vor Sehnsucht bebten.

»Küß mich, Adam, küß mich!« bettelte sie.

Als er ihre Bitte endlich erfüllte, gab er ihr alles, was sie verlangte, und mehr. Sein Mund ergriff von ihr Besitz, verbrannte sie, eine Zunge begehrte Einlaß, und ihre Lippen öffneten sich und erlaubten ihr, zwischen ihre Zähne zu schlüpfen. Dann fanden sich ihre Zungen in einem atemberaubenden Tanz, ineinander verschlungen, einander ertastend.

Tanya spürte die vertrauten Flammen der Leidenschaft, spannte ihren Körper an, wollte Adam noch mehr spüren. Ihre Hände streichelten seine Schultern und preßten ihn noch fester an sich.

Sanft umspielten seine Finger die Konturen ihrer Brüste, und sie fühlte seine rauhen Hände für den Bruchteil einer Sekunde auf ihren schwellenden Brustwarzen.

Enttäuscht stöhnte sie auf, als seine Hände sich wieder zurückzogen. Er lachte und gab ihr das Gefühl, daß er mit ihr nur spielen, sie zum Narren halten wolle. »Verdammt«, stöhnte sie und entzog sich seinem Mund. »Liebling, hör auf mit diesen Spielchen!«

»Was möchtest du denn, mein Kleines? Sag es mir«, drängte er sie heiser.

»Du sollst mich berühren!« Sie führte seine Hand. »Streichle mich. Ich will deine Hände, deinen Mund spüren.«

»Was fühlst du, wenn ich das mache? Sag es mir. Was fühlst du, wenn meine Zunge mit deinen Brustwarzen spielt...?«

Nebenan wollte Melissa gerade vorsichtig die Tür schließen, um Adams und Tanyas Liebesgeflüster nicht mitanhören zu müssen, doch als sie Adams Worte hörte, hielt sie, die Hand auf der Klinke, inne. Eine unbekannte Hitze stieg in ihr auf, als sie das Ohr an die Tür legte und zum Zeugen der intimen Szene wurde. Sie wußte, sie sollte besser wieder ins Bett gehen, doch ihre Füße waren wie angewurzelt.

Seit ein paar Monaten geschah es öfters, daß sie Justins Annäherungsversuchen gegenüber schwach wurde. Die wenigen Male, da sie ihm erlaubt hatte, sie zu küssen, hatte sie ein Gefühl der Erregung gespürt, das sie von früher kannte, und ihr Atem hatte sich wie von selbst beschleunigt. Einmal hatte er sanft ihre Brust berührt, und ihre Brustwarzen hatten sich aufgerichtet. Vorsichtig war er mit seinem Daumen darübergefahren, und sie hatte so intensive Gefühle verspürt, daß es sie erschreckte. Verwirrt und beschämt hatte sie sich zurückgezogen. Sie konnte nicht versehen, daß ihr Körper so heftig reagierte.

Bei Häßliche Otter hatte sie erfahren, wie qualvoll und demütigend die körperliche Vereinigung mit einem Mann sein konnte, doch während der Zeit, da sie mit Adam und Tanya in seinem Zelt gelebt hatte, war ihr klar geworden, daß es Menschen gab, die daran Vergnügen fanden, auch wenn sie nicht verstehen konnte, warum. Bei Justin begegnete sie nun selbst zum ersten Mal diesem gefühlsbetonten Aspekt der Liebe zwischen Mann und Frau. Ihr Herz war bereit, ihm zu antworten, doch ihr Verstand sandte widersprüchliche Signale aus. Daß ihr Körper so sehr auf ihn reagieren würde, hatte sie nicht erwartet, vielmehr hatte sie mit Ekelgefühlen gerechnet. Ihre Vernunft, ihre Erfahrung sagten ihr, sie müsse eigentlich angewidert und beschämt sein, auch wenn ihre Lippen unter den seinen vor Erregung zitterten.

Daß physische und emotionale Liebe nicht zwei verschiedene, voneinander getrennte Dinge waren, sondern eine Einheit bilden, hatte sie sich nie vorstellen können. Jetzt, als sie dort in der Dunkelheit stand und dem Geflüster im Nebenzimmer zuhörte, korrigierte sie ihr Denkmuster. Diese beiden Arten der Liebe gehörten in der Tat zusammen.

Als sie Tanyas und Adams innige Liebesworte hörte, wurde ihr klar, daß die körperliche Liebe, wenn sie von echtem Gefühl begleitet wurde, nichts Beschämendes war. Wo die Zärtlichkeit zwischen den Partnern vorherrschte, gab es keine Qualen und Demütigungen. Ohne Liebe war der Akt der Vereinigung nicht mehr als eine animalische Paarung – aber getragen vom Gefühl war derselbe Akt der höchste Ausdruck der Liebe.

Melissa fing an zu weinen und ließ die Tränen ungehindert fließen. Bisher hatte sie nicht verstanden, was Tanya ihr beizubringen versucht hatte. Jetzt, da sie Justin liebte, erkannte sie ganz klar, daß eine körperliche Vereinigung die Liebe, die sie und Justin füreinander empfanden, nicht besudelte. Justin war freundlich und sanft, und das würde er auch sein, wenn er sie umarmte.

Leise schloß Melissa die Tür und ging auf Zehenspitzen zu

ihrem Bett zurück. Ein tiefer Seufzer entrang sich ihrer Brust und erlöste sie von dem emotionalen Aufruhr der letzten Wochen. Sie sank in einen friedlichen Schlummer, und kurz bevor sie einschlief hatte sie noch das Gefühl, daß sie sich eigentlich schämen müsse, weil sie Adam und Tanya belauscht hatte. Aber sie war auch dankbar, daß ihre Neugier ihr dazu verholfen hatte, ihr Problem zu lösen. Jetzt war sie endlich frei, Justin so zu lieben, wie er es verdiente.

»Ich liebe es, wenn du meine Brüste berührst«, flüsterte Tanya, als Adam eine Brustwarze in den Mund nahm. Seine Zähne streiften die sensible Spitze, seine Zunge netzte sie. »Das bringt jeden Nerv in meinem Körper zum Vibrieren. Funken tanzen vor meinen Augen. Und in der Mitte meines Körpers ergießt sich ein Lavastrom und verbreitet seine Hitze überall. Ich spüre die Spannung, den Schmerz zwischen meinen Oberschenkeln.«

Ihre heiser hervorgestoßenen Worte erfüllten ihn mit Liebe und Stolz, und er verdoppelte seine Bemühungen, ihr soviel Lust zu verschaffen, wie er nur konnte.

»Adam, Adam« keuchte sie, am ganzen Körper zitternd, »bitte, Adam!«

»Noch nicht, meine gierige Wildkatze«, murmelte er, während sein Mund sich den Weg über ihren Körper zurücksuchte.

Ihre Hände glitten seinen Rücken herab, krallten sich in seine Oberschenkel, drängten ihn, sie endlich ganz zu befriedigen, doch er fuhr fort, sie zu lecken und zu beißen. Da schlossen sich ihre Finger um sein pulsierendes Glied und erregten und quälten ihn, wohl wissend, daß sie ihn an die Grenze seiner Beherrschung brachte.

»Du Zauberin! Du verhext mich!« stöhnte er außer sich vor Qual und Lust.

»Komm zu mir«, flüsterte sie. »Mein Körper brennt vor Verlangen.«

Er warf sich ihre Beine über die Schultern und hob sie empor. Ihr Körper, feucht und bereit, begrüßte ihn willig. Sie wand und krümmte sich unter ihm, wollte ganz mit seinem Körper, seiner Seele verschmelzen. Es war eine wilde, wundervolle Vereinigung, ein vollkommener Einklang auf der Suche nach dem süßen, kostbaren Moment totaler Hingabe.

Später dauerte es lange, bis Tanya wieder etwas sagen konnte. Mit einer Stimme, die noch von der Innigkeit des eben Erlebten bebte, flüsterte sie: »Deine Liebe ist wie ein Wunder, Liebster. Mir schwinden die Sinne davon. Weißt du eigentlich, wie sehr ich dich liebe?«

Adam küßte ihr die Tränen aus den Augenwinkeln. »So sehr, daß du mir mein Herz gestohlen hast, um es mir, noch stärker, noch größer geworden als vorher, wieder zu schenken. Die Kraft deiner Liebe macht mich unbesiegbar.«

Zwei Tage darauf war Tanya wieder in Pueblo und hatte alle Hände voll zu tun mit den Hochzeitsvorbereitungen. Nach anstrengenden Gesprächen hatte sie ihre Mutter davon überzeugt, daß es Unsinn sei, so rasch hintereinander ein Verlobungsfest und eine Hochzeitsfeier zu planen.

»Ich verstehe nicht ganz, warum ihr es so eilig habt«, beklagte sich Sarah. »Man heiratet nur einmal im Leben, und dann soll alles so vollkommen wie möglich sein. Dafür sind wochenlange Vorbereitungen und Planungen nötig. Es soll der schönste Tag in deinem Leben werden, den du nie vergißt.«

»Der erste Juli, Mutter«, wiederholte Tanya, verließ das Zimmer und dachte: »Man heiratet nur einmal? In meinem Fall ist es anders. Welchen Hochzeitstag werden Adam und ich wohl später feiern?«

Richter Kerr sollte sie trauen. Das war ein Kompromiß, den sie zwischen ihren Konfessionen – Tanya war protestantisch, Adam katholisch getauft – schlossen. Melissa und Julie sollten die Brautjungfern sein, Justin, Adams engster Freund, und Roberto würden sie begleiten. Richter Kerr hatte sein Haus für die Zeremonie zur Verfügung gestellt, und Emily erklärte sich bereit, die Orgel zu spielen. Alle Details waren also geregelt, und Tanya konnte nicht verstehen, warum im Martinschen Haushalt weiterhin eine so große Aufregung herrschte.

»Ich wünschte, ich hätte der Sache nie zugestimmt«, sagte sie zu Adam. »Diese Blitzhochzeit wird von Tag zu Tag mehr zum

Problem. Mutter kommt aus der Hektik gar nicht mehr heraus. Sie will einen Fotografen aus Denver kommen lassen und hat das Menü zum vierten Mal innerhalb von drei Tagen geändert. Wenn sie gerade kein Theater um die passende Garderobe macht, kommt sie um vor Angst, es könnte eine Trockenperiode geben und wir hätten keine frischen Blumen zur Hochzeit.«

Deprimiert blickte sie Adam an, der am liebsten laut losgelacht hätte. »Ja, lach du nur, du Rüpel!« rief sie wütend. »Warte, bis sie dich in die Finger kriegen! Wir drei Frauen fühlen uns wie die reinsten Nadelkissen. Pausenlos werden wir vermessen, abgesteckt und gestochen, vom Kopf bis zu den Füßen. Und damit noch nicht genug – Mutter besteht auf einer ordentlichen Aussteuer. Was soll ich damit? Aber ich kann ihr nicht klarmachen, daß es sinnlos ist.«

In Sarahs Augen erhielt die Verlobung erst ihre Gültigkeit, als Tanya von Adam einen phantastischen Diamantring geschenkt bekam. Der Stein hatte einmal seiner Großmutter gehört, und er hatte ihn von einem Goldschmied in der Stadt neu fassen lassen. Derselbe Künstler war von Adam beauftragt worden, für Tanya einen Ehering zu fertigen, eine Überraschung, die Adam streng geheim hielt.

Als hätte Tanya nicht genug am Hals gehabt, mußte sie sich auch noch mit Jeffrey Young auseinandersetzen. Glücklicherweise dauerte es ein paar Tage, bis er registriert hatte, daß sie wieder in Pueblo war. Irgendwann aber ließ es sich nicht mehr vermeiden, daß er von Tanyas Verlobung mit Adam erfuhr. Die Konfrontation war unumgänglich. Eines Tages kam er ins Haus gestürzt, bahnte sich seinen Weg vorbei an Sarah und Melissa und stürmte ins Eßzimmer. Tanya deckte gerade den Tisch. Er ging mit langen Schritten auf sie zu und packte sie grob am Arm.

»Ist das wahr?« brüllte er.

»Tanya blickte ihn gleichgültig an. »Was meinen Sie, Leutnant Young?« fragte sie kühl.

Er packte noch fester zu. Seine wütenden blauen Augen starrten sie an. »Die ganze Stadt redet von nichts anderem als von deiner Verlobung mit Adam Savage. Ist das wahr?«

»Die reine Wahrheit.« Sie hielt seinem Blick stand.

Sein Gesicht verzerrte sich vor Schmerz und Wut. »Nein. Niemals! Das lasse ich nicht zu!«

Auch wenn Tanya genau wußte, wie brutal und egozentrisch er war, so tat er ihr doch für einen Augenblick leid. Egal wie töricht Jeffrey sich benommen hatte, diesmal litt er aufrichtig, und sie war es, die ihm die Wunde zugefügt hatte.

Mitgefühl machte ihre Stimme sanfter, als sie versuchte, ihn zu beruhigen. »Jeffrey, seit Monaten erkläre ich dir, daß es zwischen uns aus ist. Aber du wolltest nie zuhören. Nun werde ich Adam heiraten, und es wird Zeit, daß du das endlich akzeptierst.«

Die Wildheit in seinem Gesicht machte ihr Angst. »Niemals!« schrie er. »Du gehörst mir! Und wirst nie einem anderen Mann gehören!«

Er war völlig von Sinnen. Tanya merkte, daß sie auf vernünftige Weise nichts erreichen konnte und änderte ihre Taktik. Sie lehnte sich an ihn und entspannte ihren Körper bis sie merkte, daß er seinen Griff um ihren Arm lockerte. Dann befreite sie sich mit einem Satz, zog ihr Messer, das sie immer noch ständig bei sich trug, und schrie nach Kit.

Julie und Sarah standen wie versteinert im Türrahmen. Melissa beobachtete die Szene schweigend und wartete gespannt, was Tanya als nächstes tun würde.

Tanya hielt Jeffrey mit dem Messer in Schach. »Raus hier!« zischte sie. »Mach, daß du wegkommst, bevor ich mich vergesse und dich an Kit verfütterte!«

Als hätte sie auf das Stichwort gewartet, kam die große Katze ins Eßzimmer geglitten und hockte sich neben ihre Herrin. Mit gebleckten Zähnen fauchte sie Jeffrey an.

Er schien sich zu fassen, wich zurück und leistete mit ausgestreckten Händen Abbitte: »Tanya, Liebste, es tut mir leid, wenn ich grob zu dir gewesen bin, aber bitte, hör mir einen Augenblick zu. Ich kann nicht zulassen, daß du dich an diesen Mann wegwirfst. Denk doch einmal daran, was wir uns bedeutet haben!«

An dieser Stelle lief Julie, die schon seit Tagen mit den Nerven völlig fertig war, auf Jeffrey zu. »Hör auf, Jeffrey!« kreischte sie und zog ihn am Ärmel. »Siehst du denn nicht, daß sie nichts mehr von dir will? warum erniedrigst du dich so vor ihr? Merkst du denn nicht, was sie dir antut?«

Jeffrey stieß sie wütend von sich und schlug ihr ins Gesicht. »Weg mit dir, dummes Ding« brüllte er.

Julie schrie auf und taumelte in die Arme ihrer Mutter. Sie war zutiefst verletzt und erschreckt.

Kit fauchte erneut, aber Jeffrey kümmerte sich nicht darum. »Begreifst du jetzt endlich?« sagte er höhnisch. »Jetzt ist es vorbei mit deinem Stolz, wie? Doch davon hast du sowieso nie viel besessen. Meinst du ich habe nicht gemerkt, wie du all die Zeit hinter mir her warst?« Er schüttelte heftig den Kopf, seine Augen blitzten. »Du hast dich mir regelrecht an den Hals geworfen, man mußte schon blind sein, um das nicht zu merken.« Sein Gesicht verzerrte sich. »Ich hätte dich haben können, jederzeit!« verkündete er erbarmungslos. »Aber was sollte ich mit dir? Ich wollte Tanya! Selbst wenn sie schon ein anderer gehabt hat, ist sie immer noch mehr wert als du.«

»Jetzt reicht's, Jeffrey«, unterbrach ihn Tanya scharf. »Ich lasse nicht zu, daß du meine Schwester mißhandelst, weder körperlich noch mit Worten.«

»Sie fordert doch seit Monaten nichts anderes heraus«, wehrte sich Jeffrey. »Um meine Frau zu werden, die Frau eines Offiziers der Kavallerie, besitzt sie nicht die geringsten Voraussetzungen. Sie ist verwöhnt und verzogen und hält es für selbstverständlich, daß sie immer ihren Willen bekommt. Der Härte des militärischen Lebens wäre sie niemals gewachsen – ganz im Gegensatz zu dir.« Er blickte Tanya an. »Du hast die nötige Stärke, du jammerst nicht, du wirst nicht ohnmächtig, du gibst nicht auf, wenn es hart auf hart kommt. Mit dir an meiner Seite könnte ich General werden!«

Tanya lachte sarkastisch. »Wirklich, du bist vollkommen, Jeffrey! Vollkommen idiotisch!« Auf seinen wütenden Blick hin zückte sie ihr Messer. »Und jetzt verschwinde, bevor dieses Messer seinen Weg in dein Herz findet. Falls du überhaupt ein Herz hast!« Wieder fauchte Kit und unterstrich, wie ernst Tanya diese Worte meinte.

Mit einem letzten, haßerfüllten Blick drehte Jeffrey sich auf dem Absatz um. »Das wirst du noch bereuen, Tanya«, drohte er. »Ihr alle, ihr eingebildeten, hochnäsigen Martins werdet das bereuen. Eines Tages kommt ihr auf Knien zu mir gekrochen!«

Dann wandte er sich noch ein letztes Mal zu dem weinenden Mädchen um. »Kopf hoch, Julie! Es ist noch nicht alles verloren. Wenn deine Schwester alle Warnungen in den Wind schlägt und diesen blöden Rancher wirklich heiratet, dann nehme ich dich vielleicht als Mätresse. Du hast dich mir weiß Gott oft genug angeboten. Als Ehefrau bist du unmöglich, aber vielleicht taugst du ja als Geliebte!«

Elizabeth war sprachlos, als sie vom Einkaufen nach Hause kam und Julie schluchzend und mit roter Wange vor sich sah. Doch ihre Reaktion war noch gemäßigt im Vergleich zu derjenigen der Männer.

»Man sollte ihn hängen«, tobte Edward. »Erst versucht er, Tanya zu vergewaltigen, dann schlägt er Julie. Der Mann ist krank!«

»Hängen ist viel zu gnädig!« rief George.

»Ich hätte ihn beinahe umgebracht«, gab Tanya zu und suchte Adams Blick. »Wenn ihr wüßtet, wie nahe ich daran war, mein Messer in sein schwarzes Herz zu bohren!«

»Dann hätte man dich wegen Mordes ins Gefängnis geworfen«, sagte Adam.

Tanya nickte. »Ich weiß. Nur das hat mich abgehalten.«

Elizabeth schnaubte verächtlich. »So etwas lobe ich mir! Der allmächtige Leutnant Young kann einfach hier hereinmarschieren und uns mißhandeln, wie es ihm beliebt, und wir können nichts dagegen tun, weil die Armee hinter ihm steht.«

»Kann Sheriff Middleton ihn nicht festnehmen lassen?« schlug Sarah vor.

Adam schüttelte den Kopf. »Wegen so etwas nicht«, sagte er. »Young würde einfach behaupten, es sei ein unglücklicher Zufall gewesen, er hätte Julie gar nicht schlagen wollen.«

»Hätte ich ihn nur erschossen, damals, als er sich über Tanya hergemacht hat«, knurrte Edward.

»Dann wären wir auch tot«, sagte George. »Seine Männer hätten nicht lange gefackelt.«

»Was tun wir jetzt?« fragte Melissa. »Julie wird vor lauter Angst das Haus nicht mehr verlassen wollen, und wer weiß, wann Jeffrey das nächstemal zu einem seiner reizenden Besuche hier auftaucht.«

Julie war fast den ganzen Nachmittag hysterisch hin und her gerannt. Jetzt saß sie still neben ihrer Mutter und sagte kein Wort. Immer wieder überlief ein Zittern ihren Körper, doch die Erschöpfung, die oft auf einen Schock folgt, machte sich bemerkbar.

Adam blickte sie teilnahmsvoll an. »Ich habe einen Vorschlag zu machen, falls Julie einverstanden ist.«

Julie blickte ihn fragend an.

»An diesem Wochenende kommt meine Mutter in die Stadt. Julie kann mit ihr zur Ranch zurückfahren. Sie wird sich um Sie kümmern, Julie«, versprach er, »und Roberto ist auch da, um Sie zu beschützen. Gefällt Ihnen die Idee?«

Julie nickte schwach. »Ja«, flüsterte sie, »aber was ist mit Tanya?«

»Um Tanya kümmere ich mich schon. Wir haben genug damit zu tun, die Hochzeit vorzubereiten, und ich schlage mein Lager am besten gleich vor der Tür auf. Wenn ich nicht bei ihr bin, paßt ihr Vater oder ihr Onkel auf sie auf, und wenn die beiden arbeiten müssen, bin entweder ich oder Justin hier.«

Als Tanya und Adam einen Augenblick allein waren, bekannte Tanya: »Du kannst dir nicht vorstellen, wie gern ich Jeffrey heute Nachmittag erledigt hätte. Es hat mich viel gekostet, es nicht zu tun.«

Adam blickte ihr scharf in die Augen. »Doch, ich kann es mir vorstellen. Ich hatte denselben Gedanken«, sagte er ernst. »Aber du vergißt eine der wichtigsten Lektionen, die die Cheyenne dir beigebracht haben: Geduld. Wenn der Apfel reif ist, fällt er auch vom Stamm. Wenn die Zeit gekommen ist, werden wir uns den jungen Leutnant vorknöpfen. Die Umstände müssen aber für uns günstig sein. Wir wollen weder gegen das Gesetz verstoßen, noch uns das Genick brechen. Laß uns warten. Die Zeit arbeitet für uns.«

Wie geplant, fuhr Julie am Wochenende mit Rachel auf die Ranch. Wenn der Aufenthalt schon für sonst nichts gut war, so verbrachte sie auf diese Weise immerhin mehr Zeit mit Roberto. Darin sah Tanya eine Chance. Nun, nachdem Julie von ihrer Liebe zu Jeffrey geheilt war, erkannte sie vielleicht, daß Roberto doch ein akzeptabler Mann war.

Der Rest der Familie widmete sich den Hochzeitsvorbereitungen.

Die Gästeliste wurde aufgestellt, die Einladungen geschrieben und verschickt. Rachel hatte versprochen, sich darum zu kümmern, daß Julies Kleid rechtzeitig fertig wurde, während Elizabeth und Sarah für ihre eigene und Melissas Garderobe sorgten.

Tanyas Brautkleid wurde, ebenso wie eine beträchtliche Anzahl weiterer Kleider, die zu ihrer Aussteuer gehörten, von einer Schneiderin in der Stadt angefertigt. Immer wieder mußte Tanya zur Anprobe, nicht nur zur Schneiderin, sondern auch zur Putzmacherin und zum Schuster, denn sie brauchte auch noch die passenden Hüte, die passenden Schuhe, sowie Accessoires aller Art. Ständig wurden neue Stoffmusterbücher gewälzt, wurde diskutiert und wieder verworfen, bis Tanya das Gefühl hatte, ihr rauche der Kopf.

»Bald ist es vorbei«, tröstete sie Adam.

»Gott sei Dank«, sagte Tanya und rieb sich die schmerzenden Schläfen. »Falls Mutter ihre Meinung über den Stoff oder die Farbe noch einmal ändert, dann heirate ich in einem Jutesack, aus purem Trotz!«

Mitten in all dem Trubel hatte Melissa ihr ganz eigenes persönliches Erlebnis. Eines Abends, kurz nach Julies Abreise, saß sie mit Justin allein auf der Veranda.

»So eine Hochzeit macht doch mehr Arbeit, als ich gedacht habe«, begann Justin die Unterhaltung.

Melissa nickte. »Ich möchte dieses ganze Theater nicht, wenn ich mal heirate. Dafür bin ich eine viel zu zurückhaltende Person.« Sie beobachtete Justins Reaktion auf ihre Worte. Er sah nachdenklich aus.

Schließlich rückte er mit der Sprache heraus. »Und wie hätten Sie's gern, Missy?«

Melissa lächelte ein wenig. Justin war vorsichtig und wollte sie in all der Hektik nicht auch noch wegen ihrer eigenen Beziehung bedrängen. »Nach allem, was ich durchgemacht habe, hätte ich gern eine stille Hochzeit, nur mit der engsten Familie und ein paar nahen Freunden; aber nicht diese Förmlichkeiten. Könnte Sie das reizen?«

Justin betrachtete sie aufmerksam. In seinen Augen glomm ein Hoffnungsschimmer, doch er blieb vorsichtig. »Sprechen Sie von uns beiden, Missy? Von Ihnen – und von mir?«

Sie blickte ihn zögernd unter gesenkten Lidern an, doch ihre Antwort war alles andere als scheu. »Justin, seufzte sie, »es ist beschämend, wenn ein Mädchen den Mann, den es liebt, fragen muß, ob er es heiraten will. Wollen Sie oder nicht?«

Eine Minute lang starrte Justin sie schockiert an. Erst dachte er, er hätte nicht richtig gehört. »Ja!« platzte er schließlich heraus, bevor ihm klar war, was er gesagt hatte.

Melissa lachte. Sie freute sich über seine direkte Reaktion und die Antwort. »Gut. Dann sind wir uns einig.«

Schließlich fand Justin seinen klaren Verstand wieder. Er machte einen Freudensprung, zog sie hoch, wirbelte sie einmal rundherum und nahm sie dann fest in die Arme. »Oh, Missy! Missy!« Sie fest an sich drückend, küßte er sie auf die Stirn.

Dann schob er sie etwas von sich weg und blickte sie zweifelnd an. »Bist du dir auch ganz sicher? Wirst du deine Meinung nicht wieder ändern?« Seine Augen forschten in ihrem Gesicht.

Melissa nahm seinen Kopf in ihre Hände und zog ihn zu sich herab. »Ganz sicher«, flüsterte sie und hielt ihm ihren Mund hin. »Solltest du mir jetzt nicht einen Kuß geben, oder muß *ich dich* küssen, weil ich dir den Heiratsantrag gemacht habe?«

Im Grunde war es egal, denn als ihre Lippen sich einmal berührten, war sowieso nicht mehr zu unterscheiden, wer hier wen küßte.

Melissa wollte die Neuigkeit noch für sich behalten, bis Tanyas Hochzeit vorüber war, doch Justin teilte diese Bedenken nicht. Mit der ihm eigenen Direktheit ging er die Sache an. Zunächst informierte er seine Eltern und die Martins von den Heiratsplänen, und die Familien setzten sich zusammen, um zu beratschlagen. Melissas Wünschen entsprechend, entschied man sich für eine einfache Feier. Eine Woche nach Tanyas und Adams Hochzeit sollte die Trauung sein, die auch diesmal Richter Kerr vornehmen würde. Adam und Tanya wollten ebenfalls dabei sein. Man beschränkte sich im übrigen auf ein paar Blumenbuketts, einen Brautstrauß und ein neues Kleid für Melissa, sowie ein anschließendes Essen im Kreis der engsten Familie.

Jeffrey versuchte noch ein paarmal, Tanya zu sprechen, und zog sich schließlich, wenn auch unfreiwillig, zurück. Die Martins öffneten ihm einfach nicht mehr die Tür. Er hinterließ schriftliche Nachrichten für Tanya, die sie auf der Stelle zerriß. Jedesmal, wenn er sie in der Stadt entdeckte, war Adam bei ihr, und schließlich gab er auf – so glaubten sie wenigstens.

Dann geschahen, nur wenige Wochen vor der Hochzeit, plötzlich die seltsamsten Dinge. Der erste Zwischenfall war dramatisch und beinahe folgenschwer. Nach dem Abendessen gingen Tanya und Adam zu einem Spaziergang nach draußen. Sie wanderten über einen ihrer Lieblingswaldwege, plauderten miteinander und blieben alle paar Meter stehen, um sich zu küssen. Die beiden Liebenden waren völlig ineinander versunken und nahmen kaum wahr, was um sie herum vorging.

Einmal bückte sich Adam spontan, um eine Blume für Tanyas Haar zu pflücken. Im selben Moment pfiff eine Kugel über seinen Kopf hinweg und schlug in einem Baumstamm wenige Fuß entfernt ein. Adam riß Tanya sofort mit sich zu Boden und kroch mit ihr hinter einen Baum.

Dann zog er seinen Revolver und wartete. Als er nichts mehr hörte und keine Kugeln mehr durch die Luft pfiffen, schlich er vorsichtig zur Seite und prüfte die Lage. Niemand war zu sehen. Dort, von wo der Schuß abgefeuert worden war, fanden sie frische Fußspuren in der weichen Erde, aber der unbekannte Attentäter war geflohen.

»Jeffrey!« vermutete Tanya, die sich ziemlich sicher war.

»Oder einer von seinen treuen Handlangern«, meinte auch Adam. »Aber beweisen können wir nichts.«

»Er hat seine Taktik geändert«, meinte Tanya wütend. »Jetzt spielt er den Feigling aus dem Hinterhalt. Das paßt zu ihm!«

»Wahrscheinlich möchte er dich zur Witwe machen, bevor du verheiratet bist. Wir müssen aufpassen. Ich hätte ihn hören sollen – aber ich war zu sehr mit dir beschäftigt.«

»Ich auch«, gab Tanya zu. »Eigentlich dachte ich, daß er endlich aufgegeben hätte. Das war ein Fehler.«

Als sie den anderen von dem Erlebnis berichteten, brachte Melissa einen neuen Gesichtspunkt ins Spiel. »Vielleicht hat es nichts zu bedeuten, aber ich habe ziemlich viel Gerede über Suellen und Jeffrey in der Stadt gehört.«

»Was ist mit den beiden?« wollte Tanya wissen.

»Nichts besonderes, nur daß man sie in letzter Zeit häufig miteinander gesehen hat.«

»Die zwei passen zusammen.« Tanya zog eine Grimasse. »Sie haben einander verdient. Es ist dieselbe Sorte.«

Melissa ließ nicht locker. »Schon, aber sie sollen wirklich aneinander kleben wie Kletten. Findet ihr das nicht seltsam?«

Adam schüttelte den Kopf. »Was soll daran seltsam sein? Die zwei haben viel gemeinsam. Es sind Giftschlangen, und alle beide sähen mich lieber tot: Jeffrey, weil er hinter Tanya her ist, und Suellen, weil sie Tanya dermaßen haßt, daß sie alles freut, was Tanya Kummer bereitet.«

Mit einem Blick auf ihre Eltern sagte Tanya nachdenklich: »Bis jetzt hat Suellen Adam noch nie von nah gesehen und weiß nichts über ihn. Das ist schon mal von Vorteil. Ich bin froh, wenn ihre Eltern sie endlich holen.«

»Nun«, meinte Elizabeth, »die Frau des Predigers hat Emily Kerr erzählt, daß sie Suellens Eltern jeden Tag erwarten, spätestens in den nächsten Wochen.«

»Ja«, bestätigte Sarah, »und soweit ich gehört habe, ist Ruth froh, sie endlich los zu sein. Jetzt, wo der Reiz des Neuen verflogen ist, bekommt sie Suellens Geschwätz langsam satt.«

Am Wochenende besuchten Rachel, Julie und Roberto die Stadt. Sie brachten eine aufregende Neuigkeit mit. Jemand hatte ein paar Nächte zuvor versucht, die Ställe und die Scheune in Brand zu setzen.

»Glücklicherweise reinigte José gerade seinen Revolver, als er jemanden herumschleichen hörte«, erklärte Roberto. »Er nahm den Colt und gab einen Schuß ab, ohne zu wissen, auf wen. Der Schuß weckte uns auf, und wir rannten nach draußen. Der Brandstifter floh, bevor er großen Schaden anrichten konnte. José fand eine brennende Fackel in einer Ecke des Stalles und trat sie aus. Das Dach der Scheune war an einer Stelle schon in Brand geraten, aber wir konnten es schnell löschen.«

»Habt ihr gesehen, wer es war?«

»Nein«, erklärte Rachel, »dafür war es zu dunkel. Alles was wir wissen ist, daß gut ein halbes Dutzend Männer beteiligt waren.« Sie runzelte die Brauen, als sie sich an ein weiteres Detail erinnerte. »Es hört sich merkwürdig an, aber einer der Cowboys sagte, die Männer, die an ihm vorbeigerannt wären, hatten eine Art Uniform angehabt, ähnlich der der Kavallerie.«

Der Sheriff erhielt eine unerwartete Einladung zum Abendessen, und später, bei einem Brandy in der Bibliothek, schilderten die Männer ihm, was vorgefallen war. Ein kurzer Abriß der Geschichte zwischen Tanya und Jeffrey, die beinah erfolgte Vergewaltigung, Jeffreys irrsinnige Besessenheit von Tanya und die jüngste Auseinandersetzung mit Julie verliehen der Schilderung Gewicht. Als letztes erzählten sie dem Sheriff von dem Anschlag auf Adams Leben und dem Feuer auf der Ranch.

»Ich zweifle nicht daran, daß Sie mir die Wahrheit erzählt haben, aber ohne Beweise kann ich wenig tun«, bedauerte Tom Middleton. »Das ist ein ganz verschlagener Typ. Bis jetzt hat er sich viel zu gut im Hintergrund gehalten.«

»Das ist uns klar, Tom«, versicherte Adam ihm. »Wir wollten Sie nur bitten, die Sache im Auge zu behalten. Der Mann ist nicht mehr bei klarem Verstand. Niemand weiß, was er noch alles versucht oder was er als nächstes anstellt.«

Tom nickte verständnisvoll. »Ich werde ein Auge auf ihn haben, und ich bitte Sie, das Gleiche zu tun.«

»Roberto hat auf der Ranch Wachen eingeteilt. Sie bleiben, bis ich etwas anderes anordne.«

Middleton zog an seiner Zigarre und stieß eine dicke Qualmwolke aus. »Dieser Leutnant hat uns nur Ärger gemacht, seit er seinen Fuß nach Pueblo gesetzt hat«, brummte er. »Er leidet an Größenwahn. Glaubt wohl, er sei Gott weiß wer, nur weil er eine Uniform trägt.« Der Sheriff lachte kurz auf. »Jemand muß ihm mal beibringen, daß auch der beste Käse Löcher hat. Dieser Goldstreifen auf seiner Schulter schützt ihn nicht vor brennenden Pfeilen oder pfeifenden Kugeln. Natürlich, Mord ist etwas Unverzeihliches, und ich sollte vielleicht besser meinen Mund halten, aber der Kerl, der Leutnant Young aus dem Weg räumt, tut der Stadt einen großen Gefallen.«

Eine Zeitlang blieb alles ruhig. Die Vorbereitungen waren getroffen, das Brautkleid und die Kleider für die Brautjungfern und Mütter fertig, die Blumen waren nicht an Hitze eingegangen, jeder war gesund, wenn auch ein bißchen nervös, und alle Speisen, die man vorher zubereiten konnte, standen zur Verfügung. In zwei Tagen sollte Hochzeit sein.

Die Mädchen waren oben und probierten noch einmal ihre Kleider an; Adam und Justin gingen in der Bibliothek Geschäftspapiere durch; George und Edward hatten sich in die Arbeit geflüchtet, und Elizabeth werkelte in der Küche herum. Jeremy spielte draußen, und Sarah, Kit und die beiden Jungen waren im Hinterhof, wo Sarah die Wäsche zum Trocknen aufhing.

Plötzlich zerrissen Sarahs Schreie die Luft: durch die offenen Fenster waren sie im ganzen Haus zu hören.

Die Papiere flogen zu Boden, als Adam und Justin aus der Bibliothek stürzten und auf dem Weg zur Hintertür fast mit Elizabeth zusammenprallten. Melissa sprang auf, Julie kreischte, und Tanya riß sich die ganze Seitennaht ihres Hochzeitskleides auf, als sie es in aller Eile über den Kopf zog. Dann stürmten alle drei die Treppe hinab.

Tanya rannte aus der Tür und stolperte auf ihre Mutter zu. Adam und Justin verschwanden gerade durch den Hofeingang.

»Was ist los?« fragte Tanya verwirrt.

»Wo laufen die beiden Männer hin?« keuchte Melissa.

Sarah, die Zeichen des Bogenschützen auf dem Arm hielt, lehnte sich erschöpft an Tanya. Jäger war sicher geborgen in den tiefen Falten von Elizabeths weitem, langem Rock. »Ich glaube, jemand wollte die Jungen entführen«, schluchzte Sarah. »Ich habe sie nur eine Sekunde aus den Augen gelassen, um einen Korb trockener Wäsche nach drinnen zu tragen. Als ich wieder in der Tür stand, fauchte Kit plötzlich.» Sie schwieg einen Moment und schöpfte Atem. »Ich rannte nach draußen, um nachzuschauen, was los war und sah, wie sich jemand hinter den Bäumen am Hofeingang versteckte. Da habe ich geschrien. Der Mann lief weg, und dann sah ich noch einen anderen, der mit ihm rannte.«

»Adam und Justin versuchen sie einzuholen«, vollendete Elizabeth die Geschichte.

»O Gott!« keuchte Tanya. Sie konnte es nicht fassen. »Wer kann so etwas tun?« Sie blickte ihre Mutter an.

Sarah schluckte und nickte. »Es waren blaue Uniformen«, bestätigte sie.

Justin und Adam kehrten unverrichteter Dinge zurück. »Die sind entkommen.«

»Verdammt!« tobte Tanya, den Tränen nahe. »Zum Teufel mit dem Kerl! Ich verstehe jetzt, warum er auf dich geschossen hat, Adam. Ich verstehe sogar, was der Brandanschlag auf deine Ranch bezwecken soll. Dieser verrückte Kerl stellt sich wahrscheinlich vor, daß ich dich nicht mehr heiraten würde, wenn dein Hab und Gut vernichtet, dein Vermögen dahin ist. Aber das hier geht zu weit! Meine Söhne entführen! Was bringt ihm das denn? Was hat er denn davon?«

Sie zitterte heftig, und Adam nahm sie in die Arme. »Erpressung, mein Liebes«, erklärte er ihr. »Wahrscheinlich wollte er sie als Geiseln benutzen, um dich dazu zu bringen, daß du ihn doch noch heiratest.«

Tanya keuchte. »Wann hört das endlich auf?« fragte sie. »Wann macht er endlich Schluß damit?«

»Vielleicht dann, wenn wir verheiratet sind, Tanya. Noch zwei Tage, mein Liebling. Halt noch ein bißchen durch. Wir schaffen es schon.«

»Und in zwei Wochen bist du hier weg«, tröstete sie auch Melissa. Tanya und Adam hatten erklärt, daß sie Pueblo verlassen wollten, sobald Justin und Melissa geheiratet hatten. Angeblich hatte Adam vor, Tanya und den Jungen Europa zu zeigen. Nur Rachel und Melissa wußten, daß die beiden zum Stamm der Cheyenne zurückkehren würden.

»Ich kann nicht sagen, daß ich darüber traurig bin«, bekannte Tanya, sah dann Sarahs traurigen Blick und fügte hinzu: »Es tut mir leid, Mutter, aber Jeffrey macht mir das Leben zur Hölle. Ich bete jede Nacht, daß man ihn nach Afrika schickt oder daß er an einem Fieber oder einer Vergiftung krepiert.«

»Vielleicht wird er eines Tages auf einer Patrouille skalpiert«, sagte Adam ruhig und wechselte einen Blick mit Tanya. »Die Hoffnung besteht immer.«

24

Der erste Juli war ein strahlend sonniger Tag. Ein wolkenloser blauer Himmel bildete den perfekten Hintergrund für die Berge, die sich wie ein Relief von ihm abhoben. Leichter Wind milderte die Hitze, und Gott sei Dank war es auch nicht schwül. Einen schöneren Hochzeitstag hätte Tanya sich nicht aussuchen können.

Die Trauung war für elf Uhr anberaumt und sollte bei dem strahlenden Wetter im Garten des Richters stattfinden. Anschließend war ein Imbiß und eine Feier vorgesehen, später blieb den Frischverheirateten genügend Zeit, sich für ein paar Tage auf die Ranch zurückzuziehen. Am 4. Juli, dem Unabhängigkeitstag, wollten sie in die Stadt zurückkehren und bis zu Melissas und Justins Hochzeit an einem der nächsten Tage bleiben. Die Zwischenzeit wollten sie für die letzten Reisevorbereitungen nutzen.

Am Hochzeitsmorgen herrschte das reinste Chaos im Martinschen Haushalt, doch Tanya blieb merkwürdig ruhig. Das, so sagte sie sich, lag wohl daran, daß sie sich schon seit drei Jahren mit Adam verheiratet fühlte. Für die übliche voreheliche Aufregung, die Angst, irgendeinen Fehler zu machen, gab es keinen Grund.

Sarah wirbelte wie ein aufgeschrecktes Huhn herum. Ständig

schickte sie den armen Jeremy zu den Kerrs, um in letzter Minute Einzelheiten abzuklären. Bestimmt hatte er, wie Tanya glaubte, schon einen regelrechten Pfad durch die aneinandergrenzenden Höfe getrampelt.

Eine halbe Stunde vor Beginn waren schließlich alle soweit. Tanya fand Jäger in seinem neuen Anzug entzückend. Er sah aus wie eine Miniaturausgabe seines Vaters. Stolz stand er neben seiner Großmutter, das schwarze Haar für diesmal geschniegelt und gestriegelt. Elizabeth kümmerte sich um Zeichen des Bogenschützen, der mit seinen acht Monaten schon zu agil war, um es länger als ein paar Minuten auf einem Platz auszuhalten. Zum erstenmal in seinem Leben trug er knielange Hosen. Er würde die Zeremonie vom Schoß seiner Großtante Elizabeth aus verfolgen. Tränen des Stolzes schimmerten in Tanyas Augen, als sie die beiden Prachtsöhne betrachtete, die sie Adam geschenkt hatte.

Tanya überprüfte ihr Aussehen ein letztes Mal im Spiegel. Ihr elfenbeinfarbenes Hochzeitskleid mit den langen Ärmeln aus Spitze und dem bestickten Spitzenoberteil war ein Kunstwerk. Die kupfernen Armreifen, die Tanya nicht einmal an diesem Tag ablegte, wurden von den festen Manschetten an ihren Handgelenken fast ganz verdeckt. Ihr goldbraunes Haar hatte sie an den Seiten hochgenommen und mit zwei Ebenholzspangen, die ihr Tante Elizabeth geliehen hatte, festgesteckt. Die ganze andere Haarpracht fiel in glänzenden Wellen, teilweise vom Brautschleier verdeckt, über ihre Schulter.

Im Oberteil ihres Kleides steckte ein Spitzentaschentuch, das ihrer Urgroßmutter gehört hatte, und unter ihrem Rock trug sie Seidenstrümpfe und ein blaues Strumpfband. Sarah hatte darauf bestanden, daß Tanya sich einen funkelnagelneuen Pfennig in den Schuh steckte – ein alter Brauch, der Glück bringen sollte. Es versteht sich von selbst, daß Adam die Braut vor Beginn der Trauungszeremonie nicht sehen durfte.

Bei den ersten Akkorden des Hochzeitsmarsches griff Tanya sich ihr Brautbukett aus gelben und weißen Rosenknospen und stellte sich neben ihren Vater zu Füßen der Treppe. Sie sahen zu, wie Julie an Robertos Arm über den mit Blütenblättern bestreuten Seitenweg entlangging, gefolgt von Melissa und Justin, die diesen Weg in wenigen Tagen noch einmal gehen würden. Dann schritt Tanya, eine Hand auf den Arm ihres Vaters gelegt, mit königlicher Heiterkeit auf Adam zu, der vor Richter Kerr mit funkelnden Augen auf sie wartete.

Viele Gedanken schwirrten Tanya durch den Kopf, während ihr Vater sie zu ihrem Mann führte. Da stand Adam nun und erwartete zum zweiten Mal seine Braut. In seinem Anzug mit Brokatweste sah er phantastisch aus, und dennoch konnte Tanya nicht anders, als ihn mit jenem bronzehäutigen Krieger zu vergleichen, der sie in einem kunstvoll gefransten und bestickten Gewand aus Hirschleder bei einer indianischen Hochzeitsfeier zur Frau begehrt hatte. Wenn sie ehrlich war, so zog sie diesen Häuptling der Cheyenne vor und fand auch die Riten des Stammes viel schöner und festlicher.

Diesmal übergab Edward sie ihrem Ehemann; wenige Jahre zuvor hatte Häuptling Black Kettle diese Ehre gehabt. Damals hatte der Schamane sie den Trauungseid schwören lassen, heute würde es Richter Kerr tun. Wieder traten ihr Tränen in die Augen, als Tanya an das tapfere Volk der Cheyenne dachte, das so brutal niedergemetzelt worden war, und sie sandte ein stilles Gebet für die Toten zum Himmel.

Als ihr Vater ihre Hand in die Adams legte, wurde sie aus ihren Träumen gerissen. Gemeinsam blickten sie den Richter an, als er die einleitenden Worte zur Trauzeremonie sprach.

»Liebes Brautpaar, liebe Gäste, wir haben uns heute hier im Angesichte Gottes und in Gegenwart dieser Zeugen versammelt, um diesen Mann und diese Frau durch das Band der heiligen Ehe miteinander zu vereinen...«

Mit einem Teil ihrer Gedanken folgte sie den feierlichen Worten, während ein anderer Teil sich auf die Nähe Adams an ihrer Seite konzentrierte. Er hielt ihre Hand fest und ruhig, warm und tröstlich. Der Duft seines Eau de Cologne wetteiferte mit ihrem eigenen Parfüm und dem Duft der Blumen. Seine stille Kraft, sein Stolz flossen in sie über.

Sie konzentrierte sich wieder auf die Worte des Richters, der gerade erklärte: »Wenn einer der Anwesenden Einwände gegen die Heirat dieser beiden Personen vorzubringen hat, so möge er nun sprechen oder für immer still sein.«

Obwohl sie wußte, daß Jeffrey weder eingeladen noch gekommen war, fuhr ihr für einen Moment lang die Angst in die Knochen. Adam umschloß ihre Hand noch fester, denn er spürte, daß sie Angst hatte, der kritische Moment ging aber schnell vorüber.

Nun sagte Richter Kerr zu Adam: »Adam Savage, willst du diese Frau zu deiner gesetzlich angetrauten Ehefrau nehmen, mit ihr zusammen leben, sie lieben, sie ehren und zu ihr halten in guten und in schlechten Tagen, bis daß der Tod euch scheidet?«

»Ich will«, erklärte Adam laut und deutlich.

Der Richter wandte sich an Tanya und wiederholte: »

»Willst du, Tanya Martin, diesen Mann zu deinem dir angetrauten Ehemann nehmen, mit ihm leben, ihn lieben, ihn ehren und ihm gehorchen, in guten und in schlechten Tagen, bis daß der Tod euch scheidet?«

»Ich will«, antwortete sie leise.

Dann blickte Adam sie an und sagte: »Ich, Adam, nehme dich, Tanya, zu meiner Ehefrau.« Und Tanya antwortete: »Ich, Tanya, nehme dich, Adam zu meinem Ehemann.« Gemeinsam sprachen sie feierlich nach: »Wir geloben, heute und für die Zukunft, in guten und in schlechten Tagen, in Reichtum und Armut, in Krankheit und Gesundheit, einander zu lieben und zu ehren, bis daß der Tod uns scheidet, so wie Gottes Geheiligter Wille es will und wie wir es uns schwören.«

Adam ließ Tanyas Hand los, als Justin ihm den Ring reichte. Wie in Trance, versunken in die Erinnerung an denselben Vorgang bei einer anderen Trauungsfeier, ließ Tanya sich den goldenen Reif über den Ringfinger streifen. Für kurze Zeit legte er seine Hand auf die Armreifen, und sie wußte, er erinnerte sich an dasselbe wie sie, als er seinen Schwur wiederholte: »Nimm diesen Ring als Zeichen und Gelöbnis unserer tiefen und dauerhaften Liebe. Hiermit nehme ich dich zur Frau.«

Es war ein kostbarer Moment brennender Erinnerung, den Tanya und Adam ganz allein miteinander teilten, während die eintönige Stimme des Richters an ihren Ohren vorbeirauschte.

Erst die Sätze: »Ich erkläre euch nunmehr zu Mann und Frau. Sie dürfen die Braut küssen«, brachte sie wieder auf den Boden der Realität zurück.

Mit strahlenden Augen beugte sich Adam über Tanya und küßte sie. Damit war der offizielle Teil der Trauung abgeschlossen, und die Gäste versammelten sich um das Hochzeitspaar, um ihm zu gratulieren, die Braut zu küssen und eine glückliche Zukunft zu wünschen.

Die Geschenke waren bereits zur Ranch gebracht worden; man wollte sie erst später auspacken. Ebenso hatte Tanya, ein wenig gegen die Regeln, beschlossen, ihr Bukett und ihr Strumpfband noch vor dem Imbiß wegzuwerfen, um sich mit Adam sobald wie möglich in einem unbemerkten Augenblick davonstehlen zu können.

Sobald sich die anfängliche Aufregung gelegt hatte, stiegen Tanya und Adam die halbe Treppe hinauf. Eine Traube erwartungsvoller junger Mädchen sammelte sich zu Füßen der Treppe, als Tanya sich umdrehte und den Brautstrauß über ihre Schultern warf. Jeder wollte sehen, wer die begehrte Trophäe ergattert hatte, auf die sich alle kreischend und kichernd stürzten. Da allgemein bekannt war, daß Melissa in der folgenden Woche heiraten würde, ging man davon aus, daß sie den Strauß aufgefangen hätte, denn so wollte es der alte Brauch: Das Mädchen, das den Strauß auffängt, heiratet als nächste. Zur allgemeinen Überraschung jedoch stand plötzlich Julie da und starrte reichlich verblüfft auf die Rosen in ihrer Hand.

Ein kurzes, verspieltes Geraufe entstand, als Adam unter den anfeuernden Rufen der Junggesellen und dem aufgeregten Kichern der Mädchen das Strumpfband von Tanyas Oberschenkel zog und hoch über seinem Kopf schwenkte.

»Was bietet ihr mir für diesen Schatz?« rief er.

Allgemeines Gelächter.

»Einen Dollar«, bot ein begeisterter junger Mann.

Sein Freund, der neben ihm stand, stieß ihm den Ellbogen in die Rippen. »Nur einen lumpigen Dollar«, mokierte er sich. »Ich biete zwei!«

»Drei!«

Tanya, die lachen mußte, aber auch rot geworden war, griff nach dem Strumpfband, konnte es aber nicht erhaschen.

»Nichts da, meine Liebe«, grinste Adam und schwenkte das Band außerhalb ihrer Reichweite, »du verletzt meine Rechte als Bräutigam.«

»Der Brauch will, daß du es in die Menge wirfst, nicht, daß du eine Auktion daraus machst!« belehrte sie ihn und versuchte, beleidigt zu wirken.

»Das tun doch alle«, entschied er eigenmächtig. »Wir müssen das Spielchen ein bißchen anheizen.« Dann wandte er sich wieder an die begeisterte Hörerschar. »Drei Dollar sind geboten. Drei Dollar! Wer bietet mehr?«

»Vier!«

»Fünf!«

»Du behältst das Strumpfband, und ich nehme die Braut«, schlug ein Schelm vor.

Adam lachte und schüttelte den Kopf. »Kommt nicht in Frage, Harry! Ich habe bereits fünf Dollar in sie investiert.«

Die Angebote steigerten sich bis zu zwölf Dollar. »Zwölf Dollar! Zwölf Dollar sind geboten. Wer bietet mehr?« rief Adam und ließ das Strumpfband um seinen Finger kreisen. »Zwölf Dollar zum ersten, zum zweiten...«

Im letzten Moment trat Roberto nach vorne. »Ich überbiete«, rief er und warf Adam eine Goldmünze zu. Als der die Hand ausstreckte, um sie aufzufangen, lief Roberto die Treppe hinauf und riß ihm das Strumpfband aus der Hand. »Verkauft!« rief Adam und prüfte die Goldmünze in seiner Hand. »An den Mann gebracht für ein Zwanzig-Dollar-Goldstück.« Alle johlten, als Adam Roberto auf den Rücken klopfte und sagte: »Halte es in Ehren, Vetter!«

Roberto errötete und grinste Adam dümmlich an, sagte aber nichts.

Tanya wunderte sich, warum Julie plötzlich so bleich aussah.

Wenig später, als Adam und Tanya sich mit den Gästen zum Hochzeitsimbiß niederlassen wollten, kam Richter Kerr auf sie zu. »Ich möchte euch in meinem Arbeitszimmer sprechen«, sagte er und wies ihnen den Weg.

In seinem Zimmer wartete eine bleiche Julie und ein immer noch hochroter Roberto. Rachel schritt unruhig auf und ab.

»Was ist denn los?« fragte Adam.

Richter Kerr räusperte sich. »Julie und Roberto haben mich gebeten, sie zu trauen.«

Tanya freute sich. »Das ist ja phantastisch!« rief sie. »Wann denn? Wissen Mutter und Vater schon Bescheid?«

Julie blickte sie flehend an. »Oh, Tanya!« jammerte sie. »Ich weiß nicht, wie ich es ihnen beibringen soll.«

Tanya runzelte die Stirn. »Ich verstehe nicht ganz.«

»Mir dämmert es langsam«, sagte Adam. »Laßt mich raten. Ihr möchtet heiraten, je schneller, desto besser. Stimmt das?«

»Ja«, gab Roberto zu und streckte entschlossen das Kinn in die Luft.

Tanyas Mund formte sich zu einem runden O.

Genau, »ooh!« sagte Rachel, als sie Tanyas Gesicht sah. »Ich könnte vor Verzweiflung die Wände hochgehen. Was soll ich bloß deinen Eltern sagen? Sie haben mir Julie anvertraut, und dieser Kerl« – sie wies wütend auf Roberto – »sollte sie beschützen. Er hat seine Aufgabe wahrscheinlich ernster genommen, als wir vermutet haben und alles mögliche beschützt, nur ihre Tugend nicht. Er hatte nichts Eiligeres zu tun, als sie von ihrer Jungfräulichkeit zu befreien!«

Julie war bereits in Tränen aufgelöst, und Roberto stand steif, mit zu Fäusten geballten Händen, an ihrer Seite.

»Oh, Julie!« rief Tanya und nahm ihre Schwester in die Arme. »Das ist doch kein Weltuntergang. Ihr seid nicht das erste Paar, das die Heirat vor der Trauungszeremonie vollzogen hat, und bestimmt auch nicht das letzte.«

»Es tut mir so leid«, schluchzte Julie. »Ich habe dir die ganze Hochzeit verdorben.«

»Bestimmt nicht«, sagte Tanya. »Und jetzt laß uns mal in Ruhe nachdenken. Du bist siebzehn, also müssen die Eltern noch zustimmen, aber unter diesen Umständen werden sie es sicher tun.«

Sie blickte sich in der Runde um. »Der Richter ist anwesend, die Blumen sind frisch, der Photograph wartet, und wir sind alle festlich angezogen. Gäste und Champagner stehen bereit. Das einzige, was wir noch machen müssen – wir sollten Mutter und Vater die Neuigkeit beibringen.«

»Du hast das Problem auf den richtigen Nenner gebracht«, bemerkte Adam trocken und unterdrückte sein Lachen, als er Robertos verblüfftes Gesicht sah.

»Aber wir können euch doch nicht den Hochzeitstag verderben!« jammerte Julie. »Und wie sollen wir all den Leuten hier unseren plötzlichen Entschluß erklären?«

»Als ob es eine Rolle spielte, ob ihr nun heute oder vier Tage später heiratet. Außerdem könnten wir sagen, daß wir uns plötzlich zu einer Doppelhochzeit entschlossen haben, zumal Adam und ich in der nächsten Zeit nicht von Europa zurückkehren werden und ich die Hochzeit meiner einzigen Schwester nicht versäumen möchte. Mutter spart eine Menge Zeit und Sorgen, und Papa die Kosten für die nächste Feier. Viele Schwestern halten das so. In ein paar Jahren werden wir alle zusammen unseren Hochzeitstag feiern.«

»Dein Angebot ist sehr großzügig, Tanya«, traute sich Roberto zu sagen. »Ich hoffe nur, Adam sieht es genauso.« Er blickte seinen Vetter forschend an.

Adam streckte die Hände aus und hob die Schultern. »Wenn Tanya das so will, bin ich einverstanden.«

»Eins noch!« Der ernste Tonfall von Tanyas Stimme ließ alle aufhorchen. »Wollt ihr wirklich heiraten? Habt ihr euch ehrlich geprüft? Liebt ihr euch? Werdet ihr glücklich miteinander sein?«

»Bestimmt«, schwor Julie.

Roberto äußerte sich ausführlicher. »Ich liebe deine Schwester, seit ich sie zum ersten Mal gesehen habe – und werde alles tun, was in meinen Kräften steht, um sie glücklich zu machen.«

Tanya wandte sich an Richter Kerr. »Vielleicht sollten Sie jetzt unsere Eltern dazubitten?«

Als der Richter das Zimmer verlassen hatte, zog Tanya Julie beiseite und reichte ihr ein Taschentuch, mit dem sie ihre Tränen trocknen konnte. »Wie ist das so schnell gekommen? Ich dachte, du wüßtest nicht genau, wie du zu Roberto stehst?«

Julie schneuzte sich und sah verlegen aus. »Das stimmt so

nicht ganz. Roberto hat mich nur manchmal so wütend gemacht, daß meine wahren Gefühl für ihn von meinem Ärger überlagert wurden. Und als Jeffrey dann all die schrecklichen Dinge zu mir sagte, hat sich bei mir alles geändert, und ich habe erst verstanden, wie froh ich sein konnte, jemanden gefunden zu haben, der mich so liebt wie Roberto. Jeffrey war gemein und hat mir solche Angst gemacht. Roberto war freundlich und lieb zu mir... Er hat mich im Arm gehalten und getröstet und dann... ja, dann wußten wir selber nicht so recht, wie es geschah.«

»Ist ja schon gut«, tröstete Tanya ihre Schwester. »Wieviel davon sollen Mutter und Papa denn erfahren?«

Julie zuckte zusammen. »So wenig wie möglich«, flüsterte sie.

»Dann wäre es gut, wenn du dir die Augen trocknest und etwas glücklicher dreinschaust«, schlug Tanya vor.

Tanya übernahm die schwierige Aufgabe. Ruhig und mit viel Einfühlungsvermögen überbrachte sie den verblüfften Eltern die Nachricht, wobei sie über den wirklichen Grund, der hinter dem plötzlichen Entschluß stand, kein Wort verlauten ließ. Warum sollte sie ihren Eltern Kummer bereiten oder sie aufregen, wenn das vermeidbar war?

Adam setzte die Lage Richter Kerr auseinander, während Tanya und Julie mit ihren Eltern sprachen. Es brauchte ziemlich viel Überredungskunst, doch die inständigen Bitten des Mädchens und Robertos aufrichtige Liebesbeteuerungen überzeugte sie schließlich, nachdem der Tag schon aufregend genug verlaufen war.

Keine fünfzehn Minuten später versammelten sich die Gäste aufs Neue im Garten, und Richter Kerr verkündete den einmütigen Beschluß. Julie trug den Brautstrauß ihrer Schwester, und als Ehering mußte der Rubinring, den sie zur Geburt bekommen hatte, herhalten. So wurden die beiden Liebenden ordnungsgemäß getraut.

Endlich konnte mit reichlich Verzögerung der Imbiß serviert werden. Toasts wurden auf die beiden glücklichen Brautpaare ausgebracht, und niemanden störte es mehr, daß der Brautstrauß zweimal in die Luft geworfen wurde und daß die Hühnchen vom langen Warmhalten etwas zäh waren. Nur der Photograph und die Musiker schienen etwas aufgebracht über den Zeitverlust, doch ein Extrahonorar stellte den Frieden wieder her.

Nachdem sie den Tanz offiziell eröffnet hatten, stahlen sich Adam und Tanya davon und zogen sich um. Die Söhne sollten bei den Martins in der Stadt bleiben. Das Gepäck war schon im Voraus zur Ranch geschickt worden, so daß die beiden sich sofort auf den Weg machen konnten.

»Ob wir unsere Flitterwochen auch mit Julie und Roberto teilten müssen?« fragte Adam mit gespieltem Entsetzen.

»Nun, unsere ersten Flitterwochen haben wir mit Melissa in einem Zelt verbracht«, erinnerte ihn Tanya. »Julie und Roberto hätten wahrscheinlich ein separates Schlafzimmer.«

»Die schlafen erst mal in der Scheune«, versprach Adam. »Ich habe nämlich vor, die nächsten Tage ganz allein mit dir zu verbringen.«

»Das Zimmer kommt mir irgendwie bekannt vor«, meinte Tanya vergnügt. Sie lag im Bett, und dies war ihre Hochzeitsnacht.

»Die Dame in meinem Bett kommt mir auch bekannt vor«, entgegnete Adam.

Tanya schaute ihn gespielt ärgerlich an. »Das hoffe ich doch, Adam Savage.«

»Es wäre mir wirklich recht, wenn du nicht dauernd deine Identität wechseln würdest. Ist dir bewußt, daß ich dich inzwischen schon als meine Sklavin, meine Squaw, als Miss Tanya Martin, meine Braut und endlich als Mrs. Adam Savage geliebt habe?«

Tanya grinste. »Mrs. Adam Savage. Tanya Savage.« Sie sprach die Namen genüßlich aus. »Ja, es gefällt mir. Es hört sich irgendwie hübsch an, findest du nicht.«

»Absolut«, stimmte Adam ihr zu. »Du hast noch gar nicht gesagt, ob du mit deinem Trauring zufrieden bist?«

Tanya strahlte, als sie den Goldreif an ihrem Finger betrachtete. »Oh, Adam, er ist umwerfend! Mit so etwas Schönem habe ich nie gerechnet!« In den breiten Goldring waren Kupfer- und Silberstreifen eingelassen, die sich nach einem indianischen Muster kreuzten.

»Ich wollte einen Ring haben, der unsere beiden Lebensweisen repräsentiert. Er ist speziell für dich angefertigt worden.«

Tanya beugte sich vor und gab ihm einen Kuß. »Ich danke dir. Ich liebe diesen Ring. Und ich liebe dich.«

Dieser Kuß der Dankbarkeit war nur der erste in einer Liebesnacht, die sowohl von glühender Leidenschaft als auch von einfühlsamer Zärtlichkeit erfüllt war. Adam wechselte seine Rollen, vom weißen Rancher zum Häuptling der Cheyenne, und Tanya folgte ihm. Heute hatte er sie in einer traditionellen Zeremonie zur Frau genommen, zur gesetzlichen Ehefrau in den Augen der Welt, doch im Geist und in ihren Herzen waren sie Mann und Frau seit jener indianischen Hochzeit, die nun schon drei Jahre zurücklag.

In dieser Nacht war Adam beides: Ehemann und Bräutigam, Weißer und Indianer, liebevoll und fordernd. Und Tanya ging auf alle seine Wünsche ein, glücklich, daß sie nicht mehr die unschuldige Jungfrau war, die sie bei dieser Gelegenheit eigentlich hätte sein müssen. Ihre Hände kannten seinen Körper und erforschten ihn gekonnt, und sie genoß in vollen Zügen seine Zärtlichkeiten.

Da sie sicher sein konnte, daß man sie nicht störte, legten sie sich keinerlei Zwang auf. Wie jedesmal fühlte sich Tanya von den indianischen Liebesworten, die er ihr ins Ohr flüsterte, erregt, und sie schlüpfte mit derselben Leichtigkeit in die Rolle der Kleinen Wildkatze zurück, wie Adam sich in Panther verwandelte. Er gab den Ton an, sie folgte willig, er befahl, sie gehorchte entzückt, wohl wissend, daß sie für ihren Gehorsam reich belohnt würde.

So erkundeten sie das Wunderland der Ekstase, das nur wahrhaft Liebenden vorbehalten ist. Adams Hände, Adams Lippen fanden wie immer die am meisten erregbaren Stellen ihres Körpers, und Tanya antwortete darauf mit dem Wissen und dem Einfühlungsvermögen einer erfahrenen Frau. Die Wonnen, die er ihr schenkte, gab sie genauso intensiv zurück. Ihre Finger glitten über seine erhitzte Haut, suchten, streichelten. Für jeden Seufzer der Lust, den er aus ihr hervorzauberte, entlockte sie ihm ein tiefes, genußvolles Stöhnen.

Gemeinsam erklommen sie den Gipfel der Leidenschaft, ließen die Wolken hinter sich und traten ein in das Land voller Sonnenlicht, in dem die Luft so rein war, daß es fast schmerzte, zu atmen. Dann lagen sie, erschöpft von der Ekstase, die sie miteinander geteilt hatten, aneinandergeklammert da. Ihre Atemzüge vermischten sich, ihre Glieder waren ineinander verschlungen, ihre Herzen pochten im gleichen Tempo, im gleichen Rhythmus, für immer miteinander vereint.

Zwei Tage lang zogen sie sich vom Rest der Welt zurück.

Tatsächlich tauchten auch Julie und Roberto auf der Ranch auf, ließen sich aber wie Tanya und Adam kaum sehen. Jedes Gespenst hätte Rachel mehr Gesellschaft geleistet; sie merkte kaum, daß sie Gäste hatte. Die Mahlzeiten wurden hinter verschlossenen Türen eingenommen und die abgegessenen Teller im Flur abgestellt, von wo sie wieder in die Küche wanderten.

Nachdem Rachels anfängliche Verärgerung über Roberto sich gelegt hatte, konnte sie ihm nicht länger böse sein. Sie half ihm sogar, seinen Eltern in Santa Fe die Nachricht von der unvorhergesehenen Hochzeit zu übermitteln.

Wenn Tanya und Adam nicht damit beschäftigt waren, einander zu lieben, zu schlafen oder zu essen, schmiedeten sie Pläne für ihre Rückkehr zu den Cheyenne. Sie stellten Listen mit den benötigten Vorräten und Nahrungsmitteln auf und wurden sich klar darüber, was vor ihrer Rückkehr noch zu erledigen war.

Bei dieser Gelegenheit erhielt Tanya von Adam noch ein Hochzeitsgeschenk. Sie hielt den Atem an, als sie das kunstvoll gearbeitete Kleid aus Hirschleder sah. Ihre goldenen Augen strahlten, und sie weinte vor Freude, als sie das geschmeidige Material streichelte. »Oh, Panther«, seufzte sie.

Sprachlos war sie, als er auch noch ein paar Mokassins herzauberte. »Scheues Reh und Geht-wie-eine-Ente haben das Kleid und die Schuhe für dich gemacht. Sie meinten, daß die Dinge, die du aus unserem *Tipi* retten konntest, inzwischen bestimmt verschlissen wären, und sie wußten, daß du nur ungern in einem Kleid, wie es die weißen Frauen hier tragen, in das Dorf zurückkehren würdest.«

Tanya preßte das Gewand an sich und rieb ihre Wange daran. »Sie haben recht«, sagte sie, »aber damit hätte ich nie gerechnet. Sie hatten doch soviel damit zu tun, die Zelte wieder aufzubauen und einer Hungersnot zu entkommen. Wo haben sie bloß die Zeit hergenommen, auch noch ein Kleid für mich anzufertigen?«

»Du bist ihre Schwester«, sagte er schlicht.

»Ich habe auch etwas für dich«, erklärte sie und wühlte in der kleinen Tasche herum, die sie gepackt hatte. »Fast hätte ich es vergessen.«

Sie überreichte ihm eine etwa dreißig Zentimeter lange Schachtel, in der er ein glänzendes neues Jagdmesser fand. Seine dunklen Augen glänzte, als er das Messer aus der Schachtel nahm und die kunstvolle Handarbeit betrachtete. Die Klinge war aus feinstem Stahl und rasierklingenscharf. Der Griff, aus kunstvoll geschnitzter und polierter Eiche, lag ihm gut in der Hand; das ganze Messer war sorgfältig ausbalanciert.

Der Ausdruck seines Gesichts war die schönste Belohnung für Tanya, seine Dankesworte fast unnötig. »Danke Kleine Wildkatze«, murmelte er und blickte sie mit glänzenden Augen an. »Das ist ein schönes Messer.« Mehr Worte brauchte es nicht, um zu sagen, wie stolz er darauf war, daß seine Frau ihm dieses besondere Geschenk gemacht hatte.

Am späten Nachmittag des drittes Tages tauchten Tanya und Adam schließlich aus der Abgeschiedenheit ihrer Flitterwochen auf und trafen die letzten Vorbereitungen für ihre Reise. Geplant war, unmittelbar im Anschluß an Melissas und Justins Trauung aufzubrechen. Offiziell würden sie nach der Feier noch einmal zur Ranch zurückkehren, das schwere Gepäck aufladen und von Rachel Abschied nehmen. Tatsächlich würden sie sich nur ein paar Meilen von der Stadt entfernen, um sich dann direkt auf den Weg in das Lager der Cheyenne zu machen.

Am 4. Julie, dem Unabhängigkeitstag, verließen sie alle die Ranch, um den Nachmittag in Pueblo zu verbringen. Tanya kam es weniger auf die Feier in der Stadt an, ihr lag mehr daran, ihre Söhne wiederzusehen und die verbleibende Zeit mit ihrer Familie zu verbringen.

Als ihre Eltern sie nach der kurzen Abwesenheit begrüßten, als sei sie monatelang weg gewesen, regte sich ihr schlechtes Gewissen. Aber sie begrüßten Julie auf dieselbe Weise, und Tanya war erleichtert, daß Julie und Roberto wenigstens noch eine Zeitlang in Pueblo bleiben wollten.

Wieder versetzte eine Hochzeit das ganze Haus in hellste Aufregung. Diesmal ging es um Melissa.

»Ich kann gar nicht glauben, daß meine beiden Kleinen jetzt verheiratet sind«, beklagte sich Sarah. Und mit einem sorgenvollen Blick auf Tanya fuhr sie fort: »Ich sehe auch nicht ein, warum Adam dich uns so schnell wieder wegnimmt. Wir haben gerade erst unsere Enkelkinder kennengelernt. Sie werden sich bestimmt nicht mehr an uns erinnern, wenn ihr wieder einmal hier auftaucht.«

Tanya seufzte. »Ach, Mutter, wir kommen euch regelmäßig besuchen. Das haben wir doch schon angekündigt.«

»Ja, aber es ist nicht dasselbe, als wenn du hier wohnen würdest, und das weißt du auch. Ich verstehe es wirklich nicht. Adam hat eine Ranch, nicht weit entfernt von hier! Warum läßt er sich nicht dort nieder?«

»Du hast doch Julie«, sagte Tanya.

Sarah schmollte. »Und wie lange noch? Irgendwann wird auch Roberto nach Santa Fe zurückkehren und sie mitnehmen.«

Tanya zuckte die Schultern. »Aber Melissa und Justin bleiben ja in der Nähe, und Tante Elizabeth, Onkel George und Jeremy sind auch noch da. Und wenn dir das nicht genügt – vielleicht ziehst eines Tages mit Papa nach Santa Fe, um näher bei Julie zu sein? Santa Fe ist schließlich nicht so weit weg.«

»Nein, das nicht«, gab Sarah widerstrebend zu. »Trotzdem wünsche ich mir, Adam und du würden bald in der Nähe wohnen.«

»Vielleicht tun wir das eines Tages. Es ist nur eine Frage der Zeit«, tröstete Tanya.

Am Nachmittag war die Stadt das reinste Tollhaus. Die Martins, die Savages und Justin sahen von der Veranda aus der Parade zu, danach mischten sie sich unter das Volk auf der Straße, schauten sich die verschiedenen Attraktionen an und machten unterwegs an den Imbißbuden Halt. Während es Sarah und Elizabeth zu den Steppdecken und den eingelegten Gurken zog, suchten die Jüngeren nach anderen Vergnügungen. Bald entdeckten sie einen Künstler, der mit dem Kohlstift Porträts anfertigte, und spontan hatte Adam den Einfall, von Tanya, den Söhnen und sich Porträts zeichnen zu lassen. »Eines Tages werden unsere Bilder in Öl in der Bibliothek auf der Ranch hängen«, versprach er, »doch vorläufig nehmen wir mit diesen hier vorlieb. Mutter läßt sie rahmen.« Die Zeichnungen gelangen vorzüglich, worauf Julie, Roberto, Melissa und Justin sich ebenfalls porträtieren ließen.

Nachdem sie alle Schaubuden und Attraktionen abgeklappert hatten, versammelten sie sich zur Tombola und zum allgemeinen Picknick auf dem schattigen Platz neben der Kirche. In der Nähe floß ein kleiner Bach, und Jeremy nahm voll Eifer an einem Angelwettbewerb teil, nachdem er sich bis obenhin mit Süßigkeiten vollgestopft hatte.

Tanya wurde den ganzen Tag über, speziell aber während des Picknicks, den Gedanken nicht los, daß Suellen bestimmt an dem Fest teilnahm und daß sie ihr jeden Moment begegnen konnten. Das ungute Gefühl steigerte sich im Verlauf des Tages und hing wie ein Damoklesschwert über ihr. Adam versuchte, ihr die Angst zu nehmen und sagte ihr, daß sie sich unnötig Sorgen mache, doch Tanya wurde das Gefühl eines drohenden Unheils nicht los.

Sie bat Adam, sich so unauffällig wie möglich zu benehmen, doch das war, in Anbetracht der zahlreichen Freunde, die ihn zu der einen oder anderen Unternehmung einluden, beinahe unmöglich. Zum Schluß nahm er sogar mit Shadow am Pferderennen durch die Hauptstraße teil und wurde Zweiter. Dann meldete er sich zum Truthahnschießen.

Tanya beklagte sich, daß die Wettbewerbe ausschließlich für Kinder oder für Männer ausgerichtet wurden, und schließlich überredete Adam die anderen Teilnehmer am Messerwerfen dazu, Tanya teilnehmen zu lassen. Zunächst hatten sich die Männer geweigert, doch Adam forderte sie heraus, indem er ihnen unterstellte, sie hätten Angst, in ihrer Spezialdisziplin von einer Frau geschlagen zu werden – eine Bemerkung, die sie mit Hohngelächter quittierten. Aber ihr Lachen verging ihnen bald, als Tanya den ersten Preis gewann, ein schönes Messer, das fast so gut war wie das, das sie Adam geschenkt hatte.

Die Stadt veranstaltete auch ein kleines Rodeo. Adam und Roberto nahmen am Kälber-Lassowerfen teil, und Roberto gewann. Beim Reiten mußten die Reiter ihre Fähigkeit, ein untrainiertes Pferd zu zähmen, unter Beweis stellen. Tanya war nicht überrascht, daß Adam diesen Wettbewerb für sich entschied.

Es war schon Zeit zum Abendessen, als sie sich auf die Suche nach Jeremy und den älteren Martins machten. Jäger und Zeichen des Bogenschützen waren nach einem so aktiven, aufregenden Tag rechtschaffen erschöpft.

Sie hatten gerade die Rodeo-Arena verlassen und wollten nach Hause gehen, als ihnen Sheriff Middleton grimmig blikkend entgegenkam. Ohne ein Wort zu sagen, hob er Jäger von Adams Arm und reichte ihn Melissa. Dann holte er aus, und bevor irgend jemand verstanden hatte, was vorging, landete sein rechter Haken auf Adams Kinn.

Adam taumelte rückwärts, überrascht von dem unerwarteten Angriff. Sheriff Middleton zischte: »Schlag zu, verdammt! Schlag mich!«

Adam zögerte, schüttelte den Kopf und glaubte, nicht richtig gehört zu haben. Da schlug der Sheriff noch einmal zu, gezielt in Adams Magen. Diesmal schlug Adam, fast im Reflex zurück und landete einen Hieb im Zwerchfell des Sheriffs.

»Sie sind festgenommen, Savage!« brummte der Sheriff. »Wegen tätlichen Widerstands.«

25

Im gleichen Moment entdeckte Tanya, daß sich Suellen und Jeffrey quer durch die Menge den Weg zu ihnen bahnten.

Middleton zog seinen Revolver und richtete ihn auf Adam. »Keine Widerrede, machen Sie was ich sage. Ich erkläre es Ihnen«, knurrte er und dirigierte Adam mit vor sich her. »Sie kennen den Weg zum Gefängnis. Also los!«

Adam blickte völlig verwirrt drein und begann fassungslos zu fragen, was denn los sei. Auch Justin und Roberto redeten auf Middleton ein, doch Tanya sah, wie der Sheriff einen schnellen, besorgten Blick über seine Schulter warf, in die Richtung, aus der sich der Leutnant näherte. Sofort packte sie Adam am Arm und zerrte ihn zum Gefängnis, denn sie ahnte, daß der Sheriff ihm nur helfen wollte, auch wenn es zunächst ganz anders aussah. Irgendein Unheil lag in der Luft, und das hatte ganz bestimmt mit Suellen und Jeffrey zu tun.

So schnell es ging schleifte sie Adam mit sich, und Middleton folgte auf dem Fuß. Sie erreichten das Gefängnis kurz vor Jeffrey und Suellen, und jetzt merkte auch Adam, daß alles blitzschnell gehen mußte. Der Sheriff schob ihn in Windeseile in eine Zelle, schlug die Tür zu und schloß ab. Dann steckte er den Schlüssel in die Tasche und ging zu seinem Schreibtisch, wo er sich rasch etwas ins Dienstbuch notierte.

»Dieser Mann muß festgenommen werden!« brüllte Jeffrey, als er in das Büro gestürmt kam, Suellen im Schlepptau.

»Ja, ich weiß«, sagte Middleton gedehnt.

Die Antwort nahm Jeffrey so ziemlich den Wind aus den Segeln. Einen Moment lang sah er verwirrt aus. »*Ich* verhafte Adam Savage im Namen der US-Army«, erklärte er lautstark.

»Nun, mein Junge, da bist du zu spät dran. Dieser Mann ist erst mal mein Gefangener!«

»Und was legen Sie ihm zur Last?« wollte Jeffrey wissen.

»Das Gleiche könnte ich Sie fragen«, entgegnete der Sheriff. »Was haben *Sie* ihm vorzuwerfen?«

Jeffrey war irritiert. »So genau weiß ich noch nicht, worauf die Anklage lauten wird«, tobte er. »Aber ich habe eine Zeugin hier, die beschwören kann, daß Adam Savage identisch ist mit einem Häuptling der Cheyenne namens Panther-auf-der-Pirsch.«

Sheriff Middleton starrte Jeffrey an, als seien dem soeben drei Köpfe gewachsen. Dann, nachdem der erste Schock vorüber war, brach er in donnerndes Lachen aus, das seinen ganzen Körper durchschüttelte.

Nach einigen Minuten gelang es ihm, sich wieder zu beherrschen. »Ein herrlicher Witz, Leutnant«, wieherte er, »einer der besten Witze, die ich in letzter Zeit gehört habe.«

Jeffrey starrte ihn an, rot vor Wut. »Ich mache keine Scherze«, knirschte er.

»Ich weiß, deshalb ist es ja so lustig!« gluckste Middleton.

Suellen beschloß, in Aktion zu treten. »Sir!« sagte sie scharf und durchbohrte den Sheriff mit Blicken, »ich war zusammen mit Tanya Martin bei den Cheyenne, und dieser Mann« – sie zeigte auf Adam, der gleichgültig an den Gitterstäben lehnte – »ist ihr Ehemann.«

Sheriff Middleton lächelte sie milde an, als wolle er ein Kind besänftigen. »Allerdings, er ist ihr Ehemann«, stimmte er zu. »Ich habe letzten Samstag an ihrer Trauung teilgenommen.

«Suellen stampfte wütend mit dem Fuß auf. »Nein, Sie Idiot!« schnaubte sie. »Er ist ihr *indianischer* Ehemann und heißt eigentlich Panther!

Middleton zog die Augenbrauen hoch. »So wird es sein, Miss. Und ich bin George Washington. Aber wer sind Sie, können Sie mir das sagen?«

Suellen stieß einen spitzen Schrei aus. Sie hätte ihn am liebsten angespuckt, zwang sich aber, ruhig zu bleiben.

»Mein Name ist Suellen Haverick und ich wurde bei demselben Überfall wie Tanya entführt. Ich weiß, wovon ich rede. Adam Savage ist Häuptling der Cheyenne.«

»Und selbst wenn es so wäre, ein Verbrechen ist das nicht«, stellte Middleton entschieden fest.

Nun mischte sich Jeffrey wieder ein. »Aber es ist ein Verbrechen, Frauen zu entführen und sie als Sklaven und Huren zu mißbrauchen. Außerdem ist dieser Stamm gefährlich und war in verschiedene ungesetzliche Attacken gegen Siedler und gegen die US-Army verwickelt.«

Tanya konnte nicht länger schweigen. »Und wie nennen Sie das Massaker am Washita? War das kein Überfall?« fuhr sie Jeffrey an. »Die Cheyenne hatten nichts Böses im Sinn, und binnen Minuten war ihr Lager ein Ort des Grauens, eine Stätte der Verwüstung!«

Jeffreys Augen schossen Blitze. »Das war eine militärische Unternehmung.«

Tanya schnaubte verächtlich. »So! Dann ist es also normal, daß das Militär Frauen und kleine Kinder und alte Leute umbringt? Es war ein einziges Gemetzel, ein Blutbad, das wissen Sie genauso gut wie ich.«

»Nun.« Tom Middleton räusperte sich vernehmlich. »Das steht hier nicht zur Debatte, Mrs. Savage. Miss Haverick und der Leutnant behaupten, Adam sei ihr indianischer Ehemann. Was haben Sie dazu zu sagen.«

Tanya warf Suellen und Jeffrey einen vernichtenden Blick zu. »Ich glaube, Suellen hat zu lange in der Sonne gesessen«, erwiderte sie scharf. »Natürlich, die Ärmste hat es bei den Cheyenne nicht leicht gehabt, und man kann ihr keinen Vorwurf daraus machen, daß sie nicht mehr ganz bei Sinnen ist.«

Nackte Wut verzerrte Suellens Gesicht, und Jeffrey sah so irre aus, wie er es nach Tanyas Dafürhalten inzwischen auch war.

»Das ist eine Lüge!« kreischte Suellen. Sie zeigte mit dem Finger auf Melissa. »Melissa weiß das auch. Sie war ja dabei.«

Der Sheriff seufzte und verdrehte die Augen. »Was läuft hier eigentlich ab?« Dann wandte er sich an Melissa. »Okay, Miss Anderson, können Sie vielleicht etwas Licht in diese undurchsichtige Angelegenheit bringen?«

Melissa blickte ihn unschuldig mit ihren kornblumenblauen Augen an. »Tanya hat wahrscheinlich recht, Sir. Suellen ist wohl ein bißchen durcheinander. Ich weiß außerdem, daß Suellen Tanya haßt und sich unter allen Umständen an ihr rächen will.«

Suellen würgte an ihrer Wut und brachte kein Wort mehr über die Lippen. Der Sheriff nahm Melissas Feststellung schweigend, aber mit zustimmendem Kopfnicken zur Kenntnis.

Jeffrey dagegen war noch lange nicht mundtot. »Ich weiß, wie man uns hier hereinzulegen versucht, aber das wird nichts nutzen. Miss Haverick ist in vollem Besitz ihrer geistigen Kräfte, und ich werde beweisen, daß sie die Wahrheit gesagt hat.«

»Adam, was haben Sie zu der Sache zu sagen?« fragte Middleton. »Von Ihnen haben wir noch gar nichts gehört.«

Adam hatte einen Ellbogen auf das Gitter gestützt und betrachtete die ganze Gesellschaft mit einem gelangweilten Lächeln. »Um ehrlich zu sein, Tom, ich bin sprachlos. Sie und Justin kennen mich von Kindesbeinen an. Wenn irgend jemand weiß, wer ich bin, dann Sie.«

»In meinem ganzen Leben habe ich noch nicht etwas so lächerliches gehört«, fügte Justin hinzu. »Adam und ich sind zusammen aufgewachsen. Jeder kennt Rachel Savage, und viele erinnern sich noch daran, wie sie mit ihrem Vater nach Santa Fe gezogen ist. Damals lag Adam noch in den Windeln. Es ist bekannt, daß ihr Ehemann Engländer war und daß ihre Familie aus Spanien stammt. Ich verstehe nicht, wie irgend jemand behaupten kann, Adam sei ein Cheyenne, geschweige denn ein Häuptling!«

Als nächstes zog Roberto vom Leder: »Adam ist mein Vetter und ich kenne ihn schon, solange ich existiere. Was Sie behaupten, ist dermaßen absurd, daß es sich nicht lohnt, weiter darüber zu reden.«

Middleton blies den Rauch seiner Zigarre von sich. »Bitte sehr, Leutnant, Justin hat recht. Die meisten Bewohner von Pueblo haben Adam hier aufwachsen sehen. Ich denke, Sie haben nicht die geringste Chance, wenn sie solche weithergeholten Vorwürfe gegen ihn erheben. Damit werden Sie keinen Erfolg haben.«

Jeffrey blickte einen nach dem anderen böse an.« Das werden wir ja noch sehen!« rief er. »Ich habe einen Boten nach Fort Lyon geschickt. Er soll die Erlaubnis einholen, daß ich Adam Savage vor ein Militärgericht stellen darf, bei dem Sie, Sheriff, nichts zu suchen haben. Das ganze ist eine Angelegenheit des Militärs, und Sie wissen ja, was General Custer und General Hancock von den Indianern halten.«

»Erst müssen Sie mal beweisen, daß ich einer *bin*«, stellte Adam fest.

Jeffrey blickte ihn höhnisch an, in seinen Augen stand der blanke Haß. »Das dürfte vor einem Militärgericht, das gerne bereit ist, einen dreckigen Indianer aufzuknüpfen, kein Problem sein. Außerdem gibt es beim Militär noch mehr Leute außer Suellen, die wissen, wie dieser besagte Panther aussieht. Ich bin sicher, daß Major Wynkoop, der Unterhändler der Cheyenne, ihn mit Leichtigkeit identifizieren kann.«

Nur mit äußerster Anstrengung gelang es Tanya, sich nicht anmerken zu lassen, wie dieser letzte Hinweis sie erschreckte. Jetzt war sie dankbar für das harte Training, dem Panther sie unterworfen hatte. Ebenso froh war sie, daß Melissa sich in diesem Moment umdrehte und ihr unwillkürliches Zusammenzucken vor den anderen verbergen konnte. Adams Gesicht dagegen blieb völlig unbewegt.

Middleton blickte finster drein und rieb sich die Wange. »Ich dachte, Wynkoop sei wieder in Washington und würde wegen des Massakers am Washita Krawall schlagen.«

»Das hat er versucht, der Narr. Weiß der Himmel, was es ihm gebracht hat«, antwortete Jeffrey. »Wir rechnen jeden Tag mit seiner Rückkehr. In der Zwischenzeit werde ich Mr. Savage hier im Auge behalten und eine Liste der einzelnen Anklagepunkte erstellen.«

»Machen Sie, was Sie wollen. Zunächst vertrete ich hier das Gesetz, und Sie müssen warten, bis ich mit ihm fertig bin.«

Jeffrey nickte steif. »Solange ich weiß, wo ich ihn finde, werde ich warten. Und glauben Sie mir eins, Sheriff: Ich werde sehr wachsam sein und habe vor, meine eigenen Wachtposten vor diesem Gefängnis aufzustellen, falls Mr. Savage vorhat, unauffällig zu verschwinden.«

»Bleiben Sie mir nur mit Ihren Männern vom Leib, die haben in meinem Gefängnis nichts zu suchen. Ich möchte mir mein Büro und meine tägliche Arbeit nicht von ein paar naseweisen Greenhorns, die alles besser wissen, durcheinanderbringen lassen.«

»Ich komme wieder!« bellte Jeffrey über die Schulter, als er das Gefängnis verließ. Suellen trottete beleidigt hinterher.

Eine Weile sagte niemand etwas. Sie blickten zur Tür und schauten sich gegenseitig an. Erst als Melissa tief aufseufzte, war der Bann gebrochen.

»Adam«, begann Tanya und wandte ihm ihr besorgtes Gesicht zu.

Er streckte eine Hand durch die Gitterstäbe und streichelte ihre Wange. Seine Augen brannten. »Später«, sagte er leise.

Dann wandte er sich, mit lauterer Stimme, an Sheriff Middleton. »Ich glaube, Sie sind mir eine Erklärung schuldig, Tom.«

Middleton grinste übers ganze Gesicht. »Auf die Frage habe ich schon gewartet. Eigentlich müßte ich mich entschuldigen, aber Tatsache ist, daß ich Ihnen einen Gefallen getan habe.«

Adam stöhnte. »Tom, wenn Sie unter einem Gefallen verstehen, einen Menschen fast k.o. zu schlagen, der nicht im Geringsten damit rechnet, dann können Sie sich ihre Gefälligkeiten in Zukunft sparen.«

»Naja, Sie haben meinen Brotkorb auch nicht gerade geschont.« Tom strich sich über den Bauch und zog eine Grimasse.

»Wozu das Ganze?« erkundigte sich Julie verwirrt.

»Das war das Beste, was ich in diesem Moment tun konnte«, erklärte der Sheriff. »Ich bin zufällig über die beiden gestolpert, als die kleine Haverick gerade davon plapperte, Adam sei ein Häuptling der Cheyenne. Der Leutnant saugte jedes Wort in sich auf wie eine Katze die Sahne. Ich kann euch sagen, so viel Wut und Haß habe ich selten gesehen. Ich wußte sofort, daß es jetzt Ärger geben würde, noch dazu als ich hörte, wie er sagte, daß er jetzt endlich einen Grund hätte, Sie festzunehmen und Sie hängen zu lassen. Keine Minute war zu verlieren und so habe ich mich auf die Socken gemacht. Ich wollte Sie finden, bevor er sie fand.«

»Aber wieso mußten Sie Adam festnehmen?« wollte Melissa wissen. »Sie hätten ihn doch einfach nur warnen oder Jeffrey auffordern können, sich zurückzuhalten. Die ganze Geschichte kommt mir reichlich verrückt vor.«

»Ja, ziemlich seltsam ist sie jedenfalls, Tom«, meinte auch Justin.

Middleton staunte und blickte Justin verärgert an. »Mein Sohn, für einen Anwalt sind Sie ganz schön schwer von Begriff. Wo bleibt Ihr gesunder Menschenverstand? Wenn Young Adam vor mir in die Finger bekommen hätte, wäre sogar der Richter machtlos gewesen. Der Leutnant hat nun einmal die bessere Ausgangsposition. Dann wäre es eine Angelegenheit des Militärs gewesen, mit fingierten Anklagepunkten, ein paar Zeugen und voreingenommenen Geschworenen. Militärisches Standrecht! Daß die Zeugin und der Leutnant beide verrückt sind, hätte nichts daran geändert. Ihr Wort hätte gegen das

Adams gestanden – falls ihm überhaupt Gelegenheit geblieben wäre, die Sache aus seiner Sicht zu schildern.

Hier geht es anders zu als im Osten, wo man ein Verfahren ewig in die Länge ziehen kann. Hier haben wir es mit einem Haufen ruhmsüchtiger Militärs zu tun, die beweisen wollen, daß sie den Wilden überlegen sind. Dabei sind einige der Offiziere, die aus dem Osten stammen, so unbedarft, daß sie eine Lanze nicht von einem Zahnstocher unterscheiden können. Sie kennen den Unterschied zwischen einem Sioux und einem Comanchen nicht, und es interessiert sie auch nicht. So lange sie selbst gut dastehen, befördert werden und ihre Beute mitnehmen können, ist es ihnen egal, was sie tun oder wie sie es tun. Ich habe ein paar von diesen Eseln erlebt, wie sie mit ihren Heldentaten protzten und stolz ihre Skalps vorwiesen, die offensichtlich nicht von Kriegern, sondern von Kindern oder Frauen stammten.«

Middleton seufzte und schüttelte voll Verachtung den Kopf. »Nun, ich kann nicht sagen, daß ich den Indianern besonders wohlgesonnen bin, aber für diesen Haufen Soldaten, die noch grün hinter den Ohren sind, und für diese ruhmsüchtigen Offiziere habe ich auch nichts übrig. Erfahrene Offiziere, die sich bei den Indianern auskennen, sind rar, und solche Leute wie Leutnant Young bringen mehr Ärger, als sie nutzen. Was ich damit sagen will: Gerade jetzt gibt es wieder schwere Probleme mit den Indianern, und Young könnte sich mit der Verhaftung eines Häuptlings der Cheyenne einen Orden verdienen. Die Wogen gehen hoch, und das Militär ist scharf auf jede Festnahme. Sie würden gern an irgend jemand ein Exempel statuieren, und es würde mir gar nicht gefallen, wenn gerade Sie dafür herhalten müßten, Adam. Daß die ganze Geschichte frei erfunden ist, spielt dabei gar keine Rolle. Zwar kennt Sie die halbe Stadt und würde zu Ihrer Verteidigung antreten, aber das würde Ihnen nichts nutzen. Sie wären festgenommen, vor Gericht gestellt und gehangen worden, ehe Sie auch nur einen Finger dagegen hätten rühren können.«

»Leutnant Young hat seine Wachtposten schon aufgestellt«, bemerkte Roberto, der zum Fenster hinausschaute. »Was machen wir jetzt?«

»Wir müssen irgendeinen Weg finden, wie wir Adam aus der Stadt schmuggeln können, bevor Young die Erlaubnis von oben erhält, ihn in militärischen Gewahrsam zu nehmen«, sagte Middleton. »Ich glaube, Sie wollten sowieso verreisen, dem steht im Prinzip nichts im Wege. Aber bis dahin bleiben Sie mein ›Gefangener‹.«

»O Gott«, murmelte Tanya. »Jeffrey rennt draußen herum und stiftet Unfrieden, und Adam muß hier sitzen wie ein Waschbär im Baum. Das ist nicht gerecht.«

»Regen Sie sich nicht auf, Mrs. Savage«, sagte Middleton vergnügt. »Wir lassen uns schon etwas einfallen.«

»Wenn es nach mir ginge, dürfen Sie Suellen die Haare ausreißen und Jeffreys finsteres Herz in Stücke schneiden«, meinte Tanya rachsüchtig. »Ich könnte sie alle beide mit meinen bloßen Händen erwürgen, ohne die geringste Reue zu empfinden.«

»Tanya.« Der Ton von Adams Stimme brachte sie wieder zur Vernunft. »Bring die Jungen nach Hause. Sie sind müde und haben Hunger.« Sie nickte wortlos.

»Justin, du erklärst meiner Mutter und den Martins, was passiert ist, ebenso deinem Vater. Vielleicht hat er eine Idee.«

»Natürlich, Adam.«

»Roberto, dich möchte ich bitten, auf Tanya und die Jungen aufzupassen. So gut du kannst. Jeffrey kennt nur ein Ziel: Tanya soll ihm gehören. Er ist wie ein tollwütiger Hund und unberechenbar. Also paß gut auf.«

»Ich werde sie mit meinem Leben beschützen«, schwor Roberto.

»So, und jetzt raus mit euch«, befahl Middleton, »damit Adam und ich in Ruhe nachdenken können. Mehr Aufregung kann ich an einem Tag nicht verkraften.«

Tanya machte zwei Schritte zur Tür, drehte sich dann aber noch einmal um. Tränen glitzerten in ihren Augen. »Ich werde dafür sorgen, daß du hier rauskommst, Adam. Das schwöre ich! Und eines Tages wird Jeffrey für seine Hinterlist bezahlen!« Damit ging sie, mit stolz erhobenem Kopf.

Es überraschte Tanya kaum, daß Jeffrey nicht nur vor dem Gefängnis, sondern auch rund um das Martinsche Haus Posten aufgestellt hatte. Selbst jetzt, da Adam im Gefängnis saß, wollte er Tanya an einer möglichen Flucht hindern.

Justin erklärte Tanyas Familie die Lage und machte sich dann auf den Weg nach Hause, um zuerst mit seinem Vater und dann mit Rachel zu sprechen.

Edward war außer sich, die anderen waren einfach verblüfft. Wie Tanya, die Jeffrey verwünschte und verfluchte, ließ Edward seinem Zorn freien Lauf und tobte und wütete, was das Zeug hielt.

Nach dem Abendessen, bei dem niemand so recht Appetit entwickelte, brachte Tanya ihre Söhne zu Bett. Wenig später tauchten Richter Kerr, Rachel und Justin bei den Martins auf, um die unvorhergesehene Wendung der Ereignisse zu diskutieren.

»Der Sheriff hat vorgeschlagen, Adam ohne Wissen von Leutnant Young aus der Stadt zu schmuggeln«, stellte Roberto fest. »Auf keinen Fall darf der Leutnant ihm mit der Erlaubnis aus Fort Lyon, Adam festzunehmen, zuvorkommen.«

»Und wenn uns das nicht gelingt?« Rachels braune Augen waren voller Sorge. »Was, wenn das Militär ihn doch arretiert? Tom kann ihn schließlich nicht endlos festhalten.«

»Leutnant Youngs und Suellens Wort steht gegen unseres«, konstatierte Georg. »Das Militär mag zwar scharf darauf sein, sich an den Indianern zu rächen, aber sie werden doch einsehen, wie lächerlich diese Geschichte ist. Außerdem können wir geltend machen, daß Jeffrey wie besessen hinter Tanya her ist und daß Suellen sie haßt.«

»Dürfen wir uns vor einem Militärgericht überhaupt äußern?« zweifelte Justin. »Tom schien da anderer Ansicht. Er meinte, daß es zu einem rein militärischen Verfahren kommt, wenn sie Adam erst einmal in den Klauen haben.«

Richter Kerr blickte finster drein. »Ich fürchte, er hat recht. Das könnte verheerende Folgen haben. Außerdem ist mir zu Ohren gekommen, daß General Custer sich wieder in Fort Lyon aufhält und die Truppen dort umorganisiert.«

Tanya stöhnte. »Der war auch beim Washita-Massaker dabei. Wenn es nach Custer geht, ist nur ein toter Indianer ein guter Indianer.«

Melissa nickte entmutigt. »Ja, und außerdem hat Jeffrey angekündigt, daß er Panther von Major Wynkoop identifizieren lassen will.« Melissa, Rachel und Tanya, die einzigen im Raum, die die volle Wahrheit kannten, blickten sich betroffen an.

Richter Kerr fing den Blick auf, den die Frauen wechselten, und seine Miene verfinsterte sich. »Das dürfte doch wohl kein Problem sein, oder?« fragte er. »Soweit ich weiß, hat Wynkoop sich stets für die Interessen der Indianer eingesetzt. Außerdem ist er bestimmt in der Lage, zu bezeugen, daß Adam kein Cheyenne ist. Er könnte sogar unser unser Retter sein.« Sein Blick wanderte von einem bleichen Gesicht zum nächsten, und er spürte, daß irgend etwas nicht stimmte. »Nun, ist es nicht so?« insistierte er.

Als niemand von den dreien ihm zustimmte, bekam er noch mehr Bedenken. »Rachel, Tanya, Melissa«, schlug er vor, »können wir uns einen Augenblick in die Bibliothek zurückziehen? Ich möchte etwas mit Ihnen besprechen, das mir gerade in den Sinn gekommen ist.« Sie nickten widerstrebend, »Justin, Du solltest auch dabei sein«, fügte Richter Kerr hinzu.

Kaum waren sie in der Bibliothek, brach es aus ihm heraus: »Ich habe den Eindruck, daß es etwas gibt, das Sie mir nicht erzählt haben. Etwas Wichtiges, ein Geheimnis, das Sie miteinander teilen. Allmählich denke ich, an all den Anschuldigen ist doch etwas Wahres dran. Stimmt das?« Sein Blick konzentrierte sich auf Rachel. Er wartete.

Schließlich nickte sie niedergeschlagen. »Ja, Garfield. Es ist wahr.« Sie schluchzte und konnte nicht mehr weiterreden. Das Gesicht in den Händen vergraben, weinte sie still vor sich hin.

Justin konnte es nicht glauben. »Wie ist das möglich? Adam und ich sind zusammen aufgewachsen! Ich kenne ihn, seit er auf der Welt ist.«

»Nicht ganz«, wies ihn Richter Kerr zurecht. »Rachel, ihr Vater und ihr Sohn kamen nach Pueblo, als Adam noch ein Baby war. Wir alle haben die Geschichte geglaubt, die Rachel uns über ihren toten Ehemann, den angeblichen Engländer, erzählt hat. Aber es war eine Lüge, stimmt es, Rachel?« Sein Ton war freundlich, aber unnachgiebig.

Rachel seufzte und wandte ihm ihr Gesicht zu. »Ja, es war eine Lüge. Adams Vater war Weißer Büffel, Häuptling der Cheyenne. Nachdem er mich zu meiner Familie zurückgebracht hatte, zog mein Vater mit mir und Adam nach Pueblo, um jedes Gerede zu vermeiden. Im Sommer, wenn ihr alle geglaubt habt, Adam wäre bei meiner Familie in Santa Fe, war er in Wirklichkeit bei seinem Vater im Indianerdorf. Er ist in zwei Welten, zwei verschiedenen Lebensformen aufgewachsen, und vor fünf Jahren hat er sich entschlossen, ganz bei den Cheyenne zu bleiben – wenigstens so lange, wie ich die Ranch noch alleine führen kann. Ich war darüber nicht glücklich, aber ich habe versucht, ihn zu verstehen. Indianisches Blut fließt in seinen Adern. Das ist nun einmal sein Schicksal.«

»Guter Gott!« rief Justin. »Dann hat Suellen also recht! Er ist Tanyas Ehemann – und Häuptling der Cheyenne?« Sein vorwurfsvoller Blick traf Tanya, aber auch seine eigene Braut, die ihn so lange getäuscht hatte.

Melissa nickte stumm. Ihre großen blauen Augen flehten um Vergebung.

Tanya reagierte mit mehr Stolz. »Ja, Adam und Panther sind ein und derselbe, und Jäger und Zeichen des Bogenschützen sind unsere Söhne. Habt ihr wirklich geglaubt, ich könnte meinen Mann so schnell vergessen und mich einem Fremden in die Arme werfen?«

»Wer weiß sonst noch davon?« fragte Richter Kerr.

»Niemand. Suellen, Melissa und ich sind die einzig Überlebenden aus dem Überfall. Aber wenn Major Wynkoop Adam sieht, weiß er natürlich auch Bescheid.«

»Wie steht es mit Roberto und Ihren anderen Verwandten?« wollte Richter Kerr von Rachel wissen.

Sie schüttelte den Kopf. »Nur mein Vater wußte es. Den anderen in der Familie haben wir nichts gesagt.«

»Vielleicht sollten wir Roberto jetzt informieren. Meinen Sie, daß er uns hilft, oder glauben Sie, daß er sich gegen uns stellt?«

»Er wird uns helfen«, sagte Justin, der damit seiner Verbundenheit zu einem langjährigen Freund Ausdruck gab.

»Ihre Familie sollten wir ebenfalls informieren«, sagte Richter

Kerr zu Tanya. »Sie haben ein Recht auf die Wahrheit. Wie werden sie wohl reagieren, Tanya? Werden Sie Adam verraten?« Offensichtlich war auch Richter Kerr bereit, seinen Freunden zu helfen.

»Ich weiß es nicht«, antwortete Tanya. »Ich denke, wir müssen es riskieren und darauf hoffen, daß sie Verständnis haben. Sie kennen Adam inzwischen, sie mögen und schätzen ihn. Daran sollte auch die Tatsache nichts ändern, daß er ein halber Cheyenne ist.«

»*Sollte* vielleicht nicht, aber wer weiß«, meinte Richter Kerr trocken. »Justin und ich kennen Adam noch viel länger, und trotzdem trifft diese Nachricht uns wie ein Schock. Aber es stimmt – wir haben Adam als guten Menschen, als Ehrenmann kennengelernt, und daran ändert auch die Tatsache nichts, daß er ein halber Cheyenne ist.«

»Vielleicht sollten Sie es übernehmen, mit meinen Eltern darüber zu sprechen«, schlug Tanya vor. »Wenn das Herz mit dem Verstand in Konflikt gerät, hat man Schwierigkeiten, sich zu erklären. Meine Eltern werden glauben, daß ich Adam nur verteidige, weil ich ihn liebe, während Ihr Verständnis aus dem Respekt für einen Mann resultiert, den Sie kennen und dem Sie trauen.«

Wie nicht anders zu erwarten, bekam Edward zunächst einen Wutanfall, Sarah fiel beinahe in Ohnmacht, und Julie fühlte sich zwischen ihrem neuen Ehemann und Tanya, zwischen Verletztheit und Loyalität hin und her gerissen. Roberto akzeptierte die Neuigkeit über seinen Vetter anstandslos und bot seine Hilfe an. George nickte nur und entzündete eine Pfeife, und Elizabeth lächelte weise, als wollte sie sagen: »Habe ich es nicht immer gewußt?« Jeremy war begeistert und mußte hoch und heilig versprechen, das Geheimnis zu wahren, obwohl er am liebsten vor allen Freunden damit geprahlt hätte.

Nachdem die anfänglichen heftigen Reaktionen sich gelegt hatten, söhnte Sarah sich mit dem Gedanken aus und war sogar froh, daß Jäger und Zeichen des Bogenschützen von ihrem wirklichen Vater erzogen wurden und Tanya nur einem Mann angehört hatte. Auch Edward akzeptierte die Tatsache, nachdem Richter Kerr und Rachel etwas nachgeholfen hatten, und sah ein, daß der Adam, den er kennengelernt hatte, ein wertvoller Mensch war, ob nun Weißer oder Indianer oder beides.

Alle waren sich einig, daß es jetzt darum ging, Adam zu retten, und daß es galt, einen Plan zu entwickeln. Doch an diesem Abend wurde es mit dem Pläneschmieden nichts mehr. Sie waren emotional zu aufgewühlt und zu erschöpft, so vertagte man das Problem auf den anderen Morgen.

Nachdem sie sich ausgeruht hatte, sah Tanya schon etwas klarer, auch wenn sie noch keinen durchführbaren Plan vorlegen konnte. Von allem anderen abgesehen, gab es einfach ein paar Dinge, die erledigt werden mußten. Nun, da ihre Familie darauf vorbereitet war, daß Adam und Tanya zu den Cheyenne zurückkehren wollten, bestand keine Notwendigkeit mehr, die aufwendigen Vorbereitungen für die angebliche Reise nach Europa zu treffen. Statt dessen kümmerte sich Tanya um die passende Kleidung für sich selbst, Adam und ihre Söhne. Sie packte getrocknete Früchte und getrocknetes Fleisch ein, füllte die Feldflaschen und legte die notwendigen Dinge zurecht, die sie für die Flucht brauchten.

Wie sie unter den aufmerksamen Augen der Wachtposten draußen die Pferde aus Onkel Georges Stall zu einem leicht erreichbaren Platz schaffen sollte, war ihr noch unklar. Doch als sie zufällig einen Eimer Tünche, der für die Veranda gedacht war, entdeckte, schmiedete sie einen Plan. Mit Jeremys Hilfe machte sie sich an die Arbeit. Da es den Wachen auffallen würde, wenn sie sich länger in den Ställen aufhielt, wurde Jeremy angeblich damit beauftragt, die Ställe zu reinigen. Auf Tanyas Anweisung hin pinselte er die Fesseln von Adams nachtschwarzem Hengst weiß an und malte ihm eine Blesse. Dann wurde Wheats tiefbraunes Fell mit Walnußbeize in ein helles, glänzendes Braun verwandelt.

Der letzte Teil des Plans war der raffinierteste. Kaum war es dunkel, ließen Rachel und Justin ihre eigenen Pferde im Stall zurück und ritten auf Wheat und Shadow nach draußen. Im schwachen Mondschein fiel den Wachen glücklicherweise nichts an den Pferden auf, sie waren nur darauf aus, die Reiter zu identifizieren. Rachel und Justin stellten die Pferde im Stall von Richter Kerr unter, von wo sie jederzeit abgeholt werden konnten.

Alles war also soweit vorbereitet. Jetzt brauchte man nur noch Tanya mit den Söhnen unauffällig aus dem Haus zu schaffen, und Adam mußte sich irgendwie an den Wachtposten vorbeistehlen – keine leichte Sache, wenn man bedachte, wie Jeffrey jeden Schritt Tanyas überwachen ließ.

Roberto begleitete sie am nächsten Morgen zum Gefängnis, wo sie mit Adam sprach. Zunächst erklärte sie ihm, was sie geplant hatte, dann überlegten sie, welche Fluchtmöglichkeiten es für Adam gab, aber keine schien durchführbar. In der Zwischenzeit versuchte Richter Kerr seinen Einfluß bei den Behörden geltend zu machen, aber leider ohne Erfolg. Niemand schien das Recht zu besitzen, in militärische Angelegenheiten einzugreifen.

Als Tanya und Roberto das Gefängnis verließen, kam ihnen Jeffrey entgegen. Tanya merkte, wie sich Roberto neben ihr darauf vorbereitete, sie zu verteidigen. Tanya wollte Jeffrey aber keinen Vorwand liefern, Roberto ebenfalls einzusperren, also hielt sie es für das Beste, keinen Streit zu suchen.

Mit hocherhobenem Kopf und zurückgezogenen Schultern ging sie an ihm vorbei und starrte stur geradeaus. Jeffrey ließ sich jedoch nicht abschrecken, drehte sich um und hielt mit ihr Schritt. Aus dem Augenwinkel sah sie sein boshaftes Grinsen, als er sagte: »Du dachtest wohl, die Sache wäre gelaufen, was, Tanya? Aber dank Suellen hat sich das Blatt wieder gewendet.«

»Hau ab, Jeffrey!« zischte sie ihm zu.

»Tanya, Liebling, du tätest besser daran, nett zu mir zu sein. Das Leben eines Menschen, der dir viel bedeutet, liegt bald in meinen Händen. Was damit passiert, hängt einzig und allein von dir ab.«

Nun blieb sie stehen und wandte ihm abrupt ihr Gesicht zu. »Vielleicht wollen Sie mir erklären, was Sie damit meinen!«

Er streckte unschuldig die Hände aus und gab sich den Anschein, offen mit ihr zu reden. »Das ist doch ganz einfach, Tanya. Wenn du deine Heirat annullierst und mich heiratest, bevor Savages Prozeß gelaufen ist, kann ich dafür sorgen, daß er freigelassen wird. Wenn nicht, wird er mit Sicherheit aufgehängt und dann bist du Witwe. So oder so wirst du bald mir gehören. Natürlich akzeptiere ich bei diesem Handel die Söhne nicht. Die mußte du schon irgendwie loswerden.«

Ihre Augen schossen Pfeile. »Ich werde dir nie gehören, Jeffrey, niemals! Das hättest du längst begriffen, wenn du noch bei Verstand wärst. Du bist verrückt, und das weißt du auch. Wenn ich dich nicht so hassen würde, hätte ich Mitleid mit dir.«

»Du Hexe!« explodierte er und packte sie roh am Arm. »Das wirst du noch bereuen. Du wirst für all das bezahlen, das sage ich dir!« Er schüttelte sie wie eine Stoffpuppe und hielt erst inne, als er den Revolverlauf Robertos zwischen seinen Rippen fühlte.

»Laß deine dreckigen Hände von der Frau meines Vetters!« befahl Roberto.

Jeffrey blickte Roberto geringschätzig an und ließ Tanya los. »Wenn Sie auf mich schießen, kommen Sie keine fünf Meter weit«, sagte er.

Roberto lächelte böse. Seine Zähne blitzten, seine Augen sprühten Funken. »Das kann schon sein, aber dann sind Sie bereits tot und auf dem direkten Weg in die Hölle.« Er sprach leise und ruhig, aber mit tödlichem Ernst.

Jeffrey wich zurück. »Denk an meine Worte, Tanya«, sagte er. »Die Zeit läuft. Und mach keine Dummheiten. Ich habe dich unter Kontrolle, sogar deine Kinder. Wenn mir irgend etwas Verdächtiges auffällt, wirst du es schnell bereuen. Deine Söhne kommen als erste dran, und danach dein indianischer Liebhaber.« Er drehte sich auf dem Absatz um und stiefelte davon.

Roberto und Tanya sahen sich besorgt an. »Ich glaube, das Wichtigste ist jetzt, daß wir deine Söhne in Sicherheit bringen«, sagte Roberto. »Kit bewacht sie zwar, aber mir ist trotzdem nicht wohl bei dem Gedanken an diesen Verrückten.«

»Mir geht es genauso«, stimmte Tanya ihm zu. »Er ist so falsch, daß man nicht voraussehen kann, was er noch alles tut.«

Rachel hatte schließlich die rettende Idee, wie sie ihre Enkel in Sicherheit bringen konnte. Noch am selben Tag schickte sie Roberto zur Ranch zurück, und um Mitternacht war er wieder in der Stadt.

Am frühen Morgen verließ Tanya bei strahlendem Sonnenschein das Haus. An ihrem Arm trug sie einen großen Korb.

»Pardon, Ma'am, aber ich muß kontrollieren, was in diesem Korb ist«, sagte eine der Wachen und hielt sie an.

Tanya blieb stehen. »Falls Sie noch nicht Bescheid wissen sollten, in zwei Tagen findet eine Hochzeit statt«, entgegnete sie förmlich. »Ich bringe zwei Kuchen zu Emily Kerr. Für die Hochzeitsfeier.«

Der Soldat hob das karierte Tuch über dem Korb an einer Ecke hoch und schnupperte. Das Aroma frischgebackener Kuchen stieg ihm in die Nase. »Hmm, Apfel und Blaubeeren«, seufzte er. »Riecht gut.« Damit ließ er sie passieren, behielt sie aber im Auge, bis sie das Kerr'sche Haus betreten hatte.

Kurze Zeit später kehrte sie zurück. Als sie an ihm vorbeikam, sah er, wie ein paar Eier unter dem Tuch hervorlugten. »Vorsichtig beim Treppensteigen, Ma'am«, meinte er höflich. »Die Eier sehen zerbrechlich aus.«

Tanya nickte wortlos. In der Hofeinfahrt traf sie auf Roberto und Justin, die eine mächtige Kiste schleppten. »Was habt ihr denn damit vor?« rief sie ihnen zu.

Justin grinste. »Das ist nur ein Teil von Melissas Wertgegenständen«, scherzte er. »Wenn es so weitergeht, werde ich bei der Trauung humpeln.«

Auch die Soldaten mußten lachen. »Heiraten ist nicht leicht«, meinte einer und zwinkerte Justin zu.

Noch etwas wurde an diesem Morgen im Martinschen Hause angeliefert. Elizabeth hielt den Einspänner vor dem Tor, neben sich auf dem Sitz eine riesige Schachtel. Julie und Melissa stürzten aus dem Haus. Melissa war als Erste am Wagen und öffnete den Deckel der Schachtel. Mit einem Freudenschrei zog sie ein entzückendes gelbes Kleid hervor und tanzte damit herum. »Oh, ist das schön, Elizabeth! Sind die anderen Kleider auch da drin? Hat die Schneiderin alles fertigbekommen?«

Elizabeth lächelte nachsichtig. Das dümmliche Grinsen auf den Gesichtern der Wachtposten entging ihr nicht. »Bis auf den letzten Stich«, sagte sie. »Aber, Liebes, ich denke, du solltest dir die Sachen im Haus anschauen. Hilf mir beim Ausladen.«

Julie und Melissa trugen die Schachtel mit beiden Händen hinein, während Elizabeth den Wagen wendete.

Drinnen stießen mehrere ängstliche Personen gleichzeitig einen Seufzer aus, als sie einen kleinen dunkelhaarigen Jungen aus dem Korb hoben.

»Hallo, *hola*, Pepito!« begrüßte ihn Roberto. »Du warst so still wie ein *ratoncito*, eine kleine Maus.«

Der Junge grinste, seine kleinen weißen Zähne blitzten in dem olivbraunen Gesicht. »Ist Felipe schon hier?«

»Ja, er wurde in einem Korb mit Eiern hierher transportiert. Heute morgen. Jetzt schläft er ein bißchen.«

Pepito nickte. »Er ist ja noch ein Baby. Ich schlafe mittags nicht mehr«, stellte er wichtigtuerisch fest.

Rachel kam aufgeregt ins Zimmer. »Oh, prima!« rief sie. »Ich hatte gehofft, daß alles klappen würde. Wie lieb von Anna und Selena, uns ihre Kinder für ein paar Tage auszuleihen.«

Zu Tanya gewandt sagte sie: »Jäger und Zeichen des Bogenschützen haben es bei Emily Kerr bestimmt gut. Sie verwöhnt sie bereits.« Dann fügte sie liebevoll hinzu: »Mach dir keine Sorgen, Tanya. Sie sind in Sicherheit, und es ist ja nicht für lange.«

»Das war der einzig richtige Weg«, meinte auch Sarah. »Wenn Ihr jetzt aufbrecht, warten die Jungen bereits. Bis dahin können Pepito und Felipe gut als Jäger und Zeichen des Bogenschützen durchgehen, wenigstens wenn man sie nicht genauer ansieht. Und Jeffrey hat keine Ahnung.«

»Ich weiß«, stimmte Tanya ihnen zu, »aber in einem Punkt hat Jeffrey recht. Die Zeit läuft. Wir müssen uns etwas einfallen lassen, wie wir Adam aus dem Gefängnis herausbekommen.«

26

Es war Melissa, die schließlich die beste Idee hatte. Der Plan war nicht ohne Risiken, aber es gab gute Erfolgschancen. Außerdem war er ihre einzige Hoffnung.

Am achten Juli, spätnachmittags, machte sich eine Gruppe

von zwölf Erwachsenen und drei Kindern, alle in eleganter Festkleidung, auf den Weg und schritt an den Wachen vorbei zum Gefängnis von Sheriff Middleton.

Wenige Minuten später tauchte Jeffrey mit wutverzerrtem Gesicht hinter ihnen auf. »Was geht hier vor?« wollte er wissen.

»Hören Sie, Sie streitlustiges Großmaul«, schnaubte Tom Middleton, »das ist mein Gefängnis, und ich muß Ihnen nicht Rede und Antwort stehen. Machen Sie, daß Sie hier rauskommen. Das ist eine private Feier.«

»Ja!« mischte sich Julie ein. »Wenn Melissa Sie gerne bei ihrer Hochzeit dabeigehabt hätte, wären Sie sicher von ihr eingeladen worden.«

»Hochzeit?« rief Jeffrey verwundert. »Eine Hochzeit im Gefängnis?«

»Sie haben es getroffen«, sagte Richter Kerr. »Melissa und Justin möchten, daß Tanya und Adam an der Feier teilnehmen. Also mußten wir alle hierher kommen.«

»Paßt Ihnen daran etwas nicht?« fragte Middleton gedehnt. »Dann haben Sie leider Pech gehabt. Das ist mein Gefängnis, und ich finde die Sache in Ordnung.«

Jeffrey blickte die ganze Gesellschaft verächtlich an. »Feiern Sie ruhig Ihre alberne Hochzeit. Aber denken Sie dran – meine Wachtposten stehen draußen. Sie passen auf, daß sie niemand unrechtmäßig entfernt.« Seine blauen Augen fixierten Adam, der immer noch hinter Gittern saß.

Durch die offenen Fenster konnten die Wachen die feierliche Zeremonie mitbekommen. Anschließend reihten sich die Gäste vor dem Gefängnis auf, wirkten aber sehr unruhig. Alarmstufe eins herrschte, als Sheriff Middleton mit Adam das Gebäude verließ.

»Halt!« brüllt ein fetter Sergeant.

»Ach, reg dich ab«, sagte Middleton barsch. »Kein Grund zur Aufregung. Dieser Mann ist immer noch mein Gefangener. Ich passe schon auf, daß er nicht abhaut.«

»Was macht er denn hier draußen?« fragte der Sergeant.

»Was meinen Sie wohl?« antwortete der Sheriff. »Sie wissen doch genau, daß man drinnen nicht fotografieren kann, und diese Leute hier wollen die ganze Gesellschaft natürlich auf dem Bild haben.« Er führte Adam so, daß er neben Justin zu stehen kam. »So, und jetzt brav lächeln. Keine verdächtige Bewegung«, ermahnte er Adam. »Ich behalte Sie im Auge, und diese Posten hier auch.« Um seinen Worten Nachdruck zu verleihen, zog er den Revolver und richtete ihn auf Adam.

Der Fotograf kümmerte sich um die Aufstellung der Gruppe und schickte sich an, das Hochzeitsfoto zu schießen, wobei er sich ständig über das schlechte Licht beklagte. Die Sonne ging gerade unter. »Würden Sie bitte aus dem Weg gehen, Gentlemen«, forderte er die Wachen auf. »Ich glaube kaum, daß das Ehepaar oder die Gäste Sie auch auf dem Bild haben wollen.«

Die Wachtposten folgten widerstrebend, hielten ihre Waffen aber bereit und ließen Adam keine Sekunde aus den Augen. Offensichtlich rechneten sie jeden Moment mit einem Fluchtversuch. Erst als Adam wieder ins Gefängnis gebracht worden war, atmeten sie erleichtert auf.

Die Hochzeitsfeier wurde im Inneren des Gefängnisses fortgesetzt. Es war eine kleine, aber geräuschvolle Party, doch die Wachtposten schenkten ihr nicht mehr soviel Aufmerksamkeit, da der Gefangene die einzige Chance zur Flucht während des Fotografierens ja nicht genutzt hatte. Sie wurden wieder nachlässiger und konzentrierten ihre Aufmerksamkeit jetzt hauptsächlich auf Personen, die sich dem Gefängnis näherten.

Die Feier schien kein Ende zu nehmen, und es war schon dunkel, als Braut und Bräutigam, umringt von lachenden Verwandten, aus dem Gefängnis stürzten.

Die müden Soldaten wurden wieder wach und verfolgten das frischgetraute Paar, das auf dem Weg zu Richter Kerrs Haus war, mit den Augen. Sie erkannten das cremegelbe Brautkleid, den Schleier und den dunkelbraunen Anzug, den der Bräutigam getragen hatte, und vergewisserten sich mit einem raschen Blick in das Innere des Gefängnisses, daß der Gefangene immer noch da war.

Adam hatte ihnen den Rücken zugewandt, als er das Glas hob und einen Toast auf seine Freunde ausbrachte. Die anderen umringten ihn, und sein weißes Hemd und die dunkle Hose, die er trug, gingen bald in dem überfüllten kleinen Raum unter. Irgendwo unter all den Leuten blitzte auch Tanyas pfirsichfarbener Rock auf. Beruhigt stellten die Wachen fest, daß sie mitsamt ihren dunkelhäutigen Söhnen noch unter den Gästen war.

Zwei Stunden später tauchte Leutnant Young in Begleitung eines Majors auf. »Das ist Major Wynkoop«, erklärte er. »Und hier habe ich die schriftliche Erlaubnis, den Gefangenen mitzunehmen, unterzeichnet von General Custer. Jetzt kann der Sheriff wohl nichts mehr machen.« Er wandte sich an den Sergeant. »Alles in Ordnung? Wie ich sehe, wird immer noch gefeiert. Hat jemand das Gefängnis verlassen?«

»Nur die Braut und der Bräutigam«, antwortete der Sergeant. »Alle übrigen sind noch anwesend.«

Jeffrey betrat das Gefängnis mit energischen Schritten, ein verschlagenes Glitzern in den blauen Augen. Er ging direkt auf Sheriff Middleton zu und knallte ihm die Papiere auf den Tisch. »Dies ist der Befehl von General Custer, Adam Savage im Namen der US-Army festzunehmen. Außerdem habe ich Major Wynkoop mitgebracht, der seine Identität als Panther-auf-der-Pirsch, Häuptling der Cheyenne, bestätigen wird.«

Der Sheriff blickte ihn ebenso listig an. »Nun, Leutnant, wenn Sie früher gekommen wären, hätten Sie vielleicht etwas ausrichten können. Doch so, wie es jetzt aussieht, gibt es hier niemanden, der zu verhaften wäre. Und ohne Festnahme kann auch keine Anklage erhoben werden. Ist das richtig, Herr Richter?«

»Absolut korrekt, Sheriff«, bestätigte Richter Kerr.

Jeffrey traf beinahe der Schlag. »Was soll das heißen?« brüllte er und bahnte sich mit den Ellbogen den Weg in die Zelle. Er ließ seinen Blick über die Gäste schweifen und fand weder Adam noch Tanya, statt dessen entdeckte er die lächelnde Melissa in Tanyas pfirsichfarbenem Kleid.

»Wo ist er hin? Wo ist Tanya?« kreischte Jeffrey.

»Weg.«

Sein glasiger Blick traf die beiden kleinen Jungen. »*Weg*?« wiederholte er fassungslos. »Die Söhne sind ja noch hier! Allzu weit werden sie wohl nicht sein.« Er ging auf die Jungen zu.

»Sie werden zurückkommen, um ihre Kinder abzuholen, und dann kriege ich sie.«

Roberto stellte sich ihm in den Weg. »Sehen Sie genau hin, Leutnant. Das sind nicht Tanyas Kinder. Das sind zwei Jungen, um die sich meine Tante kümmert, weil ihre Eltern nicht da sind.«

Jeffrey blickte die Kleinen an und sah, daß Roberto die Wahrheit gesprochen hatte. Er war hereingelegt worden! Brüllend vor Wut und Enttäuschung wandte er sich an den Sheriff. »Das kostet Sie Ihre Stellung! Sie haben zugelassen, daß mein Gefangener geflüchtet ist!«

Tom Middletons Hand ruhte auf dem Revolver im Halter. »Es war nicht *Ihr* Gefangener, Young. Es war meiner«, erinnerte er ihn.

»Und was ist mit der Anklage?« fragte Jeffrey, der jetzt völlig verwirrt war.

»Ich habe sie fallenlassen.«

»Worauf lautete die Anklage denn?« Major Wynkoop meldete sich zum erstenmal zu Wort.

»Angriff auf einen Vertreter des Gesetzes«, antwortete Middleton, »aber die Attacke war provoziert, also habe ich beschlossen, die Anklage fallenzulassen und den Gefangenen freizugeben.«

»Welch seltsamer Zufall! Genau in dem Moment, wo ich ihn arretieren wollte«, tobte Jeffrey.

»Es ist nicht meine Aufgabe, in Ihrem Sinne tätig zu sein«, antwortete Middleton knapp. »Machen Sie Ihre schmutzige Arbeit alleine. Sie möchten ihn haben? Dann verfolgen Sie ihn doch, fangen Sie ihn ein. Aber erwarten Sie nicht, daß ich Ihnen dabei helfe. Jeder weiß, daß Sie ein verrückter Narr sind, der hinter Adams Braut her ist. Das ist doch der wahre Grund dafür, daß Sie diese lächerliche Anklage erheben und Geschichten über einen Mann erfinden, den wir seit mehr als zwanzig Jahren kennen und achten.«

Wynkoop zog die Augenbrauen in die Höhe. »Sie wollen sagen, daß Adam Savage in all den Jahren hier gelebt hat?«

»Genau das. Die ganze Stadt kann bezeugen, daß er kein Indianer ist.«

»Suellen Haverick behauptet etwas anderes, und ich ebenfalls«, fuhr Jeffrey wütend dazwischen.

»Suellen Haverick ist genauso verrückt wie Sie«, mischte sich Melissa ein.

»Ich werde sie verfolgen! Ich werde sie fangen und beweisen, daß ich recht habe. Und Sie, Major Wynkoop, müssen mit mir kommen!« bellte Jeffrey.

Die Morgendämmerung brach wie grauer Nebel durch die Bäume, als Wildkatze und Panther sich ihren Weg durch das Gebirge bahnten. Es war schön, wieder im Freien zu sein und die reine, würzige Luft einzuatmen, die nach Pinien roch.

Zeichen des Bogenschützen schlief selig in seinem Tragegestell, das an Tanyas Sattelknauf hin. Jäger saß vor seinem Vater.

Es war ein langer Ritt, obwohl sie sich beeilt hatten, soweit das bei der Dunkelheit möglich war. Panther führte sie sicher durch die Nacht, und Kit lief glücklich neben ihnen her.

Einmal hielten sie an, um zu frühstücken und sich bequemere Sachen anzuziehen, dann machten sie sich wieder auf den Weg. Jetzt trug Tanya wieder ihr geliebtes Kleid aus Hirschleder, ihr Stirnband und die Mokassins. Auch die Jungen und Panther waren mit Lederhemden und Mokassins ausgestattet. Tanyas Haare besaßen wieder die richtige Länge, um Zöpfe daraus zu flechten, und obwohl Panther nun mit seinem Stirnband und den Federn darin wieder vertrauter aussah, vermißte sie doch seine langen, dunkeln Zöpfe. Jeffrey und seine Bande waren bestimmt hinter ihnen her. Wäre das nicht gewesen, so hätte sich Tanya an diesem Morgen vollkommen zufrieden gefühlt.

Sie waren den ganzen Tag unterwegs und hielten nur kurz an, um die Pferde zu tränken. Immer tiefer ritten sie in die Berge hinein. Kurz nach Einbruch der Dunkelheit legten sie eine Ruhepause ein, denn die Pferde waren zum Umfallen müde. Zeichen des Bogenschützen wand sich in seinem unbequemen Gestell, und Jäger lag erschöpft in Panthers Armen. Auch Tanya, die an solche Strapazen nicht mehr gewöhnt war, fühlte ihre schmerzenden Muskeln. Vor allem der Hintern tat ihr weh.

Panther lachte, als er sah, wie sie unbeholfen von ihrem Pferd glitt. »Morgen bist du steif und hast Muskelkater«, sagte er.

»Den habe ich jetzt schon«, antwortete sie und verzog das Gesicht.

Die Nacht war viel zu kurz. Unausgeschlafen brachen sie am nächsten Morgen auf, lange bevor es dämmerte. »Warum reiten wir durch das Gebirge?« wollte Tanya wissen, die wieder in Cheyenne sprach. »Folgt der Stamm noch nicht den Büffeln durch die Prärie?«

»Doch.« Seine dunklen Augen blickten sie voll Anerkennung an. Endlich war sie wieder seine Kleine Wildkatze! »Aber wir dürfen denen, die uns folgen, nicht den Weg weisen. Wenn wir sie im Gebirge abgeschüttelt haben, kehren wir um und reiten zur Prärie.« Die Worte der Cheyenne flossen mühelos von seinen Lippen, und Tanya genoß es, sie intoniert von seiner vollen, tiefen Stimme zu hören.

Als sie am zweiten Abend erschöpft ihr Lager aufschlugen, sagte eine innere Stimme Tanya, daß Jeffrey ihnen auf den Fersen war. Panther hatte das gleiche Gefühl und verbot, an diesem Abend ein Feuer zum Kochen anzuzünden. Wären sie ohne Kinder gewesen, hätten sie ihren Verfolgern leicht entkommen können, doch so mußten sie langsamer reiten und überdies öfter anhalten, was sie kostbare Zeit kostete.

Am dritten Morgen waren sie gerade dabei, das Lager abzuschlagen und ihr Hab und Gut aufzuladen, als Tanya plötzlich Pferdegetrappel hörte, das sich rasch näherte. Erschrocken blickte sie Panther an.

Er suchte die Felsen nach einer Deckung für seine Familie ab. In der Nähe lagen ein paar große Findlinge. »Dort hin!« befahl er. »Das ist das Beste.«

Er hatte noch nicht zu Ende gesprochen, da war Tanya mit Zeichen des Bogenschützen auf dem Arm und ihren Waffen zu dem Platz geeilt, den er ihr gezeigt hatte. Auch Panther hielt seine Waffen griffbereit, schnappte sich Jäger, gab den Pferden einen Klaps aufs Hinterteil und jagte sie in den Wald. Dann folgte er Tanya.

Die ersten Kugeln pfiffen durch die Luft und prallten von

den Felsen ab, als Panther sich mit einem letzten Satz in Dekkung brachte. Er zog seinen Revolver und feuerte zurück. Die Feinde sollten wissen, daß er ebenso gut bewaffnet war wie sie und fest entschlossen, seine Familie zu verteidigen. Zumindest würden sie sich ihm nun langsamer und vorsichtiger nähern.

Jeffreys verrücktes Triumphgelächter drang zu ihnen herauf. »Geben Sie auf, Savage! Sie sind umzingelt!«

Panther antwortete nicht auf die spöttische Herausforderung. Er warf einen raschen Blick auf Tanya, die ihm zuflüsterte: »Sie haben Major Wynkoop dabei.«

Aus dem Augenwinkel beobachtete er, wie sie ihren Bogen spannte, spähte über den Rand eines Felsbrockens und zählte insgesamt acht Mann, einschließlich Jeffrey und Wynkoop. Sie befanden sich alle auf der gegenüberliegenden Seite der Lichtung, versteckt hinter Felsen und Bäumen.

»Schicken Sie mir Tanya, und Sie und Ihre Söhne sind frei!« rief Jeffrey ihm zu.

»Denkt er wirklich, wir glauben ihm das?« murmelte Tanya.

»Eher töte ich sie, als daß ich sie Ihnen ausliefere!« rief Panther auf Englisch zurück.

Jeffrey schnaubte ungläubig, und Major Wynkoop sagte: »Wenn er wirklich ein Cheyenne ist, wird er es tun. Das ist ihre Art.«

»Komm zu mir, Tanya!« rief Jeffrey. »Ich beschütze dich!«

»Fahr zur Hölle!« brüllte sie ihm zu.

Panther warf ihr einen belustigten Blick zu, der völlig im Widerspruch zur Ernsthaftigkeit der Situation stand, und sie erwiderte seinen Blick lächelnd.

Jetzt sah Jeffrey sich vor all seinen Männern bloßgestellt und verlor völlig die Kontrolle über sich und das Urteilsvermögen über die Situation. Er galoppierte auf die Felsen zu, hinter denen Tanya und Panther sich versteckten.

Gerade war er am Fuß der ersten Felsen angekommen, und Panther hatten seinen Finger schon am Abzug, als Jeffreys Pferd plötzlich scheute. Es legte die Ohren zurück, zeigte das Weiße in seinen Augen und stellte sich auf die Hinterbeine. Jeffrey, der darauf nicht vorbereitet war, griff nach dem Sattelknauf, verfehlte ihn aber. Seine Füße fanden die Steigbügel nicht wieder, und er stürzte mit einem erstickten Schrei zu Boden.

Tanya konnte in ihrem Versteck den Aufprall hören, spähte zwischen den Felsbrocken hindurch und sah ein verdrehtes Bein, das zwischen den Felsen eingeklemmt war. Dann warf sie überrascht den Kopf zurück, als sie fast gleichzeitig das wütende Zischen und Rasseln von Klapperschlangen hörte. Jeffreys Pferd hatte sich nicht umsonst aufgebäumt und seinen Reiter dabei abgeworfen – er war mitten hinein in ein Nest von Klapperschlangen gefallen!

Jetzt schrie er vor Schmerzen, doch nicht allein wegen seines verletzten Beins. »Helft mir! Helft mir doch!« brüllte er. »Verdammt, jagt doch diese Biester hier weg!«

Mit jedem anderen hätte Tanya Mitleid gehabt, doch als sie sah, wie Jeffrey den herankriechenden Schlangen zu entkommen versuchte, wußte sie, daß er kein besseres Ende verdient hatte. Er selbst war eine Viper, hatte sie monatelang Attacken ausgesetzt, die den giftigen Bissen dieser Schlangen ähnelten. Es kam einer Ironie des Schicksals gleich, daß er die Pforten der Hölle durchschreiten sollte mit dem tödlichen Gift der Schlangen im Blut, das sich mit seinem eigenen Gift vermischte.

Innerhalb weniger Sekunden war Jeffrey bewußtlos. Als Major Wynkoop mit einem weißen Tuch, das er an einem Ast befestigt hatte, nach vorne trat, war es zu spät, ihn zu retten.

»Wir müssen ihm helfen!« rief er, als er erkannte, was geschehen war.

»Dem ist nicht mehr zu helfen. Jetzt nicht mehr«, antwortete Panther.

Da Panther offensichtlich nicht schießen würde, kamen noch mehr Soldaten aus ihrem Versteck. Sie töteten die Schlangen, um Jeffreys Leiche bergen zu können, und eine Salve von Schüssen hallte durch die Luft.

Der Leichnam wurde weggetragen, und erst dann stieg Panther auf einen großen Felsblock und zeigte sich voll Stolz. Tanya stellte sich neben ihn, und gemeinsam blickten sie zum Feind hinüber.

Die Soldaten starrten sie an und wunderten sich nicht wenig

über den arroganten Krieger und seine schöne Frau mit den goldbraunen, lodernden Haaren und den seltsamen goldenen Augen. Major Wynkoop brach als erster das Schweigen. »Sie können weiterreiten, wir lassen Sie in Frieden«, sagte er ruhig und begegnete dem Blick Panthers, der wortlos nickte. Der Major fuhr fort: »Wer werden in die Stadt zurückkehren und bezeugen, daß Leutnant Young von Sinnen war und daß Sie an seinem Tod keinerlei Schuld tragen. Ich persönlich werde außerdem aussagen, daß ich Adam Savage gesehen habe und daß dieser Mensch auf keinen Fall Panther-auf-der-Pirsch sein kann.«

»Aber Major«, unterbrach ihn ein junger Soldat, »wie können Sie so etwas sagen, wenn der Mann gekleidet wie ein indianischer Häuptling vor Ihnen steht.«

Major Wynkoops Augen bohrten sich in die des jungen Soldaten. »Ich habe Panther-auf-der-Pirsch persönlich kennengelernt«, verkündete er laut. »Ich habe in seinem Zelt gesessen und bei ihm gegessen. Ich habe seine Frau gesehen, sie hat dunkle Haare. Ich habe seinen Sohn in den Armen gehalten, er war nicht weiß. Selbst wenn dieser Mann Panther-auf-der-Pirsch wäre, so gibt es keine Anklage gegen ihn, und wir könnten ihn nicht verhaften. Auch Leutnant Young besaß keinen gültigen Grund, ihn zu verfolgen, abgesehen von seinem krankhaften Verlangen nach der Frau eines anderen Mannes. Er hat sein Handeln einzig und allein auf die Anschuldigung einer ehemals entführten Frau begründet, die offensichtlich gelogen hat, um einer anderen Frau Schaden zuzufügen. Der Sheriff und Richter Kerr haben mir glaubwürdig versichert, daß Adam Savage ein anerkannter Bürger von Pueblo ist und dort aufwuchs. Sollen wir das Wort einer rachsüchtigen Frau und eines verrückten Mannes über das Zeugnis einer ganzen Stadt stellen?«

»Nein, aber...«, begann der Soldat.

Wynkoop unterbrach ihn ungehalten und zeigte auf Adam und Tanya. »Es ist kein Verbrechen, Kleider aus Hirschleder zu tragen, zum Teufel! Und es ist auch kein Verbrechen, ein Leben als Indianer dem Leben der Weißen vorzuziehen. Ich sage: dieser Mann ist *nicht* Panther-auf-der-Pirsch, und wenn einer das beurteilen kann, dann bin es wohl ich! Ich wiederhole also: Wir lassen diese Familie in Frieden ihrer Wege ziehen.«

»Jawohl, Sir.«

»Gibt es irgendwelche Einwände?« fragte Wynkoop.

Die Männer blickten sich gegenseitig an. »Nein, Sir«, erklärten sie dann einmütig.

Dann wagte ein anderer Soldat doch noch einen Vorstoß. »Wir wußten alle, daß Leutnant Young verrückt war und haben alle mitbekommen, wie er diese junge Dame belästigte. Einige von uns waren dabei, als er sie nach ihrem letzten Fluchtversuch verfolgt und... äh... sie attackiert hat.« Er blickte Tanya beschämt an. »Es tut uns leid, Ma'am, daß er Ihnen soviel Schwierigkeiten bereitet hat und daß wir daran beteiligt waren. Aber wir mußten eben« – und damit schloß er seine Kameraden ein – »unsere Befehle ausführen.« Die anderen nickten zustimmend.

Tanya akzeptierte die Entschuldigung und ging dann, um die Pferde zu holen. Major Wynkoop näherte sich dem Felsen, und Panther nutzte die Gelegenheit für ein privates Wort.

»Warum haben Sie behauptet, ich könnte nicht Panther-auf-der-Pirsch sein?« fragte er auf Cheyenne.

Wynkoop unterdrückte ein Lachen. »Nun, jeder, der Panther-auf-der-Pirsch kennt, weiß, daß er lange schwarze Zöpfe hat. Und ich kann wirklich nicht sagen, daß ich ihn ohne Zöpfe wiedererkennen könnte.«

Panther lächelte und reichte Wynkoop die Hand. »Leben Sie wohl, mein Freund.«

»Leben Sie wohl.«

Die Soldaten ritten davon und nahmen Jeffreys Leichnam mit. Tanya und Adam stiegen mit ihren Söhnen auf die Pferde.

Tanya blickte ihren Mann liebevoll an. Ihr Gesicht leuchtete und in ihren Augen schimmerten Tränen der Freude. »Laß uns nach Hause gehen, Panther, mein Mann«, sagte sie zärtlich.

»Ja, laß uns nach Hause gehen«, antwortete Panther. In seinen Zügen spiegelte sich die Freude, die sie selbst empfand, und sein Herz sprach deutlicher zu ihr, als Worte es vermocht hätten. »Laß uns nach Hause gehen, dorthin, wo die Wildkatze frei herumläuft und der Panther durch die Wälder pirscht.«